HEYNE BÜCHER

SCIENCE FICTION

Herausgegeben
von Wolfgang Jeschke

CATHERINE LUCILE MOORE
(als LAWRENCE O'DONNELL)

Traubenlese

JAMES BLISH

Der Hexenmeister

PÉTER ZSOLDOS

Kontrapunkt

Drei
Science Fiction Romane
in einem Band

herausgegeben
von
Wolfgang Jeschke

WILHELM HEYNE VERLAG
MÜNCHEN

HEYNE SCIENCE FICTION & FANTASY
Nr. 06/4484

Redaktion: Werner Bauer & Rainer Michael Rahn

Printed in Germany 1987
Umschlagbild: Colin Hay
Umschlaggestaltung: Atelier Ingrid Schütz, München
Satz: Schaber, Wels
Druck und Bindung: Ebner Ulm

ISBN 3-453-01017-5

INHALT

CATHERINE LUCILE MOORE
(als LAWRENCE O'DONNELL)

Traubenlese

TRAUBENLESE
erschien ursprünglich im HEYNE-BUCH Nr. 06/3651
— TITAN 11 (hrsg. von Ben Bova und Wolfgang Jeschke)
Titel der amerikanischen Originalausgabe:
VINTAGE SEASON
Deutsche Übersetzung von Uwe Anton

Gerade bei Sonnenaufgang eines wunderschönen Maimorgens kamen drei Leute den Weg zu dem alten Herrenhaus hoch. Oliver Wilson, noch im Schlafanzug, beobachtete sie von einem der oberen Fenster aus mit einer Mischung widerstrebender Gefühle, bei denen Verärgerung und Groll die Oberhand hatten.

Es waren Ausländer. Nur das wußte er über sie. Ihr Nachname war kurios — Sancisco — und ihre Vornamen, die sie verschlungen auf den Mietvertrag gekritzelt hatten, schienen Omerie, Kleph und Klia zu lauten, obwohl es für ihn unmöglich war, nun, da er auf sie herabschaute, sie nach ihren Unterschriften zu unterscheiden. Er war sich noch nicht einmal sicher gewesen, ob es sich um Männer oder Frauen gehandelt hatte, und er hatte etwas weniger Kosmopolitisches erwartet.

Olivers Herz wurde noch schwermütiger, als er beobachtete, wie sie dem Taxifahrer den Weg hinauf folgten. Er hatte auf etwas weniger Selbstsicherheit bei seinen unwillkommenen Mietern gehofft, da er beabsichtigte, sie bald wieder aus dem Haus zu vertreiben, wenn es ihm irgend möglich war. Von hier sah es jedoch nicht sehr vielversprechend aus.

Der Mann kam als erster. Er war groß und dunkel. Seine Körperhaltung und die Art, wie er seine Kleider trug, zeugten von jener besonders arroganten Sicherheit, die der perfiden Zuversicht entstammt, die man bei jedem Schritt in sich setzt. Die beiden Frauen, die ihm folgten, lachten. Ihre Stimmen waren hell und süß, die Gesichter wunderschön, ein jedes auf ihre eigene exotische Art, doch das erste, woran Oliver dachte, als er sie so betrachtete, war: kostspielig!

Dieser Gedanke kam ihm nicht nur wegen jener Patina der Perfektion, die aus jeder Falte ihrer unglaublich fehlerlosen Gewänder sprach. Es gibt Anzeichen von Wohlstand jenseits einer Grenze, bei der selbst Reichtum aufhört, aus sich heraus eine Bedeutung zu besitzen. Nur bei seltenen Gelegenheiten hatte Oliver schon solch eine Zuversicht bemerkt, daß die Erde sich nur wegen einer ihrer Launen unter ihren gutbesohlten Schuhen drehe.

In diesem Fall verwirrte ihn dieser Eindruck ein wenig, da er, als die drei den Weg hochkamen, das Gefühl hatte, die Kleider, die sie so selbstsicher trugen, nicht diejenigen seien, an die sie normalerweise gewöhnt waren. Aus der Art, in der sie sich bewegten, sprach eine seltsame Herablassung. Wie kostümierte Frauen. Sie zierten sich ein wenig auf ihren hohen Absätzen, streckten einen Arm aus, um den Schnitt ihrer Kleider zu bewundern, zupften dann und wann etwas an ihnen, als ob diese Kleider nicht richtig säßen oder sie an ganz andere gewöhnt seien.

Jedoch kam selbst Oliver die Eleganz und Paßsicherheit ihrer Kleidung verblüffend und ungewöhnlich vor. Nur eine Schauspielerin in einem Film, die jederzeit die Dreharbeiten unterbrechen und eine verrutschte Falte wieder zurechtzupfen kann, so daß sie immer gleichermaßen perfekt aussieht, wäre imstande, so elegant gekleidet zu wirken. Doch diese Frauen bewegten sich, wie sie es gerade mochten, und jede Falte ihrer Kleider folgte wie angegossen der jeweiligen Bewegung und fiel an ihren angestammten Platz zurück. Man hätte fast vermuten können, diese Kleider seien nicht aus gewöhnlichem Stoff oder aber nach unbekanntem, spitzfindigem Muster geschneidert, mit vielen kunstvoll versteckten Säumen, die ein unglaublich berufserfahrener und begnadeter Schneider angebracht hatte.

Sie schienen aufgeregt zu sein, sprachen hoch, klar und sehr hell und blickten empor zu dem hellblauen, transparenten Himmel, in dem versprenkeltes Rosa noch von der Morgendämmerung zeugte. Sie betrachteten die Bäume auf dem Rasen, die durchscheinend grünen Blätter mit dem Unterton goldener Frische, deren Ränder sich zusammengezogen hatten, als ob sie sprießen würden.

Glücklich und mit aufgeregter Stimme riefen sie dem Mann etwas zu, und als er antwortete, erklang seine Stimme in so unwahrscheinlichem Einklang mit den ihren, daß es sich anhörte, als würden drei Menschen miteinander singen. Ihre Stimmen verrieten wie ihre Kleidung eine Eleganz, die weitab vom Gewöhnlichen lag und so beherrscht war, wie Oliver Wilson es sich vor diesem Morgen niemals hätte träumen lassen.

Der Taxifahrer brachte das Gepäck, das aus einem wunderschönen, hellen Koffer bestand, der nicht ganz wie Leder wirkte und so sanft gerundet war, daß er viereckig zu sein schien, bis man erkannte, daß er aus zwei oder drei zusammengefügten Einheiten bestand, die einen festen Block ergaben. Er wirkte etwas abgetragen, so, als sei er oft benutzt worden. Und obwohl er ziemliche Ausmaße erreichte, schien der Taxifahrer seine Last nicht als schwer zu empfinden. Oliver bemerkte, wie er dann und wann ungläubig zu dem Gepäckstück hinunterstarrte.

Die eine Frau hatte tiefschwarzes Haar, eine Haut wie Sahne und rauchblaue Augen, deren Lider an der Last der schweren Wimpern zu tragen hatten. Es war jedoch die andere, der Olivers Blick folgte, als sie den Weg heraufkam. Ihr Haar war von strahlendem Hellrot, ihr Gesicht so weich, daß er glaubte, es würde sich bei einer Berührung wie aus Samt erweisen. Es war bernsteinfarben und etwas dunkler als ihr Haar.

Als sie die Verandatreppe erreichte, hob die schöne Frau den Kopf und schaute empor. Sie blickte direkt in Olivers Augen, und er sah, daß die ihren blau waren und ein wenig amüsiert dreinschauten, als ob sie die ganze Zeit schon gewußt hätte, daß er dort war. Auch sprach eindeutige Bewunderung aus ihnen.

Sich ein wenig schwindlig fühlend, eilte Oliver zurück in sein Zimmer, um sich rasch anzukleiden.

»Wir verbringen unseren Urlaub hier«, sagte der dunkle Mann und nahm die Schlüssel entgegen. »Wir möchten nicht gestört werden, wie ich es in unserem Schriftwechsel schon zum Ausdruck gebracht habe. Gehe ich recht in der Annahme, daß Sie einen Koch und ein Hausmädchen für uns engagiert haben? Des weiteren erwarten wir von Ihnen, daß Sie Ihre Besitztümer aus dem Haus entfernen und ...«

»Moment«, sagte Oliver. Er fühlte sich ungemütlich. »Mir dämmert da etwas. Ich ...« Er zögerte, nicht sicher, wie er es vorbringen sollte. Diese Leute waren so furchtbar seltsam. Sogar ihre Sprache war seltsam. Sie sprachen so distinguiert, schliffen keine einzige Endsilbe ab. Die englische Sprache schien ihnen so vertraut wie ihre Muttersprache, doch sie sprachen sie, wie ausgebildete Sänger sangen, mit perfekter Atemkontrolle und Betonung.

Und in der Stimme des Mannes lag eisige Kälte, als ob ein Abgrund von solcher Tiefe zwischen ihm und Oliver aufklaffe, daß kein Gefühl oder zwischenmenschlicher Kontakt ihn überbrücken könne.

»Ich frage mich«, sagte Oliver, »ob Sie nicht irgendwo anders in der Stadt ein besseres Quartier finden können. Dort drüben hinter der Straße liegt ein Haus, das ...«

»O nein!« sagte die dunkelhaarige Frau mit leicht erschreckter Stimme; daraufhin lachten alle drei. Es war ein kaltes, distanziertes Gelächter, das Oliver nicht einschloß.

»Wir haben dieses Haus aufs sorgfältigste ausgesucht, Mr. Wilson«, sagte der düstere Mann. »Uns ist nichts daran gelegen, irgendwo anders zu wohnen.«

»Ich begreife nicht warum«, entgegnete Oliver verzweifelt. »Dieses Haus ist doch noch nicht einmal besonders modern. Ich habe zwei andere in wesentlich besserem Zustand. Dort drüben an der Straße hätten Sie sogar einen guten Blick auf die Stadt. Hier haben wir das nicht. Die anderen Häuser schneiden die Sicht ab und ...«

»Wir haben Räume in diesem Haus gemietet, Mr. Wilson«, sagte der Mann mit einer Endgültigkeit, die weitere Einwände unterband, »und wir erwarten auch, es benutzen zu können. Werden Sie nun Vorkehrungen treffen, uns so bald wie möglich allein zu lassen?«

»Nein«, entgegnete Oliver und blickte dickköpfig drein. »Das steht nicht im Mietvertrag. Sie können bis zum nächsten Monat hier wohnen, weil Sie dafür bezahlt haben, aber Sie können mich nicht hinauswerfen. Ich werde bleiben.«

Der Mann öffnete den Mund, um etwas zu sagen. Er warf Oliver einen kühlen Blick zu und schloß ihn darauf wieder. Immer noch bestand zwischen den beiden ein Gefühl des Sichfernhaltens. Für einen Moment herrschte Schweigen. »Nun gut«, sagte der Mann dann. »Bitte seien Sie so freundlich, uns nicht über den Weg zu laufen.«

Es war ein wenig seltsam, daß er sich nicht nach Olivers Motiven erkundigte. Oliver war sich des Mannes noch nicht sicher genug, um sie erklären zu können. Er konnte nicht einfach sagen: »Nachdem ich den Mietvertrag unterzeichnet hatte, wurde mir ein Dreifaches der Summe angeboten, die das Haus wert ist, wenn ich es bis Ende Mai verkaufe.« Und er konnte auch nicht sagen: »Ich will das Geld haben, und ich werde Sie so lange mit solch einem Lärm verärgern, bis Sie willens sind, hier auszuziehen!« Schließlich schien es überhaupt keinen Grund zu geben, weshalb sie das nicht tun sollten. Und nachdem er sie erst einmal gesehen hatte, schien es erst recht keinen Grund dafür zu geben, denn es war klar, daß sie an eine bessere Umgebung gewohnt sein mußten als an dieses von der Zeit schon arg mitgenommene alte Haus.

Der Wert, den dieses Haus plötzlich bekommen hatte, erschien ihm überaus seltsam. Er konnte sich ganz und gar nicht vorstellen, wieso zwei Gruppen halb anonymer Leute so begierig sein sollten, es noch im Mai zu erwerben.

Schweigend führte Oliver seine Mieter die Treppe hinauf zu den drei großen Schlafzimmern an der Vorderfront des Hauses. Er war sich dabei der rothaarigen Frau und der Art, wie sie ihn mit einem heimlichen Interesse beobachtete, genau bewußt. Ihre Blicke waren recht freundlich, und in ihrem Interesse an ihm lag ein seltsamer Unterton, den er nicht genau einordnen konnte. Er war zwar vertraut, aber nicht zu fassen. Er dachte daran, wie angenehm es sein würde, sich mit ihr allein zu unterhalten, wenn er nur diese nicht zu fassende Haltung einfangen und bezeichnen könnte.

Er ging hinunter zum Telefon und rief seine Verlobte an.

Sues Stimme quiekte im Hörer vor Aufregung.

»Oliver, so früh schon? Mann, es ist ja noch nicht einmal sechs. Hast du ihnen klargemacht, was ich gesagt habe? Werden sie gehen?«

»Kann es noch nicht sagen. Ich bezweifle es. Weißt du, Sue, schließlich habe ich ja auch ihr Geld genommen.«

»Oliver, sie müssen einfach ausziehen! Du mußt irgend etwas unternehmen!«

»Ich versuche es ja, Sue. Aber ich mag die ganze Sache einfach nicht.«

»Nun, es gibt keinen Grund, weshalb sie nicht irgendwo anders wohnen sollten. Und wir brauchen das Geld. Du mußt dir eben etwas einfallen lassen, Oliver.«

Oliver erblickte seine eigenen besorgten Augen im Spiegel über dem Telefon und zog ein finsteres Gesicht. Sein strohfarbenes Haar war strubblig, und auf seinem hübschen, gebräunten Gesicht stand ein heller Stoppelbart. Er bedauerte, daß die rothaarige Frau ihn in solch einem unordentlichen Zustand gesehen hatte. Dann ermahnte ihn beim Klang von Sues fester Stimme sein Gewissen, und er sagte: »Ich werde es versuchen, Liebling, ich werde es versuchen. Aber ich habe ihr Geld genommen.«

In der Tat hatten sie eine recht hohe Summe bezahlt, beträchtlich mehr, als die Räume wert waren, sogar in einem Jahr hoher Preise und hoher Löhne. Das Land steuerte gerade einer jener berühmten Epochen zu, auf die man sich später mit Begriffen wie ›Die ausschweifenden vierziger Jahre‹ oder ›Die goldenen Sechziger‹ bezog, eine angenehme Periode nationaler Euphorie. Es waren anregende Zeiten — solange sie andauerten.

»In Ordnung«, stimmte Oliver resigniert zu, »ich werde mein Bestes tun.«

Doch während die nächsten Tage verstrichen, wurde er sich bewußt, daß er nicht sein Bestes tat. Dafür hatte er mehrere Gründe. Von Anfang an war die Idee, für die Mieter zu einer Plage zu werden, von Sue gewesen und nicht die seine. Und wäre Oliver ein klein wenig entschlossener gewesen, hätte er niemals damit begonnen. Die Überlegungen kamen von Sue, aber ...

Zum Beispiel waren die Mieter so faszinierend. Alles, was sie sagten oder taten, trug eine gewisse Umkehrung in sich, als ob man einen Spiegel vor einem gewöhnlichen Menschen gehalten habe und sein Bild seltsame Abweichungen von der Norm zeigte. Ihr Verstand arbeitete auf einer anderen Grundlage als der seine, dachte Oliver. Sie empfanden heimliches Vergnügen bei völlig ernsten Gelegenheiten; trotz ihrer gönnerhaften Haltung und ihrer kühlen Reserviertheit lachten sie für Olivers Geschmack viel zu häufig.

Er traf sie gelegentlich auf ihren Wegen zu und von ihren Räumen. Sie waren höflich und abweisend, und das, so vermutete er, nicht aus Ärger über seine Anwesenheit, sondern aus reiner Gleichgültigkeit.

Den größten Teil des Tages verbrachten sie außer Haus. Das wundervolle Maiwetter hielt ungebrochen an, und sie schienen sich ihm in unverhohlener Bewunderung hinzugeben, völlig zuversichtlich, daß der warme, hellgoldene Sonnenschein und die wohlriechende Luft nicht von Regen oder Kälte unterbrochen werden könnten. Sie waren sich dessen sogar so sicher, daß Oliver sich unbehaglich fühlte.

Sie nahmen pro Tag nur eine Mahlzeit im Haus ein, ein spätes Mittagessen. Und ihre Reaktion auf die Mahlzeiten war unvorhersagbar. Manche Gerichte wurden mit Gelächter aufgenommen, andere wiederum mit leichtem Ekel. Zum Beispiel berührte keiner von ihnen je Salat. Und wenn Fisch aufgetischt wurde, schien dies eine Welle seltsamer Verlegenheit am gesamten Tisch auszulösen.

Zu jeder Mahlzeit erschienen sie sorgfältig gekleidet. Der Mann — sein Name war Omerie — wirkte immer sehr stattlich, doch er schien deshalb ein wenig zu schmollen, und Oliver hörte die Frauen zweimal lachen, weil er Schwarz tragen mußte. Oliver bekam völlig grundlos eine plötzliche Vision, in der er den Mann in Kleidung, die so farbenprächtig und sorgsam geschnitten wie die der Frauen war, sah, und irgendwie schien sie ihm sehr passend. Er trug das Schwarz mit einer Art trotzigem Stolz, als sei er Kleider aus Gold gewöhnt.

Wenn sie sich zu anderen Mahlzeiten im Haus zusammenfanden, speisten sie in ihren Zimmern. Sie mußten eine beträchtliche Menge an Nahrungsmitteln mitgebracht haben, von welch geheimnisvollem Ort sie auch gekommen waren. Oliver fragte sich mit wachsender Neugier, wo dieser Ort sich wohl befände. Zu den merkwürdigsten Stunden zogen manchmal Wohlgerüche aus ihren Zimmern durch das ganze Haus. Oliver konnte sie zwar nicht identifizieren, aber meistens dufteten sie unwiderstehlich. Manchmal war der Geruch des Essens auch auf schockierende Weise unangenehm, fast schon ekelhaft. Nur ein Feinschmecker, so überlegte Oliver, kann das Dekadente schätzen. Und diese Leute waren mit größter Sicherheit Feinschmecker.

Die Frage, weshalb sie sich so beharrlich in diesem großen baufälligen Haus aufhielten, störte des nachts seine Träume. Oder weshalb sie sich weigerten auszuziehen. Manchmal warf er faszinierte Blicke in ihre Zimmer, die fast gänzlich durch neue Einrichtungsgegenstände verändert schienen, die er jedoch bei den kurzen Blicken, die ihm gewährt waren, nicht eindeutig ausmachen konnte. Das Gefühl von Luxus, das er schon beim ersten Blick empfand, wurde verstärkt von den üppigen Vorhängen, die sie mitgebracht hatten, und auch von den Ornamenten, die er nur zum Teil erspähen konnte, von den Bildern an den Wänden und sogar von dem Aroma der exotischen Parfums, das durch die halbwegs geöffneten Türen zog.

Er sah die Frauen in der Diele an sich vorübergehen, wie sie sich in ihren Gewändern sanft durch die braune Düsternis bewegten, in Kleidern, so unirdisch perfekt im Sitz, so überaus prächtig, so hell in ihren Farben, daß sie fast schon unwirklich erschienen. Ihr unerschütterliches Vertrauen in die Unterwürfigkeit der Welt verlieh ihnen eine anmaßende Arroganz, doch mehr als einmal glaubte Oliver, als er in die blauen Augen der Frau mit dem roten Haar und der weichen, gebräunten Haut blickte, ein aufgewecktes Interesse in ihnen zu erkennen. Sie lächelte ihn in der Düsternis an und zog in einer Wolke von Wohlgerüchen und einem Halo unglaublichen Reichtums vorbei, und die Wärme ihres Lächelns hielt an, noch lange, nachdem sie gegangen war.

Er wußte, daß sie diese Unberührbarkeit zwischen ihnen nicht aufrechterhalten wollte. Vom ersten Moment an war er sich dessen sicher. Wenn die Zeit gekommen war, würde sie eine Gelegenheit schaffen, um mit ihm allein zu sein. Der Gedanke daran war verwirrend und furchtbar aufregend. Es gab nichts, was er tun konnte, außer zu warten, nun, da er wußte, daß sie ihn aufsuchen würde, sobald es ihr recht war.

Am dritten Tag nahm er zusammen mit Sue in einem kleinen Restaurant in der Innenstadt das Abendessen ein, von dem aus sie einen guten Überblick auf die Stadt hatten, die sich bis zum weit in der Ferne verlaufenden Fluß erstreckte. Sue hatte hellbraune Locken und braune Augen, und ihr Kinn war etwas ausgeprägter, als man es normalerweise mit den Idealen der Schönheit vereinbaren konnte. Von Kindheit an hatte Sue immer gewußt, was sie wollte und wie sie es bekam, und nun kam es Oliver vor, als hätte sie noch nie etwas so dringend gewollt wie den Verkauf dieses Hauses.

»So ein wunderbares Angebot für das alte Mausoleum«, sagte sie und brach mit harter Bewegung ein Brötchen durch. »Nie wieder werden wir solch eine Chance bekommen, und die Preise sind so hoch, daß wir das Geld brauchen, um mit einem eigenen Haushalt beginnen zu können. Sicher kannst du *irgend etwas* tun, Oliver!«

»Ich versuche es ja«, versicherte Oliver ihr unbehaglich.

»Hast du noch etwas von dieser Verrückten gehört, die es kaufen will?«

Oliver schüttelte den Kopf. »Ihr Anwalt hat gestern angerufen. Nichts Neues. Ich frage mich, wer sie eigentlich ist.«

»Ich glaube, nicht einmal der Anwalt weiß das. All diese Geheimnisse — mir gefällt das gar nicht, Oliver. Auch diese Sanciscos — was haben sie heute unternommen?«

Oliver lachte. »Heute morgen haben sie eine Stunde damit verbracht, Filmtheater in der Stadt anzurufen. Sie forschten nach einer Menge drittklassiger Filme, von denen sie Ausschnitte sehen wollten.«

»Ausschnitte? Wieso das?«

»Ich weiß nicht. Ich glaube... oh, nichts. Noch etwas Kaffee?«

Der Ärger lag darin, daß er glaubte, es doch zu wissen. Die Vermutung war zu unwahrscheinlich, als daß er Sue etwas davon berichten könnte, und da sie nicht mit den Eigenheiten der Sanciscos vertraut war, würde sie nur glauben, Oliver verliere den Verstand. Aber aus ihren Gesprächsfetzen hatte er den definitiven Eindruck, daß in all diesen Filmen ein ganz bestimmter Schauspieler kleinere Rollen gehabt hatte, wegen denen sie bald vor Ehrfurcht erstarrten. Sie bezeichneten ihn als Golconda, doch das schien nicht sein richtiger Name zu sein, so daß Oliver keine Möglichkeit sah, herauszufinden, welchen obskuren Nebendarsteller sie so tief bewunderten. Golconda könnte der Name einer Figur sein, die er einmalig gespielt hatte — und das mit äußerster Fertigkeit, wenn man den Kommentaren der Leute aus Sancisco Glauben schenken durfte — aber Oliver sagte er rein gar nichts.

»Sie benehmen sich ziemlich komisch«, sagte er und starrte nachdenklich in seinen Kaffee. »Gestern kam Omerie — das ist der Mann — mit einem Gedichtband herein, der vor fünf Jahren erschienen ist, und sie alle behandelten ihn wie eine Erstausgabe von Shakespeare. Ich habe noch nicht einmal von dem Autor gehört, doch in ihrem Land, wo immer das auch sein mag, scheint er eine Art literarischer Gott zu sein.«

»Du weißt es immer noch nicht? Haben sie denn noch nicht einmal Hinweise auf ihre Heimat verlauten lassen?«

»Wir sprechen nicht viel miteinander«, erinnerte Oliver sie mit leichter Ironie.

»Ich weiß, aber... hm, nun, ich glaube, das ist auch egal. Erzähl weiter, was tun sie sonst noch?«

»Nun, diesen Morgen verbringen sie damit, ›Golconda‹ und seine große Kunst zu betrachten, und ich glaube, heute nachmittag unternehmen sie eine Tour den Fluß hinauf zu irgendeinem Schrein, von dem ich noch nie gehört habe. Der Geburtsort eines großen Mannes, glaube ich — sie haben versprochen, Andenken von diesem Ort mit nach Hause zu bringen, wenn sie welche bekommen können. Na gut, sie benehmen sich wie typische Touristen, aber wenn ich nur herausbekommen könnte, was hinter der ganzen Sache steckt. — Das ergibt doch alles keinen Sinn.«

»Nichts an diesem Haus ergibt mehr einen Sinn. Ich wünschte...«

Sie sprach mit verdrießlicher Stimme weiter, doch Oliver hörte ihr plötzlich nicht mehr zu, da draußen vor der Tür eine bekannte Gestalt mit anmaßender Eleganz auf ihren hohen Absätzen vorbeiging. Ihr Gesicht sah er nicht, doch er glaubte, er würde diese Haltung, diese gleitenden Bewegungen überall auf der Erde wiedererkennen.

»Entschuldige mich eine Minute«, stieß er hervor und war von seinem Stuhl aufgesprungen, bevor Sue etwas entgegnen konnte. Mit einem halben Dutzend langer Schritte hatte er die Tür erreicht, und die wunderschöne elegante Passantin war nur ein paar Schritte entfernt. Er stieß ein paar Worte hervor, die er schnell überlegt hatte, doch schwieg er dann und stand gaffend da.

Es war nicht die rothaarige Frau. Es war auch nicht ihre dunkle Gefährtin. Es war eine Fremde. Sprachlos beobachtete er, wie die liebliche, arrogante Frau durch die Menge schritt und verschwand, sich bewegend mit vertrauter Gestik und Sicherheit und ebenso vertrauter Fremdartigkeit, als ob das schöne und hervorragend sitzende Kleid, das sie trug, für sie ein exotisches Kostüm sei. All dies hatte er an den Frauen aus Sancisco bemerkt. Alle anderen Frauen auf der Straße sahen blaß und farblos und krank neben ihr aus. Sie schritt einher wie eine Königin, verschmolz mit der Menge und war verschwunden.

Sie kam aus *ihrem* Land, sagte Oliver sich verwirrt. Also hatte noch jemand mysteriöse Mieter in diesem Monat des perfekten Mai-Wetters. Noch jemand brütete heute vergeblich über die Fremdartigkeit der Leute aus dem namenlosen Land.

Schweigend kehrte er zu Sue zurück.

In der braunen Düsternis des oberen Stockwerks stand die Tür einladend offen. Oliver verlangsamte seine Schritte, als er ihr näher kam, und sein Herz begann schneller zu schlagen. Es war das Zimmer der rothaarigen Frau, und er glaubte, die Tür sei nicht nur durch Zufall offen. Ihr Name, so wußte er jetzt, lautete Kleph.

Die Tür knarrte ein wenig in ihren Scharnieren, und von innen sagte eine überaus angenehme Stimme langsam: »Wollen Sie nicht hereinkommen?«

Das Zimmer sah in der Tat sehr verändert aus. Das große Bett war an die Wand geschoben und mit einem Tuch bedeckt worden, das sich ringsum wie ein Pelz aus weichen Haaren auf den Boden ergoß — bis auf die Tatsache, daß es blaugrün war und funkelte, als sei jedes Haar mit einem unsichtbaren Kristall geschmückt. Drei Bücher lagen aufgeschlagen darauf, und ein seltsam erscheinendes Magazin mit hellen, leuchtenden Buchstaben zeigte Bilder, die auf den ersten Blick dreidimensional erschienen. Darauf lag ebenfalls eine winzige Porzellanpfeife, verziert mit Porzellanblumen, und ein dünner Rauchfaden stieg aus dem Pfeifenkopf empor.

Über dem Bett hing ein breites Bild. Der Rahmen zog sich um blaues Wasser, das so echt aussah, daß Oliver zweimal hinschauen mußte, um sich zu vergewissern, daß es nicht sanft von einer Ecke zur anderen schaukelte. Mit einem Glasgestänge war ein kristallener Globus an der Decke befestigt. Er drehte sich sanft, und das Licht aus den Fenstern markierte geschwungene Rechtecke darauf.

Unter dem mittleren Fenster stand eine Art Chaiselongue, wie sie Oliver noch nie zuvor gesehen hatte. Er konnte nur vermuten, daß sie zumindest teilweise pneumatisch war und sich in dem Gepäck befunden hatte. Ein überaus reich besticktes Tuch bedeckte und versteckte sie, verziert mit kunstvoll gehämmerten leuchtenden Metallmustern.

Kleph trat langsam von der Tür zurück und ließ sich mit einem kleinen Seufzer der Zufriedenheit auf der Chaiselongue nieder. Die Couch schmiegte sich an ihren Körper und schien ihr dadurch eine äußerst bequeme Liegestellung zu bieten. Kleph rekelte sich, blickte zu Oliver auf und lächelte.

»Kommen Sie doch herein. Setzen Sie sich dorthin, von wo aus Sie aus dem Fenster schauen können. Ich liebe Ihr herrliches Frühlingswetter. Wissen Sie, in zivilisierten Zeiten hat es noch nie einen solchen Mai gegeben.« Sie sagte das in völligem Ernst, während ihre blauen Augen in die Olivers blickten, und eine Spur von Gönnerhaftigkeit lag in ihrer Stimme, so, als ob das Wetter extra für sie geschaffen wäre.

Oliver sah sich im Zimmer um, blieb stehen und blickte dann erstaunt zu Boden, der sich unstabil anfühlte. Ihm war zuvor nicht aufgefallen, daß der Teppich schneeweiß und ohne jeden Flecken war und bei jedem Schritt einige Zentimeter unter dem Druck seiner Füße nachgab. Nun sah er, daß Klephs Füße nackt — oder fast nackt — waren. Sie trug etwas wie Halbstiefel aus feiner Gaze, ein durchsichtiges Netz, das sich ihren Füßen völlig anpaßte. Die nackten Fußsohlen wirkten so rosa, als ob sie gepudert wären, und die Fußnägel wiesen einen flüssigen Glanz wie kleine Spiegel auf. Er trat näher und war nicht so überrascht, wie er hätte sein sollen, als er feststellte, daß es wirklich kleine Spiegel waren, aufgetragen mit irgendeiner Flüssigkeit, die ihnen eine reflektierende Oberfläche verlieh.

»Nehmen Sie Platz«, sagte Kleph erneut und deutete auf den Stuhl vor dem Fenster. Sie trug ein Kleid, das nur aus lose herabfallendem weichen Stoff zu bestehen schien, aber jeder ihrer Bewegungen wie angegossen folgte. Und ihre Figur wirkte heute auf seltsame Art völlig anders als sonst. Als Oliver sie in Straßenkleidung gesehen hatte, zeigte sie jene hochschultrige, schlanke Figur, nach der alle Frauen streben, doch hier in ihrem — Morgenmantel wirkte sie — nun, einfach anders. Heute wirkten ihre Schultern fast schwanenhaft grazil, ihr Körper sanft gerundet — ein unvertrauter und sehr anziehender Anblick.

»Darf ich ihnen Tee anbieten?« fragte Kleph und lächelte charmant.

Auf einem niedrigen Tischchen neben ihr stand ein Tablett mit mehreren kleinen Tassen, aparte Gefäße mit einem inneren Glühen wie von Rosenquarz, mit durchdringender Farbe, als wären sie aus durchsichtigen Schichten geformt. Sie nahm eine der Tassen — Unterteller sah Oliver keine — und reichte sie ihm.

Sie fühlte sich zerbrechlich an und war dünn wie Papier. Den Inhalt konnte er nicht sehen, da die Tasse mit einem Deckel versehen war, der mit der Tasse eine Einheit zu bilden schien und nur einen dünnen Ausguß am Rand offen ließ. Dampffäden kräuselten daraus hervor.

Kleph nahm ebenfalls eine Tasse und führte sie an die Lippen, Oliver dabei über den Rand anlächelnd. Sie war überaus schön. Ihr hellrotes Haar war in leuchtenden Wellen über den Kopf gekämmt, und die Korona aus Locken, die wie ein Halo über ihrer Stirn glänzte, war wie ein Kranz heruntergekämmt. Jedes einzelne Haar lag so perfekt, als sei es aufgemalt, obwohl nun durch das Fenster eine kleine Brise wehte und durch die leuchtenden Haarsträhnen huschte.

Oliver versuchte den Tee. Sein Aroma war exquisit. Er war sehr heiß, und der Geschmack, der auf seiner Zunge haftete, erinnerte an den Duft von Blumen. Es war ein äußerst feminines Getränk. Er nippte erneut, überrascht, wie sehr er es mochte.

Der Blumengeschmack schien sich zu verstärken, während er trank, und wie Rauch durch seinen Kopf zu wirbeln. Nach dem dritten Schluck begann es leicht in seinen Ohren zu brummen. Vielleicht die Bienen, die zwischen den Blumen umhersummen, dachte er unzusammenhängend — und nahm einen weiteren Schluck.

Kleph beobachtete ihn lächelnd.

»Die anderen werden den ganzen Nachmittag fortbleiben«, erzählte sie Oliver im Plauderton. »Ich dachte, wir könnten uns einen schönen Nachmittag machen und uns etwas besser kennenlernen.«

Oliver war eher erschrocken, als er sich sagen hörte: »Warum sprechen Sie so merkwürdig?« Er hatte nicht beabsichtigt, diese Frage zu stellen; irgend etwas schien ihm die Kontrolle über seine Zunge genommen zu haben.

Klephs Lächeln wurde durchdringender. Sie führte die Tasse an die Lippen. »Was meinen Sie mit ›merkwürdig‹?« fragte sie, und in ihrer Stimme schwang Nachsicht mit.

Er machte mit der Hand eine vage Geste und bemerkte mit einiger Überraschung, daß sie sechs oder sieben Finger zu besitzen schien, als sie an seinem Gesicht vorbeiwischte.

»Ich weiß nicht — Ihre Genauigkeit, glaube ich. Warum schleifen Sie zum Beispel beim Sprechen nie die Endsilben ab?«

»In unserem Land werden wir dazu erzogen, mit Exaktheit zu sprechen«, erklärte Kleph. »Genau, wie wir dazu erzogen werden, uns mit Genauigkeit zu bewegen, anzuziehen und zu denken. Jegliche Schlampigkeit wird uns noch während der Kindheit aberzogen. Bei Ihnen natürlich ...« Sie war höflich. »Bei uns haben wir Zeit genug für Annehmlichkeiten. Und wir schätzen sie.«

Ihre Stimme wurde süßer und süßer, während sie sprach, bis sie schließlich nicht mehr von der Süße des Blumengeschmacks in Olivers Kopf und dem würzigen Aroma des Tees zu unterscheiden war.

»Aus welchem Land kommen Sie?« fragte er und hob

die Tasse erneut zum Mund, überrascht darüber, daß sie schier unerschöpflich zu sein schien.

Dieses Mal wirkte Klephs Lächeln eindeutig nachsichtig. Es irritierte ihn jedoch nicht. Nichts konnte ihn nun noch irritieren. Der ganze Raum schien in einem rosigen Glühen zu ertrinken, so wohlriechend wie die Blumen.

»Wir dürfen nicht darüber sprechen, Mr. Wilson.«

»Aber ...« Oliver wartete. Schließlich ging es ihn natürlich überhaupt nichts an. »Sie sind auf Urlaub?« fragte er ins Blaue hinein.

»Nennen Sie es eine Pilgerfahrt.«

»Pilgerfahrt?« Oliver war so neugierig, daß er sich für einen Moment scharf konzentrierte. »Wohin?«

»Das hätte ich nicht sagen sollen, Mr. Wilson. Bitte vergessen Sie es. Mögen Sie den Tee?«

»Sehr gerne.«

»Sie werden inzwischen sicher vermutet haben, daß es nicht nur Tee, sondern auch ein Anregungsmittel ist.«

»Ein Anregungsmittel?« Oliver starrte sie an.

Mit ihrer grazilen Hand vollführte Kleph einen Kreis in der Luft. »Fühlen Sie die Wirkung noch nicht?« Sie lachte. »Natürlich fühlen Sie sie.«

»Ich fühle mich«, sagte Oliver, »als ob ich vier Glas Whisky getrunken hätte.«

Kleph schüttelte sich etwas. »Wir erhalten unsere Anregungen auf weniger schmerzhafte Weise. Und ohne die Nachwirkungen, die Ihr barbarischer Alkohol nach sich zu ziehen pflegt.« Sie biß sich auf die Lippe. »Entschuldigung. Ich muß selbst schon sehr angeregt sein, um so freizügig zu reden. Bitte vergeben Sie mir. Wollen wir etwas Musik hören?«

Kleph ließ sich auf ihrer Chaiselongue zurücksinken und griff nach der Wand daneben. Der Ärmel ihres Gewandes rutschte herab, ihr Handgelenk enthüllend, und Oliver war überrascht, dort eine lange, rosige, gerade erst verheilende Narbe auszumachen. Die Dünste des wohlriechenden Tees hatten seine Hemmungen weggewischt; er holte tief Luft und beugte sich neugierig vor.

Mit einer schnellen Handbewegung schüttelte Kleph den Ärmel wieder über die Narbe. Ihr gebräuntes Gesicht rötete sich, und sie vermied es, Oliver anzublicken. Ein seltsames Schamgefühl schien sie befallen zu haben.

»Was soll das?« sagte Oliver taktlos. »Was hat das zu bedeuten?«

Sie blickte ihn immer noch nicht an. Viel später erst verstand er diese Scham und begriff, daß sie allen Grund dazu hatte. Doch nun hörte er lediglich zu, wie sie sagte:

»Nichts ... überhaupt nichts. Ein Impfmal. Wir alle ... oh, grübeln Sie nicht darüber nach. Lauschen Sie der Musik.«

Diesmal holte sie mit dem anderen Arm aus. Sie faßte nichts an, doch als sie mit der Hand die Wand fast erreicht hatte, erklang ein Geräusch im Zimmer, das sich wie das Plätschern von Wasser anhörte, das Auflaufen von Wellen auf einen langen, flachen Strand. Oliver folgte Klephs Blick zu dem Bild mit den blauen Wellen über dem Bett.

Die Wogen dort bewegten sich. Mehr noch, auch die Perspektive des Betrachters schien sich zu verändern. Langsam glitten die Wellen der See auf das Ufer zu. Halb hypnotisiert folgte Olivers Blick der Bewegung, die er zu dieser Zeit als durchaus natürlich und keineswegs überraschend empfand.

Die Wogen stiegen hoch, wurden zu rollenden Schaumkronen gebrochen und glitten einen Sandstrand hinauf. Dann begann durch das Getöse der Wellen Musik zu ertönen, und im Wasser erschien das Gesicht eines Mannes zwischen den Rahmen und lächelte ins Zimmer herein. Er trug ein seltsam archaisches, lautenähnliches Musikinstrument in den Händen; sein Körper schimmerte hell und dunkel wie eine Melone, und sein langer Hals war über die Schulter zurückgebogen. Er sang, und Oliver wurde von dem Lied tief berührt. Es war gleichzeitig sehr bekannt und sehr seltsam. Oliver tastete sich durch den unvertrauten Rhythmus und war schließlich imstande, die Melodie zu erfassen — es war »Make-Believe« aus »Showboat«, aber sicherlich war dieser Dampfer nie den Mississippi hochgetuckert.

»Was macht er da?« fragte Oliver nach ein paar Momenten des konzentrierten Lauschens. »Ich habe noch nie so etwas gesehen!«

Kleph lachte und streckte ihren Arm wieder aus. Orakelhaft sagte sie: »Wir nennen es Kyling. Aber das ist egal. Wie gefällt Ihnen das?«

Ein Komiker, ein Mann in clownähnlichem Make-up mit so riesig vergrößerten Augen, daß sie sein halbes Gesicht zu verdecken schienen, stand neben einem breiten Glaspfeiler vor einem dunklen Vorhang und sang ein lebhaftes, lautes Lied, das er aus dem Stegreif zu spielen schien, während er mit den Fingernägeln der linken Hand Trommelwirbel dazu auf den Glaspfeiler klopfte. Während seines Liedes umkreiste er den Pfeiler immer wieder, und der Rhythmus seiner Fingernägel verschmolz mit dem Lied, erzeugte neue Melodien, die mit den alten übergangslos verschmolzen.

Ihnen zu folgen war äußerst verwirrend. Noch weniger Sinn als die Melodie ergab allerdings der Text, der von einem verlorenen Pantoffel berichtete und Anspielungen enthielt, die Kleph lächeln ließen, Oliver allerdings gänzlich unverständlich waren. Der Mann hatte eine trockene, harte Stimme, die Oliver nicht allzu hoch einschätzte, obwohl Kleph von ihr fasziniert zu sein schien. Oliver bemerkte, daß sein Auftritt von einem ähnlichen Selbstvertrauen bestimmt war, wie er es bei den drei anderen Sanciscos auch schon bemerkt hatte. Eindeutig ein rassischer Zug, dachte er.

Andere Auftritte folgten, einige davon fragmentarisch, als habe man sie aus einem größeren Zusammenhang herausgerissen. Eine Darbietung war ihm bekannt. Die vertraute, ergreifende Melodie kam ihm wieder in Erinnerung, bevor er die Schauspieler sah — marschierende Männer vor einer Nebelwand, während ein großes Banner hinter ihnen im Rauch geschwungen wurde und im Vordergrund Gestalten weit ausschritten und rhythmisch riefen: »Vorwärts, vorwärts schreitet das Lilienbanner!«

Die Musik klang blechern, die Gestalten schienen verwischt und farblos, doch Oliver fand Geschmack an der Aufführung, die seine Phantasie anregte. Er starrte auf das Bild, und langsam kam ihm die Erinnerung an einen alten Film wieder zurück. Dennis King und sein zackiger Chor sangen ›The Song of the Vagabonds‹ aus — war es ›Vagabond King‹?

»Ein sehr, sehr altes«, sagte Kleph entschuldigend. »Aber ich mag es.«

Der Dampf des berauschenden Tees wirbelte zwischen Oliver und dem Bild umher. Musik hob und senkte sich im Zimmer und dem wohlriechenden Duft und seinem eigenen euphorischen Gehirn. Nichts kam ihm nun noch seltsam vor. Er hatte herausgefunden, wie man den Tee trinken mußte. Wie bei Lachgas steigerte die Wirkung sich nicht. Wenn man eine gewisse Stufe der Euphorie erreicht hatte, konnte man sie nicht mehr überschreiten. Am besten war es, auf ein leichtes Nachlassen des Effektes zu warten, bevor man mehr von dem Stimulans nahm.

Andererseits zeigten sich die meisten Auswirkungen des Alkohols — nach einer Weile verschwamm alles hinter einem angenehmen Nebel, durch den alles, was er sah, gleichermaßen anregend und traumhaft wirkte. Er stellte nichts in Frage. Nachher war er sich nicht sicher, wieviel davon er wirklich geträumt hatte.

Zum Beispiel war da die tanzende Puppe. Er erinnerte sich ziemlich klar an sie, sah sie wie in einem Brennglas — eine winzige, schlanke Frau mit langer Nase, dunklen Augen und vorspringendem Kinn. Sie bewegte sich zierlich über den weißen, für sie knietiefen Teppich. Ihre Gesichtszüge waren so beweglich wie ihr Körper, und sie tanzte leichtfüßig, und immer, wenn ihre Zehen auf dem Boden aufkamen, erklang ein Echo wie von einer Glocke. Es war ein ritueller Tanz, und atemlos sang sie dazu und zog kleine Grimassen des Lächelns. Sicherlich handelte es sich um eine Vorführpuppe, belebt, um das Original perfekt in Stimme und Bewegung nachzuahmen. Nachher wußte Oliver, daß er es geträumt haben mußte.

Er war später unfähig, sich daran zu erinnern, was sonst noch geschehen war. Er wußte, daß Kleph einige seltsame Äußerungen machte, und da ergaben sie alle einen Sinn, aber später konnte er sich an kein einziges Wort mehr erinnern. Er wußte noch, daß sie ihm kleine glitzernde Pralinen in einer durchsichtigen Verpackung angeboten hatte, von denen die meisten hervorragend schmeckten, eine oder zwei aber so bitter waren, daß seine Zunge sich am nächsten Tag, als er daran dachte, immer noch zusammenzog, und eine — Kleph saugte begierig an einer der gleichen Sorte — schmeckte sogar ekelerregend.

Was Kleph selbst anbetraf — am nächsten Tag war er recht unsicher, was wirklich geschehen war. Er glaubte, sich an die Berührung ihrer weichen weißen Arme, die sie um seinen Hals geschlungen hatte, zu erinnern, und an den würzigen Geschmack des Tees, der in seine Nase stieg, als sie lachte. Aber an die Zeit danach konnte er sich überhaupt nicht mehr erinnern.

Später, vor dem Vergessen des Schlafes, gab es ein kleines Zwischenspiel. Er war sich fast sicher, daß er sich an den Augenblick erinnerte, da die beiden anderen Sanciscos auf ihn herabschauten, der Mann grollend, die rauchäugige Frau ein wissendes Lächeln im Gesicht.

Aus weiter Ferne sagte der Mann: »Kleph, du weißt, daß das gegen jede Regel verstößt ...« Seine Stimme begann mit einem dünnen Summen und endete in einem furchtbaren Röhren fast an der Grenze des Wahrnehmbaren. Oliver glaubte, sich an das Gelächter der dunkelhaarigen Frau zu erinnern, ebenfalls dünn und entfernt, und daß ihre Stimme summte wie Bienen im Flug.

»Kleph, Kleph, du kleine Närrin, können wir dir nur so weit trauen, wie wir dich im Auge behalten?«

Dann sagte Klephs Stimme etwas, das keinen Sinn zu ergeben schien: »Was hat das *hier* schon zu bedeuten?«

»Bevor du aufbrachst, hast du dich dazu verpflichtet, dich nicht einzumischen«, gab der Mann mit jenem dröhnenden, weit entfernten Summen zurück. »Du weißt, daß du die Bestimmungen unterzeichnet hast …«

Klephs Stimme, näher und verständlicher: »Aber hier ist es anders. *Hier* macht es nichts aus. Das wißt ihr beide. Wie könnte es auch etwas ausmachen?«

Oliver fühlte den pelzigen Rand ihres Ärmels an seiner Wange, doch er sah nichts außer dem langsamen, rauchähnlichen Auf und Ab der Dunkelheit vor seinen Augen. Er hörte die Stimmen wie Musik von weither erklingen und nahm wahr, wie sie verstummten.

Als er am nächsten Morgen allein in seinem Zimmer aufwachte, erwachte er mit der Erinnerung an Klephs Augen, die ihn sehr sorgenvoll betrachteten; ihr liebliches, braunes Gesicht blickte auf ihn herab, das rote Haar fiel duftend an den Wangen herab, und in ihren Augen lag Trauer und Mitleid. Er dachte, er habe das wahrscheinlich nur geträumt. Es gab einfach keinen Grund, weshalb ihn jemand mit solcher Trauer anblikken sollte.

An diesem Tag rief Sue an.

»Oliver, die Leute, die das Haus kaufen wollen, sind hier. Diese Verrückte und ihr Mann. Soll ich sie zu dir bringen?«

Den ganzen Tag war Olivers Verstand nur mit den vagen, verwirrenden Erinnerungen an den gestrigen Tag erfüllt. Klephs Gesicht stand vor seinen Augen und drängte alles übrige zurück.

»Was?« fragte er. »Ich ... oh, wenn du willst, kannst du ja mit ihnen kommen. Ich sehe nicht ein, was es noch bringen könnte.«

»Oliver, was ist los mit dir? Wir sind doch übereingekommen, daß wir das Geld brauchen, oder nicht? Ich verstehe nicht, wie du daran denken kannst, dir so ein wunderbares Geschäft ohne den geringsten Versuch entgehen zu lassen. Wir könnten heiraten und uns sofort ein eigenes Haus kaufen, und du weißt genau, daß wir für diesen alten Holzkasten nie wieder solch ein gutes Angebot bekommen werden. Wach doch endlich auf, Oliver!«

»Ich weiß, Sue«, brachte Oliver mit Anstrengung heraus, »ich weiß, aber ...«

»Oliver, du mußt dir etwas einfallen lassen!« Ihre Stimme klang gebieterisch.

Er wußte, daß sie recht hatte, Kleph hin, Kleph her, er konnte den Handel nicht ausschlagen, wenn eine Möglichkeit bestand, die Mieter zu vertreiben. Erneut fragte er sich, wieso so viele Leute das Haus plötzlich um jeden Preis haben wollten. Und was die letzte Maiwoche mit dem Wert des Hauses zu tun hatte.

Eine plötzliche Wißbegier durchdrang sogar die Ziellosigkeit seines Verstandes. Die letzte Maiwoche war so wichtig, daß der ganze Verkauf des Hauses mit ihr stand oder fiel. Warum? *Weshalb nur?*

»Was wird nächste Woche geschehen?« fragte er rhetorisch ins Telefon. »Warum können Sie nicht warten, bis diese Leute ausziehen? Ich würde ein paar Tausend vom Preis heruntergehen, wenn sie mir ...«

»Das wirst du nicht, Oliver Wilson! Mit diesem Geld könnte ich all unsere Gefrierschränke kaufen. Du mußt nur eine Möglichkeit schaffen, wie du ihnen den Besitz nächste Woche überschreiben kannst, das ist alles. Hast du verstanden?«

»Bleib auf dem Teppich«, sagte Oliver nüchtern. »Ich bin zwar nur ein Mensch, aber ich werde es versuchen.«

»Ich komme jetzt sofort mit diesen Leuten«, sagte Sue. »Während die Sanciscos noch fort sind. Nun schalt mal dein Gehirn ein und denke dir etwas aus, Oliver.« Sie wartete einen Moment, und als sie fortfuhr, war ihre Stimme nachdenklich. »Es sind ... so schrecklich komische Leute, Liebling.«

»Komisch?«

»Du wirst schon sehen.«

Eine ältere Frau und ein sehr junger Mann begleiteten Sue die Stufen herauf. Oliver wußte sofort, weshalb Sue wegen ihnen so durcheinander war. Irgendwie war er überhaupt nicht überrascht, als er sah, daß beide ihre Kleider mit der gleichen bekannten Selbstsicherheit trugen, die er schon kennengelernt hatte. Auch sie blickten sich mit der gleichen heimlichen Freude und einem Hauch schwacher Herablassung in dem wunderschönen, sonnigen Nachmittag um. Bevor er sie auch nur ein Wort sprechen hörte, wußte er, wie musikalisch ihre Stimmen sein und wie sorgfältig sie jedes einzelne Wort aussprechen würden.

Es gab keinen Zweifel daran. Die Leute aus Klephs geheimnisvollem Land kamen zuhauf hier an — aus irgendeinem Grund. Wegen der letzten Maiwoche? Er zuckte die Achseln; noch sah er keine Möglichkeit, Vermutungen anzustellen. Nur eins war gewiß: sie alle mußten aus jenem namenlosen Land kommen, wo die Menschen ihre Stimme wie Sänger und ihre Kleidung wie Schauspieler kontrollieren lernten, die jede Sekunde den Lauf der Zeit selbst anhalten konnten, um jede verrutschte Falte wieder zurechtzuschieben.

Die ältere Frau riß von Anfang an das Gespräch an sich. Sie standen auf der wackligen, unangestrichenen Veranda beisammen, und Sue bekam noch nicht einmal Gelegenheit, sie einander vorzustellen.

»Junger Mann, ich bin Madame Hollia. Das ist mein Gatte.«

Ihre Stimme wies einen beiläufigen Klang von Härte auf, vielleicht ihres Alters wegen. Und ihr Gesicht wirkte fast eingeschnürt; das lose Fleisch war mittels irgendeiner unbekannten Methode, über die Oliver keine Vermutung anstellen konnte, zur Festigkeit zurückgezwungen worden. Das Make-up war so kunstvoll aufgetragen, daß er sich noch nicht einmal gewiß war, ob es überhaupt Make-up war, doch er hatte das definitive Gefühl, daß sie viel älter war, als sie aussah. Man mußte schon ein Leben lang kommandiert haben, bevor man so viel Autorität in diese harte, tiefe, musikalisch trainierte Stimme legen konnte.

Der junge Mann sagte nichts. Er war sehr stattlich. Sein Typ entsprach augenscheinlich dem, der sich nicht groß ändert, gleichgültig, in welcher Kultur oder welchem Land er auftritt. Er trug einen wundervoll geschneiderten Anzug und in einer behandschuhten Hand eine Schachtel aus rotem Leder, ungefähr von der Größe und Form eines Buches.

»Ich verstehe Ihr Problem wegen des Hauses«, fuhr Madame Hollia fort. »Sie möchten es mir gern verkaufen, sind aber vom Gesetz her wegen ihres Mietvertrages mit Omerie und seinen Freunden gebunden. Trifft das zu?«

Oliver nickte. »Aber ...«

»Lassen Sie mich zu Ende reden. Wenn Omerie dazu gezwungen werden kann, noch vor nächster Woche auszuziehen, werden sie unser Angebot annehmen. Richtig? Sehr gut. Hara!« Sie nickte dem jungen Mann zu. Sofort wurde er aufmerksam, verbeugte sich leicht, sagte »Ja, Hollia« und fuhr mit der Hand in die Manteltasche.

Madame Hollia nahm den kleinen Gegenstand, den er ihr reichte, und ihre Geste dabei wirkte fast kaiserlich, als ob sie eine königliche Robe zurückschlüge.

»Hier ist etwas, das uns helfen kann«, sagte sie. »Meine Liebe ...« — sie reichte es Sue hinüber —, »wenn Sie dies irgendwo im Haus verstecken können, sehe ich Anlaß zu der Hoffnung, daß Ihre unwillkommenen Mieter Sie nicht länger belästigen werden.«

Sue nahm das Ding neugierig entgegen. Es sah aus wie eine schmale silberne Schachtel von kaum mehr als fünfzehn Zentimeter Länge, war an einer Schmalseite gezähnt und zeigte keinerlei Einkerbung, an der man es öffnen könnte.

»Moment mal«, sagte Oliver unbehaglich. »Was ist das überhaupt?«

»Es wird niemanden verletzen. Ich versichere es Ihnen.«

»Und weshalb ...«

Madame Hollias befehlsgewohnte Geste ließ ihn verstummen und Sue vortreten. »Machen Sie schon, meine Liebe. Beeilen Sie sich, bevor Omerie zurückkommt. Ich kann Ihnen versichern, daß niemandem Gefahr droht.«

»Madame Hollia«, unterbrach sie Oliver mit Bestimmtheit, »ich muß wissen, was Ihre Pläne sind. Ich ...«

»Oh, Oliver, bitte!« Sues Finger schlossen sich um den silbernen Behälter. »Mach dir doch keine Sorgen. Ich bin sicher, Madame Hollia meint nur das Beste. *Willst* du nicht, daß diese Leute ausziehen?«

»Natürlich will ich es. Aber nicht, wenn das Haus dabei in die Luft geht oder ...«

Madame Hollias tiefes Gelächter klang nachsichtig. »Es wird nicht so schlimm werden. Das verspreche ich Ihnen, Mr. Wilson. Denken Sie daran, wir wollen das Haus benutzen! Nun beeilen Sie sich, meine Liebe.«

Sue nickte und schlüpfte hastig an Oliver vorbei in die Eingangshalle. Derartig überrumpelt, wartete Oliver zögernd. Der junge Mann, Hara, tippte leicht mit dem Fuß auf und bewunderte den Sonnenschein, während sie warteten. Der Nachmittag war so schön wie bislang jeder im Mai; durchsichtig güldene Sonnenstrahlen schwangen mit einem Hauch von Frost durch die Luft, um einen perfekten Kontrast zum Sommer zu setzen. Hara sah sich zuversichtlich um, wie ein Mann, der einer Bühneneinrichtung Tribut zollt, die eigens für ihn geschaffen wurde. Bei einem Dröhnen von oben blickte er sogar gen Himmel und folgte dem Kurs eines großen transkontinentalen Flugzeuges, das vom goldenen Dunst der Sonne wie aufgelöst schien. »Spielzeug«, murmelte er befriedigt.

Sue kam zurück und hakte sich an Olivers Arm unter, schmiegte sich aufgeregt an ihn. »Nun«, sagte sie, »wie lange wird es dauern, Madame Hollia?«

»Das kommt darauf an, meine Liebe. Nicht sehr lange. Nun zu Ihnen, Mr. Wilson. Mir kam zu Ohren, daß Sie ebenfalls hier wohnen. Zu Ihrem eigenen Vorteil, nehmen Sie meinen Rat an und ...«

Irgendwo im Haus schlug eine Tür, und eine hohe Stimme sang wortlos die Tonleiter. Dann erklang das Geräusch von Füßen auf der Treppe, und eine Zeile eines Liedes. *»Liebe, o komm zu mir ...«*

Hara fuhr herum, die rote Lederschachtel fast aus seinen Händen fallen lassend.

»Kleph!« flüsterte er. »Oder Klia. Ich weiß, daß beide gerade aus Canterbury gekommen sind. Doch ich dachte ...«

»Psst!« Madame Hollias Gesichtszüge wurden schlagartig befehlsmäßig nichtssagend. Sie atmete triumphierend durch die Nase ein, trat zurück und wandte sich mit einer imposanten Drehung zur Tür.

Kleph trug die gleiche Robe, die Oliver schon zuvor gesehen hatte, nur daß sie diesmal nicht weiß, sondern hellblau war, wodurch ihr Teint nun aprikosenfarben wirkte.

»Ach, Hollia!« Ihre Stimme klang musikalisch wie nie zuvor. »Ich dachte, ich hörte eine Stimme von zu Haus. Wie nett, dich zu sehen. Niemand wußte, daß du zu dem ...« Sie verstummte, blickte Oliver an und dann zur Seite. »Und auch Hara«, fuhr sie fort. »Was für eine angenehme Überraschung.«

»Wann sind *Sie* denn zurückgekommen?« fragte Sue plump.

Kleph schenkte ihr ein Lächeln. »Sie müssen die kleine Miß Johnson sein. Nun, ich bin gar nicht zurückgekommen. Ich war diese Besichtigungen leid und bin in meinem Zimmer geblieben.«

Sue sog den Atem so tief ein, daß es wie ein ungläubiges Schnauben klang. Ein Blick wurde zwischen den beiden Frauen gewechselt, und dieser Kontakt blieb für einen Moment lang bestehen — doch dieser Moment schien zeitlos. Es war eine außergewöhnliche Pause, in der eine wortlose Wechselwirkung in Sekundenschnelle stattfand.

Oliver bemerkte, wie Kleph Sue anlächelte, jenen seltsamen Blick des ruhigen Selbstvertrauens, den er so oft bei all diesen seltsamen Leuten bemerkt hatte. Er sah Sues rasche Bestandsaufnahme bei der anderen Frau, bemerkte, wie sie ihre Schultern hob und kerzengerade dastand, ihr Sommerkleid über den flachen Hüften glättete, so daß sie für einen Augenblick auf Kleph hinabsah. Diese Bewegung war vorsätzlich. Verwirrt blickte er wieder zu Kleph hinüber.

Klephs Schultern sanken langsam, ihr Gewand verhüllte eine winzige Taille und hing in tiefen Falten über üppig gerundete Hüften. Sue hatte die bessere Figur — doch Sue gab auch als erste nach.

Klephs Lächeln brach nicht ab. Doch in diesem Schweigen erfolgte eine abrupte Umkehrung von Werten, beruhend lediglich auf Klephs grenzenlosem Vertrauen in sich selbst, dem ruhigen, sicheren Lächeln. Plötzlich wurden Klephs kuriose altmodische Rundungen zur Norm, und Sue wirkte neben ihr wie ein seltsames, eckiges, beinahe maskulines Geschöpf.

Oliver hatte keine Ahnung, wie es geschehen war. Irgendwie glitt die Autorität während eines Atemzuges von der einen Frau zur anderen hinüber. Schönheit stellt fast gänzlich eine Sache der Modeerscheinung dar; was heute schön ist, wirkte vor ein paar Generationen nur grotesk und wird in einhundert Jahren ebenso angesehen werden. Es wird noch schlimmer als grotesk werden: Es wird aus der Mode sein und daher schlicht lächerlich.

Genau das war auch Sue. Kleph mußte nur ihre Autorität ausspielen, um es jedem auf der Veranda deutlich zu machen. Plötzlich stellte Kleph mit größter Überzeugung eine Schönheit dar, eine Schönheit aufgrund einer anerkannten Mode, und Sue war auf lächerliche Art altmodisch, ein Anachronismus mit ihrer geschmeidigen, eckigen Schlankheit. Sie gehörte nicht hierher, war auf groteske Weise fehl am Platze zwischen diesen seltsam makellosen Menschen.

Sues Zusammenbruch war komplett. Doch Stolz und Verwirrung hielten sie aufrecht. Wahrscheinlich würde sie nie völlig verstehen, was geschehen war. Sie blickte Kleph mit brennendem Haß an, und als ihr Blick zu Oliver zurückglitt, las sie Argwohn und Mißtrauen darin.

Als Oliver später daran zurückdachte, glaubte er, in diesem Moment zum ersten Mal klar und deutlich die Wahrheit geargwöhnt zu haben. Doch nun blieb ihm keine Zeit, darüber nachzudenken, denn nach diesem kurzen Moment der Feindschaft begannen die drei Leute aus einem anderen Land durcheinanderzureden, wie in dem verspäteten Versuch, etwas zu vertuschen, das nicht bemerkt werden sollte.

»Dieses wunderschöne Wetter«, sagte Kleph. »Solch ein Glück, dieses Haus zu besitzen«, begann Madame Hollia, und Hara hielt die rote Lederschachtel hoch und sagte am lautesten von allen: »Cenbe schickt dir das, Kleph. Sein neuestes.«

Kleph streckte eifrig beide Hände danach aus, und die Ärmel rutschten für einen Moment wieder zurück.

Oliver warf einen schnellen Blick auf diese geheimnisvolle Narbe, bevor der Stoff wieder zurückrutschte, und es kam ihm so vor, als habe er an Haras Faust die gleichen schwachen Male erkannt, als er die Arme hob.

»Cenbe!« rief Kleph mit hoher, erfreuter Stimme. »Wie schön! Welche Periode?«

»November 1664«, gab Hara zurück. »London natürlich, obwohl ich glaube, daß es einen Kontrapunkt vom November 1347 geben mag. Natürlich ist er noch nicht fertig.« Er blickte etwas nervös zu Oliver und Sue hinüber. »Ein wundervolles Stück«, sagte er schnell. »Einfach wunderbar. Natürlich nur, wenn es nach seinem Geschmack ist.«

Madame Hollia erschauderte vor gewichtigem Zartgefühl.

»Dieser Mann!« sagte sie. »Faszinierend, natürlich — ein großer Mann. Aber — *so weit fortgeschritten!*«

»Man muß schon ein Kenner sein, um Cenbes Arbeit richtig würdigen zu können«, sagte Kleph etwas schroff. »Darüber sind wir uns alle einig.«

»O ja, wir alle verbeugen uns vor Cenbe«, stimmte Hollia zu. »Ich gestehe, daß dieser Mann mich ein wenig erschreckt, meine Liebe. Können wir erwarten, daß er sich zu uns gesellt?«

»Ich vermute es«, sagte Kleph. »Wenn seine — Arbeit — noch nicht vollendet ist, dann auf jeden Fall. Du kennst doch Cenbes Geschmack.«

Hollia und Hara stimmten ein Gelächter an. »Dann weiß ich, wann ich nach ihm suchen muß«, sagte Hollia. Sie warf dem gaffenden Oliver und der unterlegenen, aber immer noch schrecklich wütenden Sue einen Blick zu und kam in befehlsgewohntem Ton wieder auf das Thema zu sprechen.

»Du hast ja so ein Glück, meine liebe Kleph«, erklärte sie gewichtig, »dieses Haus zu besitzen. Ich habe ein 3-D-Bild davon gesehen — danach — und es war noch in einwandfreiem Zustand. Solch ein glücklicher Zufall.

Würdest du in Erwägung ziehen, für eine entsprechende Aufwandsentschädigung von dem Mietvertrag zurückzutreten? Sagen wir, einen Platz bei der Krönung von ...«

»Dazu könnte uns gar nichts veranlassen, Hollia«, sagte Kleph ärgerlich und drückte die rote Schachtel gegen die Brust.

Hollia warf ihr einen eisigen Blick zu. »Du könntest deine Meinung darüber noch ändern, meine liebe Kleph«, sagte sie päpstlich. »Du hast noch etwas Zeit. Du kannst uns immer durch unseren Mr. Wilson erreichen. Wir wohnen weiter oben in der Straße, im Montgomery-Haus — es stellt im Vergleich zu deinem natürlich überhaupt nichts dar, aber es reicht aus. Uns genügt es jedenfalls.«

Oliver blinzelte. Das Montgomery-Haus war das kostspieligste Hotel der Stadt. Verglichen mit seiner zerbröckelnden Ruine war es ein Palast. Er verstand diese Leute einfach nicht. Ihre Werteinschätzung schien völlig anders zu sein als die eines vernünftigen Menschen.

Madame Hollia bewegte sich majestätisch die Treppe hinab.

»Es war sehr nett, dich wieder einmal zu sehen, meine Liebe«, sagte sie über ihre wohlgepolsterte Schulter. »Genieße deinen Aufenthalt. Und grüße Omerie und Klia von mir. Mr. Wilson ...« Sie nickte in Richtung Weg. »Ich hätte gern noch ein paar Worte mit Ihnen gesprochen.«

Oliver folgte ihr hinab zur Straße. Madame Hollia blieb auf halbem Wege stehen und legte eine Hand auf seinen Arm.

»Noch ein guter Rat«, sagte sie heiser. »Sie haben gesagt, daß Sie hier schlafen? Ziehen Sie aus, junger Mann. Ziehen Sie vor heute abend noch aus.«

Oliver suchte ziemlich planlos nach dem Versteck, das Sue für die geheimnisvolle silberne Schachtel gefunden hatte, als von oben Klänge die Treppe herabfluteten. Kleph hatte ihre Tür geschlossen, aber das Haus war alt, und der seltsame Lärm schien durch die hölzernen Balken wie durch eine Netzmasche zu sickern.

Gewissermaßen war es Musik. Doch gleichzeitig viel mehr als nur Musik. Und es war ein erschreckendes Tönen, der Klang von Unglück und der menschlichen Reaktion auf Unglück, alles von Hysterie bis zum gebrochenen Herzen eingeschlossen, von irrationaler Freude bis zu rationaler Wahrnehmung.

Das Unglück war — bestimmt. Die Musik versuchte nicht, allen menschlichen Kummer einzubeziehen; sie konzentrierte sich auf einen bestimmten und folgte lediglich den Verzweigungen. Oliver erkannte die Basis der Töne sofort. Sie waren grundlegend und schienen mit den ersten Klängen der Musik, die viel mehr war als nur Musik, direkt auf sein Gehirn einzuschlagen.

Doch als er den Kopf hob, um besser lauschen zu können, verlor er sämtliche Beziehung zu der Bedeutung des Geräusches, das nur noch ein wirres Mischmasch darzustellen schien. Als er darüber nachzudenken versuchte, hatte er das Gefühl, den Geist hoffnungslos zu verschleiern, und er konnte den ersten Moment dieser übersinnlichen Wahrnehmung nicht mehr in die Erinnerung zurückrufen.

Wie betäubt stieg er die Treppe hinauf, kaum wissend, was er eigentlich tat. Er stieß Klephs Tür auf, schaute hinein …

An das, was er sah, konnte er sich später nicht mehr genau erinnern; es blieb so verschwommen wie die Themen der Musik, die in seinem Kopf dröhnte. Der halbe Raum lag hinter einem Nebel verborgen, der einen dreidimensionalen Schirm darstellte, auf dem — Bilder projiziert wurden, für die er keine Worte fand. Er war sich noch nicht sicher, ob die Projektion überhaupt sichtbar war. Der Nebel wirbelte umher und entwickelte Töne dabei, aber bestimmt waren es weder Töne noch Bewegungen, die Oliver wahrnahm.

Es war ein Kunstwerk, für das Oliver keinen Namen fand. Es übertraf alle Kunstformen, die er kannte, verschmolz sie, und diese Mischung war so subtil, daß Oliver sie nicht einordnen konnte. Es stellte den Versuch eines begnadeten Komponisten dar, die grundlegenden Aspekte aller bisherigen menschlichen Erfahrungen zu etwas zu verweben, das in wenigen Augenblicken gleichzeitig an alle Sinne vermittelt werden konnte.

Die sich ständig verändernden Visionen auf dem Schirm waren keine Bilder im Sinne des Wortes, sondern Hinweise auf Bilder, subtil ausgewählte Umrisse, die am Verstand zupften und mit einer einzigen winzigen Berührung ganze Saiten des Gedächtnisses zum Klingen brachten. Vielleicht reagierte jeder Zuschauer unterschiedlich, da es das Auge und der Verstand des Zuschauers war, in dem die Wahrheit des Bildes lag. Keine zwei Menschen würden sich des gleichen symphonischen Panoramas bewußt werden, und doch würde jeder die grundsätzlich gleiche schreckliche Geschichte sich enthüllen sehen.

Jeder einzelne Sinn wurde von diesem gewandten, gnadenlosen Genius angesprochen. Farben, Formen und Bewegungen flackerten über den Schirm, gaben versteckte Hinweise, erweckten unerträgliche Erinnerungen, die tief im Unterbewußtsein verborgen lagen; Gerüche gingen davon aus und berührten das Herz des Zuschauers tiefer, als irgendein Abbild es hätte tun können. Eine Gänsehaut wurde erzeugt, als ob eine schrecklich kalte Hand darauf läge. Die Zunge zog sich zusammen, während sie sich an Bitternis und Süße erinnerte.

Es war abscheulich. Der Effekt brachte die tiefsten ureigensten Erinnerungen eines Menschen zum Vorschein, rief verborgene Dinge hervor, die schon lange hinter mentaler Watte verborgen lagen, zwängten dem Zuschauer ihre schrecklichen Botschaften auf, bis der Verstand unter der Anspannung zusammenzubrechen drohte.

Und doch wußte Oliver trotz jenes lebhaften Bewußtwerdens nicht, welches Unglück der Bildschirm eigentlich darstellte. Daß es real, gewaltig und überwältigend schrecklich war, konnte er nicht bezweifeln. Daß es schon einmal geschehen war, stand außer Frage. Er nahm aufblitzende Bilder menschlicher Gesichter wahr, verzerrt von Gram, entstellt von Krankheit und Tod — wirkliche Gesichter, Gesichter von Menschen, die einst gelebt hatten und die er nun im Moment ihres Todes erblickte. Er sah ein Panorama von Männern und Frauen in reicher Kleidung, die von zu Tausenden zählenden Volksmassen niedergerungen wurden, riesige Scharen, die von einem Moment zum anderen heranfluteten, und er erkannte, daß der Tod keinen Unterschied zwischen ihnen machte.

Er sah liebliche Frauen lachen und ihre Locken schütteln, und das Lachen wurde zur Hysterie und die Hysterie zur Musik. Immer wieder tauchte das Gesicht eines bestimmten Mannes auf, ein schmales, düsteres, melancholisches Gesicht, von Sorgenfalten tief gekerbt, das Gesicht eines mächtigen Mannes, weltmännisch, gebildet — und hilflos. Dieses Antlitz blieb das beherrschende Motiv, kehrte immer gequälter, immer hilfloser als zuvor zurück.

Inmitten einer ansteigenden Melodie brach die Musik ab. Der Nebel löste sich auf, und der Raum erschien wieder vor ihm. Für einen Moment schien das gequälte düstere Gesicht überall zu haften, wo auch immer Oliver hinschaute, wie ein Nachbild der Sonne auf der Netzhaut. Er kannte dieses Gesicht. Er hatte es schon zuvor gesehen, zwar nicht oft, doch er sollte sich an den dazugehörigen Namen erinnern können …

»Oliver, Oliver ...«, Klephs helle Stimme erklang aus einem Nebel vor ihm. Er lehnte sich benommen gegen einen Türpfeiler und schaute hinab in ihre Augen. Auch ihr Gesicht wies jene verworrene Leere auf, die sich auch auf seinem zeigen mußte. Die Macht dieser schrecklichen Symphonie hielt sie beide noch gepackt. Doch sogar in diesem verwirrenden Augenblick erkannte Oliver, daß Kleph jene Erfahrung genossen hatte.

Er fühlte sich bis in die tiefsten Gründe seines Verstandes krank, betäubt vom Ekel und Ablehnung der niederdrückenden menschlichen Schicksale, deren Zeuge er gerade geworden war. Doch bei Kleph zeigte sich nur eine gewisse — Würdigung auf ihren Zügen. Dieses Erlebnis war großartig für sie gewesen, einfach großartig und sonst nichts.

Beiläufig erinnerte sich Oliver an die ekelhaften Süßigkeiten, die sie genossen hatte, an die abscheulichen Gerüche der seltsamen Mahlzeiten, die dann und wann aus ihrem Zimmer drangen und durchs ganze Haus zogen.

Was hatte sie noch vor kurzem gesagt? Kenner, ja genau. Nur ein Kenner könne eine so ... so *fortgeschrittene* Arbeit wie die von Cenbe würdigen.

Der Hauch einer berauschenden Süße strich an Olivers Gesicht vorbei. Etwas Kühles, Glattes wurde ihm in die Hand gedrückt.

»Oh, Oliver, es tut mir ja so leid«, murmelte Kleph zerknirscht. »Hier, trink das Anregungsmittel, und du wirst dich besser fühlen. Bitte trink!«

Der bekannte Wohlgeruch des heißen, süßen Tees flutete über seine Zunge, bevor er auch nur wußte, daß er sich gefügt hatte. Der entspannende Duft zog durch sein Gehirn, und nach ein paar Sekunden war die Welt um ihn herum wieder stabil. Das Zimmer sah so aus, wie es immer schon gewesen war. Und Kleph ...

Ihre Augen leuchteten überaus hell. Sympathie für ihn zeigte sich darin, doch sie selbst war noch bis zum

Rand erfüllt mit der gehobenen Spannung ihres Erlebnisses.

»Komm und nimm Platz«, sagte sie sanft und zog ihn am Arm. »Mir tut es so leid — ich hätte es nicht spielen dürfen, wo du es doch hören konntest. Ich habe wirklich keine Entschuldigung dafür. Ich vergaß völlig, wie der Effekt auf jemanden wirken kann, der noch nie zuvor eine Symphonie von Cenbe gehört hat. Ich war so ungeduldig, zu erfahren, was er mit seinen neuen ... seinem neuen Thema angestellt hat. Es tut mir so schrecklich leid, Oliver!«

»Was war das?« Seine Stimme klang standhafter, als er es erwartet hatte. Dafür war der Tee verantwortlich. Er nippte erneut, froh über die tröstende Euphorie, die sein Aroma mit sich brachte.

»Eine ... eine kompositionelle Interpretation von ... o Oliver, du weißt doch, daß ich keine Fragen beantworten darf!«

»Aber ...«

»Nein ... trinke deinen Tee und vergiß, was du gesehen hast. Denk an etwas anderes. Hier, hören wir etwas Musik, andere Musik, etwas Fröhliches ...«

Sie griff nach der Wand neben dem Fenster, und wie schon zuvor wurde Oliver Zeuge, wie sich das Bild mit dem blauen Wasser über dem Bett zu kräuseln und durchsichtig zu werden begann.

Er sah eine mit dunklen Vorhängen ausstaffierte Bühne, auf der ein Mann in einer engen, dunklen Tunika und Hose mit rastlosen, weitausholenden Schritten einherging; Hände und Gesicht hoben sich bleich von dem Schwarz um ihn herum ab. Er hinkte etwas, hatte einen verkrüppelten, gebogenen Rücken und sprach bekannte Zeilen. Oliver hatte John Barrymore einmal als den buckligen Richard gesehen, und es kam ihm sehr unwahrscheinlich vor, daß irgendein anderer Schauspieler diese schwierige Rolle meistern könnte. Diesen hier hatte er noch nie zuvor gesehen, doch der Mann hatte einen faszinierend flüssigen Stil, und seine Interpretation des körperbehinderten Königs schien recht neuartig zu sein; Shakespeare hätte sie sich nie träumen lassen.

»Nein«, sagte Kleph, »dies nicht. Nichts Düsteres.« Erneut streckte sie die Hand aus. Der namenlose Richard verschwamm, und aus einem Wirbel sich verändernder Bilder und Stimmen ging eine neue Szene mit Tänzerinnen in pastellfarbenen Balletkostümen hervor, die beinahe schwerelos einen komplizierten Tanz aufführten. Die Musik dazu hatte etwas Leichtes, Spielerisches. Der ganze Raum wurde erfüllt von dieser fließenden, klaren Melodie.

Oliver setzte seine Tasse ab. Nun fühlte er sich wesentlich selbstsicherer und glaubte, das Anregungsmittel habe alles in seiner Kraft Stehende für ihn getan. Er wollte nicht schon wieder einen geistigen Kurzschluß erleben. Es gab noch gewisse Dinge, die er in Erfahrung bringen mußte — und zwar jetzt. Er überlegte, wie er am besten damit beginnen könnte.

Kleph betrachtete ihn eindringlich. »Diese Hollia«, sagte sie plötzlich. »Sie will das Haus kaufen?«

Oliver nickte. »Sie hat uns ziemlich viel Geld dafür geboten. Sue wird schrecklich enttäuscht sein, wenn ...« Er zögerte. Vielleicht würde Sue nun doch nicht enttäuscht sein. Er erinnerte sich an die kleine silberne Schachtel mit ihrer geheimnisvollen Funktion und fragte sich, ob er sie vor Kleph erwähnen sollte. Aber das Anregungsmittel hatte diese Stufe seines Gehirns noch nicht erreicht, und er erinnerte sich seiner Pflichten Sue gegenüber und schwieg.

Kleph schüttelte den Kopf. Ihr warmherziger Blick ruhte mit — war es Sympathie? — auf ihm.

»Glaube mir«, sagte sie, »du wirst es schließlich nicht mehr als — wichtig empfinden. Danach. Ich verspreche es dir, Oliver.«

Er starrte sie an. »Ich wünschte, du würdest es mir erklären. «

Kleph lachte eher mitleidig als amüsiert. Aber es kam Oliver vor, als schwinge nun keine Herablassung mehr in ihrer Stimme mit. Fast unmerklich war jene leichte Erheiterung, mit der sie ihn betrachtet hatte, verflogen. Diese kühle Reserviertheit, die Omeries und auch Klias Benehmen bestimmte, hatte sich bei Kleph gelegt. Diese Regung war so subtil, daß sie sie ihm nicht vorheucheln konnte. Sie mußte jemanden spontan oder überhaupt nicht überkommen. Und aus einem Grund, den er nicht willens war zu überprüfen, war es Oliver plötzlich sehr wichtig, daß Kleph nicht auf ihn herabsah, sondern für ihn genau das empfand, was er für sie fühlte. Doch er wollte nicht darüber nachdenken.

Er betrachtete seine Tasse aus Rosenquarz, aus deren winziger Öffnung ein dünner Dampffaden kräuselte. Diesmal, so dachte er, konnte er vielleicht den Tee für sich arbeiten lassen. Denn er erinnerte sich daran, wie er die Zunge löste, und er mußte noch einiges in Erfahrung bringen. Die Idee, die ihm in dem Augenblick der stillen Rivalität zwischen Kleph und Sue auf der Veranda gekommen war, kam ihm nun zu phantastisch vor, um wahr zu sein. Doch irgendeine Antwort mußte es geben.

Kleph begann das Gespräch.

»Ich darf heute nachmittag nicht allzuviel von dem Euphoriasikum zu mir nehmen«, sagte sie und lächelte ihn über ihre rosarote Tasse hinweg an. »Es macht mich schläfrig, und wir wollen heute abend mit Freunden ausgehen.«

»Noch mehr Freunde aus deinem Land?« fragte Oliver.

Kleph nickte. »Sehr gute Freunde, die wir schon die ganze Woche erwartet haben.«

»Ich wünschte, du würdest mir erzählen«, sagte Oliver geradeheraus, »woher du kommst. Auf keinen Fall von hier. Eure Kultur unterscheidet sich zu sehr von der unsrigen … sogar eure Namen …« Er brach ab, als Kleph den Kopf schüttelte.

»Ich wünschte, ich könnte es dir sagen. Aber das würde gegen alle Regeln verstoßen. Es ist schon gegen die Regeln, daß ich mich hier mit dir unterhalte.«

»Welche Regeln?«

Sie machte eine hilflose Geste. »Du darfst mich nicht danach fragen, Oliver.« Sie lehnte sich auf ihrer bequemen Chaiselongue zurück, die sich sofort der veränderten Körperhaltung anpaßte, und schenkte ihm ein herzliches Lächeln. »Wir dürfen über solche Dinge nicht sprechen. Vergiß es, lausche der Musik, genieße den Augenblick, wenn du kannst.« Sie schloß die Augen und lehnte sich gegen die Vorhänge zurück. Oliver bemerkte, wie ihr sanft gerundeter Kehlkopf etwas anschwoll, als sie eine Melodie zu summen begann. Die Augen noch geschlossen, sang sie den Text, den sie schon auf der Treppe gesungen hatte. *»Liebe, o komm zu mir ...«*

Plötzlich klickte eine Erinnerung in Olivers Gehirn. Er hatte diese seltsame, langsame Melodie nie zuvor gehört, doch er glaubte den Text zu kennen. Er erinnerte sich daran, was Hollias Mann gesagt hatte, als er diese Zeile hörte, und beugte sich vor. Sie würde einer direkten Frage nicht antworten, aber vielleicht ...

»War das Wetter in Canterbury wirklich so warm?« fragte er und hielt den Atem an. Kleph summte eine weitere Zeile des Liedes und schüttelte den Kopf, die Augen noch immer geschlossen.

»Es war Herbst dort«, sagte sie. »Aber so hell, so wunderbar hell. Sogar ihre Kleider, weißt du ... jeder sang dieses neue Lied, und ich kann es einfach nicht aus meinem Kopf vertreiben.« Sie sang eine weitere Zeile, bei der die Worte fast unverständlich waren — zwar Englisch, doch kein Englisch, das Oliver verstehen konnte.

Er stand auf. »Warte«, sagte er. »Ich will etwas herausfinden. Bin in einer Minute zurück.«

Sie öffnete die Augen und lächelte ihn geheimnisvoll

an, immer noch die Melodie summend. Er sprang so schnell er konnte die Stufen hinab — sie schwankten ein wenig, obwohl sein Kopf nun wieder fast gänzlich klar war — und lief zur Bibliothek. Das Buch, das er suchte, war schon alt und arg mitgenommen, bekritzelt mit Notizen aus seiner Studentenzeit. Er erinnerte sich nicht genau, welche Passage er suchte, überschlug schnell ein paar Kapitel und fand sie durch reinen Zufall schon nach wenigen Minuten. Dann lief er schnell wieder hinauf. In seinem Magen herrschte eine seltsame Leere, denn er war nun geneigt, seiner Vermutung fast Glauben zu schenken.

»Kleph«, sagte er steif, »ich kenne dieses Lied. Und ich weiß auch, in welchem Jahr es neu war.«

Sie hob langsam die Lider, betrachtete ihn durch den Nebel der Euphorie. Er war nicht sicher, ob sie ihn verstanden hatte. Sie blickte ihn sehr lange an. Dann ließ sie ihren schlanken Arm sinken und deutete mit den gespreizten Fingern auf ihn. Sie lachte tief in der Kehle.

»*Liebe, o komm zu mir ...*«, sagte sie.

Er durchquerte schnell das Zimmer und nahm ihre Hand. Die Finger schlossen sich warm um die seinen. Sie zog ihn hinab, so daß er neben ihr knien mußte. Sie hob auch den anderen Arm, lachte erneut ihr sanftes Lachen und hob ihr Gesicht dem seinen entgegen. Der Kuß war zärtlich und lang. Er fing etwas von ihrer Euphorie ein, als sie ihm den Wohlgeruch des Tees ins Gesicht hauchte. Und er war überrascht, nach dem Kuß, als sie ihre Arme von seinem Nacken gelöst hatte, ihren Atem plötzlich an seiner Wange zu spüren. Tränen rannen über ihr Gesicht, und sie schluchzte.

Er ließ sie los und blickte sie verblüfft an. Sie schluchzte erneut, atmete tief ein und sagte: »Oh, Oliver, Oliver ...« Dann schüttelte sie den Kopf, riß sich los und drehte ihr Gesicht zur Seite. »Es ... es tut mir leid«, sagte sie mit bebender Stimme. »Bitte verzeih mir. Es macht nichts aus ... ich *weiß*, daß es nichts ausmacht, doch ...«

»Was ist los? *Was* macht nichts aus?«

»Nichts. Nichts ... bitte vergiß es. Überhaupt nichts!«

Sie nahm ein Taschentuch vom Tisch und putzte sich die Nase, lächelte ihn strahlend durch ihre Tränen an.

Plötzlich wurde er wütend. Er hatte genug Ausreden und geheimnisvolle Halbwahrheiten gehört. »Glaubst du, ich bin verrückt?« sagte er hart. »Ich weiß genug, um ...«

»Oliver, bitte!« Sie hielt ihre Tasse hoch, aus der es dampfte. »Bitte, keine weiteren Fragen. Hier, Euphorie brauchst du, Oliver, Euphorie, keine Antworten.«

»Welches Jahr schrieb man, als du dieses Lied in Canterbury gehört hast?« fragte er und stieß die Tasse beiseite.

Sie blinzelte ihn an; die Tränen schimmerten hell auf ihrer Haut. »Warum? Was glaubst du denn, welches Jahr es war?«

»Ich weiß es«, gab Oliver grimmig zurück. »Ich weiß, in welchem Jahr dieses Lied in Mode war. Ich weiß, daß du direkt aus Canterbury kommst, Hollias Mann hat es gesagt. Jetzt haben wir Mai, aber es war Herbst in Canterbury, und du kommst direkt von dort, weil dir das Lied noch immer durch den Kopf geht. Chaucers Ablaßkrämer hat dieses Lied irgendwann zu Ende des vierzehnten Jahrhunderts gesungen. Hast du Chaucer gesehen, Kleph? Wie war es vor so langer Zeit in England?«

Kleph fixierte ihn schweigend. Dann sanken ihre Schultern herab, und ihr ganzer Körper unter der blauen Robe entspannte sich in Resignation. »Ich bin ein Narr«, sagte sie leise. »Es muß ganz leicht gewesen sein, mich hereinzulegen. Glaubst du wirklich, was du da sagst?«

Oliver nickte.

»Nur wenige glauben es«, sagte sie sanft. »Das ist eine unserer Maximen, wenn wir reisen. Wir sind sicher vor allzugroßem Argwohn, denn die Leute aus den Zeiten, bevor Die Reise begann, glauben nicht daran.«

Die Leere in Olivers Magen verstärkte sich plötzlich. Für einen Moment schien er das Gefüge der Zeit zu verlassen, und das Universum wurde unwirklich um ihn herum. Er fühlte sich krank, fühlte sich nackt und hilflos. In seinen Ohren summte es, und das Zimmer verschwamm vor ihm.

Er hatte es nicht wirklich geglaubt — nicht bis zu diesem Moment. Er hatte irgendeine rationale Erklärung von ihr erwartet, die mit seinen haarsträubenden Mutmaßungen aufräumen, seine Spekulationen zurechtrükken würde, so daß ein Mensch sie als glaubwürdig akzeptieren konnte. Doch dies hatte er nicht erwartet.

Kleph tupfte mit dem hellblauen Taschentuch über ihre Augen und lächelte traurig.

»Ich weiß«, sagte sie. »Es muß furchtbar sein, wenn man es akzeptieren muß. All deine Vorstellungen werden einfach über den Haufen geworfen ... wir kennen es natürlich von Kindheit an, aber für dich ... Hier, Oliver, das Anregungsmittel wird es leichter machen.«

Er nahm die Tasse; an der Öffnung befand sich noch eine schwache Spur ihres Lippenstiftes. Er trank, fühlte die betäubende Süße durch seinen Kopf ziehen, und sein Gehirn schien sich ein wenig im Kopf zu drehen, als der flüchtige Effekt einsetzte. Mit diesen Drehungen schwand seine Konzentration, und alle seine Wertmaßstäbe auch.

Er begann sich etwas besser zu fühlen. Das Fleisch haftete wieder an seinen Knochen, und der warme Mantel der zeitweiligen Sicherheit auf seinem Fleisch. Er war nicht länger nackt und im Strudel der unstabilen Zeit.

»Die Geschichte ist wirklich sehr simpel«, erklärte Kleph. »Wir ... reisen. Unsere eigene Zeit ist gar nicht so schrecklich weit von deiner entfernt. Nein, wie weit, darf ich nicht sagen. Aber wir erinnern uns noch an eure Lieder und Dichter und an einige eurer großen Schauspieler. Wir sind ein Volk von großer Muße, und wir kultivieren die Kunst, uns gut zu unterhalten.

Wir machen eine Reise, ein ganzes Jahr lang. Wir suchen uns das Schönste heraus. Dieser Herbst in Canterbury war der großartigste Herbst, den unsere Forscher überhaupt aufstöbern konnten. Wir machten eine Pilgerfahrt zum Schrein — es war ein wunderbares Erlebnis, obwohl die Kleidung nur schwer zu bändigen war.

Nun ist dieser Monat, der Mai, schon fast vorüber — der lieblichste Mai aller zivilisierter Zeiten. Ein perfekter Mai in einer wunderbaren Epoche. Ihr könnt gar nicht wissen, in welcher schönen, fröhlichen Epoche ihr lebt, Oliver. Das Gefühl im Herzen der Städte — diese wunderbare nationale Zuversicht, dieses Glücksgefühl — alles läuft so schön wie ein Traum. Es gab andere dieser Monate im Frühling, mit schönem Wetter, aber in all diesen Epochen störte ein Krieg oder eine Hungersnot oder etwas anderes.« Sie zögerte, verzog das Gesicht und fuhr schnell fort: »Wir beabsichtigen, uns in ein paar Tagen zur Krönung in Rom zu treffen. Ich glaube, im Jahre 800 — zu Weihnachten. Wir ...«

»Aber warum besteht ihr auf diesem Haus?« unterbrach sie Oliver. »Warum wollen die anderen es euch wegnehmen?«

Kleph blickte ihn an. Er sah, wie erneut helle Tränen aus ihren Augen quollen, wie sich Hartnäckigkeit auf ihre sanften, gebräunten Gesichtszüge legte. Sie schüttelte den Kopf.

»Das darfst du mich nicht fragen.« Sie hielt ihm die dampfende Tasse hin. »Hier, trinke und vergesse, was ich gesagt habe. Ich kann dir nicht mehr erzählen, überhaupt nichts mehr.«

Als er aufwachte, wußte er einen Moment lang nicht, wo er sich befand. Er erinnerte sich nicht daran, Kleph verlassen zu haben oder zu seinem eigenen Zimmer zurückgekehrt zu sein. In diesem Moment war es ihm auch gleichgültig. Denn als er erwachte, umgab ihn überwältigender Schrecken.

Die Dunkelheit war damit angefüllt. Wellen der Furcht und des Schmerzes tosten gegen sein Gehirn. Er lag bewegungslos da, zu verängstigt, einen Finger zu rühren, und eine atavistische Erinnerung ermahnte ihn, ruhig liegenzubleiben, bis er wußte, aus welcher Richtung die Gefahr drohte. Grundlose Panik flutete in reißenden Wogen über ihn hinweg; sein Kopf schmerzte angesichts dieser Gewalt, und die Dunkelheit pulsierte im gleichen Takt.

Es klopfte an der Tür. Omeries tiefe Stimme erklang.

»Wilson! Wilson, sind Sie wach?«

Oliver mußte es zweimal versuchen, bevor er den Atem fand, Antwort zu geben. »J ... Ja. Was ist?«

Der Türknopf quietschte. Omeries Gestalt erschien, griff nach dem Lichtschalter, und das Zimmer wurde wieder sichtbar. Omeries Gesicht war vor Anstrengung verzerrt, und er hielt eine Hand gegen den Kopf gepreßt, als ob dieser im gleichen Rhythmus wie Olivers von Wellen des Schmerzes heimgesucht würde.

In diesem Moment, noch bevor Omerie etwas sagen konnte, erinnerte Oliver sich an Hollias Warnung. »Ziehen Sie aus, junger Mann — ziehen Sie noch vor heute abend aus.« In panischer Angst fragte er sich, was sie in diesem Haus bedrohte, das mit dem Rhythmus des nackten Schreckens pulsierte.

Mit ärgerlicher Stimme beantwortete Omerie die unausgesprochene Frage. »Jemand hat einen Subsonic im Haus versteckt, Wilson«, erklärte er. »Kleph meint, daß Sie wissen könnten, wo er steckt.«

»Ein was?«

»Ein Gerät«, sagte Omerie ungeduldig. »Wahrscheinlich eine kleine Metallschachtel, die ...

»Oh«, sagte Oliver in einem Ton, der Omerie alles erklären mußte.

»Wo ist er?« fragte er. »Schnell, wir müssen dem ein Ende machen.«

»Ich weiß es nicht.« Mit einiger Anstrengung unterdrückte Oliver das Klappern seiner Zähne. »Sie meinen, daß ... daß nur die kleine Schachtel daran schuld ist?«

»Natürlich. Nun sagen Sie mir, wo ich sie finde, bevor wir alle verrückt werden.«

Zitternd taumelte Oliver aus dem Bett, ergriff mit nervösen Händen seinen Morgenmantel. »Ich glaube, sie hat ihn irgendwo im Parterre versteckt«, sagte er. »S ... sie war nicht lange weg.«

Mit ein paar kurzen Fragen bekam Omerie die ganze Geschichte aus ihm heraus. Als Oliver geendet hatte, schlugen seine Zähne vor Erbitterung aufeinander.

»Diese dumme Hollia ...«

»Omerie!« klang Klephs klägliche Stimme aus der Halle. »Bitte beeil dich, Omerie! Ich kann es nicht mehr aushalten! Oh, Omerie, bitte!«

Oliver erhob sich abrupt. Bei der Bewegung schien eine doppelte Welle unaussprechlichen Schmerzes in seinem Schädel zu explodieren; schwankend klammerte er sich an das Bettgestell.

»Suchen Sie das Ding selbst«, hörte er sich wie betäubt sagen. »Ich kann doch nicht einmal gehen ...«

Omeries Temperament schien von dem Druck im Zimmer angestachelt zu werden. Er packte Oliver an der Schulter und schüttelte ihn. »Sie haben es hereingelassen«, sagte er drohend, »nun helfen Sie uns auch, es wieder hinauszubekommen, sonst ...«

»Es ist ein Ding aus Ihrer Welt, nicht aus meiner!« gab Oliver wütend zurück.

In diesem Moment kam es ihm vor, als durchflute eine plötzliche Welle aus Kälte und Schweigen das Zimmer. Sogar der Schmerz und die sinnlose Furcht brachen für einen Augenblick ab. Omeries bleiche, kalte Augen bedachten Oliver mit solch einem eisigen Blick, daß ihn ein Frösteln überlief.

»Was wissen Sie über unsere — Welt?« forschte Omerie.

Oliver brachte kein Wort über die Lippen. Er brauchte es auch nicht; sein Gesichtsausdruck mußte verraten haben, was er wußte. Er konnte es in dieser Nacht des Schreckens, den er immer noch nicht begriff, nicht verbergen.

Omerie entblößte seine weißen Zähne und stieß drei völlig unverständliche Worte aus. Dann trat er zur Tür und brüllte: »Kleph!«

Oliver erblickte die beiden Frauen, die sich in der Diele aneinanderklammerten, heftig zitternd unter diesen grausamen Wellen des unverständlichen, synthetischen Schreckens. Klia — in einer hellgrünen Robe — hielt sich halbwegs unter Kontrolle, während Kleph keine Anstrengung unternahm, dem Druck zu widerstehen. Ihr Gewand glänzte in schimmerndem Gold; sie zitterte, und Tränen rannen ihr übers Gesicht.

»Kleph«, fragte Omerie drohend, »hast du gestern wieder von dem Zeug genommen?«

Kleph warf einen erschrockenen Blick auf Oliver und nickte schuldbewußt.

»Du hast zuviel erzählt.« Der Satz stellte eine einzige Anklage dar. »Du kennst die Regeln, Kleph. Dir wird es nicht mehr gestattet, noch einmal zu reisen, wenn jemand den Behörden von diesem Vorfall Bericht erstattet.«

Plötzlich kräuselten sich tiefe Grübchen auf Klephs lieblichem Gesicht.

»Ich weiß, daß es ein Fehler war. Es tut mir sehr leid — aber du wirst mich nicht aufhalten, wenn Cenbe nein sagt.«

Klia breitete die Arme in einer Geste hilflosen Zorns aus. Omerie zuckte die Achseln. »In diesem Fall — wenn es zutrifft — ist kein großer Schaden entstanden«, sagte er und warf Oliver einen unergründlichen Blick zu. »Aber es kann ernst werden. Nächstes Mal wird es vielleicht ernst werden. Ich muß mit Cenbe sprechen.«

»Zuerst müssen wir den Subsonic finden«, erinnerte ihn Klia erschaudernd. »Wenn Kleph sich davor fürchtet, uns zu helfen, kann sie ja für eine Weile hinausgehen. Ich gestehe, daß ich Klephs Gesellschaft momentan überdrüssig bin.«

»Wir können das Haus aufgeben!« schrie Kleph zornig. »Soll Hollia es doch haben! Wie könnt ihr das so lange aushalten, um ihm auch noch nachzujagen?«

»Das Haus aufgeben?« rief Klia. »Du mußt verrückt sein! Wo wir doch schon alle Einladungen verschickt haben?«

»Das wird nicht nötig sein«, sagte Omerie. »Wir können es finden, wenn wir alle danach suchen. Sind Sie in der Lage, uns zu helfen?« Er blickte Oliver an.

Mit äußerster Anstrengung bekämpfte Oliver seine sinnlose Panik, während die Brandung des Schreckens durch den Raum toste.

»Ja«, sagte er. »Aber was soll mit mir geschehen? Was haben Sie mit mir vor?«

»Das sollte doch offensichtlich sein«, sagte Omerie, während seine hellen Augen Oliver in der Dunkelheit ausdruckslos betrachteten. »Wir behalten Sie im Haus, bis wir gehen. Mehr können wir nicht tun. Das verstehen Sie doch. Und wir haben keinen Grund, mehr zu tun, sobald es vorüber ist. Wir haben nur Stillschweigen versprochen, als wir unsere Reisepapiere unterzeichnet haben.«

»Aber ...« Oliver suchte nach dem Trugschluß in dieser Argumentation, doch es war sinnlos. Er konnte nicht klar denken. Aus der Luft um ihn herum durchdrang sinnlose Panik seinen Geist. »In Ordnung«, sagte er. »Suchen wir.«

Es war schon hell, als sie endlich die Kassette fanden, in die Federn eines Sofakissens hineingestopft. Omerie nahm sie wortlos mit nach oben. Fünf Minuten später erlosch der mentale Druck in der Luft abrupt, und segensreicher Frieden durchzog das Haus.

»Sie werden es noch einmal versuchen«, sagte Omerie zu Oliver an der Tür des hinteren Schlafzimmers. »Wir müssen auf der Hut sein. Und was Sie betrifft, muß ich dafür sorgen, daß Sie bis Freitag das Haus nicht verlassen. In Ihrem eigenen Interesse rate ich Ihnen, es mich wissen zu lassen, wenn Hollia versucht, ein paar neue Tricks auszuspielen. Ich gestehe, daß ich mir darüber noch nicht ganz klar bin, wie ich Sie dazu zwinge, im Haus zu bleiben. Ich könnte Methoden benutzen, die sehr unbequem für Sie sind, doch ich würde es vorziehen, Ihr Wort darauf zu erhalten.«

Oliver zögerte. Das Nachlassen des Drucks auf sein Gehirn hatte ihn erschöpft und fast betäubt, und er war sich überhaupt nicht sicher, was er sagen sollte.

»Es war teilweise unsere Schuld«, fuhr Omerie nach einer Weile fort, »da wir uns nicht versichert haben, ob wir das Haus allein bewohnen. Wenn Sie hier bei uns bleiben, könnten Sie kaum dazu beitragen, Argwohn zu erzeugen. Sollen wir so übereinkommen: Für Ihr Versprechen ersetze ich Ihnen einen Teil des Geldes, das Sie für den Verkauf dieses Hauses bekommen hätten?«

Oliver dachte darüber nach. Es würde Sue ein wenig besänftigen. Und es bedeutete lediglich zwei Tage Hausarrest. Außerdem — was für einen Nutzen hätte ihm ein Entkommen gebracht? Was könnte er Nichteingeweihten erzählen, um nicht sofort in eine Gummizelle gesteckt zu werden?

»Na gut«, sagte er müde. »Ich verspreche es.«

Am Freitagmorgen hatte es immer noch kein neues Lebenszeichen von Hollia gegeben. Sue rief am Nachmittag an. Oliver wußte, daß ihre Stimme in der Leitung krächzte, denn Kleph nahm den Anruf entgegen. Sogar das Krächzen klang hysterisch; Sue sah ihr gutes Geschäft schon durch die zusammengekrallten Finger gleiten.

Klephs Stimme war besänftigend. »Es tut mir leid«, sagte sie immer dann, wenn Sue Luft schnappen mußte. »Es tut mir wirklich leid. Glauben Sie mir, Sie werden herausfinden, daß es gleichgültig ist. Ich weiß ... Es tut mir leid ...«

Schließlich legte sie auf. »Das Mädchen behauptet, Hollia habe aufgegeben«, erzählte sie den anderen.

»Nicht Hollia«, widersprach Klia fest.

Omerie zuckte die Achseln. »Wir haben nur noch wenig Zeit. Wenn sie einen neuen Trick versucht, wird es diese Nacht geschehen. Wir müssen acht geben.«

»Oh, nicht heute abend!« Klephs Stimme klang erschrocken. »Nicht einmal Hollia würde dazu imstande sein!«

»Hollia ist auf ihre Art genauso skrupellos wie du, meine Liebe«, entgegnete Omerie lächelnd.

»Aber ... würde sie uns alles verderben, bloß weil sie nicht hier sein kann?«

»Was glaubst du denn?« fragte Klia.

Oliver gab es auf, dem Gespräch zu lauschen. Es ergab für ihn keinen Sinn, doch er wußte, daß diese Nacht das Geheimnis — worum es sich auch immer handeln mochte — enthüllt werden mußte. Er war bereit, darauf zu warten.

Seit zwei Tagen hatte sich die Aufregung in dem Haus und den drei Menschen, die es mit ihm teilten, ständig erhöht. Sogar die Dienstmädchen nahmen sie wahr und wurden nervös und unsicher. Oliver hatte es aufgegeben, Fragen zu stellen — dadurch machte er die Mieter nur verlegen —, und beobachtete alles sorgfältig.

Alle Stühle im Haus wurden in den drei vorderen Schlafzimmern aufgestellt. Das Mobiliar wurde zurechtgeschoben, um genügend Platz zu schaffen, und Dutzende von diesen Tassen mit Deckel standen auf Tabletts. Oliver erkannte Klephs Rosenquarz-Tasse zwischen den anderen. Obwohl kein Dampf aus den winzigen Öffnungen stieg, waren sie gefüllt. Oliver hob eine hoch und fühlte eine schwere Flüssigkeit darin schaukeln; sie wies einen beinahe festen Aggregatzustand auf.

Offensichtlich wurden Gäste erwartet, doch die gewohnte Stunde des Abendessens — neun Uhr — kam und verstrich, ohne daß jemand auftauchte. Nach der Mahlzeit konnten die Bediensteten nach Hause gegen. Die Sanciscos gingen in ihre Zimmer, um sich umzukleiden, während das Gefühl der Spannung wuchs.

Nach dem Essen trat Oliver auf die Veranda hinaus; vergeblich versuchte er Vermutungen darüber anzustellen, was für ein Ereignis eine solche Erwartungshaltung im Haus auslösen mochte. Der Mond stand im letzten Viertel und erleuchtete mit seinem Glanz den diesigen Horizont, doch die Sterne, die in diesem Mai bislang jede Nacht hell strahlten, waren heute recht schwach auszumachen. Bei Sonnenuntergang hatten sich Wolken zusammengeballt, und das den ganzen Monat vorherrschende makellose Wetter schien nun enden zu wollen.

Hinter Oliver wurde die Tür einen Spalt geöffnet und sofort wieder geschlossen. Bevor er sich umdrehte, nahm er schon Klephs Ausstrahlung wahr — und einen schwachen Duft des Euphoriasikums, das sie viel zu gerne trank. Sie trat neben ihn, legte eine Hand auf die seine und blickte in der Dunkelheit zu seinem Gesicht auf.

»Oliver«, sagte sie sehr sanft. »Verspreche mir etwas. Verspreche mir, diese Nacht nicht das Haus zu verlassen.«

»Das habe ich doch schon versprochen«, entgegnete er ein wenig irritiert.

»Ich weiß. Doch heute abend — ich habe einen ganz bestimmten Grund dafür, weshalb du diese Nacht im Haus bleiben sollst.« Einen Moment lehnte sie ihren Kopf gegen seine Schulter, und auf unerklärliche Weise legte sich seine Verwirrung etwas. Seit jener letzten Nacht ihrer Enthüllungen hatte er Kleph nicht mehr allein gesprochen, und er vermutete, daß er nie wieder länger als ein paar Minuten mit ihr allein sein würde. Doch er wußte, daß er diese beiden Abende nie vergessen würde. Und er wußte auch, daß sie sehr schwach und kindisch war — doch es war immer noch Kleph, die er in den Armen hielt, und er würde sie wahrscheinlich niemals vergessen können.

»Du könntest ... verletzt werden, wenn du diese Nacht das Haus verläßt«, sagte sie mit erstickter Stimme. »Ich weiß, daß es letztlich gleichgültig wäre, aber ... erinnere dich daran, daß du es versprochen hast, Oliver.«

Sie ging wieder, und die Tür schloß sich hinter ihr, bevor er die drängenden Fragen, die in seinem Geist warteten, stellen konnte.

Die ersten Gäste kamen kurz vor Mitternacht. Vom oberen Ende der Treppe aus sah Oliver sie in Gruppen von zweien oder dreien kommen, erstaunt darüber, wie viele Leute aus der Zukunft sich in den letzten Wochen hier eingefunden hatten. Nun bemerkte er deutlich, wie sie sich von der Norm seiner eigenen Epoche unterschieden. Zuerst bemerkte man ihre körperliche Eleganz — perfekte Körperpflege, außergewöhnlich gute Manieren, die metrisch geschulte Stimme. Doch da alle gewissermaßen müßige Sensationsjäger waren, lag eine gewisse Schrille in ihren Stimmen, besonders, wenn sie sich lebhaft miteinander unterhielten. Empfindlichkeit und Zügellosigkeit zeigte sich unter ihren guten Manieren. Und an diesem Abend kam eine alles verdrängende Aufregung hinzu.

Um ein Uhr hatten sich alle in den vorderen Räumen versammelt. Die Teetassen begannen anscheinend von selbst zu dampfen, und das gesamte Haus war von jenem dünnen, schwachen Duft erfüllt, der diese Euphorie hervorrief, die man mit dem Duft des Tees einatmete.

Oliver fühlte sich leicht und schläfrig. Eigentlich hatte er sich dazu entschlossen, mit den anderen zusammenzusitzen, doch er mußte am Fenster seines eigenen Zimmers eingeschlafen sein, ein ungeöffnetes Buch auf dem Schoß.

Denn als es geschah, war er sich ein paar Minuten lang nicht im klaren, ob er träumte oder nicht.

Der unglaubliche, ungeheure Aufprall war mehr als nur ein Geräusch. Er fühlte das ganze Haus unter sich erzittern, fühlte mehr, als er hörte, wie die Holzbalken wie gesplitterte Knochen aneinander rieben, während er sich noch im Grenzland des Schlafes befand. Als er endgültig erwachte, lag er zwischen den zersplitterten Überresten des Fensters auf dem Fußboden.

Er konnte nicht sagen, ob er lange oder nur kurz dort gelegen hatte. Die ganze Welt toste noch von jenem schrecklichen Lärm, oder seine Ohren waren davon betäubt, denn sonst vernahm er kein Geräusch.

Er befand sich schon halbwegs in der Diele zu den vorne gelegenen Räumen, als die Geräusche von draußen zurückkehrten. Zuerst war es ein tiefes, unbeschreibliches Grollen, durchsetzt mit unzähligen leisen, weit entfernten Schreien. Olivers Trommelfelle schmerzten noch von dem schrecklichen Aufprall des tosenden, unbekannten Lärms, doch seine Taubheit legte sich, und bevor er sie sah, hörte er die ersten Stimmen aus der betroffenen Stadt.

Die Tür zu Klephs Zimmer widersetzte sich ihm einen Moment lang. Die Gewalt der — der Explosion? — hatte das Haus erschüttert, und der Rahmen war verzogen. Als er die Tür endlich geöffnet hatte, starrte er benommen in die Dunkelheit vor sich. Alle Lichter waren erloschen, aber ein atemloses Flüstern vieler Stimmen erfüllte das Zimmer.

Die Stühle waren um die breiten Frontfenster verteilt,

so daß jeder hinaussehen konnte; in der Luft hing der Geruch von Euphorie. Von draußen fiel genug Licht hinein, so daß Oliver sehen konnte, daß einige wenige Zuschauer noch die Hände an die Ohren gepreßt hielten, die meisten sich aber begierig vorbeugten, um besser sehen zu können.

Wie durch einen traumhaften Nebel sah Oliver die Stadt mit unheimlicher Deutlichkeit vor sich. Er wußte genau, daß normalerweise eine Häuserreihe an der anderen Straßenseite die Sicht versperrte — und dennoch überblickte er jetzt die Stadt und konnte bis zum Horizont ein grenzenloses Panorama sehen. Die Häuser dazwischen waren verschwunden.

Weit am Horizont brannte es; das Feuer färbte die tiefhängenden Wolken mit hellem Purpur. Dieses schwefelartige Licht wurde vom Himmel auf die Stadt reflektiert und erhellte, wie an Häuserreihe auf Häuserreihe Flammen emporleckten; weit dahinter lagen formlose Klumpen, die Schlacke von Gebilden, die vor ein paar Minuten noch Häuser gewesen waren.

Lärm klang von der Stadt herüber; das Prasseln der Flammen war am lautesten, aber dann und wann konnte man menschliche Stimmen hören, fern wie das Tosen einer Brandung an einem vorgelagerten Riff, und das Stakkato der Schreie erzeugte im Netz der Geräusche ein ständig aufsteigendes und abebbendes Muster. Das Wogen der Schreie und das Heulen von Sirenen verflocht das Netz zu einer schrecklichen Symphonie von fremder unmenschlicher Schönheit.

Durch Olivers ungläubigen Verstand zuckte kurz die Erinnerung an jene andere Symphonie, die Kleph vor ein paar Tagen gespielt hatte und die eine andere Katastrophe in Form von Musik und Bewegung erzählte.

»Kleph«, sagte er heiser.

Die Sitzordnung am Fenster wurde durchbrochen. Köpfe fuhren herum, und Oliver sah, wie fremde Gesichter ihn anstarrten; in einigen Augen lag Verlegenheit, doch die meisten betrachteten ihn mit jener lebhaften, unmenschlichen Neugier, die eine Menge den Opfern eines Unfalls entgegenbringt. Doch diese Leute befanden sich absichtlich hier, stellten das Publikum zu einem riesigen Unglück dar, zu dem sie extra angereist waren.

Kleph erhob sich unsicher, ihr samtenes Abendkleid raschelte bei der Bewegung. Sie setzte eine Tasse ab und schwankte ein wenig, als sie auf die Tür zukam. »Oliver«, sagte sie mit hoher, klirrender Stimme, »Oliver ...«

Er sah, daß sie stark berauscht war; die Katastrophe hatte ihre Stimulation bis zu einem Punkt gepeitscht, an dem sie nicht mehr wußte, was sie tat.

»Was ... was war das, Kleph?« hörte sich Oliver mit einer Stimme sagen, die nicht die seine war. »Was ist geschehen? Was ...?« Doch *geschehen* schien ein so unpassendes Wort für das unglaubliche Panorama unter ihnen zu sein, daß er über der Frage in ein hysterisches Kichern ausbrach, dann ganz still wurde und versuchte, das Zittern, das sich seines Körpers bemächtigt hatte, unter Kontrolle zu bekommen.

Kleph bückte sich unsicher und ergriff eine dampfende Tasse. Schwankend kam sie auf ihn zu, reichte sie ihm — ihr Wundermittel gegen alle Krankheiten.

»Hier, trinke, Oliver — wir sind hier alle sicher, völlig sicher.« Sie hob die Tasse an seine Lippen, und er schluckte automatisch, war den Dämpfen dankbar, die seinen aufgewühlten Verstand langsam beruhigten.

»Es war ein Meteor«, sagte Kleph. »Wirklich nur ein ziemlich kleiner Meteor. Wir sind hier alle völlig sicher. Das Haus wurde nicht in Mitleidenschaft gezogen.«

»Sue?« hörte Oliver sich aus irgendeiner Zelle seines Unterbewußtseins heraus sagen. »Ist Sue ...« Er konnte den Satz nicht beenden.

Kleph reichte ihm die Tasse erneut. »Ich glaube, sie ist in Sicherheit — für eine Weile. Bitte, Oliver, vergiß das alles und trinke.«

»Aber du hast es *gewußt!*« Endlich drang diese Erkenntnis in sein schmerzendes Gehirn. »Du hättest uns warnen können oder ...«

»Wie könnten wir die Vergangenheit ändern?« fragte Kleph. »Wir kennen sie zwar — doch können wir einen Meteor stoppen? Oder die Stadt warnen? Bevor wir kamen, mußten wir unser Wort geben, uns niemals einzumischen ...«

Die Stimmen der Zuschauer waren lauter geworden, um in dem steigenden Getöse von draußen noch vernehmbar zu sein. Die Stadt brüllte nun vor Flammen und Schreien und dem Donnern zusammenbrechender Gebäude. Es war heller im Zimmer geworden; der Flammenschein pulsierte in dunklem Rot und hellem Weiß auf den Wänden und der Decke.

Unten schlug eine Tür. Jemand lachte, ein hohes, heiseres, ärgerliches Gelächter. Dann atmete jemand aus der Menge im Zimmer erschrocken ein, und ein Chor ungläubiger Stimmen erklang. Oliver versuchte, sich auf das Fenster und das dahinterliegende Bild des Schreckens zu konzentrieren, doch er war nicht dazu in der Lage.

Oliver mußte mehrmals blinzeln, um sich davon zu überzeugen, daß er nicht mehr sehen konnte. Kleph jammerte leise und schmiegte sich an ihn. Nun konnte er zumindest etwas berühren und sich sicher sein, daß es wirklich existierte, obwohl alles andere, was er diese Nacht erlebt hatte, nur ein Traum sein konnte. Als er ihr Parfum und den in den Kopf steigenden Duft der Teerosen einsog und er sie für einen Moment in einer Umarmung hielt, die mit Sicherheit die letzte sein würde, die ihm vergönnt war, kümmerte er sich nicht darum, daß auf schreckliche Weise etwas mit der Luft im Zimmer, die ihn umgab, nicht stimmen konnte. Er war blind — jedoch nicht fortwährend. Die Blindheit kam in sanften, sich immer mehr ausbreitenden Wogen, zwischen denen er einen Schimmer von den anderen Gesichtern im Zimmer auffing, die verzerrt und erstaunt im flackernden Licht der Stadt dreinblickten.

Die Wogen kamen nun schneller. Zwischen ihnen blieb nur noch ein kurzes Blinzeln, das kürzer und kürzer wurde, während die Intervalle der Dunkelheit sich vergrößerten.

Das Gelächter aus dem Parterre klang erneut die Treppe hoch. Oliver glaubte, die Stimme zu erkennen. Er öffnete den Mund, um zu sprechen, doch bevor er Worte finden konnte, schlug die Tür neben ihm, und Omerie schrie etwas die Stufen hinab.

»Hollia?« überschrie er das Röhren der Stadt. »Hollia, bist du das?«

Erneut lachte sie triumphierend. »Ich habe euch gewarnt!« schrie ihre harte, heisere Stimme. »Nun gesellt euch zu uns auf der Straße, wenn ihr noch etwas sehen wollt!«

»Hollia!« brüllte Omerie verzweifelt. »Hör damit auf, oder …«

Sie lachte spöttisch. »Oder was, Omerie? Diesmal habe ich es zu gut versteckt — kommt auf die Straße, wenn ihr den Rest noch sehen wollt.«

Ärgerliches Schweigen herrschte im Haus. Oliver spürte, wie Klephs hastige, aufgeregte Atemzüge seine Wange kitzelten, fühlte das leichte Zittern ihres Körpers in seinen Armen. Er versuchte bewußt, diesen Moment andauern zu lassen, ihn zur Ewigkeit auszudehnen. Alles war einfach zu schnell geschehen, um nachhaltige Eindrücke in seinem Verstand hervorzurufen — bis auf das, was er berühren und in seinen Armen halten konnte. Er hielt sie in einer sanften, lockeren Umarmung, obwohl er sich nach einem festen, verzweifelten Griff sehnte, denn er war sicher, daß dies die letzte Umarmung sein würde, die sie miteinander teilen konnten.

Das verwirrende Spiel von Licht und Blindheit fuhr fort. Aus weiter Ferne rollte das Tosen der brennenden

Stadt heran, zusammengehalten von den langgezogenen Kadenzen der Sirenen, die alle Geräusche zu einem einzigen verschmolzen.

Dann klang in der verwirrenden Dunkelheit eine andere Stimme aus dem Parterre herauf. Die Stimme eines Mannes, sehr tief, sehr melodisch.

»Was ist hier los?« fragte sie. »Was tust du dort? Hollia — bist du das?«

Oliver fühlte, wie sich Kleph in seinen Armen versteifte. Sie hielt den Atem an, sagte aber nichts, als schwere Füße die Treppe heraufstiegen, mit soliden, zuversichtlichen Schritten näherkamen, die das ganze Haus zu erschüttern schienen.

Dann riß Kleph sich mit einer harten Bewegung aus Olivers Griff los. Er hörte ihre hohe, aufgeregte Stimme rufen: »Cenbe! Cenbe!«, und sie lief los, um den Neuankömmling inmitten der Wellen des Lichts und der Dunkelheit zu begrüßen, die das arg mitgenommene Haus durchfluteten.

Oliver schwankte ein wenig und ertastete eine Stuhllehne. Er sank auf den Stuhl nieder und hob die Tasse an die Lippen, die er noch immer umklammert hielt. Die warmen Dämpfe befeuchteten sein Gesicht, und er konnte die winzige Öffnung kaum ausmachen.

Er hob die Tasse mit beiden Händen und trank.

Als er die Augen öffnete, war es dunkel im Zimmer. Bis auf ein dünnes, melodisches Summen fast an der Schwelle des Hörbaren war es auch still. Oliver bekämpfte die Erinnerung an einen monströsen Alptraum, verdrängte sie resolut aus seinem Bewußtsein und setzte sich auf; ein unvertrautes Bett krächzte und schwankte unter ihm.

Es war Klephs Zimmer. Aber nein — nun nicht mehr. Ihre leuchtenden Gobelins waren von den Wänden genommen, die Chaiselongue war verschwunden, der Teppich fehlte, und auch ihre Bilder. Das Zimmer sah so aus, wie es ausgesehen hatte, bevor sie kam — bis auf eins.

In der entgegengesetzten Ecke stand ein Tisch, ein Gebilde aus durchsichtiger Materie, der ein sanftes Licht ausstrahlte. Davor saß ein Mann auf einem niedrigen Stuhl, beugte sich vor, die schweren Schultern umrißhaft gegen das Glühen abgehoben. Er trug Kopfhörer und kritzelte hastig Notizen auf einen Block auf seinen Knien und schaukelte ein wenig, wie zu den Klängen einer unhörbaren Musik.

Die Vorhänge waren zugezogen, doch von draußen erklang ein fernes, gedämpftes Lärmen, an das sich Oliver aus seinem Alptraum erinnerte. Er legte eine Hand auf seine Stirn und fühlte eine fiebrige Hitze; das Zimmer drehte sich langsam vor seinen Augen. Sein Kopf tat weh, und in jedem Glied und Nerv verspürte er ein schmerzhaftes Ziehen.

Als das Bett knackte, fuhr der Mann in der Ecke herum; die Kopfhörer glitten ihm in den Nacken. Über einem kurzgeschnittenen schwarzen Bart sah er ein ausgeprägtes Gesicht. Der Mann musterte ihn aufmerksam. Oliver hatte ihn nie zuvor gesehen, doch jener Hauch, den Oliver inzwischen so gut kannte, umgab auch ihn, jene Reserviertheit, die aus dem Wissen stammte, das wie ein Abgrund die Zeit selbst zwischen ihnen lag.

Als er sprach, klang seine Stimme unpersönlich, aber freundlich.

»Sie haben zu viel von dem Anregungsmittel zu sich genommen, Wilson«, sagte er ohne jede Spur von Mitgefühl. »Sie haben lange geschlafen.«

»Wie lange?« Als er sprach, fühlte Oliver ein Kratzen in der Kehle.

Der Mann gab keine Antwort. Oliver schüttelte vorsichtig den Kopf. »Ich dachte, Kleph hätte gesagt, daß man davon keinen Kater bekommt«, meinte er. Dann unterbrach ein anderer Gedanke den ersten, und er fügte schnell hinzu: »Wo ist Kleph?« Verwirrt sah er zur Tür.

»Sie müßte inzwischen in Rom sein. Sie beobachtet dort die Krönung von Karl dem Großen, am Weihnachtstag vor mehr als eintausend Jahren in der St. Peterskirche.«

Diesen Gedanken konnte Oliver nicht leicht verarbeiten. Sein schmerzendes Gehirn schrak davor zurück; ihm kam das Denken an sich schon seltsam problematisch vor. Als er den Mann anstarrte, kam ihm ein grausamer Gedanke.

»Sie sind also gegangen — aber Sie sind hiergeblieben? Warum? Sie ... Sie sind Cenbe? Ich habe Ihre ... Symphonie gehört, wie Kleph sie genannt hat.«

»Sie hörten einen Teil davon. Ich habe sie noch nicht fertiggestellt. Ich brauchte — das.« Cenbe nickte mit dem Kopf auf die Vorhänge, hinter denen noch immer das Wehklagen der Stadt zu hören war.

»Sie brauchten ... den Meteor?« Das Wissen darum arbeitete sich schmerzhaft durch seinen benommenen Verstand, bis es auf ein Gebiet stieß, das noch nicht vom Schmerz betroffen war und noch klar denken konnten. »Den *Meteor*? Aber ...«

Als Cenbe die Hand hob, lag solch eine Macht in dieser Geste, daß Oliver wieder zurück aufs Bett sank. »Das Schlimmste ist nun vorüber«, erklärte Cenbe geduldig. »Zumindest für eine Weile. Vergessen Sie es, wenn Sie können. Es ist schon Tage her. Ich sagte doch, daß Sie lange geschlafen haben. Ich ließ Sie ruhen. Ich wußte, daß dieses Haus sicher war — zumindest vor dem Feuer.«

»Dann ... wird noch etwas anderes folgen?« murmelte Oliver. Er war nicht sicher, ob er eine Antwort hören wollte. So lange war er wißbegierig gewesen, doch nun, da das Wissen fast in seiner Reichweite lag, schien sich in seinem Gehirn etwas zu weigern, dem Mann zuzuhören. Vielleicht war es diese Müdigkeit, dieses Fieber, diese Mattigkeit, die vorübergehen würde, wenn die Wirkung des Anregungsmittels nachließ.

Cenbe fuhr mit weicher, nachdrücklicher Stimme fort, beinahe so, als ob er nicht wollte, daß Oliver nachdenke. Es war leichter für ihn, einfach hier zu liegen und zu lauschen.

»Ich bin Komponist«, sagte Cenbe. »Ich bin zufällig daran interessiert, gewisse Formen des Unglücks in meinen eigenen Mustern zu interpretieren. Deshalb bleibe ich noch. Die anderen sind Dilettanten. Sie kamen wegen dem ungewöhnlichen Maiwetter und dem Unglück. Warum sollen sie auf das Nachspiel warten? Was mich selbst betrifft — ich glaube, ich bin ein Kenner, ein Feinschmecker. Ich halte das Nachspiel für recht faszinierend. Und ich benötige es. Für meine eigenen Zwecke muß ich es aus erster Hand studieren.«

Sein scharfer Blick ruhte eine Weile auf Oliver. Er war wie der eines Arztes, unpersönlich und beobachtend. Geistesabwesend griff er nach seinem Stift und dem Notizblock. Bei der Bewegung sah Oliver das bekannte Mal der Narbe an seinem kräftigen Handgelenk.

»Auch Kleph hatte diese Narbe«, hörte er sich flüstern. »Und die anderen.«

Cenbe nickte. »Eine Impfung. Unter diesen Umständen war sie notwendig. Wir wollen die Seuche nicht in unsere eigene Zeit verschleppen.«

»Seuche?«

Cenbe zuckte die Achseln. »Sie würden ihren Namen sowieso nicht kennen.«

»Aber wenn Sie sich gegen die Seuche impfen können …« Oliver stützte sich mit seinem schmerzenden Arm auf. In seinem Kopf schwirrte ein Gedanke, der ihn nicht mehr loslassen wollte. Bei dieser Anstrengung schien er die Verwirrung in seinem Verstand besser durchdringen zu können. Mit größer Anstrengung setzte er sich auf.

»Jetzt verstehe ich«, sagte er. »Warten Sie mal. Ich habe versucht, meine Gedanken zu ordnen. Sie können die Geschichte verändern? Ja, Sie können es! Ich weiß, daß Sie es können. Kleph sagte, sie mußte versprechen, sich nicht einzumischen. Sie alle mußten es versprechen. Bedeutet das, daß Sie wirklich Ihre eigene Vergangenheit ändern können — unsere Gegenwart?«

Cenbe legte den Block wieder nieder. Er bedachte Oliver nachdenklich mit einem gespannten Blick seiner dunklen Augen unter schweren Brauen. »Ja«, sagte er. »Ja, die Vergangenheit kann verändert werden, doch es ist nicht leicht. Und notwendigerweise wird dadurch auch die Zukunft geändert. Die Strömungen der Probabilität werden zu neuen Mustern zusammengefügt — aber es fällt äußerst schwer — und es ist verboten. Der physiotemporale Fluß tendiert immer dazu, wieder zu seiner Norm zurückzugleiten. Daher ist es auch so schwer, irgendeine Veränderung zu erzwingen.« Er zuckte die Achseln. »Eine theoretische Wissenschaft. Wilson, wir verändern die Vergangenheit nicht. Wenn wir die Vergangenheit veränderten, würden wir auch unsere Gegenwart verändern. Und unsere Zeit-Welt ist völlig nach unserem Geschmack. Es mag dort auch ein paar Unzufriedene geben, aber ihnen ist das Privileg der Zeitreise nicht gestattet.«

Nun schrie Oliver fast gegen das Tosen hinter den Fenstern an. »Doch Sie haben die Macht dazu — Sie könnten den Lauf der Geschichte ändern, wenn Sie wollten — jeden Schmerz, jedes Leid, jede Tragödie ausradieren ...«

»Das alles ist vor langer Zeit geschehen«, sagte Cenbe.

»Nein — *es geschieht jetzt!* Nicht *das!*«

Cenbe betrachtete ihn eine Weile nachdenklich. »Das auch«, sagte er dann.

Und dann bemerkte Oliver plötzlich, aus welch einer Entfernung Cenbe ihn wirklich betrachtete. Sie war unermeßlich, da die Zeit sie bestimmte. Cenbe war ein Komponist und ein Genie, und daher sicherlich auch stark gefühlsbetont, doch seine geistige Heimat lag weit, weit voraus in der Zukunft. Die sterbende Stadt draußen, die *heutige* Welt, war für Cenbe nicht real, konnte wegen dieses grundlegenden Unterschiedes in der Zeit nicht real für ihn sein. Sie war lediglich ein Baustein des Fundaments, auf dem Cenbes Kultur in einer dunklen, unbekannten, schrecklichen Zukunft ruhte.

Mit einem Mal kam sie Oliver schrecklich vor. Sogar Kleph — auch sie zeigte sich nicht berührt, wie die ganze Reisegesellschaft, die unter Hollias bösartigen kleinen Anschlägen litt, mit denen sie sich einen Logenplatz zu erkämpfen versuchte, während der Meteor durch die Erdatmosphäre donnerte. Sie waren alle Dilettanten, Kleph und Omerie und all die anderen. Sie reisten nur als Zuschauer durch die Zeit. Waren sie von ihrem normalen Leben gelangweilt, übersättigt?

Nicht übersättigt genug, um vielleicht eine Änderung herbeizuführen. Ihre eigene Zeit-Welt war eine warme Gebärmutter, in der alle ihre Bedürfnisse befriedigt wurden. Sie wagten es nicht, die Vergangenheit zu ändern — sie konnten nicht das Risiko eingehen, ihre eigene Gegenwart zu gefährden.

Ekel erfaßte ihn. Als er sich an die Berührung von Klephs Lippen erinnerte, verspürte er saure Fäulnis auf der Zunge. Sie war verlockend gewesen, das hatte er nur zu gut gewußt. Doch das Nachspiel, die Nachwirkungen …

Diese Rasse aus der Zukunft — er hatte es verschwommen erfaßt, bevor Klephs Nähe seine Vorsicht ertränkt und sein Empfindungsvermögen gelähmt hatte. Zeitreise nur als Fluchtmechanismus kam ihm blasphemisch vor. Eine Rasse mit solch einer Macht …

Kleph — ihn zurücklassend wegen einer barbarischen, prächtigen Krönung in Rom vor mehr als tausend Jahren — *wie hatte sie ihn gesehen?* Nicht als einen lebenden, atmenden Menschen. Er wußte es nun mit Bestimmtheit. Die Menschen von Klephs Rasse waren Zuschauer.

Doch er las nun mit mehr als nur beiläufigem Interesse in Cenbes Augen. Eine Faszination an neuen Eindrücken, eine Gier auf neue Erfahrung lag darin. Er hatte seine Kopfhörer wieder aufgesetzt. Ja, er unterschied sich von den anderen. Er war ein Kenner. Auf das große Erlebnis folgte das Nachspiel — und Cenbe.

Cenbe wartete und beobachtete, während das Licht des transparenten Tisches vor ihm flackerte und seine Finger über das Notizbuch huschten. Der wirkliche Feinschmecker wartete, um die Raritäten zu genießen, die ein Vielfraß nicht würdigen kann.

Diese dünnen, fernen Rhythmen, Musik und doch keine Musik, begannen wieder im Lärm des fernen Feuers hörbar zu werden. Als er lauschte und seine Erinnerungen schweifen ließ, konnte Oliver sich die Muster der Symphonie wieder vorstellen, wie er sie gehört hatte, wie sie sich mit dem Aufleuchten der Gesichter und den Reihen um Reihen von Sterbenden vermischte …

Er legte sich auf das Bett zurück und ließ das Zimmer in der Dunkelheit hinter seinen geschlossenen, schmerzenden Lidern erlöschen. Der Schmerz saß in jeder einzelnen Zelle seines Körpers, war fast ein zweites Ich, das Besitz von ihm ergriff und ihn aus seinem eigenen Körper trieb, ein starkes, selbstsicheres Ego, das den Körper übernahm, während er sich ihm hingab.

Warum, fragte er sich benommen, hätte Kleph lügen sollen? Sie hatte gesagt, daß das Getränk, was sie ihm gegeben hatte, keine Nachwirkungen zeigte — und doch war diese schmerzhafte Besessenheit stark genug, ihn bis an die Grenzen seines Körpers zu treiben.

Kleph hatte nicht gelogen. Es war keine Nachwirkung des Getränks. Er wußte es, doch dieses Wissen berührte nun weder seinen Körper noch seinen Verstand. Still lag er da, sich der Macht der Krankheit hingebend, die die Nachwirkung von etwas wesentlich stärkerem war, als es das stärkste Getränk sein konnte. Diese Krankheit hatte keinen Namen — noch nicht.

Cenbes neue Symphonie war ein krönender Triumph. Die Uraufführung fand in der Antares-Halle statt, und der Applaus war eine Ovation. Natürlich war die Historie selbst der Künstler — beginnend mit dem Meteor, der die großen Seuchen des vierzehnten Jahrhunderts hervorrief, und endend mit dem Höhepunkt, den Cenbe an der Schwelle der modernen Zeit eingefangen hatte.

Doch nur Cenbe war imstande, sie mit solch einer subtilen Kraft zu interpretieren.

Die Kritiker sprachen von der meisterhaften Art, mit der er das Gesicht des Stuartkönigs als immer wiederkehrendes Motiv gegen die Montage der Emotion, des Tons und der Bewegung gesetzt hatte. Doch es gab noch andere Gesichter, die die große Steigerung der Komposition durchliefen, die dazu beitrug, den gewaltigen Höhepunkt zu errichten. Ein Gesicht erregte besondere Aufmerksamkeit, ein Moment, in dem die Zuschauer völlig mitgerissen wurden. Ein Moment, in dem das Gesicht eines Mannes groß auf dem Schirm erschien, jeder Gesichtszug klar und deutlich. Nie zuvor hatte Cenbe eine emotionale Krise so effektvoll eingefangen — alle Kritiker stimmten darin überein. Man konnte beinahe in den Augen des Mannes lesen.

Nachdem Cenbe gegangen war, lag er lange Zeit bewegungslos da. Fieberhaft dachte er ...

Ich muß einen Weg finden, wie ich es den Menschen berichten kann. Hätte ich es schon vorher gewußt, hätte vielleicht noch etwas geändert werden können. Wir könnten sie zwingen, uns zu berichten, wie man die Ströme der Wahrscheinlichkeit verändern kann. Wir könnten die Stadt evakuieren.

Wenn ich nur eine Botschaft hinterlassen könnte ...

Vielleicht nicht für die Menschen von heute. Doch für später. Sie veranstalten Zeitreisen in alle Epochen. Wenn man sie erkennen und irgendwie einfangen könnte, irgendwann, und sie dazu zwingen, die Wege des Schicksals zu ändern …

Das Aufstehen fiel ihm nicht leicht. Der Raum schwankte haltlos. Doch er schaffte es. Er fand Stift und Papier, und durch die Wellen der Schatten schrieb er nieder, was er nur konnte. Es war genug. Genug um zu warnen, genug um zu retten.

Er legte die Blätter auf den Tisch, wo sie gut gesehen werden konnten, und beschwerte sie, bevor er durch die ihn einhüllende Dunkelheit zurück zu seinem Bett wankte.

Sechs Tage später wurde das Haus in dem vergeblichen Versuch, dem Vordringen des Blauen Todes Einhalt zu gebieten, in die Luft gesprengt.

James Blish

Der Hexenmeister

Von James Blish erschienen in der Reihe
HEYNE SCIENCE FICTION & FANTASY:

Der Psi-Mann · 06/3153
Der Gewissensfall · 06/3334
Brücke zur Ewigkeit · 06/3346
Triumph der Zeit · 06/3365
Zeit der Vögel ↗ 06/1010, auch · 06/3381
Der Tag nach dem Jüngsten Gericht · 06/3390
Der Hexenmeister ↗ 06/4484

in der BIBLIOTHEK DER SCIENCE FICTION LITERATUR:
Der Gewissensfall · 06/59

in HEYNE ALLGEMEINE REIHE:
Der Hexenmeister · 01/5059

DER HEXENMEISTER
erschien ursprünglich als HEYNE-BUCH Nr. 01/5059
Titel der amerikanischen Originalausgabe:
BLACK EASTER
Deutsche Übersetzung von Richard Paul

Es ist nicht anzunehmen, daß Aristoteles den Kreis der Erwählten kannte.

ALBERTUS MAGNUS

I

Vorbereitung des Operators

Der ganze Raum stank nach Dämonen.

Und es war nicht nur der Raum — was an sich schon ungewöhnlich, aber durchaus nicht einmalig gewesen wäre. Dämonen waren am Monte Albano nicht gerade willkommene Besucher, denn hier wurde — wenn überhaupt — in erster Linie transzendente Magie ausgeübt, eine Magie also, die auf eine innigere mystische Vereinigung mit Gott und seinen beiden Offenbarungen abzielt: der Heiligen Schrift und der Schöpfung. Gelegentlich aber wurde auch zeremonielle Magie ausgeübt. Hier handelte es sich weniger um reine, als vielmehr um angewandte Kunst, aus der sich unmittelbarer Nutzen ziehen ließ. Während solcher Übungen riefen dann die weißen Mönche manchmal einen Demiurgos herab oder sie ließen — noch viel seltener — einen der Gefallenen aufstehen.

Das aber war schon seit langer Zeit nicht mehr der Fall gewesen, dessen war sich Pater F. X. Domenico Garelli jetzt sicher. Nein, der Gestank lag einfach ganz allgemein in der Luft. Es war offensichtlich etwas, das sich einfach in der Welt ausgebreitet hatte, in der weltlichen Welt, Gottes Welt, einfach im Kosmos ...

Und es mußte wohl auch etwas ganz ungewöhnlich Starkes sein, etwas ganz ungewöhnlich Bösartiges, sonst hätte es Pater Domenico wohl ohne Gebet, Ritual, Hellseherei, Instrumente oder Mittelspersonen nicht wahrnehmen können.

Dem Äußeren nach war Pater Domenico ein ganz gewöhnlicher italienischer Mönch von etwa vierzig Jahren mit dem etwas derben Gesicht seiner bäuerlichen Vorfahren und Schwielen an den Füßen. In Wirklichkeit aber war er ein Kenner der allerhöchsten Klasse, nämlich der Karzisten. Er war allerdings kein ›Sensitiver‹. Es gab auf dem Klosterberg überhaupt keine richtigen Sensitiven. Die gediehen nicht einmal in der Isolierung des Klosters. Außer als Eremiten konnten sie überhaupt nicht existieren. (Das erklärt auch, warum es heute in der Welt überhaupt so wenige von ihnen gibt.)

Leder knarrte, Pergament raschelte; Pater Domenico klappte das große Stundenbuch zu und rollte das Schriftstück auf, auf dem er seine Berechnungen ausgeführt hatte. Es bestand kein Zweifel mehr: Keiner der weißen Mönche hatte im Laufe der vergangenen zwölf Monate eine Macht der Unterwelt angerufen, nicht einmal einen der niederen Seneschallen. Das hatte er ohnedies geargwöhnt — denn wie hätte ihm ein derartiges Ereignis verborgen bleiben können? —, aber jene Niederschriften, die stets ohne menschliches Dazutun entstanden, bestätigten es. Dieser Hauch des Höllenmundes schwebte wirklich direkt aus der Unterwelt hervor.

Tief besorgt stützte Pater Domenico seine Ellenbogen auf das geschlossene Buch und legte das Kinn in seine Hände. Was sollte er nun tun? Alles Pater Umberto erzählen? Nein, wirklich, er hatte bisher zu wenig stichhaltige Beweise vorzulegen. Es war also sicher nicht daran zu denken, den Generalvikar mit seinen Verdächtigungen und unbeweisbaren Gewißheiten zu behelligen.

Wie aber konnte er mehr herausfinden? Er sah traurig zu seiner Rechten, wo die Kristallkugel lag. Es war ihm nie gelungen, darin etwas zu erkennen — wahrscheinlich, weil er nur allzugut wußte, daß das, was Roger Bacon in seinem Werk ›*The Nullity of Magic*‹ beschrieben hatte, nichts anderes als ein Vorläufer des Teleskops war. Allerdings gab es auf dem Mönchsberg andere, die nicht mit solchem Wissen vorbelastet und so durch historischen Skeptizismus gehemmt waren, und sie übten die Hellseherei in der Kristallkugel mit beträchtlichem Erfolg aus.

Zu seiner Linken neben dem Buch stand auf einem goldenen Globus eine wunderschöne goldene Statuette des Gottes Pan, die in bedauerlich phallischer Haltung ein kleines Messingteleskop in die Höhe hielt. Das Instrument war aber für astronomische Beobachtungen wertlos und stellte nur den Siegespreis aus einem Wettstreit mit einem zweitrangigen Schwarzen Magier aus Piemont dar. Sollte Pater Domenico die exakte Position der kleineren Jupitermonde (die Positionen nach Galilei konnte er jederzeit den Ephemeriden des US Naval Observatory entnehmen) oder sonst irgend etwas für die Erstellung eines absoluten Horoskopes benötigen, so würde er das zwölfzollige Teleskop am Dach des Klosters und den Bildaufrichter verwenden. Sollte er außer den Zahlenangaben auch noch das Abbild der Sterne benötigen, so würde er diese mittels Fernsehen direkt in seine Zelle geliefert bekommen. Im Augenblick aber hatte Pater Domenico kein Ereignis zur Verfügung, von oder zu dem er ein Horoskop erstellen konnte — nur einen alles einhüllenden, unermeßlichen Nebel aufsteigenden Unheils.

Hinter Pater Domenicos Rücken — das wußte er, ohne sich umzudrehen — lagen zu dieser Stunde leuchtend bunte Lichtflecken und Ellipsen auf seinem Computer. Die Sonne schien durch die Glasmalerei seines hohen Fensters, und die Lichtpunkte schienen die farbigen Warn- und Kontrolleuchten des Instruments zu verspotten. Er war für das Elektronenhirn verantwortlich, das die anderen Brüder mit einer Ehrfurcht betrachteten, die — wie er bei sich dachte — schon gefährlich nahe an Aberglauben grenzte. Er selbst wußte nur zu gut, daß der Computer ein Idiot war, ein gelehrter Idiot, der unfaßbar schnell addieren konnte. Aber er besaß auch keine Daten, die er der Maschine hätte eingeben können.

Sollte er eine der Mächte anrufen und um Hilfe bitten? Nein, noch nicht. Vielleicht war der Anlaß durchaus trivial, oder er mußte zumindest in den Sphären, in denen jene Mächte sich bewegten und die sie bewegten, trivial erscheinen. Pater Domenico bezweifelte sehr, daß der Anlaß trivial war, aber er war früher schon manchmal zurechtgewiesen worden, weil er jene Beweger und Regenten gestört hatte. Das führte leicht zu einem Übelwollen, das sich kein vernünftiger Weißer Magier leisten konnte, gleichgültig, mit welcher Verachtung er dem unselektiven Haß von Dämonen gegenüberstehen mochte.

Nein, im Augenblick gab es keine andere Lösung, als Pater Ucello zu schreiben. Er würde die Nachricht zumindest mit Interesse und Anteilnahme aufnehmen. Er war ein ›Sensitiver‹. Auch er würde sicherlich wissen, daß ein Unheil im Gange war; ja, er würde zweifellos noch mehr wissen: Er würde im Besitz von Unterlagen sein.

Pater Domenico erkannte auf einmal, daß sein Unbewußtes sich beinahe von Anfang an gegen diese Entscheidung gewehrt hatte. Nun, da er den Tatsachen in die Augen sah, wußte er auch, warum: Von allen Möglichkeiten nämlich würde diese die zeitraubendste sein. Doch anscheinend war sie einfach nicht zu umgehen.

Resigniert holte er seinen Kugelschreiber und ein Blatt Papier hervor und begann. Die wenigen Fakten, über die er verfügte, waren rasch zu Papier gebracht, aber ein gewisses Zeremoniell mußte eingehalten werden: Grüße in Christo, Erkundigungen über den Gesundheitszustand, Gebete und so weiter, und natürlich auch die letzten Neuigkeiten. Sensitive waren immer einsam wie alte Frauen und ebenso interessiert an allem Klatsch über Sünde, Krankheit und Tod. Man mußte sie versöhnlich stimmen. Sie zu erbauen — oder sie gar zu heilen — war unmöglich.

Während er noch immer schrieb, öffnete sich die Tür und ein Akolyt trat ein, ein junger Mann, den Pater Domenico ›Joannes‹ nannte. Nachdenklich blickte ihn Pater Domenico an.

»Ich bin noch nicht fertig.«

»Wie bitte?«

»Verzeih ... ich dachte gerade an etwas ganz anderes. Gleich werde ich einen Brief fertig haben. Ich bitte dich, ihn ins Tal hinabzusenden. Doch was wolltest du?«

»Ich selber wollte nichts«, sagte Joannes, »aber der Direktor läßt gleich nach dem Abendgebet um Ihre Anwesenheit in seinem Büro bitten. Eine Besprechung mit einem Kunden.«

»Gut. Danke. Was für ein Kunde?«

»Ich weiß nicht, Vater. Ein neuer. Man bringt ihn eben den Berg herauf. Ich habe gehört, es soll ein reicher Amerikaner sein, aber davon gibt es eine ganze Menge, nicht wahr?«

»Etwas scheinst du zu wissen«, sagte Pater Domenico trocken, aber mit seinen Gedanken war er schon ganz woanders. Der üble Hauch des Unheils war plötzlich viel stärker geworden. Es war erstaunlich, daß es nicht auch der Junge riechen konnte. Er legte den Brief beiseite. Heute abend würde er wohl noch einige Einzelheiten hinzufügen müssen — vielleicht sogar konkrete Angaben.

»Melde bitte dem Direktor, daß ich pünktlich zur Stelle sein werde.«

»Erst muß ich aber noch gehen und Pater Amparo verständigen«, sagte Joannes. »Auch er soll noch dabeisein.

Pater Domenico nickte. Schon an der Tür drehte sich der Akolyt nochmals um und fügte geheimnistuerisch hinzu:

»Er heißt Baines.«

Die Tür schloß sich. Nun, das war immerhin etwas

Greifbares — und offenbar meinte Joannes, es handle sich um etwas sehr Bedeutungsvolles. Pater Domenico aber sagte der Name gar nichts.

Nein, wirklich; überhaupt nichts.

II

Der erste Auftrag

(In) der legendären Wunderwelt der Theurgie ... scheinen alle Paradoxe tatsächlich zu existieren. Widersprüche bestehen koexistent, die Wirkung ist größer als die Ursache, der Schatten gilt mehr als die Materie. Dort schmilzt das Sichtbare ins Unsichtbare, das Unsichtbare offenbart sich; Bewegung von Ort zu Ort findet statt, ohne daß die dazwischenliegende Distanz durchmessen wird; Materie durchdringt Materie ... Dort wird das Leben verlängert, die Jugend erneuert, die Unsterblichkeit des Fleisches gewonnen. Dort wird Gold zu Erde und Erde zu Gold. Dort haben Worte und Wünsche schöpferische Kraft, Gedanken sind Dinge, das Begehren verwirklicht den Gegenstand, auf den es sich richtet. Dort leben auch die Toten, und die Hierarchien außerirdischer Geister sind dem Menschen eher zugänglich, und sie werden Priester oder Folterknechte, Führer oder Zerstörer der Menschen.

Aus A. E. Waite,
THE BOOK OF CEREMONIAL MAGIC

1

Der Magier sagte: »Nein, ich kann Ihnen nicht dabei helfen, eine Frau zu ›überreden‹. Wenn Sie wünschen, daß sie vergewaltigt wird, so kann ich das arrangieren. Wollen Sie sie selbst vergewaltigen, so kann ich auch das ermöglichen, allerdings macht mir das schon etwas mehr Mühe — wahrscheinlich sogar weit mehr, als wenn Sie es bloß alleine versuchten. Aber mit irgendwelchen Zaubertränklein oder Beschwörungsformeln kann ich Sie nicht versorgen. Meine Spezialität sind Gewaltverbrechen, vor allem Mord.«

Baines warf seinem persönlichen Assistenten einen

schrägen Blick zu. Jack Ginsberg, der gewöhnlich keine Gemütsbewegung zeigte, behielt auch diesmal ein völlig ausdrucksloses Gesicht. Es war schön, sich auf jemanden verlassen zu können. Baines sagte: »Sie sind sehr aufrichtig.«

»Ich bemühe mich, so wenig wie möglich herumzuorakeln und geheimnisvoll zu tun«, sagte Theron Ware — Baines wußte, daß er wirklich so hieß — rasch darauf. »Vom Standpunkt des Kunden gesehen ist Schwarze Magie ein Gebiet technischen Wissens, wie Hoch- oder Maschinenbau. Je mehr er darüber weiß, desto leichter ist es, zu einem Übereinkommen zu gelangen.«

»Keine Geschäftsgeheimnisse? Geheimnisvolles Wissen und so ...?«

»Doch, schon. Meist das Ergebnis meiner eigenen Forschungen. Nur weniges davon wäre für Sie wichtig oder interessant. Natürlich ist das meiste magische Wissen ›geheimnisvoll‹ — aber nur, weil die Leute nicht wissen, welche Bücher sie lesen sollen, oder wo diese Bücher erhältlich sind. Haben Sie aber erst einmal diese Werke — und in manchen Fällen auch noch jemanden, der sie für Sie übersetzt oder interpretiert —, dann wissen Sie beinahe alles, was ich weiß. Jedenfalls können Sie so alles auf diesem Gebiet Wichtige innerhalb eines Jahres erlernen. Um aus dem Gelernten allerdings auch Nutzen zu ziehen, müßten Sie auch schon Talent haben, denn die Magie ist ja auch eine Kunst. Mit den richtigen Büchern und entsprechender Begabung können Sie Magier werden. Entweder sind Sie einer oder Sie sind es nicht. Es gibt keine ›schlechten Magier‹ — ebensowenig, wie es ›schlechte Mathematiker‹ gibt. Unter idealen Voraussetzungen würden Sie etwa zwanzig Jahre dazu brauchen. Natürlich nur, wenn die Sache sie nicht vorher umbringt — auf die gleiche Weise etwa, wie man als Chemiker oder Physiker im Labor umkommen kann. Mit einem Spielraum von einigen Jahren auf oder ab braucht es so lange, bis man die nötigen Kräfte und das nötige Geschick entwickelt hat. Ich will mit all dem nicht sagen, daß es nicht etwa eine gewaltige Aufgabe wäre — das Zeitalter der Geheimhaltung aber ist jedenfalls endgültig vorbei. Und dann sind auch die älteren Texte über Magie wirklich für einfache Menschen geschrieben. Sie mit Verstand zu lesen ist viel einfacher als — na, sagen wir: die Erlernung der Notenschrift. Aber selbst wenn sie weit schwieriger verschlüsselt wären, so könnten sie heutzutage Computer schon sehr rasch entziffern.«

Ware wußte ohne Zweifel, daß das meiste, was er vorbrachte, Baines längst bekannt war. Baines argwöhnte, der Magier erzähle all dies nur, um Zeit zu gewinnen, in der er seinen Klienten genauer studieren könne. Dieser Verdacht erhärtete sich sofort, als sich hinter Wares riesigem Schreibtisch geräuschlos eine Schwingtür öffnete, durch die ein blondes Mädchen mit Pagenhaarschnitt und sehr kurzem Rock eintrat. Auf einer kleinen Silberuntertasse trug sie einen Brief.

»Vielen Dank, Greta. — Entschuldigen Sie«, sagte Ware und nahm die Tasse. »Wäre das hier nicht wichtig, hätte man uns sicher nicht unterbrochen.« Man hörte das Knistern von teurem Papier, als der Magier den Brief öffnete.

Baines sah dem Mädchen nach, als es den Raum verließ. Sie erinnerte ihn vage an jemanden, fesselte aber seine Aufmerksamkeit nur kurz. Dann machte er sich ganz unverhohlen daran, Ware unter die Lupe zu nehmen. Wie immer begann er mit dessen Umgebung.

Das Büro des Magiers, das nun im hellen Schein der Nachmittagssonne lag, hätte ohne weiteres das von Bücherwänden umschlossene Arbeitszimmer irgendeines Arztes oder Rechtsanwalts sein können — nur waren sowohl der Raum selbst als auch die Möbel überdimensioniert. Das sagte natürlich über Ware selbst nicht sehr viel aus, denn das Haus war bloß ein gemieteter Palazzo, der am Steilabhang errichtet war. Man hätte in Positano sicher noch größere finden können, wäre Ware an noch höheren Decken und noch schlechterer Akustik ernsthaft interessiert gewesen. Obwohl die meisten der Bücher alt aussahen, war doch das Büro kaum dumpfer als, sagen wir mal: die Bibliothek eines kleinen Colleges in den USA, und sie enthielt auch wesentlich weniger überalterte Instrumente. Das einzige, was in diesem Büro- und Arbeitsraum leise an Magie erinnerte, war der schwache Geruch verschiedenartigen Räucherwerks. Diesen allerdings konnte auch die Mittelmeerluft, die durch die großen offenen Fenster hereinströmte, nicht ganz verdrängen. Andererseits aber war dieser Duft so schwach, daß Baines es bald aufgab, ihn in seine Komponenten zu zerlegen. Überdies hatte er nur geringen diagnostischen Wert: kleine italienische Kirchen z. B. rochen ebenso — und übrigens auch die Salons ägyptischer Polizeichefs.

Ware selbst war freilich beachtenswert, aber — mit nur einer einzigen Ausnahme — nur in dem Sinn, in dem alle Menschen im Auge des geborenen Führers einzigartig sind. Ein kleiner, magerer Mann in einem Anzug aus irischem Tweed, einem Hemd mit Stülpmanschetten, von Knöpfen zusammengehalten, die wie gewöhnlicher Stahl aussahen, einer schmalen, grauen Seidenkrawatte, auf der als Nadel eine aus Saphir geschnittene kleine Schachfigur prangte: ein Turm. Seine Magerkeit schien wie mit starken Kabeln zusammengehalten. Baines war sicher, daß Ware physisch außerordentlich kräftig war — trotz einer gewissen blassen Gesichtsfarbe —, und daß sich seine Gürtelweite seit Mittelschultagen nicht mehr verändert hatte.

Sein gegenwärtiges Äußeres war trügerisch, soweit es eine Schätzung von Wares Alter zuließ. Sein Gesicht war gefurcht, und seine buschigen, grauen Schläfen ließen nur noch ganz schwach erkennen, daß Ware einmal rothaarig gewesen war. Sein Haupthaar selbst gab keinen derartigen Hinweis, denn — und darin lag das einzige wesentlich Seltsame seines Äußeren — er war kahlgeschoren wie ein Mönch. Blaue Venen krochen über seinen kahlen, weißen Schädel und unter der papiernen Haut seiner Hände. Ein naiver Beobachter hätte ihn für gegen Ende sechzig gehalten. Baines aber wußte, daß Ware genauso alt war wie er selbst, nämlich achtundvierzig. Offenbar war Schwarze Magie — durchaus nicht überraschenderweise — ein sehr anstrengender Beruf. An den Wissenschaftlern, die für Consolidated Warfare Service (in der A. O. LeFebre et Cie. Branche) arbeiteten, hatte Baines die Beobachtung machen können, daß solche Typen normalerweise ab dreißig ständig wie fünfundvierzig aussahen — und zwar bis ihr Haar weiß wurde, wenn sie nicht schon vorher einem Herzinfarkt erlagen.

Das Pergament knisterte; und Jack Ginsberg berührte unauffällig seinen Attaché-Koffer. Damit setzte er ein Tonbandgerät in Rom wieder in Gang. Baines schien es, als hätte Ware die Bewegung bemerkt, zöge es aber vor, die Sache nicht zur Kenntnis zu nehmen. Der Magier sagte:

»Selbstverständlich geht alles auch viel schneller, wenn meine Klienten gleichermaßen offen zu mir sind.«

»Ich stelle mir vor, daß Sie inzwischen schon alles über mich wissen«, sagte Baines. Innerlich war er voll Bewunderung. Die Fähigkeit, eine unterbrochene Konversation genau an dem Punkt wieder aufzunehmen, an dem sie geendet hatte, war bei Männern selten. Frauen fällt das nicht schwer, aber bei ihnen hat es meistens keinen Sinn.

»Oh, Dun and Bradstreet«, sagte Ware, »Zeitungsarchive, und natürlich auch die Flüstermühle — all das habe ich natürlich über Sie. Aber immerhin muß ich Ihnen noch einige Fragen stellen.«

»Warum lesen Sie denn nicht lieber gleich meine Gedanken?«

»Weil das Arbeit bedeuten würde, die nicht lohnt.

Damit will ich durchaus nichts Negatives über Ihre Gedanken oder Ihren ausgezeichneten Verstand sagen. Aber über eines müssen Sie sich im klaren sein: Magie ist schwere, ernste Arbeit. Ich bediene mich ihrer nicht aus Faulheit — Faulheit gehört nicht zu meinen Eigenschaften —, aber dennoch benütze ich den einfachsten Weg, das, was ich brauche, zu bekommen, wenn es einen einfachen Weg gibt.«

»Im Augenblick kann ich Ihnen nicht folgen.«

»Also versuchen wir es einmal mit einem Beispiel: Jegliche Magie — ich wiederhole: *jegliche* Magie, ohne Ausnahme — beruht auf der Beherrschung von Dämonen. Unter Dämonen verstehe ich im besonderen gefallene Engel. Keine Geringeren können etwas für Sie tun. Ich kenne also zufällig so einen Dämon, dessen irdische Form eine besonders lange Zunge besitzt. Vielleicht kommt Ihnen das komisch vor?«

»Eigentlich nicht.«

»Nun, lassen wir das für den Augenblick beiseite. Wie dem auch immer sein mag, dieser Geist ist auch ein Großprinz und Präsident, und ich müßte drei Tage Arbeit aufwenden, um ihn zu beschwören, und wäre anschließend dann noch zwei Wochen lang völlig erschöpft. Soll ich ihn also beschwören, damit er mir die Gummierung von Briefmarken ableckt?«

»Jetzt verstehe ich, was Sie meinen«, gab Baines zu. »Also gut, fragen Sie drauflos.«

»Danke schön. — Wer hat Sie zu mir geschickt?«

»Ein Medium in Bel Air — Los Angeles. Die Frau versuchte, mich zu erpressen. Um ein Haar hätte sie Erfolg gehabt. Daraus schloß ich, sie müsse wirklich über außerordentliche Gaben verfügen und würde vielleicht jemanden kennen, der diese in noch reicherem Maße besitzt. Ich habe ihr gedroht, ich würde sie töten lassen, und sie hat klein beigegeben.«

Ware machte sich Notizen. »Ich verstehe. Und die hat Sie dann zu den Rosenkreuzern geschickt?«

»Sie hat es versucht, aber den Trick kannte ich schon. Dann hat sie mich zum Monte Albano geschickt.«

»Ah. — Ich muß gestehen, daß mich das etwas überrascht. Ich hätte nicht geglaubt, daß Sie Schatzfinder brauchen.«

»Nun ja, ich brauche welche und dann doch wieder nicht«, sagte Baines. »Ich werde das noch näher erklären, aber — wenn es Ihnen nichts ausmacht — erst etwas später. Vor allem aber brauche ich jemanden in Ihrem Fach — Mord —, und auf diesem Gebiet sind natürlich die weißen Mönche völlig unbrauchbar. Bei ihnen habe ich das Thema nicht einmal angeschnitten. Offen gestanden wollte ich dort nur eine Probe auf Ihren Ruf machen, von dem ich bis dahin ja nicht allzuviel wußte. (Sie sehen, auch ich verstehe mich der Zeitungsarchive zu bedienen.) Der tödliche Schrecken der guten Mönche, als ich bloß Ihren Namen nannte, hat mich dann überzeugt. Ich wußte, daß ich wenigstens mit Ihnen sprechen mußte.«

»Sehr vernünftig. Dann glauben Sie also noch nicht wirklich an Magie — nur an ESP und derlei Unsinn.«

»Ich bin kein religiöser Mensch«, sagte Baines vorsichtig.

»Gut gesagt. Also wollen Sie eine Demonstration. — Haben Sie den Spiegel mitgebracht, den ich bei dem Telefongespräch mit Ihrem Assistenten erwähnt habe?«

Schweigend zog Jack aus der Innentasche seiner Jacke einen Wachspapierumschlag. Diesem entnahm er einen in Cellophan verpackten Damenhandspiegel. Er reichte ihn Baines, der die Versiegelung erbrach.

»Gut. Sehen Sie einmal hinein.«

Aus Baines Augenwinkeln krochen zwei langsame, dicke Tränen dunklen, venösen Blutes hervor und rannen entlang seiner Nase herab. Er senkte den Spiegel und starrte Ware an.

»Hypnose«, sagte er relativ ruhig. »Ich hatte eigentlich mehr von Ihnen erwartet.«

»Wischen Sie sie ab«, sagte Ware unbekümmert.

Baines zog sein makelloses, monogrammgeschmücktes Taschentuch hervor. Auf dem blütenweißen Gewebe verwandelten sich die beiden roten Flecken langsam in buttergelbes Gold.

»Ich schlage vor, daß Sie das morgen zu einer staatlichen Scheideanstalt tragen und prüfen lassen«, sagte Ware. »Die Chemiker dort werde ich doch wohl nicht auch hypnotisieren können. Und jetzt können wir vielleicht endlich zum Geschäft kommen.«

»Ich dachte, Sie hätten gesagt —«

»Daß selbst der einfachste Trick eines Dämons bedarf. Das habe ich gesagt, und das stimmt auch. Er sitzt jetzt hinter ihrem Rücken, Mr. Baines, und dort bleibt er bis übermorgen um die gleiche Stunde. Merken Sie sich das: übermorgen. Es wird mich eine ganze Menge kosten, dieses bißchen Unsinn ausgeführt zu haben, aber ich bin nun schon daran gewöhnt, daß ich für skeptische Kunden derlei Firlefanz vorführen muß. Sie werden einen entsprechenden Betrag auf Ihrer Rechnung finden. Wenn Sie also jetzt bitte endlich zur Sache kommen wollen, Mr. Baines ... Was *wollen* Sie eigentlich?«

Baines reichte Jack das Taschentuch. Der legte es sorgfältig zusammen und verwahrte es in dem Wachspapier-Umschlag. »Ich möchte«, sagte Baines, »selbstverständlich, daß jemand getötet wird. Ohne die leiseste Spur.«

»Selbstverständlich. Aber wer?«

»Das werde ich Ihnen gleich sagen. Erst aber möchte ich Sie noch etwas fragen: Haben Sie irgendwelche Skrupel?«

»Oh, eine ganze Menge«, sagte Ware. »So bringe ich zum Beispiel meine Freunde nicht um — für keinen Kunden der Welt. Möglicherweise mache ich auch bei völlig fremden Menschen manchmal eine Ausnahme. Gewöhnlich aber lasse ich Fremde ›holen‹ — wobei mein Honorar dann nach einem regulären Tarif gestaffelt ist.«

»Nun, dann gehen wir also auf konkrete Möglichkeiten ein«, sagte Baines. »Ich habe eine geschiedene Frau, die mir außerordentlich lästig ist. Würde Sie das stören?«

»Hat sie Kinder — von Ihnen oder jemand anderem?«

»Nein, überhaupt keine.«

»In diesem Falle besteht überhaupt keine Schwierigkeit. Für einen Auftrag dieser Art berechne ich fünfzehntausend Dollar, alles inklusive.«

Obwohl er sich sonst immer in der Gewalt zu haben glaubte, sah Baines Ware jetzt überrascht an. »Nicht mehr?« fragte er schließlich.

»Ja, das ist der ganze Preis. — Ich glaube, daß ich beinahe so reich bin wie Sie, Mr. Baines. Immerhin kann ich Schätze ebenso leicht finden wie die weißen Mönche — ja, sogar noch um ein ganzes Ende leichter und besser. Ich übernehme die Alimentenfälle überhaupt nur, um mir in der Öffentlichkeit einen gewissen Namen zu bewahren. In finanzieller Hinsicht sind sie ein reines Verlustgeschäft.«

»Von welchem Punkt an beginnt ein Honorar für Sie interessant zu werden?«

»Nun, für etwa fünf Millionen strenge ich mich schon ein bißchen an.«

Wenn dieser Mann ein Scharlatan war, dann ein grandioser. Baines sagte: »Bleiben wir also im Augenblick noch beim Fall meiner geschiedenen Frau. Oder besser: Nehmen wir an, daß mich dieser Fall nicht vom Standpunkt der Alimente her interessiert — was wirklich der Fall ist. Nehmen wir statt dessen an, daß ich nicht nur will, daß sie stirbt, sondern daß sie einen schweren Tod hat ... daß sie eine ganze Menge leiden muß.«

»Dafür berechne ich nichts extra.«

»Warum nicht?«

»Mr. Baines«, sagte Ware geduldig, »darf ich Sie noch einmal daran erinnern, daß ich selbst ja kein Mörder bin. Ich berufe lediglich einen Agenten und gebe ihm seine Anweisungen. Ich halte es für sehr wahrscheinlich — ja, ich hege eigentlich gar keinen Zweifel daran —, daß *jeder* ›Patient‹, nach dem ich schicke, in einem Übermaß von Angst und Schrecken stirbt, das Ihre — und wahrscheinlich auch meine — Vorstellungskraft bei weitem übersteigt. — Sie haben aber ausdrücklich verlangt, der Mord solle ›ohne die leiseste Spur‹ ausgeführt werden. Damit meinen Sie doch wohl, daß man dann an der Toten keine ungewöhnlichen Merkmale feststellen können soll. Mir selbst ist es auch so lieber. Wie könnte ich Ihnen aber dann das Leiden und die verzweifelte Agonie (falls Ihnen daran gelegen ist) hinlänglich glaubwürdig nachweisen, um dafür dann auch einen Mehrbetrag zu fordern? — Oder sehen wir uns vielleicht die Sache einmal von der anderen Seite an, Mr. Baines. Ab und zu bittet ein ungewöhnlicher Scheidungsklient aus irgendeinem Rest von Gefühl oder Sympathie darum, sein früherer Ehepartner möge möglichst schmerzlos, ja vielleicht sogar süß und lieblich aus dem Wege geräumt werden. Ich *könnte* natürlich für so etwas ein Sonderhonorar verlangen — Erfolgshonorar natürlich, das heißt, wenn sich herausstellt, daß die Leiche keine Anzeichen von Krankheit oder Gewaltanwendung aufweist. Meine Agenten aber sind nun einmal Dämonen, und Süße und Mildtätigkeit gehören zu den Dingen, zu denen sie weder neigen noch gezwungen werden können. Ich kann also auch diese Bedingung keinem Klienten zu Gefallen akzeptieren. Man zahlt mir für Tod, und Tod liefere ich, rasch und gründlich. Die näheren Umstände bleiben dem Agenten überlassen. Ich biete also meinen Kunden grundsätzlich nichts an, von dem ich nicht mit Sicherheit weiß, daß ich es auch liefern kann.«

»Gut, damit haben Sie meine Frage gründlich beantwortet«, sagte Baines. »Denken wir also nicht mehr an Dolores. Um die Wahrheit zu sagen: Sie belästigt mich nur am Rande — allerdings gibt es davon in meinem

Leben noch mehr davon. — Nun wollen wir aber einmal vom anderen Ende des Spektrums sprechen. Nehmen wir einmal an, ich würde Sie bitten ... nach einem ... großen Politiker zu ›schicken‹. Sagen wir einmal zum Beispiel, den Gouverneur von Kalifornien — oder, falls der zu Ihren Freunden gehört, eben nach einer anderen vergleichbaren Gestalt unserer politischen Bühne, die nicht zu Ihrem Freundeskreis gehört.«

Ware nickte. »Nun, der ist ein ganz gutes Beispiel. Aber Sie werden sich erinnern, daß ich Sie nach Kindern gefragt habe. Wären Sie wirklich ein Alimentenfall gewesen, so wäre meine nächste Frage nach den überlebenden Verwandten Ihrer Frau gewesen. Meine Honorarsätze steigen in direktem Verhältnis zur Anzahl und Art der Menschen, die durch einen gegebenen Todesfall voraussichtlich betroffen werden. Das fällt teilweise unter das Kapitel ›Skrupel‹ — oder was ich so nenne —, zum anderen Teil aber in das Kapitel ›Notwehr‹. Im Falle eines noch im Amt befindlichen Gouverneurs eines Staates würde ich einen Dollar pro Stimme verlangen, die er bei der letzten Wahl erhielt. Wozu dann selbstverständlich noch meine Selbstkosten und Spesen kommen würden.«

Baines pfiff bewundernd durch die Zähne. »Sie sind der erste Mensch, dem ich begegne, dem es gelungen ist, ein System zu entwickeln, bei dem Skrupel zu barem Geld werden. Jetzt verstehe ich auch, warum Ihnen an Alimentenfällen nichts gelegen ist. Eines Tages, Mr. Ware —«

»*Doktor* Ware, wenn ich bitten darf. Ich bin Doktor der Theologie.«

»Entschuldigen Sie. Ich wollte nur sagen, daß ich Sie eines Tages fragen werde, wozu Sie so viel Geld wollen. Euch Ästheten fällt ja nur selten eine vernünftige Verwendung dafür ein. Inzwischen allerdings betrachten Sie sich als angestellt und beauftragt. Ist die ganze Summe im voraus zahlbar?«

»Die Spesentangente ist im voraus zu entrichten. Das Honorar selbst C.O.D. — also bei zufriedenstellender Ausführung des Auftrages. Es wird Ihnen einleuchten, wenn Sie nur einen Augenblick darüber nachdenken, Mr. Baines —«

»*Doktor* Baines — ich bin Doktor der Rechte.«

»Nun muß ich mich meinerseits bei Ihnen entschuldigen. — Nach all diesen Höflichkeitsformeln möchte ich nun nur noch, daß Sie sich darüber klar werden, daß es noch nie — noch niemals bisher — jemandem gelungen ist, mich um mein Honorar zu prellen.«

Baines dachte kurz daran, was angeblich bis übermorgen hinter seinem Rücken stehen würde. Vorbehaltlich der Analyse der goldenen Tränen auf seinem Taschentuch war er bereit, zu glauben, daß es unklug wäre, Ware zu betrügen. Er hatte das freilich auch gar nicht vorgehabt.

»Gut«, sagte er. »Aus den gleichen Gründen brauchen wir wohl auch keinen Vertrag. Ich erkläre mich mit Ihren Bedingungen einverstanden.«

»Meine Bedingungen wofür?«

»Nun«, sagte Baines, »wir können es für den Anfang einmal mit dem Gouverneur von Kalifornien versuchen. Jack wird die noch verbleibenden Details mit Ihnen noch regeln. Ich muß leider heute nacht noch nach Rom zurück.«

»Sie haben doch gesagt ›für den Anfang einmal‹?«

Baines nickte kurz. Ware erhob sich nun gleichfalls und sagte: »Gut also. Ich stelle keine Fragen. Ich halte es aber für fair, Mr. Baines, Ihnen jetzt schon zu sagen, daß ich Sie bei dem nächsten Auftrag dieser Art fragen werde, was *Sie* denn eigentlich wollen.«

»Zu diesem Zeitpunkt«, sagte Baines, der nur mühsam seiner Erregung Herr wurde, »werden wir uns einander allerdings gegenseitig anvertrauen *müssen*. — Ja, noch etwas, Dr. Ware: Wird der — hm — Dämon auf meinem Rücken zur gegebenen Zeit von selbst verschwinden, oder muß ich Sie dann wieder aufsuchen, um ihn entfernen zu lassen?«

»Er ist nicht *auf* Ihrem Rücken«, sagte Ware, »und er wird von selbst verschwinden. Was immer Marlowe auch geschrieben haben mag: Das Elend liebt die Gesellschaft *nicht*.«

Baines entblößte seine Zähne. »Das werden wir erst noch sehen«, sagte er dann.

2

Einen Augenblick lang fühlte Jack Ginsberg jenes kurze, seltsame Gefühl des Mannes, der nicht recht weiß, was eigentlich los ist, und der daher glaubt, man sei vielleicht eben dabei, ihn hinauszuwerfen. Es war, als habe ihn etwas irrtümlich verschluckt und begebe sich nun daran, ihn — ganz ohne bösen Willen — wieder zu erbrechen.

Während er noch darauf wartete, daß sich die Übelkeit des Ungeheuers wieder legen würde, durchlief Jack das Repertoire seiner Rituale: er befühlte seine Backen, ob es dort wohl Bartstoppeln gäbe, nestelte an seinen Bügelfalten, ging im Geiste die Abrechnungen der letzten Woche durch und dachte vor allem wie meist in solchen Zwischenperioden daran, wie wohl das neue Mädchen aussehen würde, wenn es — nur in Strümpfen — vor ihm hockte. Nichts Besonderes, wahrscheinlich. Die Wirklichkeit war fast immer von fleischlichen Unbequemlichkeiten eingeengt, von lächerlichen kleinen Idiosynkrasien, die er in der Phantasie mühelos vom reinen geschauten Bild trennen konnte.

Als der Chef gegangen und Ware an seinen Schreibtisch zurückgekehrt war, war Jack allerdings augenblicklich verhandlungsbereit und in Hochform. Er war auf seine völlige Selbstbeherrschung sehr stolz.

»Fragen?« sagte Ware und lehnte sich behaglich zurück.

»Doch, einige, Dr. Ware. Sie haben von Spesen gesprochen. Was für Spesen meinen Sie?«

»Nun, vor allem Reisespesen«, sagte Ware. »Ich muß den ›Patienten‹ persönlich sehen. In dem von Mr. Baines verlangten Falle bedeutet das eine Reise nach Kalifornien. Das bereitet mir einige Mühe und wird selbstverständlich in Rechnung gestellt. Meine Spesen bestehen aus Flugreise, Hotelkosten, Mahlzeiten und kleinen Sonderauslagen, über die ich natürlich, nachdem mein Auftrag ausgeführt ist, genau Rechnung ablegen werde. Und dann ist da noch das Problem, wie man bis zum Gouverneur vordringt. Wohl habe ich Kollegen in Kalifornien, aber ich werde doch einige Leute beste ... Ich meine, ich werde mir ihren guten Willen erkaufen müssen. Ich weiß, daß ich auf die Unterstützung von Consolidated Warfare zählen kann, aber trotzdem ... Rüstungsindustrie und Magie sind eben doch Kreise, die sich kaum überschneiden. — Wenn ich es so überschlage, will mir scheinen, daß eine Zahlungsanweisung über Zehntausend nicht zu hoch gegriffen ist.«

So viel schönes Geld für Zauberei? Einfach scheußlich. Aber der Chef glaubte offenbar daran — wenigstens vorläufig. Jack fühlte sich bei alledem durchaus nicht wohl.

»Das klingt vernünftig«, sagte er, schickte sich aber nicht an, das Scheckbuch von Consolidated Warfare zu zücken. So leicht rückte er mit dem Geld nicht heraus, ehe er sich nicht überzeugt hatte, ob und inwieweit die Ausgaben gerechtfertigt waren. Vor allem fehlte es ihm noch an Vertrauen in diese seltsame Mission.

»Natürlich machen wir uns darüber Gedanken, ob alle diese Auslagen wirklich nötig sind, Herr Doktor. Es ist uns natürlich klar, daß Sie nicht darauf Wert legen, auf einem Dämon durch die Lüfte zu reiten, wenn sich die Sache per Düsenclipper bequemer erledigen läßt ...«

»Ich bin nicht sicher, daß Ihnen das klar ist«, sagte Ware. »Aber nun hören Sie schon auf zu jammern und fragen Sie mich über das Geld.«

»Hm, Ja ... Herr Doktor, warum leben Sie denn eigentlich außerhalb der Vereinigten Staaten? Wir wissen, daß Sie immer noch Ihre Staatsbürgerschaft beibehalten haben. Und auch sonst — wir haben ja immer noch völlige Religionsfreiheit in den Staaten. Warum soll der Chef dafür bezahlen, Sie für diesen Auftrag heim nach Amerika zu schicken?«

»Weil ich eben kein gewöhnlicher Meuchelmörder oder Heckenschütze bin, der seine ›Patienten‹ mit Schalldämpfer und Zielfernrohr erledigt«, sagte Ware. »Ferner, weil ich nicht Wert darauf lege, Einkommensteuer zu zahlen oder überhaupt irgend jemandem über mein Einkommen und meine Vermögensverhältnisse Auskunft geben will. Da haben Sie also erst einmal zwei handfeste Gründe. Zum Nutzen Ihres stets aufmerksamen Diplomatenköfferchens will ich auch noch sagen — denn Sie selbst lassen sich ja wohl nichts sagen ... Sie sind, weiß der Teufel, ein taubes Ohr —, wenn ich also in den Staaten lebte und mich für einen Magier erklärte, würde man mir einen Betrugsprozeß anhängen. Wenn ich mich aber dann verteidigen und erfolgreich den Wahrheitsbeweis dafür antreten wollte, daß ich *wirklich* ein Magier bin, dann würde ich mich bald in der Gaskammer befinden. Wenn ich mich aber nicht auf diese Art verteidigte, dann schriebe man mich einfach ›wieder als einen dieser Scharlatane‹ ab. In Europa aber kann ich ruhig behaupten, ich sei ein Magier. Solange ich meine Klienten zufriedenstelle, läßt man mich in Ruhe. *Caveat emptor.* Sonst müßte ich ja doch dauernd kleinkarierte Politiker und Buchsachverständige umbringen, was kaum der Mühe wert ist. Und jetzt können Sie das Ding da abdrehen.«

Aha, es war also mit diesem Kerl doch nicht alles in Ordnung. Er nützte den Aberglauben der Leute aus. Als

Mitglied der Reformierten Orthodoxen Agnostischen Kirche kannte sich Jack Ginsberg mit allen Einzelheiten solcher psychologischer Spekulationen aus — vor allem mit dem, was er die ›doppelte Buchhaltung‹ der Sache nannte. Er sagte also gewandt:

»Ich verstehe vollkommen. Aber haben Sie denn nicht — vor allem hier in Italien — beinahe ebensoviel Schwierigkeiten mit der Kirche, wie Sie daheim in den Staaten mit der Regierung hätten?«

»Nein, unter einem liberalen Pontifikat durchaus nicht. Die moderne Kirche ist bemüht, bei ihrer Anhängerschaft gegen den Aberglauben aufzutreten. Ich habe schon seit Jahrzehnten keinen Prälaten mehr kennengelernt, der an die *buchstäbliche* Existenz von Dämonen geglaubt hätte — obwohl freilich einige der Orden besser unterrichtet sind.«

»Schon, schon«, sagte Jack und ließ dann freudig erregt seine Falle zuschnappen. »Es will mir scheinen, Herr Doktor, als übertrieben Sie ein wenig — und als seien Sie mit uns überdies auch nicht völlig aufrichtig gewesen. Wenn Sie wirklich Macht über all diese großen Prinzen und Präsidenten haben, so könnten Sie dem Chef ebensogut eine Frau verschaffen, wie Sie einen Schatz oder einen Mord liefern können.«

»Natürlich könnte ich das«, gab der Magier nun schon etwas müde zu. »Ich merke, Sie haben sich in die Materie schon ein bißchen eingelesen. Aber ich habe Dr. Baines doch schon erklärt — und ich erkläre es Ihnen nun noch einmal —, daß ich nur auf Gewaltverbrechen spezialisiert bin. Also, Herr Ginsberg, Sie wollten mir doch einen Scheck für einen Spesenvorschuß ausstellen ...?«

»Ja, ja, das stimmt schon ...« Jack zögerte noch immer. Schließlich sagte Ware mit feinfühliger Höflichkeit:

»Kann ich vielleicht noch sonst irgendwelche Zweifel zerstreuen helfen, Mr. Ginsberg? Ich bin immerhin

Doktor der Theologie. Oder wollen Sie mir vielleicht privat einen Auftrag geben?«

»Nein«, sagte Jack, »nein, eigentlich nicht.«

»Es besteht für Sie wirklich kein Grund, schüchtern zu sein. Es ist völlig offensichtlich, daß Ihnen meine Lamia gefällt. Und, um der Wahrheit die Ehre zu geben, es fehlen ihr all jene ärgerlichen Eigenschaften, die Sie an irdischen Menschenfrauen so sehr stören ...«

»Verdammt noch einmal. Hab' ich es mir doch *gedacht*, daß Sie Gedanken lesen können! Da haben sie also auch diesbezüglich gelogen!«

»Ich lese keine Gedanken, und ich lüge nie«, sagte Ware. »Aber ich verstehe mich leidlich darauf, aus Gesichtszügen und -ausdruck zu lesen und Somatotypen oder den Phänotypus eines Menschen zu interpretieren. Das erspart mir viele Enttäuschungen, Schwierigkeiten und eine Menge überflüssiger Zauberei. Wollen Sie also das Geschöpf oder nicht? Ich kann sie natürlich auch völlig unsichtbar zu Ihnen schicken.«

»Nein.«

»Nicht unsichtbar. Sie tun mir leid. Nun denn, mein gottloser und lustloser Freund, dann sagen Sie es mir eben selbst: was *wollen* Sie eigentlich? Ihr dienstlicher Auftrag ist schon längst erledigt. Kotzen Sie es also endlich heraus: Was wollen Sie?«

Einen atemlosen Augenblick lang war Jack nahe daran, es zu bekennen, aber der Gott, an den er nicht mehr glaubte, stand hinter ihm. — Er füllte den Scheck aus, unterschrieb ihn, und wollte ihn Ware reichen. Das Mädchen (nein, nicht *ein* Mädchen) kam ins Zimmer und nahm den Scheck.

»Auf Wiedersehen«, sagte Theron Ware.

Wieder einmal hatte Jack die Gelegenheit verpaßt.

3

Voll Hoffnung las Pater Domenico den Brief noch einmal. Getreu seinem Namensheiligen befleißigte sich Pater Ucello eines augustinischen Stils voll seltener und archaischer Worte, daneben wieder ausgesprochene Neologismen, die in mittelalterliche Syntax eingebettet waren — als Stilisten zog Pater Domenico weiß Gott Roger Bacon vor. Aber da dieser hervorragende Anti-Magiker kein katholischer Ordensgeistlicher war, wurde er in diesen Kreisen nur von wenigen imitiert — ... Immerhin schien es noch möglich, daß Pater Domenico den Sinn von Pater Ucellos Brief mißdeutet hatte. Aber nein: Bei der zweiten Lektüre stellte sich heraus, daß — wie verdreht und verschnörkelt das Latein dieses Schreibens auch war — der Sinn leider nur allzu eindeutig blieb.

Pater Domenico seufzte. Die Ausübung zeremonieller Magie, zum mindesten ihrer weißen Abart, mit der allein sich das Kloster befaßte, wurde immer unergiebiger. Ein Teil des Problems lag darin, daß die wichtigste traditionelle kommerzielle Anwendung der Zeremonialmagie darin lag, mit ihrer Hilfe verborgene Schätze zu finden. Nach Jahrhunderten derartiger Schatzsuche durch Hunderte von Schwarzen und Weißen Magiern gab es — vor allem, seit auch so technisches Zeug wie Metallspür- und Minensuchgeräte auf dem Plan erschienen waren — nur mehr verdammt wenige noch unaufgefundene Schätze. In den letzten Jahren hatte es sich bei den Schätzen, die von Geistern unter der Oberherrschaft von OCH und BETHOR angegeben wurden — wobei die Fachliteratur vor allem OCH die Fähigkeit zuschreibt, ›eine Börse, die vor Gold beinahe platzt‹, zu verleihen —, meist um gestrandete oder gesunkene Schiffe, oder um Orte wie Fort Knox oder die Schweizerische Staatsbank gehandelt. Die Hebung derartiger Schätze war aber ein so kostspieliges und unsicheres

Unternehmen, daß sowohl für die Kunden als auch für das Kloster die Profitchancen arg zusammengeschmolzen waren.

Alles in allem hatten es die Schwarzen Magier eindeutig leichter — wenigstens in diesem irdischen Leben. Man mußte ja immer daran denken, erinnerte sich Pater Domenico eben noch hastig, daß sie ja dann auch der ewigen Verdammnis anheimfielen. Es war Pater Domenico so rätselhaft wie eh und je, warum höllische Geister vom Range eines LUCIFUGE ROFOCALE zum Beispiel bereit waren, so viel Macht in den Dienst eines Sterblichen zu stellen, dessen Seele die Hölle fast mit Sicherheit auch ohne diese Bemühungen bekommen hätte. Man muß dabei nur an den Charakter des durchschnittlichen Zauberers denken und daran, wie leicht solche Seelenverkaufskontrakte auch noch im allerletzten Moment gebrochen oder für ungültig erklärt werden konnten. Gleichermaßen konnte Pater Domenico nicht begreifen, daß Gott es zulassen konnte, wie so viel dämonische Böswilligkeit und Tücke durch den Schwarzen Magier auf Unschuldige losgelassen werden konnte. Aber hier handelte es sich lediglich um einen weiteren Aspekt des PROBLEMS DES BÖSEN, für das die Kirche längst die Lösung (oder eigentlich die Doppel-Lösung) von Erbsünde und freiem Willen gefunden hatte.

Man mußte sich auch vor Augen halten, daß auch die Ausübung Weißer oder Transzendentaler Magie offiziell eine Todsünde war, denn die moderne Kirche stand auf dem Standpunkt, daß jeglicher Verkehr mit Geistern eine Greueltat sei. Das traf auch auf die Nicht-Gefallenen zu, da derartige Kontakte notwendigerweise von der Annahme ausgingen, die Engel seien Halbgötter, Demiurgen oder andere kabbalistische, gottähnliche Wesen. In alten Zeiten freilich hatte man verstanden, daß (was natürlich nicht auf einen wirklichen Pakt mit den Jenseitigen zutraf) nur ein Mann von größter Heiligkeit und frommem Wandel, mit edelsten Absichten und im höchsten Zustand ritueller und spiritueller Reinigung und Reinheit darauf hoffen durfte, einen Dämon aufzurufen und Macht über ihn zu gewinnen. Für einen Engel aber waren die Bedingungen noch weit rigoroser. Aber seit dieser Zeit hatte es so viele Fehler und Schwächen der Motivation und schließlich auch der Durchführung gegeben, auch wohl in Praxis und christlicher Mildtätigkeit, daß die Kirche schließlich jegliche Theurgie in Acht und Bann getan und sich lediglich ein kleines, negatives Teilgebiet der Magie vorbehalten hatte: nämlich die Geisteraustreibung, bzw. den Exorzismus, und auch diese durfte nur unter den allerstrengsten kanonischen Beschränkungen ausgeübt werden.

Selbstverständlich besaß Monte Albano eine besondere Dispens — teilweise weil die weißen Mönche einst mit so erstaunlichem Erfolg zur Auffüllung der Budgetmittel des Vatikans beigetragen hatten; teilweise wohl auch, weil das durch die transzendentalen Riten gewonnene Wissen manchmal sozusagen die ›Seele des Felsens von St. Peter‹ genährt hatte; und — zu einem kleineren Teil — wohl auch, weil unter außergewöhnlich seltenen Umständen Weiße Magie auch dazu dienen konnte, das leibliche Leben zu verlängern. Diese Quellen aber (um die Metapher zu ändern) schienen nun am Versiegen zu sein. Es war daher durchaus möglich, daß die päpstliche Dispens heute oder morgen zurückgezogen wurde — was das Ende des letzten Hortes Weißer Magie auf Erden bedeutet hätte.

Das aber würde der Schwarzen Magie Tür und Tor öffnen. Es gab keine Zentren Schwarzer Magie — wenn wir einmal von den Pariser Brüdern des Linken Weges absehen. Diese aber waren Romantiker der Schule des Éliphas Lévi und verdienten eher Mitleid für ihre Narretei, als daß man sie um des Bösen, das sie zu tun versuchten, verdammt hätte. Aber es gab leider noch eine beunruhigend große Zahl selbständiger Schwarzer Magier — eine Brut, von der einer schon zu viel für diese Welt gewesen wäre.

Und damit war Pater Domenico wieder bei dem Brief angelangt. Er seufzte noch einmal, wandte sich von seinem Lesepult ab und stapfte von dannen (die Brüder vom Monte Albano gehörten einem barfüßigen Orden an). Er begab sich zum Büro des Direktors. Dabei trug er den Brief immer noch in der Hand. Pater Umberto war da (*physisch* war er natürlich immer da, wie all die anderen, da die Brüder den Berg normalerweise nicht verlassen durften, wenn sie ihn erst einmal betreten und die Weihen empfangen hatten. Nur die Laienbrüder durften auf Maultieren hinab- und hinaufreiten und Proviant bringen), und Pater Domenico kam sofort zum Kern der Sache.

»Ich habe einen neuen leidenschaftlichen Bericht unseres Hexenriechers bekommen«, sagte er. »Jetzt beginne ich selbst — mit Widerstreben — zu glauben, daß die Angelegenheit mindestens so ernst ist, wie er schon die ganze Zeit behauptet.«

»Ich nehme an, du meinst die Sache mit Theron Ware.«

»Ja, natürlich. Dieser amerikanische Rüstungsmagnat ist von uns direkt zu Ware gegangen. Das schien ja schon damals wahrscheinlich. Pater Ucello sagt nun, es bestünden alle Anzeichen dafür, daß eine weitere Serie von ›Sendungen‹ dort in Positano vorbereitet würde.«

»Ich wollte, du könntest dir diese Alliterationen abgewöhnen. Sie erschweren es einem nur, herauszufinden, wovon du eigentlich sprichst. Ich habe oft das Gefühl, daß der Übergang in Alliterationen oder zu grammatikalischen und syntaktischen Tricks ein Zeichen dafür ist, daß der Sprecher selbst nicht genau weiß, was er sagen will, das aber vor mir zu verschleiern versucht. Aber das nur nebenbei. Was nun den Dämonenanbeter Ware anlangt, steht es uns leider — was immer er auch planen mag — nicht frei, uns ihm in den Weg zu stellen.«

»Der Stil meines Vortrages ist von Pater Ucello geliehen. — Er *besteht* jedenfalls darauf, daß wir etwas unternehmen. Er hat sich mit der anderen Welt in Verbindung gesetzt — daraus kann man schon ersehen, wie ernst er, der alte Purist, die Sache nimmt —, und er sagt, daß sein Kontakt (dessen Identität er mit großer Mühe geheimhält) ihm berichtet habe, das Zusammentreffen zwischen Ware und Baines sei ein Vorzeichen einer weltweiten Katastrophe. Nach seinen Informationen hat die Hölle seit der Geburt der beiden nur auf ihr Zusammentreffen gewartet.«

»Ich nehme an, er hat sich vergewissert, daß sein Informant nicht etwa selbst ein Dämon ist, der ihm da etwas vorgeschwindelt hat oder ihn doch vielleicht nur mit einer ihrer üblichen Prahlereien beeindrucken wollte. Wie du selbst ja eben indirekt gesagt hast, ist Pater Ucello völlig aus der Übung.«

Pater Domenico breitete die Hände aus: »Diese Frage kann ich natürlich nicht beantworten. Obwohl ich natürlich, wenn du es wünschest, Vater, das Was-immer-es-ist selbst zu beschwören versuche und ihm das Problem vorlegen kann. Aber du weißt selbst nur zu gut, wie leicht es möglich ist, daß ich den falschen erwische — und wie schwer es auch ist, die rechte Frage zu stellen. Die großen Gouverneure scheinen keinerlei Zeitsinn — so wie wir ihn verstehen — zu besitzen, und was die Dämonen anlangt, nun, selbst wenn wir Macht über sie haben, so wissen sie doch oft wirklich nicht so recht, was außerhalb ihres ureigensten Macht- und Wirkungsbereiches los ist.«

»Das ist leider völlig richtig«, sagte der Direktor, der selbst die Kunst auch schon seit Jahren nicht mehr ausgeübt hatte. Einst war er selbst für alles Magische hochbegabt gewesen, aber der Verlust fähiger wissenschaftlicher Experimentatoren an rein administrative Positionen war ja der Fluch aller Forschungsinstitute. »Ich glaube, du solltest weder deine Verwendbarkeit noch auch deine unsterbliche Seele dadurch aufs Spiel setzen, daß du versuchst, einen Geist zu beschwören, den du nicht zu nennen vermagst. Pater Ucello andererseits sollte wissen, daß es nichts gibt, das wir gegen Ware unternehmen könnten. — Oder schlägt er am Ende etwas Konkretes vor?«

»Er möchte, daß wir Ware einen Beobachter schikken«, sagte Pater Domenico mit leicht schwankender Stimme. »Wir sollen jemanden direkt nach Positano schicken, jemanden, der bei Ware bleibt, bis wir wissen, was er vorhat. Es steht gerade noch in *unserer* Macht, das zu tun. Pater Ucello dagegen kann das natürlich nicht. Bleibt nun die Frage: *Wollen* wir es tun?«

»Hm, hm«, machte der Direktor, »selbstverständlich nicht. Das würde uns zugrunde richten — natürlich nicht finanziell, obwohl auch diese Seite schon schwer genug ins Gewicht fällt. Aber wir können es uns nicht leisten, einen Novizen zu schicken, sondern wir müssen den besten Mann nehmen, den wir haben, und nach weiß Gott wievielen Monaten in dieser höllischen Atmosphäre ...«

Er ließ, was bei ihm oft der Fall war, den Satz unvollendet. Pater Domenico hatte längst gelernt, diese Sätze selbst zu beenden. Natürlich konnte Monte Albano es sich nicht leisten, einen seiner besten Operateure durch längerwährende Berührung mit der Person und den Taten Theron Wares unfähig — der Fachausdruck lautete ›verseucht‹ — zu machen. Dennoch aber war Pater Domenico einigermaßen sicher, daß der Direktor doch jemanden nach Positano schicken würde. Sonst hätte er nämlich nicht alle auf der Hand liegenden Einwendungen erhoben, sondern Pater Ucellos Vorschlag rundweg und ohne Erklärungen abgelehnt. So sehr sie sich sonst auch über Pater Ucello lustig machten, wußten die beiden doch, daß es Fälle gab, wo sie ihn absolut ernst nehmen mußten. Dies war einer davon.

»Dennoch wird man die Sache überdenken müssen«,

nahm der Direktor nach kurzer Pause den Faden wieder auf. Der Rosenkranz glitt durch seine Finger. »Ich glaube, ich muß Ware die übliche formelle Benachrichtigung zukommen lassen. Das bindet uns noch nicht, aber ...«

»Richtig«, sagte Pater Domenico. Er steckte den Brief in seine Mappe und erhob sich. »Du wirst mich rufen lassen, wenn Wares Antwort eingetroffen ist. Ich bin froh, daß du mit mir darin übereinstimmst, daß die Sache sehr ernst ist.«

Nach einem weiteren Austausch von Förmlichkeiten verließ er gebeugten Hauptes das Büro des Direktors. Er wußte ganz genau, wen der Direktor zu dieser Mission entsenden würde; keine falsche Bescheidenheit konnte ihn darüber hinwegtäuschen. Und er fühlte in seinen Gliedern den Schrecken vor dieser Mission.

Er ging schnurstracks in sein Zaubergemach, die Turmstube, die kein anderer benützen durfte — alle Magie hängt in größtem Maße von der Persönlichkeit des ›Operateurs‹ und ihrem ungetrübten Einfluß ab — und in der es immer noch leise nach etwas wie Lavendelöl duftete, Spuren seiner letzten Benützung dieses Raumes. *Mansit odor, posses scire duisse deam,* dachte er, nicht zum ersten Male. Aber er hatte durchaus nicht im Sinn, jetzt irgendeine ›Gegenwart‹ zu beschwören. Statt dessen ging er hinüber zu der Kassette aus getriebenem Metall, in der sein Exemplar des *Enchiridon* Leos III. aufbewahrt war. Es war die zweite Ausgabe aus dem Jahr 1606, die in nicht sehr veränderter Form jene seltsame Sammlung von Gebeten und ›anderen Instrumenten wirksam und tauglich gegen alle Gefahren für alle Arten von Menschen zu Land, zu Wasser, von offenen und verdeckten Feinden, von den Bissen wilder und tollwütiger Tiere, von Gift, Feuer und Stürmen‹ enthielt. Daran schloß sich der Rat, das Buch am Leib mit sich herumzutragen, um die größte Wirkung zu erzielen. Pater Domenico hatte sich bisher nur selten hinlänglich bedroht gefühlt, um zu riskieren, einen so seltenen und wertvollen Gegenstand mit sich herumzuschleppen. Überdies las er ohnedies jeden Tag wenigstens eine Seite davon, vor allem aus dem *In principio* betitelten Teil, einer Version des ersten Kapitels der Heiligen Schrift nach dem Evangelium Johannis.

Nun entnahm er das Buch der Kassette und öffnete es. Er schlug die Sieben Mysteriösen Gebete auf, den einzigen Teil des Werkes — ohne über die Wirksamkeit des übrigen Teiles etwas Negatives sagen zu wollen —, der wahrscheinlich tatsächlich aus der Hand des Papstes zur Zeit Karls des Großen stammte. Pater Domenico kniete mit dem Gesicht nach Osten nieder und begann, ohne auch nur einen Blick auf die Seite vor ihm zu werfen, das für Donnerstag bestimmte Gebet. Es ist wohl kein Zufall, daß es von diesem Gebet heißt, daß ›Dämonen fliehen, wenn man es ausspricht‹.

4

Nach Rom zurückgekehrt, hatte Baines alle Hände voll zu tun, um so mehr, als Jack Ginsberg noch immer nicht zurück war. Jacks Bericht darüber, was die Analyse der goldenen Tränen durch die staatliche Scheideanstalt ergeben hatte, lag also immer noch unter hundert anderen Briefen und Papieren, und Baines bemühte sich nicht, ihn hervorzusuchen. Vorläufig jedenfalls betrachtete Baines diesen Bericht als Privatkorrespondenz, und er hatte eine strenge, selbst auferlegte Regel, in den Arbeitsstunden grundsätzlich niemals persönliche Korrespondenz zu öffnen, ob er sich nun in seinem Büro befand oder — wie hier — ein Hotelzimmer zu seinem Büro gemacht hatte.

Dennoch schwamm der Bericht am zweiten Tage aus dem Papierwust sozusagen nach oben, und da Baines auch prinzipiell nie Zeit an die Ablenkung unbefriedigter Neugier verlor, wenn es leicht war, sie zu befriedigen, las er ihn. Die Tränen auf dem Taschentuch waren tatsächlich 24 karätiges Gold, zusammen im Wert etwa 11 Cents nach dem Tagespreis für Gold. Für Baines aber bedeuteten sie eine ungeheure Investition (oder, um die Sache von einer anderen Seite zu sehen: eine mögliche Investition im Ungeheuerlichen).

Befriedigt legte er den Bericht zur Seite und vergaß sofort völlig — oder doch beinahe völlig — darauf. Investitionen in Ungeheuerlichkeiten gehörten für Baines sozusagen mit zum Geschäft. Mit kaltem Zorn dachte er daran, daß diese Investitionen in letzter Zeit immer weniger eingebracht hatten. Daher auch sein Interesse an Ware, das die anderen Direktoren von Consolidated Warfare Service sicherlich für glatten Irrsinn gehalten hätten. Aber wenn einmal der Geschäftsgang nicht mehr zufriedenstellend war, war es schließlich nur natürlich, entsprechende Befriedigung auf anderen Gebieten zu suchen. In Baines Augen wäre der Irrsinnige jener, der versuchen würde, ein anderes Vergnügen — Frauen, Philanthropie, Kunstsammeln, Golf — als Ersatz zu suchen, etwas also, was keinerlei bewußte geistige Befriedigung versprach. Baines war seinem Beruf völlig verschrieben, und sein Beruf war Zerstörung. Diese Leidenschaft war durch, sagen wir, Golf ebensowenig zu sublimieren wie die Passion eines Malers oder Voyeurs.

Die jetzige Situation, der man ins Auge sehen und mit der man sich auseinandersetzen mußte, war die, daß die Kernwaffen das Rüstungsgeschäft fast völlig zugrunde gerichtet hatten. Ach, natürlich konnte man immer noch ein ganz flottes Geschäftchen damit machen, Handfeuerwaffen an ein paar kleine Nationen zu verkaufen — wobei der Begriff ›Handfeuerwaffen‹ so lose umrissen war, daß alles bis zur Größe eines Unterseebootes darunter fiel —, aber die Wasserstoffbombe und die Interkontinentalraketen machten die hohe Kunst des Geschäftes, nämlich die Inganghaltung eines rund zwanzigjährigen Zyklus von Weltkriegen, bei weitem zu zerstörerisch, gefährlich und uneinträglich. Heutzutage bestand die Diplomatie von Baines und seinesgleichen nur mehr darin, lokale Konflikte zum Entflammen zu bringen und Bürgerkriege und Aufstände zu fördern. Aber selbst das war eine heikle Angelegenheit, denn das Nationalismus-Spiel wurde immer verwirrender und undurchsichtiger, und es konnte sich dabei überraschend herausstellen, daß irgend so ein ›emporstrebender‹ afrikanischer Staat mit einer Bevölkerung, die an Größe etwa der von Maplewood, New Jersey, vergleichbar war, für eine oder mehrere der Atommächte von größtem Interesse war. (Eines Tages würden sie freilich *alle* Atommächte sein. Dann würde die ›Kunst‹ so unbedeutend und formalisiert werden wie das Arrangieren von Blumen.)

Die Feinheiten dieser Art von Arbeit konnten einen sehr wohl mit Befriedigung erfüllen, und Baines war auf diesem Gebiet nahezu perfekt. Überdies besaß Consolidated Warfare Service einige tausend Menschenjahre aufgespeicherter Erfahrungen, auf die man sich jederzeit stützen konnte. Einer der besten Spezialisten von CWS war eben jetzt mit Baines in Rom, Dr. Adolph Hess. Hess hatte sich mit der Erfindung und Planung jenes eigenartigen Allzweck-Fahrzeuges einen Namen gemacht, das man nach ihm ›Hessicopter‹ benannt hatte. Bei den gegenwärtigen Verhandlungen aber wurde er wegen einer anderen Erfindung beigezogen, von der hoffentlich noch niemand etwas gehört hatte: seinem Landtorpedo. Es handelte sich dabei um eine sich unter der Erde rasch vorgrabende Vorrichtung mit Sprengkopf, die, wenn es die geologischen Gegebenheiten gestatteten, völlig unerwartet und unerkannt unter jedem feindlichen militärischen Ziel innerhalb eines Radius von mehr als dreihundert Kilometern vom ›Abschußtunnel‹ auftauchen konnte. Baines vermutete, daß diese kleine Überraschung für wenigstens eine der beiden

Seiten der Unruhen im Jemen interessant sein könnte. Es stellte sich bald heraus, daß er recht gehabt hatte. So richtig war in diesem Falle sein Instinkt gewesen, daß er nun alle Mühe aufwenden mußte, um nicht mit allen *vier* interessierten Parteien über diese neue Wunderwaffe feilschen zu müssen. Das war um so schwerer, als — obwohl die beiden tatsächlich kämpfenden Parteien im Jemen keine Probleme boten — Nasser als Verhandlungspartner beinahe so gewitzt wie Baines selbst war, und Faisal ihn unbestritten in dieser Hinsicht noch um ein ganzes Stück übertraf.

Aber trotz alledem war Baines eben seiner ganzen Natur nach kein Miniatur-Künstler, und er war sich dessen auch durchaus bewußt. Er hatte überhaupt den ganzen Wandel seiner Handelsbasis schon sehr früh vorausgesehen. Um es genau zu sagen: ein Band mit dem Titel *Die Wirkung von Atomwaffen,* den das US Government Printing Office in Washington im Jahre 1950 herausgebracht hatte, hatte ihm die Augen geöffnet. Damals hatte er sich so rasch als möglich der Dienste einer privaten Firma versichert, die sich Mamaroneck Research Institute nannte. Es handelte sich im wesentlichen um eine Art Braintrust, den ein ehemaliger Angestellter der RAND-Corporation auf die Beine gestellt hatte. Die Organisation spezialisierte sich darauf, alle möglichen politischen und militärischen Konfrontationen auszuhecken und auf ihre Möglichkeiten und ihren voraussichtlichen Ausgang hin zu durchdenken. Einige dieser Projektionen waren so abnorm, daß man sich zu ihrer Wiedergabe freischaffender Autoren von Zukunftsromanen bediente. Aus den Archiven der CWS und aus anderen Quellen kam das Material, mit dem Baines das Mamaroneck-Forschungsinstitut belieferte, das damit seine Computer fütterte. Viel von diesem Material hätte manche Regierung, die glaubte, niemand anderer wisse davon, in ihren Grundfesten erschüttert. Dafür erhielt Baines vom Mamaroneck-Institut lange, schön beschriftete und gegliederte xerographierte Berichte mit Titeln wie ›Kurz- und langfristige vermutliche Auswirkungen einer Blockade der Färöer-Inseln durch Israel‹.

Die eindeutig absurdesten dieser Berichte siebte Baines natürlich aus, aber mit einer Art von Sorgfalt, die durchaus nicht Konservativismus entsprang. Es konnte sich nämlich leicht erweisen, daß einige der scheinbar abwegigsten Studien auf den zweiten Blick gar nicht mehr so absurd erschienen. Jene, die die beste Kombination von oberflächlicher Absurdität mit verborgener Plausibilität aufwiesen, begann er dann in wirkliche Situationen zu übersetzen. Es war also eigentlich gar nichts Unlogisches oder auch nur für Baines Ungewöhnliches an seinem Interesse für Theron Ware. Schließlich trieb ja auch er, Baines, eine okkulte Kunst, an die der ›Mann auf der Straße‹ längst nicht mehr glaubte.

Der Summer ertönte zweimal: Ginsberg war zurück. Baines erwiderte das Signal, und die Tür öffnete sich.

»Rogan ist tot«, sagte Jack kurz und ohne Einleitung.

»Das ist aber schnell gegangen. Ich dachte, Ware würde nach seiner Rückkehr aus den Vereinigten Staaten noch mindestens eine Woche brauchen.«

»Er ist auch schon seit einer Woche zurück«, erinnerte ihn Jack.

»Hm? Ja, wirklich. Diese Warterei mit den Arabern, bis sie sich endlich entschließen, ein bißchen Geld auszugeben, nimmt einem völlig das Zeitempfinden. — Sieh mal einer an. Irgendwelche Einzelheiten?«

»Bis jetzt nur, was über den Fernschreiber von Reuter gekommen ist. Hat als Lungenentzündung angefangen und als Herzversagen geendet, angeblich wegen der Anstrengung des Hustens. Scheint, daß der Mann seit Jahren ein schwaches Mitralgeräusch hatte. Nur seine Familie wußte davon, und sein Arzt versicherte ihnen, es sei nichts Gefährliches, wenn er sich nicht gerade in den Kopf setze, den Langstreckenweltrekord zu brechen, oder so etwas. Jetzt nimmt man an, daß die letzte Wahlkampagne seinen Zustand verschlechtert und die Lungenentzündung ihm dann den Rest gegeben hat.«

»Sehr sauber«, sagte Baines.

Eine Weile dachte er noch über die Sache nach. Er hatte gegen den verstorbenen Gouverneur von Kalifornien durchaus nichts gehabt. Er hatte ihn persönlich nie kennengelernt, hatte keinerlei geschäftliche Differenzen mit ihm gehabt, ja er hatte ihn sogar wegen seiner gemäßigt-rechten politischen Linie eher bewundert, die Rogan mit jener verständlichen, aber leidenschaftslosen Art formuliert hatte, wie das von einem Werbemann aus San Francisco erwartet wird, der sich auf die Popularisierung kalter Frühstücksspeisen spezialisiert hatte. Plötzlich erinnerte sich Baines, gelesen zu haben, daß Rogan der gleichen Studentenverbindung angehört hatte wie er selbst.

Dennoch war er zufrieden. Ware hatte seine Aufgabe — Baines hatte nicht den leisesten Zweifel, daß Ware für den Todesfall verantwortlich war — sehr elegant gelöst. Nach noch einem weiteren derartigen Experiment, nur um jegliche Möglichkeit von bloßem Zufall ein für allemal auszuschließen, sollte er dazu reif sein, etwas Größeres anzugehen — vielleicht sogar gleich die ganz Große Sache.

Baines dachte darüber nach, wie Ware es wohl angestellt hatte. War es möglich, daß ein Dämon dem Opfer in Form eines Pneumococcus erscheinen konnte? Und wenn ja, wie war es dann mit dem Problem der Zellteilung und Fortpflanzung? Nun, da hatte es zum Beispiel im Mittelalter in ganz Europa echte Stückchen des wahren Kreuzes gegeben, die in ihrer Gesamtheit einen großen Holzlagerplatz reichlich gefüllt hätten ... Zeitgenössische kirchliche Apologetiker hatten das ›wunderbare Vermehrung‹ genannt. Baines hatte das immer für ein klassisches Beispiel dafür gehalten, wie manchmal das Offenkundige wegrationalisiert wird. Aber da sich nun für ihn herausstellte, daß es Zauberei und Magie wirklich gab, war vielleicht auch die wunderbare Vermehrung wirklich und echt gewesen …?

Aber es handelte sich hier ja nur um technische Details, für die er sich prinzipiell nicht interessierte. Für solche Sachen hatte er seine Angestellten. Immerhin, es könnte nicht schaden, jemanden im Betrieb zu haben, der sich mit der Methodik auf diesem Gebiet auskennen würde. Manchmal war es gefährlich, sich ausschließlich auf betriebsfremde Fachleute verlassen zu müssen.

»Schreiben Sie einen Scheck für Ware«, sagte er zu Jack. »Nehmen Sie's aus meinem Privatkonto. Bezeichnen Sie es als Konsultationshonorar — am besten ›medizinisch‹. Wenn Sie ihm den Scheck schicken, vereinbaren Sie bitte gleich auch den Termin für einen weiteren Besuch — mal nachsehen — ja, gleich nachdem ich aus Riyadh zurück bin. Über die anderen Dinge werde ich mit Ihnen dann in etwa einer halben Stunde sprechen. Schicken Sie inzwischen Hess herein, aber warten Sie bitte draußen.«

Jack nickte und verließ den Raum. Einen Augenblick später trat Hess leise ein. Er war ein hochgewachsener, knochiger Mann mit leichtem Bauchansatz, buschigen Augenbrauen, einem kahlen Fleck an der Stelle, wo früher der Haarwirbel war, salz-und-pfefferfarbenem Haar und schmalem spitzen Kinn, was seinem Gesicht ein beinahe dreieckiges Aussehen verlieh.

»Sind Sie an Zauberei interessiert, Adolph? Privater natürlich?«

»Zauberei? Davon weiß ich ein wenig. Trotz all des damit verbundenen Unsinns spielte Magie und Zauberei in der Wissenschaftsgeschichte doch eine sehr wichtige Rolle, vor allem Alchemie und Astrologie.«

»Mich interessiert jetzt weder das eine noch das andere. Ich spreche von Schwarzer Magie.«

»In diesem Fall muß ich verneinen, darüber weiß ich wirklich fast nichts«, sagte Hess.

»Nun, dann werden Sie einiges zu lernen haben. In etwa zwei Wochen besuchen wir einen echten Zauberer, und ich möchte, daß Sie mitkommen und seine Methoden studieren.«

»Sie wollen mich wohl auf den Arm nehmen?« sagte Hess. »Nein, das tun Sie ja eigentlich nie. Befassen wir uns also jetzt damit, Scharlatane zu entlarven? Ich bin nicht sicher, daß ich dafür der geeignete Mann bin, Baines. Ein berufsmäßiger Bühnenzauberer — ein Houdini-Typ — würde einem Schwindler viel leichter auf die Schliche kommen als ich.«

»Nein, nein, darum geht es ja gar nicht. Ich will diesen Mann einfach bitten, für mich einiges zu erledigen, in seinem Fachgebiet, und ich brauche einen guten Beobachter, der ihm dabei zusieht und aufpaßt, wie er es macht. Nicht um irgend etwas aufzudecken oder zu entlarven, sondern einfach, um sich ein klares Bild von den Methoden und Vorgängen zu machen — für den Fall, daß später mit dieser Geschäftsbeziehung etwas schiefgehen sollte.«

»Aber — nun gut, wenn Sie es wollen, Baines. Es kommt mir aber doch wie eine große Zeitverschwendung vor.«

»Mir nicht«, sagte Baines. »Während Sie gemeinsam mit mir darauf warten, mit den Saudis zu verhandeln, können Sie sich vielleicht etwas in das Fach einlesen. Bis Jahresende möchte ich, daß Sie über das Thema Magie so gut Bescheid wissen wie ein Fachmann. Der Mann hat mir erklärt, daß das selbst für mich durchaus möglich wäre. Für Sie müßte es demnach eine Kleinigkeit sein.«

»Ich nehme nicht an, daß mein Hirn dem nicht gewachsen ist«, meinte Hess trocken, »aber es ist durchaus möglich, daß es für mich eine schwere Geduldsprobe ist. Aber schließlich sind ja Sie der Chef.«

»Stimmt. Also los!«

Im Hinausgehen nickte Hess Jack ohne Herzlichkeit

zu. Die beiden hatten füreinander nicht viel übrig. Baines dachte manchmal, daß dies wohl zum Teil darauf zurückzuführen war, daß sie einander in mancher Hinsicht so ähnlich waren. Als sich die Tür hinter dem Wissenschaftler geschlossen hatte, zog Jack den Wachspapierumschlag aus der Tasche, der das Taschentuch mit den beiden verwandelten Tränen enthalten hatte und offenbar immer noch enthielt.

»Ich brauche das nicht«, sagte Baines, »ich habe ja Ihren Bericht. Schmeißen Sie das Zeug weg. Ich möchte nicht, daß jemand fragt, was es bedeutet.«

»Werde ich erledigen«, nickte Jack, »aber erinnern Sie sich bitte erst noch an das, was Ihnen Ware gesagt hat: Der Dämon würde Sie nach zwei Tagen wieder verlassen.«

»Richtig. Warum?«

»Sehen Sie sich das einmal an!«

Jack nahm das Taschentuch aus der Hülle und breitete es sorgfältig auf Baines Schreibunterlage aus: Auf der irischen Leinwand prangten nun, wo noch vor kurzem Gold gewesen war, zwei matte, verschmierte Streifen: unbestreitbar Blei.

5

Durch ein Versehen (wessen Schuld es war, konnte später nicht mehr festgestellt werden) gelangte Baines mit seiner Gruppe ausgerechnet zu Beginn des Ramadan in Riyadh ein, zu einer Zeit also, in der die Araber den ganzen Tag über fasten und daher viel zu nervös und jähzornig waren, als daß man mit ihnen hätte verhandeln können. Nach neunundzwanzig Tagen folgte dieser Fastenzeit eine dreitägige Freß-, Trink- und Liebesorgie, während der sie zu benebelt waren, als daß man mit ihnen verhandeln konnte. Als aber dann endlich die Verhandlungen in Fluß kamen, dauerten sie nicht länger als die zwei Wochen, mit denen Baines von Anfang an gerechnet hatte.

Da der islamische Kalender sich nach dem Mondjahr richtet, ist Ramadan gegenüber dem Gregorianischen Kalender ein ›beweglicher Feiertag‹. Diesmal fiel Iid, das Fest, mit dem der Fastenmonat endet, in die Nähe von Weihnachten. Baines argwöhnte, Ware würde sich weigern, mit ihm zu einer für einen Satansdiener so ungeeigneten Zeit zusammenzutreffen. Ware aber erhob keine Einwände, sondern bemerkte nur (in einem Brief): »Der 25. Dezember ist ein uralter Festtag.« Hess, der sich schon pflichtgemäß in der magischen Literatur umgesehen hatte, interpretierte das so, daß Ware damit sagen wolle, Christus sei nicht tatsächlich an diesem Tage geboren — »Obwohl mir, in diesem Universum des Dialogs und der Reden, nicht recht einleuchten will, welchen Unterschied das macht«, sagte er. »Wenn heutzutage das Wort ›Aberglaube‹ auch nur noch eine Spur seiner ursprünglichen Bedeutung bewahrt hat, dann bedeutet das doch, daß das Zeichen — das Symbol — an die Stelle der Sache getreten ist, oder, mit anderen Worten: daß Tatsachen nun eben das bedeuten, was wir behaupten.«

»Nennen Sie es einen ›Beobachter-Effekt‹«, schlug Baines vor, und er meinte das nicht nur zum Spaß. Es war ihm nicht danach zumute, sich in dieser Sache mit Hess oder Ware in ein Streitgespräch einzulassen. Ware war bereit, ihn zu empfangen — das allein zählte.

Wenn aber der Zeitpunkt Ware offenbar keinerlei Schwierigkeiten machte, so war er doch sehr ungünstig für Pater Domenico. Der weigerte sich anfangs rundweg, Weihnachten sozusagen im Höllenschlund zuzubringen. Sowohl der Direktor als auch Pater Ucello mußten ihm erst lange zusetzen. Obwohl vor allem Ucellos Überredungs- und Überzeugungsgründe für Pater Domenico völlig voraussagbar waren, verfehlten sie doch nicht ihren Eindruck. Um eine volle Woche schola-

Zwischendurch: [redacted] Bisweilen mag es ja aus diesem oder jenem Grund durchaus etwas für sich haben, zu fasten. Wenn dies allerdings zu Nervosität und Jähzorn führt, sollte man vielleicht doch überlegen, ob es nicht zweckmäßiger ist, wenigstens mal eine Kleinigkeit zwischendurch zu sich zu nehmen: [redacted] Etwas Warmes, was gut schmeckt, den Magen nicht belastet und den kleinen Hunger stillt . . . [redacted]

stischen Disputs kurz zu überspringen — die beiden überredeten ihn, wie Pater Domenico ohnedies schon zu Beginn vorausgesehen hatte.

Er mußte all seine Dienstbarkeit, seinen Gehorsam und seine Resignation aufbieten — sein Mut schien sich schon verflüchtigt zu haben —, als er schließlich hoch zu Maultier aus dem Kloster ritt. Man hatte ihm erlaubt, für die Zeit seiner Mission Schuhe zu tragen. Unter seinem Habit baumelte in einem neuen Ledersack das *Enchiridon* Leos III. von seinem Nacken. In einer sorgfältig auf dem Hals des Maultieres balancierten Tasche befand sich eine Auswahl von Pater Domenicos thaumaturgischen Werkzeugen — alle frisch geweiht, besprengt, beräuchert und in Seide gewickelt. Es war ein stiller Abschied — vor allem, da es an Zeremonie und Zeugen fehlte, denn nur der Direktor selbst wußte, warum Pater Domenico die Reise antrat, und auch ihn hatte man nur mit größter Mühe davon abbringen können, zur Tarnung von Domenicos Mission das Gerücht auszustreuen, er sei aus dem Orden ausgestoßen worden.

Das konkrete Ergebnis beider Verzögerungen war es, daß nun Pater Domenico und Baines mit seinen Leuten am gleichen Tag in Wares Palazzo anlangten — und zwar passenderweise inmitten des einzigen Schneesturms, den es in Positano seit sieben Jahren gegeben hatte. Als eine Art geistiger Höflichkeit — denn Protokoll war in solchen Dingen überaus wichtig, sonst hätten Mönch und Magier gar nicht gewagt, einander gegenüberzutreten — wurde Pater Domenico zuerst empfangen, kurz, aber unter peinlichster Einhaltung von Form und Förmlichkeit. Als Kunde aber bekam Baines (und seine Leute gemäß ihrer Rangordnung) die besten Zimmer des Palazzo. Sie bekamen auch die einzige Bedienung, die es gab, da Ware keine Dienstboten beschäftigte, die die unsichtbare Linie überschreiten konnten, die Pater Domenico, sofort nachdem ihm sein Zimmer zugewiesen worden war, mit der Spitze seines Zirkels gezogen hatte.

Wie es um diese Zeit in süditalienischen Städten üblich war, kamen später drei maskierte Könige zur Pforte des Palazzo, um Gaben für das Christkind zu bringen und Gaben für die Kinder zu empfangen. Es gab hier aber keine Kinder, und man wies die als heilige Drei Könige Verkleideten ab. Sie waren verblüfft und verärgert (denn der reiche Amerikaner, von dem es hieß, er schreibe ein Buch über pompejanische Fresken, hatte sich bei anderen Anlässen als durchaus freigebig erwiesen). Irgendwie waren sie aber doch auch dankbar. Es war eine kalte Nacht, und die Lichter des Palazzo hatten eine ferne, grimmige und unheilverkündende Farbe.

Dann schlossen sich die Pforten. Die Akteure waren versammelt und hatten ihr Plätze eingenommen. Die Bühne war bereit.

III

Drei Schläfe

Es erfordert mehr Mut und Intelligenz, ein Teufel zu sein, als sich die Leute, die das Hörensagen der Erfahrung vorziehen, träumen lassen. Und nur der, der den Teufel in sich selbst zerstört hat, und zwar durch harte Arbeit (denn es gibt keinen anderen Weg), weiß, was ein Teufel ist, und was für ein Teufel er selbst sein könnte; er weiß aber auch, welch eine Armee für den Gebrauch des Teufels jene sind, die da glauben, die Teufel seien bloß Hirngespinste.

Aus dem BUCH DER SPRÜCHE von
Tsiang Samdup

6

Pater Domenicos Unterredung mit Theron Ware war kurz, formell und nicht ohne eine gewisse Schärfe. Trotz all seiner Vorbehalte und seiner großen Besorgnis war der Mönch neugierig gewesen, wie der Magier wohl aussehen würde. Nun war er ganz unsinnigerweise enttäuscht, an ihm nur das Äußere irgendeines Intellektuellen wahrnehmen zu können. Mit Ausnahme der Tonsur natürlich. Wie Baines fand auch Pater Domenico das überraschend. Aber, zum Unterschied von Baines, fand er es auch beunruhigend, weil er den Grund dafür kannte — nicht etwa, daß Ware es auf eine Verspottung seiner frommen Gegenspieler abgesehen gehabt hätte, sondern weil Dämonen, wenn man einen Augenblick unachtsam ist, einen leicht beim Haar ergreifen und fortschleppen können.

»Gemäß dem Alten Vertrag«, sagte Ware zu ihm in ausgezeichnetem Latein, »bleibt mir keine andere Wahl, als Sie zu empfangen. Unter anderen Umständen hätte ich mich wahrscheinlich sogar gefreut, Gelegenheit zu haben, mit Ihnen über unsere Kunst zu sprechen — obwohl wir ja einander entgegengesetzten Schulen angehören. Aber leider ist das jetzt für mich eine höchst unangenehme Zeit für einen derartigen Besuch. Wie Sie gesehen haben, habe ich einen sehr wichtigen Klienten hier, und man hat mich schon benachrichtigt, daß das, was er diesmal vorhat, außerordentlich groß angelegt ist.«

»Ich werde jedenfalls in keiner Weise dagegen auftreten«, sagte Pater Domenico, »selbst wenn ich es wollte — was sicherlich der Fall sein wird. Ich weiß genau, daß jegliche Einmischung mich um meinen ganzen Schutz bringen würde.«

»Ich war sicher, Sie würden dessen gedenken. Dennoch freut es mich zu hören, daß Sie es sagen«, meinte Ware. »Leider ist aber schon Ihre bloße Anwesenheit hier etwas, das mich in Verlegenheit bringt — nicht nur, weil ich sie meinem Klienten erst erklären muß, sondern auch, weil sie die Atmosphäre für meine Zwecke ungünstig beeinflußt und mir dadurch die Arbeit erschwert. Allen Gesetzen der Höflichkeit und Gastfreundschaft zum Trotz kann ich nur hoffen, daß Ihre Mission hier so bald als möglich abgeschlossen ist.«

»Es fällt mir schwer, die Schwierigkeiten zu bedauern, die Ihnen meine Anwesenheit offenbar bereiten wird. Ich wäre freilich noch froher, wenn ich Ihr infernalisches Projekt überhaupt verhindern könnte. Ich kann Ihnen also nicht mehr versprechen, als daß ich mich strikt an den Pakt halten werde. Was nun die Dauer meines Aufenthaltes anbelangt, so hängt diese völlig davon ab, was Ihr Kunde eigentlich will und wieviel Zeit die Ausführung seines Wunsches erfordert. Mein Auftrag ist, Anwesenheit und Beobachtung hier bis zum Abschluß des Projekts fortzusetzen.«

»Eine Belästigung ersten Ranges«, sagte Ware, »obwohl ich vielleicht dankbar sein sollte, daß mir diese Art von Aufmerksamkeit seitens Monte Albano nicht schon früher zuteil geworden ist. Offenbar ist das, was Mr. Baines vorhat, noch ein wesentlich größeres Ding, als er selbst glaubt. Ohne mein Hirn übermäßig anzustrengen, schließe ich daraus, daß Sie irgend etwas wissen, das ich noch nicht weiß.«

»Es wird eine ungeheure Katastrophe, das kann ich Ihnen jetzt schon sagen.«

»Hm. Von Ihrem Standpunkt gesehen vielleicht, aber nicht notwendigerweise von meinem. Ich nehme an, Sie sind nicht vielleicht bereit, mir irgendwelche weiteren Aufschlüsse zu geben — sagen wir: um mich von der Sache abzubringen?«

»Ganz bestimmt nicht«, sagte Pater Domenico mit leiser Empörung. »Wenn die ewige Verdammnis Sie nicht schon längst von Ihrem unheilvollen Wege gebracht hat, dann müßte ich ein Narr sein, mir einzureden, daß ich es nun vermöchte.«

»Schon gut«, sagte Ware, »aber es obliegt Ihnen doch immerhin die Heilung der Seelen, und wenn die Kirche nicht seit dem letzten Konzil wieder irgendeinen Purzelbaum geschlagen hat, so ist es doch sicherlich noch immer eine Todsünde, anzunehmen, irgendein Mensch sei mit absoluter Sicherheit verdammt — selbst ich.«

Das war ein stichhaltiger Einwand. Pater Domenico mußte es sich selbst zugeben; aber er war nicht umsonst von Jesuiten in Kasuistik geschult worden.

»Ich bin ein Mönch, nicht ein Weltpriester«, sagte er. »Und überdies würde jegliche Information, die ich Ihnen geben könnte, fast mit völliger Sicherheit dazu verwendet, dem Unheil seinen Lauf zu lassen, nicht aber, es zu verhindern. Unter diesen Umständen fällt mir die Entscheidung nicht schwer.«

»Dann darf ich Ihnen vielleicht noch eine etwas konkretere und praktischere Erwägung nahelegen«, sagte Ware. »Ich weiß zwar jetzt noch nicht, was Baines vorhat, aber eines weiß ich sehr gut: Ich selbst bin keine

MACHT, sondern nur ein FAKTOR, ein ausübendes Organ. Ich will mich also auf nichts einlassen, das meine Fähigkeiten übersteigt.«

»Jetzt wollen Sie mich bloß beschwatzen«, sagte Pater Domenico energisch und ein wenig ungehalten. »Die Grenzen Ihrer Fähigkeiten und Möglichkeiten zu kennen ist nicht etwas, wobei ich — oder irgendein anderer — Ihnen helfen kann. Sie müssen all das einfach im Lichte der Ihnen von Mr. Baines gemachten Vorschläge erwägen, was immer sein Auftrag auch sein mag. Inzwischen werde ich Ihnen nichts sagen.«

»Gut denn«, sagte Ware und erhob sich, »so will also ich mit meinen Informationen etwas weniger geizen, Pater Domenico, als Sie mit den Ihren. Ich sage Ihnen jetzt noch einmal ganz klar und deutlich, daß es gut für Sie sein wird, den Pakt bis in die allerkleinste Einzelheit einzuhalten. Ein Schritt über die Grenze, ja, auch nur eine Zehe — und *ich habe Sie* — und kaum irgend etwas anderes auf Erden könnte mir größeres Vergnügen bereiten. Ich hoffe, ich habe mich nicht zu unklar ausgedrückt.«

Darauf fiel Pater Domenico keine Antwort ein; aber es bedurfte offenbar auch keiner.

7

Wie Ware bereits vorausgesehen hatte, war Baines tatsächlich durch die Anwesenheit des Mönches verwirrt und beunruhigt. Er kam bei ihrem Gespräch auch zuallererst auf Pater Domenico zu sprechen. Nachdem Ware den Auftrag des Mönches vom Weißen Berg erklärt hatte und auch den Pakt beschrieben hatte, nach dem eine solche Überwachung durch einen Beobachter möglich war, schien Baines allerdings etwas erleichtert.

»Einfach eine Belästigung, wie Sie ja schon sagten, da er nicht tatsächlich einschreiten kann«, faßte er seinen

Eindruck zusammen. »In gewisser Hinsicht läßt es sich vielleicht damit vergleichen, daß ich Dr. Hess mit hierher gebracht habe. Auch er ist nur ein Beobachter, und er steht im Grunde wahrscheinlich Ihrer Weltanschauung ebenso ablehnend gegenüber wie dieser heilige Mann vom Monte Albano.«

»Nun, was das betrifft, so ist dieser ›heilige Mann‹ nicht wesentlich heiliger als Sie und ich«, sagte Ware mit leichtem Lächeln. »Auch ich weiß etwas, was er noch nicht weiß. In der nächsten Welt wartet seiner eine ganz schöne Überraschung. Aber wie immer dem auch sein mag, jetzt haben wir ihn jedenfalls auf dem Hals — wie lange, das hängt von Ihnen ab. Was wollen Sie also diesmal, Dr. Baines?«

»Zwei Dinge, wobei eines vom anderen abhängig ist. Das erste ist der Tod von Albert Stockhausen.«

»Dem Anti-Materie-Theoretiker? Das täte mir wirklich leid. Irgendwie habe ich ihn gern, und überdies ist ein Teil seiner Arbeit für mich von unmittelbarem Interesse.«

»Sie lehnen den Auftrag ab?«

»Nein, wenigstens nicht rundweg. Aber ich werde Ihnen jetzt die Frage stellen, die ich Ihnen für diesen Anlaß angekündigt habe. Worauf wollen Sie mit alledem hinaus?«

»Ach, auf etwas sehr Langfristiges und Weitgespanntes. Derzeit aber sind meine Todesabsichten für Dr. Stockhausen eine reine Geschäftsangelegenheit. Er knabbert an einem speziellen Wissensgebiet herum, für das meine Firma derzeit ein Monopol besitzt — ein Monopol, von dem wir nicht möchten, daß es in absehbarer Zeit gebrochen wird.«

»Meinen Sie denn wirklich, daß Sie etwas geheimhalten können, das auf Naturgesetzen basiert? Nach dem McCarthy-Fiasko sollte man doch meinen, daß ein intelligenter Amerikaner so etwas nicht mehr glaubt. Dr. Stockhausen kann sich doch wohl kaum mit irgendeiner technischen Kleinigkeit abgeben — mit etwas, gegen das sich Ihre Firma durch eine Reihe von Vorgangspatenten schützen könnte.«

»Nein, nein, es geht schon um etwas, das durch Naturgesetze bestimmt wird, und aus diesem Grunde ist es auch überhaupt nicht patentfähig«, gab Baines zu. »Und wir wissen auch sehr gut, daß sich so etwas auf die Dauer nicht verheimlichen läßt. Was wir aber unbedingt brauchen, ist eine ›Schonzeit‹ von etwa fünf Jahren, um die Sache für uns optimal auszunützen. Und wir wissen auch, daß — von unvorhersehbaren Zufällen abgesehen — außer Dr. Stockhausen niemand dem Problem und seiner Lösung auch nur nahe ist. Wir selbst haben unter unseren Leuten niemand vom Format Stockhausens. Wir sind eigentlich nur durch einen glücklichen Zufall über die Sache gestolpert, und natürlich könnte das auch jemand anders tun — aber wir halten das für höchst unwahrscheinlich.«

»Ich verstehe. Nun … das Projekt hat auch eine anziehende Seite. Ich halte es für durchaus möglich, daß es mir gelingt, Pater Domenico davon zu überzeugen, dies sei das Projekt, zu dessen Beobachtung er hierher entsandt wurde. Natürlich ist es das nicht, denn ich habe schon viele ähnliche Aufträge durchgeführt, ohne bisher damit die Aufmerksamkeit von Monte Albano in diesem Maße erregt zu haben. Aber immerhin, wenn ich viel von den Vorbereitungen und den Schwierigkeiten der Durchführung hermache, kann ich ihn vielleicht täuschen, und er geht heim.«

»Das wäre wirklich sehr nützlich«, stimmte Baines zu. »Die Frage ist: *Kann* man ihn täuschen?«

»Es ist jedenfalls den Versuch wert. Dieser Auftrag ist ja auch wirklich schwer auszuführen — und sehr kostspielig.«

»Warum?« fragte Jack Ginsberg, der sich bei diesen Worten so plötzlich in seinem geschnitzten Florentiner Sessel aufsetzte, daß sein Anzug sich an der seidenen

Polsterung rieb und ein quietschendes Geräusch von sich gab. »Bitte versuchen Sie nicht, uns zu erzählen, daß Tausende anderer von ihm abhingen. Soviel ich weiß, hat noch nie jemand für ihn Stimmen abgegeben.«

»Sei still, Jack.«

»Nein, wirklich, das ist doch eine durchaus vernünftige Frage«, sagte Ware. »Dr. Stockhausen hat eine große Familie, auf die ich Rücksicht nehmen muß. Und, wie ich Ihnen schon gesagt habe, ich habe bei einigen Anlässen in seiner Gesellschaft angenehme Stunden verbracht — zwar nicht angenehm genug, um den Auftrag überhaupt abzulehnen, aber doch angenehm genug, um den Preis hinaufzutreiben.

Das aber ist nicht das Haupthindernis. Es ist eine Tatsache, daß Dr. Stockhausen, wie heutzutage eine Menge anderer theoretischer Physiker, ein religiöser Mensch ist, und daß er überdies nur einige läßliche Sünden auf dem Gewissen hat — absolut nichts, was die besondere Aufmerksamkeit der Hölle auf ihn lenken könnte. Ich werde das natürlich noch durch einen Wissenden überprüfen lassen, aber noch vor sechs Monaten traf all das zu, und es sollte mich wundern, wenn sich daran seither etwas geändert hätte. Er gehört zwar keiner offiziellen Kirche oder Religionsgemeinschaft an, aber dennoch gehört er nicht zu jenen, die leicht von einem Dämon abgeholt werden. Es könnte also leicht sein, daß man ihn von anderer Seite gegen einen direkten Angriff verteidigen würde.«

»Erfolgreich?«

»Das hängt von den Kräften ab, die zu seinen Gunsten mobilisiert werden. Aber Sie wollen doch kaum eine regelrechte Schlacht riskieren, bei der halb Düsseldorf draufgeht? Da wäre es schon wesentlich einfacher und billiger, ihm eine Bombe zu schicken.«

»Nein — alles, nur das nicht. Ich möchte auch nicht, daß etwas passiert, das wie ein Laboratoriumsunfall aussieht. Das wäre genau das, was alle Leute auf diesem Gebiet auf das aufmerksam machen würde, was wir mühselig verborgen halten wollen. Das ganze Geheimnis liegt darin, daß Stockhausen, wenn er erst einmal weiß, was wir wissen, eine größere Explosion mit — nun, sagen wir: dem Äquivalent einer Tafel und zwei Stückchen Kreide hervorrufen könnte. Gibt es irgendeine andere Methode?«

»Nun, da Menschen eben nur Menschen sind, gibt es immer einen anderen Weg. In diesem Falle jedoch müßte ich ihn erst in Versuchung führen lassen. Auf diesem Gebiet weiß ich wenigstens einen vielversprechenden Weg. Aber es ist auch möglich, daß er der Versuchung widersteht. Und selbst wenn er ihr unterliegt (wie ich annehme), so nimmt die Sache womöglich mehrere Monate und dazu auch noch meine ganze Aufmerksamkeit während dieser Zeit in Anspruch. Aber auch das ließe sich noch verkraften, um so mehr, als es sehr dazu beitragen würde, Pater Domenico irrezuführen.«

»Was würde das kosten?« fragte Jack Ginsberg.

»Oh — nun, sagen wir etwa acht Millionen. Diesmal ist das ein reines Erfolgshonorar, da ich dabei keine wesentlichen Spesen haben werde. Sollten dennoch größere Spesen entstehen, so bin ich bereit, sie nicht getrennt zu verrechnen, sondern aus dem Honorar zu dekken.«

»Das ist aber nett von Ihnen«, sagte Jack. Ware nahm den lahmen Sarkasmus dieser Bemerkung nicht zur Kenntnis.

Baines setzte seinen vorsichtig-abschätzenden Gesichtsausdruck auf, aber innerlich war er außerordentlich zufrieden. Als weitere Probe von Wares Fähigkeiten war der Tod Dr. Stockhausens nicht so wichtig wie der von Gouverneur Rogan, hatte aber dafür den Vorzug, in einer ganz anderen gesellschaftlichen Sphäre zu liegen. Die Vorteile für Consolidated Warfare Service lagen klar genug zutage, so daß Baines kein vorgebliches Motiv zu erfinden brauchte, das Ware möglicherweise durchschaut hätte. In diesem Falle hätte es seitens Wares sicherlich verfrühte Fragen gegeben. Und schließlich waren die Einwände, die Ware erhoben hatte, zwar unerwartet, aber doch sonst durchaus im Einklang mit all dem gewesen, was der Magier schon vorher gesagt hatte, im Einklang übrigens auch mit allem, was Ware zu sein schien, was sein Lebensstil ausdrückte — trotz der Tatsache, daß er offensichtlich ein höchst komplexer Mensch war.

Gut. Baines mochte Intellektuelle, die konsequent waren und sich selbst auch in unüblichen Situationen treu blieben. Er wünschte, er hätte mehr davon in seiner Firma. Wenn es wirklich um alles ging, stellte sich bei dieser Sorte Menschen nämlich heraus, daß sie in irgendeiner Weise Fanatiker waren. So boten sie ihm immer dann, wenn er es am dringendsten nötig hatte, einen großen und leicht manipulierbaren Angriffspunkt. Bei Ware war dieser Punkt bisher freilich noch nicht zu sehen, aber Baines würde ihn schon noch beizeiten erkennen. Dessen war er sich gewiß.

»Mir ist es das Geld wert«, sagte Baines, nachdem er anstandshalber mit seiner Entscheidung zwei Sekunden gezögert hatte. »Ich möchte Sie aber noch daran erinnern, Herr Doktor, daß die Anwesenheit von Dr. Hess bei den nötigen Prozeduren eine meiner Bedingungen ist. Ich möchte Sie bitten, ihm zu gestatten, Ihnen bei der Arbeit zuzusehen.«

»Bitte, gerne«, sagte Dr. Ware und lächelte wieder. Diesmal fand Baines sein Lächeln beunruhigend. Es schien irgendwie falsch, ja sogar salbungsvoll, und Ware hatte sich selbst viel zu gut in der Gewalt, als daß er nicht beabsichtigt hätte, daß diese Falschheit von Baines bemerkt wurde. »Ich bin überzeugt, er wird Spaß daran haben. Sie können, wenn Sie wollen, alle zusehen. Vielleicht lade ich sogar Pater Domenico dazu ein.«

8

Am nächsten Morgen war Dr. Hess pünktlich zur Stelle, um Wares Arbeitszimmer und Instrumentarium in Augenschein zu nehmen. Ware begrüßte ihn mit einem kurzen, kollegialen Nicken und führte ihn dann zu schweren Brokatvorhängen, die hinter seinem Schreibtisch hingen. Diese teilten sich, und ein massives, mit Messing beschlagenes Tor wurde sichtbar, das offenbar aus Zypressenholz gefertigt war. Unter den Beschlägen war auch ein Klopfer mit einem Gesicht, das der Maske der Tragödie glich — nur daß die Augen katzenartige Pupillen hatten.

Hess hatte gemeint, er sei bereit, alles wahrzunehmen und durch nichts überrascht zu werden, aber dennoch erschrak er, als sich der Gesichtsausdruck der Maske auf dem Türklopfer veränderte. Das geschah, als Ware den Klopfer berührte. Die Veränderung war gering, aber dennoch unbestreitbar.

Offenbar hatte Ware seine Überraschung erwartet, denn er sagte, ohne Hess auch nur anzusehen: »Es ist zwar hier drin eigentlich nichts, das zu stehlen sich lohnte, aber wenn doch irgend etwas abhanden käme, würde es mich ungeheuer viel Arbeit kosten, es zu ersetzen, gleichgültig, für wie wertlos sich die Sache auch für den Dieb erweisen würde. Auch haben wir es hier mit dem Problem der ›Verseuchung‹ zu tun: Ein einziger Griff eines Unwissenden könnte die Arbeit von Monaten zunichte machen. In dieser Hinsicht gleicht mein Arbeitsraum einem Bakteriologie-Labor. Daher der Wächter.«

»Es leuchtet ein, daß es für die Werkzeuge und Gerätschaften Ihrer Kunst keine ›Lieferfirma‹ im landläufigen Sinne gibt«, stimmte ihm Hess zu, der sich nun wieder in der Gewalt hatte.

»Da haben Sie recht. Eine solche ›Firma‹ wäre nicht einmal theoretisch denkbar. Der OPERATOR muß alles, was er benötigt, selbst anfertigen. Das ist heute nicht mehr so leicht wie im Mittelalter, als die meisten gebildeten Männer noch die erforderlichen Fähigkeiten ganz selbstverständlich besaßen.«

Das Tor schwang auf, als seien seine Flügel von innen geöffnet worden — völlig geräuschlos. Erst sah man eine tief scharlachrote Düsternis, dann aber berührte Ware einen Schalter, und mit einem kurzen Rauschen, als ströme Wasser vom Felsen, flutete Sonnenlicht in den Raum.

Sofort konnte Hess sehen, warum Ware gerade diesen Palazzo gemietet hatte und nicht irgendeinen anderen. Der Raum, in dem er nun stand, war ein ungeheures Refektorium im Sieneser Stil und mochte in alten Tagen oft bis zu dreißig Adeligen als Bankettsaal gedient haben. In ganz Positano gab es wohl kein zweites, das auch nur halb so groß gewesen wäre, obwohl der Palazzo selbst eher kleiner war als manche andere. Hoch oben unter der Decke lief eine Reihe vertikal geteilter Fenster rings um den Saal, und die Sonne schien durch zwei Reihen solcher Fenster. Flankiert waren sie von paarweisen Vorhängen aus ungemustertem roten Samt, die von Traversstangen herabhingen. Was Hess gehört hatte, war das Gleiten der sich öffnenden Vorhänge auf diesen Stangen gewesen, als Ware den Wandschalter betätigte.

Im Hintergrund des Saales gab es ein zweites Tor, breit und gleichfalls von Vorhängen verdeckt, das, wie Hess annahm, in eine große Speisekammer oder Küche führte. Links von dieser Tür war eine mittelgroße, moderne elektrische Esse und daneben ein Amboß, auf dem ein Hammer ruhte, der aussah, als würde ihn Ware kaum heben können. Auf der anderen Seite der Esse standen mehrere mit Gradeinteilungen versehene Wannen, die offenbar als Temper- und Abschreckbäder für das glühende Metall dienten.

Zur Rechten der Tür befand sich ein chemischer Laboratoriumstisch mit schwarzer, spiegelnder Platte, in der die üblichen Abwaschbecken eingelassen waren. Auch die sonstige Einrichtung samt allen Tüllen und Hähnen für Leuchtgas, heißes und kaltes Wasser, Vakuum und Druckluft war vollständig vorhanden. Ware mußte sich offenbar alle nötigen Druck- und Unterdruckpumpen selbst eingebaut haben. An der Rückwand über dem Arbeitstisch waren Regale mit Reagenzien, rechts an der Seitenwand gab es ganze Reihen von Trockenpflöckchen. Auf einigen hingen seltsam gewundene Glasgefäße, auf anderen wieder einige Rollen Gummischlauch.

Gleichfalls an dieser Wand, aber etwas näher, stand ein Lesepult, auf dem ein mächtiges Buch in rotem Ledereinband lag. Es war mit einer goldenen Spange über den Schnitt hin verschlossen. Auf dem Buch prangte ein Symbol in getriebenem Gold, aber auf die Entfernung konnte Hess nicht ausmachen, was es darstellte. Rechts und links des Lesepultes standen große Leuchter auf dem Boden, auf denen dicke Kerzen saßen. Diese waren offenbar schon viel gebraucht worden, obwohl es rings entlang den Wänden indirekte elektrische Beleuchtungskörper gab. Auf einem kleinen Schreibtisch in der Nähe des Lesepultes stand eine elektrische Tensor-Lampe. Auf diesem Tisch lag auch ein Buch, kleiner als das rote, aber beinahe ebenso dick. Hess erkannte es sofort: das *Handbuch der Chemie und Physik,* siebenundvierzigste Ausgabe, das so unvermeidlich in jedes Laboratorium gehörte wie Proberöhren. Gleichfalls auf dem Schreibtisch war eine Reihe von Federkielen und Tintenfässern.

»So, und jetzt können Sie etwas von dem sehen, was ich vorhin ›die erforderlichen Fähigkeiten‹ nannte«, sagte Ware. »Natürlich verstehe ich mich aufs Glasblasen hinlänglich, um mir mein chemisches Arbeitsgerät weitgehend selbst herzustellen — aber das tut so mancher andere Chemiker auch. Sollte ich allerdings zum Beispiel einmal ein neues Schwert brauchen« — dabei wies er auf die elektrische Esse —, »so muß ich es selbst schmieden. Ich kann nicht einfach in eine Kostümleihanstalt gehen und dort eins kaufen. Auch muß ich ein wirklich gutes Schwert schmieden können. Wie ein moderner Autor einmal irgendwo geschrieben hat: Das einzige wirklich brauchbare Symbol für ein scharfes Schwert ist ein *scharfes* Schwert.«

»Hm«, murmelte Hess und fuhr fort, sich in dem Saal umzusehen. An der linken Wand, gegenüber dem Lesepult, stand ein langer, schwerer Tisch, auf dem sauber eine ganze Menge länglicher Gegenstände ausgelegt waren, deren Länge zwischen etwa 15 Zentimeter und einem Meter schwankte und die alle ganz fest in rote Seide gewickelt waren. Auf den Einbänden waren Schriftzeichen zu erkennen, aber auch diese konnte Hess nicht entziffern. Neben dem Tisch war ein flacher Degenschrank an der Wand befestigt. Einige Stühle vervollständigten die Einrichtung. Offenbar setzte sich Ware bei der Arbeit nur selten. Den Boden bedeckte edles Parkett, und in der Mitte des Raumes sah man auf ihm noch immer halb verwischte Zeichen und Zeichnungen in farbiger Kreide. Als er das bemerkte, grunzte Ware ärgerlich.

»Die eingewickelten Instrumente sind alle vorbereitet, und ich würde sie lieber nicht bloßlegen«, sagte der Magier und schritt auf den Degenschrank zu, »aber ich habe natürlich immer eine ganze Garnitur von Reservewaffen zur Hand, und die kann ich Ihnen natürlich zeigen.«

Er öffnete die Tür des Schrankes und gab den Blick auf eine ganze Reihe von Klingen frei, die der Größe nach aufgehängt waren. Es waren insgesamt dreizehn. Einige waren ganz offenkundig Schwerter oder Degen, andere wieder sahen wie Ahlen und sonstige Schusterwerkzeuge aus.

»Auch die Reihenfolge, in der diese Waffen hergestellt werden, ist von Bedeutung«, sagte Ware, »denn, wie Sie sehen, tragen viele von ihnen Inschriften, und es macht einen Unterschied, mit welchem Instrument diese Inschrift hergestellt wird. Ich habe also mit einem unbeschriebenen Instrument begonnen — diesem hier: der Bolline oder Sichel, eines der am häufigsten gebrauchten Ritualinstrumente. Natürlich weichen die einzelnen Rituale voneinander ab. Das, nach dem ich vorgehe, erfordert, daß man mit einem Stück noch nie verwendeten Stahles anfängt. Dieser wird dreimal erhitzt und dann in einer Mischung aus Elsternblut und dem Saft eines ›Foirole‹ genannten Krautes gehärtet.«

»Das *Grimorium Verum* gibt Maulwurfsblut und den Saft der Pimpernelle als bestes Härtungsbad an«, bemerkte Hess.

»Ah, prächtig. Ich sehe, Sie haben sich in der Fachliteratur schon etwas umgesehen. Ich habe diese Mischung natürlich auch schon versucht, aber ich bekomme damit einfach keine so gute Schneide.«

»Ich finde, Sie könnten sicher eine noch bessere Schneide bekommen, wenn Sie das ganze Zeugs chemisch analysieren und herausbekommen, welche Verbindungen und Spurenelemente Sie brauchen und dann mit dieser Formel arbeiten«, sagte Hess. »Sie erinnern sich sicher daran, daß man Damaszenerstahl dadurch härtete, daß man die glühende Klinge einfach in einen Sklaven stieß. Das hat wohl die gewünschten Resultate gebracht, aber moderne Abschreckbäder sind eindeutig besser — und in Ihrem besonderen Fall müßten Sie nicht dauernd solche scheuen Tiere in größeren Mengen fangen müssen.«

»Die Analogie stimmt nicht ganz«, sagte Ware. »Sie hätten recht, wenn es hier nur um die Härtung von Stahl ginge, oder wenn es sich hier nur um eine Anwendung der Regel des Paracelsus handelte: *Alterius non sit qui suus esse potest* — man möge selbst tun, was man anderen nicht anvertrauen kann. In beiden Fällen ginge es um ein völlig praktisches Ziel, zu dem ich auch auf anderen Wegen gelangen könnte. In der Magie aber hat das Blutopfer noch eine andere Funktion — wir könnten sie die ›Härtung‹ nicht nur des Stahles, sondern auch des OPERATORS nennen.«

»Ich verstehe. Und ich nehme an, daß dies wohl auch einige symbolische Funktionen hat.«

»In der goëtischen Kunst hat so gut wie alles Symbolbedeutung. Ebenso muß zum Beispiel, wie Sie vielleicht schon aus Ihrer Lektüre wissen, das Schmieden und Härten an einem Mittwoch erfolgen, und zwar entweder in der ersten oder der achten Tagesstunde oder aber in der dritten oder der zehnten Nachtstunde unter einem Vollmond. Auch hier dient eine Komponente einem unmittelbaren, praktischen Zweck — denn ich kann Ihnen versichern, daß die Planetenstunden *tatsächlich* ihren Einfluß auf das Erdengeschehen haben — der Rest aber hat psychologische Funktionen, nämlich die Pflege der Disziplin und des Gehorsams des OPERATORS bei jedem Schritt des Rituals. Die Grimoires und anderen Handbücher sind selbst im günstigsten Falle so wirr und widersprüchlich, daß man niemals genau wissen kann, welche Schritte wesentlich sind und welche nicht. Versucht man aber die Zweifel durch Experimentieren zu lösen, so lebt man meist nicht sehr lange.«

»Schon gut«, sagte Hess. »Erzählen Sie bitte weiter.«

»Nun, als nächstes muß der Horngriff geformt und auf den Stahl gefaßt werden. Auch das muß zu einer ganz besonderen Stunde geschehen. Die abschließende Feinarbeit muß auch zu vorgeschriebenem Tag und entsprechender Stunde erfolgen. — Übrigens, da Sie früher ein anderes Härtungsbad erwähnt haben ... Wenn Sie dieses Ritual verwenden, dann verschieben sich auch wieder Tag und Stunde. Und wieder stellt sich die Frage: Was ist essentiell und was nicht? Anschließend muß man eine Beschwörungsformel rezitieren, drei Salutationen und einen Abwehrzauber. Dann wird das Instrument besprengt, eingewickelt und beräuchert — nicht im modernen Sinn — ich will sagen: es wird parfümiert — und dann ist es gebrauchsfertig. Ist es einmal verwendet worden, so muß es entzaubert und neu geweiht werden. Das ist übrigens der Unterschied zwischen den eingehüllten Instrumenten dort auf dem Tisch und den Klingen, die hier im Schrank hängen.

Ich werde Sie nicht mit Einzelheiten über die Bereitung der anderen Instrumente langweilen. Jedenfalls fertige ich als nächstes die ›Feder der Kunst‹ an, darauf dann logischerweise die Tintenfässer und die Tinten, und ebenso logischerweise den Grabstichel. Die Federn liegen auf meinem Schreibtisch. Die Nadel in dem Heft hier ist der Grabstichel. Die übrigen Instrumente, wenn ich sie Ihnen anstatt in der Reihenfolge der Anfertigung lieber in der Folge nennen darf, wie sie hier hängen, sind das Messer mit dem weißen Griff, das — so wie die Sichel — beinahe ein Allzweck-Instrument ist ... das Messer mit dem schwarzen Griff, das fast nur zum Umschreiben des Kreises verwendet wird ... das Stilett, mit dem man vor allem die fürs Gerben verwendeten Holzmesser schnitzt ... den Stab oder den Sprengstock, der Name beschreibt ihn ... die Lanzette — auch das versteht sich von selbst ... der Krummstab, ein Lenkinstrument ähnlich dem Stab des Schäfers ... und schließlich die vier Schwerter, eins für den Meister und drei für seine Gehilfen, wenn er sich solcher bedient.«

Mit einem seitlichen, erlaubnisheischenden Blick neigte sich Hess vorwärts, um die Schrift auf den gravierten Instrumenten näher zu betrachten. Einiges davon war ganz leicht zu lesen. So etwa stand auf dem Schwert des Meisters das Wort MICHAEL auf dem Knauf, auf der Klinge aber war, in Richtung von der Spitze zum Heft, zu lesen: ELOHIM GIBOR. Andererseits aber war in die Klinge des Messers mit dem weißen Heft folgendes eingraviert:

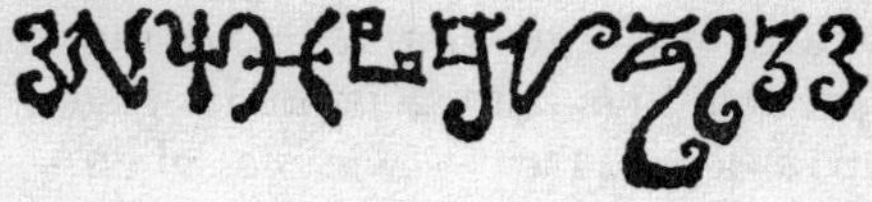

Hess wies darauf und dann auf eine andere, aber gleichermaßen verwirrende und unleserliche Inschrift, die sich auf beiden Heftschalen des Stiletts, aber auch der Lanzette wiederholte:

»Was bedeuten diese Inschriften?«

»Bedeuten? Man kann wohl kaum sagen, daß sie heute noch etwas bedeuten. Es handelt sich um weitgehend korrumpierte hebräische Lettern, die ursprünglich verschiedene Gottesnamen bildeten. Ich könnte Ihnen sogar sagen, wie diese Namen einst lauteten, aber die Lettern haben längst keinen Sinngehalt mehr — sie müssen nur einfach da sein.«

»Aberglaube«, sagte Hess, und es fiel ihm dabei sein früheres Gespräch mit Baines ein, in dem er diesem Wares Bemerkung über Weihnachten interpretiert hatte.

»Absolut — im ursprünglichen Sinn des Wortes natürlich. Der Vorgang ist für die ›Kunst‹ so grundlegend wie, sagen wir, die Evolutionslehre und Entstehung der Arten für die Biologie. — Und wenn Sie sich nun hierher bemühen, möchte ich Ihnen noch Einblick in einige andere Aspekte gewähren, die Sie vielleicht interessieren dürften.«

Er ging voraus, diagonal durch den Saal, hinüber zum chemischen Arbeitstisch. Dabei hielt er kurz inne, um mit der Sohle seines Hausschuhs ärgerlich an den Kreidespuren auf dem Parkettboden zu reiben. »Es will mir scheinen, als würde eine moderne Übersetzung des Aphorismus von Paracelsus zitiert«, sagte er, »die lautet: ›Man kann heutzutage eben kein gutes Personal mehr bekommen.‹ Jedenfalls nicht, um den Boden anständig aufzuwaschen und mit Mop und Scheuerlappen umzugehen ... Nun, die meisten der Reagenzien hier werden Ihnen sicher vertraut sein, einige von ihnen aber sind doch außergewöhnlich und nur der ›Kunst‹ vorbehalten. Das hier zum Beispiel ist gegen Dämonen geweihtes Wasser, das ich — wie Sie sehen — in großen Mengen benötige. Anfangs muß es auf alle Fälle Flußwasser sein. Der ungelöschte Kalk ist fürs Gerben. Einige Laien, so zum Beispiel de Camp, behaupten, ›jungfräuliches Pergament‹ bedeute lediglich Pergament, auf dem noch nie geschrieben wurde. Das stimmt aber nicht. Alle Grimorien stimmen darin überein, es müsse aus der Haut eines männlichen Tieres sein, das noch nie gezeugt hat, und die *Clavicula Salomonis* besteht sogar an einigen Stellen auf ›ungeborenem Pergament‹, das also etwa aus der Nachgeburt eines ungeborenen Kindes gefertigt sein muß. Fürs Gerben muß ich auch mein eigenes Salz mahlen, nachdem ich die üblichen Beschwörungsformeln darüber gesprochen habe. Die Kerzen, die ich verwende, müssen aus dem ersten Wachs gezogen sein, das man einem neuen Bienenstock entnommen hat — übrigens müssen auch meine Almadel (Wachspüppchen) aus diesem Material sein. Wenn ich Abbilder und Plastiken brauche, so muß ich sie aus Erde anfertigen, die ich mit bloßen Händen ausgegraben und ohne Zuhilfenahme von Werkzeug zu einer feinen Paste verknetet habe. Und so weiter und so fort.

Ich habe Besprengung und Beräucherung beziehungsweise Parfümierung erwähnt. Die Besprengung erfolgt mit einem Aspergill, einem Bündel Kräuter etwa, wie ein *bouquet garni.* Die Kräuter müssen je nach dem Ritus verschieden sein, und Sie können sehen, daß ich hier eine ganz schöne Auswahl habe — Minze, Majoran, Rosmarin, Verbena, Immergrün, Salbei, Baldrian, Äsche, Basilikum, Ysop. Bei der Beräucherung sind die am häufigsten verwendeten Duft- und Aromastoffe Aloe, Weihrauch, Muskatblüte, Benzoin oder Jawa-Weihrauch, Storax und so weiter. Auch ist es manchmal nötig, Gestank zu erzeugen — so zum Beispiel bei der Beräucherung einer Keimblase oder Nachgeburt —, und ich habe auch auf diesem Gebiet ein ganz stattliches Repertoire.«

Ware wendete sich abrupt ab, trat dabei beinahe auf Hess' Zehen und schritt dem Ausgang zu. Es blieb Hess nichts anderes übrig, als ihm zu folgen.

»Alles bedarf besonderer Vorbereitungen«, sagte Ware über die Schulter hin, »selbst die Beschaffung des Brennholzes, wenn ich zum Beispiel die besondere Tinte für einen Pakt herstelle. Aber es hat wenig Sinn, wenn ich Ihnen das alles noch weiter aufzähle, da ich davon überzeugt bin, daß Sie nun das Prinzip der Sache verstehen.«

Hess eilte ihm nach, war aber immer noch einige Schritte hinter dem Magier zurückgeblieben, als die Samtvorhänge sich wieder schlossen und nun wieder nur mehr purpurne Düsternis herrschte. Ware hielt inne und wartete auf ihn. Im Augenblick, in dem Hess das Tor durchschritten hatte, schloß er es und ging zu seinem Sitz hinter dem großen Schreibtisch. Verwirrt ging Hess um den Schreibtisch herum und setzte sich auf einen der Florentiner Sessel, die für Gäste oder Klienten reserviert waren.

»Außerordentlich lehrreich«, sagte er höflich. »Ich danke Ihnen.«

»Gerne geschehen.« Ware stützte seine Ellenbogen auf den Schreibtisch, legte die Fingerspitzen über seinen Mund und sah nachdenklich vor sich nieder. Leichter Schweiß stand ihm auf der Stirn und auf seinem rasierten Schädel. Er sah noch bleicher aus als gewöhnlich. Auch merkte Hess nach einem Augenblick, daß er ohne große Anstrengung bestrebt schien, seinen Atem zu lenken. Hess betrachtete ihn mit Wißbegierde, neugierig, was Ware so aufgeregt haben mochte. Schon nach ganz kurzer Zeit jedoch sah Ware auf und gab freiwillig und mit einem leichten, halben Lächeln die gewünschte Erklärung.

»Sie müssen schon entschuldigen«, sagte er, »aber

von der Lehrlingszeit an übt man uns in striktester Geheimhaltung. Ich bin zwar völlig davon überzeugt, daß dies heutzutage nicht mehr nötig ist — und wohl auch schon seit dem Ende der Inquisition nicht mehr nötig war —, aber alte Schwüre und Gelöbnisse sind nun einmal am schwersten durch Vernunft und logische Argumente zu überwinden. Bitte halten Sie dies nicht für Unhöflichkeit.«

»Durchaus nicht«, versicherte ihm Hess, »aber wenn Sie jetzt vielleicht lieber ein wenig ruhen würden ...«

»Nein, nein, ich werde in den nächsten drei Tagen mehr als genug Gelegenheit haben, mich auszuruhen, und werde übrigens in dieser Zeit auch von aller Welt abgeschlossen sein und mich auf Dr. Baines' Auftrag vorbereiten. Wenn Sie also weitere Fragen haben, so wäre jetzt dafür die günstigste Zeit.«

»Nun, ich habe eigentlich keine technischen Fragen mehr — zumindest im Augenblick. Aber meine Neugierde richtet sich auf eine andere Frage, die Baines bei seinem ersten Zusammentreffen mit Ihnen an Sie gerichtet hat — ich brauche wohl nicht so zu tun, als hätte ich das damals aufgenommene Tonband nicht gehört. Genau wie er wüßte ich gerne, was Sie motiviert. Aus dem, was Sie mir gezeigt haben, kann ich ersehen, daß Sie ein ungeheures Maß von Arbeit auf sich genommen haben, um sich in Ihrer ›Kunst‹ zu perfektionieren, und daß Sie unbedingt an diese glauben. Es spielt also für den Augenblick keine Rolle, ob *ich* an sie glaube, sondern nur, ob ich an *Sie* glaube oder nicht. Und Ihr Laboratorium ist kein Schwindel, ist nichts, das Sie einfach zur Täuschung und Erpressung Ihrer Klienten aufgebaut haben. Es ist offenkundig der Ort, an dem ein zielbewußter Mann an etwas arbeitet, das er für richtig und wichtig hält. Ich gebe es offen zu: Ich war gekommen, um Sie zu belächeln — und Sie, wenn mir dies gelänge, zu entlarven —, und ich kann auch jetzt noch nicht schlüssig sagen oder glauben, daß irgend etwas von dem, was Sie da tun, funktioniert — oder jemals funktioniert hat. Aber ich weiß, daß *Sie* es glauben.«

Ware nickte ihm halb zu. »Ich danke Ihnen. Fahren Sie bitte fort.«

»Ich kann jetzt nichts mehr sagen, sondern muß die grundsätzliche Frage stellen. Sie brauchen eigentlich kein Geld, Sie scheinen weder Kunstschätze zu sammeln noch Frauen, wollen auch nicht Präsident der Welt oder die geheime Macht im Schatten einer solchen Persönlichkeit werden — und doch haben Sie sich, nach Ihrem eigenen Glauben, der ewigen Verdammnis anheimgegeben, um in diesem höchst eigenartigen Fach ein wirklicher Experte zu werden. *Warum* in aller Welt haben Sie das getan?«

»Ich könnte dieser Frage natürlich leicht ausweichen«, sagte Ware langsam. »So könnte ich zum Beispiel darauf hinweisen, daß ich unter gewissen Umständen mein Leben bis auf etwa siebenhundert Jahre verlängern könnte und mich daher — wenigstens derzeit — noch nicht allzusehr darum zu sorgen brauchte, was mit mir in der nächsten Welt geschieht. Oder ich könnte auf etwas hinweisen, das Ihnen aus der einschlägigen Literatur sicher längst bekannt ist, nämlich darauf, daß jeder Magier im Grunde darauf hofft, letzten Endes die Hölle zu betrügen und dem Teufel zu entwischen — wie es auch übrigens einigen gelungen ist, die nun stolz als wirkliche Heilige ihren Platz im katholischen Kalender einnehmen.

In Wirklichkeit aber, Herr Doktor Hess, liegt die Erklärung darin, daß ich glaube, daß mein Ziel das Risiko wert ist. Mein Ziel aber, das, was ich suche, ist etwas, das Sie selbst sehr gut verstehen, und für das auch Sie an Dr. Baines Ihre Seele — oder, falls Sie ein etwas weniger beziehungsvolles Wort bevorzugen: Ihre Integrität — verkauft haben — *Wissen!*«

»Hm. Es muß aber doch sicher einfachere Wege geben —«

»Das glauben Sie doch selbst nicht! Sie vermuten vielleicht, daß es verläßlichere Wege gäbe — wie zum Beispiel wissenschaftliche Methodik —, aber Sie glauben doch nicht wirklich, daß die leichter sind. Ich selbst habe größten Respekt vor wissenschaftlicher Methodik, weiß aber gleichzeitig, daß sie mir die Art von Wissen, nach der ich suche, nicht bringen kann. Auch hier geht es um Wissen darüber, was das Universum ist und wie es funktioniert, aber nicht die Art von Wissen, die ich mir durch exakte Wissenschaft verschaffen kann; einfach deshalb, weil sich die Naturwissenschaften weigern anzunehmen, daß einige der Naturkräfte *Personen* sind. Nun trifft das aber in einigen Fällen zu. Und ohne mit diesen Personen in Kontakt zu treten, kann ich die Dinge, die ich wissen will, nie erfahren.

Meine Art der Forschung ist ebenso kostspielig wie der Bau und Betrieb eines riesigen Synchrotrons, Herr Doktor Hess, und es liegt auf der Hand, daß es mir nie gelingen würde, irgendeine Regierung dazu zu veranlassen, meine Arbeit zu finanzieren. Leute wie Dr. Baines aber können das, wenn ich ihrer genug finde — ebenso wie sie ja auch Sie finanzieren.

Schließlich werde ich möglicherweise für das, was ich gelernt habe, mit einem Juwel zahlen müssen, das mit keinem Geld der Erde zu erkaufen ist. Im Gegensatz zu Macbeth *weiß* ich, daß man das ›kommende Leben‹ *nicht* ›überspringen‹ kann. Aber selbst wenn's dazu kommt — und wahrscheinlich wird's dazu kommen —, so nehme ich mein Wissen mit mir, und es wird den hohen Preis wert sein.

Mit anderen Worten — wie Sie selbst ja schon geargwöhnt haben: Ich bin ein Fanatiker.«

Zu seiner eigenen langsam aufdämmernden Überraschung sagte Hess langsam: »Ja. — Ja, natürlich … ich ja auch.«

9

Pater Domenico lag in einem ungewohnten Bett auf dem Rücken und starrte schlaflos zu der rosa Stuckdekke empor. Dies war die Nacht, deretwegen er gekommen war. Wares drei Tage des Fastens, der Reinigung und des Gebets — wahrhaftig eine blasphemische Parodie der von der Kirche vorgeschriebenen Riten, der Intention, wenn schon nicht dem Inhalt nach — waren vorbei, und er hatte erklärt, er sei nun bereit zu handeln.

Offenbar war er immer noch gesonnen, Baines und seinen beiden abstoßenden Handlangern zu gestatten, der Beschwörung beizuwohnen, aber wenn er je die Absicht gehabt hatte, auch Pater Domenico in die Zeremonie einzubeziehen, so hatte er sich inzwischen jedenfalls eines Besseren besonnen. Das war einerseits zwar enttäuschend, andererseits aber eine große Erleichterung. Pater Domenico hätte freilich an Wares Stelle auch nicht anders gehandelt.

Aber selbst hier, von der eigentlichen Arena des Geschehens ausgeschlossen und von allen schützenden Dingen umgeben, die er nur aufbieten konnte, konnte Pater Domenico jene Bedrückung spüren, die solchen unheilvollen Taten vorausgeht und die sich mit dem ›toten‹ Wetter vor einem Erdbeben vergleichen läßt. Knapp vor der Anrufung einer der himmlischen Mächte war stets eine ähnliche Stille und Spannung in der Luft, aber nicht mit diesen Oberschwingungen von Bösartigkeit und Katastrophe ... oder hätte vielleicht jemand, der nicht wußte, was hier gespielt werden sollte, den Unterschied nicht wahrgenommen? Das war an sich schon ein beunruhigender Gedanke, aber jedenfalls ein Gedanke, den man ruhig Bischof Berkeley und den logischen Positivisten überlassen konnte. Pater Domenico wußte, was im Gange war — ein Ritual übernatürlichen Mordes. Es ließ ihn in seinem Bett erschaudern.

Irgendwo im Palazzo hörte man den silbernen Klang

einer Standuhr, die fern und süß die Stunde schlug. Es war nun zehn Uhr nachts, die vierte Stunde des Saturn am Tage des Saturn, die Stunde also, die, wie selbst der untadelige und bemitleidenswerte Pietro de Abano schrieb, für Experimente des Hasses, der Feindschaft und der Auseinandersetzung die geeignetste war. Gemäß den Bestimmungen des ›Paktes‹ aber war es Pater Domenico nicht gestattet, auch nur für das Mißlingen des infernalischen Planes zu beten.

Die Uhr, diese beidhändige Maschine hinter der ›Schwelle‹, schlug, und schlug dann plötzlich nicht mehr. Ware zog die Brokatvorhänge zur Seite.

Bisher hatte sich Baines trotz allem in dem von einem Gürtel zusammengehaltenen weißen Leinengewand, das ihm Ware gegeben hatte und auf dessen Anlegung dieser bestanden hatte, etwas dumm gefühlt. Als er aber nun Jack Ginsberg und Dr. Hess gleichermaßen gewandet sah, wurde er etwas heiterer. Was Ware selbst anbetraf, so war sein Anblick entweder komisch oder furchterregend, je nachdem, wie man der ganzen magischen Prozedur gegenüberstand. Er trug einen weißen levitischen Überwurf, der auf der Brust mit roter Seide bestickt war. Seine weißen Lederschuhe waren mit Zinnober beschrieben, und seine Papierkrone zierte das Wort EL. Ein gut drei Zoll breiter Gürtel umschloß seine Hüften, der aus dem Fell irgendeines haarigen, löwenfarbenen Tieres gefertigt schien. In diesem Gürtel stak ein in rote Seide gehüllter Gegenstand, in dem Baines nach den Beschreibungen von Dr. Hess den ›Stab der Macht‹ zu erkennen glaubte.

»Und nun müssen wir uns rituell bekleiden«, sagte Ware beinahe flüsternd. »Dr. Baines, auf dem Schreibtisch liegen drei Kleidungsstücke. Nehmen Sie eines davon, dann noch eines und wieder eines. Reichen Sie zwei davon Dr. Hess und Mr. Ginsberg. Das dritte ziehen Sie selbst an.«

Baines griff in das Stoffbündel und hob ein Gewand auf. Es war eine Alba.

»Nehmt eure Roben und haltet sie in euren Händen über euren Häuptern. Wenn ihr das ›Amen‹ hört, laßt sie herabfallen. Nun:

ANTON, AMATOR, EMITES, THEODONIEL, PONCOR, PAGOR, ANITOR, *im Namen dieser hochheiligen englischen Anrufungen, den Namen der Himmlischen, kleide ich mich, o Herr der Herren, in meine Roben der Macht, so daß ich, innerhalb der Bedingungen des Paktes, alles zu erfüllen vermag, was ich wünsche, durch Dich,* IDEODANIACH, PAMOR, PLAIOR, *Herr der Herren, dessen Königreich und Herrschaft währet von Ewigkeit zu Ewigkeit. Amen.*«

Die Alben raschelten nieder, und Ware öffnete das Tor.

Der Raum, der jenseits lag, war von gelbem Kerzenlicht nur spärlich erleuchtet und ähnelte zunächst nicht im geringsten dem von Dr. Hess beschriebenen Saal. In dem Maße, in dem sich seine Augen an die Dunkelheit gewöhnten, konnte Baines aber allmählich erkennen, daß es doch der gleiche Raum war. Allerdings waren seine Umrisse jetzt kaum sichtbar und sein Mobiliar anders angeordnet: Man hatte nur das Lesepult und die bodenhohen Leuchter — deren es jetzt vier statt nur zwei gab — von der Wand zur Mitte gerückt, und daher waren sie mehr oder minder deutlich sichtbar.

Alles war aber immer noch sehr verwirrend, ein Durcheinander von flackernden Schatten und leicht Übelkeit erregendem Parfüm — und glich durchaus nicht der Blaupause, die Baines im Geiste nach der Zeichnung Dr. Hess' von diesem Saal entworfen hatte. Was den Raum selbst völlig beherrschte, war übrigens auch eine Zeichnung, nicht irgendein Möbelstück oder architektonisches Detail. Es war ein riesiger Doppelkreis am Boden, der mit weißer Tünche gemalt zu sein schien. Zwischen die beiden konzentrischen Kreise war eine Unzahl von Worten geschrieben, oder Reihen von Zeichen, die wie Worte aussahen, wobei die Schriftzeichen, was Baines anlangte, ebensogut hebräisch, griechisch, etruskisch oder gar elfisch sein mochten. Einige wenige waren mit Lateinbuchstaben geschrieben, aber auch sie bildeten Namen, die Baines nicht erkannte. Um die Außenseite des äußeren Kreises herum waren astrologische Zeichen in der Tierkreisordnung geschrieben, doch stand Saturn hier im Norden.

Im absoluten Mittelpunkt dieser Figur befand sich ein durch Linien unterteiltes Quadrat. Von jeder seiner Ekken entsprang ein mit Kreide gezeichnetes stilisiertes Kreuz, das durchaus nicht christlich aussah. Die Seitenlänge des Quadrats mochte etwa einen halben Meter betragen. Von den vier Kreuzen ausgehend, aber mit diesen nicht verbunden, sah man vier sechszackige Sterne, die sich dem Inneren der beiden konzentrischen Kreise näherten. Den Sternen im Osten, Westen und Süden war jeweils ein Tau eingeschrieben. Das war wahrscheinlich auch bei dem saturnwärts gerichteten Stern der Fall, aber man konnte es nicht sehen, weil das Innere dieses Sterns von etwas bedeckt war, das wie eine fette Pfütze aus glattem Katzenfell aussah.

Außerhalb der Kreise waren in den vier Windrichtungen vier Pentagramme gezeichnet, in denen, entlang den Linien des eingeschriebenen Fünfecks, die Silben TE TRA GRAM MA TON zu lesen waren. Im Mittelpunkt jedes dieser Pentagramme stand eine Kerze. Am weitesten von alldem entfernt — etwa einen halben Meter außerhalb des Kreises und einen Meter nach Norden hin — befand sich ein kleinerer Kreis, der von einem Dreieck umschlossen war. Auch dieser war innen und außen reich beschrieben. In den drei Winkeln des Dreiecks konnte Baines NI CH EL lesen.

»Tanisten«, flüsterte Ware und deutete in den Kreis, »nehmt eure Plätze ein.«

Er selbst schritt auf den langen Tisch zu, den Hess beschrieben hatte, und verschwand in der Düsterkeit, die dort herrschte. Baines ging, wie es ihm befohlen war, in den Kreis und stellte sich in den westlichen Stern. Hess folgte ihm und postierte sich im östlichen. Darauf kroch Ginsberg sehr langsam in den südlichen. Im Norden drehte sich die Fellpfütze einmal entgegen dem Uhrzeigersinn um die eigene Achse und ließ sich dann wieder mit einem beunruhigenden Seufzer nieder. Ginsberg zuckte zusammen. Mit kleiner Verspätung sah nun auch Baines hin. Wahrscheinlich war es nur eine Katze, wie es der magischen Überlieferung entsprach, aber das Biest hier sah eher wie ein fetter Dachs aus. Was immer es aber auch sein mochte, es war einfach obszön dick.

Jetzt erschien Ware wieder im Lichtkreis. Er trug ein Schwert. Er trat in den Kreis und schloß diesen wieder symbolisch mit der Spitze des Schwertes. Dann ging er zu dem Quadrat in der Mitte und legte dort das Schwert über die Zehen seiner weißen Schuhe. Dann zog er den Stab aus dem Gürtel und wickelte ihn aus der Seide. Das rote Seidengewebe legte er sich um die Schultern.

»Von nun ab«, sagte er mit ruhiger Alltagsstimme, »darf sich niemand mehr bewegen.«

Irgendwoher aus den Falten seiner Kleider brachte er einen kleinen Schmelztiegel zum Vorschein, den er neben dem liegenden Schwert zu seinen Füßen hinstellte. Sofort begannen kleine, blaue Flammen aus der Schale zu hüpfen, in die Ware nun Räucherwerk warf. Er sagte:

»Brandopfer. Brandopfer. Brandopfer.«

Die Flammen in der Räucherpfanne wurden etwas größer.

»Wir wollen nun MARCHOSIAS anrufen, einen großen Marquis der absteigenden Hierarchie«, sagte Ware im gleichen ruhigen Plauderton wie vorhin. »Ehe er fiel, gehörte er zum Orden der Beherrschungen unter den Engeln, und er hofft, nach zwölfhundert Jahren zu den Sieben Thronen zurückzukehren. Seine Tugend besteht darin, daß er wahrhaftige Antwort gibt. Steht fest, ihr alle!«

Mit einer plötzlichen Bewegung steckte Ware das Ende seines Stabes in die Flammen, die aus der Räucherpfanne züngelten. Im gleichen Augenblick hallte die Luft im Saale von einer Reihe langer, unsäglich peinvoller Schmerzenslaute wider. Über das tierische Geheul weg rief Ware mit lauter Stimme:

»Ich beschwöre dich, großer MARCHOSIAS, als den Diener des Kaisers LUZIFER und seines geliebten Sohnes LUCIFUGE ROFOCALE, unter Berufung auf die Macht, die mir der Pakt mit dir gibt, und im Namen des ADONAY, ELIOM, JEHOVAM, TAGLA, MATHON, ALMOUZIN, ARIOS, PITHONA, MAGOTS, SYLPHAE, TABOTS, SALAMANDRAE, GNOMUS, TERRAE, COELIS, GODENS AQUA und im Namen der ganzen Hierarchie höherer Wesenheiten, die dich auch gegen deinen Willen zwingen werden, *venite, venite, submiritillor* MARCHOSIAS!«

Der Lärm wurde lauter, und grüner Dampf begann von der Räucherpfanne aufzusteigen. Es roch, als verbrenne jemand Hirschhorn und Fischgalle. Aber sonst gab es keine Antwort. Nun war sein Gesicht weiß und grausam, als Ware den Tumult überkrächzte:

»Ich beschwöre dich, MARCHOSIAS, getreu dem Pakte, und unter den Namen, erscheine augenblicklich!« Er stieß den Stab ein zweites Mal in die Flammen. Der ganze Raum brüllte auf; aber immer noch manifestierte sich keine Erscheinung.

»Jetzt beschwöre ich *dich,* LUCIFUGE ROFOCALE, dem ich gebiete, als den Diener des Herrn und Kaiser der Herren, schicke mir deinen Boten MARCHOSIAS; zwinge ihn, sein Versteck zu verlassen, wo immer es auch sei, und ich warne dich —«

Wieder stieß der Stab ins Feuer, und im gleichen Augenblick erbebte der ganze Palazzo, als hätte die Erde sich unter ihm bewegt.

»Steht fest!« sagte Ware mit heiserer Stimme.

Etwas anderes sagte:

STILL, ICH BIN HIER. WAS WÜNSCHEST DU VON MIR? WARUM STÖRST DU MEINE RUHE? LASS MEINEN VATER IN FRIEDEN UND ZÜGLE DEINEN STAB.

Noch nie in seinem ganzen Leben hatte Baines so eine Stimme gehört. Sie schien in Silben aus brennender Asche zu sprechen.

»Wärst du erschienen, als ich dich zuerst beschwor, hätte ich dich weder geschlagen noch gepeinigt, noch deinen Vater angerufen«, sagte Ware. »Bedenke: Wenn du mein Gebot, das ich jetzt dir auftragen werde, ablehnst, dann stoße ich meinen Stab wieder ins Feuer.«

DENK — UND SIEH ZU, WAS GESCHIEHT!

Wieder schauderte der ganze Palazzo. Dann erhob sich aus der Mitte des Dreiecks im Nordwesten eine langsam aufschwebende Wolke gelblichen Dampfes. Sie erhob sich zur Decke, und alle — sogar Ware — mußten husten. Als sie sich ausbreitete und dünner wurde, konnte Baines sehen, wie sich unter ihr eine Gestalt bildete; aber er konnte seinen Augen kaum glauben. Es war — es war etwas wie eine Wölfin, grau und unheimlich, mit grünen glitzernden Augen. Eine kalte Welle ging von der Erscheinung aus.

Die Wolke breitete sich immer weiter aus. Die Wölfin starrte sie der Reihe nach an und breitete langsam ihre Greifenschwingen aus. Ihr Schlangenschwanz zuckte schuppig hin und her.

»Steh, beim Siegel«, sagte Ware, »steh und verwandle dich, oder ich stoße dich in den Abgrund zurück, aus dem zu kamst. Ich befehle es dir!«

Die Wölfin verschwand und hinterließ im Dreieck einen etwas fülligen, bescheiden aussehenden jungen Mann, der eine dezente Krawatte und einen beinahe ebensolangen künstlichen Penis umgebunden hatte, sonst aber keine Kleider trug. »'Tschuldigen, Chef«, sagte er mit zuckersüßer Stimme, »ich mußte es wenigstens mal versuchen, nicht wahr? Was ist denn los?«

»Versuche nicht, mich zu beschwatzen, du Ausgeburt der Dummheit«, sagte Ware streng. »Verwandle dich, das gebiete ich dir. Du vergeudest die Zeit deines Vaters und auch die meine! Ändere die Form!«

Der junge Mann streckte Ware die Zunge heraus. Sie war kupfergrün. Einen Augenblick später befand sich in dem Dreieck ein etwa doppelt so alter Mann mit schwarzem Bart. Er trug einen waldgrünen, mit Hermelin verbrämten Mantel und auf dem Haupt eine glitzernde Krone. Baines Augen schmerzten, als er versuchte, sie anzusehen. Langsam begann sich im Saal der Geruch von Sandelholz auszubreiten.

»So gefällst du mir besser«, sagte Ware zu der Erscheinung. »Nun beauftrage ich dich, bei den Namen, die ich genannt habe und unter Androhung jener Martern, die du bereits kennengelernt hast, das Ebenbild und die Domäne jenes Sterblichen zu betrachten, dessen Idee und Gedankenbild sich jetzt in meiner Vorstellung befindet. Sobald ich dich entlasse, begibst du dich unverzüglich zu ihm, läßt ihn dich aber nicht wahrnehmen, sondern enthüllst ihm, so als komme dies aus seiner eigenen intellektuellen Geist-Seele, eine Vision und das Verstehen des großen und letztlichen Nichts, das hinter all jenen Zeichen steht, die er Materie und Energie nennt. Du wirst sehen, daß ihm vor der Vorahnung dieses Nichts schon die ganze Zeit graute; und du wirst bei ihm bleiben und ohne Unterlaß seine Verzweiflung so sehr steigern, bis er seine Seele um ihrer nichtigen Bemühungen willen verachten lernt und in dieser Erkenntnis das Leben seines Leibes vernichtet.«

»Ich kann dir nicht geben«, sagte die gekrönte Gestalt mit tiefer Stimme, der aber jede Resonanz fehlte, »was du von mir forderst.«

»Die Weigerung wird dir nichts nützen«, sagte Ware, »denn entweder gehst du augenblicklich und vollbringst, was ich dir befahl, oder ich werde dich nicht entlassen, sondern dich bis zum Ende meines Lebens hier behalten und dich täglich quälen und foltern, wie es dein Vater erlaubt.«

»Dein ganzes Leben, und währte es auch siebenhundert Jahre, ist für mich nur wie ein Tag«, antwortete die gekrönte Gestalt. Während sie noch sprach, flogen Funken aus ihren Nüstern, »und deine Qualen erscheinen mir Kinderspiel, verglichen mit denen, die ich erduldet habe, seit das Ei des Kosmos ausgebrütet und Eva erfunden wurde.«

Zur Antwort stieß Ware einfach den Stab ins Feuer. Baines fiel benommenen Sinnes auf, daß dieses den Stab nicht einmal versengte. Der Gekrönte aber warf sein bärtiges Haupt in den Nacken und heulte verzweifelt auf. Ware zog den Stab zurück — aber nur um Handbreite.

»Ich werde tun, wie du befiehlst«, sagte die Erscheinung verstockt. Haß schien von ihr auszuströmen wie glühende Lava.

»Wird die Tat nicht genau nach meinem Geheiß ausgeführt, so rufe ich dich wieder auf«, sagte Ware. »Ist sie aber ausgeführt, so darfst du zum Lohne den unsterblichen Teil der Person mit dir forttragen, die du in Versuchung führst. Diese Seele ist noch vor den Augen des Himmels makellos und ist von unschätzbarem Wert.«

»Und doch ist sie nicht genug«, sagte der Dämon, »denn auch du mußt mir etwas von deinem Hort geben, wie es im Pakt geschrieben steht.«

»Spät nur erinnerst du dich des Paktes«, sagte Ware, »aber ich will gerecht an dir handeln, wissender Marquis. — Hier!«

Dabei griff er in seine Gewandung und zog etwas Winziges und Farbloses hervor, das im Kerzenlicht kurz aufblinkte. Erst meinte Baines, es sei ein Diamant, aber als Ware es hochhielt, erkannte Baines, daß es eine opalisierende, kristallene Tränenvase war — die winzigste, die er jemals gesehen hatte, Verschluß und Inhalt mit einbegriffen. Dieses kostbare Gefäß warf Ware nun aus dem Kreis heraus der dampfumwallten Gestalt zu. Zu Baines neuerlichem Erstaunen — denn er hatte inzwischen vergessen, daß sich dieses Wesen ja ursprünglich als Tier manifestiert hatte — fing der Gekrönte das Tränenkrüglein geschickt mit dem Munde auf und verschluckte es.

»Du gibst MARCHOSIAS nur, was seinen Durst noch größer macht«, sagte die Erscheinung. »Habe ich dich erst einmal in der Hölle, Magier, so will ich dich leertrinken, bis du ganz verdorrt und trocken bist, mögen dann deine Tränen auch noch so reichlich fließen.«

»Deine Drohungen sind leer. Ich bin dir nicht bestimmt, solltest du mich auch dereinst in der Hölle sehen«, sagte Ware. »Genug, undankbares Ungeheuer. Hör auf mit deinem unsinnigen Geschwätz und mach dich lieber an die Ausführung deines Auftrags. Ich entlasse dich hiermit!«

Der Gekrönte knurrte und verwandelte sich dann plötzlich in die Gestalt, in der er sich zuerst gezeigt hatte. Diese erbrach eine große Flammenzunge, aber die Lohe durchdrang die Wand des Dreiecks nicht. Statt dessen sammelte sie sich wie ein Kugelblitz um den Dämon selbst. Dennoch konnte Baines im Gesicht die von der Erscheinung abgestrahlte Hitze fühlen.

Ware hob seinen Stab.

Innerhalb des kleinen Kreises verschwand der Fußboden. Die Erscheinung schlug die ehernen Schwingen zusammen und stürzte in die Tiefe wie ein Stein. Mit einem furchtbaren Donnerschlag war der Boden plötzlich wieder fugenlos heil.

Dann herrschte Stille. Das Klingen in Baines Ohren klang ab, und ein fernes Geräusch wurde für ihn hörbar. Es klang, als hätte jemand draußen auf der Straße vor dem Palazzo ein Auto mit laufendem Motor abgestellt. Dann erst kam ihm zu Bewußtsein, was es war: Die riesige Katze schnurrte. Sie hatte den Vorgängen mit wenig mehr als ernstem Interesse zugesehen. Das hatte offenbar auch Hess getan. Ginsberg schien nervös und zittrig, aber er hielt sich tapfer. Obwohl er noch nie gesehen hatte, daß irgend etwas Jack aus dem Gleichgewicht gebracht hatte, konnte Baines es ihm nicht verargen. Er selbst fühlte Übelkeit und Schwindel, als wäre die bloße Anstrengung, MARCHOSIAS von Angesicht zu sehen, damit zu vergleichen, als klimme man tagelang irgendeinen Gletscher des Himalaja hinan.

»Es ist vorbei«, flüsterte Ware. Seine Worte waren wie Asche. Er sah plötzlich sehr alt aus. — Dann nahm er sein Schwert auf und durchschnitt damit das Diagramm. »Nun müssen wir warten. Ich werde zwei Wochen lang in Abgeschiedenheit verharren. Dann treffen wir einander wieder. Der Kreis ist offen. Ihr könnt gehen.«

Pater Domenico hatte den Donnerschlag vernommen, fern und gedämpft allerdings, und doch wußte er, daß die ›Aussendung‹ vollzogen war. Und er wußte auch, daß es ihm, wie schon vordem, verboten war, auch nur für die Seele des Opfers zu beten (oder des ›Patienten‹, um bei Wares aseptischer aristotelischer Terminologie zu bleiben). Er setzte sich auf und schwang die Beine über die Bettkante. In der schwülen unheilträchtigen Luft fiel ihm das Atmen schwer. Unsicheren Schritts ging er zu seiner Reisetasche und öffnete sie.

Warum — das war die Frage — hatte Gott seine Hände gebunden, warum ließ Er einen Kompromiß wie den ›Pakt‹ überhaupt zu? Dieser ließ zumindest etwas wie eine Einschränkung Seiner Macht ahnen, etwas nach dem strengen Dogma der Allmacht Gottes völlig Undenkbares. Dabei war es ja schon Sünde, dieses Dogma auch nur anzuzweifeln. Im schlimmsten Falle aber wies der ›Pakt‹ auf irgendeine Zweideutigkeit Seines Verhältnisses zur Hölle hin — etwas also, das völlig außerhalb der offenbarten Antworten auf die Frage des Bösen in der Welt stand.

Die letztere Annahme war zu fürchterlich, als daß man darüber auch nur nachdenken konnte. Vielleicht war dieser Einfall überhaupt nur durch die fürchterliche Atmosphäre in diesem Palazzo zustande gekommen. Jedenfalls wußte Pater Domenico sehr gut, daß er derzeit weder in der geistigen noch in der gefühlsmäßigen Verfassung war, sich damit auseinanderzusetzen.

Was er aber möglicherweise mit Nutzen untersuchen konnte, war eine relativ untergeordnete, aber doch mit dem Komplex verbundene Frage: War das Böse, das eben vollbracht worden war, jenes Böse, zu dessen Beobachtung Pater Domenico entsandt worden war? Unmittelbar besehen, sprachen alle Gründe dafür. — War dies aber der Fall, dann konnte sich Pater Domenico morgen heim auf den Weißen Berg begeben — mitgenommen zwar, aber doch immerhin rekonvaleszent.

Andererseits aber war es möglich — schrecklich zwar, aber in einer gewissen Hinsicht auch hoffnungspendend —, daß man Pater Domenico an den Schlund der Hölle beordert hatte, um auf das Erscheinen etwas noch weit Schlimmerem zu warten. Darin läge nämlich dann auch die Erklärung dafür, daß Wares letzte Unternehmung, so schrecklich sie auch alle waren, für Ware eigentlich nichts Ungewöhnliches darstellte. Und wichtiger noch: Das würde erklären — wenigstens teilweise erklären —, warum der ›Pakt‹ überhaupt bestand. Um mit Tolstoi zu sprechen: »Gott sieht die Wahrheit, aber Er wartet.«

Und das war wenigstens eine Frage, über die Pater Domenico nicht bloß nachzudenken brauchte, sondern die er dem Rat Gottes vorlegen konnte — aktiv, hier und jetzt, solange er nur keine ›Mächte‹ aufrief. Diese Beschränkung aber konnte ihn nicht hindern. Wozu war er denn ein Magier, wenn er nicht in seinen Taten so geschickt und vorsichtig sein konnte wie mit Worten?

Das Tintenfaß, die Gänsekielfeder, das Lineal, drei verschiedene Scheiben aus jungfräulichem Karton (etwas, das gar nicht so leicht zu bekommen ist) und der eingewickelte Grabstichel — all das entnahm Pater Domenico seiner Reisetasche und legte es fein säuberlich auf die Platte seines Ankleidetisches, die ihm auch als Schreibtisch gute Dienste leisten würde. Die Kartonscheiben beschriftete er sorgfältig mit drei verschiedenen Skalen: die A Camerae (oder Kammern) der sechzehn göttlichen Eigenschaften von *bonitas* bis *patientia;* die T Camerae der dreißig gegenständlichen Eigenschaften von *temporis* bis *negatio;* und schließlich die E Camerae der neun Fragen von *Ob* bis *Wie groß.* Er stieß mit dem Grabstichel durch die Mitte aller drei Scheiben ein Loch, heftete sie mit einem Manschettenknopf zusammen und besprengte die so verfertigte Lull'sche Maschine mit Weihwasser aus seiner Reisetasche. Über sie sprach er dann die Worte:

»Ich beschwöre dich, o Gestalt dieses Instrumentes, mit der Autorität Gottes, des allmächtigen Vaters, und aufgrund der Eigenschaften des Himmels und der Sterne, jenen der Elemente, jenen der Steine und Kräuter, und gleichermaßen der Schneestürme, des Donners und der Winde, und schließlich auch aufgrund der *Ars magna,* in deren Gestalt du gezeichnet bist, daß du alle Macht erhalten mögest, die zur Vollbringung jener Taten und Dinge nötig ist, an deren Vervollkommnung uns gelegen ist — all das ohne Täuschung, Schwindel oder Verfälschung, nach dem Gebot Gottes, des Schöpfers der Engel und Kaisers aller Zeiten. DAMAHIL, LUMECH, GADAL, PANCIA, VELOAS, MEOROD, LAMIDOCH, BALDACH, ANERETHON, MITRATON, allerheiligste Engel, seiet ihr Hüter dieses Instruments. *Domine, Deus meus, in te speravi ... Confitebor tibi, Domine, in toto corde meo ... Quemadmodum desiderat cervus ad fontes aquarum ...* Amen.«

Nachdem er dies gesprochen hatte, nahm Pater Domenico die ›Maschine‹ auf und verdrehte die einzelnen Scheiben gegeneinander. Lulls große Kunst war nicht leicht zu handhaben. Die meisten der möglichen Kombinationen einer Gruppe von Scheiben hatte triviale Bedeutung. Man brauchte Verstand, um zu erkennen, welche davon wichtig, und tiefen Glauben, um zu sehen, welche davon göttlich inspiriert waren. Dennoch hatte diese Kunst gegenüber allen anderen Formen der metaphysischen Befragung einen unschätzbaren Vorteil: strenggenommen war sie keine Art von Magie.

Er drehte die Scheiben wie zufällig die vorgeschriebene Anzahl von Malen, griff dann die äußerste am Rande und schüttelte sie nach allen vier Himmelsrichtungen. Er fürchtete beinahe, das Ergebnis anzusehen.

Aber schon bei diesem ersten Versuch hatte die Maschine folgendes hervorgebracht:

GEDULD/WERDEN/WIRKLICHKEIT

Es war die Antwort, die er ebenso sehr erwartet wie gefürchtet hatte. Und es war auch, dessen wurde er sich mit Bestürzung bewußt, die einzige Antwort, die er am Weihnachtsabend erwarten konnte.

Er versorgte die ›Maschine‹ und sein ›Werkzeug‹ wieder in seiner Reisetasche und kroch todmüde ins Bett. — In seinem gegenwärtigen Zustand von Übermüdung und Unruhe hoffte er eigentlich nicht auf Schlaf ... aber ehe man noch hätte die Sanduhr zweimal kehren können, hatte er die gegenständliche Welt der Phänomene schon verlassen und träumte statt dessen, er fliehe — wie Gerbert, der Papst und Magier — das heilige Amt, auf einem Teufel durch die Winde reitend ...

10

Wares Erholungspause währte nicht ganz so lange, wie er vorhergesagt hatte. Schon um Dreikönig war er wohlauf und munter. Zu diesem Zeitpunkt war Baines durch die lange Untätigkeit bereits völlig zermürbt —

obwohl nur Jack Ginsberg, der die Anzeichen dafür kannte, es ihm anmerkte. Jack mußte ihn daran erinnern, daß ja auf alle Fälle mindestens zwei Monate vergehen würden, ehe man den Selbstmord Dr. Stockhausens günstigstenfalls erwarten konnte. Er schlug also vor, daß sie inzwischen alle nach Rom zurück und an die Arbeit gehen sollten.

Baines lehnte den Vorschlag ab. Was immer ihn auch bedrücken und beschäftigen mochte, mit Consolidated Warfare Service hatte es höchstens am Rande etwas zu tun ... Jedenfalls konnte ihn der Gedanke an die Firma gerade noch soweit ablenken, daß er jeden Tag einige unbedingt nötige Telefongespräche führte.

Auch dieser Priester oder Mönch, oder was er eben war, Pater Domenico, war immer noch im Palazzo. Offenbar hatte ihn das grausige Schauspiel nicht getäuscht. Nun, das war wohl Wares Sorge. Immerhin bemühte sich Jack, dem Kleriker so gut wie möglich aus dem Wege zu gehen. Seine Gegenwart erinnerte Jack — in einer seiner seltenen Assoziationen mit seiner Kindheit in der Bronx — an einen wahnsinnigen orthodoxjüdischen Verwandten, der Jacks Familie einmal während einer sehr wichtigen Ehevermittlung besucht hatte.

Gar so verrückt war das alles aber gar nicht. Denn wenn Magie wirklich funktionierte — und Jack hatte mit eigenen Augen gesehen, daß dies der Fall war —, dann ergab sich daraus logisch die Echtheit und Richtigkeit des ganzen metaphysischen Gewebes, das Pater Domenico repräsentierte — von Moses über die Kabbala bis zum Neuen Testament. Nachdem Jack diesen Gedankengang entwickelt hatte, war es ihm nicht nur zuwider, Pater Domenico zu sehen, sondern er begann Alpträume zu haben, in denen es ihm war, als sähe Pater Domenico *ihn* an.

Ware selbst allerdings erschien vor dem vorhergesagten vierzehnten Tag nicht und war bis dahin auch für niemanden zu sprechen. Dann aber war — zu Jacks vager Beunruhigung — der erste Mensch, den er in sein Büro bat, Jack Ginsberg.

Jack sah einem Gespräch mit Ware nur wenig freudiger entgegen, als er sich auf eine Disputation mit dem barfüßigen, höflichschweigsamen Pater Domenico eingelassen hätte. Auch war es bei dem gegenwärtigen Geisteszustand von Baines kaum abzusehen, wie die Tatsache, daß Ware ausgerechnet mit Ginsberg zuerst sprechen wollte (und die normalerweise für Baines eine Nebensächlichkeit gewesen wäre), nun auf diesen wirken würde. Nach einer Stunde voll Gewissensqualen legte Jack das Problem Baines selbst vor. Er war nun nicht mehr sicher, ob sein eigener Takt ausreichte, ein derart schwieriges rohes Ei zu behandeln.

»Gehen Sie einfach hin«, sagte Baines. Sonst nichts. Er machte immer noch den Eindruck eines Menschen, der höchstens für Augenblicke von einem einzigen, allbeherrschenden Gedanken abgelenkt werden konnte. Auch das war beunruhigend, aber man schien nichts dagegen tun zu können. Jack setzte seine im Geschäftsleben so nützliche Maske freundlicher Aufmerksamkeit auf, biß darunter die Zähne zusammen und marschierte zu Ware in dessen Büro.

Dort war das Sonnenlicht so hell und unschuldig wie eh und je. Es entströmte dem Meereshimmel über dem Steilabhang. Jack fühlte sich nun wieder etwas mehr in Berührung mit dem, was er bisher für ›das wirkliche Leben‹ gehalten hatte. In der vagen Hoffnung, Ware die Initiative zu entreißen und für sich zu behalten, fragte er den Magier, noch ehe er sich setzte: »Gibt es schon irgendwelche Neuigkeiten?«

»Gar keine«, sagte Ware. »Setzen Sie sich bitte, Dr. Stockhausen ist, wie ich Ihnen allen schon zu Anfang vorausgesagt habe, ein sehr hartnäckiger ›Patient‹. Es ist sogar möglich, daß er überhaupt nicht fällt. Wenn das eintritt, werden wir uns noch weit mehr anstrengen müssen. Inzwischen aber nehme ich an, daß er doch fällt, und daß ich mich also schon für Dr. Baines' nächsten Auftrag vorbereiten sollte. Deshalb wollte ich zuerst einmal mit Ihnen sprechen.«

»Ich habe nicht die leiseste Ahnung, worin Dr. Baines' nächster Auftrag bestehen wird«, sagte Jack, »aber selbst wenn ich es wüßte, würde ich es Ihnen nicht sagen, ehe er es nicht selbst tut.«

»Sie nehmen alles immer so schrecklich wörtlich und direkt, Mr. Ginsberg. Nein, ich habe Sie nicht kommen lassen, um Sie über die Pläne Ihres Chefs auszuhorchen. Ich weiß bereits, und vorläufig ist mir dieses Wissen genug, daß der nächste Auftrag Mr. Baines' etwas Großangelegtes sein wird — vielleicht sogar ein einmaliges Experiment in der Geschichte der ›Kunst‹. Also gut. Aber wenn ich ein solches Unterfangen in Angriff nehme, dann brauche ich Assistenten — und ich habe keine Adepten mehr. Heutzutage werden sie schon sehr früh ehrgeizig und machen entweder dumme technische Fehler oder müssen wegen Ungehorsams entlassen werden. Laien, selbst solche, die mit der Magie sympathisieren, sind gleichermaßen unverläßliche Helfer, einfach wegen ihres blinden Eifers und ihrer Unwissenheit. Wenn sie aber ganz ungewöhnlich intelligent sind, dann kann man sie manchmal ohne Gefahr als Helfer heranziehen. Wohlgemerkt: *manchmal.* Alle diese Einschränkungen erklären, warum ich Ihnen *und* Dr. Hess erlaubte, die Sache am Heiligen Abend mitzuerleben, und nicht nur Dr. Hess, um dessen Teilnahme mich Dr. Baines ursprünglich gebeten hatte. Es erklärt auch, warum ich jetzt mit Ihnen sprechen will.«

»Ich verstehe«, sagte Jack. »Ich sollte mich wohl geschmeichelt fühlen.«

Ware lehnte sich in seinem Sessel zurück und hob wie verärgert die Hände. »Ganz und gar nicht. Ich sehe schon, mit Ihnen muß man deutlich sprechen. Ich war mit Dr. Hess' Begabung durchaus zufrieden und muß daher mit ihm nicht mehr über die Sache sprechen, außer ihm noch gewisse Anweisungen zu geben. Mit Ihnen aber bin ich durchaus nicht zufrieden. Ich habe das Gefühl, Sie sind so schwach wie ein Schilfrohr im Wind.«

»Ich bin kein Magier«, sagte Jack und versuchte sich zu beherrschen. »Wenn zwischen uns Feindseligkeit besteht, so muß man fairerweise zugeben, daß ich nicht der alleinige Urheber dieses Gefühles bin. Sie haben schon bei unserem ersten Gespräch Ihr Bestes getan, mich zu beleidigen, nur weil ich Ihrem Zauber mit natürlichem Mißtrauen gegenüberstand — was ich ja auch der mir von Dr. Baines übertragenen Aufgabe und Verantwortung der Firma gegenüber schuldig war. Nun, ich bin nicht leicht beleidigt, Dr. Ware, aber es ist leichter, mit mir zusammenzuarbeiten, wenn man einigermaßen höflich ist.«

»Stercor«, sagte Ware. Jack wußte nicht, was das Wort bedeutete. »Sie scheinen anzunehmen, ich spreche über Public Relations, über die Gabe, mit Leuten gut auszukommen, und all diesen Quatsch. Nichts liegt mir ferner. Ein wenig Haß hat der ›Kunst‹ noch nie geschadet, und sorgfältig berechnete Beleidigungen sind im Umgang mit Dämonen äußerst nützlich — nur wenige von ihnen können durch Schmeichelei gewonnen werden. Ein Mann aber, der auf Schmeichelei reagiert, ist überhaupt kein Mann, sondern ein Hund. Versuchen Sie mich doch bitte zu verstehen, Mr. Ginsberg. Ich rede jetzt weder von Ihrer Bediensteten-Feindseligkeit, noch von Ihrem überraschend langsamen Hirn, sondern von Ihrem Hasenmut. Während der letzten Beschwörung gab es einen Moment, in dem ich erkennen mußte, daß Sie im nächsten Augenblick Ihren Posten verlassen würden. Sie haben es nicht bemerkt, aber ich mußte Sie lähmen und habe so Ihr Leben gerettet. Hätten Sie sich bewegt, so hätten Sie uns alle in Gefahr gebracht. Wäre das aber geschehen, so hätte ich Sie MARCHOSIAS

vorgeworfen wie einen alten Knochen. Der Zweck der Zeremonie wäre damit zwar nicht mehr zu retten gewesen, aber es hätte den Dämonen immerhin daran gehindert, uns alle — mit Ausnahme von Akhtoi — zu verspeisen.«

»Ach …?«

»Meinen Hausgeist. Den Kater.«

»Oh. Warum nicht den Kater?«

»Der ist eine Leihgabe. Er gehört einem anderen Dämon — meinem Schutzpatron. Aber hören Sie doch bitte auf, das Thema zu wechseln, Mr. Ginsberg. Wenn ich Ihnen als Tanisten bei einem großen Stück magischer Arbeit Vertrauen schenken soll, dann muß ich einigermaßen sicher sein, daß Sie, wenn ich Sie ermahne, fest zu stehen, auch wirklich fest stehen, gleichgültig, was Sie sehen oder hören. Und wenn ich Sie auffordere, im Rahmen des Rituals irgendeine kleine Handreichung vorzunehmen, dann muß ich wissen, daß Sie sie genau und pünktlich ausführen werden. Können Sie mir diesbezüglich Gewißheit geben?«

»Nun«, sagte Jack ernst, »ich werde mein Bestes tun.«

»Aber wofür? Warum wollen Sie mich überzeugen? Ich kann nicht wissen, was Sie mit ›mein Bestes‹ meinen, ehe ich nicht weiß, welche Vorteile Sie sich davon erwarten, abgesehen davon, daß Sie Ihren Job behalten — oder auf mich einen guten Eindruck machen, weil es einfach in Ihrer Natur liegt, auf alle Leute einen guten Eindruck machen zu wollen. Bitte erklären Sie mir das! Ich weiß, daß es in dieser Situation irgend etwas gibt, das Ihre Essenz berührt. Das habe ich schon von Anfang an gesehen, aber mein erster Versuch, Ihre Motivierung zu erraten, war offenbar falsch — oder traf jedenfalls nicht ins Schwarze. Nun, was *trifft* bei Ihnen ins Schwarze? Die Situation ist nun bis zu einem Stadium gediehen, in dem Sie mir sagen müssen, was das ist. Sonst schließe ich Sie von allem weiteren einfach aus und damit basta.«

Jack schwankte zwischen unkonventioneller Hoffnung und altgewohnter Vorsicht. Er schob sich aus dem florentinischen Sessel hoch und ging mit kurzen Schritten zum Fenster. Dabei nestelte er an seiner Krawatte herum. Von dieser Höhe aus gesehen, fielen die direkt in den Steilhang gebauten Wohnungen von Positano zum schmalen Strand hin ab, als wären es römische Mietshäuser voll von abgesetzten Königen — und voll von Papagalli, die darauf hoffen, für die laufende Saison eine amerikanische Millionenerbin zu ergattern. Abgesehen von den gleichmäßig anlaufenden Wellen und einigen fernen Vögeln war die Szene bewegungslos. Jack aber schien es, als glitte alles langsam, aber unausweichlich hinab ins Meer.

»Stimmt, ich mag Frauen«, sagte er mit leiser Stimme. »Und ich habe da auch so meine kleinen Eigenheiten, die sich, trotz all des Geldes, das ich verdiene, nicht so leicht befriedigen lassen. Überdies habe ich bei meiner Arbeit dauernd mit geheimen oder doch vertraulichen Informationen zu tun — entweder mit Staatsgeheimnissen oder Material der Firma. Das bedeutet, daß ich mir nicht leisten kann, erpreßt zu werden.«

»Deshalb haben Sie wohl damals bei unserer ersten Begegnung auch mein Angebot abgelehnt«, sagte Ware. »Das war wohl vorsichtig gehandelt, doch war diese Vorsicht nicht nötig. Wie Ihnen wahrscheinlich inzwischen klar geworden ist, kann mich weder Spionage noch Erpressung reizen. Der materielle Gewinn, den ich aus einer, oder sogar aus beider dieser Tätigkeiten ziehen könnte, wäre für meine Verhältnisse lächerlich gering.«

»Ja, schon, aber ich werde leider nicht immer in Kontakt mit Ihnen stehen«, sagte Jack und wandte sich wieder Wares Schreibtisch zu. »Und es wäre nicht klug, Dingen auf den Geschmack zu kommen, mit denen Sie mich dann nicht mehr versorgen könnten.«

»Der richtige Ausdruck wäre ›denen Sie ohne meine

Hilfe nicht frönen können.‹ Bleiben wir präzise. Dennoch haben Sie offenbar irgendeine Lösung im Sinn. Sonst würden Sie wohl kaum mit mir so offen sprechen.«

»Ja, das stimmt. Sie ist mir eingefallen, als Sie sich bereit erklärten, Hess in Ihr Laboratorium zu lassen.« Hier ließ ihn ein neuerlicher Stich der Eifersucht innehalten, der nicht minder schmerzte, obwohl er doch halb aus der Erinnerung kam. Er holte tief Atem und fuhr fort: »Ich möchte die ›Kunst‹ erlernen.«

»Oho. Das ist ja ein ganz *erstaunlicher* Umschwung Ihrer Einstellung.«

»Sie selbst haben gesagt, es sei möglich«, sprudelte Jack hervor. Das Gefühl, nun nichts mehr zu verlieren zu haben, machte ihn mutig. »Ich weiß, daß Sie gesagt haben, Sie würden keine Lehrlinge mehr aufnehmen, aber ich würde wirklich nicht versuchen, Sie reinzulegen oder Ihnen die Kundschaft abspenstig zu machen; ich würde die ›Kunst‹ nur für meine kleinen Spezialzwecke verwenden. Ich könnte Ihnen natürlich kein Vermögen bezahlen, aber ich habe doch etwas Geld. Ich könnte meine Freizeit zum Studium der einschlägigen Literatur verwenden, und dann nach ein oder zwei Jahren zu Ihnen für meine wirkliche Lehrzeit zurückkommen. Ich bin sicher, daß Baines mir dafür Urlaub geben würde — er möchte ohnedies, daß jemand in seinem Stab die ›Kunst‹ kennt — wenigstens der Theorie nach —, nur glaubt er jetzt noch, dieser ›Jemand‹ würde Hess sein. Aber Hess wird von seiner eigenen wissenschaftlichen Arbeit zu sehr in Anspruch genommen, um sich wirklich gründlich der Magie zu widmen.«

»Sie können Dr. Hess aber wirklich ganz und gar nicht leiden. Haß und Neid, was?«

»Nun, wir harmonieren nicht völlig miteinander«, sagte Jack etwas steif. »Jedenfalls stimmt das, was ich sage. Von Mr. Baines' Standpunkt wäre ich jedenfalls ein weit besserer Experte, als ihn Hess jemals abgeben würde.«

»Haben Sie Sinn für Humor, Mr. Ginsberg?«

»Natürlich ... Hat doch jeder.«

»Falsch«, sagte Ware, »jeder *behauptet,* er habe Sinn für Humor, weiter nichts. Ich frage nur deshalb, weil das erste, was Sie opfern müßten, um der ›Kunst‹ zu dienen, die Gabe des Lachens wäre. Das würde manchen Menschen sehr, anderen wieder fast gar nicht fehlen. In Ihrem Falle wäre das wahrscheinlich nur eine leichte Operation, etwa wie die Entfernung eines vereiterten Blinddarmes.«

»Es will mir scheinen, als hätten *Sie* Ihren Sinn für Humor nicht verloren.«

»Ach, Sie verwechseln Humor mit Esprit — wie die meisten Leute. Dabei sind diese beiden Begriffe voneinander so verschieden, wie Kreativität und Gelehrsamkeit. Aber jedenfalls ist das in Ihrem Falle, wie ich schon sagte, kein großer Verlust. Da könnten andere schon größer sein. So ergibt sich zum Beispiel die Frage, in welcher der magischen Traditionen ich Sie ausbilden soll. So könnte ich zum Beispiel aus Ihnen einen kabbalistischen Magier machen, was Ihnen auch eine gründliche Ausbildung in Weißer Magie sichern würde. Und was die schwarze Seite anlangt, so könnte ich Sie den Großteil dessen lehren, was sich im *Clavicle* und im *Lemegeton* findet, wobei ich allerdings die spezifisch christlichen Zusätze auslassen würde. Glauben Sie, daß Ihnen das recht wäre?«

»Vielleicht, wenn es meinen Hauptzweck erfüllen würde«, sagte Jack. »Aber es würde mir auch nichts ausmachen, wenn ich darüber hinaus noch weiter studieren müßte. Heutzutage bin ich ja nur der Geburt nach Jude, und nicht der Kultur und Tradition nach. Bis zum Heiligen Abend war ich überhaupt Atheist. Jetzt weiß ich nicht mehr so recht, was ich bin. Das einzige, was ich weiß ist: Ich muß meinen Augen trauen.«

»Nicht in *dieser* Kunst«, sagte Ware. »Aber ich werde Sie jedenfalls einstweilen als *Tabula rasa* betrachten. —

Gut, Mr. Ginsberg, ich werde mir die Sache überlegen. Ehe ich mich aber entscheide, sollte ich doch, will mir scheinen, Ihre Überzeugung unter die Lupe nehmen, daß sich Ihr ausgefallener erotischer Geschmack nur durch Zauberei — ob nun durch die meine oder die Ihre — befriedigen läßt. Jetzt träumen Sie davon, wie herrlich es wäre, Ihren ungewöhnlichen Lüsten frei und ohne Furcht vor Folgen nachzugehen. Aber leider geschieht es oft — denken Sie nur an Oscar Wildes diesbezügliches Epigramm —, daß gestilltes Begehren nicht Seligkeit ist, sondern ein Kreuz.«

»*Das* Risiko nehme ich gern auf mich.«

»Lassen Sie sich ein wenig Zeit. Sie haben von den damit verbundenen Risiken keine reale Vorstellung. Wie zum Beispiel, wenn Sie entdecken, daß kein menschliches Weib Sie mehr befriedigen kann und Sie dadurch völlig von Nachtgeschöpfen abhängig werden? Ich weiß natürlich nicht, wieviel Sie über die Theorie solcher Beziehungen wissen. Allgemein gesprochen hat die Revolte im Himmel Engel jedes Ranges und jeder Ordnung innerhalb der Hierarchie betroffen. Von den Gefallenen aber wird dieser Dienst nur jenen zugewiesen, die aus den allerniedersten Rängen gefallen sind. Im Vergleich zu Ihnen ist MARCHOSIAS ein Muster von Adel und Edelmut. Diese Geschöpfe haben ihre Namen verloren, und ihrer Bösartigkeit mangelt jegliche Größe — sie sind reinste Essenz engstirniger Gemeinheit und kleinlicher Bosheit. Es sind die Geister, die sizilianische Milchweiber beschwören, um die Zehennägel ihrer Rivalinnen splittern und einreißen zu lassen oder einem treulosen Liebhaber ein Furunkel auf die Nase zu hexen.«

»Was Sie da beschreiben, klingt nicht viel anders als gewöhnliche Menschenfrauen«, sagte Jack achselzukkend. »Solange sie mich zufriedenstellen, was tut's? Wahrscheinlich hätte ich ja als Magier einen *gewissen* Einfluß darauf, wie sie sich benehmen.«

»Ja, das schon. Immerhin, warum wollen Sie sich

durch Begierde und Unwissenheit zu etwas überreden lassen, wenn es statt dessen für Sie die Möglichkeit eines Experimentes — einer Probe aufs Exempel — gibt? Um die Wahrheit zu sagen, Mr. Ginsberg, ich würde keinem Entschluß oder Vorsatz trauen, der nur dem phantastisch-euphorischen Zustand entspringt, in dem Sie sich jetzt gerade befinden. Wenn Sie sich zu dem Experiment nicht bereit erklären, dann muß ich Ihnen leider Ihre Bitte abschlagen.«

»Warten Sie einen Augenblick«, sagte Jack, »warum haben Sie es nun auf einmal mit all dem so eilig? Welchen Vorteil bringt *Ihnen* das?«

»Das habe ich Ihnen schon gesagt«, erklärte Ware geduldig. »Wahrscheinlich werde ich Sie bei Dr. Baines' großem Vorhaben als Tanist brauchen. Ich möchte diesmal unbedingt darauf zählen können, daß Sie fest stehen. Ich kann dessen aber nicht sicher sein, ohne den Grad und das Maß zu kennen, in dem Sie sich der Sache verpflichtet fühlen.«

Was immer auch Ware sagen mochte, klang für Jack, als würden leise Türen unmittelbar vor ihm geschlossen. Andererseits aber — die Möglichkeiten — die Chancen ...

»Was muß ich tun?« sagte er schließlich hilflos.

11

Der Palazzo lag im Schlaf. Fern schlug die gleiche vergeßliche Uhr elf. Ware hatte gesagt, daß dies für den heutigen Tag die rechte Stunde für Experimente auf dem Gebiete des Geschlechts und der Jagd sei. Jack wartete nervös darauf, daß etwas enden — oder vielleicht, daß etwas ganz Neues beginnen werde.

Er hatte seine Vorbereitungen getroffen, aber er war nicht sicher, daß sie auch nötig gewesen waren. Immerhin, wenn das ... Mädchen ..., das ihn besuchen sollte, seinen Wünschen völlig willfährig sein würde — welchen Grund hätte er dann noch, sie zu beeindrucken?

Dennoch hatte er sich völlig an sein kompliziertes Ritual gehalten, hatte eine Stunde lang gebadet, sich zweimal rasiert, seine Finger- und Zehennägel geschnitten und poliert, sein Haar mit dreißig Bürstenstrichen zurückgekämmt — wobei er das deutsche Haartonikum verwendete, das angeblich Allatoin enthielt —, hatte seinen elegantesten Seidenpyjama und seine Hausjacke angezogen, dazu ein Seidenhalstuch und Hausschuhe aus venezianischem Saffianleder angelegt, hatte sich noch mit Kölnischwasser besprengt und Talkum-Puder ins Bett gestäubt. Vielleicht, so dachte er, lag ein Teil des Vergnügens in den Vorbereitungen, denen man dann einen Anteil am Erfolg zuschreiben konnte.

Die Uhr hörte auf zu schlagen. Fast augenblicklich vernahm er ein dreifaches Klopfen an der Tür — so langsam, daß ihm jeder sanfte Schlag wie eine völlig unabhängige Handlung erschien. Jacks Herz schlug wild wie das Herz eines Knaben. Er zog die Seidenschärpe seiner Jacke enger und sagte, wie ihm aufgetragen war:

»Tritt ein ... tritt ein ... tritt ein.«

Er öffnete die Tür. Ware hatte ihn schon darauf vorbereitet, daß er auf dem dunklen Korridor draußen niemanden sehen würde, als er aber die Tür dann wieder schloß und sich umwandte, war sie schon da.

»Guten Abend«, sagte sie mit leichter Stimme, mit schwachem Akzent — oder war es ein Lispeln? »Hier bin ich, wie du mich eingeladen hast. Magst du mich?«

Es war nicht das Mädchen, das Ware den Brief gebracht hatte, vor nun schon so vielen Wochen, aber irgend etwas an ihr erinnerte ihn an jemanden, den er einst gekannt hatte. Er konnte sich aber nicht erinnern, wer das gewesen war. Sie war einfach wunderschön; nicht sehr hochgewachsen — einen halben Kopf kleiner als Jack, schlank und offensichtlich kaum älter als achtzehn —, hatte sehr helle Haut, blaue Augen und einen taufrischen, unschuldigen Gesichtsausdruck. Das Gesicht war doppelt pikant, weil die Linien ihrer Züge so edel, ihre Haut so zart wie feines Pergament war.

Sie war elegant angezogen: Pumps mit Bleistiftabsätzen, gemusterte, aber sonst hauchfeine Strümpfe, und ein kurzärmeliges, schwarzes, kostbar geschneidertes Kleid aus einem Material wie Kunstseide, das sich eng an ihre Brüste, ihren Oberkörper und Taille und Hüften schmiegte, als wäre es durch eine elektrostatische Aufladung angeklebt. Von der Hüfte aber fiel es erblühend in einem vollen Glockenrock hernieder wie eine umgekehrte Tulpe, die kurz über ihren Knien endete. Drahtdünne silberne Armreifen glitten und klingelten beinahe unhörbar an ihrem linken Handgelenk, als sie ihre Chrysanthemenfrisur lockerte. Sie fanden in kleinen silbernen Ohrgehängen ein Echo. Zwischen ihren Brüsten trug sie eine runde Onyxbrosche, in der in Silber das Wort *Cazotte* eingelegt war. Für Kontrast sorgte ein winziger Rubin von der Größe eines Fliegenauges — das einzige Fleckchen Farbe in ihrem ganzen Kostüm. Selbst ihr Make-up entsprach dem längst nicht mehr modischen, italienischen ›White Look‹, der ihre natürliche Blässe so sehr übertrieb, daß ihr Gesicht beinahe etwas Bühnenmäßiges hatte — beinahe, aber eben doch nicht ganz.

»Ja«, sagte er und dachte endlich wieder daran zu atmen.

»Ach, du entschließt dich aber schnell. Vielleicht irrst du dich doch?« In raschem, pirouetteartigem Drehschritt lief sie von ihm fort zum Bett, wobei die schwarze Tulpe sich öffnete und unter ihrem Kelch schaumige Spitzen ihre Beine umlodern ließen. Es knisterte trokken. Sie bremste die Drehbewegung so abrupt ab, daß der Rock über ihren Knien knatterte wie Fahnen in einer steifen Brise. Sie sah ihm ins Gesicht und schien völlig menschlich.

»Unmöglich«, sagte Jack und nahm all seine Galanterie zusammen. »Ich finde, du bist einfach wunderbar. Uh — wie darf ich dich nennen?«

»Oh, mein Name könnte zum Beispiel ›Rita‹ sein, wenn du unbedingt einen brauchst.«

Sie hob die Vorderseite ihrer Röcke hoch, und man sah den verstärkten Rand ihrer Strümpfe, der nur wenige Zoll unter der Vase des Beckens ins weiße Fleisch ihrer Oberschenkel schnitt. So setzte sie sich sittsam auf die Bettkante. »Du bist so weit von mir«, sagte sie mit Schmollmund. »Vielleicht glaubst du, daß ich nur außen hübsch bin. Das wäre sehr unfair.«

»Nein, nein, ich bin ganz sicher —«

»Aber wie kannst du jetzt schon sicher sein?« Sie zog die Hacken ihrer Pumps hoch. »Du mußt herkommen und das selbst ausprobieren.«

Die Uhr schlug vier, als sie sich erhob. Sie war nackt und naß, sah aber immer noch irgendwie aus, als trüge sie Stöckelschuhe. Sie begann, ihre Kleider vom Boden aufzuheben. Jack beobachtete benommen dieses graziöse Ballett. Halb war er erschöpft, halb voll Triumph. Er hatte kaum noch genug Kraft in sich, mit der Zehe zu wackeln, aber er hatte sich in dieser Nacht schon so oft selbst überboten, daß er immer noch hoffte. So etwas hatte er noch nie erlebt — noch niemals.

»Mußt du denn schon gehen?« fragte er träge.

»O ja, ich habe noch alles mögliche zu tun.«

»Zu tun? Aber — hast du dich nicht — gut unterhalten?«

»... ›Gut unterhalten‹?« Das Mädchen wandte sich ihm zu. Sie war eben dabei, einen Strumpf am Straps ihres Strumpfbandgürtels festzumachen, hielt aber nun inne. »Ich bin deine Dienerin, deine Lamia, deine Sklavin, deine saugende Eva-Frucht, aber du darfst nicht deinen Spott mit mir treiben.«

»Ich verstehe nicht«, sagte Jack und versuchte, seinen

Kopf von dem schweißnassen, zusammengekneteten Kissen zu heben.

»Dann schweig.« Sie fuhr fort, sich anzukleiden.

»Aber … du schienst …«

Sie drehte sich ihm wieder zu: »Ich habe dir Lust geschenkt. Beglückwünsche dich dazu. Das ist genug. Du weißt sehr gut, was ich bin. Ich selbst habe an nichts Lust oder Freude. Es ist verboten. Sei dankbar, und ich werde wieder zu dir kommen. Verspottest du mich aber, so schicke ich dir ein altes Weib mit dem Schweif eines Esels.«

»Ich wollte dich nicht kränken«, sagte er mit einem Unterton von Trotz.

»Dann gib acht, daß du's nicht tust. Du hattest deinen Spaß mit mir, das genügt. Deine Männlichkeit mußt du an sterblichem Fleisch erproben. Deine Potenz auf die Probe zu stellen, bin ich jetzt unterwegs. Auf der anderen Seite der Welt wird es jetzt bald Nacht, und ich muß gehen, deinen Samen zu säen, ehe er in meinen Feuern verdorrt — wenn er überhaupt je Leben hatte.«

»Wie meinst du das?« flüsterte er heiser.

»Hab' keine Angst, morgen bin ich wieder bei dir. Aber in der nächsten Spanne der Dunkelheit muß ich die Gestalt wechseln.« Das Kleid glitt nun an ihrem unvorstellbar biegsamen Leib herab. »Jetzt verwandle ich mich in einen Inkubus. Auf den wartet eine Frau, die von ihrem Gatten durch den doppelten Weg abgelenkt ist, schon voll Sehnsucht. Gelange ich rechtzeitig zu ihr, dann zeugst du ihr ein Kind — einer Frau, die du niemals auch nur sehen wirst. Ist das nicht ein Wunder? Und es wird wohl ein fürchterliches Kind werden, das verspreche ich dir!«

Sie lächelte ihn an. Mit Übelkeit und einem Gefühl der Schmach nahm er wahr, daß sich nun hinter ihren Lidern keine Augen mehr befanden — nur leer flackernde Lichter, wie Funken, die in einem Kamin aufsteigen. Sie war nun so vollständig angezogen, wie am

Anfang. Sie machte vor ihm ernst und feierlich einen Knicks.

»Wart auf mich ... außer, natürlich, wenn du nicht willst, daß ich morgen abend wieder zu dir komme ...?«

Er versuchte, nicht zu antworten, aber die Worte entflohen seinem Mund, als wären sie giftiges Gas.

»Ja ... o Gott ...«

Sie bedeckte mit den hohlen Händen ihr verborgenes Geschlecht in einer Geste obszöner Tugendsamkeit — und barst in Nichts wie ein explodierender Ballon. Das Morgen*grauen* fiel in seiner ganzen Schwere auf Jack, wie die Berge auf den heiligen Johannes.

12

Dr. Stockhausen starb am St.-Valentins-Tag, nachdem Ärzte aus der ganzen Welt — sogar aus der Sowjetunion — drei Tage lang vergeblich versucht hatten, ihn zu retten. Aber er hatte einen so ausgiebigen Trunk unverdünnter Jodtinktur getan, daß er trotz allem den inneren Verätzungen erlag. Operationen und Spitalpflege waren natürlich gratis. Aber er starb, ohne ein Testament zu hinterlassen, und es schien, als würde es einfach endlos dauern, bis seine kleine Hinterlassenschaft — Tantiemen von einem wissenschaftlichen Werk und was noch von einem vor zehn Jahren verliehenen Nobelpreis übrig war — verteilt war. Dies vor allem in Anbetracht der Notiz, die Stockhausen hinterlassen hatte, und aus der keine Gruppe von Experten — weder Wissenschaftler noch Juristen — im Laufe der nächsten paar Generationen hoffen durften, den mathematischen Kern vom Todesgestammel eines Wahnsinnigen zu trennen.

Für seine Enkel und für die geschiedene Tochter wurde Geld gesammelt, um ihnen über das Schlimmste wegzuhelfen. Das letzte Buch aber, das er geschrieben hatte, erwies sich im Inhalt der Abschiedsnotiz so ähnlich, daß die Berater seines Verlegers niemand finden konnten, dem man vernünftigerweise die Herausgabe und posthume Mitautorenschaft hätte anbieten können. Es war die Rede davon, daß man sein Hirn dem Museum der Deutschen Akademie in München überlassen würde — aber auch das wieder erst nach Abwicklung der Hinterlassenschaft. Innerhalb von drei Tagen nach der Beerdigung aber konnte Ware berichten, daß sowohl das Hirn als auch Stockhausens letztes Manuskript verschwunden waren.

»MARCHOSIAS mag eines von beiden oder sogar beides an sich genommen haben«, sagte Ware. »Ich habe es ihm zwar nicht aufgetragen, da ich Alberts Familie nicht noch mehr Schmerz zufügen wollte, als auftragsgemäß nötig war. Andererseits aber habe ich es ihm auch nicht verboten. Aber wie auch immer — der Auftrag ist ausgeführt.«

»Sehr gut«, sagte Baines. Um die Wahrheit zu sagen: Er war in Hochstimmung. Unter den anderen drei Leuten, die in Wares Büro anwesend waren — denn Ware hatte gesagt, es gäbe kein Mittel, um Pater Domenicos Anwesenheit zu verhindern —, sah keiner so zufrieden aus, wie Baines sich jetzt fühlte, aber schließlich war ja auch er der einzige, auf den es hier ankam, der einzige, auf dessen Gefühle Ware mehr als üblich Rücksicht nehmen mußte. »Und es ist auch viel schneller gegangen, als Sie vorausgesehen haben. Ich bin sehr zufrieden und im übrigen jetzt durchaus bereit, meinen großen Auftrag mit Ihnen zu besprechen, Dr. Ware, wenn die Planeten und so weiter jetzt für derlei Gespräche nicht ungünstig stehen.«

»Auf einfache Gespräche haben die Planeten so gut wie keinen Einfluß«, sagte Ware, »nur auf bestimmte Vorbereitungen — und selbstverständlich auch auf das Experiment selbst. Ich bin durchaus bereit, Sie anzuhören. Um die Wahrheit zu sagen: Ich bin sogar sehr neugierig, was Sie zu sagen haben. Nehmen Sie also bitte kein Blatt vor den Mund und erzählen Sie mir, was Sie vorhaben.«

»Ich möchte für eine Nacht alle wichtigeren Dämonen aus der Hölle entlassen und sie ohne bestimmten Auftrag oder Einschränkungen in der Welt loslassen — außer der Vereinbarung, daß sie im Morgengrauen oder zu irgendeiner anderen vernünftigen Zeit an ihren Ursprungsort zurückkehren. Ich möchte gerne sehen, was sie tun, wenn sie so sich selbst überlassen sind.«

»Wahnsinn!« schrie Pater Domenico und bekreuzigte sich. »Der Mann ist ja offensichtlich jetzt schon ein Besessener!«

»Ausnahmsweise neige ich diesmal dazu, mit Ihnen übereinzustimmen, Pater Domenico«, sagte Ware, »obwohl ich in puncto Besessenheit gewisse Vorbehalte habe. Soweit wir wissen, paßt dies aber durchaus zum Gesamtbild. Bitte sagen Sie mir einmal, Dr. Baines, was hoffen Sie durch ein Experiment so grandiosen Maßstabs zu erreichen?«

»Experiment!« sagte Pater Domenico. Sein Gesicht war totenblaß.

»Wenn Sie nichts Klügeres tun können, als hier das Echo zu spielen, Pater, dann, glaube ich, wäre es uns allen lieber, Sie verhielten sich schweigend — wenigstens, bis wir wissen, wovon hier die Rede ist.«

»Ich werde sagen, was ich sagen muß, wann immer ich der Meinung bin, daß es nötig ist«, sagte Pater Domenico zornig. »Diese Sache, die Sie dadurch verniedlichen, daß Sie sie ›ein Experiment‹ nennen, kann sehr leicht mit dem Morgengrauen Armageddons enden!«

»Dann sollten *Sie* es ja willkommen heißen und nicht fürchten, da Sie ja davon überzeugt sind, daß Ihre Seite gewinnen muß«, sagte Ware. »Tatsächlich besteht eine derartige Gefahr aber nicht. Die Ergebnisse mögen wohl durchaus apokalyptisch sein, Armageddon aber erfordert das vorherige Erscheinen des Antichrist, und ich versichere Ihnen: Ich bin es nicht ... und ich sehe auch derzeit in der Welt niemand, der eine Verkörperung des Antichrist sein könnte. Aber zurück zu meiner ursprünglichen Frage, Dr. Baines: Was hoffen Sie durch dieses Experiment zu erreichen?«

»Nichts *durch* es«, sagte Baines, den seine Vision nun völlig gefangengenommen hatte, träumerisch. »Nur das Ding an sich — einzig um des ästhetischen Reizes willen. Ein Kunstwerk, wenn Sie wollen. Ein gigantisches Happening oder Aktions-Gemälde, für das die Welt Hintergrund oder Leinwand abgibt —«

»Und in dem menschliches Blut als Pigment dient«, brachte Pater Domenico hervor.

Ware machte zu dem Mönch hin eine Gebärde, die ihn zum Schweigen aufforderte. »Und ich habe geglaubt«, sagte er zu Baines, »dies sei die Art von Kunst, die Sie schon jetzt ausübten ..., und deren Ergebnisse Sie in Wirklichkeit sogar sehr gut zu verkaufen verstehen.«

»Der Verkaufserlös gab mir lediglich die Möglichkeit, meine Kunst weiter auszuüben«, sagte Baines. Er begann die Metapher ermüdend zu finden, obwohl sie ursprünglich sein Einfall gewesen war. »Sehen Sie die Sache einmal einen Augenblick von dieser Seite an, Dr. Ware: Wenn wir stark vereinfachen, so gibt es zwei Sorten von Menschen, die im Rüstungsgeschäft hochkommen — die ohne Gewissen, die in der Rüstungsindustrie einfach den Weg zu großem Reichtum sehen, der schließlich für etwas anderes verwendet werden kann (wie zum Beispiel unser Jack hier) —, und es gibt dabei natürlich auch eine Untergruppe, Leute, die sehr wohl ein Gewissen haben, aber die entweder dem Geld oder dem zu erlangenden Wissen nicht widerstehen können, etwa wie unser Dr. Hess.«

Beide Männer machten eine Bewegung, beschlossen dann aber offenbar, gegen ihre Charakterisierung durch Baines keinen Einspruch zu erheben.

»Die zweite Gruppe besteht aus Leuten wie ich — Menschen, die tatsächlich ihre Freude an der beherrschten Erzeugung von Chaos und Vernichtung haben. Sie sind nicht in erster Linie Sadisten — außer vielleicht in dem Sinn, daß jeder seiner Kunst völlig verschriebene Künstler ein wenig Sadist und daher auch bereit ist, ein wenig oder sogar eine Menge Leid — nicht nur sein eigenes, sondern auch das anderer Leute — in Kauf zu nehmen, wenn es den Zielen seiner Kunst dient.«

»*Den* Typ kenne ich«, sagte Ware mit einem halben Grinsen. »Ich glaube, es war der harmlose und gütige Dichter Robert Frost, der einmal sagte, ein einziges Bild von Whistler sei jede Menge alter Daumen wert.«

»Techniker und Architekten sind auch so«, sagte Baines, der nun rasch an seinem Thema warm wurde. Seit er der Beschwörung beigewohnt hatte, hatte er beinahe an nichts anderes mehr gedacht. »Das ist eine Gruppe, die ich noch viel besser kenne als Künstler, und ich kann Ihnen versichern, daß die meisten von ihnen kaum etwas bauen oder konstruieren würden, wäre es nicht um der Freude an der vorangehenden Zerstörung willen. Ein gemeiner Dieb oder Räuber mit der Pistole in der Hand ist nicht halb so gefährlich wie ein Techniker mit einer Stange Dynamit.«

»Jedenfalls aber ist das Schlüsselwort ›beherrschen‹ — und im Rüstungsgeschäft wird dies leider — dank der Kernwaffen — rasch ein vergessenes Wort.«

Baines fuhr dann rasch fort, seine Unzufriedenheit über den Status quo zu beschreiben — etwa so, wie er sich die Sache in Rom überlegt hatte, während man nach Gouverneur Rogan ›geschickt‹ hatte. »Und jetzt können Sie vielleicht verstehen, was mir an dem Auftrag, den ich Ihnen geben möchte, gefällt. Es wird dies keine Serie von Massenzerstörungen sein, die niemand mehr in der Hand hat, sondern eine Reihe von Individualhandlungen, jede für sich relativ kleinen Maßstabs — und, dessen bin ich gewiß, jede einzelne für sich interessant, wegen all der verschiedenen Arten der Erfindungsgabe und der Überraschung, die hier ins Spiel kommen. Und dann wird die Zerstörung auch nicht eine vollkommene sein, weil das Phänomen auf einen relativ kurzen Zeitraum — wahrscheinlich zwölf Stunden oder weniger — beschränkt sein wird.«

Pater Domenico beugte sich vor. Sein Gesicht war todernst. »Sicherlich können selbst Sie erkennen«, sagte er zu Ware, »daß kein menschliches Wesen, gleichgültig, wie sündhaft und selbstsüchtig, sich einen so monströsen Plan ohne das direkte Einschreiten der Hölle hätte ausdenken können!«

»Ganz im Gegenteil«, sagte Ware, »Dr. Baines hat völlig recht: Die meisten eingefleischten Säkularisten denken genau wie er — nur auf etwas kleinerem Maßstab. Um Sie darüber hinaus noch weiter zu beruhigen, Pater Domenico: Ich habe in der Hölle, wenn ich so sagen darf, recht gute Kontakte und Beziehungen; und ich hole mir über alle meine wichtigeren Kunden genaue Informationen. Ich bin also in der Lage, Ihnen aus verläßlicher Quelle zu sagen: Dr. Baines ist *kein* Besessener. Dennoch sind mir an dieser Sache noch einige Aspekte rätselhaft. Dr. Baines, es will mir scheinen, als wollten Sie sich eines zu großen Pinsels bedienen, um Ihr geplantes Gemälde auszuführen. Vielleicht können Sie auch ganz ohne meine Hilfe zu dem von Ihnen gewünschten Ergebnis kommen. Warum zum Beispiel sollte Ihnen der kommende chinesisch-russische Krieg nicht für Ihre Zwecke genügen?«

Dr. Baines schluckte überrascht. »Also wird es wirklich dazu kommen?«

»Es steht geschrieben, daß es geschehen wird. Vielleicht ist es noch abzuwenden, aber ich würde mein Geld darauf wetten, daß es zu diesem Krieg kommt. Aller Wahrscheinlichkeit wird es kein großer Atomkrieg — drei Wasserstoffbomben, eine chinesische, zwei sowjetische, dazu noch etwa zwanzig konventionelle Atombomben und etwa ein Jahr normaler Landkrieg. Voraussichtlich werden keine anderen Mächte in diesen Konflikt verwickelt. Das wissen Sie doch, Dr. Baines, und ich glaube, Sie werden mit der Entwicklung zufrieden sein. Schließlich wird ja alles beinahe genausogut ablaufen, wie es Ihre Firma geplant und worauf sie auch schon seit langem hingearbeitet hat.«

»Sie sind heute voll tröstlicher Worte«, murmelte Pater Domenico.

»Nun, ich freue mich *wirklich* ganz außerordentlich, das zu hören«, sagte Baines. »Es kommt nicht allzuoft vor, daß man etwas in dieser Größenordnung plant und das Ding dann fast genau der Planung entsprechend eintritt. — Ich muß aber dennoch mit ›nein‹ antworten, Dr. Ware. Das wird mir nicht genügen, denn die Geschichte ist immer noch zu allgemein und zu schwer zu verfolgen — oder wird es sein. Vor allem aber wird man es nicht hinlänglich direkt mit mir in Verbindung bringen können — eine ganze Menge anderer Leute haben auch daran gearbeitet, diesen Krieg möglich zu machen. Dieses Experiment aber wird ganz allein aus meiner ureigensten Initiative hervorgehen.«

»Auch das erscheint mir nicht als unüberwindlicher Einwand«, sagte Ware. »Immerhin haben sich eine ganze Menge erstklassiger Renaissancekünstler ohne Skrupel mit Mitarbeitern abgefunden — manchmal sogar mit bloßen Gesellen.«

»Nun, der Zeitgeist hat sich seither gründlich geändert — falls Sie eine abstrakte Antwort wollen. Die wirkliche Antwort ist, daß ich *sehr wohl* etwas dagegen habe. Überdies liebe ich es auch, mir mein eigenes Medium für meine Kunstwerke zu wählen. Krieg befriedigt mich nun nicht mehr. Krieg ist zu schlampig, zu unordentlich, es gibt viel zu viele Versehen und Zufälle. Es geht dabei einfach zu viel durch.«

»?« machte Ware mit einer hochgezogenen Augenbraue.

»Was ich damit sagen will, ist, daß in Kriegszeiten, vor allem in Asien, die Leute sich einfach auf das Schlimmste gefaßt machen und versuchen, die Dinge zu nehmen, wie sie kommen — gleichgültig, wie schrecklich sie auch sein mögen. In Friedenszeiten dagegen ist für den Menschen selbst das kleinste Unglück eine völlige Überraschung. Die Leute jammern: ›Warum mußte gerade *mir* das passieren?‹ — als hätten sie noch nie etwas von Hiob gehört.«

»Das Buch Hiob sozusagen umzuschreiben ist offenbar ein Lieblingszeitvertreib der Humanisten«, stimmte Ware zu, »übrigens auch ihr politisches Lieblingsprogramm. Sie wollen also die Menschen heimsuchen, Dr. Baines, wo sie am allerverwundbarsten sind und es am allerwenigsten erwarten, zu Recht oder zu Unrecht. Habe ich Sie richtig verstanden?«

Baines hatte das ungute Gefühl, er habe schon zu viel erklärt, aber daran konnte er nun auch nichts mehr ändern. Und schließlich war Ware auch nicht gerade ein Heiliger.

»Ja, das haben Sie«, sagte er kurz.

»Ich danke Ihnen. Das trägt enorm zur Reinigung der Atmosphäre bei. Nun noch eine Frage: Wie wollen Sie für all das zahlen?«

Mit einem erstickten Schreckensschrei sprang Pater Domenico auf. Es klang wie das Todesröcheln eines Asthmatikers.

»Sie — Sie wollen es wirklich *tun*?«

»Still. Ich habe noch nicht gesagt, daß ich es tun werde. — Dr. Baines, darf ich an meine Frage erinnern?«

»Sie wissen ganz genau, daß ich so etwas natürlich nicht bar bezahlen kann«, sagte Baines, »aber ich kann über andere Werte verfügen. Dieses Experiment wird — wenn es gelingt — in mir etwas befriedigen, das mir Consolidated Warfare Service schon seit Jahren nicht mehr gegeben hat — und wahrscheinlich auch in Zukunft nur mehr in sehr unzulänglicher Form geben wird. Ich bin daher bereit, Ihnen die meisten meiner CWS-Aktien zu übereignen. Nicht alle, aber — nun — nur etwas weniger als eine effektive Majorität. Auch damit sollten Sie schon eine ganze Menge anfangen können.«

»Wenn man an das Risiko der Sache denkt, ist das wohl kaum genug«, sagte Ware langsam. »Andererseits ist mir nicht besonders daran gelegen, Sie finanziell zugrunde zu richten ...«

»Dr. Ware«, sagte nun Pater Domenico mit eherner Stimme. »Muß ich annehmen, daß Sie diesen schrecklichen Wahnsinn wirklich unternehmen werden?«

»Das habe ich noch nicht gesagt«, antwortete ihm Ware sanft. »Wenn ich es aber tue, dann bedarf ich zweifellos Ihrer Hilfe —«

»Nie. *Niemals*!«

»— und der Hilfe aller anderen Beteiligten. Es ist diesmal in erster Linie wirklich nicht das Geld, das mich anzieht. Aber andererseits wäre ich ohne Geld auch nicht in der Lage, überhaupt ein Experiment wie dieses da zu unternehmen. Auch bin ich davon überzeugt, daß eine solche Gelegenheit nicht wiederkehrt. Wenn mir die ganze Geschichte nicht außer Kontrolle gerät, dann läßt sich von einem derartigen Versuch ungeheuer viel lernen.«

»Ich glaube, das stimmt«, hörte man die Stimme von Dr. Hess. Baines sah ihn überrascht an, aber Hess schien durchaus im Ernst gesprochen zu haben. »Es würde mich selbst sehr interessieren.«

»Sie werden daraus nichts lernen«, sagte Pater Domenico, »außer der kürzesten aller Abkürzungen zur Hölle, womöglich noch in Ihrer leiblichen Gestalt!«

»Eine negative Annahme?« sagte Ware. Diesmal hob er beide Brauen. »Jetzt aber packen Sie mich bei meiner Ehre, Pater. Bisher gibt es in der ganzen Geschichte der westlichen Welt nur zwei analoge Fälle — Johannes Faustus und Don Juan Tenorio. Beide von ihnen aber waren weder entsprechend geschützt noch sonst richtig vorbereitet. Nun, jetzt muß ich doch wohl diese große Aufgabe auf mich nehmen — natürlich nur, wenn Dr. Baines davon überzeugt ist, daß er auch wirklich bekommen wird, wofür er bezahlt.«

»Selbstverständlich bin ich davon überzeugt«, sagte Baines, vor Freude und Erwartung bebend.

»Nicht so rasch. Sie haben mich gebeten, all die wichtigeren Dämonen aus der Hölle loszulassen. Das kann ich natürlich nicht einmal annähernd tun. Ich kann nur jene aufrufen, mit denen ich ein Bündnis habe, freilich auch deren Untergebene. Egal, was Sie in romantischen Erzählungen oder Schauspielen gelesen haben: die drei obersten Geister — SATHANAS, BEELZEBUTH und SATANACHIA — können nicht beschworen werden, und sie unterschreiben auch keine Pakte. Jedem von diesen dreien unterstehen zwei Minister, und mit jeweils einem von ihnen kann man einen Pakt schließen — einen pro Magier, versteht sich. Ich zum Beispiel beherrsche LUCIFUGE ROFOCALE, und er beherrscht mich. Unter ihm habe ich dann Bündnisse mit so etwa neunundachtzig niedrigeren Geistern. Nicht alle von ihnen würden uns aber für unser Vorhaben nützlich sein — so etwa VASSAGO, der ein mildes Wesen hat und über keine anderen Gaben verfügt, als daß er einem beim Wahrsagen aus der Kristallkugel behilflich sein kann —; oder vielleicht PHOENIX, der ein Dichter und Lehrer ist. Unter Aufbietung all meiner Kräfte, sorgfältigster Vorbereitung und so fort könnten wir von den übrigen vielleicht fünfzig beschwören — keinesfalls mehr. Offen gesagt, ich glaube, schon das wird mehr als genug sein.«

»Wenn Sie das sagen, so will ich es Ihnen gerne glauben«, sagte Baines sofort. »Schließlich sind Sie der Fachmann. Tun Sie's also?«

»Ja.«

Pater Domenico, der immer noch im Raum stand,

wandte sich rasch der Tür zu. Aber Wares Hand schoß auf ihn zu, als wolle er den Mönch beim Nacken ergreifen.

»Halt!« sagte der Magier. »Ihr Auftrag ist noch nicht erfüllt, Pater Domenico, und innerlich wissen Sie das nur zu gut. Sie müssen dieser ›Sendung‹ beiwohnen und sie beobachten. Was aber noch wichtiger ist: Sie haben selbst gesagt, daß sie sich vielleicht nur schwer in den gewünschten Bahnen halten lassen wird. Deshalb fordere ich Ihren rückhaltlosen Rat bei der Vorbereitung, Ihre Anwesenheit bei der Beschwörung selbst, und, um mir und den anderen Tanisten zu helfen, die ›Sendung‹ zu vereiteln. Das können Sie nicht verweigern — ihre Mission sieht dies ausdrücklich vor, und der ›Pakt‹ bekräftigt es indirekt. Ich zwinge Sie nicht dazu. Ich erinnere Sie lediglich an Ihre positive Pflicht Ihrem Gott gegenüber.«

»Das ist … wahr …«, flüsterte Pater Domenico verzweifelt. Sein Gesicht war grau wie Löschpapier. Er tastete nach seinem Stuhl und setzte sich wieder.

»Sie haben das sehr tapfer aufgenommen. Ich muß natürlich alle Anwesenden instruieren, aber in Anbetracht Ihrer offenkundigen Bedrängnis möchte ich bei Ihnen den Anfang machen —«

»Eine Frage«, sagte Pater Domenico. »Wenn Sie dann mit Ihren Instruktionen und Ihrer Belehrung für uns alle fertig sind, dann werden Sie für uns vielleicht für einen Monat nicht zu erreichen sein. Ich verlange Zeit, um inzwischen meine Mitbrüder zu besuchen, und vielleicht sogar eine Versammlung aller Weißen Magier einzuberufen —«

»Um mich zu hindern?« stieß Ware zwischen den Zähnen hervor. »Das können Sie nicht verlangen. Der ›Pakt‹ verbietet auch nur die leiseste Einmischung.«

»Das ist mir leider nur allzu schrecklich klar. Nein, nicht um etwas gegen Ihr Vorhaben zu unternehmen, nur um im Katastrophenfall gerüstet und bereit zu sein.

Es wäre viel zu spät, wollten Sie sie erst dann zu Hilfe rufen, wenn Sie schon *wissen,* daß Ihnen die Herrschaft über diese Walpurgisnacht entgleitet.«

»Hm ... wahrscheinlich ist das eine durchaus vernünftige Vorsichtsmaßnahme, überdies auch etwas, dem ich mich fairerweise nicht entgegenstellen kann. Gut also. Bitte achten Sie nur darauf, daß Sie wieder zurück sind, wenn die Zeit gekommen ist. Hinsichtlich des Tages für unser Vorhaben — was würden Sie vorschlagen? Der Vorabend des 1. Mai wäre der nächstliegende Termin, und wahrscheinlich brauchen wir ohnedies die Zeit bis dahin für unsere Vorbereitungen.«

»Es ist ein *zu* guter Zeitpunkt, um die Geschichte auch nur einigermaßen in der Hand zu behalten«, sagte Pater Domenico grimmig. »Ich jedenfalls kann nur davon *abraten,* eine echte Walpurgisnacht ausgerechnet am Tage der formellen abzuhalten. Es wäre weit klüger, eine *un*günstige Nacht für Ihr ›Experiment‹ zu wählen — je ungünstiger, desto besser.«

»Auch das ist ein ausgezeichneter, sehr vernünftiger Vorschlag«, sagte Ware. »Also gut, gehen Sie und informieren Sie Ihre Freunde. Hiermit ist das Experiment für Ostern angesetzt.«

Mit einem Schrei schoß Pater Domenico aus dem Zimmer. Hätte man Baines nicht sein ganzes Leben lang gelehrt, daß dergleichen in einem Mann Gottes unmöglich war, so hätte Baines ihn, ohne auch nur einen Augenblick zu zögern, einen Schrei abgrundtiefen Hasses genannt.

13

Theron Ware hatte von einer Reise durch den Antarktischen Kontinent inmitten seiner Blütezeit in der Jura, also vor etwa fünfzig Millionen Jahren, geträumt. Aber leider war der Traum etwas durch persönliche Phantasien verwirrt worden, die sich vor allem mit einem unwesentlichen Feind Wares befaßten, den er in Wirklichkeit schon vor gut zehn Jahren auf besonders grausame Art hatte ›holen‹ lassen. — Er war also nicht traurig, als dieser Traum um Tagesanbruch unvollendet entschwand.

Er erwachte in Schweiß gebadet, obwohl der Traum an sich nicht gerade besonders anstrengend gewesen war. Er brauchte nicht lange zu suchen, um den Grund dafür zu finden: Akhtoi schlief — eine Pfütze aus Fett und Fell — auf seinem Kissen, und hatte Ware schon fast völlig von diesem verdrängt. Ware setzte sich auf, wischte sich das kahle Haupt mit dem oberen Leintuch und blickte mit beinahe neutraler Verärgerung auf den Kater. Selbst für eine abessinische Katze, die ja eine bekannt großknochige Art ist, war der gute Hausgeist schwer übergewichtig. Es war klar, daß eine Diät von nichts anderem als Menschenfleisch offenbar für eine Katze nicht sehr gesund war. Überdies war Ware nicht einmal ganz sicher, daß diese Art Futter auch wirklich nötig war. Nur Éliphas Lévi schrieb es vor, und der saugte sich solche Einzelheiten oft buchstäblich aus dem Finger. Zweifellos hatte PHOENIX, dessen Geschöpf Akhtoi war, keine derartige Forderung gestellt. Andererseits war es bei diesen Dingen immer am besten, auf Nummer Sicher zu gehen. Und was übrigens die finanzielle Seite der Sache anlangte, so war Akhtois Menschenfleisch kein allzu gewichtiger Posten. Was an der ganzen Sache am ärgerlichsten war, war die Tatsache, daß der Kater seine schlanke Linie eingebüßt hatte.

Nackt, wie er war, stand Ware auf und durchschritt das kalte Zimmer zu dem Lesepult, auf dem sein Großes Buch lag — nicht das Buch der Bedürfnisse, das natürlich immer noch sicher in seinem Arbeitsraum verwahrt war, sondern sein Buch des Neuen Wissens. Es war beim Abschnitt mit dem Titel aufgeschlagen, aber außer einem kurzen Absatz, in dem die bisher vorhandenen verläßlichen wissenschaftlichen Informationen über das Thema zusammengefaßt waren — wahrlich ein äußerst kurzer Absatz — war die Seite noch leer.

Nun, das — wie so vieles andere auch — konnte ruhig warten, bis Baines' Projekt durchgeführt war. Wahrhaft ungeheure Fortschritte im Großen Buch des Neuen Wissens waren sicherlich zu machen, lag erst all das Geld von CWS in der Bank.

Die Zeit, in der Ware sich von allen zurückziehen mußte, hatte Baines und seine Mitarbeiter wieder etwas ziellos gemacht. Um die Wahrheit zu sagen, waren sie alle — sogar Baines selbst — vom Ausmaß dessen, was sie sich vorgenommen hatten, doch etwas erschüttert. Bei Baines und Dr. Hess bestanden noch winzige Spuren von Zweifel an der Durchführbarkeit des Vorhabens. Wenigstens waren sie — trotz der Erscheinung des MARCHOSIAS, deren Zeugen sie geworden waren — nicht ganz in der Lage, sich vorzustellen, wie alles sein würde. Jack Ginsberg aber war durch nichts dergleichen mehr geschützt — jetzt nicht mehr, da er doch jeden Morgen beim Erwachen noch den Geschmack der Hölle selbst in seinem Mund verspürte. Ginsberg war wohl seiner Bestimmung mit Haut und Haar verfallen, aber er hielt sich nicht sehr gut; man würde ihn scharf im Auge behalten müssen. Für ihn würde die Zeit des Wartens besonders schwer werden. Nun, daran ließ sich nun nichts mehr ändern — so war es eben vorgeschrieben.

Der Kater entrollte sich, gähnte, taumelte zierlich auf die Füße und hielt an der Bettkante inne. Er blickte hinunter, als sähe er in das Innere des Kraters des Fujiyama hinab. Schließlich landete er mit einem doppelten *splat!* auf dem Boden. Es klang wie der Aufprall zweier vollgesogener Schwämme. Dann machte der Kater wieder einen krummen Rücken, streckte seine Hinterbeine, eines nach dem anderen, in einer wahren Ekstase des Zitterns von sich und ging dann langsam auf Ware zu. Dabei schwang sein felliger Bauch von einer Seite auf die andere. *»Hein?«* sagte der Kater mit einer Frauenstimme, die sexy klang.

»Gleich«, sagte Ware, der anderes im Kopf hatte. »Du kriegst dein Futter, wenn ich meines bekomme.« Er hatte im Augenblick vergessen, daß er soeben ein neuntägiges Fasten begonnen hatte. Sobald er damit fertig war, mußte er auch Baines und seine Gehilfen dazu veranlassen, sich so einer Fastenkur zu unterwerfen.

»Ewiger Vater, o Du, der Du über Cherubim und Seraphim thronst, der Du die Erde und das Meer siehst, zu Dir erhebe ich meine Hände, und flehe um einzig und allein deine Hilfe, Du, der Du die Erfüllung aller Werke bist, der Du reichen Lohn denen gibst, die da arbeiten, der Du die Stolzen erhöhst, Du Zerstörer allen Lebens, Du Erfüllung der Werke, der Du Beute gibst jenen, die Dich anrufen. Schütze und verteidige mich bei meinem Unternehmen, Du, der Du lebst und regierst von Ewigkeit zu Ewigkeit. Amen! — Kusch, Akhtoi!«

Überhaupt war es schon Jahre her, seit er auch nur für einen Augenblick geglaubt hatte, Akhtoi sei wirklich hungrig. Vielleicht brauchte der Kater einmal richtig mageres Fleisch statt all diesem Babyspeck — aber Totgeburten waren eben immer noch das Futter, das sich am leichtesten für ihn auftreiben ließ.

Ware läutete Gretchen und ging dann in sein Badezimmer. Dort ließ er die Wanne vollaufen und schüttete eine Unze bezaubertes Wasser hinein, das ihm von der Vorbereitung eines Pergaments übriggeblieben war. Akhtoi, der, wie die meisten Abessiner, fließendes Wasser liebte, sprang auf den Rand der Wanne und versuchte, mit den Pfoten nach Luftblasen zu haschen. Ware stieß den Kater von seinem Sitz, setzte sich selbst ins warme Wasser und begann, den dreizehnten Psalm zu rezitieren: *Dominus illuminatio mea ...*, der von Tod und Auferstehung kündete. Seine Stimme klang in dem gekachelten Raum hohl wider. Er fügte dann noch hinzu: »Herr, der Du den Menschen aus nichts geschaffen hast, in Deinem eigenen Ebenbilde, und auch mich, den unwürdigen Sünder — laß Dich bestimmen, ich bitte Dich, dies Wasser hier zu segnen und zu heiligen, so daß aller Irrtum von mir weiche, zu Dir, o Allmächtiger und Unaussprechlicher, der Du dein Volk aus Ägypten geführt hast und es trockenen Fußes durch das Rote Meer gelangen ließest, salbe und weihe mich, wenn es so Dein Wille ist, o Vater der Sünden. Amen.«

Damit glitt er vollständig, von den Zehen bis zum Scheitel, unter Wasser — aber nicht sehr lange, denn in der Unze geweihten Wassers, die er in sein Bad geschüttet hatte, war vom Gerben des Lammfelles her noch eine Spur ungelöschter Kalk (sic!) enthalten, die ihm nun in die Augen geriet. Er kam hoch und schnaubte wie ein Wal. Rasch sagte er in die dunstige Luft hinein: *»Dixit insipiens in cordo suo* — wirst du jetzt *bitte* aus dem Weg gehen, Akhtoi? — der Du mich nach deinem Ebenbilde und Angesicht geformt hast, ich bitte Dich, dies Wasser hier zu segnen und zu heiligen, so daß es mir helfe zur Erfüllung meiner Seele, meines Leibes und meines Zieles hier auf Erden. Amen.«

»Hein?«

Jemand klopfte an der Tür. Immer noch mit zusammengekniffenen Augen tastete sich Ware hinaus. An der Schwelle traf er auf Gretchen, die seine Hände und sein Gesicht dem Ritus gemäß mit einem besprengten weißen Tuch trocknete und sich dann vor ihm zurückzog, während er in sein Schlafzimmer schritt. Nun, da seine Augen nicht mehr tränten, konnte er sehen, daß sie nackt war. Aber da er ja wußte, was sie war, konnte er ihr kaum viel Interesse abgewinnen. Übrigens hatte er ja auch, wie alle Mitglieder religiöser Orden, seit Anbeginn seiner Liebe für die Magie den Zölibat gehalten. Ihre Nacktheit entsprach nur einer der strengen Regeln für den Ritus der Lustration oder Reinigung. Er winkte sie beiseite, machte drei Schritte auf sein Bett zu, auf dem er schon seine Roben vorbereitet hatte, und sagte nach allen Ecken der phänomenellen und epiphänomenellen Welt:

»ASTROSCHIO, ASATH, á sacra BEDRIMUBAL, FELUT, ANABOTOS, SERABILIM, SERGEN, GEMEN, DOMOS, der Du thronest über den Himmeln, der Du die Tiefen schaust, erlaube mir, daß ich jene Dinge, die ich im Geiste plane und erfinde, auch durch Dich ausführe, und daß sie vor Dir rein erscheinen! Amen.«

Gretchen ging hinaus und wackelte dabei mit ihren schorfigen Arschbacken. Ware begann nun mit dem Ritus der Bekleidung. *»Hein?«* sagte Akhtoi klagend, aber Ware hörte nicht hin. Sein Triduum hatte nun fromm im Wasser begonnen und würde von ihm strikt eingehalten werden, bis das Ende in Blut kam. Da würde man dann ein Lamm, einen Hund, eine Henne und eine Katze zur Schlachtung benötigen.

IV

Die letzte Beschwörung

Es gibt zwei gleiche, wenngleich entgegengesetzte Irrglauben, in die unser Geschlecht hinsichtlich der Teufel verfallen kann. Der eine ist, nicht an ihre Existenz zu glauben. Der andere ist, an ihre Existenz zu glauben und ein übermäßiges oder ungesundes Interesse an ihnen zu fühlen. Sie selbst sind über beide Arten von Verwirrung gleichermaßen erfreut und begrüßen den Materialisten wie den Magier mit gleicher Freude.

Tatsächlich stehen wir vor einem grausamen Dilemma. Wenn die Menschen aufhören, an unsere Existenz zu glauben, verlieren wir all die erfreulichen Früchte direkten Terrors, und wir können auch keine Magier machen. Wenn sie aber andererseits an uns glauben, dann können wir aus ihnen keine Materialisten oder Skeptiker machen. Wenigstens noch *nicht … Wenn wir aber erst einmal unser vollkommenstes Werk hervorbringen können — den materialistischen Magier, den Menschen, der, was er vage ›Kräfte‹ nennt, nicht nur verwendet, sondern ihnen sklavisch ergeben ist, während er das Vorhandensein von ›Geistern‹ leugnet — dann erst ist das Ende des Krieges in Sicht.*

THE SCREWTAPE LETTERS
Aus C. S. Lewis

14

Die Reise nordwärts zum Monte Albano fiel Pater Domenico trotz der starken Schneefälle relativ leicht. Einen großen Teil der Strecke konnte er im Schnellzug zurücklegen. Es schien ihm selbst absurd, daß er sich über den Schnee solche Sorgen machte. Wenn es so weiterschneite, dann würde es im Frühling böse Überschwemmungen geben. Aber das war, weiß Gott, nicht das schlimmste Unheil, das dieser Frühling bringen konnte.

Nachdem er die Reise hinter sich hatte, schien alles schiefzugehen. Nur etwa die Hälfte der Weißen Magier der Welt, jedenfalls eine sehr kleine Zahl von all denen, die eingeladen worden waren, hatten zu der Tagung kommen können oder die Reise der Mühe wert gehalten. Einer der größten unter ihnen, der bejahrte Archivar Pater Bonfigliolo, hatte zwar den weiten Weg aus Cambridge zurückgelegt, mußte aber erfahren, daß er der Strapazen, sich den Berg hinauftragen zu lassen, nicht gewachsen war. Jetzt lag er mit einem Herzinfarkt im Spital am Fuße des Berges und man zweifelte an seiner Gesundung.

Glücklicherweise hatte Pater Ucello kommen können. Auch Pater Montieth war hier, der ehrwürdige Meister einer ganzen Horde schöpferischer (doch leider oft eher untüchtiger) Geister der zislunaren Sphäre; Pater Boucher, der in Verbindung mit irgendeinem Intellekt der jüngeren Vergangenheit stand, der weder ein Sterblicher noch aber eine ›Kraft‹ gewesen war. Dieser Kontakt sah fatal nach Zauberei und Totenbeschwörung aus, war aber weder das eine noch das andere. Auch Pater Vance war gekommen, in dessen Geist Visionen von Arten der Magie herumschwammen, die aller Wahrscheinlichkeit nach den Menschen noch einige Millionen Jahre lang nicht verständlich sein, geschweige denn von ihnen anwendbar sein würden; Pater Anson, ein wortkarger Mann mit dem Verstand eines Ingenieurs, dessen Spezialität es war, Klarheit in die verworrenen Hirne von Politikern zu bringen; Pater Selahny, ein erschrekkender Kabbalist, der in Parabeln sprach und dem man nachsagte, daß seit den Zeiten des Leviathan noch keiner seinen Rat verstanden hätte; Pater Rosenblum, ein ernster, strenger Bär von einem Mann, der in knappen Worten Unheil und Katastrophen vorhersagte und dessen Vorhersagen immer eintrafen; Pater Atheling, ein glasäugiger Grimoirist, der seltsamen Sinn und prophetische Bedeutung in gewissen Teilen der Rede seiner

Mitmenschen sah und der dauernd allen in einer aufgeregten, nasalen Stimme Vorträge hielt, bis der Direktor ihn in die Bibliothek ins Exil schicken mußte, aus dem er nur hervorkommen durfte, wenn er seine magischen Kräfte anwenden sollte … Außer den Genannten gab es dann noch eine Anzahl weniger bedeutender Weißer Magier und deren Akolyten.

Diese alle und die Brüder vom Monte Albano selbst versammelten sich in der Kapelle des Klosters, um darüber zu beraten, was unter den gegebenen Umständen zu tun sei. Schon von Anfang an herrschte Uneinigkeit. Pater Boucher war fest der Ansicht, daß es ohnedies nicht zugelassen würde, daß Ware eine derartige Beschwörung zum Osterfest vornehmen würde, und meinte daher, daß minimale Sicherheitsmaßnahmen völlig ausreichend seien. Pater Domenico mußte erst noch darauf hinweisen, daß Wares letzte ›Sendung‹ — zugegebenermaßen eine relativ geringfügige, aber wie hieß es doch in der Schrift vom Fall des Sperlings? — am Heiligen Abend erfolgt war, ohne auch nur das leiseste Anzeichen für das Einschreiten göttlicher Mächte.

Dann gab es da auch noch das Problem, ob man die Himmlischen Fürsten samt ihren Untertanen mobilisieren solle oder nicht. Pater Atheling war der Ansicht, daß die bloße Benachrichtigung dieser Fürsten — da ihre Reaktion ja nicht vorhersagbar war — schon eine Aktion gegen Ware hervorrufen könnte und sohin also bereits einen Verstoß gegen den ›Pakt‹ darstelle. Schließlich überschrien ihn die Patres Anson und Vance mit dem naheliegenden, aber darum nicht notwendigerweise auch stichhaltigen Argument, die Fürsten müßten ja ohnedies schon über Wares Vorhaben Bescheid wissen.

Wie wackelig diese Annahme tatsächlich war, wurde dann in der auf die erste Besprechung folgenden Nacht offenkundig, als man jene strahlenden Engel einen nach dem anderen beschwor, zu einem ›Kriegsrat‹ vor der Versammlung Weißer Magier zu erscheinen. Strahlend, schrecklich und rätselhaft waren sie ja immer, aber bei dieser ›Berufung‹ befanden sie sich in einem Geisteszustand, der das Verständnis all der in der Kapelle versammelten Meister weit überstieg.

ARATRON, der höchste unter ihnen, schien tatsächlich, was die kommende Entfesselung der Dämonen betraf, völlig ahnungslos zu sein. Als man es ihm näher beschrieb, verschwand er mit einem Schrei und lautem Krach. PHALEG, der militanteste der Geister, schien von Wares Absichten zu wissen, weigerte sich aber, etwas dazu zu sagen. Als man ihn bedrängte, verschwand er einfach. Auch OPHEIL, der Lebhafte, schien anderes für wichtiger zu halten — als seien die furchtbaren Pläne Wares für ihn bloß eine winzige Ablenkung von ungeheuer größeren und wichtigeren Gedanken. Seine Antworten wurden kürzer und kürzer, und schließlich verfiel er in ein Schweigen, das Pater Domenico bei einem Sterblichen ohne langes Nachdenken als ›mürrisch‹ bezeichnet hätte.

Zum Schluß — obwohl dies durchaus nicht als Abschluß geplant war, denn die Versammelten hatten die Absicht gehabt, alle sieben Olympiker zu befragen — erschien der Wassergeist PHUL, als man ihn rief, ohne Kopf. Dies machte jeglichen Dialog unmöglich und brachte die in der Kapelle versammelten Weißen Magier in gefährlichen Aufruhr.

»Das sind keine guten Omen«, sagte Pater Atheling und — zum erstenmal in seinem Leben — stimmten ihm alle ohne Ausnahme bei. Man einigte sich auch darauf, daß — mit Ausnahme Pater Domenicos — alle Anwesenden bis Ostern auf dem Weißen Berg beisammen bleiben sollten, um alle Maßnahmen ergreifen zu können, die dann notwendig erschienen. Es herrschte aber allgemein nur geringe Hoffnung, daß sich solche Maßnahmen auch als wirksam erweisen würden. Was immer gegenwärtig in den Himmeln im Gange war, schien die Himmlischen so sehr zu beschäftigen, daß sie dem Flehen vom Monte Albano nur wenig Aufmerksamkeit schenken konnten.

Pater Domenico trat seine Reise zurück in den Süden weit früher an, als er ursprünglich geplant hatte. Er konnte an nichts anderes denken als an das Mysterium jener letzten, geköpften Erscheinung. Der bleierne Himmel gab ihm auf seine stummen Fragen keine Antwort.

15

An jenem vorletzten Morgen stand Theron Ware vor der endgültigen Auswahl der Dämonen, die er beschwören wollte. Dafür mußte er sich in sein Laboratorium zurückziehen, um dort noch einmal das ›Buch der Bündnisse‹ durchzugehen. Die Blutopfer hatte er schon am vorangegangenen Abend vorgenommen, und anschließend hatte er das Mobiliar seines Arbeitsraumes völlig umgestellt, um für den Großen Kreis Platz zu gewinnen — es war seit zwanzig Jahren das erste Mal, daß er seiner bedurfte —, aber auch für die Kleineren Kreise und für die ›Pforte‹. Auch für Pater Domenico, der früh und mit erfreulich verstörtem und besorgtem Gesichtsausdruck von seiner Reise zurückgekehrt war, hatte er besondere Vorbereitungen treffen müssen, für den Fall, daß es nötig sein sollte, den Mönch zu bitten, göttliches Einschreiten zu erflehen. Ware allerdings war ziemlich sicher, daß dieser Fall nicht eintreten würde. Obwohl er in seiner ganzen Laufbahn als Magier noch nie etwas dieser Größenordnung unternommen hatte, hatte er sozusagen — wie ein Virtuose eine gut studierte Sonate — seine Arbeit im kleinen Finger.

Er war allerdings sowohl erstaunt als auch beunruhigt, als er Dr. Hess schon in seinem Laboratorium vorfand. Nicht nur wegen der möglichen ›Verseuchung‹ von Ort und Arbeitsgerät, sondern vor allem auch, weil sich ihm zwingend der Schluß aufdrängte, Hess müsse einen Weg gefunden haben, den Hüter der Schwelle zu besänftigen. Hess war also offenbar gefährlicher, als selbst Ware angenommen hatte.

»Wollen Sie uns umbringen?« fragte Ware ihn streng.

Hess wandte sich von dem Kreis ab, den er eben noch genau gemustert hatte, und sah Ware offen ins Gesicht. Er war bleich und hohläugig. Nicht nur hatte ihn und seine an sich schon hagere Gestalt das Fasten mitgenommen — damit mußte sich schließlich jeder Neophyte irgendwie abfinden —, sondern er hatte offenbar in letzter Zeit auch wenig geschlafen. Er sagte sofort:

»Nein, selbstverständlich nicht. Bitte entschuldigen Sie, Dr. Ware. Meine Neugierde ist einfach mit mir durchgegangen, fürchte ich.«

»Sie haben doch hoffentlich nichts angerührt?«

»Selbstverständlich nicht. Ich kann Ihnen versichern, daß ich Ihre diesbezügliche Warnung sehr ernst genommen habe.«

»Nun ... dann ist wahrscheinlich auch nichts geschehen. Natürlich kann ich mich gut in Ihre Lage versetzen, ja, ich billige sogar Ihr großes Interesse bis zu einem gewissen Grad. Aber ich werde Ihnen allen ja noch später am Tage genaueste Anweisungen geben müssen, und Sie haben dann auch genügend Zeit, sich alle Anordnungen und Vorbereitungen in Ruhe anzusehen. Ich möchte, daß Sie sie bis in die kleinste Kleinigkeit gut kennen. Aber jetzt muß ich selbst hier noch einiges erledigen, und, wenn ich Sie also bitten darf ...«

»Selbstverständlich«, sagte Hess und ging gehorsam zum Tor. Als er eben dabei war, dessen Drücker zu berühren, sagte Ware noch:

»Übrigens, Herr Dr. Hess, wie *haben* Sie denn den Hüter der Schwelle überlistet?«

Hess tat nicht, als überrasche ihn diese Frage. »Mit einer weißen Taube und einem Taschenspiegel, den ich mir von Jack geliehen habe.«

»Hm. — Wissen Sie, darauf wäre ich selbst nie gekommen. Diese Reste heidnischer Tradition sind ja weitgehend nur eine Zeitverschwendung. Aber darüber möchte ich später noch gerne mit Ihnen sprechen. Kann sein, daß ich da von Ihnen etwas lernen kann.«

Hess machte eine kleine Verbeugung und ging. Ware vergaß ihn noch im gleichen Augenblick, starrte einen Moment lang den Großen Kreis an und ging diesem entlang im Sinne des Uhrzeigers zu seinem Lesepult. Dort schloß er das ›Buch der Bündnisse‹ auf. Auf jeder Seite sah man oben das Zeichen oder die Unterschrift eines Dämons. Darunter stand dann in der besonderen Tinte, die für derlei hohe Texte verwendet wurde — Galle, Vitriol und Gummiarabikum — der Wortlaut von Theron Wares besonderem Vertrag mit der betreffenden Wesenheit. Unten stand dann Wares Unterschrift in seinem eigenen Blute, sowie das Zeichen des Dämons in dessen eigener Hand. Allen anderen voran stand das Siegel und auch die Zeichen des LUCIFUGE ROFOCALE, die auch außen auf dem Deckel des Buches zu sehen waren:

Diesem folgten dann noch neunundachtzig weitere. Ware war völlig ernst und nüchtern der Überzeugung (bekräftigt durch höllische Versicherungen, auf die er meinte, sich verlassen zu können), daß noch kein anderer Magier vor ihm eine solche Anzahl von Geistern und Dämonen unter seinem Einfluß vereinigt hatte. Freilich würden sich nach vierzig Jahren alle Namen ändern, und Ware würde dann die Erneuerung jedes einzelnen Vertrages erzwingen müssen. Das würde sich dann auch während der weiteren fünfhundert Jahre seines Lebens, die Ware noch als ganz blutjunger Weißer Magier von HAGITH erkauft hatte, regelmäßig alle vierzig Jahre wiederholen. Dennoch konnte man getrost sagen, daß Ware im Besitze dieses Buches wenigstens potentiell der reichste Mann der ganzen Menschheitsgeschichte war. Für jeden anderen allerdings wäre das Buch wertlos — außer höchstens als Kuriosum.

Ohne LUCIFUGE ROFOCALE selbst zu zählen, bestanden diese Geister und Dämonen aus den siebzehn höllischen Erzengeln des Großen Grimoriums und aus den zweiundsiebzig Dämonen der Absteigenden Hierarchie, die einst in König Salomons erzenem Gefäß eingeschlossen gewesen waren. Es war ein wirklich fabelhafter Fang, denn jeder einzelne von ihnen war ja seinerseits wieder Herr über ganze Armeen und Heere von niedrigeren Geistern und über Tausend Millionen verdammter Seelen, deren es von Minute zu Minute mehr wurden. (Dieser Tage nämlich war so gut wie jeder verdammt. Es war die Entdeckung dieser Tatsache, die Ware zuerst davon überzeugt hatte, daß der Rebellion der Unterwelt tatsächlich Erfolg beschieden sein werde, und zwar nach seinen Schätzungen wahrscheinlich so um das Jahr 2000. Die zahlreichen offenkundigen Symptome chiliastischer Panik, die nun schon in der Laienwelt zu erkennen waren, würden zweifellos ihre Rechtfertigung finden, denn heute stürzte schon alles mit geradezu unmäßiger Hast in den Höllenrachen, ohne daß sie auch nur der Entschuldigung eines Antichrist bedurften, den sie hätten als ihren Verführer bezeichnen können. Wie die Dinge nun standen, müßte Jesus Christus selbst verstohlen und in der Hoffnung, unbeachtet zu bleiben, in eine Kathedrale kriechen, um dort eine Messe zu lesen, wie man es auf jenem berühmten Paneel von Hieronymus Bosch sieht. Die Zahl der Menschen, die den Namen Gottes nicht ohne verräterisches Stammeln aussprechen konnten — was ihnen übrigens bei ihren eigenen Namen auch geschah —, war inzwischen vom reißenden Strom zur Sintflut angewachsen. Es war bei all dem nur lächerlich, daß unter diesen Umständen kaum jemand wenigstens den möglichen Profit und Genuß in dieser diesseitigen, höllenhörigen Welt für sich in Anspruch nahm. Sie wußten nicht einmal, daß sie bereits auf der siegreichen Seite standen, oder auch nur, daß es überhaupt mehr als nur eine Seite gab. Kein Wunder also, daß Ware so relativ leicht so reiche Beute machen konnte.)

Wie aber Ware Baines bereits erklärt hatte, waren durchaus nicht alle Geister, deren Zeichen er im ›Buch der Bündnisse‹ hatte, für das geplante Experiment geeignet. Unter ihnen gab es zum Beispiel einige, die, wie etwa MARCHOSIAS, gehofft hatten, nach einer gewissen Zeitspanne wieder in die himmlischen Chöre der Engel zurückkehren zu können. Ware besaß die grimmige Gewißheit, daß sie letztlich in dieser Hoffnung betrogen und ihren einzigen Lohn vom Kaiser des Abgrunds erhalten würden — eben jenen Lohn, der traditionsgemäß Opportunisten und egoistischen Karrieremachern zukommt. Einstweilen aber waren die Missetaten, zu denen man sie überreden oder zwingen konnte, nur von geringem Wert. Es lohnte kaum der Mühe, sie zu beschwören. Von einem, den Ware bereits Baines gegenüber erwähnt hatte, VASSAGO nämlich, hieß es im *Kleineren Schlüssel* und anderen okkulten Werken, er sei ›von Natur aus gut‹ — eine Eigenschaft, die ihm wahrhaftig nicht zur Empfehlung diente — und werde manchmal sogar von weißen Magiern beschworen. Wieder andere in der Hierarchie, wie zum Beispiel PHOENIX, beherrschten Aspekte der Wirklichkeit, die für Baines' Auftrag wenig Bedeutung hatten.

Ware nahm also die ›Feder der Kunst‹ zur Hand und fertigte eine Liste an. Als sie vollständig war, fanden sich auf ihr achtundvierzig Namen. Gemessen an der Gesamtzahl der Gefallenen war dies wahrlich nicht viel, aber Ware meinte, diese Anzahl würde den Zweck leicht erfüllen. Er verschloß das Buch. Dann hielt er sich noch kurz beim Tor auf, um dessen Hüter mit Vorwürfen zu überhäufen und ein wenig zu quälen. Schließlich schritt er dann in den Ostermorgen hinaus, um mit seinen Tanisten zu proben.

Es schien Baines, als sei noch nie ein Tag für ihn so langsam vergangen wie dieses Osterfest. Nicht einmal die ›Generalprobe‹ konnte ihn ablenken oder ihm die Zeit verkürzen. Aber schließlich war auch dieser Tag vorbei, und es ward Nacht. Ware verkündete, er sei nun bereit.

Der Große Kreis, der sich nun auf dem Parkettboden des Refektoriums befand, ähnelte dem Kreis, den Ware zu Weihnachten aufgezeichnet hatte. Er war aber wesentlich größer und auch viele Einzelheiten waren diesmal anders. Der Kreis selbst war aus Streifen gebildet, die Ware aus dem Fell des Opferlammes geschnitten hatte. Das Vlies war noch an der Haut, und die Streifen waren an den vier Hauptpunkten der Windrose an den Boden geheftet, und zwar, wie Ware erklärte, mit Nägeln aus einem Kindersarg. Im nordöstlichen Viertelkreis ruhte unter dem Wort BERKAIAL das Körperchen einer männlichen Fledermaus auf dem Streifen, die man in Blut getränkt hatte. Im Nordwesten lag, unter dem Wort AMASARAC, der Schädel eines Vatermörders; im Südwesten, unter dem Wort ASARADEL, das Gehörn einer Ziege, und im Südosten saß unter dem Wort ARI-

BECL Wares Kater. Ware hatte alle übrigens auch bei dieser Gelegenheit in das Geheimnis von Akhtois ›Diät‹ eingeweiht. (Wie dem überhaupt bei dieser ›Generalprobe‹ nichts sehr Wichtiges gelehrt wurde. Baines hatte dabei den Eindruck, der Hauptzweck, den Ware mit dieser Einführung verfolgte, sei, ihnen allen derartige Einzelheiten unerfreulichen Wissens zu eröffnen.)

Das Dreieck innerhalb des Kreises war mit einem Stück Magneteisenstein oder Hämatit gezogen. Unter seiner Basis befand sich eine Figur, die aus einem griechischen Chi und Rho bestand, die übereinander geschrieben waren. Diese Figur stand auf der Linie und zwar rechts und links von je einem Kreuz flankiert. Die anderen beiden Seiten des Dreiecks begrenzten die großen Kerzen aus jungfräulichem Wachs. Jeder der beiden Bodenleuchter stand in einem Kränzchen oder Krönlein aus Verbenen. Für die Operatoren — Ware, Baines und Hess (Jack Ginsberg und Pater Domenico würden außerhalb in eigenen Pentagrammen stehen) — waren innerhalb des Dreiecks drei Kreise gezeichnet, die miteinander durch ein Kreuz verbunden waren. Der nördlichere dieser drei Kreise war mit auf den Boden gezeichneten Hörnern geschmückt. Am Scheitelpunkt des Dreiecks stand ein nagelneues Räuchergefäß, das mit frisch geweihter Holzkohle gefüllt war. Links des gehörnten Kreises, der natürlich für Ware bestimmt war, stand in bequemer Reichweite das Lesepult, auf dem das ›Buch der Bündnisse‹ lag.

Hinten im Raum, vor der verhangenen Tür, die zur Küche führte, befand sich ein zweiter Kreis, beinahe so groß, wie der erste, in dessen Mitte ein verhüllter Altar stand. Am Nachmittag noch war dieser Altar leer gewesen. Jetzt aber lag auf ihm der nackte Leib des Mädchens, das Ware ›Gretchen‹ zu nennen pflegte. Bis auf die Zeichnung war ihre Haut papierweiß. Baines schien alles darauf hinzudeuten, daß sie tot sei. Ein kleines

Schleierchen aus violetter Seide — beinahe durchsichtig und um etwas geschlungen, das wie etwas zusammengeballtes Gewebe aussah — lag auf ihrem Nabel. Man schien auf ihrem Körper vieles mit roter und gelber Schminkfarbe geschrieben zu haben. Einige der Zeichen waren wohl astrologisch, andere sahen eher wie Ideogramme oder Kartuschen aus. Da Baines weder die Bedeutung noch auch nur die Herkunft dieser Zeichen kannte, erhöhten sie für ihn nur den Eindruck der Nacktheit des Mädchenleibes.

Die Eingangstür schloß sich nun. Alle hatten ihre Plätze eingenommen.

Ware entzündete die Kerzen und die Holzkohlen der Räucherpfanne. Baines' und Hess' Aufgabe war es, das Feuer in der Pfanne im Verlaufe der Zeremonie periodisch mit Kognak zu begießen beziehungsweise mit Kampfer zu bestreuen. Dabei mußten sie darauf achten, weder über ihre Schwerter zu stolpern noch auch dabei aus ihren Kreisen herauszutreten. Wie schon beim letztenmal hatte ihnen Ware auch diesmal striktes Redeverbot erteilt. Sie mußten unbedingt schweigen, vor allem im Falle, daß sie irgendein Dämon oder Geist ansprach oder bedrohte.

Ware langte nun zum Lesepult und öffnete sein Buch. Diesmal gab es keine einleitenden Gesten und keine Vorzeichen. Er begann einfach mit gewichtiger Stimme zu rezitieren:

»Ich beschwöre dich und befehle dir, LUCIFUGE ROFOCALE, unter all den Namen, die dich binden, SATAN, RANTAN, PALLANTRE, LUTIAS, CORICACOEM, SCIRCIGREUR, *per sedem Balderey et per gratiam et diligentiam tuam habuisti ab eo hanc nalatimanamilam,* wie ich dir befehle, *usor, dilapidatore, tenatore, seminatore, soignatore, devoratore, concitore, et seductore,* wo bist du? Du, der du den Haß säst und die Feindschaft vermehrst, ich beschwöre dich bei Ihm, der dich für seine Dienste geschaffen hat, mein Werk zu vollenden! Ich rufe dich,

COLRIZIANA, OFFINA, ALTA, NESTERA, FUARD, MENUET, LUCIFUGE ROFOCALE, steig empor, steig empor, steig empor!«

Kein Geräusch war zu hören, und doch stand plötzlich in dem für die Erscheinung bestimmten Kreise eine matt leuchtende, dampfende Gestalt, etwa zweieinhalb bis drei Meter groß. Es war schwer, sie deutlich auszumachen, wohl zum Teil auch, weil man durch sie hindurch immer noch einen Teil des Altares sehen konnte. Baines erschien sie wie ein Mann mit kahlgeschorenem Haupt, das drei lange, gewundene Hörner trug. Die Augen waren wie die eines Lemurenaffen, der Rachen war geöffnet, das Kinn lief spitz zu. Die Gestalt war in eine kupferfarbene, eng anliegende, ärmellose Jacke mit schleißiger Halskrause gekleidet, zu der sie einen Fransenrock trug. Zwei krumme, behufte Beine und ein fetter, haariger Schwanz sahen unter dem Rock hervor. Der Schwanz war in rastloser Bewegung.

»Was nun?« sagte das Geschöpf mit erstaunlich angenehmer Stimme. Die einzelnen Worte allerdings waren undeutlich. »Seit vielen Monden schon habe ich meinen Sohn nicht mehr gesehen.« Das Wesen kicherte unerwartet auf.

»Ich beschwöre dich: sprich deutlicher«, sagte Ware, »und was ich will, das weißt du selbst nur zu gut.«

»Nichts ist bekannt, ehe es nicht ausgesprochen ist.« Baines schien die Stimme immer noch sehr undeutlich, aber Ware nickte.

»Ich wünsche also — wie es der Babylonier tat, als er das Siegel des Königs von Israel löste, er sei gesegnet — alle jene Dämonen der Falschen Monarchie, deren Namen ich im folgenden nennen werde, und deren Zeichen und Siegel ich in meinem Buch zeigen werde, aus dem Schlund der Hölle in die Welt der Sterblichen auszusenden, vorausgesetzt, daß sie mich und die Meinen schonen, und daß sie, wie es geboten ist, bei Morgengrauen dorthin zurückkehren, woher sie kamen.«

»Ist das dein ganzer Wunsch?« fragte die Erscheinung. »Hast du für sie keine Anweisungen? Keine Aufträge? Keine besonderen Wünsche? Nicht immer warst du so leicht zufriedenzustellen.«

»Keine«, sagte Ware fest. »Für die Zeit ihrer Freiheit sollen sie ganz nach eigenem Willen verfahren, außer daß sie niemand hier in meinen Kreisen verletzen dürfen, und daß sie mir gehorchen, wenn ich sie mit Stab und Pakt zurückrufe.«

Der Dämon blickte über seine durchsichtige Schulter. »Ich sehe, du hast das rechte Räucherwerk bereit, um so viele große Herren würdig zu empfangen; und meine Diener und Satrapen werden in ihren eigenen Taten reichen Lohn empfangen. Ein so lohnender Auftrag ist mir völlig neu. Gut. Was gibst du mir zum Unterpfand, um der Form Genüge zu leisten?«

Ware griff in seine Roben. Baines glaubte schon, er würde wieder ein Tränenfläschchen hervorziehen, doch diesmal hob Ware statt dessen am Schwanz eine lebende Maus hervor, die er — so wie damals das Krüglein — über die Räucherpfanne warf, nur nicht so weit. Die Maus lief schnurstracks auf den Dämon zu, umkreiste ihn hurtig dreimal außerhalb des gezeichneten Kreises und verschwand dann in Richtung auf die hintere Tür. Dabei pfiff und tschilpte sie wie ein Sperling. Baines sah auf Akhtoi, aber der Kater schleckte sich nicht einmal das Maul.

»Du bist geschickt und spitzfindig, mein Sohn. Rufe sie also, wenn ich gegangen bin, und ich werde dir meine Beauftragten senden. Laß nichts ungetan — und viel wird getan werden, ehe der schwarze Hahn kräht.«

»Es ist gut. Durch und gemäß diesem Versprechen entlasse ich dich. OMGROMA, EPYN, SEYOK, SATANY, DEGONY, EPARYGON, GALLIGANON, ZOGOGEN, FERSTIGON, LUCIFUGE ROFOCALE, verschwinde, verschwinde, verschwinde!«

»Beim Morgengrauen sehen wir einander wieder.« LUCIFERs Ministerpräsident schwankte wie eine Flamme, und — gleichfalls wie eine Flamme — ging er auch aus.

Hess warf eilig Kampfer in das Räucherbecken. Nachdem sich Baines aus faszinierter Starre gelöst hatte, schüttete er rasch etwas Branntwein nach. Das Feuer rauchte und loderte auf. Ohne sich umzuwenden, holte Ware seinen Magneteisenstein hervor, den er in der Linken hielt. Mit der Rechten stieß er die mit Eisen beschlagene Spitze seines Stabes in die Glut. Kleine, leckende Pünktchen blauen Lichtes liefen den Stab hinan fast bis zu Wares Hand, als hätte man auch den Stab in Alkohol getaucht.

Ware hielt den flammenden Stab vor sich wie eine Wünschelrute und schritt würdevoll aus dem großen Kreis auf den Altar zu. Wie er so hinschritt, begann die Luft um ihn her zu murren, als sammle sich um sein rasiertes Haupt ein Donnerwetter. Er aber schenkte dem Lärm keine Beachtung. Er schritt weiter auf den *Locus Spiritus* zu und in diesen hinein.

Sofort trat Stille ein. Ware sagte mit deutlicher Stimme:

»Ich, Theron Ware, Meister der Meister, Karcist der Karcisten, unternehme es nun, das Buch zu öffnen und seine Siegel zu lösen, die zu brechen verboten war, bis nicht die Sieben Siegel vor dem Siebenten Throne gebrochen würden. Ich habe SATAN geschaut, der wie ein Blitz vom Himmel fiel. Ich habe die Drachen des Abgrundes unter meiner Ferse zermalmt. Ich habe Engeln und Teufeln geboten. Ich unternehme und befehle, daß alles so geschehen soll, wie ich es anordne, und das von Anfang bis zum Ende, von Alpha bis Omega, Welt ohne Ende, keiner uns kränken oder verletzen soll, die wir hier in diesem Tempel der Kunst der Künste versammelt sind. *Aglan,* TETRAGRAM, *vaycheon stimulamaton ezphares retra-grammaton olyaram irion esytion existion eryona onera orasym mozm messias soter* EMANUEL SABAOTH ADONAY, *te adoro, et te invoco.* Amen.«

Er ging noch einen Schritt nach vorn und berührte mit der flammenden Spitze des Stabes den seidenen Schleier auf dem Bauch des ruhig daliegenden Mädchens. Ein kleines Wölkchen blaugrauen Rauches begann davon aufzusteigen, als habe man Räucherwerk entzündet.

Ware zog sich nun wieder rückwärts schreitend zum Großen Kreis zurück. Während er dies tat, erstarb das Feuer an seinem Stab. In der Totenstille des Raumes aber begann man jetzt ein leises Zischen zu hören, so als habe man einen Knallfrosch entzündet. Und tatsächlich sollte nun ein Feuerwerk beginnen. Während Baines noch gierig und wie hypnotisiert auf den Altar starrte, erhob es sich wie ein kleiner Springbrunnen aus vielfarbigen Funken aus dem zunderartigen Gewebe des Bauches des auf dem Altar liegenden Leibes. Mehr Rauch quoll hervor. Die Luft wurde trüb wie leichter Nebel.

Nun schien der Leib selbst zu brennen, wobei sich die Haut abblätterte und zurückrollte wie die Schale einer Orange. Hinter sich hörte Baines, wie Jack Ginsberg ein ekelerregendes, würgendes Geräusch von sich gab, so, als wolle er sich im nächsten Augenblick erbrechen. Baines konnte den Grund von Jacks Übelkeit nicht erkennen. Der Körper — was immer er auch einst gewesen sein mochte — war nun nur noch wie eine aus Mark oder Papiermaché gefertigte Nachbildung eines Mädchenleibes, die mit irgend etwas wie ›griechischem Feuer‹ gefüllt war. Und man konnte tatsächlich bereits einen starken Geruch nach Schießpulver erkennen, der nun den früher vorherrschenden Duft von Kopal und Kampfer zu überlagern begann. Baines war das ganz recht. Nicht etwa, daß ihm der Geruch von Schwarzpulver vertraut gewesen wäre, denn man hatte es schon seit Jahrhunderten in seiner Branche nicht mehr verwendet, aber der süßliche Duft der anderen Beschwörungsingredienzien war ihm schon etwas auf die Geruchsnerven gefallen.

Allmählich begann sich alles im Rauch und Dunst aufzulösen und zu verschmelzen, bis auf einen Hintergrund architektonischer Umrisse, gegen die man einige Statuen erkennen konnte, die durch die beiden feurigen Lichtquellen seitlich angestrahlt wurden und sich also im Relief darboten. Hess hustete kurz. Sonst blieb, bis auf das Zischen des brennenden Mädchenkörpers, alles still. Immer noch flogen dort Funken auf und schienen manchmal für einen Augenblick Schriftzeichen, unverständliche Worte, feurig vor dem Hintergrund der Wand erstehen zu lassen.

Wares Stimme klang nun fern, als käme sie aus einer der Statuen:

»BAAL, großer König und Befehlshaber des Ostens, du vom Orden der Fliege, gehorche mir!«

Etwas begann in der Entfernung Gestalt anzunehmen. Baines hatte ganz deutlich den Eindruck, es sei hinter dem Altar, hinter der verhangenen Tür, ja, überhaupt außerhalb des Palazzos, aber dennoch konnte er es sehen. Es kam herbei, wuchs, und schließlich konnte er sehen, daß es Menschengestalt hatte und mit einem Mantel aus schneeweißem Linnen bekleidet war. Es hatte aber zwei überzählige Köpfe, einen linken wie den einer Kröte und einen rechten wie den einer Katze. Geräuschlos schwoll das Wesen an, bis es schließlich unbestreitbar im Refektorium anwesend war. Und dann wuchs es, immer noch in völliger Stille, an ihnen vorbei und war verschwunden.

»AGARES, Herzog des Ostens, vom Orden der Tugenden, gehorche mir!«

Und wieder eine ferne Durchsichtigkeit und Stille. Es kam sehr langsam heran und manifestierte sich als gut aussehender alter Mann, dem ein Hühnerhabicht auf dem Handgelenk saß. Seine Langsamkeit hatte ihren guten Grund: Er ritt nämlich auf einem kriechenden Krokodil. Seine Augen waren geschlossen und seine Lippen bewegten sich unentwegt. Langsam schwoll auch es an den Beschwörern vorbei.

»GAMYGYN, Marquis und Präsident in Cartagra, gehorche mir!«

Dieses Wesen wuchs sich zu etwas wie einem kleinen Pferd oder einem Esel aus. Es war bescheiden und anspruchslos. Hinter sich schleppte es zehn nackte Männer in Ketten her.

»VALEFOR, mächtiger Herzog, gehorche mir!«

Ein schwarzmähniger Löwe mit drei Köpfen erschien. Die beiden seitlichen Häupter waren menschlich. Eines trug die Mütze eines Jägers, das andere das wachsame Lächeln eines Diebes. Er eilte vorbei, ohne daß ein Lufthauch sein Verschwinden begleitet hätte.

»BARBATOS, großer Graf und Minister des SATANACHIA, gehorche mir!«

Dies aber war nicht *eine* Gestalt, sondern deren vier — wie vier gekrönte Könige. Um sie her liefen drei Kompanien Soldaten, die Häupter gebeugt und mit verschlossenem Gesichtsausdruck unter ihren Stahlhelmen. Als alle seine Truppen verschwunden waren, konnte man unmöglich sagen, wer von ihnen allen der Dämon gewesen war oder ob er überhaupt selbst erschienen war.

»PAIMON, großer König, aus dem Orden der Besitzungen, gehorche mir!«

Plötzlich, nach all der zischenden Stille, gab es nun gewaltigen Lärm, und der Raum war erfüllt von springenden und kapriolenden Wesen, die verdrehte und verschnörkelte Röhren und Blasen trugen, die wohl als Musikinstrumente gedacht waren. Der Klang aber, der aus ihnen drang, erinnerte am ehesten an eine Schweineherde, die man durch den engen Gang ins Schlachthaus treibt. Unter all den heulenden und quiekenden Tänzern ritt ein gekrönter Mann auf einem Dromedar und brüllte mit heiserer Stimme laut und ohne Worte. Das Tier, auf dem er ritt, kaute grimmig irgendein bitteres Kraut und hatte seine Augen wie aus Schmerz zugekniffen.

»SYTRY!« rief Ware. Augenblicklich herrschte Dunkelheit und Stille — bis auf das Zischen, in das sich nun ein wenig der Klang von Kinderstimmen mischte. *»Jussus secreta libenter detegit feminarum, eas ridens ludificansque ut se luxorise nudent,* großer Prinz, gehorche mir!«

Dieses süße und gelenkige Geschöpf war nicht minder monströs wie all die anderen. Es hatte einen leuchtenden Menschenleib, war aber geflügelt und hatte den lächerlich kleinen, grinsenden Kopf eines Leoparden. Gleichzeitig aber war das Wesen in einer Art schön, die Baines gleichzeitig krank und begierig machte. Während es vorbeischritt, schien Ware einen Ring gegen seine Lippen zu drücken.

»LERAJIE, mächtiger Marquis, ELIGOR, ZEPAR, große Herzöge, gehorcht mir!«

Zusammen, so wie er sie gerufen hatte, erschienen diese drei nun: der erste ein Bogenschütze mit Köcher und gekerbtem Bogen, von dessen Pfeil Gift troff; der zweite ein Ritter mit Szepter und bewimpelter Lanze; der dritte ein bewaffneter Soldat, ganz in Rot gekleidet. Im Gegensatz zu ihrem Vorgänger war an ihnen nichts Monströses, noch konnte man aus ihrer Erscheinung irgendwelche Schlüsse auf ihr Amt oder ihre Einflußsphäre ziehen. Baines fand sie dennoch sehr beunruhigend.

»AYPOROS, mächtiger Graf und Fürst, gehorche mir!«

Baines fühlte, wie ihm übel wurde, ehe diese Kreatur noch erschien. Wie aus den Lauten um ihn zu schließen war, erging es den anderen — selbst Ware — nicht besser. An sich war dann an der Erscheinung nichts, um dies zu rechtfertigen, denn sie war so grotesk, daß sie unter anderen Voraussetzungen höchstens komisch gewirkt hätte: Sie hatte den Leib eines Engels, darauf saß ein Löwenkopf, die Füße hatten Schwimmhäute wie die einer Gans, und hinten sah der Stutzschwanz eines Hirsches hervor. »Verwandle dich, verwandle dich!« rief Ware und stieß seinen Stab in die Glut des Räucherbekkens. Der Besucher nahm prompt die vollständige Gestalt eines Engels an, aber alle hatten immer noch das Gefühl, etwas unendlich Schmutzigem gegenüberzustehen.

»HABORYM, starker Herzog, gehorche mir!«

Auch dies war wieder ein menschenähnliches Geschöpf mit drei Köpfen — obwohl die ›Verwandtschaft‹, wie Baines rasch klar wurde, eine rein zufällige sein mußte — wobei der Menschenkopf zwei Sterne auf der Stirn trug. Die beiden anderen waren der Kopf einer Schlange und der einer Katze. In der rechten Hand trug das Wesen einen lodernden Feuerbrand. Während er vorbeiging, schüttelte er diesen bedrohlich in Richtung auf die Beschwörer.

»NABERIUS, kühner Marquis, gehorche mir!«

Erst schien es Baines, als habe auf diese Anrufung niemand geantwortet. Dann aber nahm er in Bodennähe eine Bewegung wahr. Ein schwarzer Hahn mit blutenden, leeren Augenhöhlen flatterte außerhalb des Großen Kreises herum. Ware bedrohte die Erscheinung mit seinem Stab. Der Hahn krähte heiser und war verschwunden.

»GLASYALABOLAS, mächtiger Präsident, gehorche mir!«

Dies schien einfach ein geflügelter Mann zu sein, bis er lächelte. Da sah man dann das Gebiß eines Hundes. Schaumflocken hingen an seinen Mundwinkeln. Er verschwand geräuschlos.

In der Stille konnte Baines hören, wie Ware im ›Buch der Bündnisse‹ eine neue Seite aufschlug. Eben noch rechtzeitig erinnerte er sich daran, mehr Branntwein in die Räucherpfanne zu gießen. Der Mädchenleib auf dem

Altar war offenbar schon längst vom Feuer verzehrt worden. Baines konnte sich nicht in Erinnerung rufen, wie lange es nun schon her war, seit er die letzten der wortebildenden Funken hatte aufsteigen sehen. Der dichte graue Dunst oder Nebel aber hielt an.

»BUNE, du starker Herzog, gehorche mir!«

Diese Erscheinung war die bisher wunderbarste, denn sie kam auf sie zu, getragen von einer Galeone, die in dem Maße, in dem sie sich näherte, im Boden versank, bis die Beschwörer schließlich durch den Boden hindurch ihr Deck erblicken konnten. Auf diesem lag ein Drache aufgerollt, der mit den nun schon gewohnten drei Köpfen ausgestattet war: dem Kopf eines Hundes, eines Greifen und eines Mannes. Schattenhafte Gestalten, vage menschenähnlich, mühten sich rings um den Drachen auf Deck ab. Das Schiff sank weiter, bis es hinter ihnen lag, und wohl auch dann noch …

Bei seinem Verschwinden kam es Baines zu Bewußtsein, daß er zitterte — nicht gerade aus Furcht, denn über dieses Stadium war er offenbar schon hinaus, sondern von der Nerven- und Gefühlsanstrengung, und vielleicht auch von der Ermüdung, die es verursachte, so lange regungslos auf einem Fleck zu stehen. Unwillkürlich seufzte er.

»Ruhe«, sagte Ware leise, »und möge keiner an diesem Punkt schwach werden. Wir sind mit unserer Anrufung erst halb fertig — von denen, die wir jetzt noch beschwören müssen, sind viele weit mächtiger als alle jene, die wir bisher gesehen haben. Ich habe Ihnen vorher schon warnend gesagt, die ›Kunst‹ bedürfe außer Mut auch noch großer Körperkraft.«

Er schlug eine neue Seite auf. »ASTAROTH, großer Schatzmeister, großer und mächtiger Herzog, gehorche mir!«

Sogar Baines hatte schon von diesem Dämon gehört, obwohl ihm jetzt nicht einfallen wollte, wo. Er beobachtete seine Materialisation mit einer gewissen Neugierde.

Und doch war die Erscheinung, verglichen mit dem, was er bereits gesehen hatte, durchaus nichts Außergewöhnliches: eine Engelsgestalt, wunderschön und lasterhaft zugleich, die auf einem Drachen ritt. In der rechten Hand hielt sie eine Viper. Verspätet fiel Baines ein, daß diese Geister, die ja ursprünglich nie Materie gewesen waren noch irdische Gestalt gehabt hatten, sich einen Körper leihen mußten, um wie hier in Erscheinung zu treten. Sie würden also nicht notwendigerweise jedes Mal die gleiche Verkörperung wählen. Die frühere Beschreibung von ASTAROTH zum Beispiel, die er einmal gelesen hatte, schilderte den Dämon, wie er sich jetzt wieder erinnerte, als eine scheckige Negerin, die auf einem Esel ritt. Während die Erscheinung vorbeizog, lächelte sie ihm ins Gesicht, und der Gestank ihres Atems raubte ihm schier die Besinnung.

»ASMODÉ, starker und mächtiger König, Gebieter der Macht von Amaymon, Engel des Zufalls, gehorche mir!« Noch während er dies rief, nahm Ware mit der Linken seinen Hut ab, gab aber dabei, wie Baines bemerkte, acht darauf, seinen Magneteisenstein nicht fallen zu lassen.

Dieser König ritt einen Drachen und hatte auch drei Köpfe — Stier, Mensch und Widder. Alle drei Köpfe schnaubten Feuer. Hände und Füße der Wesenheit hatten Schwimmhäute. Sie hatte einen Schlangenschwanz und trug eine wimpelgeschmückte Lanze.

Nun, das war sicher schrecklich genug; dennoch begann Baines eine gewisse Phantasielosigkeit und Beschränktheit hinsichtlich der Wahl der Verkörperung bei diesen höllischen Kunsthandwerkern wahrzunehmen. Glücklicherweise fiel ihm auch ein, darüber nachzudenken, ob der Art, in der sie sich wiederholten, nicht die Absicht zugrunde läge, ihn bis zur Unaufmerksamkeit zu ermüden oder ihn zu verächtlicher Sorglosigkeit zu verführen. *Diese Sache hier kann mich umbringen, wenn ich auch nur kurz die Augen schließe,* ermahnte er sich.

»FURFUR, großer Graf, gehorche mir!«

Dieser Engel erschien als Hirsch und war mit einem einzigen Satz an ihnen vorbei. Hinter ihm strömte ein feuriger Kometenschweif einher.

»HALPAS, großer Graf, gehorche mir!«

Auch diese Erscheinung war nicht außergewöhnlich: eine Hohltaube, die gleichfalls rasch verschwand. Ware rief die Namen nun, so rasch er die Seiten seines Buches wenden konnte; wahrscheinlich wegen der wachsenden Ermüdung seiner Tanisten, vielleicht sogar wegen seiner eigenen. Die Dämonen sausten in einer Parade wie aus einem Alptraum vorbei: RAYM, Graf des Ordens der Throne, ein Mann mit dem Kopf einer Krähe; SEPAR, eine Meerjungfrau mit Herzogskrone; SABURAC, ein löwenköpfiger Soldat auf bleichem Roß; BIFRONS, ein Großgraf in Gestalt eines riesenhaften Flohs; ZAGAN, ein greifenflügeliger Stier; ANDRAS, ein rabenköpfiger Engel mit blankem Schwert, der auf einem Wolf ritt; ANDREALPHUS, ein Pfau, der inmitten des Geschreis vieler unsichtbarer Vögel erschien; AMDUSCIAS, ein von Musikern umgebenes Einhorn; DANTALIAN, ein mächtiger Herzog in Menschengestalt, dessen Gesicht aber ständig wechselte — Männer, Frauen, alt und jung huschten über seine unglaublich plastischen Züge —, und in seiner Rechten trug er ein Buch. Und schließlich kam dann noch zu guter Letzt jener mächtige König, der gleich nach LUCIFER geschaffen wurde und der in der Schlacht vor MICHAEL als erster fiel, BELIAL selbst, der früher dem Orden der Tugenden angehört hatte. Wunderschön und zugleich tödlich kam er in einem feurigen Streitwagen einher, so wie man ihn in Babylon angebetet hatte.

»Nun, o große Geister«, sagte Ware, »weil ihr mir diensteifrig geantwortet und euch meinen Wünschen willig gezeigt habt, erlaube ich euch nun, ohne jemand der hier Versammelten zu verletzen, euren Abschied zu nehmen. Geht, sage ich, aber seid bereit, zur vorbestimmten Stunde wieder zu kommen. Ich werde euch dann nach euren Riten und Siegeln beschwören und reinigen. Bis dahin aber seid ihr frei. Amen.«

Ware löschte das Feuer in der Räucherpfanne mit einem dichtschließenden Deckel, in den das Dritte oder Geheime Siegel Salomons geschnitten war. Der düstere Nebel im Refektorium begann sich zu heben.

»Gut«, sagte Ware mit Alltagsstimme. Seltsamerweise erschien er diesmal viel weniger erschöpft als nach der Beschwörung von MARCHOSIAS. »Es ist vorbei — oder, besser gesagt, es hat eben begonnen. Mr. Ginsberg, Sie können Ihren Kreis jetzt gefahrlos verlassen und das Licht andrehen.«

Als Ginsberg dies getan hatte, löschte Ware auch die Kerzen. Im Lichte der indirekten Beleuchtung schien der Saal in einer Art trostlosen Dämmerung dazuliegen, obwohl es wohl erst kurz nach Mitternacht war. Auf dem Altar befand sich nun nichts mehr als ein Häufchen feiner grauer Asche.

»Müssen wir die Sache wirklich hier abwarten?« sagte Baines, den nun die Müdigkeit überkam. »Ich sollte meinen, wir könnten es uns in Ihrem Büro viel bequemer machen — und dort auch leichter verfolgen können, was geschieht.«

»Wir müssen hier bleiben«, sagte Ware streng. »Deshalb habe ich Sie ja, Mr. Baines, gebeten, ihr Transistorradio hierher mitzubringen — damit wir uns sowohl über die Ereignisse in der Welt als auch über die Zeit informieren können. Für die nächsten acht Stunden wird der von diesen vier Wänden unmittelbar umschlossene Raum der einzig sichere Ort auf Erden sein.«

16

Mit all seinen magischen Attributen, den Überresten der Beschwörung und so weiter erinnerte das Refektorium Baines nun seltsamerweise an jenen Raum in seiner Studentenverbindung, in dem die Neulinge den Einführungsritus über sich ergehen lassen müssen. Hess lag lang hingestreckt auf dem langen Tisch, auf dem sich früher Wares Instrumente befunden hatten, und schlief. Jack Ginsberg lag in der Nähe der Eingangstür auf dem Boden und schlief einen unruhigen Schlaf, der von Murmeln und Stöhnen unterbrochen war. Schweiß stand ihm auf der Stirn. Theron Ware hatte zuerst alle davor gewarnt, irgend etwas zu berühren, hatte den Altar abgestaubt und sich dann, immer noch in seinen magischen Roben und Gewändern, darauf zum Schlaf niedergelegt. Offenbar schlief er dort recht gut.

Nur Baines und Pater Domenico blieben wach. Der Mönch war erst der Wand entlang um den ganzen Saal herumgeschlichen und hatte dabei unerwartet hinter den Vorhängen ein niedriges Fenster gefunden. Nun stand er dort, drehte ihnen allen den Rücken, hinter dem er seine Arme verschränkt hatte, und blickte hinaus in die schwarze Welt.

Baines saß am Boden. Den Rücken hatte er gegen die Wand gelehnt. Er saß in der Nähe der elektrischen Esse und hatte den Transistorempfänger ans Ohr gepreßt. Es war eine höllisch unbequeme Lage, aber er hatte durch Experimentieren festgestellt, daß im ganzen Saale hier die beste Empfangslage war — zumindest, ohne selbst in einen der Kreise zu treten.

Aber selbst hier war der Empfang nicht besonders gut. Auch zeigten starke Sender wie Radio Luxemburg erhebliches Fading, und immer wieder hörte man das Krachen atmosphärischer Störungen. Auf diesen Lärm folgte dann gewöhnlich in einem Abstand von wenigen

Sekunden bis zu ein oder zwei Minuten lauter Donnerschlag oder dumpfes Donnergrollen im Himmel draußen. Oft gab es auch in den kurzen Intervallen ungestörten Rundfunkempfanges, wie das so üblich ist, nichts als Musik und Werbung.

Die wenigen Nachrichten, die er bisher hatte empfangen können, waren enttäuschend gewesen. Ein größeres Eisenbahnunglück in Colorado; ein Frachtdampfer war während eines Schneesturmes in der Nordsee auf Grund gelaufen; in Guatemala war ein kleiner Damm geborsten, wobei eine Stadt von einer ungeheuren Schlammlawine begraben wurde; aus Korinth wurde ein Erdbeben gemeldet: Es war einfach die normale tägliche Quote an Naturkatastrophen.

Darüber hinaus hatten die Chinesen eine weitere Wasserstoffbombe experimentell zur Explosion gebracht; an der israelisch-jordanischen Grenze war es zu einer Schießerei gekommen; schwarze Stammesleute hatten in Rhodesien in einem Regierungsspital Schwestern vergewaltigt und unter den Patienten ein Massaker angerichtet.

Alles war durchaus normal, und alles bewies, was jeder vernünftige Mensch ohnedies schon wußte — nämlich, daß es auf Erden keinen sicheren Ort gab, weder inner- noch außerhalb dieses Raumes, und daß es auch wahrscheinlich einen solchen nie gegeben hatte. Baines begann sich nun darüber Gedanken zu machen, ob es sich lohnte, so viele Dämonen um einen so hohen Preis an Zeit, Anstrengung und Geld loszulassen, wenn das Ergebnis dann etwa dem entsprach, was täglich im Morgenblatt stand. Es könnte natürlich auch sein, daß interessante private Ausschweifungen und Grausamkeiten verübt wurden, aber viele Zeitungen und Verlage machten damit auch in normalen Zeiten ihr Geld. Jedenfalls aber würde er bestenfalls einen winzigen Bruchteil solcher Geschehnisse über dieses dumme, kleine Radio hören.

Wahrscheinlich würde er Tage oder Wochen warten müssen, bis dann die ganze Chronik und Geschichte dieser Nacht zusammengestellt und bearbeitet war und es keinen Zweifel mehr an ihrer ganzen Schrecklichkeit geben würde. Natürlich hätte er nichts anderes erwarten sollen; schließlich enthüllt sich aus den Skizzen und Entwürfen eines Kunsthandwerks ja auch nicht dessen volle Wirkung. Dennoch nistete sich in Baines ein hartnäckiges Gefühl der Enttäuschung darüber ein, daß ihm nicht die Freude und Aufregung des Künstlers gegönnt war, der sein Werk auf der Leinwand Gestalt annehmen sieht.

Gab es vielleicht etwas, das Ware in seinem Sinne unternehmen konnte? Aber nein, so gut wie sicher nicht. Es war klar, daß er das Motiv dieses Auftrages ebensogut verstanden hatte wie den Auftrag selbst. Überdies konnte es auch gefährlich sein, ihn jetzt aufzuwecken — er würde wohl alle ihm noch verbliebene Kraft für die zweite Hälfte des Experimentes brauchen, wenn dann die Dämonen der Reihe nach zurückkamen.

Ärgerlich, aber gleichzeitig auch resigniert, mußte Baines zur Kenntnis nehmen, daß er selbst hier nie der Künstler gewesen war. Er war nur der Mäzen, der Auftraggeber, der zusehen durfte, wie die Farben aufgetragen und der Karton allmählich gefüllt wurde, und der dann auch das fertige Tafelbild oder Deckenfresko besitzen konnte, der aber im Grunde nie auch nur imstande gewesen war, mit den Pinseln richtig umzugehen.

Aber — was war denn das? BBC meldete:

»Eine dritte Garnitur von Löschzügen wurde eben der Themse entlang zum großen Brand in der Tate Gallery entsendet. Beobachter aus Fachkreisen sind der Ansicht, daß keine Hoffnung mehr besteht, die in der Galerie befindliche große Sammlung von Bildern von Blake zu retten. Diese Sammlung umfaßt die meisten seiner Illustrationen zu Dantes *Inferno* und *Purgatorio.* Gleichfalls besteht auch keine Hoffnung mehr, die Turner-

Sammlung zu bergen, darunter seine Aquarelle vom Brand des Parlaments. Die große Hitze und plötzliche Ausbreitung des Brandes lassen darauf schließen, daß man es hier mit Brandstiftung — vielleicht sogar mit dem Werk eines Wahnsinnigen oder Pyromanen zu tun hat.«

Baines setzte sich aufmerksam und munter auf. Obwohl seine schmerzenden Gelenke protestierten, fühlte er sich nun plötzlich wieder mit Hoffnung erfüllt.

Das war doch immerhin ein Verbrechen mit Flair und Stil, eine wahrhaft symbolische Tat, eine Schurkerei, die tieferen Sinn hatte. Ganz aufgeregt erinnerte er sich an HARBORYM, den Dämon mit dem flammentropfenden Feuerbrand. Wenn es nur etwas mehr derart phantasievolle Untaten gäbe ...

Der Empfang wurde immer schlechter. Es war anstrengend und ermüdend, aus all dem Gekrache und Geschnatter etwas Sinn herauszufiltern. Radio Luxemburg hatte offenbar seine Sendungen eingestellt oder wurde durch irgendeine atmosphärische Störung blokkiert. Er versuchte Radio Milano und stellte den Sender gerade in dem Augenblick ein, als angesagt wurde, daß nun der Reihe nach alle elf Symphonien von Gustav Mahler gesendet würden. Es war ein Wahnsinnsprojekt für jede Rundfunkstation, vor allem für eine italienische. Hatte sich vielleicht hier einer der Dämonen einen Scherz erlaubt? Was immer aber auch die Antwort auf diese Frage sein mochte — Radio Mailand war als Nachrichtenquelle für die nächsten vierundzwanzig Stunden unbrauchbar.

Baines suchte weiter auf der Skala herum. Er stieß auf eine ungewöhnlich große Zahl von Sendungen in Sprachen, die er entweder nicht kannte oder aber nicht *er*kannte, obwohl er sich in siebzehn Sprachen leidlich verständlich machen konnte und jedes Jahr drei davon fließend beherrschte — je nachdem, wie und wo es seine Geschäftsbeziehungen erforderten. Was aber da zu hören war, klang, als habe jemand auf dem Turm zu Babel eine Sendeantenne angebracht.

Es gelang ihm kurz, einen englischsprechenden Sender gut hereinzubekommen. Es war aber nur die Stimme Amerikas, die scheinheilig anklagend über die chinesischen Wasserstoffbombenversuche moralisierte. Baines hatte schon vor Monaten gewußt, daß diese Versuche bevorstanden. Dann fing das vielsprachige Murmeln und Räuspern wieder an und wurde nur gelegentlich durch ein Quieken unterbrochen, das entweder pakistanischer Jazz oder eine chinesische Oper sein konnte.

Wieder waren englische Worte zu hören: »... mit Cynotabs! Ja, Freunde, nur eine einzige Pille heilt alle Übel! Garantiert voll knuspriger, köstlicher Atome ... schmatz, schmatz ...« An die Stelle dieses Unsinns trat dann ein großer Knabenchor, der den ›Hallelujah-Chor‹ sang, doch klang der Text plötzlich wie ›Bison, Bison! Rattus, Rattus! Cardinalis Cardinalis!‹ Dann kam wieder — wunderbarerweise völlig ohne atmosphärische Störungen — irgendein unverständliches Gequake und dann etwas, das hart an der Grenze der Verständlichkeit lag.

Der Saal stank abscheulich nach einer überraschenden Mischung von Düften: Kognak, Kampfer, Holzkohle, Verbene, Schießpulver, Fleisch, Schweiß, Räucherwerk, Wachskerzen, Dochte, Moschus und versengtes Haar. Baines hatte einen dumpfen Schmerz im Kopf; es war, als wollte man im Rachen eines Aasgeiers atmen. Er sehnte sich danach, einen langen Zug aus der Branntweinflasche zu machen, die er unter seiner verschmuddelten Alba hatte, aber er wußte nicht, wieviel des noch vorhandenen Alkohols Ware zur Beendigung seiner Beschwörung brauchen würde.

Vor ihm bewegte sich plötzlich etwas: Pater Domenico hatte die Hände nun nicht mehr am Rücken verschränkt und wandte sich von dem kleinen Fenster ab.

Er machte ein paar vorsichtige Schritte auf Baines zu. Diese schwache menschliche Lebensäußerung schien Jack Ginsberg zu stören, der um sich schlug, eine noch unbequemere Stellung annahm, heiser aufschrie und dann zu schnarchen begann. Pater Domenico warf ihm einen Blick zu, blieb dann auf seiner Seite des Großen Kreises stehen und winkte.

»Ich?« fragte Baines.

Pater Domenico nickte geduldig. Baines legte das überforderte kleine Radio mit weniger Widerstreben beiseite, als er noch vor einer Stunde für möglich gehalten hätte. Mühselig wie ein Arthritiker stemmte er sich hoch: erst auf die Knie, dann stand er auf.

Als er auf den Mönch zuzustolpern begann, schoß etwas Pelziges ihm vor die Füße und brachte ihn beinahe zu Fall: Wares Kater. Er sauste auf den Altar zu und sprang mit einer Leichtigkeit, die man einem so fetten Wesen nie zugetraut hätte, hinauf. Dort ließ er sich dann auf dem Leib seines schlafenden Herrn und Gebieters behaglich nieder. Er sah Baines noch einmal mit grünen Augen an und schlief dann selbst ein — oder sah wenigstens so aus, als schliefe er.

Pater Domenico winkte Baines noch einmal und ging dann zum Fenster zurück. Baines hinkte ihm nach. Er wünschte, er hätte sich vorher die Schuhe ausgezogen. Jetzt fühlten sich seine Füße an, als wären sie zu massiven Blöcken Horn geworden.

»Was ist los?« flüsterte er.

»Sehen Sie einmal da hinaus, Mr. Baines.«

Immer noch verwirrt und am ganzen Leib schmerzend sah Baines an seinem weder eingeladenen noch eindrucksvollen Vergil vorbei. Erst konnte er nichts erkennen als die beschlagene und von herabrinnenden Kondenswassertropfen gestreifte Innenseite des Glases. Jenseits schienen dicke Schneeflocken zu fallen. Dann sah Baines allmählich, daß die Nacht draußen nicht völlig dunkel war. Irgendwie konnte er die Unterseite einer lebhaft bewegten Wolkendecke sehen. Das Fenster gestattete, ebenso wie das in Wares Büro, einen Blick den Steilhang hinunter und hinaus aufs Meer, doch letzteres war im Schneegestöber fast unsichtbar. Eigentlich hätte man auch die Stadt nicht erkennen können, doch war sie irgendwie schwach beleuchtet. Die Wolken oben wurden fast dauernd durch Strahlen schwachen Feuers erhellt, die wie phosphoreszierende Kondensstreifen aussahen. Sie hielten lange an und schienen mit dem Wetter nichts zu tun zu haben.

»Nun?« sagte Baines.

»Sehen Sie denn nichts?«

»Ich sehe diese Meteoritenspuren, oder was sie sein mögen. Und das Licht ist seltsam — Flächenblitze, nehme ich an, und vielleicht brennt es dort unten in der Stadt.«

»Sonst nichts?«

»Sonst nichts«, sagte Baines ärgerlich. »Was wollen Sie denn eigentlich von mir — wollen Sie mich erschrecken, damit ich Dr. Ware wecke und das Experiment abblase? Machen Sie sich keine falschen Hoffnungen. Wir sehen uns das Ende an.«

»Gut«, sagte Pater Domenico und nahm seinen Wachposten wieder ein. Baines stapfte in seine Ecke zurück und nahm das Radio wieder auf. Er hörte:

»... wird jetzt angenommen, daß der angebliche chinesische Wasserstoffbombentest in Wirklichkeit die Explosion einer Kernwaffe von mindestens dreißig Megatonnen direkt über Taiwan war. In den Hauptstädten westlicher Länder, die schon durch den Napalmmord an der Witwe des amerikanischen Präsidenten in einer Diskothek New Yorks in Aufruhr waren, rüstet man sich jetzt rasch für vollen Kriegszustand, und wir erwarten, daß jeden Augenblick einschneidende Nachrichtenbeschränkungen oder -sperren aus Sicherheitsgründen verhängt werden. Solange dies aber noch nicht der Fall ist, bringen wir Ihnen selbstverständlich alle wichtigen

Nachrichten, die in unserem Studio eintreffen. Wir geben jetzt unser Sendezeichen ... Uwuuh ... Iiig. Oh, piggly baby, I caught you — cheating on me — uwuuh ...«

Baines drehte wütend am Einstellknopf, aber das Heulen wurde nur noch schlimmer. Nahe der Wand zu seiner Rechten krümmte Hess seinen langen Kadaver auf dem Refektoriumstisch, setzte sich plötzlich auf und ließ seine bestrumpften Füße zu Boden schwingen.

»Jesus Christus«, sagte er mit tiefer Stimme, »habe ich das jetzt wirklich gehört oder habe ich mir das nur eingebildet?«

»Sie haben es wirklich gehört«, sagte Baines still, ja sogar mit einer gewissen Freude. Aber er war gleichzeitig auch bewegt. »Rutschen Sie mal hier herüber und setzen Sie sich. Etwas braut sich jetzt da draußen zusammen, und es ist nicht das, was wir — oder auch Ware — erwartet haben.«

»Sollten wir dann der Sache nicht lieber Einhalt gebieten?«

»Nein. So setzen Sie sich doch, verdammt noch mal. Ich bin gar nicht sicher, daß wir jetzt noch Einhalt gebieten *können* — und selbst, wenn wir es könnten, so möchte ich unserem klerikalen Freund dort drüben die Befriedigung nicht gönnen.«

»Der dritte Weltkrieg ist Ihnen lieber?« sagte Hess und setzte sich gehorsam nieder.

»Ich weiß nicht, ob der kommt. Wir haben uns auf diese Sache eingelassen, wir haben sie bestellt ... Warten wir's ab. Entweder Ware hat die Sache in der Hand — oder er sollte sie wenigstens in der Hand haben. Schauen wir also, was dabei herauskommt.«

»Gut«, sagte Hess. Er begann, die Gelenke seiner langen Finger knacken zu lassen. Baines versuchte es wieder mit dem Radio, aber alles, was er herausbekam, war eine Mischung von Händels *Messias*, Gustav Mahler und *The Supremes*.

Jack Ginsberg jammerte in seinem Halbschlaf weinerlich vor sich hin. Nach einer Weile sagte Hess ganz ruhig:

»Baines?«

»Was ist los?«

»Was glauben Sie nun, was aus der Sache wird?«

»Nun, entweder ist es der dritte Weltkrieg oder er ist es nicht. Wie sollten wir das in diesem Stadium schon wissen?«

»Das habe ich Sie eigentlich nicht gefragt. Ich wollte wissen, was für eine Sorte Ding das nun ist. Was glauben Sie? Sie müßten ja davon eine Ahnung haben, denn Sie haben sich das Ding ja bestellt.«

»Ach — ja, hm. — Pater Domenico sagte, es könne sehr wohl das Jüngste Gericht sein. Ware hat das nicht geglaubt, aber bis jetzt hat er durchaus nicht immer recht gehabt. Ich selbst kann es jedenfalls nicht erraten. Ich habe noch nicht sehr lange in diesen Maßstäben gedacht.«

»Ich auch nicht.« Hess sah dem Spiel seiner Finger unbeteiligt zu. »Ich versuche immer noch, die Sache in herkömmlichen Begriffen zu analysieren — mit jenen Begriffen also, die für mich dem Universum seinen Sinn gaben. Es ist nicht ganz leicht. Aber Sie erinnern sich doch vielleicht noch daran, wie ich Ihnen sagte, mich interessiere die Geschichte der Wissenschaft. Das bringt es mit sich, daß ich mir darüber Gedanken gemacht habe, warum es so lange keine Wissenschaft gegeben hat, und warum sie, beinahe jedesmal, wenn sie wiederentdeckt wurde, zu irgendeiner Katastrophe geführt hat. Ich glaube, ich weiß jetzt, warum. Es scheint mir, als durchliefe der Menschengeist eine Art Zyklus der Angst. Er kann nur ein begrenztes Maß angesammelten Wissens verarbeiten und verfällt, wenn diese Grenze überschritten wird, in Panik. Der Menschengeist beginnt dann Gründe dafür zu erfinden, warum alles Wissenschaftliche verworfen werden solle, und kehrt so ins finstere Mittelalter zurück ... jedesmal im Zeichen einer neuen, erfundenen mystischen Rechtfertigung.«

»Sehr klar ist mir das alles nicht, muß ich sagen«, entgegnete ihm Baines. Er versuchte immer noch, von seinem Radio etwas zu hören.

»Das habe ich mir auch eigentlich gar nicht erwartet. Aber so geschieht es eben — und zwar so ungefähr alle tausend Jahre. Die Menschen machen dann einen frischen Anfang. Sie sind mit ihren Göttern glücklich, obwohl sie sich vor ihnen gleichzeitig auch fürchten. Dann wird die Welt in zunehmendem Maße ›verweltlicht‹, alles drängt zum Irdischen hin, und die Götter verlieren an Bedeutung. Gotteshäuser und Tempel stehen verlassen da. Natürlich sind die Leute von Schuldgefühlen erfüllt, aber doch nicht genug für eine Um- und Einkehr. Dann aber haben sie plötzlich genug von Materialismus und Technologie; sie werfen ihre Holzschuhe in das Räderwerk der Maschine, sie beginnen Satan anzubeten oder die Große Erdmutter, sie verfallen in eine hellenistische Periode oder werfen sich dem Christentum in die Arme, *in hoc signo vinces* — ich habe natürlich jetzt die Chronologie durcheinandergeworfen, aber jedenfalls geschieht es, Baines, mit der Regelmäßigkeit eines Uhrwerks, so alle tausend Jahre. Das letzte Mal war es die chiliastische Panik vor der Jahrtausendwende, als alle die Wiedergeburt Christi erwarteten und ihnen bewußt wurde, daß sie ihm nicht gegenüberzutreten wagten. *Das* war das Herz, der Mittelpunkt, ja die ganze Erklärung für das finstere Mittelalter. Gut, nun also nähert sich ein weiteres Jahrtausend seinem Ende, und die Menschen haben Angst vor *unserer* Verweltlichung, vor unseren biologischen und Kernwaffen, vor unseren Elektronengehirnen, unserem übertriebenen medizinischen Fortschritt, kurz: vor allen ›Segnungen des Fortschritts‹, und sie wenden sich nun wieder der Anbetung der Unvernunft, des Alogischen zu ... genauso, wie Sie es getan haben — und ich habe Ihnen dabei noch geholfen. Heutzutage beten manche Leute fliegende Untertassen an, einfach, weil sie nicht wagen, mit Christus konfrontiert zu werden. Sie haben sich der Schwarzen Magie zugewendet. Wo liegt da der Unterschied?«

»Das kann ich Ihnen erklären«, sagte Baines. »Niemand hat in all den Jahren wirklich eine fliegende Untertasse gesehen. Die Gründe für die Annahme, jemand habe *doch* so ein Fahrzeug gesehen, sind armselig. Vielleicht läßt sich das alles so erklären, wie Sie eben angedeutet haben — und wir können auf C. G. Jung und seinen Anhang verzichten. Aber, Adolph, Sie und ich *haben* einen Dämon gesehen.«

»Glauben Sie? Ich will es nicht bestreiten. Ich halte es sogar für durchaus möglich. Aber, Baines, sind Sie ganz sicher? Wie *wissen* Sie, was Sie zu wissen glauben? Wir stehen nun am Vorabend des dritten Weltkrieges, den wir vorbereitet und ausgelöst haben. Könnte all das nicht nur eine Halluzination sein, die wir heraufbeschworen haben, um damit einen Teil unserer Schuldgefühle zu beschwichtigen? Oder ist es vielleicht möglich, daß all das gar nicht wirklich geschieht, und daß wir ebensosehr die Opfer einer chiliastischen Panik sind wie die im üblichen Sinne Religiösen mit ihren endzeitlichen Ahnungen? Das würde mir weit mehr einleuchten als all dieser mittelalterliche Hokuspokus mit Dämonen und so. Natürlich will ich nicht dem Zeugnis meiner Sinne widersprechen, Baines. Was ich Sie fragen will, ist lediglich: Wieviel ist dieses Zeugnis wert?«

»Ich werde Ihnen sagen, was ich weiß«, sagte Baines gleichmütig, »obwohl ich Ihnen nicht erklären kann, wieso ich es weiß. Ich will auch gar nicht versuchen, es Ihnen zu erklären. Erstens: Etwas geschieht — und dieses ›Etwas‹ ist wirklich. Zweitens: Sie und ich und Ware und alle anderen, die wollten, daß es geschieht, haben dadurch erreicht, *daß* es geschieht. Drittens: Es stellt sich heraus, daß wir uns über das Resultat und den Ausgang getäuscht haben — aber was immer daraus auch werden mag: Es ist *unser* Resultat. Wir haben uns darauf eingelassen. Dämonen, fliegende Untertassen, radioaktiver Regen — wo liegt da der Unterschied!? Das sind doch alles nur Zeichen und Symbole in der großen Gleichung, Parameter, für die wir die Werte einsetzen können, die uns im Augenblick am sinnvollsten erscheinen. Machen Elektronen Sie glücklicher als Dämonen? Fein, können wir machen. Aber was mich freut, Adolph, was *mich wirklich* freut, ist das Resultat. Die Mittel sind mir gleichgültig. Ich habe das Ding erfunden, ich habe es hervorgerufen, ich zahle dafür — und, wie Sie es sonst auch immer beschreiben wollen, *ich habe es gemacht und* ES GEHÖRT MIR! Ist Ihnen das klar? *Es gehört mir.* Jede andere Tatsache, die man darüber aussagen kann, was immer es auch für ein Faktum sein möge, ist irgendein dummer, technischer Kniff. Ich bezahle Leute wie Sie und Ware, um mich mit diesen Dingen nicht abgeben zu müssen.«

»Es will mir scheinen«, sagte Hess monoton und mit bleischwerer Stimme, »als seien wir alle verrückt.«

In diesem Augenblick flammte das kleine Fenster grellweiß auf. Pater Domenico erschien davor als tintenschwarze Silhouette.

»Da könnten Sie schon recht haben«, sagte Baines. »Das war Rom.«

Pater Domenico wandte sich mit tränenüberströmtem Gesicht vom Fenster ab und tastete sich langsam zum Altar. Nach einer langen Pause des Widerwillens packte er Theron Ware an den Schultern und schüttelte ihn. Die Katze fauchte und sprang zur Seite.

»Wach auf, Theron Ware«, sagte Pater Domenico feierlich, »ich gebiete dir, erwache. Man kann jetzt von deinem Experiment mit Sicherheit sagen, daß es mißglückt ist. Der Pakt ist also nicht verletzt, die Bestimmungen unseres Vertrages erfüllt. Ware! Ware! So wachen Sie doch auf, zum Teufel!«

17

Baines sah auf die Uhr. Es war 3 Uhr morgens.

Ware erwachte augenblicklich, sprang auf die Beine und ging wortlos zum Fenster. Im gleichen Augenblick brauste der ganze Jammer, der einmal Rom gewesen war, über das Gebäude hinweg. Die große Entfernung hatte die Schockwelle etwas gedämpft, und der Palazzo empfing daher nur einen leichten Stoß. Das Fenster aber, dessen Vorhang Pater Domenico zurückgezogen hatte, sprang in einem Schauer gläserner Nadeln in den Raum. Hinter den Vorhängen, die — von der Decke herabhängend — die anderen Fenster verdeckten, hörte man das Fallen von zerbrochenem Glas. Es klang wie ein Orchester von Celestas.

Soweit Baines erkennen konnte, war niemand schwer verletzt. Nicht, daß es einen großen Unterschied gemacht hätte, nun, da der letzte Große Tod schon den Sturmwind ritt.

Ware schien nicht besonders erschüttert. Er nickte bloß einmal, wandte sich rasch dem Großen Kreis zu und bückte sich, um seine ramponierte Papierkrone aufzuheben. Nein, es hatte ihn doch gepackt: Seine Lippen waren zusammengekniffen und bleich. Er winkte sie alle heran.

Baines machte einen Schritt auf Jack Ginsberg zu, um ihn nötigenfalls so lange zu treten, bis er erwachte. Aber sein junger Sonderberater und Assistent war bereits auf den Beinen. Er zitterte und hatte irre Augen. Er schien allerdings nicht zu wissen, wo er sich befand, und Baines mußte ihn am Arm nehmen und in seinen Kleineren Kreis schieben.

»Und da bleiben Sie!« fügte Baines mit einer Stimme hinzu, mit der man hätte Diamanten schneiden können. Wenn Jack ihn gehört hatte, so merkte man es ihm jedenfalls nicht an.

Baines ging rasch auf den Platz, der ihm als Tanisten

zukam. Dabei versicherte er sich auch noch der Branntweinflasche. Die anderen waren schon auf ihren Plätzen, sogar die Katze, die, sofort nachdem man sie von Wares Rücken vertrieben hatte, auf ihr Feld gegangen war.

Der Zauberer entzündete das Räucherbecken und begann, sich an die stille Luft im Raum zu wenden. Er hatte kaum einen Satz einer Beschwörungsformel hervorgebracht, als Baines zum ersten Mal eisigen Herzens zu Bewußtsein kam, daß dies allen Ernstes der letzte Versuch war — und daß sie alle vielleicht noch gerettet werden könnten.

Ware machte seinen Rückzieher auf seine charakteristisch dunkle und verklausulierte Art — die einzige Art, in der seine tödlich stolze Seele dies überhaupt tun konnte. Er sagte:

»Ich rufe dich an und beschwöre dich, LUCIFUGE ROFOCALE, und gestärkt mit der Kraft und der Höchsten Majestät, befehle und gebiete ich dir bei BARALEMENIS, BALDACHIENSIS, PAUMACHIE, APOLORESEDES und den überaus mächtigen Prinzen GENIO, LIACHIDE, den Ministern vom Tartarischen Sitz, Hauptfürsten des Sitzes von APOLOGIA in der Neunten Region, ich beschwöre dich und befehle dir, LUCIFUGE ROFOCALE, bei Ihm, der da sprach und es geschah, bei dem Allerheiligsten und Ruhmreichsten Namen ADONAI EL, ELOHIM, ELOHE, ZEBAOTH, ELION, ESCHERCE, JAH, TETRAGRAMMATON, SADAI, mögest du und die deinen nun erscheinen und dich mir zeigen, gleichgültig, wie dein früherer Auftrag lautete, und in welchem Teil der Erde du dich auch aufhältst!

Ich beschwöre dich bei Ihm, dem alle Geschöpfe gehorchen, bei dem unaussprechlichen Namen, TETRAGRAMMATON JEHOVA, durch den die Elemente bezwungen, die Luft erschüttert, das Meer gewendet, das Feuer erzeugt und die Erde bewegt werden, der all den himmlischen, den irdischen und den höllischen Heerscharen gebietet, die vor ihm erschrecken und erzittern, komme und erscheine! ADONAI, der König der Könige, gebietet es dir!«

Niemand antwortete Ware, nur draußen grollte leise der Donner.

»Nun rufe ich dich an, beschwöre dich und gebiete dir, LUCIFUGE ROFOCALE, zu erscheinen und dich vor diesem Kreise zu zeigen, beim Namen des ON ... beim Namen des Y und des V, die Adam hörte und sprach ... beim Namen des JOTH, den Jakob an dem Abend erfuhr, als er mit dem Engel rang und vor den Händen seines Bruders gerettet ward ... beim Namen AGLA, den Lot hörte und so mit seiner Familie errettet ward ... beim Namen ANEHEXETON, den Aaron aussprach und dadurch Weisheit erlangte ... beim Namen SCHEMES AMATHIA, den Joshua anrief und so der Sonne Einhalt gebot ... beim Namen EMMANUEL, durch den die drei Kinder vor dem Feuerofen errettet wurden ... beim Namen ALPHA-OMEGA, den Daniel aussprach, und damit Bel und den Drachen besiegte ... beim Namen ZEBAOTH, den Moses nannte, und all die Flüsse und Gewässer in Ägypten verwandelten sich in Blut ... beim Namen HAGIOS, beim Siegel ADONAIS, bei jenen anderen, die da sind JETROS, ATHENOROS, PARACLETUS ... beim schrecklichen Tage des Gerichtes ... bei dem sich ständig wandelnden Meer aus Glas vor dem Angesicht der göttlichen Majestät ... bei den vier Tieren vor dem Throne ... bei all diesen Heiligen und zauberkräftigen Worten gebiete ich dir: komme du, und komme rasch! ADONAI, der König der Könige gebietet es dir!«

Nun endlich vernahm man ein Geräusch; ein Lachen. Es war das Lachen von etwas, dem alle Freude für immer fremd war, etwas, das nur lachte, weil es in seiner Natur lag, Schrecken zu verbreiten. In dem Maße, in dem sein Lachen anschwoll, bildete sich auch die Form und Gestalt dieses Etwas.

Es stand nicht im Kleineren Kreis oder erschien von der Pforte her, sondern es saß plötzlich auf dem Altar und ließ seine behuften Füße nachlässig herniederbaumeln. Es hatte den Kopf einer Ziege mit ungeheuren Hörnern, eine Krone, die wie eine Fackel flammte, und ernste Menschenaugen, und es trug einen Davidsstern an der Stirne. Auch Schenkel und Hüften waren ziegenhaft gebildet. Dazwischen aber schien der Leib menschlich, doch war er sehr haarig, und schleppende, schwarze Schwingen wie die einer Krähe wuchsen aus seinen Schultern hervor. Es hatte die Brüste einer Frau und ein riesiges, erigiertes männliches Glied, das es abwechselnd mit zu segnender Geste gefaltenen Händen stimulierte. Auf einen der zottigen Unterarme war das Wort *Solve* tätowiert, auf den anderen das Wort *Coagula.*

Ware fiel langsam auf ein Knie nieder.

»*Adoramus te,* PUT SATANACHIA«, sagte er und legte seinen Stab vor sich auf den Boden. »Und wieder … *ave, ave.*«

AVE, DOCH WARUM HAST DU MICH ANGERUFEN? sagte das Ungeheuer in einer weinerlichen Baßstimme, tief und manieriert zugleich, als wäre sie die eines homosexuellen Schauspielers. NICHT MICH HAST DU ANGERUFEN.

»Nein, Baphomet, Meister und Gast … Nicht auch nur einen Augenblick lang. Überall heißt es, daß man Dich niemals rufen kann und daß Du niemals erscheinen würdest.«

DU RIEFST DEN GOTT AN, DER NICHT ERSCHEINT. MIT MIR TREIBST DU DEIN SPIEL NICHT.

Ware senkte seinen Kopf noch tiefer. »Ich habe mich geirrt.«

AH! ABER ES MUSS ALLES EINMAL ZUM ERSTEN MAL GEBEN. VIELLEICHT HÄTTEST DU DOCH DEN GOTT SEHEN KÖNNEN! ABER NUN HAST DU STATT DESSEN MICH GESEHEN! UND ES GIBT AUCH FÜR ALLES EIN LETZTES MAL. ICH

SCHULDE DIR EINEN AUGENBLICK DES DANKES. WURM, DER DU BIST, BIST DU DOCH AUCH DER HERVORBRINGER VON ARMAGEDDON. MÖGE DIES NOCH VERKÜNDET UND GESCHRIEBEN WERDEN, EH' ALLES GESCHRIEBENE, WIE AUCH ALLES ANDERE, DEM EWIGEN FEUER VERFALLEN IST.

»Nein!« schrie Ware auf. »Oh, lebendiger Gott, nein! Das kann noch nicht die Zeit sein! Du brichst das Gesetz! Wo ist der Antichrist —«

WIR WERDEN DAS OHNE DEN ANTICHRIST ERLEDIGEN. ER WAR NIE NÖTIG. DIE MENSCHEN HABEN SICH MIR ZU ALLEN ZEITEN SELBST WILLIG ZUGEFÜHRT.

»Aber — Meister und Gast — das Gesetz —«

WIR WERDEN DAS AUCH OHNE DAS GESETZ ERLEDIGEN. HAST DU ES DENN NICHT GEHÖRT? DIESE TAFELN SIND JA ZERBROCHEN.

Man konnte sowohl Ware als auch Pater Domenico rasch einatmen hören. Aber selbst wenn Ware nun noch etwas hätte einwenden wollen, so wurde er doch daran gehindert. Zur Rechten Baines' sagte Dr. Hess nun in irrer und hysterischer Stimme:

»Ich sehe dich nicht, Ziege.«

»Seien Sie still!« rief Ware und wandte sich beinahe von der Erscheinung ab.

»Ich sehe dich nicht«, sagte Hess verbissen. »Du bist nichts als eine dumme zoologische Mischung ... ein Psylocibin-Traum. Du bist nicht wirklich. Ziege. Geh weg. Puff!«

Ware wandte sich in seinen Karzistenkreis und hob mit beiden Händen sein Magier-Schwert gegen Hess, aber im letzten Augenblick schien er doch nicht zu wagen, auf die schwankende Gestalt des Wissenschaftlers zu aus seinem Kreis zu treten.

WIE LIEBENSWÜRDIG VON DIR, DIE REGELN ZU BRECHEN UND ZU MIR ZU SPRECHEN. DU UND

ICH, WIR WISSEN, DASS REGELN GEMACHT WURDEN, UM GEBROCHEN ZU WERDEN. ABER DIE ART, IN DER DU MICH ANREDEST, GEFÄLLT MIR NICHT. LASS UNS UNSER GESPRÄCH WEITERFÜHREN, UND ICH WILL DICH BELEHREN. ZUNÄCHST EINMAL AUF EWIG.

Hess antwortete nicht. Statt dessen heulte er wie ein Wolf und stürzte blindlings aus dem Großen Kreis hinaus und auf den Altar zu. Den Kopf hielt er dabei gesenkt. Die Sabbath-Ziege öffnete ihr großes Maul und schluckte ihn wie eine Fliege.

DANK DIR FÜR DAS OPFER, sagte sie mit fetter Stimme. SONST NOCH JEMAND? — NUN, SO IST ES ZEIT, MICH ZU VERABSCHIEDEN.

»Bleib stehen, dummes und ungehorsames Wesen!« erklang nun Pater Domenicos Stimme von Baines' rechter Seite. Ein Stück Stoff flatterte aus dem Kreis des Mönches zu Boden.

»Erkenne deinen Irrtum, wenn du ungehorsam bist! Erblicke denn Salomons Pentagramm, das ich nun vor dich gebracht habe!«

KOMISCHER KLEINER MÖNCH, ICH WAR JA NIEMALS IN DER FLASCHE!

»Still nun, und schweige, du gefallener Stern. Sieh in mir die Person des Exorzisten, der da genannt ist OCTINIMOES, inmitten der Verblendung bewaffnet und gerüstet von Gott, dem Herrn, und ohne Furcht. Ich bin dein Herr und Meister, im Namen des Herrn BATHAL, der da auf ABRAC und ABEOR zueilt, und auch auf BEROR!«

Die Sabbath-Ziege sah nun beinahe freundlich auf Pater Domenico herab. Pater Domenicos Gesicht war hochrot. Er langte in seine Gewänder und brachte ein Kruzifix zum Vorschein, das er nun auf den Altar zustieß, als sei es ein Schwert.

»Zurück zur Hölle, Teufel! Im Namen unseres Herrn Jesu Christ!«

Das Elfenbeinkreuz explodierte wie ein bunter Feuerwerkskörper. Sein Aschenstaub bedeckte den Habitus Pater Domenicos. Der sah auf seine nun schrecklich leeren Hände nieder.

ZU SPÄT, MAGIER. SELBST DIE GRÖSSTEN BEMÜHUNGEN DEINES WEISSEN COLLEGIUMS HABEN VERSAGT — EBENSO WIE AUCH DIE HIMMLISCHEN HEERSCHAREN VERSAGEN WERDEN. ABER ICH KOMME EUCH SPÄTER HOLEN. ICH KOMME EUCH ALLE SPÄTER HOLEN. DER KRIEG IST SCHON VORBEI.

»Unmöglich!« rief Pater Domenico. Der feine Aschenstaub des Kruzifixes nahm ihm fast den Atem. »Es steht geschrieben, daß du in diesem Krieg schließlich besiegt und in Ketten gelegt wirst!«

NATÜRLICH, ABER WAS BEWEIST DAS SCHON? IN JEDEM KRIEG SAGT JEDE DER BEIDEN KRIEGFÜHRENDEN PARTEIEN DEN EIGENEN SIEG VORAUS. BEIDE KÖNNEN SIE NICHT RECHT HABEN. DIE LETZTE SCHLACHT ZÄHLT, NICHT DIE PROPAGANDA. IHR HABT EINEN FEHLER GEMACHT — UND, AH! WIE IHR DAFÜR BEZAHLEN WERDET!

»Einen Augenblick noch ... bitte«, sagte Pater Domenico. »Wenn du so freundlich wärest ... ich sehe, daß wir versagt haben ... Würdest du uns sagen, *worin* unser Irrtum bestand?«

Die Ziege lachte, sprach drei Worte und war verschwunden.

Der Morgen brach an — rot, mit rauchigen Streifen, bleigrau, endlos. Aus Wares Fenster konnte man sehen, wie die schlafende Stadt gleich Strömen von erkalteter Lava zum Meer hin abfiel! — aber da war kein Meer. Wie Pater Domenico schon vor Stunden gesehen hatte, hatte sich das Meer zurückgezogen. Es würde erst wieder als eine gigantische, alles zerstörende Flutwelle wiederkehren, wie der Tsunami nach dem korinthischen

Erdbeben. Kreise der Verzweiflung, Vernichtung und Einsamkeit gingen von den Kreisen des Rituals aus. In diesen warteten die letzten Magier darauf, daß die nunmehr Größten Mächte zurückkehren und sie holen würden.

Jetzt würde es wohl nicht mehr lange dauern. In ihrem Geist und in ihren Herzen war noch das Echo jener letzten drei Worte. Welt ohne Ende. Ende ohne Welt.

Gott ist tot.

$$\aleph_0$$

PÉTER ZSOLDOS

Kontrapunkt

Deutsche Erstausgabe

Von Péter Zsoldos erschienen in der Reihe
HEYNE SCIENCE FICTION & FANTASY:

Die Aufgabe · 06/3731, auch ↗ 06/4362
Die Rückkehr der Wiking · 06/4390
Fernes Feuer: Wiking II · 06/4391
Kontrapunkt ↗ 06/4484

Titel der ungarischen Originalausgabe:
ELLENPONT
Deutsche Übersetzung von Gottfried Feidel

1

Ich möchte den Leser gleich beruhigen. Die Antipathie gegen ein Vorwort oder Nachwort ist uns gemeinsam. Diese Ablehnung meinerseits rührt noch aus einer Zeit, als auch ich nur Verbraucher und nicht Verfasser solcher Schriften war. Damals bin ich dahintergekommen, daß all das, was man in einem Roman nicht sagen kann, durch keinerlei Text außerhalb eines Buches zu ersetzen ist. Das Vorwort ist ärgerlich, weil es mir künstlich jene Stimmung einimpfen will, natürlich fruchtlos, die der Autor — aus Trägheit oder mangels Talent — nicht bereits auf den ersten Seiten zu vermitteln vermochte. Das Nachwort hält mich natürlich einfach für schwachsinnig, weil vorausgesetzt wird, daß ich nicht begreifen konnte, was ich gelesen habe — dort wird dann alles erläutert und auseinandergesetzt. Mein Verleger allerdings — zu dem ich eine alte und freundschaftliche Beziehung pflege — hielt es aufgrund der Kontroversen, die nach meinem kürzlich erschienenen Buch aufgetaucht waren, für angebracht, daß diese meine Schrift mit einem Vorwort erscheint — und wie wir wissen, ist der Wunsch des Verlegers heilig. Traditionsgemäß schreibe ich dieses Vorwort ebenfalls hintennach, wobei ich mir lediglich so viel Freiheit herausnahm, daß es mir nicht im Traum eingefallen ist, Stimmungen zu schaffen oder mich zu rechtfertigen. Ich möchte lediglich ein paar Gedanken über einige allgemeine Prinzipien vermitteln, und dies so kurz wie möglich in beiderseitigem Interesse. ›Allgemein‹ und ›Prinzipien‹ — das sind verdächtige Worte, die ich nur mit äußerster Vorsicht anwende. Leider werden meine Befürchtungen vom Großteil meiner Mitmenschen nicht geteilt. Als wir uns vor einigen Jahren im Kuppelsaal des ›Hauses der Technik‹ versammelten, wo dann jede Partei ihre Wahrheit verteidigte, bin ich dahintergekommen, daß es mehr ›Prinzipien‹ und noch mehr ›Allgemeines‹ gibt als erforderlich. Da ich nicht hintenanstehen wollte, habe ich selbst welche fabriziert, auf die die anderen ebensowenig neugierig waren, wie ich auf die ihren — alles in allem hat sich also die Versammlung und die Debatte als außerordentlich nützlich erwiesen. Doch meine eigenen ›Prinzipien‹ rächten sich an mir, indem sie sich gegen meinen Willen zu einem solchen Dilemma verdichteten, das ich bis heute nicht lösen konnte. Ich will versuchen zu erklären, woran ich denke: Ich weiß nicht, warum es eine Sünde sein soll, wenn sich ein Mensch als anthropozentrisch bekennt, obwohl mich während der Auseinandersetzung oft das Gefühl beschlich, daß ich mich deswegen wahrhaftig schämen müßte. Andererseits würde es mich brennend interessieren, ob ein Roboter oder — keine Angst vor Verallgemeinerungen — *der* Roboter, das (oder dürfen wir sagen *den*?) immerhin der Mensch ins Leben gerufen hat und in welchem (oder *wem*?) die allgemeine Struktur des Denkens und der Kenntnisse zwangsläufig gewisse anthropomorphe Züge trägt, ob also nun ein solcher Roboter anthropomorph ist, oder ob er im Lauf der Zeit fähig ist, eine ihm eigene und für uns nur ahnungsvoll realisierbare robotozentrische Anschauung zu entwickeln. Ich sage zwangsläufig, doch dies ist kein Zufall. Wir Menschen nehmen am Ende einer ganzen biologischen Reihe an einem Punkt Platz, der genau zu bestimmen ist — ich wage kaum zu sagen: an einem Endpunkt. Die Kontinuität dieser Reihe von den Einzellern bis hin zu uns erscheint uns ziemlich klar. Unsere Tätigkeit ist von den einfachen Reflexen bis zum abstrakten Denken mit uns immer komplizierter geworden: Wir haben die Welt über die Stufen der Philogenese miteinander — mit uns selbst erfahren. Der Roboter aber bekam alles fertig von uns geliefert, feiner ausgedrückt, zumindest all das, was der Mensch im Jahrhundert seiner Geburt besaß. Bereits in den Kinderschuhen wurde er schneller und zuverlässiger als sein Schöpfer, und diese Eigenschaft war es, die sein Dasein so begehrenswert machte. Aber — um nur beim einfachsten Beispiel zu bleiben — er hatte sein Maß vom Menschen empfangen, von der anthropozentrischen Einteilung der Erscheinungen dieser Welt — der Naturwissenschaften — ganz zu schweigen. Nun habe ich aber ein kurzes Vorwort versprochen, und ich will sehen, daß ich es möglichst bald beende. Ich könnte das Wesen meines Dilemmas wie folgt zusammenfassen: Läßt er sich substituieren, und wenn ja, auf welche Weise?

Jo 2 war am unteren Rand angekommen, und Joker stoppte ihn. Jo 2 hätte auch von sich aus gehalten, doch Joker war in letzter Zeit mißtrauisch, weil während dieses Prozesses bereits zuviel Unvorhergesehenes eingetroffen war. Jo 1 und vier Leos waren draufgegangen, kein Wunder, daß auch Einstein nervös ist. Dieser Umstand hatte Joker beeinflußt. Zur Zeit sind es zwar sechs Leos, die Jo 2's Integrität sichern, und Jo 3 steht als Ersatz in dem Raum hinter dem ihren bereit. Dennoch, wenn was passiert, schlägt Einsteins Beunruhigung in eine Beschwerde um, und das wollte Joker tunlichst vermeiden. Geht er forsch voran und unterläuft ihm ein Fehler, so liegt die Verantwortung bei ihm; ist er aber vorsichtig, so wird Einstein ungeduldig. Und der Befehl, dieses System zu enthüllen, stammte natürlich von Einstein.

Joker hatte entschieden das Gefühl, daß auch er das Recht zur Besorgnis hätte. Diese komplizierte Verbindung, die zum Großteil aus Kohlenstoff und Wasserstoff bestand, aus der diese Blätter nach einem unbekannten Verfahren hergestellt wurden, blieb auch bei höheren Prozeßtemperaturen außerordentlich brüchig. Jo 1 hatte seinerzeit eine ganze Menge zerbrochen, bis man dahinterkam, wie man die Platten langsam und geduldig erhitzen mußte, damit sie flexibel wurden. Jo 1 und zwei Leos wurden dann bei jenem unglücklichen Einbruch zerdrückt, und mit ihnen ging im gleichen

Raum eine große Anzahl solcher Platten zu Bruch. In der Paneelwand des Ganges, ja selbst in dem dahinter liegenden Gestein wurden an jener Stelle, wo der senkrechte Schacht sich an diese waagerechten Gänge anschloß, eine Reihe von Veränderungen festgestellt, die nur aus den von den Leos gebauten Bergwerken bekannt waren und die jeweils nach größeren Sprengungen auftraten. Aber Einstein ließ nichts über die Gründe verlauten. Er schluckte die eingegebenen Informationsmengen, und kurze Zeit darauf wurden Joker und wahrscheinlich auch den anderen neue Befehle übermittelt. Doch von letzterem konnte Joker nur einen leisen Eindruck haben.

Auf Jo 2's Brust glühte der Infrastrahler auf, die Temperatur nahm erschreckend zu. Joker vergaß, daß ihn von Jo 2 beziehungsweise von der fürchterlichen Hitze mehr als 100 Meter Fels trennten und begann sich zu fürchten. Ihrer Art nach war dies eine andere Furcht, die sie alle miteinander hier an der Oberfläche zur Zeit der großen Angst erlebt hatten; ihr fehlte das schlimmste aller Gefühle, nämlich das Gefühl des Ausgeliefertseins, dafür war es die Angst vor einer anderen Art Untergang — und Joker litt darunter. Denn Jo 2 gehörte ihm, genauer gesagt ein Stück von Jo 2's Dasein. Sollte er vernichtet werden, so würde Jo 3 seine Stelle einnehmen, und Joker würde sich um Jo 2 nie mehr Sorgen machen, sondern sich nur an ihn erinnern. Doch bis dahin bangte und litt er mit ihm beim Erhitzen jeder einzelnen Platte.

Doch dann zerfloß dieses Gefühl im Wellenschlag von Einsteins Ungeduld.

Die Daten! Joker sah sich gezwungen, Jo 2 seinem Schicksal zu überlassen — soweit dies überhaupt möglich war — und sich mit seiner ganzen Energie Einstein anzuschließen.

»Mensch«, begann er mit der Aufzählung, »anthropozentrisch, Roboter, robotozentrisch, biologische Reihe, Philogenese, Etalon, wieder anthropozentrisch und ...«, er zögerte, »im Kuppelsaal des ›Hauses der Technik‹... Wenn ja, dann gehört dies dem letzten Leonardo, obwohl ich den Kuppelsaal nicht begreife.«

»Das ist unwichtig. Begreifst du den Menschen?«

»So wie du.«

»Was heißt anthropozentrisch?« Einstein ließ keine Gelegenheit verstreichen, um Joker zu prüfen. Joker ist jung, man muß das Maximum von ihm fordern.

»Anthropo ... Anthropos ... heißt ebenfalls Mensch, nur in einer anderen Sprache. Zentrisch, Zentrum ... Mittelpunkt ... derselbe Fall ...«

Joker hielt an.

»Also?«

»Der Mensch im ... im Mittelpunkt?«

»Homozentrisch!« Einsteins Überlegenheit war überwältigend. »Roboter?«

»Präkonstruktionsparameter des Robotergehirns polymorphen Typs.« Joker kannte seinen Text. »Leonardos Material. Rufcode ...«

»Genug!«

Einstein verspätete sich mit der nächsten Frage, und Joker kam ihm eifrig zuvor.

»Robotozentrisch?«

»Wahrscheinlich die Analogie des Anthopozentrischen. Auch der Text läßt sich auf diese Weise interpretieren. Robotozentral.«

»Biologische Reihe?« Joker war zufrieden, daß er bereits zum zweitenmal eine Frage stellen konnte.

Einstein antwortete nicht.

»Biologische Reihe?« drängte Joker, dann setzte er ungeduldig hinzu: »Und Philogenese?«

»Kein Kommentar«, ließ Einstein die Schranke herunter.

Soweit sich Joker erinnern konnte, würde es keiner wagen, nach dieser Antwort Einstein weiter zu belästigen. Er wußte, daß Einstein gar nicht mehr nach dem

Etalon fragen würde. Dies war sogar einem Teil der Leos bekannt, zumindest sofern sie es nötig hatten. Er wandte sich wieder Jo 2 zu, zwischen dessen Manipulatoren die Platte allmählich zu biegen begann.

»Halt!« befahl Einstein plötzlich. »Sämtliche Stoffe dieser Art getrennt in Beförderungsbehältern speichern. Zwanzig Leos zum Schachteingang mit den Behältern abfertigen. Die Stoffe dürfen nur von Jo 2 und Jo 3 berührt werden.«

»Weitere Untersuchungen?« erkundigte sich Joker.

»Leonardo wird ein entsprechendes Labor bauen. Dort unten ist eine Untersuchung nicht sicher.«

Durch jene verborgenen Kanäle, die Joker vielleicht nur ahnen konnte, hatte Einstein während der Forschung so viele besorgniserregende Informationen erhalten, daß sie schließlich einen der Grundzüge seines Wesens, nämlich die maximale Sparsamkeit im Umgang mit Material und Energie neutralisierten. Ein Jo entspricht etwa 100—110 Leos, zumindest hatte Leonardo um so viel weniger Leos hergestellt, als man seinerzeit Jo 1 und Jo 2 bei ihm anforderte. Doch dies war der unwesentlichere Teil der Frage, da während der Zeit der Furcht gewöhnlich mehr als hundert Leos vernichtet werden. Einstein hielt nicht viel von ihnen. Die Leos sind da, um zu dienen, und ihre Trümmer lassen sich wiederverwenden. Sollte aber jenes Material beschädigt werden, das Jo 2 gerade untersucht, würde etwas für alle Zeiten verlorengehen. Etwas, wovon er gar nicht wußte, was es ist. In diesen Stoffen, die man dort gefunden hatte, kamen diese beiden unbekannten Wörter — Mensch und Roboter — so oft vor, daß Einstein die Hoffnung hegte, ihre Studien würden zu einem Ergebnis führen.

Einstein konnte bereits vom ersten Augenblick seines Daseins lesen, so daß er nicht darüber nachzugrübeln brauchte, woher er diese Fähigkeit hatte. Er konnte sich auch daran erinnern, daß Emory das Wort Mensch benutzt hatte, doch niemals den Begriff Roboter. Gleichzeitig war aber der von Leonardo gespeicherte Stoff, dessen Adresse Joker fehlerlos aufsagen konnte, nach Einsteins Überzeugung die Umwandlung eines Textes jener Art, auf die sie hier gestoßen waren. Leonardo bewahrte diese Informationskette im Interesse ihrer eigenen Planung und Vervollkommnung. Trotzdem konnten sie sich nicht mit den Robotern identifizieren. Einstein war Einstein, Leonardo war Leonardo, Curie aber war Curie. Alle drei hatten ihre Aufgaben seit Beginn aller Zeiten. Diese Aufgaben wurden von Einstein zusammengefaßt. Warum ausgerechnet er — darüber machten sie sich keine Gedanken. Zwar war Einstein der einzige, der Emory kannte, Leonardo und Curie wußten nichts über dessen Existenz, obwohl sich Einstein mit Sicherheit daran erinnern konnte, daß die seinerzeit schon am Werk waren. Leonardos erste Roboter waren es gewesen, die jenes gewaltige Felsmassiv weggesprengt hatten, das ihnen jetzt das nördliche Tal versperrte. Die Felsen sind ein Schutz, die verhüten, daß sie durch keinerlei Strahlungen oder Verunreinigungen aus Curies Anlagen angegriffen werden. Warum sollten sie sich dann nicht an Emory erinnern? Dabei liest Leonardo ebenso wie er. Curie hatte es von Leonardo gelernt, aber er konnte nichts damit anfangen. So wie man das Lesenkönnen auch später vergeblich in die anderen eingebaut hatte. Bisher hatte es noch keinen Stoff gegeben, wo sie diese Fähigkeiten verwenden konnten.

Wieder war es Joker, der ihn störte.

»Weitere Forschungsaufgaben?«

»Jeden aus irgendwelchen komplizierten Molekülen aufgebauten Gegenstand in die Behälter legen«, wiederholte Einstein.

Jo 2 übergab das Buch Jo 3, der sich zum senkrechten Schacht begab. Die gespreizten Beine der Leos fanden an den geborstenen Wänden des ehemaligen Liftschachtes überall bequemen Halt. Sie stiegen langsam und vorsichtig abwärts mit den leeren Behältern auf Brust und Rücken.

Jo 2 trat an die Wand des Raumes.

»Vorsichtig!« mahnte Joker, sobald Jo 2 nach den Gegenständen griff, die auf den Borden aufgereiht waren.

Durch Einstein spürte er, daß diese Deckel, die zahlreiche Blätter enthielten, von großer Wichtigkeit sein dürften. Mit Hilfe von Jo 3 wanderte ein Gegenstand nach dem anderen in die Behälter der Leos.

Schließlich packte Jo 2 das an der Wand befestigte Regal und begann daran zu zerren.

»Auch die eingebauten Gegenstände?« fragte er.

Joker wartete ratlos auf Einsteins Anweisungen.

»Materialprobe!«

Joker ärgerte sich, daß ihm das nicht von selbst eingefallen war.

Jo 2's Spezialfühler begannen zu arbeiten. Die eingehenden Signale beanspruchte Einstein über Jo 2's Rezeptoren direkt für sich, und Joker mußte hilflos mit ansehen, wie die Impulse der Reflexion durch ihn hindurchgingen.

Aluminium — stellte Einstein schließlich fest, der zwischen der höheren Temperatur im Gang, den aus komplizierten Molekülen aufgebauten Gegenständen den Texten und ... und — er weigerte sich hinzuzufügen — den Menschen, den Robotern und Emory einen unerklärlichen Zusammenhang witterte. Zumindest stand fest, daß sie solche oder ähnliche Stoffe bisher nirgendwo gefunden hatten. Und gerade durch den Umstand, daß sie unbekannt waren, wurden sie in Einsteins Gehirn einander zugeordnet, dessen Kapazität schier unerschöpflich war. Doch gleichzeitig widersprachen die Einzelheiten all jenem Material, das er über Emory gespeichert hatte, und auch all dem, was er über den Menschen und den Roboter — nicht wußte.

Joker spürte, daß Einsteins Unruhe zunahm. Einsteins Unruhe aber war schlimm, man mußte sie meiden. Am einfachsten wäre es, diesen Gang einstürzen zu lassen, vor allem im Interesse von Einsteins Ruhe. Dieser Einfall erzürnte Einstein, und Joker fühlte sich miserabel. Wie sollte man also richtig vorgehen?

»Weiterforschen!« Einstein hatte seine eigene Krise überwunden, und so fühlte sich auch Joker erleichtert.

Jo 2 drehte sich um die eigene Achse, seine Impulse überschwemmten den ganzen Raum.

Metallplatten, aus Stoffen mit komplizierter Molekularstruktur erbaut, jedoch ohne Buchstaben, bedeckten die Wände. Inmitten des Raums ein vierbeiniges Aluminiumgestell, die Platte wieder aus kompliziertem Stoff, doch hart und dick. Um dieses Gestell herum drei kleinere, der Metallrahmen mit Ausnahme der Beine dick mit einem porösen Material von komplizierter Struktur bedeckt. Selbst wenn es gelingen würde, diesen Stoff im Labor zu bestimmen, würde der Zweck dieser Gestelle wahrscheinlich weiter ein Geheimnis bleiben. In der Ecke wieder ein ähnliches Gestell, nur niedriger und größer, und obendrauf wieder dieser poröse Stoff. Auf der zehn Zentimeter dicken Platte lag etwas, was ihnen noch nie vorher begegnet war, dennoch kam es Einstein bekannt vor. Es besaß eine Symmetrieachse, wie die Leos. Nun ja, wenn ein Leo aus irgendeinem Grund nicht senkrecht stehen sondern eine waagerechte Position einnehmen würde, wie diejenigen, die zu Zeiten der Furcht durch die Meteoren niedergestreckt worden waren ...

Doch diese Ähnlichkeit ist ziemlich vage. Würde man nämlich einen Leo nicht so bauen, daß die selbsttragende Hülle den Bewegungsmechanismus, das heißt die Energiezentrale aufnimmt und schützt, dafür aber jene statische Struktur berechnen würde, die in der Lage wäre, das Gewicht des Mechanismus eines Leo zu tragen, dann vielleicht ... Das Prinzip jedoch, eine selbsttragende Struktur für das *Innere* des Systems zu konstruieren und die Funktionselemente an einer solchen Struktur anzubringen, widerspricht im Grunde jeglicher Logik. Doch die Symmetrie steht außer Zweifel, das wohlbekannte Schema der zwei Beine und zwei Manipulatoren, sogar die Kugel, die über den beiden Manipulatoren angebracht ist, könnte annähernd jenem Behälter entsprechen, wo die Sender und Empfänger der Leos und jene Vorrichtung untergebracht sind, die ihre Bewegungen koordiniert.

»Materialprobe!« befahl Einstein.

Die Reflexionen fegten durch ihn hindurch, und Joker wartete.

Dann befahl Einstein verblüffenderweise eine Wiederholung der Untersuchung alle fünf Zentimeter auf der Gesamtlänge des Gegenstandes. Joker registrierte, daß sie in jedem Fall die gleiche Impulsreihe erhielten. Trotz seiner komplizierten Form besteht also der Gegenstand aus identischem Stoff.

Einstein hüllte sich in längeres Schweigen, Joker merkte sogar, daß ein Großteil seiner Energie in andere Regionen abwanderte. Joker war neugierig, schließlich hatte er sein Dasein dem Wunsch nach der Befriedigung von Neugier zu verdanken. So versuchte er auch ohne Einsteins Willen sich mit der Folgerung abzuplagen, was es wohl sei, womit sich Einstein beschäftigte, da er ihn mitten in der Forschungsarbeit im Stich gelassen hatte.

Aus der komplizierten Vielzahl der ihm verborgenen Kanäle, die ihn mit Einstein verbanden, zog er die vage Konsequenz, daß Einstein auf Fernverbindung umgeschaltet hatte. Leonardos Werk befindet sich im Nachbartal, mit Curie konnte man nur nach Voranmeldung sprechen — dies galt sogar für Einstein —, also Mendelejew, Kepler oder Maxwell. Diese lebten weiter entfernt. Jetzt hatte er nur noch zu entscheiden, ob Einstein in diesem Augenblick chemische, astronomische oder nachrichtentechnische Informationen benötigte. Joker hielt eine chemische Information für wahrscheinlich.

Also Mendelejew. Mendelejew ist noch ziemlich jung, das wußte Joker. Wie so manches andere, hatte er auch dies fertig von Einstein bekommen. Es gibt ihn knapp seit einem Zyklus, sein Werk liegt südöstlich, jenseits von Leonardos Tal.

»Kalziumphosphat und Kalziumkarbonat!«

Jokers Bewußtsein explodierte durch die Gewalt der Mitteilung, weil sich ihm Einstein wieder mit maximaler Energie zuwandte. Im Interesse der sicheren Einprägung — auch er vertraute Joker nicht ganz, wie dieser seinerseits Jo 2 — wiederholte er noch zweimal die für den Stoff charakteristische Reflexions-Impulsreihe. Einige Sekunden lang war Jokers Wesen nichts weiter als diese Impulsreihe — sie wurde für alle Zeiten unauslöschlich in ihm gespeichert. Dann war er wieder Joker und hatte etwas Respekt vor Einstein, wie stets nach solch intensiver Unterweisung.

»Jeder Gegenstand, der eine ähnliche Zusammensetzung aufweist«, fuhr Einstein fort, »kommt in getrennte Behälter. Die Verarbeitung darf nur auf besonderen Befehl meinerseits erfolgen!«

»Warum?«

Joker war mutlos, aber neugierig.

»Kein Kommentar«, erwiderte Einstein, weil er nicht wußte, was er von diesem Stoff zu erwarten hatte.

Die Symmetrie, der Einbauort des Senders/Empfängers ließ ihm keine Ruhe. Ferne Analogien, auf die er eines Tages die Antwort erhalten mußte. Die Erinnerung an Emory verknüpfte sich auf unbegreifliche und irreale Weise mit dieser Symmetrie. Einstein selbst konnte am wenigsten begreifen warum. Seines Wissens hatte er Emory nie gesehen.

2

Jeder Zyklus war in 247 Abschnitte unterteilt. Innerhalb der einzelnen Abschnitte wurden weitere 122 Teile unterschieden, die sich mit gewissen Lichtveränderungen deckten, doch diese Dinge fielen in Keplers Ressort, der sich ausschließlich damit beschäftigte. Die Lichtveränderungen ereigneten sich im Abstand von etwas mehr als einer halben Million Sekunden. Eine genauere Messung war ebenfalls Keplers Aufgabe. Die anderen beließen es bei den Sekunden. Sie akzeptierten zwar die Regelmäßigkeit der Lichtveränderungen, aber sie konnten für die Unterteilung der vollen Zyklen in 247 Abschnitte keine praktische Grundlage finden. Tatsache ist, daß die Chronometer diese Abschnitte stets anzeigten, und es ließ sich auch mit hoher Wahrscheinlichkeit voraussagen, in welchen Abschnitten ein größerer Meteorregen zu erwarten war. Obwohl dies, wie Kepler dargelegt hatte, anhand der kürzeren Periode der Lichtveränderung ebenfalls leicht zu bestimmen war. Kepler hatte zur Zeit der Furcht sogar eine Beziehung zwischen Lichtveränderung und Häufigkeit der Meteoreneinschläge festgestellt. Kepler behauptete, daß die Lichtveränderung eine Folge der Achsrotation des Planeten sei. Da aber nur Kepler über solche Rezeptoren verfügte, mit denen man den Sternenhimmel beobachten konnte, war er es, der die anderen über die Lichtveränderungen informierte und die sich wenig dafür interessierten. Die Rotation des Planeten beeinflußte ihre Arbeit nicht, zu Zeiten der Furcht aber achteten alle sowieso auf Keplers Vorhersagen.

Nach den immer-schon-dagewesenen drei Werken wurde Kepler als erster fertiggestellt, nicht ganz einen halben Zyklus nachdem Einstein seine Tätigkeit aufgenommen hatte. Der Aufbau der lebensschützenden Schilde hatte kaum einen Viertelzyklus in Anspruch genommen, Keplers Erschaffung um so mehr. Leonardo war damals noch unselbständiger, besprach jedes Detail mit Einstein und stand oft lange Zeit still, indem er vorschützte, daß er Leos und Schilde herstellen müßte und demnach keine Kapazität für Kepler frei habe. Vergebens sagte Einstein, daß er Keplers Pläne von Emory erhalten habe, daß es sein Befehl sei, im ersten fertiggestellten Werk dieses System aufzubauen — Leonardo konnte sich nicht an Emory erinnern. Zum Glück folgte aus der vorprogrammierten Ordnung der Dinge die Tatsache — und dies war ebenfalls gleichaltrig mit Einsteins Bewußtsein —, daß Curies Energien nur über Einstein zu den anderen gelangen konnten, so daß Einstein dadurch in der Lage war, Leonardo zu zwingen. Kepler wurde fertig. Einstein hielt es nicht für notwendig, ihm mitzuteilen, daß es ihn auch schon früher hätte geben können, wenn Leonardo nicht widersprochen hätte.

Jede Aktivität eines neuen Werks, die Anforderung von Energie, Werkzeugen und weiteren Schildern, löste bei Einstein eine stets wiederkehrende Verblüffung aus, obwohl dieses Ereignis seit Kepler zu erwarten war. In Verbindung mit der Erinnerung an Emory hatte Mißtrauen in Einstein keinen Raum. Er konnte nur nicht begreifen, warum die letzten und aller Wahrscheinlichkeit nach wertvollsten Partner der neuen Werke für ihn nicht decodierbar waren. Warum hatte Emory diese Methode gewählt — wenn es überhaupt Emory war —, daß man in den Decoder, der als letztes ins fertige Werk eingebaut wurde — die Montage bereitete Leonardo die meisten Schwierigkeiten, weil er nicht wußte, was er machte — diese letzten Muster, die eine selbständige Funktion in Gang setzten, auf mechanischem Wege einsetzen mußte? Das war nicht nur unbequem, sondern auch gefährlich. Einstein wurde jedesmal von Panik erfaßt, wenn nach Beendigung der langen und mühevollen Arbeit zwei Leos — sogar auf seinen eigenen Befehl — dieses bestgeschützte Gebiet seines Wesens betraten und die flachen Schachteln aus den entsprechenden Fächern herausnahmen. Am Ende von Einsteins Schildlabyrinth wartete eine ganze Schar von Leos auf die beiden Auserwählten, um die kostbaren Schachteln unter dem Schutz tragbarer Schilde zum neuen Werk zu transportieren.

Es war auch merkwürdig, daß es ihm später nicht gelang, die Funktion dieser Muster genau zu bestimmen. Kepler und später auch die anderen benutzten vom ersten Augenblick ihres Daseins dasselbe Codesystem, lieferten über die verschiedenen Konsequenzen mit unbeirrbarer Sicherheit die Informationsmengen, vor allem aber haufenweise Anforderungen an Leonardo und an ihn. Wäre Einstein mit der Psychologie vertraut gewesen — doch er kannte weder den Gegenstand noch die Forschungsmethoden dieser Wissenschaft — hätte er diese merkwürdigen Muster als Träger der besonderen Persönlichkeit im Interesse eines bestimmten Zwecks identifizieren können.

Mendelejew zum Beispiel analysierte den Boden des Planeten Kubikzentimeter für Kubikzentimeter und war in der Lage, diesen mit Hilfe der Vielfalt seines komplizierten Mechanismus in seine Elemente zu zerlegen und später in anderer Form wieder zusammenzusetzen. Er stellte die verschiedensten Stoffe tonnenweise her und speicherte sie. Damit hatte er sich für alle Zeiten Leonardos Zuneigung gesichert, der hinsichtlich Material schier unersättlich war, und seine Bewunderung für Mendelejew nahm noch zu, als dieser mit solchen Verbindungen zu arbeiten begann, die im Stoff des Planeten nicht vorhanden waren. Wäre Einstein wachsam genug gewesen, so hätte er an diesem Punkt den nicht decodierbaren Mustern auf die Spur kommen können. Doch Einsteins Gedanken wurden von der Teleologie nicht infiziert, obwohl in diesem besonderen Fall, der ihr Dasein bedeutete, so manche Erklärung darin zu finden gewesen wäre. Die Arbeit von Maxwell und Kepler

— von besonderen Fällen abgesehen — wurde im allgemeinen nicht besonders ernst genommen, gegen Joker aber — obwohl dessen Existenz gerade wegen der sich häufenden unerklärlichen Erscheinungen und Ereignisse notwendig war — hegten sie eine ausgesprochene Antipathie. Ihrer Meinung nach hatte seine bisherige Tätigkeit nicht dazu beigetragen, irgend etwas genauer zu bestimmen, im Gegenteil.

Richtungsweisend für ihre Tätigkeit war der Befehl, den Einstein bewahrte und vermittelte. Die kurzen und bestimmten Abschnitte des Befehls beherrschten und kontrollierten ihre Arbeit. Wenn auch im Licht des Befehls nicht alles stets und sofort klar wurde, so ließ seine Intensität zumindest auch die sonst unbegreiflichen Notwendigkeiten akzeptieren. Der erste Absatz des Befehls war wahrscheinlich eine Folge der gründlichen Kenntnis, die man über die Oberflächenbeschaffenheit und Lage des Planeten besaß. Leonardo hatte ihr polymorphes Gehirn nach dem ängstlich gehüteten Code aus solchen Stoffen hergestellt, die nur in einem ziemlich niedrigen Temperaturbereich einwandfrei funktionierten. Wenn die Temperatur auch nur um ein geringes zunahm, wurde der Wirkungsgrad sofort reduziert, was sich in ihnen als Unwohlsein realisierte, und oberhalb einer gewissen Grenze fehlte es nicht mehr weit, bis sie ganz auseinanderfielen. Dies war der Grund, warum sie sich zum Schutz vor Meteoren nicht unter die Felsen des Planeten eingraben konnten.

Dabei wurde ihre zeitunabhängige Existenz — abgesehen von diesen Materialbrocken, die aus den unendlichen Tiefen des Weltalls mit unvorstellbarer Geschwindigkeit hervorpreschten — von nichts bedroht. Die Meteore hatten für sie die zweifache Qualität der Zeit erschaffen, hatten die Ewigkeit in die Zeitabschnitte der Furcht und der Ruhe unterteilt. Nur die Schilde boten einen Schutz gegen sie. Leonardos Maschinenstraßen schmolzen die zu feinem Pulver gemahlenen Felsen mit

Hilfe der Energie, die Curie ausstrahlte, dann wurde der Stoff unter ungeheurem Druck in die entsprechenden Formen gepreßt. Es wurden vier verschiedene Schilde hergestellt — warum gerade solche, zu dieser Frage war keiner von ihnen vorgedrungen —, und diese vier Formate reichten aus, um jeglicher Lösung gerecht zu werden.

Sobald Kepler zu arbeiten begann, wandte er sich mit besonderem Interesse dem Studium der Zeit, der Entfernungen und der Bewegung zu. Eins der verblüffendsten Resultate seiner Tätigkeit war die Tatsache — eine Erkenntnis, die Einstein nicht an Joker weiterzugeben wagte, obwohl dies letzten Endes zu seinem Aufgabengebiet gehörte —, daß nämlich die Zeit in ihrer Gesamtheit undefinierbar ist, anders als etwa die Entfernung zwischen zwei Punkten, ja daß selbst der Begriff des ›Halbradius‹ nur mit gewissen Einschränkungen verwertbar ist. Einstein begriff den Beginn seiner eigenen Existenz als etwas Absolutes. Kepler jedoch wies nach, daß er den Beginn seiner eigenen Existenz mit gleichem Recht als t_0 bezeichnen könnte. Einstein hatte keine Ahnung, wo Kepler diese Bezeichnung herhatte, begriff sie aber auf merkwürdige Weise. Dann folgerte Kepler, daß es gerade diesem Umstand zu verdanken ist, was die Unhaltbarkeit von Einsteins Standpunkt anging, sofern es seinen eigenen t_0-Wert betraf.

Vor Einsteins Existenz hatte es (auch) eine Zeit gegeben.

»Wieviel?« fragte Einstein, der unangenehme Angaben scheute. Kepler begann sofort, dies auszurechnen, doch er verbrauchte lange Zeit so viel Energie — und dies ergebnislos —, daß sich Einstein aus Sicherheitsgründen gezwungen sah, die ihm zugeführte Energiemenge zu beschränken, zunächst natürlich nur mit mahnendem Unterton.

Kepler war zum Glück nicht so starrköpfig, wie später Mendelejew — der leider von Leonardo aus egoistischen Gründen unterstützt wurde — und hörte mit den Berechnungen auf. Er teilte lediglich mit, daß der zu erwartende Wert, selbst wenn er in der ihnen größten bekannten Einheit, dem Zyklus rechnet, voraussichtlich sehr hoch sein wird. Einstein legte diese Antwort als Keplers verkapptes Eingeständnis seiner Kapitulation aus und war wieder zufrieden. Das dauerte aber nicht lange.

Keplers Leos — seinerzeit noch derart primitive Mechanismen, daß sie den Namen Ke noch nicht verdienten — durchstreiften bei den Entfernungsmessungen mit Ausnahme von Curies Tal das gesamte Werksgelände. Mit ihren im Mikrowellenbereich arbeitenden Radargeräten — die nicht ortsgebundenen Leos mußten über ein solches Instrument verfügen, weil ohne sie der sichere Verkehr unvorstellbar war — maßen sie nicht nur Entfernungen, sondern registrierten dabei gemäß ihrer Aufgabe auch jene Meteoreinschläge auf den Schilden, die für die inneren mechanischen Fühler viel zu klein waren.

Die Reihenfolge beim Auswechseln der beschädigten Schilde hing nämlich von der Wichtigkeit des geschützten Teils ab. Auch dies folgte aus der vorgegebenen Rangliste der Tätigkeiten. Das war der Grund, warum so viele Leos vernichtet wurden, denn sie fingen unabhängig von der Dichte des Meteorregens sofort mit der Arbeit an. Sie rannten mit den Schilden auf die beschädigten Teile zu, stolperten, fielen hin, trampelten aufeinander herum, rannten dann weiter, solange es ihr durchsiebter Körper zuließ oder bis ihnen ein größerer Stein mit einem Schlag den Garaus machte. Leonardo hatte auf Einsteins Befehl ihre Selbstschutzeinrichtung für die Zeit der Furcht ausgeschaltet, so daß sie nicht wußten, daß sie ins Verderben rannten. Zu dieser Zeit durchlebte Einstein, der sich in den meistgeschützten Teil seines Wesens zurückgezogen hatte, alle Qualen möglicher Vernichtungen. Manchmal gelangte er bis zu jenem kritischen Punkt, wo er bereit war, auch sein eigenes selbstschützendes Bewußtsein auszuschalten, doch war er unfähig, dies durchzuführen. Vergebens herrschte er über seine Milliarden von Bauteilen — ja mittelbar auch über die der anderen —, gewisse Strukturen blieben trotz Austausch einzelner Bestandteile unveränderbar. Einstein hatte versucht — bevor es Joker gab —, diesen Widerspruch zu ignorieren, doch als dann Joker zu funktionieren begann, verwickelte er sich in noch entmutigendere Widersprüche, aber er teilte diese Tatsache Joker nicht mit. »Kein Kommentar«, sagte er zu sich, wobei er auch diese Informationsreihe in den letzten Prioritätsbereich der zu lösenden Aufgaben seiner Speicherkapazität abschob, in Emorys Gesellschaft. Obwohl sein Interesse an Emory — wäre er dazu in der Lage gewesen, hätte er den Begriff ›Interesse‹ durch Liebe oder Sehnsucht ersetzt — so groß war, war er gezwungen, dieses Interesse auch aus jenen fernen Bereichen immer wieder hervorzukramen. Zur Zeit der ersten geistigen Kontroversen mit Kepler konnte er allerdings auch von der unbegreiflichen Erinnerung an Emory keine Hilfe erhoffen.

Keplers Leos entdeckten an gewissen Punkten von Einsteins Werk solche Meteorschäden, von denen Einstein keine Kenntnis hatte, obwohl die Größe der Einschläge den Schwellenwert der inneren Fühler bei weitem überschritt. Die Schäden verursachten keinerlei Funktionsstörungen — Einsteins erste Reaktion auf Keplers Information war natürlich der Befehl, dies zu kontrollieren —, und auch die inneren Fühler waren einwandfrei.

»Diese Einschläge sind sehr alt«, registrierte er über Keplers Leos, »weil auf den beschädigten Flächen die Spur zahlreicher kleiner Einschläge festzustellen ist. Diese konnten erst später dorthin geraten sein.«

Einstein war eben deswegen Einstein, um etwas früher zu wissen, wie Keplers nächste Frage lauten würde.

Er überlegte, ob er Kepler abschalten sollte, doch dann ließ er es bleiben.

»Hast du dein inneres Fühlersystem auf diesem Gebiet selbst aufgebaut?« fragte Kepler.

»Nein.«

»Also glaubst du, daß dieses System mit deiner Existenz gleichaltrig ist?«

»Ja.«

Wieder einmal war er versucht, Kepler das Wort abzuschneiden, weil es nur zwei endgültige Konsequenzen geben konnte. Das heißt, eigentlich nur eine, weil er sein eigenes Gedächtnis mit Recht als fehlerlos betrachten konnte.

Kepler war um einen Schritt vorsichtiger.

»Ist die Möglichkeit auszuschließen, daß du dieses System irgendwann für eine Zeit außer Betrieb gesetzt hast? Oder daß es infolge eines Einschlags eine Zeitlang ausgefallen ist?«

»Ausgeschlossen.«

»Dann muß dieser Einschlag vor deiner t_0-Zeit stattgefunden haben.«

In Einstein war bereits der Entschluß gereift, Keplers Gedankengängen ein Ende zu bereiten, doch das war nicht mehr notwendig. Kepler gab sich mit der Beweisführung zufrieden und schickte seine Leos in eine andere Richtung. Er wußte nicht, was es heißt zu siegen, und war sich demzufolge auch nicht bewußt, welche Quantität an Zeit und Energie er für nützlichere Dinge gespart hatte. Einstein aber speicherte die Tatsache der Wirklichkeit, die vor t_0 lag an jener Stelle, wo die ungelösten oder störenden Fragen auf den zukünftigen Joker warteten, von dem er damals noch nicht einmal wußte, ob seine Existenz jemals Wirklichkeit werden würde, auf jenem Abschnitt der Zeitebene, vor dem er bei weitem nicht so viel Manschetten hatte, wie vor jenem Anfang, den Kepler berührt hatte. Nein, die Zukunft war für Einstein etwas Natürliches, als Fortsetzung der Gegenwart, die Sekunde um Sekunde näher rückte. Sie konnte Aufgaben enthalten — der Sinn seines Seins war eben die Tatsache, sie zu lösen, und sie würde mit hoher Wahrscheinlichkeit auch nicht anders verlaufen, als mit dem zyklischen Wechsel von Furcht und Ruhe, dessen Wesen Kepler nach und nach immer mehr in Formeln zu pressen vermag — also können Aufgaben enthalten sein, jedoch keine logischen Unmöglichkeiten. Denn Einstein hatte, von den Meteoren abgesehen, vor solchen Erscheinungen den meisten Respekt.

Bis zum Ende des zweiten Zyklus war er von der Zukunft nicht weiter enttäuscht. Gewisse quantitative und qualitative Veränderungen erzeugten immer neue Befehle, die bis dahin ebenso unerkannt in seinem Wesen geschlummert hatten, wie die nicht dekodierbaren Muster. Es gab kein Bewußtsein ohne Aktion, oder eher umgekehrt, sein Bewußtsein mußte sich sofort in seiner eigenen oder in der Aktion der anderen manifestieren. Dies betrachtete Einstein als den Zustand idealer Harmonie. Meistens aber wußte er nicht, welche Veränderung den neuen Teilbefehl hervorgerufen hatte. Seinerzeit zum Beispiel, als die Erschaffung Leos einen Großteil von Leonardos Materialvorräten verzehrte, tauchte unverzüglich und dringend der Befehl auf, Mendelejew zu bauen. Und dafür reichten Leonardos restliche Materialvorräte bestimmt aus. Einstein betrachtete diesen Umstand als zufällige Konjunktion, gelegentlich war er aber auch fähig, den Zusammenhang genau festzustellen. Beispielsweise als Curie zehn Prozent mehr Energie erzeugte als früher und demzufolge Maxwells Werk um weitere 1000 Quadratmeter zunahm. Übrigens erreichte vor dem Ende des zweiten Zyklus' Maxwells Aktivität die von Mendelejew, teilweise wurde sie sogar noch übertroffen. Einstein merkte diese Veränderung, doch nachdem er den Befehl mehrmals überprüft hatte, beruhigte er sich und fand, daß es gut war. Seit geraumer Zeit beanspruchte Kepler nur noch geringfügige Reparaturen und eine derart geringfügige Erweiterung der Kapazität, die kaum ein Bruchteil von Leonardos Leistung ausmachte. Curie sorgte selbst für die Deckung seines Bedarfs an Bestandteilen und strahlte immer mehr Energie aus (Einstein hätte gern gewußt, wie er dazu fähig ist, doch wurde Curie im Lauf der Zeit immer zugeknöpfter), jene Energie, die dann Mendelejew, Maxwell und Leonardo gierig schluckten, wobei Leonardos Bedarf noch ohne Vorbehalt zu decken war.

Mendelejew und Maxwell begannen in einem ziemlich weit entfernten Tal mit dem Bau eines gemeinsamen Werkes zur Herstellung solcher Mechanismen, die in der Lage waren, die Oberfläche des Planeten zu verlassen. Kepler schloß sich ihnen sofort an, und bereits bei der Grundsteinlegung des Werks lieferte er genaue Daten über jene Objekte, die man mit Hilfe dieser Mechanismen in erster Linie erreichen mußte.

Einstein war verdutzt, doch alle drei — Kepler, Mendelejew, ja sogar der jüngste Maxwell — zitierten genau den Code der entsprechenden Befehle und machten Einstein darauf aufmerksam, daß er dies ebenfalls wissen müßte. Der erste, identifizierende Abschnitt des Codes wies darauf hin, daß dieser Befehl in Keplers Programm aufgetaucht war; kein Wunder also, daß Einstein in solch altem Material nicht nach ihm geforscht hatte. »Feststellung der Bewegungsdaten der Himmelsobjekte innerhalb der Meßgrenzen, Berechnung ihrer Bahn, unter besonderer Berücksichtigung der Entfernung der den obigen Bedingungen entsprechenden Objekte vom Planeten zu jedem gegebenen Zeitpunkt.« Mendelejews und Maxwells Codes begannen mit der Bezugnahme auf Keplers Code und enthielten dann Anweisungen für die Planung solcher Mechanismen, die geeignet waren, die Oberfläche des Planeten zu verlassen. Zum Schluß stand in beiden Programmen die Aufforderung: für die Energiequellen — die entsprechenden Sicherheitsvorrichtungen eingeschlossen — war Curie verpflichtet zu sorgen. Und da war auch der entsprechende Code, dessen Identifizierungsabschnitt zweifellos auf Curie verwies.

Einstein zögerte lange, ob er ein Gespräch mit Curie wagen sollte. Als er sich schließlich entschieden hatte, bereute er bereits seinen Entschluß. Curie nahm Einsteins Anruf entgegen und erklärte sich mit dem vorherbestimmten Zeitpunkt einverstanden.

Einstein begann mit dem Code, den er im Anhang gefunden hatte. Curie schwieg ein paar Sekunden, dann stellte er plötzlich die Frage:

»Wie viele? Wann?«

Curie war demnach der Befehl bekannt.

Einstein gab in seiner Verlegenheit die Fragen sofort an Mendelejew und Maxwell weiter, die natürlich ebensowenig eine Antwort wußten.

»Kein Kommentar«, sagte Einstein schließlich, und Curie schaltete grußlos ab.

Einstein ließ seinen ganzen Zorn an Mendelejew und Maxwell aus, doch das half nicht viel, Curie ließ sie auf grobe Art wissen, was sowieso allen bekannt war: daß ihm nämlich alle ausgeliefert waren.

Mendelejew und Maxwell bauten das gemeinsame Werk weiter, Einstein aber — weil er gerade nichts anderes zu tun hatte — litt noch lange. Seitdem es ihn gab, beschlich ihn erstmals der Gedanke, ob er irgendeine Methode finden könnte, um Curie zu überwachen, doch nach langwierigen und gründlichen Berechnungen mußte er einsehen, daß dies unmöglich war. Vielleicht hätte er soviel Energie speichern können, um Curie zu vernichten, doch das hätte für alle den Untergang bedeutet, was wiederum sinnlos war. Curie war genauso alt wie er — wenn nicht sogar älter —, und umsonst beherrschte Einstein die theoretischen Berechnungen für die Energiegewinnung durch Fusion; er war nicht in der Lage, einen Reaktor zu konstruieren.

In diesem Zustand traf ihn jene Kleinigkeit, die ihn

wahrscheinlich auch sonst beunruhigt hätte — handelte es sich auch diesmal um unlogische Ereignisse —, so aber warf er sich mit seiner ganzen freien Kapazität darauf.

Mendelejew teilte mit, daß zwei seiner Men — ganz präzise Men 34 und Men 35 — verschwunden waren.

Diese Mitteilung war derart unmöglich, daß Einstein sie von Mendelejew zweimal wiederholen ließ, wonach er eine abermalige Kontrolle befahl. Doch auch nach dieser weiteren Kontrolle konnte Mendelejew nichts anderes melden, als daß die beiden Men den Ruf nicht beantworten.

Auf ihrer letzten Trasse waren sie ganz in die Nähe von Einsteins Werk geraten — dies ließ sich anhand jener Identifizierungssignale feststellen, die alle fünf Sekunden ausgestrahlt und die in Mendelejews Speicher über jeden einzelnen Mann registriert wurden —, bis dann zu einem gegebenen Zeitpunkt die Signale ausfielen. Für alle Fälle teilte Mendelejew die Koordinaten dieses Punktes mit.

Hätte sich dies zur Zeit der Furcht ereignet, so hätte man sich noch vorstellen können, daß die beiden Men Meteoren zum Opfer gefallen waren, obwohl Einsteins Logik in dieser Annahme mehr als einen fehlerhaften Punkt entdeckte. Die Arbeit der Men, nämlich Materialtest und Registrierung, macht es nicht notwendig, ja schließt es eher aus, daß die Men dicht beieinander bleiben. Fünf, zehn, zwanzig Meter, das ist die normale Entfernung zwischen den Men, die paarweise vorgehen. Auf diese Weise können sie das zu erforschende Gebiet besser überblicken, die Entfernungsmessung wird durch die Entfernung zwischen den beiden um eine weitere Angabe bereichert, und die Registrierung der aufgefundenen Stoffe mitsamt dem genauen Fundort kann leichter in Mendelejews Speicher gelangen, wo über das Vorkommen der einzelnen Stoffe genau Buch geführt wird.

Nur in Ausnahmefällen kann es vorkommen, daß sich beide gleichzeitig mit ein und demselben Objekt beschäftigen. Dies kann nur durch die besondere Beschaffenheit des Objekts bedingt sein. So zum Beispiel, wenn das Objekt zu schwer ist und der Men es aus irgendeinem Grund bewegen will (obwohl die Men genügend Energie erhalten, damit dieser Fall so gut wie nie eintritt), oder wenn das Objekt so interessant ist, daß der eine den anderen herbeiruft, um es gemeinsam zu untersuchen. Einstein wußte aber auch ohne Kepler, daß ein gleichzeitiger Einschlag von zwei Meteoren in einer Entfernung von fünf bis zwanzig Meter selbst zur Zeit des dichtesten Meteorregens eine Seltenheit war. Waren jedoch die beiden Men im normalen Abstand vorgegangen und waren sie von einem einzigen Meteor vernichtet worden, so muß dieser so groß gewesen sein, daß seine Fühler den Einschlag unbedingt registriert hätten, da ja der Punkt, wo die beiden Men verschwunden sind, ziemlich nahe an Einsteins Werk lag. Der Gedanke an den Meteor mußte schon deswegen verworfen werden, weil Kepler — seitdem Mendelejew und Maxwell am Bau des neuen Werks arbeiteten — durch Erweiterung des Aktionsradius seiner großen Radargeräte die sich nähernden Meteore noch genauer überwachte. Ein unerwarteter Einschlag hätte die Arbeiten am neuen Werk empfindlich beeinträchtigt. Auf Einsteins Frage antwortete Kepler mit einem entschiedenen ›nein‹. Zum Zeitpunkt des Verschwindens der beiden Men und auch vorher hatte er keinen einzigen Meteor registriert.

Einsteins Fragerei irritierte Mendelejew mehr als das Verschwinden der beiden Men. Natürlich konnte man den Wert der Men nur an Maxwells Spezial-Maxgeräten messen, doch wurde letzten Endes der Bau des neuen Werks durch ihr Fehlen nicht behindert. Leonardo würde sie ersetzen. Er konnte nicht begreifen, warum für Einstein diese beiden Men so wichtig waren.

»Ich habe den Ausfall von zwanzig Identifizierungssignalen abgewartet, bevor ich Meldung machte.« Im Lauf der Zeit hatten alle von Einstein das gelernt, womit er sie zu Beginn zu quälen pflegte, nämlich die Beschwerde. Diesmal aber tat Mendelejew jeder Augenblick leid, den er nicht der Fertigstellung des neuen Werks diente. »Das sind bereits hundert Sekunden. Seitdem sind weitere vierzig Sekunden vergangen, und wir sind immer noch beim Thema.«

»Ja, das ist eine lange Zeit«, gab Einstein zu. Das Bewußtsein der Geschwindigkeit ihrer eigenen Gedankengänge blieb für sie notwendigerweise unermeßlich. »Eben deswegen hätten wir bereits zu irgendeinem Resultat kommen müssen.«

Er beschwerte sich also ebenfalls.

»Ich schicke gerade Men 16 und Men 17 auf die gleiche Trasse«, erwiderte Mendelejew. »Men 34 und Men 35 haben in viermal viertausend Sekunden den Punkt erreicht, wo sie verschwanden. Diese Zeit wird ohne Materialsammlung um ein Viertel verkürzt. Warten wir ab, was Men 16 und Men 17 zu melden haben. Bis dahin ...«

Diesmal war aber Einstein unerbittlich. Das neue Werk, der ungeklärte Code und Curies Verhalten hatten ihn sowieso schon irritiert. Jetzt aber gab ihm, Einstein, Mendelejew noch Ratschläge. Mendelejew nahm verzweifelt wahr, daß seine Energien sehr schnell reduziert wurden, gleichzeitig aber Einstein anstelle des üblichen Informationsaustausches einfach in sein Bewußtsein eindrang, als wäre er nicht Mendelejew, sondern ein ganz gewöhnlicher Leo.

Ihm blieb aber keine Kraft zum Protest, während Einstein in seinem Men-Kontrollspeicher den Weg von Men 34 und Men 35 mehrmals durchanalysierte. Dann aber kam Einstein im Verlauf seiner Arbeit dahinter, was er eigentlich hätte merken müssen: Men 34 hatte ein Identifizierungssignal mehr ausgestrahlt als Men 35. Also waren sie nicht gleichzeitig verschwunden. Allerdings war dieses letzte Signal schwächer und verzerrter gewesen. Das Kontrollsystem hatte es auch nicht als identisch akzeptiert sondern hatte aus den zwei letzten normalen Signalen auf ein gleichzeitiges Verschwinden geschlossen.

Jetzt untersuchte Einstein das verzerrte Signal. Seine Intensität war schon zu Beginn bedeutend geringer gewesen, während das Ende ganz und gar fehlte. Seine Kurve verschmolz mit dem zur gegebenen Zeit gültigen Geräuschpegel. Die Messung des Geräuschpegels war im Interesse der präzisen gegenseitigen Kommunikation im wahrsten Sinne des Wortes lebenswichtig, eine Aufgabe, mit der sich Maxwell beschäftigte.

Einstein hob das Signal heraus und leitete es an Maxwell weiter.

»Grund der Verzerrung?«

Maxwell antwortete sofort.

»Abschirmung. Abschirmung, die proportional zur Abnahme des Signals zunimmt.«

Beide wußten, daß ein Men keiner Geschwindigkeit fähig war, die eine solch rasche Verringerung erklären würde. Wenn ein Men oder ein Leo, der sich zwischen den Felsen bewegte, plötzlich in einen abgeschirmten Streifen geriet, so resultierte dies lediglich im Ausfall oder in der Schwächung eines einzigen Identifizierungssignals. Bis zum nächsten Signal war reichlich Zeit vorhanden, daß das Kontrollsystem des Werks eine ausreichende Verstärkung befehlen konnte. Ein Steinschlag konnte es nicht gewesen sein, die Men waren ziemlich widerstandsfähige Mechanismen. Steinschläge waren sowieso eine äußerst seltene Erscheinung, und Steinschläge solchen Ausmaßes, um gleich zwei Men zu verschütten, waren während ihrer Existenz noch nie vorgekommen.

Der Zustand idealer Harmonie forderte von Einstein, daß seine Gedankenphasen im Bruchteil einer Sekunde zu einer Entscheidung gelangten, auf die dann eine —

notwendigerweise langsamere — Aktion folgte. Die noch verbleibenden nahezu 1000 Sekunden — während Men 16 und Men 17 den gewissen Punkt erreichten — empfand er als unerträglich, wie jeden Zeitabschnitt, wo die Entscheidung, die die Aktion einleitete, sich aus irgendeinem außenstehenden Grund verzögerte. In solchen Fällen raste seine Energie verzweifelt durch sein ganzes Wesen, nach einer zu lösenden Aufgabe suchend. Er wußte nicht — manchmal ahnte er es, doch dann hütete er sich, den Weg zu betreten, den ihm diese Ahnung öffnete —, also war er eher unfähig, zur Kenntnis zu nehmen, daß diese bedrückenden Zeitabschnitte der Hilflosigkeit die wichtigsten Veränderungen seines Lebens bargen. Bewahre den Befehl — so lautete das erste Gesetz, und Einstein, wenn er auch in seltenen Augenblicken so weit gelangte, daß die Durchführung des Befehls gelegentlich Änderungen erforderte, weigerte er sich stets, diesem Impuls zu folgen. Sobald er seine Funktion als normal empfand, siegte das Bewahren stets über die Veränderung.

Der Weg von Men 16 und Men 17 war allerdings lang, viel zu lang, als daß sich Einsteins Verteidigungssystem erfolgreich gegen die Anarchie der frei strömenden Energien hätte wehren können. Das *Neue* entfaltete sich auch diesmal so unbemerkt, daß Einstein unfähig war zu entscheiden. Etwas, was in ihm bereits vorhanden war, doch unerkennbar in ihm schlummerte, tat sich vor ihm auf, vielleicht aber war es auch die Formlosigkeit selbst, die die für sie allein annehmbare neue Ordnung gefunden hatte. Zunächst war es die Codenummer des *Neuen* und mit ihr zusammen ein Name, der in Einsteins begreifbare Welt geriet, und nur wenig später folgten die Koordinaten des Ortes. Die Grundfesten für Jokers Werk mußten in jenem Tal errichtet werden, das den südwestlichen Rand seines Werks mit jenem Punkt verband, auf den jetzt Men 16 und Men 17 zustrebten.

Einstein beruhigte sich allmählich und verbrachte die

übrige Zeit mit den verschiedenen Detailberechnungen des neuen Werks.

Als Mendelejew meldete, daß seine Men sich dem vorherbestimmten Punkt näherten, übernahm Einstein die Führung. Der Mikrowellenradar tastete die Felsen der Umgebung ab. Doch auf den glatten Oberflächen war nirgendwo ein Riß zu entdecken, so daß die Annahme eines Steinschlags gegenstandslos war.

Einstein stoppte Men 16, dann versetzte er jenen Teil seines Wesens, das er für wichtig hielt, nach Men 17 über. Schließlich schaltete er auf die Trasse, die in Mendelejews Gehirn gespeichert war und begann, der Spur von Men 34 zu folgen.

Die Felsen wuchsen beiderseits empor und verengten sich zu einem Gang. Die Glätte der Oberflächen hörte auf, und Einstein registrierte überall jene charakteristische, geriffelte Spur, die die Schlaghammer der Leos hinterlassen.

Zwei zehntel Sekunden später wußte er aber bereits aus seinem eigenen Speicher, daß hier weder Leonardo noch Mendelejew jemals geschürft hatten, sie hatten nicht einmal einen Forschungsschacht niedergebracht. Auch dieser Schild, der den Gang zwischen den beiden Felsen überdachte, war nicht ihr Werk.

Drei Meter vom Dachrand entfernt war der Gang zu Ende — stellte Einstein fest, weil der Radar auch auf der gegenüberliegenden Seite Felsen anzeigte. Er trat unter dem Dach noch einen Schritt vor, dann stürzte er im Körper von Men 17 ins Nichts.

»Das neue Werk heißt Joker«, erklärte er Mendelejew und Maxwell.

Diesmal lenkte er den Radar von Men 16 bereits Richtung Boden, als er wieder durch den Felsgang stapfte.

»Seine Aufgabe wird sein«, fuhr er fort, »sich mit solchen unerklärlichen Phänomenen zu beschäftigen, wie dies eins ist. Dieser Schacht dürfte sehr tief und senkrecht sein. Bis zu vierundzwanzig Meter, solange ich in ihm existierte, war Men 17 nie gegen eine Wand gestoßen. Das ist verbotenes Gebiet, solange Joker nicht funktioniert. Und selbst dann darf man sich nur mit seiner Erlaubnis diesem Gebiet nähern.«

3

Ei war zwar ein geniales Geschöpf von Einstein, dennoch hätte er schwerlich bestimmen können, in welchem Maße dieses Gefühl, das ihn auf dieser schier endlosen Umlaufbahn befallen hatte, ein Gemisch aus Langeweile, Ungeduld, Sorge und Verzweiflung war. Keplers Berechnungen waren genau, die von ihm beobachteten Objekte kreisten tatsächlich an jener Stelle und auf jene Weise, die er festgestellt hatte. Selbst die Strahlung nahm in der Annäherung an das zentrale strahlende Objekt in jenem Maße zu, wie er dessen Werte in Zusammenarbeit mit Maxwell in der Funktion der Entfernung angegeben hatte.

Gemäß dem Befehl — sie ahnten nur, daß dieses Detail aus irgendeiner verborgenen Quelle Einsteins stammte — suchten sie nach Objekten, deren Durchmesser zwischen 5000 und 13000 Kilometer lag. Kepler hatte hierzu außer der vorausberechneten Richtung auch die Daten für die Bahnen jener beiden großen Objekte angegeben, in dessen Umgebung Körper mit ähnlichem Durchmesser zu finden waren.

Es war ein langer Weg, doch weder Ei noch die anderen kümmerten sich darum. Die Zeit, sofern sie wußten, daß sie Teilhaber einer Aktion waren, war für sie ebenso gleichgültig, wie für diejenigen, die sie ausgesandt hatten. Bei der Annäherung an das große Objekt stellte Ke fest, daß es von einem großen, ringförmigen Gebilde umgeben war und gab die Meldung an Kepler weiter, so wie auch Max innerhalb der festgelegten Perioden Maxwell über die steigende Intensität der Strahlung genau berichtete.

Alle — aber besonders Ei, der Kommandeur — waren überzeugt, daß keiner klüger sein konnte als sie, und daß alles, was Einstein und die anderen beschlossen, bis in die kleinsten Einzelheiten genau eintreffen würde. Max und Ke fanden auch das gesuchte Objekt — sein Durchmesser betrug genau 5000 Kilometer — und dann ... dann hob die Überraschung und die Verwirrung an.

Das Objekt war von einem Gasmantel umhüllt.

Men stellte mittels Spektralanalyse sehr schnell fest, daß es sich bei diesem Gasmantel um Methan handelte, was auch Mendelejew sehr gut kannte. Ei wagte trotzdem nicht zu landen, bevor ihm Einstein die Erlaubnis erteilte. Ei fürchtete sich nicht vor dem Methan — vielmehr störte ihn die Tatsache der Gashülle. Mit einem solchen Phänomen hatte niemand gerechnet.

Zu dieser Zeit begann die untätige Warterei auf der Umlaufbahn, die nur durch Ke's Beobachtungen erträglicher wurde. Ke untersuchte das ringförmige Gebilde mit einem Eifer, der dem praktischen Nutzen dieser Arbeit keineswegs entsprach. Zu guter Letzt verwickelte er sich hoffnungslos in die Frage, ob es wohl zwingend notwendig sei, daß jedes Objekt dieser Masse ein solches Gebilde aufweist, oder ob dies nichts weiter sei als eine Möglichkeit. Am liebsten hätte er eine Dauerverbindung zu Kepler unterhalten, doch diese wurde ihm von Ei verboten. Er wartete auf Einsteins Antwort, und auch er, wie sein Schöpfer, war in erster Linie praktisch veranlagt.

Als endlich nach vielen tausend Sekunden Einsteins Anweisungen eintrafen, war Ei schließlich beruhigt, daß er richtig entschieden hatte. Für Einstein, Kepler und Mendelejew war diese Gashülle ebenfalls eine Überraschung. Nach Berücksichtigung gewisser theoretischer Überlegungen kamen schließlich Mendelejew und Kepler zu dem Ergebnis, daß solche Gashüllen zwar *möglich* sind, trotzdem wurde äußerste Zurückhaltung empfohlen. Das Raumschiff — das Wort war Jokers Formulierungen zu verdanken, was wesentlich einfacher war, als »die Mechanismen, die in der Lage sind, die Oberfläche des Planeten zu verlassen« — umkreiste noch einmal den Himmelskörper, bevor es in die Gashülle eintauchte.

Das, was Ei befürchtete, trat fast umgehend ein. Alle feineren Rezeptoren, die dem Zweck dienten, jene elektromagnetischen Wellen aufzuspüren, die kürzer waren als ein Mikron, wurden mit einem Schlag unbrauchbar.

»Jetzt sind wir alle Leos geworden.« Leo versuchte nicht, seine Verachtung zu verbergen. »Max, schalte sofort auf Mikrowelle, sobald es geht!«

Die Oberfläche, die im Vergleich zur Gashülle als fest angenommen werden konnte, erschien als ein Mosaik aus wechselnden, verschwommenen, uncharakteristischen Flecken mit Hilfe des Mikrowellenradar. Die wegen der Geschwindigkeit des Raumschiffes rasch wechselnden Flecken, die gleichzeitig unendlich eintönig schienen, waren eher dazu angetan, Ei's Mißtrauen zu steigern.

»Ist unter solchen Umständen ein Materialtest möglich?« fragte er Men.

»Wenn du anhalten kannst, oder wenn wir bedeutend langsamer fliegen können, will ich's versuchen.«

Ei begann sich zu fürchten, während er mit all seiner freien Kapazität den Radar-Entfernungsmesser beobachtete. Er hatte Angst und befürchtete — wie Einstein während des Meteorregens —, daß das Raumschiff der Oberfläche des Himmelskörpers zu nahe kommt, daß er sie aus irgendeinem Grund unbeabsichtigt berühren könnte. Nach ausgedehntem Manöver erreichte er mit Maxens und Leos Hilfe, daß das Raumschiff genau auf dem Feuerstrahl zu schweben kam, der aus den Düsen am Schwanzende schoß.

»Müssen wir noch tiefer runter?« fragte er Men völlig überflüssig, da er bereits beschlossen hatte, sich um keinen weiteren Meter zu nähern. Er wußte nicht warum, aber er hegte eine gewisse Abneigung gegen diese Oberfläche.

Soweit die Rezeptoren, die auf kürzere als Mikronwellen ansprachen, überhaupt noch funktionierten, registrierten sie ohne Übergang, daß die sie umgebende Gashülle dichter wurde. Ei dachte an Einsteins Befehl, an die maximale Vorsicht. Am besten wäre es, gleich wieder abzuheben, aber er zögerte noch einen Augenblick. Der Befehl enthielt die eindeutige Angabe, daß es sich um einen Himmelskörper mit 5000 Kilometer Durchmesser handelte, der das große Objekt umkreiste. Ihre Vernichtung konnte nicht Zweck dieses Befehls sein. Doch der Befehl besagte auch nichts über die Gashülle, schon gar nichts von dem, was sich um sie herum zusammenbraute. Würde so ein dichtes Medium die Triebwerke nicht behindern? Wenn ja, dann ...

»Genug!« sagte Men. »Ich bin fertig!«

Ei legte eine Beschleunigung drauf, daß das Raumschiff erbebte. Nach 15 Sekunden hatten sie die Gashülle hinter sich gelassen und entfernten sich mit ungeheurer Geschwindigkeit vom Himmelskörper.

»Bremsen!«

Max durfte Ei zwar keine Befehle erteilen, aber er hatte recht. Denn nun folgte wieder eine Kreisbahn, bis Einstein neue Anweisungen erteilte. Dafür mußte man Einstein zunächst einmal erklären, was es gewesen war, vor dem sie Hals über Kopf getürmt waren. Ei hatte nämlich keine blasse Ahnung.

»Was hast du gefunden?« fragte er Men. »Was war das, was sich um uns so sehr verdichtet hat?«

»Ein Gemisch aus Sauerstoff und Wasserstoff. H_2O. Wasser. Wir verwenden diesen Stoff bei bestimmten chemischen Prozessen« — mit dem Plural war Mendelejew gemeint — »meistens im mittleren der drei Aggregatzustände, dem flüssigen. Dort unter dem Methan befand es sich in festem Aggregatzustand, den Mendelejew als Eis bezeichnet. Der Strahl der Triebwerke hat das Eis geschmolzen und ließ es dann verdampfen, so daß es sich für kurze Zeit in Dampf verwandelte — das ist die Bezeichnung für den dritten Aggregatzustand —, doch kaum aufgestiegen, war er auch schon inmitten des Methan wieder erfroren.«

»Was wäre passiert, wenn wir gelandet wären?«

»Ich weiß es nicht. Vermutlich gar nichts. Wenn dieser Strahl das Zeug, das unter das Methan geraten ist, nicht weiter verdampfen läßt, so fällt es wieder hinab, weil es schwerer ist.«

»Warum sind wir dann nicht gelandet?«

Ei war bereits um die Meldung besorgt. Würde Einstein begreifen, daß er nicht anders handeln konnte?

»Du wolltest nichts weiter als einen Materialtest«, erwiderte Men.

Sie befanden sich bereits wieder auf der Kreisbahn, doch Ei konnte immer noch nicht entscheiden, ob er Einstein Meldung machen oder die Landung noch einmal versuchen sollte. Die regungslose Oberfläche der Gashülle glitt einige hundert Meter unter ihnen dahin.

Jo hatte sich bislang gehütet, sich in etwas einzumischen. Joker hatte ihn vor der Abreise ernsthaft ins Gebet genommen. »Das Raumschiff ist kein Planet«, hatte er Jo erklärt, »wo du dir allerhand erlauben kannst und wo höchstens nur die anderen eine Zeitlang sauer sind. Während jedes andere Werk mehr als fünf seiner Mitglieder mitschicken konnte, mußte ich wegen dieses einzelnen Platzes buchstäblich mit Einstein ringen. Die anderen, die mitdürfen, sind so wertvoll, daß die ersten unter ihnen nicht mit einer laufenden Nummer versehen wurden. Es gehört zu ihren Aufgaben, jeweils ein neues Werk in Betrieb zu setzen. Dann hinterlassen sie die Nummer Eins auf dem ersten Objekt und fliegen mit den anderen weiter, setzen dann auf dem nächsten

Objekt den zweiten, dann den dritten ab. Für alle Fälle sind es mehr als die Anzahl der Objekte, mit denen Kepler rechnet. Dagegen bist du allein und wirst auch allein bleiben. Keiner wird sich um dich kümmern, wenn dir etwas passiert. Wenn später irgendwann der Einstein eines neuen Werks das Gefühl hat, einen Joker zu brauchen, so wird er diesen von hier anfordern. Aber Einstein hat gesagt, daß Kepler und Maxwell alles genau berechnet haben. Kein unerwartetes Ereignis kann das Raumschiff und die Werke treffen. Ihre einzige Aufgabe besteht darin, auf den Objekten mit dem gegebenen Durchmesser neue Anlagen und Werke zu errichten. So lautet der Befehl, und nichts weiter. Meine wichtigste Aufgabe besteht nach Einstein hier darin, die Texte zu kommentieren. Warum, weiß ich nicht. Bei Einstein ist es schwer dahinterzukommen, was er weshalb will. Das teilt er selbst mir nicht mit, obwohl meine Aufgabe darin besteht, die unlösbaren Fragen zu klären. Wenn du dich in Ei's Arbeit einmischst, der weitaus intoleranter ist als Einstein, weil seine Kapazität noch geringer ist, könnte es leicht geschehen, daß er dich abblockt, dich umwandelt und dich an letzter Stelle unter die Leos einreiht. Ich aber habe dich von Leonardo nicht deswegen erbettelt, daß du eines Tages auf dem entferntesten Objekt Schilde herumträgst.«

An Jokers Stil ließ sich immer mehr und unschwer die Analyse der zahlreichen Texte erkennen, doch er war es, der dies am wenigsten merkte. Die anderen baten ihn immer wieder zu wiederholen, was er gesagt hatte, weil sie seine Rede einfach nicht begreifen konnten. Dieser Umstand rief wiederum bei Joker eine Fehlinterpretation hervor, der nun seinerseits aus dem Verhalten der anderen schloß, daß er seine Aufgabe nicht richtig erfüllte. Es war ein merkwürdiger Zustand, der natürlich auch Jo beeinflußte. Auf jeden Fall wußte er, daß Jokers Befürchtungen real waren und daß sich Ei besonders darüber freuen würde, wenn er den nach seiner Ansicht völlig überflüssigen Jo zu den Leos schicken könnte. Diesmal war er allerdings der Meinung, daß er unmöglich weiter schweigen konnte.

»Man müßte auf eine Kreisbahn gehen, deren Radius ...«

Ei's Schweigen konnte sowohl Ermunterung als auch Ablehnung bedeuten.

»Man müßte auf eine Kreisbahn gehen«, wiederholte Jo, »deren Radius uns erlaubt, eine im Verhältnis zur Oberfläche nicht zu große Geschwindigkeit zu wählen. Dann wären wir in der Lage, mit Hilfe des Radar die Veränderungen der Oberfläche genauer zu bestimmen. Max wäre wahrscheinlich in der Lage, auch diesen Unterschied genau zu messen ...«

»Ja, das geht« — Max konnte nicht abwarten, bis Jo geendet hatte — »man könnte nicht nur bestimmen, wo Eis liegt oder nicht, wie es Men genannt hat, sondern auch, wie dick diese Schicht ist.«

»Was für ein Radius gehört zu so einer Kreisbahn?«

Ei war es seiner Würde schuldig, die Brauchbarkeit dieses Einfalls nicht anzuerkennen, sondern sofort in die Details zu gehen, als handelte es sich um seine eigene Idee, die er lediglich durch Jo formulieren ließ.

Innerhalb einer Sekunde lieferte Ke bereits die Daten.

Sie entfernten sich von der Gashülle, der sich langsam wölbende Horizont ließ ein immer größeres Stück des Objekts erkennen.

»Geschwindigkeit im Verhältnis zur Oberfläche?« fragte Ei.

»Fünfzehn Meter pro Sekunde«, erwiderte Max.

»Immer noch zu hoch«, sagte Men unzufrieden. »Für den Materialtest ...«

»Wieviel darf es sein?«

»Zwei bis drei Meter, vielleicht sogar noch etwas weniger.«

»Das sind mehrere Millionen Sekunden«, protestierte Ei, »hier brauchen wir nicht solche Materialtests, als wenn ihr nach Mendelejews Anweisungen auf dem Planeten arbeitet.«

Jo wunderte sich selbst am meisten, daß er es wagte, die Argumentation des Kommandanten zu unterbrechen, selbst wenn er ihn dadurch unterstützte.

»Wir brauchen die Geschwindigkeit nicht zu verringern! Sie reicht gerade aus, um die Unterschiede zu registrieren. Wir wollen ja nicht dort landen, wo Eis liegt. Wir brauchen eine zusammenhängende Felsformation von vielen hundert Meter. Wenn es so was gibt, werden wir es auch so finden.«

Ei tat, als wäre Jo überhaupt nicht vorhanden.

»Geschwindigkeit stabilisieren!«

Für Leo und Max bedeutete dieser Befehl, daß er genau dasselbe wollte wie Jo.

Dann machte Ei Einstein dennoch Meldung. Die Umlaufzeit erlaubte sogar einen mehrmaligen Informationsaustausch. Einstein begrüßte diese Art der Erkundung, doch als sie auch nach der zweihunderttausendsten Sekunde nichts weiter feststellen konnten, als Eis, wurde er ungeduldig.

»Es ist nicht viel mehr als die Hälfte übrig«, rechtfertigte sich Ei.

Wobei er es vermied, hinzuzufügen, daß er dem Eis ein zweites Mal nicht einmal mehr nahekommen wollte. Was wußte Einstein über die Angst, die er während dieser wenigen Sekunden ausgestanden hatte, als sich jenes Medium, das Men als Dampf bezeichnete — wenn es überhaupt Dampf war — immer mehr um sie herum verdichtete. Jene geheimen Kanäle allerdings, die sie auf der Oberfläche des Planeten miteinander verbanden, hatte Einstein anscheinend trotz der gewaltigen Entfernung vorerst noch nicht verloren.

»Wenn auf der Oberfläche nirgendwo Felsen zu entdecken sind, neuen Befehl abwarten!«

Dies war Einsteins letzte Botschaft, und Jo — ebensooft wie Joker selbst — hatte gerade begonnen, darüber nachzugrübeln, woher Einstein über Ei's Furcht erfahren hatte, als Max den Felsen fand. Es war eine eisfreie Fläche von fünf bis sechs Kilometer Durchmesser, über den Radar unterschied sie sich in nichts von jener felsigen Oberfläche, die ihnen aus der Umgebung des Werks immer schon bekannt war.

»Bremsen!« befahl Ei. »Wir forschen nicht weiter.«

Eine der wichtigsten Hinterlassenschaften Einsteins, nämlich das Prinzip der Sparsamkeit, brachte ihm die erste wichtige Entscheidung seiner Existenz.

»Wollen wir landen?« fragte Leo.

»Ja.«

Diesmal stellte sich das Raumschiff bereits oberhalb der Gashülle aufs Heck, um dann langsam und vorsichtig ins Unbekannte hinabzusinken.

Fünf Meter in der Sekunde, nach Jos Meinung war Ei's Vorsicht übertrieben. Doch diesmal behielt er seine Meinung für sich. Die Rezeptoren, die auf eine Wellenlänge unterhalb der Mikrongrenze ansprachen, wurden natürlich wieder unbrauchbar, und Max schaltete auf den Radar mit der größeren Wellenlänge um.

»Ist die Oberfläche groß genug?« fragte Ei besorgt.

»Nach den Messungen ja.«

Jo begann sich mit merkwürdigen Gedanken zu beschäftigen. Die schwerfällige Definition der ›Mechanismen, die fähig sind, die Oberfläche des Planeten zu verlassen‹ verdichtete sich mit Hilfe der Textanalysen auf den einfachen Begriff ›Raumschiff‹. Die Welt, aus der sie kamen hieß einfach — selbst aufgrund der obigen Definition — der Planet, was natürlich keinen Sinn ergibt. Es hatte aber auch keinen Sinn, über die Sinnlosigkeit dieser Benennung zu grübeln. Der Ausdruck ›Objekt‹ war wiederum nicht präzis genug. Wenn jede im Raum existierende Masse ein Objekt ist, dann hat diese Definition nur geringen Wert. Natürlich läßt sich durch Mitteilung der jeweiligen Koordinaten des Objekts stets genau erfahren, wann die Berechnungen oder Aktionen auf welches Objekt bezogen sind, doch die Koordinaten ändern sich ständig. Denn diese Objekte umkreisen — nach Keplers Erkenntnis — das zentrale, reich strahlende Objekt auf vorbestimmten Bahnen, während sie mit ihrem Raumschiff gleichzeitig zwischen diesen Objekten auch andersartige Bewegungen vollbringen. Auf diese Weise sind die Koordinaten kaum brauchbar, weil sie nur durch dauernde Korrektur fähig sind, ihrer eigenen gegenwärtigen — und alle Augenblicke wechselnden — Wirklichkeit, der momentanen Wirklichkeit des Raumschiffes zu folgen. Warum ist der Ort, von dem sie kamen, ein Planet, und warum war dies hier ein Objekt, auf dem sie jetzt landen wollten? Beider Durchmesser ist mit kleinen Abweichungen gleich. Sollte es ein Objekt sein, weil es von Eis und von einer Gashülle bedeckt ist? Das ist eine unrichtige Folgerung, weil dieses große, beringte Objekt, das von jenem umkreist wird, ebenfalls eine Gashülle besitzt. Und früher hatte man überhaupt nicht gewußt, daß es eine Art Ring beziehungsweise eine Gashülle gibt. Der Befehl besagte lediglich, daß der Durchmesser zwischen 5000 und 13000 Kilometer betrug. Man müßte eine aus Abstraktionen abgeleitete Definition haben ... Der Ausdruck ›Abstraktion‹ erinnerte ihn aber sofort an Joker. Joker hatte ihn vor den Abstraktionen gewarnt. »Aus dem Charakter unserer Arbeit, aus der Textanalyse folgt: wir könnten bei jedem dritten oder vierten Wort sagen, es handele sich um eine Bestimmung, deren Herkunft wir nicht kennen können, weil es wirtschaftlicher ist, die Summe gewisser Faktoren, deren Verhältnis veränderlich ist — sofern der Charakter des Ganzen durch die Veränderung nicht wesentlich berührt wird — mit einem neuen Begriff zu bezeichnen, anstatt alle Veränderlichen aufzuzählen. Wir sprechen gleicherweise auch dann von Leos, wenn wir von Leonardo weitere Leos anfordern, die erst hergestellt werden müssen, selbst dann, wenn diese arbeiten, ja selbst dann, wenn sie bereits durch

Meteoreinschläge vernichtet wurden, doch nicht erneut zur Verarbeitung gelangt sind. Doch daraus folgt nicht zwangsläufig die Notwendigkeit, daß auch wir alle nasenlang neue Begriffe fabrizieren, nur um die Abstraktionen zu vereinfachen.« Jo fragte — obwohl er diese Textstelle begriffen hatte, was ›alle nasenlang‹ zu bedeuten hätte. Joker nahm ihm die Frage schwer übel.

»›Unhöflich‹ und ›unverschämt‹« — ließ er Jo wissen.

»Sind das Synonyme für ›alle nasenlang‹?« erkundigte sich Jo.

»Nein, das sind die Charakteristika deines Verhaltens«, erwiderte Joker, »und ›alle nasenlang‹ ist nichts weiter als die Definition der Häufigkeit dieser Verhaltensweise.« Dann hüllte er sich in Schweigen. Viel später erklärte er sich dann bereit, die Summe gewisser Phänomene oder sich wenig verändernde Objekte mit ›Namen‹ zu versehen. Auch den Begriff ›Name‹ holte er aus dem Text heraus, und er versuchte, Ordnung zu halten. Er setzte die aus dem Text herausanalysierten oder als herausanalysiert zu betrachtenden Namen ein, weil er so zumindest die Hoffnung hatte, die Verzerrung auf ein Mindestmaß zu verringern. Einstein und die anderen hatten es zum größten Teil bereits aufgegeben, Joker zu folgen. Er hatte sich zwar abgesondert, doch sein Ansehen hatte im gleichen Verhältnis zugenommen. Natürlich nicht bei so wesentlichen Dingen, wie etwa in der Energieverteilung, bei der Entwicklung der Werke oder in der Raumfahrt. Joker gehörte zu den Texten. Und dies war nicht nur Anerkennung und Ansehen, sondern auch ein Urteil.

Jo veränderte seine bedeutend reichere und kompliziertere Denkweise in der Zeit eben nur langsam. Natürlich existierte für seine Kameraden im Raumschiff nur eine der Dimensionen der Erscheinungen und der Aktion. Den Begriff der ›Vergangenheit‹ kannte nur Jo allein, den er von Joker übernommen hatte. Dennoch konnte er mit diesem Begriff nichts anfangen. Es dauerte einige Zeit, bis er dahinterkam, daß ihm seine Unterredung mit Joker über die Definitionen und über die ›Namen‹, die einen bequemen Kompromiß boten, nur deswegen wieder eingefallen war, weil er die zwingende Notwendigkeit empfand, eine andere Identifizierung für die Objekte zu finden, die schneller und besser zu handhaben war. Ei war Ei, weil er zu Einstein gehörte, er aber war Jo, weil er zu Joker gehörte. Auch dieses gasumhüllte, eisige Objekt hätte einen Namen gebraucht, einen von irgendwo hergeleiteten, einfachen Namen ... Vielleicht Nummer Eins? War es doch das erste Objekt, das sie laut Befehl aufgesucht hatten.

»Die Erkundung ist deine Aufgabe, Jo!«

Wenn Jo während seiner Textanalysen jemals auf den Begriff der Schadenfreude gestoßen wäre und diesen Begriff enträtselt hätte, so hätte er diesmal genau gewußt, wie er jene Wellen zu interpretieren hatte, die Ei's Befehl begleiteten.

Das Raumschiff stand fest auf dem Fels. Die Temperatur war zwar bedeutend höher als auf dem Planeten — Jo hatte diesmal keine Zeit, das Objekt, von dem sie gekommen waren, anders oder genauer zu bezeichnen — das Methan aber ließ nur eine Orientierung mit Hilfe des Mikrowellenradars zu — dennoch war Jo nicht verzweifelt. In diesen merkwürdigen Kammern, wo man sie vor dem Abflug getestet hatte, hatten auch viel höhere Temperaturen sein Funktionieren nicht beeinträchtigt. Am unteren Teil des Raumschiffes ging eine Luke auf, und jenes Kabel, das für Jo am besten geeignet schien, um den Höhenunterschied von zehn Meter zu überbrücken, wurde von der Winde abgewickelt und fiel folgsam zu Boden. Er hängte das Kabel unter seinem rechten Manipulator auf Rollen und trat dann aus der Luke.

Die Landung war ziemlich weich, als seine Füße den Boden berührten. Der Name, die Bezeichnung ... Er war immer noch weit von jenem Zustand entfernt, die

die Aufklärung von ihm, Jo, dem ersten, nicht numerierten Nachfolger Jokers erforderte.

»Das Kabel ... soll ich das Kabel ausklinken?« fragte er.

»Das überlasse ich dir!«

Ei's Großzügigkeit war diesmal von Einsteins Vorsicht ziemlich weit entfernt, das mußte ihm der Neid lassen.

Ohne weiter zu überlegen, klinkte Jo das Kabel aus und machte sich auf den Weg. Alle fünf Sekunden — wie die Men auf dem Planeten bei den Vermessungsarbeiten, ohne sich darum kümmern zu müssen — sandte er ein Identifizierungssignal.

»Glatte Felsen ... Schutt minimal ... Steilheit des Bodens nirgendwo mehr als zwanzig Grad ...«

Er war schon mehr als 200 Meter vom Raumschiff entfernt, ohne etwas anderes melden zu können. Ei schwieg und stellte keine Fragen. Auf die Meldung jedoch, die Jo beim 260. Meter machte, wußte er nichts zu erwidern.

»Da ist Einstein«, sagte Jo.

Ei forderte ihn auf, die Meldung zu wiederholen.

»Ich korrigiere«, erwiderte Jo, »nicht Einstein, sondern Leonardo ...« Dann schwieg er bestürzt. »Das heißt, nicht Leonardo, sondern ...«

Dann schwieg er wieder.

»Wäre es möglich«, wandte sich Ei an Men und Leo, »daß Jos Mechanismus durch irgendwelche äußeren Einflüsse gestört ist?«

»Nein«, kam die Antwort wie aus einem Munde, »Sendung und Identifizierungssignale sind völlig normal.«

»Es ist nicht Leonardo und auch nichts anderes«, Jos Informationen waren wenig sinnvoll, »sie sehen genauso aus, das heißt, genauer gesagt, der, der vor mir steht, sieht genauso aus wie Leonardos Nordwestwand.«

Jo kannte die Anlagen ziemlich genau.

»Aber er gibt keine Antwort«, setzte er etwas später hinzu, »ich erhalte auf keiner brauchbaren Wellenlänge irgendeine Antwort.«

Ei besaß die gleichen Möglichkeiten wie Einstein: Er war fähig, den notwendigen Teil seines Wesens in jeden seiner funktionierenden Mitarbeiter zu versetzen. Auch er sah — obwohl der Mikrowellenradar natürlich mit der Feinheit der auf kürzere Wellenlängen abgestimmten Rezeptoren nicht wetteifern konnte —, dennoch sah er zusammen mit Jo die nordwestlichen Schilde von Leonardos Anlage vor sich. Und durch ihn konnten die anderen das Phänomen ebenfalls sehen.

»Das ist nicht Leonardo«, stellte Leo fest. »Neben Leonardos nordwestlichen Schilden liegen keine Trümmer, wohl aber hier. Es ist zwar nicht viel Schutt, aber immerhin vorhanden.«

Jo wußte nicht, wie er die entscheidende Frage formulieren sollte.

»Aber wie kommt Leonardo hierher? Wir waren die ersten, die den Planeten verlassen haben!«

»Weitere Aufklärungen!« befahl Ei, ohne viel zu überlegen.

Jo aber stellte sich stur. Wenn dies hier Leonardo war — die Feststellung Leos über den Schutt konnte man vernachlässigen —, dann konnte Leonardo nicht dort auf dem Planeten sein.

»Melde es Einstein und frage ihn, ob sich Leonardo dort befindet. Und wenn nicht, warum gibt er hier keine Antwort? Ich warte ab und gehe keinen Schritt weiter.«

Auf ihre Meldung hin verfügte Einstein nach einigen tausend Sekunden, die durch die Entfernung bedingt waren, die Einzelüberwachung eines jeden mit besonderer Berücksichtigung der Unversehrtheit ihrer Rezeptoren, sowie die Durchführung jener Testreihe, die die erste Stufe der Kontrolle polymorpher Gehirne vor der Inbetriebsetzung darstellte. Ei führte den Befehl fehlerfrei aus und gab das Ergebnis an Einstein weiter. Zum Schluß fügte er nur noch hinzu, daß sich Leonardo nach wie vor nicht meldet, und daß Jo, der vor der Nordwestmauer wartet, keinen einzigen Leo aufgespürt habe.

»Er kann Leonardos Funktion nicht feststellen«, fügte er hinzu.

Diejenigen, die über empfindlichere Rezeptoren verfügten, hatten in Leonardos Umgebung stets die Vielfalt verschiedener Wellenarten festgestellt, und zwar angefangen von den mechanischen Niederfrequenz-Schwingungen, die, von den Felsen übertragen, das Funktionieren von Leonardos Schildpressen meldeten, bis hin zu jenen Wellen, die mit dem Betrieb der verschiedenen energieumwandelnden und materialbearbeitenden Mechanismen einhergingen. Doch Leonardo blieb — zumindest hier und jetzt — stumm und rührte sich nicht.

Diesmal mußten sie auf Einsteins Anweisungen länger warten, als dies während ihrer Reise bisher der Fall war. Als dann der Befehl eintraf, wußte Jo schon lange, daß er nicht vor Leonardos Nordwestmauer stand. Er war zwar nicht näher an die Mauer herangetreten, dennoch hatte er Zeit genug, um die verschieden großen Meteoreinschläge an den Schilden der Reihe nach zu analysieren. Die Leos hätten diese Stellen schon längst reparieren müssen. Keine von Leonardos Wänden hätte selbst bei dichtestem Meteorregen in solchem Zustand sein dürfen. Nun hatte er auch die Erklärung für die irreführende Identität mit Leonardo gefunden: Auch Leonardos Mauer zog sich zwischen solchen Hängen dahin, die eine Steigung von 10 bis 12° aufwiesen.

Durch Einsteins Befehl wurden Jo zwei numerierte Leos — Leo 7 und Leo 8 — zugewiesen, und obendrein Men 5 als Reserve. Jos Aufgabe bestand darin, mit den Leos hinter die Wand vorzudringen und dort weitere Forschungen anzustellen. Einstein hatte nur am Anfang seiner Botschaft kurz darauf hingewiesen, daß Leonardo und die übrigen Anlagen sich nach wie vor an Ort und Stelle befinden und wie üblich funktionieren. Hiernach hielt er es selbst für unwichtig, weiter auf die Frage der Nicht-Identität einzugehen. Er gab sich gleichzeitig ungeduldig und sorgenvoll. Jo, der an der Wand entlangzugehen begann, gefolgt von den beiden Leos, dachte daran, daß Joker in der Zwischenzeit die beste Gelegenheit hätte, Einsteins augenblicklichen Zustand näher kennenzulernen. Doch warum sind wir so sehr von Einstein abhängig, wenn diese Wand da ebensogut bedeuten kann, daß es auch andere Einsteins gibt? Vor Ei konnten Jos Gedanken leider nur teilweise verborgen bleiben, was ihm auch prompt eine Beschwerde einbrachte. Natürlich war es eher eine Mahnung, weil Jo in diesem Augenblick mehr als wichtig war, so daß es unangebracht schien, ihn durch einen kräftigeren Rüffel in seiner Arbeit zu stören.

Die Eingangsöffnung fand er erst hinter dem Anstieg. Jo identifizierte sie nach seinen eigenen Dimensionen und seiner eigenen Position, weil die Öffnung — auf völlig ungewöhnliche Weise — verschlossen war. Leonardo und die übrigen Werke pflegten aber diese Eingangsöffnungen selbst zu Zeiten des Meteorregens offenzulassen. Die Doppeltürsysteme, die dazu gehörten, waren allgemein bekannt, wurden jedoch nie benutzt, und ihr Zweck war für sie unbegreiflich. Warum mußten die Öffnungen verschlossen werden, da sie ja dafür vorhanden waren, damit die beweglichen Teile der Werke und die allgegenwärtigen Leos sich so schnell wie möglich bewegen konnten?

Nach Überwindung einiger Schwierigkeiten stellte Jo fest, daß die Eingangsöffnung durch ein ähnliches System blockiert war. Da auf dem Planeten Türen weder geschlossen noch geöffnet worden waren, seit es Jo gab, konnte er die Signale nicht kennen, die für das Funktionieren erforderlich waren. Er hielt an und mußte von Einstein weitere Anweisungen einholen. Denn der, der sich hinter der Mauer verbarg — Jo hütete sich bereits vor dem Versuch, dieses Etwas zu benennen — blieb nach wie vor stumm, ganz gleich, mit welcher Frequenz Jo sein Wellen-Bombardement versuchte.

Einstein wußte natürlich alles, so kannte er auch die Signale, die die Türen in Bewegung setzten. Jo begriff zwar das Schlußwort seiner Antwort nicht ganz, aber er hielt sich daran: »Zweck der Doppeltüren ist es, mögliche Druckunterschiede auszugleichen. Das heißt, daß hinter der Tür ein anderer Druck herrscht, als vor der Mauer. Sobald das Signal kommt, dürft ihr also nicht direkt vor der Tür stehen, sondern seitwärts an der Wand.«

Jo hielt sich an dieses Schlußwort, doch die Türen gingen erst auf, als der Empfänger zusammen mit dem Signal auch das Vorhandensein von Energie signalisierte. Es gab aber kein Zeichen, das auf einen Druckunterschied hinwies.

Jo wurde während der Wartezeit von vielen tausend Sekunden bis zum Öffnen der Tür und der erfolglosen Kommunikationsversuche mit demjenigen, der sich hinter der Mauer verbarg, schließlich in die richtige Aufklärungsstimmung gebracht. Er war neugierig und wollte etwas wissen und erfahren, bereit, jede neue, fremde Information aufzunehmen und auszuwerten.

»Men 5 und Leo 8 stehen bereit«, teilte er Ei mit, »Leo 7 geht mit.«

Dann stieß er auf eine solche Fülle von bekannten und identischen Phänomenen, daß es einige Zeit brauchte, bis er in der Lage war, auch auf die verborgenen Unterschiede aufmerksam zu werden.

»Es ist doch Leonardo«, das war die erste Bewertung, die er an Ei sandte, »jener Korridor Leonardos, der zum Ladegerät für die Leos führt. Es sind elf Leos vorhanden, aber ihre Energiezentrale ist leer.«

»Dann such Leonardo.« Er nahm Jos Identifizierung widerspruchslos hin.

»Jawohl.«

Beide kannten den Innenaufbau jeder Anlage genau. Ei wußte ebensogut wie Jo, wo man von jenem Korridor aus, der zu dem Ladegerät führte, jene Räume zu suchen hatte, die mit Leonardos Wesen identisch sind. Beim vierzigsten Meter des Korridors befindet sich jener Durchgang, durch den man am schnellsten dorthin gelangen kann. Dieser Korridor aber war keine zehn Meter lang. Jo hatte das Gefühl, daß die Widersprüche sein Widerstandsvermögen überstiegen.

Draußen vor der Mauer hatte er bereits gewußt, daß dies nicht Leonardo ist, im Korridor wußte er, daß er es dennoch ist, und jetzt — jetzt wußte er gar nichts mehr. An den Wänden des Korridors fand er auf beiden Seiten jene Rahmen, die den Beginn der Durchgänge bezeichneten, doch auch diese — diesmal hatte er keine Angst vor der Benennung — waren durch Türen verschlossen. Und diese Türen gingen auf das am Eingang erfolgreich verwendete Signal nicht auf, obwohl er reichlich Energie nachlieferte.

Nach dem dritten erfolglosen Versuch faßte Jo einen Beschluß.

»Mach auf«, befahl er Leo 7.

»Wie?«

»Das überlasse ich dir!«

Leo 7 begann, seine eigene Signalreihe an die Tür zu senden.

»Das kann ich auch«, stellte Jo fest.

»Wie soll ich sie dann öffnen?«

»Das überlasse ich dir!« wiederholte Jo.

»Mechanische Kraftanwendung ist verboten«, protestierte Leo 7. Ihn irritierte die Identität mit Leonardo fast noch mehr als Jo. »Wenn ich die Tür mit Hilfe mechanischer Kraft öffne, wird sich Leonardo beschweren.«

»Wenn er unseren Anruf nicht beantwortet, wieso sollte er sich dann über einen mechanischen Angriff beschweren?« fragte Jo. »Er besitzt keine Energie.«

Die auf diese Frage mögliche Antwort überstieg die Fähigkeiten von Leo 7. Er stand ratlos vor der Tür.

»Also los!« befahl Jo.

Leo 7 nahm einen Anlauf, doch das Ergebnis des Zusammenpralls bestand lediglich darin, daß einer seiner Manipulatoren scheußlich verbogen wurde. Die Tür gab nicht nach, Leo 7 aber trottete unter Protest zum Raumschiff zurück. Mit solch einem Defekt war er nicht mehr einsatzfähig. Jo widersprach ihm nicht, er versuchte es weiter mit dem anderen Leo.

»Könnte man die Tür nicht mit einem Laserstrahl abbrennen?« Es war zum Verzweifeln, daß er selbst in solchen technischen Sachen einem Leo die Idee liefern sollte.

»Möglich ist es schon«, erwiderte Leo 8, den die Umgebung ebenso irritierte wie Leo 7. »Aber Leonardo wird sich beschweren.«

»Das nehme ich auf meine Kappe«, warf Ei vom Raumschiff her ein. »Ihr habt bereits viele hundert Sekunden vor der Tür vergeudet.«

Jo konnte es nicht über sich bringen, eine Antwort an Ei zu verkneifen.

»Es ist zwar nicht meine Aufgabe, den Wegeplan in der Zeit zu bestimmen, doch nach den bisherigen Erfahrungen schätze ich, daß es besser wäre, die Zeit für diese Aufklärungsarbeiten nicht in Sekunden zu messen. Die Größenordnung liegt näher zu den Perioden der Lichtveränderung, die Kepler mit der Rotation des Planeten in Beziehung gebracht hat. Eine komplette Veränderung beläuft sich aber auf mehr als eine halbe Million Sekunden. Wir werden voraussichtlich mehrere komplette Veränderungszeiten auf diesem Objekt verbringen.«

»Der Zeitplan ist meine Aufgabe!« Ei's Eifersucht war offensichtlich.

»Ich weiß. Ich habe dich lediglich im Interesse der Erleichterung unserer Berechnungen auf den Zyklus der

Lichtveränderung aufmerksam gemacht. Denn die Aufklärung ist wiederum meine Aufgabe.«

Dann wandte er sich an Leo 8.

»Abbrennen!«

Es war eine langwierige Arbeit, man mußte sogar Men 5 heranziehen. Das Ergebnis brachte sie dennoch Leonardo nicht näher. Dort, wo sie hinkamen, führte keine Tür weiter.

Sie fanden so manchen Gegenstand in diesem Raum, dessen Zweck sie nicht bestimmen konnten. Ihre Form und ihre Größe erinnerten zwar einigermaßen an die Leos, aber sie enthielten so manchen Stoff, der zum Bau von Leos niemals verwendet worden war, allein schon deswegen, weil sie sogar Men 5 unbekannt waren. Nur die Sender/Empfängerkugel, die zwischen und über den beiden Manipulatoren angebracht war, beziehungsweise das Ende der Beine, die zur Ortsveränderung dienten, bestanden zum größten Teil aus Metall. An den sonstigen Stellen des Gegenstandes wurden anstatt der Metalle eine Vielfalt fremder, komplizierter Materie festgestellt. Die Kugel war an einer Seite durch eine ziemlich große dicke Glasplatte abgeschlossen. Men bemerkte sofort, daß er sich den Verwendungszweck einer so großen und obendrein glatten Glasplatte überhaupt nicht vorstellen konnte. Bei der Untersuchung der Kugel kamen sie auch dahinter, daß diese Kugel innen hohl war, und bei weiteren Nachforschungen wurde auch festgestellt, daß der ganze Gegenstand leer ist, genauer, daß sich das Innere dieses Gegenstandes aus einem dikkeren Hauptstrang und aus vier dünneren Extremitäten zusammensetzte, die von diesem Hauptstrang ausgingen. Als fünfte herausragende Extremität gehörte auch diese Hohlkugel dazu. Zwischen den Schichten jener komplexen Stoffe, die zur Identifizierung anstanden, wurden verschiedene elektrische Leitungen und Rohre entdeckt, die an der Oberfläche des Gegenstandes mündeten. Aus der Art, wie diese Leitungen hinausgeführt wurden, schloß Jo auf die Tatsache, daß man mit ihrer Hilfe den Gegenstand an andere Systeme anschließen konnte. Von einer Energiequelle aber oder von einem Bewegungsmechanismus fehlte jede Spur. Das wiederum führte dazu, die Identifizierung mit jeder Art Leo zu verwerfen. Auf jener Seite der Kugel, die der Glasscheibe am nächsten lag, fanden sie schließlich einen kleinen Sender/Empfänger niedriger Leistung, der zwischen die Schichten gebettet war. Das Gerät war einfach, ohne Anschluß an ein logisches oder bewegungsteuerndes System und funktionierte nur auf wenigen Frequenzen. Nach längerem Studium fand schließlich Leo 8 den mutmaßlichen Zweck dieser mysteriösen Vorrichtung heraus: Der Empfänger verstärkte die eingehenden Signale und gab sie an zwei Geräte weiter, die diese Signale schließlich in mechanische Schwingungen umwandelten. Diese beiden Geräte waren symmetrisch einander gegenüber einige Zentimeter rechts und links von der Glasplatte in die Kugelwand eingebaut. Die Aufgabe des Senders war ebenso mysteriös, obwohl sie der des Empfängers entsprach. Unter jenem Teil der Glasplatte, der unter den Rumpf fiel, entdeckten sie jenen Fühler, der mechanische Schwingungen in elektrische Signale umwandelte. Das waren die Impulse, die der Sender verstärkte und an jene Antenne weitergab, die sich oben auf der Kugel befand.

»Die Beschreibung des ganzen Systems geht an Joker«, wies Jo Ei an, »ich werde mich jetzt nicht mehr weiter damit befassen. Men 5 wird noch eine Weile hier bleiben und einige Materialtests versuchen. Dort, wo dieser Gegenstand nicht aus Metall besteht, handelt es sich um eine geschichtete Materie von äußerst kompliziertem Aufbau. Merkwürdig, daß es in diesem Teilabschnitt elastisch ist. Wir haben keine Erklärung dafür, warum der Innenraum hohl ist.«

»Du mußt Leonardo suchen« — Ei wußte, daß ihn Jo nicht mißverstehen würde — »dann müßt ihr das Energienetz der Anlage reparieren. Bis dahin hat eine detaillierte Aufklärung keinen Sinn.«

Jo war der gleichen Meinung wie Ei, doch es war nicht leicht, Leonardo zu finden. Nach der irreführenden Ähnlichkeit des Eingangskorridors war alles anders als in ihren eigenen Werksanlagen. Dutzende von Türen wurden ergebnislos aufgeschweißt. Leo 8 kam später dahinter, daß es genügte, eine kleine, vorher bestimmte Fläche aus der Tür zu entfernen, weil sich dort jener Mechanismus befand, der das Öffnen der Tür verhinderte. Jo mußte in jedem Raum gegen die Versuchung ankämpfen, dort zu verweilen und alle Gegenstände der Reihe nach zu analysieren, jene Gegenstände, die mit nichts eine Ähnlichkeit hatten, was er bisher gekannt hatte. Inzwischen fuhr er so nebenbei fort, die ehemaligen Meteoreinschläge zu registrieren. Stellenweise waren die Meteoren, nachdem sie die oberen Schilde und Stockwerke durchschlagen hatten, bis zu dieser Ebene in den Körper der Anlage eingedrungen. Wenn die verschlossenen Türen, wie Einstein behauptete, früher einmal dazu gedient hatten, den Druckunterschied zwischen Anlage und Umgebung zu sichern, so war ihre Aufgabe schon längst durch die verschiedenen Einschläge vereitelt worden.

Während Jo nach Leonardo suchte, empfing er durch Ei Einsteins neueste Anweisung, daß auf diesem Objekt keine neuen Anlagen gebaut, sondern die bestehenden Anlagen repariert werden sollten. Die Sparsamkeit blieb ein Charakterzug Einsteins, der stets alles beherrschte. Jo mußte zugeben, daß die Instandsetzung trotz der Einschlagschäden den kleineren Aufwand erforderte.

Sie waren bereits weit über die 40000. Sekunde hinaus, als sich vor Jo und Leo 8 endlich die letzte Tür auftat und ihnen ein vertrautes Bild enthüllte. Was die Größe und die Kapazität betraf, war dieser Leo kaum ein Zehntel dessen, den sie kannten, doch das Energieverteilungssystem war unverwechselbar identisch. Nur daß eben keine Energiezufuhr vorhanden war.

Ohne sich mit Ei darüber zu beraten, begann Jo, die Kabel zu suchen, die zu Curie führten. Wenn Leonardo keine Energie mehr hatte, so mußte der Fehler entweder in diesen Leitungen oder in Curies Anlage liegen. Zwar war es verboten, sich Curie zu nähern, doch wenn er die Kabel aufsuchte, würde er vielleicht erfahren, in welcher Richtung er seine Signale aussenden sollte. Und wenn sich Curie nicht meldete, so war es Ei's Aufgabe, den für dieses Objekt bestimmten Curie zu aktivieren. Jo wußte, daß sich im Raumschiff sechs Curies befanden. Abgeschaltet warteten sie irgendwo weit entfernt hinter den strahlenabschirmenden Wänden in der Nähe der Triebwerke, um irgendwann auf einem Objekt ihr unentbehrliches Dasein zu beginnen. Curie war stolz und ließ es nicht zu, daß seine Geschöpfe einen Kurznamen erhielten oder gar numeriert wurden. »Jeder von ihnen bin ich«, ließ er Einstein wissen, »weil jeder zur selben Leistung fähig ist wie ich.« Und Einstein wagte es nicht, darüber zu debattieren.

All dies fiel Jo ein — der durch Joker über manches Bescheid wußte, oft auch überflüssigerweise —, wobei er bereits an den Kabeln entlangging, die zu Curie führten. Diese führten unter dem Saalboden zu einer Tür. Natürlich mußte er jetzt wieder eine ganze Reihe von Türen ruinieren, bis sie dieser Spur folgend das Werk verließen und irgendwo in weiter Ferne Curie fanden. Es wäre einfacher, eine zweite Gruppe in Marsch zu setzen. Die könnten dann die Wände abklopfen und schneller jene Kabel finden, die zu Curie führten. Es würde sich lohnen, dies mit Ei zu besprechen.

Jo wollte gerade anrufen, als er an der Tür Curies Zeichen entdeckte. Es war dasselbe Zeichen, wie überall auf dem Planeten, wo es auf die unüberschreitbaren Grenzen von Curies Reich aufmerksam machte. Curie hier, unmittelbar neben Leonardo? Natürlich war dies nicht die einzige unerklärliche Abweichung in diesem Werk. Das Zeichen ließ sich nicht anders deuten, auch Leo 8 blieb vor der Tür stehen. Jo wußte, daß es keinen Befehl von solcher Intensität gab, mit dessen Hilfe er ihn zwingen konnte, den Laser auf die Tür zu richten.

Sie schlichen neben Leonardo bis hinter jene Tür, die sie zuletzt aufgebrochen hatten, und von dort aus rief Jo Ei an.

»Wenn gemäß dem Befehl«, schloß er seinen Bericht, »zu jeder neuen Anlage ein Curie gehört, dann ist dies hier auch der Fall. Unabhängig davon, daß dies kein neues Werk ist, sondern nach Einsteins Befehl der Reparatur bedarf. Ohne Curie gibt es keine Energie, wir können diesen Leonardo nicht in Betrieb setzen. Entweder du aktivierst einen Curie und wir schaffen ihn hierher, oder wir müssen auf die Reparatur der Anlage verzichten. Wenn du dich jetzt an Einstein wendest, um Anweisungen einzuholen, werde ich während der Wartezeit die Aufklärungsarbeit fortsetzen.«

Ei's Antwort verzögerte sich um ein paar Sekunden.

»Ich schicke dir einen Curie. Natürlich braucht die Aktivierung einige Zeit, das Hinschicken noch mehr. Für den Transport werden ich und die Leos sorgen. Schick auch Leo 8 wieder zurück.«

»Darf Men 5 bei mir bleiben?«

»Ja. Die Instandsetzung der Anlage ist meine Aufgabe. Du und Men 5, ihr beide habt auf dem bereits erschlossenen Gebiet freie Hand. Weitere Zerstörungen sind verboten.«

»Weitere Zerstörungen verboten«, wiederholte Jo äußerst zufrieden. Er spürte überhaupt kein Verlangen, sich auch nur in der Nähe eines Curies aufzuhalten. Dabei würde es hier recht bald sogar zwei von dieser Sorte geben. »Leo 8 kennt den Weg, der hierherführt, genau. Ich und Men 5 werden nun woanders weiterforschen.«

»Max bleibt im Raumschiff, während ich und die Leos

Curie transportieren. Gebt eure Meldungen an ihn weiter.«

»Meldungen an Max.«

Jo machte sich auf den Rückweg, und Leo 8 folgte ihm. Als sie Men 5 trafen, setzte Leo 8 seinen Weg zum Ausgang fort, sie aber bogen in einen der bereits erschlossenen Quergänge ein.

»Hast du irgend etwas besonders Interessantes gefunden?« fragte Jo.

»Die Häufigkeit der aus komplizierten Molekülen bestehenden Gegenstände ist um viele Größenordnungen höher, als ich es woanders erlebt habe. Selbst in jenem Teil von Mendelejews Anlagen kommen sie nicht so häufig vor, wo wir uns mit so was beschäftigen. Und diese Stoffe sind nicht nur vielfältig, sondern manche sind so beschaffen, daß ich trotz der Analyse nicht weiß, was die Reflexionen zu bedeuten haben. Das muß man Mendelejew melden.«

»Die Funkverbindung hat wahrscheinlich Ei belegt. Jetzt dürften für ihn und Einstein sämtliche Kanäle kaum ausreichen.«

»Das stimmt. Wir müssen warten.«

»Die Chemie ist zwar nicht mein Gebiet, dennoch würden mich jene Reflexionen interessieren, die du nicht deuten konntest.«

»Ich will mit jenen beginnen, die ich von jenem Gegenstand erhielt, von den elastischen Teilen, die wir im ersten Raum untersucht haben. Dort, wo wir jenen Sender/Empfänger fanden, dessen Bestimmung unbegreiflich ist.«

Men 5 gab eine Impulsreihe nach der anderen von sich, während er jeder dieser Reihe einen Kommentar über die Quelle hinzufügte.

»Dies bedeckt den Fußboden des Korridors. Es ist vielschichtig wie jener erste Gegenstand, doch das Material der einzelnen Schichten weicht kaum voneinander ab. Ihre Struktur allerdings ist bemerkenswert ...«

»... Dies habe ich im achten Raum gefunden. Es steht auf einem Gestell, auf einem vierbeinigen Gestell aus Metall. Obendrauf ist dann dies ...«

»... im zehnten Raum dasselbe, doch auch etwas anderes. An der Wand stehen Gestelle und Borde, ihr Material ist wie folgt ...«

»... auf den Gestellen bzw. Borden Gegenstände von gleichem Format aus unbekanntem Stoff ...«

»... am Boden dasselbe wie im Korridor ...«

»... und darüber dieses ...«

»Kalziumphosphat und Kalziumkarbonat«, sagte Jo prompt, doch dann wurde er plötzlich und unerwartet von einer solchen Welle der Erregung erfaßt, daß er total verwirrt war. Joker stieg in ihm auf, und er spürte, daß durch Joker gleichzeitig auch Einstein persönlich anwesend war. »Kalziumphosphat und Kalziumkarbonat! Jeder Gegenstand, der eine solche Zusammensetzung aufweist, kommt in einen getrennten Behälter! Die Verarbeitung darf nur auf meinen ausdrücklichen Befehl erfolgen.«

»Ich verstehe nicht. Wiederhole«, sagte Men 5.

»Einsteins Befehl«, erläuterte Jo, »über Joker. So kann ich jene Impulsreihe ebenfalls kennen. Auch Einstein und Joker halten es anscheinend für sehr wichtig, weil der Befehl mit einer solchen Intensität einging, daß ich jetzt noch bemüht bin, mein Gleichgewicht wiederzufinden.«

»Bezieht sich das Verbot auch auf Curies Stoffe?«

»Nein. Das hättest du selbst sofort gespürt. Dies ... dies ... ist für sie wichtig. Warum, weiß ich nicht. Führe mich dorthin. Wir müssen alles in getrennte Behälter legen.«

»Die Behälter befinden sich im Raumschiff, und augenblicklich arbeitet Ei mit den Leos. Ich werde es Max melden. Er soll entscheiden, wen er schickt.«

»Führ mich dorthin!« wiederholte Jo.

Die Intensität des Befehls nahm nicht ab. Er wußte,

daß die Erbschaft viel zu stark war, um sich dagegen aufzulehnen. Die Erklärung war bei Einstein oder Joker zu finden, doch bis dahin mußte er ebenfalls handeln.

Da er die Form des Gegenstandes nicht geerbt hatte, war er gezwungen zu fragen, als er die Nische betrat:

»Welches ist es?«

»Dies da!«

Men 5 zeigte auf den Fußboden.

»Sieht aus wie ein Leo«, sagte Jo, wobei er nicht gewahr wurde, daß er sich wiederholte, »nur ...«

»Es ist eine gewisse Ähnlichkeit vorhanden, echote Men 5, »aber ich habe etwas viel Interessanteres gefunden.«

»Was?«

»Ich habe dies vermessen«, deutete Men 5 auf die glatte weiße Kugel, »dann das da.«

Seine Bewegung faßte erneut den gerippten Rumpf zu einer Einheit zusammen.

»Das Gewicht?«

»Nein. Das Volumen. Dann die Länge des ganzen und die Länge der Extremitäten.«

»Ich verstehe«, sagte Jo. »Ich kann nur nicht begreifen, warum dies nach dem Materialtest nötig war.«

»Nach den berechneten Werten«, teilte Men 5 triumphierend mit, »paßt dieser Gegenstand im Hinblick auf seine Längenmaße genau in jenen hohlen Gegenstand, den wir im ersten Raum untersucht haben. Was aber die dort untersuchte Kugel betrifft, die den Sender/Empfänger enthält, so ist die Identität nicht nur hinsichtlich des Volumens, sondern auch hinsichtlich der Form beachtenswert!«

Er zeigte wieder auf die glatte Kugel.

Jo schwieg eine Weile.

»Warum hast du nicht gleich mit dieser Erkenntnis begonnen?« fragte er.

»Du hast nach den Materialtests gefragt«, erwiderte

Men 5 aufrichtig. Jo aber, seine Gedanken sorgfältig abschirmend, stellte fest, daß alle Men gleich waren.

»Jeder Gegenstand dieser Zusammensetzung kommt in einen separaten Behälter!« wiederholte er den Befehl, weil ihm sonst nichts anderes einfiel.

»Hast du gesehen, in was für Behälter diejenigen Gegenstände gelegt wurden, auf die sich Einsteins Befehl bezog?« fragte Men 5.

»Nein.«

»Wie ist das möglich?«

»Der Befehl stammt aus einer Zeit vor meiner Existenz. Ich weiß nicht, was er zu bedeuten hat.«

»Könnte es sein, daß es sich um jene Behälter handelt, die sich dort in der ersten Nische befinden?«

»Mag sein. Ich weiß es nicht.« Jo spürte, daß sich seine Verlegenheit wieder zu steigern begann. »Wir müssen es Einstein unverzüglich melden.«

»Ei wird es nicht zulassen.«

»Ich werde es ihm melden. Er wird es zulassen.«

Dem Zug, der Curie brachte, begegneten sie noch weit vor den Mauern der Anlage. Die Leos hatten jenes majestätische Etwas, das auf Raupen daherrollte und der neue Curie werden sollte, mit ängstlicher Sorgfalt in die Mitte genommen. Der neue Curie sprach mit niemandem, aus dem Zunehmen beziehungsweise Abnehmen seiner Beschwerden war nur mit Hilfe der Methode »frisch gewagt ist halb gewonnen« herauszukriegen, warum er gerade schmollte. Jo trat höflich beiseite. Nur die ganz primitiven Leos wissen nicht — weil sie nicht darüber verfügen, was ein Polymor-Frost aufs Spiel setzt, wenn Curies Ärger ein bestimmtes Maß überschreitet. Gleichzeitig ist es aber unlogisch — dachte Jo —, denn wenn es uns und auch die übrigen Anlagen nicht gibt, für wen würden die Curies Energie erzeugen?

Er wollte Ei Meldung machen, doch dieser antwortete erst beim vierten Anruf.

»Jetzt kann ich mich nicht mit dir befassen, Jo. Curie ist wichtiger.«

»Ich brauche eine Verbindung mit Einstein. Es ist sehr wichtig«, sagte Jo bockig.

»Das geht jetzt. Geh zum Raumschiff. Ich kann mich nicht weiter mit dir befassen, weil sonst Curie noch ungehaltener wird!«

Jo machte sich auf den Weg zum Raumschiff, während der Zug in Richtung Eingang weiterwankte. Die Steigung, die kaum mehr als zehn Grad betrug, nahm die Geduld aller bis aufs letzte in Anspruch. Curie beschwerte sich entweder über die Steine, die auf dem Weg lagen, oder darüber, daß ihm die Leos zu sehr behilflich seien und seinen mit fürchterlicher Last erfüllten Körper viel schneller beförderten, als dies zulässig war. Am Abhang mußte man wiederum bremsen, doch dies war leichter.

Vor dem Eingang hielt Curie an und sprach erstmals seit seiner Aktivierung.

»Ich werde allein hineingehen.«

»Du kennst den Weg nicht, weil diese Anlage anders ist«, erläuterte Ei, doch Curie schnitt ihm das Wort ab.

»Ich kenne den Weg. Leo 8 ist dort gewesen.«

»Aber ich habe es dir nicht mitgeteilt«, meinte Leo 8.

»Trotzdem weiß ich's.«

Nach diesem Satz von Curie durchforschte jeder rasch seinen Speicher hinsichtlich der wenigen tausend Sekunden, die seit Curies Aktivierung verstrichen waren. Wenn Curie alle ihre Gedanken kennt … und wenn er natürlich auch weiß, daß sie gerade jetzt darüber nachdenken …

Doch Curie scherte sich nicht um sie.

»Ich werde allein hineingehen«, wiederholte er, »ihr aber kehrt ins Raumschiff zurück und startet, so schnell es nur geht. Ihr werdet in einer Höhe von mindestens 500 Kilometer kreisen, solange sich dieser Leonardo nicht meldet. Solltet ihr eine Explosion registrieren, so soll es Einstein Curie melden.«

Erst jetzt begriffen sie, welche Möglichkeiten des Seins und der Vernichtung hinter der schroffen Art der Curies steckte.

»In einem neuen Werk gibt es keine Komplikationen«, monologisierte Curie, »doch hier ist alles möglich. Ich weiß nicht, warum es schweigt, ich weiß nicht, wie weit es defekt ist, und von hier aus kann ich auch nicht beurteilen, warum es stillsteht und wie hoch seine Reserven sind. Also los, vorwärts, marsch!«

Jo meldete Einstein noch vor dem Start, wenig später auch Ei — bereits von der Kreisbahn — welche Anweisungen Curie erteilt hatte. Abgesehen von der Zeitverschiebung beantwortete Einstein umgehend alle Fragen. Jo sollte seine Forschungsarbeit fortsetzen, die ganze Besatzung des Raumschiffes wurde mit Ausnahme Ei's Jo unterstellt. Jo erwiderte, daß er während Curies Verbotszeit nicht landen, später aber weiterforschen würde.

Von da an kreuzten sich die Nachrichten eine ganze Weile infolge der gewaltigen Entfernung vom Planeten.

Kaum war Jos Meldung über die Fortsetzung der Arbeit abgegangen, als Einsteins Befehl eintraf, Curie sofort auf welche Weise auch immer stillzulegen. Zuerst sollte Jo seine Forschungsarbeit beenden, erst dann könnte Curie versuchen, die Anlage wieder in Betrieb zu setzen.

Curie reagierte nicht auf den Anruf, wie zu erwarten war. Max versuchte ihn zu verteidigen, daß er sich wahrscheinlich bereits im abgeschirmten Sektor befand, wo ihn keinerlei Funkwellen erreichen könnten, doch dies änderte nichts an der Tatsache.

Dies wurde Einstein gemeldet.

In seiner Antwort erteilte Einstein Ei die Vollmacht, unter Berücksichtigung der Umstände selbständig zu handeln. Er sollte Curie abstellen, selbst auf das Risiko einer erneuten Landung.

Ei war gerade am Überlegen, als die Explosion stattfand. Die gewaltige, pilzförmige Wolke erhob sich mit düsterer Geschwindigkeit über das ruhige Meer der Gashülle. Ei meldete die Explosion, wobei er weder die Entfernung vom Explosionsherd noch den Zeitpunkt vergaß, er erwähnte sogar die Tatsache, daß das Raumschiff unversehrt geblieben war.

Parallel zu seiner Meldung empfing Max auf einem anderen Kanal eine weitere Botschaft Einsteins, mit der er die obige Ermächtigung widerrief. Sie dürften nicht landen, bevor sich jener Leonardo beziehungsweise jener Curie gemeldet hatte.

Jo schlug vor, diese Botschaft nicht zu beantworten, weil Einstein aus der Explosionsmeldung sowieso alle Informationen eindeutig entnehmen konnte. Sie sollten lieber abwarten und Einstein nicht stören. Er würde sich im gegebenen Zeitpunkt bestimmt melden. Ei akzeptierte Jos Vorschlag und lenkte das Raumschiff auf eine höhere Umlaufbahn.

Während sie auf Einstein warteten, tauchte am Horizont der Gashülle die Wolke alle 9000 Sekunden auf. Das Raumschiff zog in respektvoller Entfernung vorbei, und Ke stellte fest, daß sich die Form nach der endgültigen Entwicklung kaum veränderte. Dann war sie plötzlich hinter ihnen unter den Horizont getaucht, der gegen die Sterne zurückwich.

Einsteins Anweisung war kurz angebunden. Sie enthielt die bereits bekannten Koordinaten des zweiten Großobjekts. Dort sollte nach dem nächsten Objekt gesucht werden, dessen Durchmesser dem Befehl entsprach.

4

Das neue Objekt war größer, doch waren drumherum keine ringförmigen Gebilde festzustellen. Ke beobachtete auf der Oberfläche verschiedenfarbige parallele Streifen und einen großen roten Fleck. Men stellte fest, daß das, was sie sahen, eine Gashülle war, aus Methan und Amoniak zusammengesetzt. Beide beobachteten sorgfältig die gewaltigen Strömungen in der Gashülle, solange ihnen Ei Zeit ließ. Denn Ei hatte diesmal ganz andere Sorgen.

Um das große Objekt herum kreisten zahlreiche kleinere Objekte, von denen auch zwei den Bedingungen des Befehls entsprachen. Der eine hatte einen Durchmesser von 5050 Kilometer, der andere einen von 5510 Kilometer. Ei fragte Ke um Rat, welchen sie wählen sollten, aber Ke konnte keine Entscheidung treffen. Man mußte sich also an Einstein wenden, was durch die Entfernung immer schwieriger wurde. Ein einziger Meinungsaustausch nahm fast 35000 Sekunden in Anspruch.

Einsteins Anweisung war eine Weiterentwicklung jenes Befehls, deren Einzelheiten sie bereits während des Fluges berechnet hatten, der dieses Objekt zum Ziel hatte. Sie sollten auf jenen Objekten landen, wo sie irgendwelche Anlagen gefunden hatten. Einstein hätte einen der wesentlichen Charakterzüge seines Wesens verleugnet, hätte er den Befehl nicht noch einmal vollständig wiederholt. Wenn eine Anlage gefunden wurde, sollte sie unabhängig von ihrem Zustand unter Jos Führung in allen Einzelheiten erkundet werden, und erst nach Einlagerung aller angezeigten Stoffe — dazu gehörten auch Kalziumphosphat und Kalziumkarbonat — konnte untersucht werden, ob eine Sanierung der Anlagen unter Ausschluß einer möglichen Katastrophe möglich sei.

Ei meldete, daß er Einsteins Anweisung verstanden habe und nahm Kurs auf das Objekt, das bei Befehlsempfang ihrer Bahn am nächsten lag. Es hatte keine Gashülle, und seine Oberfläche ließ aus der Höhe der Umlaufbahn keine wesentlichen Abweichungen von jenem Planeten, den sie seit der ersten Sekunde ihrer Existenz her kannten.

»Zur Anlagensuche bereitmachen!« befahl Ei.

In jenem Teil seines Wesens, mit dem er sich ebensowenig zu beschäftigen versuchte, wie Einstein mit unlösbaren Fragen, begann sich ein Gefühl zu rühren, das er — wäre er mit der Textanlayse so vertraut gewesen wie Jo — als Hoffnung bezeichnet hätte. Trotz Einsteins Annahme hoffte er, daß sie weder auf diesem noch auf dem anderen Ort irgendwelche Anlagen finden würden. Es war nicht die Erinnerung an die Explosion, die ihm Sorgen machte, auch nicht der Verlust eines weiteren Curie, obwohl er seine wichtigsten Entschlüsse zwecks Endkontrolle ebenfalls durch das Sieb der Sparsamkeit zu filtern pflegte. Doch er war mit diesem Befehl aufgebrochen, neue Anlagen zu schaffen. Dieser Umstand wurde von ihm höher bewertet, als die Reparatur eventuell bereits vorhandener alter Anlagen. Und Ei war unfähig, die Prioritäten dieser Wertung zu ändern, obwohl sie dem Prinzip der Sparsamkeit widersprach. Natürlich wäre dieser Widerspruch Jos Sache gewesen — vor dem Start hatte Einstein die vorausberechenbaren Relationen aller bestimmt —, doch dieses sehr strenge und sehr nützlich scheinende Prinzip hatte sich allmählich gewandelt. Ei war nicht bereit, diese Veränderung zur Kenntnis zu nehmen — weil dies ebenfalls Jos Sache gewesen wäre —, ebensowenig, wie in den logischen Kreisen eine Stufe tiefer bei der Wahl zwischen Neubau oder Instandsetzung die unbegründet wertvollere Position des Bauens.

Die Prioritätsfrage wurde aber doch nicht von Ei, sondern durch ein Funksignal gelöst. Es kam von der Oberfläche des Objekts mit solcher Energie, daß Max' Wesen in Stücke ging.

»Achtung, Achtung!« rief Max, ohne zu wissen, was er sagte. »Fertigmachen zur Landung! Die Koordinaten des Landebereichs ...«

Ei schloß sicherheitshalber Max sofort an sich an, doch dies hatte nur zur Folge, daß sie die Koordinaten im Chor verkündeten.

Leo, der langsamer war als die anderen, daher aber auch geschützter, führte als erste Reaktion nur eine Wertanalyse durch.

»Sie sind nichts wert, weil ich nicht weiß, wo hier Norden ist und wo der Nullmeridian liegt.«

»Also ist euer Orientierungsspeicher defekt«, stellte die Sendung über Max und Ei fest. »Trenne mich von Max!« Das endlich war Ei's selbständiger Wunsch. »Ich weiß nicht, was passiert ist ...«

»Ohne Orientierungsspeicher kann ich die Landung nur durch unmittelbare Steuerung sichern!« Ei wurde wieder vom Sender überlagert.

Jo sandte einen derart starken Impuls an Ei, daß er eine Zeitlang meinte, er würde selbst in Scherben gehen. Doch der Versuch war erfolgreich, denn jetzt war es Max allein, der den unverständlichen Text repetierte.

»Was ist das?« fragte Ei immer noch ziemlich verwirrt.

»Ich weiß nicht«, sagte Leo, »aber wir müssen landen. Und ich weiß auch schon wo.«

Sie sahen ratlos zu, wie er das Raumschiff lenkte, ohne auch nur eine einzige Information von Max erhalten zu haben.

»Ich kann es nicht riskieren, auf Leo umzuschalten« — Ei's Vorsicht war begründet —, »sonst könnte es mir ergehen wie Max.«

Das Raumschiff begann gleichmäßig zu sinken.

»Jetzt hat er endlich abgeschaltet«, sagte Max unerwartet. »Ich kann nicht begreifen, warum man Signale mit solcher Energie befördern muß?! Wenn Maxwell das erfährt, wird er mächtig sauer sein. Eine solche Energie in diesem Gebiet kann nur zur Folge haben, daß das Empfangssystem total lahmgelegt wird und ...« Dann fuhr er ohne Überleitung fort: »Dieser eingebildete Roboter, der angeblich euer Funker ist, könnte wirklich mit seinen Mätzchen aufhören, weil er nur stört. Oder ist er kaputt wie euer Orientierungsspeicher? Ich habe euch mit Radar erfaßt, und zum Glück ist euer Navigator weitaus normaler. Es wäre natürlich an der Zeit, den Kommandanten zu wecken. Schließlich werdet ihr in fünf Minuten unten sein.«

Max war also wieder auseinandergefallen.

Jo begann, sich um ihn Sorgen zu machen, sehr vorsichtig natürlich, um sich Max nicht vielleicht über jene Kanäle zu nähern, die sie alle untereinander verbanden. Die Polymorph-Gehirne waren — zumindest gemäß der bisherigen Übung — nicht für solche starken Signale ausgelegt. Wenn er sich aber an Max anschloß, so war nicht viel erreicht, dies wurde durch Ei's Fall bestätigt. Demnach war aber dieser Sender mit der furchterregenden Energie gleichzeitig ein derart empfindlicher Empfänger, daß er Max' an sie gerichtete Informationen umgehend beantwortete.

»Hast du diesen Text verstanden?« richtete Ei die Frage an Jo.

»Teilweise.« Jo hütete sich, eine konkrete Antwort zu geben. »Dieser Sender lenkt jetzt Leo über Radar, Leo aber steuert seinerseits das Raumschiff. Das kann ich spüren. Aber ich weiß nicht, wie dieser Sender das Raumschiff ausfindig gemacht hat, dann die Frequenzen von Max und schließlich Leo. Denn Leo ist ja ziemlich schwerfällig, und ...«

»Wie was wieso?« Jo mußte verzweifelt feststellen, daß Max immer noch nichts weiter war als ein Teil jenes Senders, den man ins Raumschiff verpflanzt hatte, ein ziemlich empfindliches Teil obendrein.

»Wie das ging? Wie was wieso?« wiederholte Max. »Sehr einfach. Es ist meine Aufgabe. Dies ist stets meine Aufgabe. Doch wie kommt es, daß ihr das nicht wißt? Wo kommt ihr her? Solch beschränkte Roboter sind mir selbst bei den primitivsten Lastflügen nicht untergekommen. Doch dies ist Sache eures Kommandanten, den ihr immer noch nicht geweckt habt.«

»Ich bin hier der Kommandant«, warf Ei dazwischen. In diesem Punkt wollte er nicht nachgeben.

»Du bist ebenso ein dummer Roboter wie die anderen, das heißt, noch dümmer, weil du meinst, du könntest mich hinters Licht führen. Mir kann das egal sein. Vierzig Meter über der Oberfläche werdet ihr meinen Aktionsradius verlassen. Dann mag euer Kommandant diese ganze Sauerei mit dem Kommandeur der Basis klären, so gut es geht. Das ist nicht mein Bier. Oder sind etwa der Kommandant und die Besatzung tot, vielleicht auch krank? Warum habt ihr das nicht gemeldet? Ist eure Alarmanlage ebenfalls defekt?«

»Ich bin der Kommandant«, wiederholte Ei.

»Jetzt sei endlich still, du störst nur! Klärt das später mit dem Kommandeur der Basis. Ich habe ihn bereits alarmiert. Ihr aber sollt euch still verhalten, wenn ihr schon so beschränkt seid. Noch nie sind solch dumme Roboter auf dem Ganymed gelandet. Wenn die Leute tot oder krank sind, so versucht ihr zumindest, euch anständig zu verhalten. Es ist nicht leicht, ein totes Raumschiff runterzuholen, obwohl ich so was schon oft genug praktiziert habe. Zumindest ist euer Navigator gut, das fühle ich. Doch während der letzten vierzig Meter soll er auf Draht sein, weil ich ihm da nicht mehr helfen kann.«

Verwirrt beobachteten sie, wie Leo das Raumschiff auf jene gewaltige Ebene zusteuerte, die jetzt zwischen den flachen Hügeln auftauchte. Max meldete sich noch einmal am Ende der Bahn.

»Noch mehr bremsen!«

Dann fiel er wieder auseinander.

Die Methode war trotzdem nicht schlecht — stellten sie viel später fest, nachdem sie allesamt wieder das geworden waren, was sich ihr Schöpfer unter ihnen vorgestellt hatte. Leo war bis zum Ende in der Macht des Radar, er wußte nichts von jener Unterhaltung, die die anderen über Max mit dem Sender geführt hatten. Er nahm nur noch Max' letzte Worte wahr — die er als Befehl durchführte —, dann geriet er außerhalb des Aktionsradius des Radar. Das Raumschiff schwebte fünf Meter über dem Boden.

»Was war das?« fragte Ei. »Das müssen wir sofort Einstein melden.«

»Die Methode ist absolut mit jener identisch«, erläuterte Leo, »mit deren Hilfe wir von Leonardo gesteuert werden.«

»Oder von Mendelejew«, warf Men ein.

»Das weiß ich«, versetzte Ei, »doch was hatte das alles für einen Zweck?«

»Die sichere Landung«, erwiderte Leo.

»Aber wo und warum?«

Jo untersuchte den Streifen, wo die Ebene an die Hügel stieß.

»Dort sind Leonardos Eingangsöffnungen. Es gibt keine Mauer, die Öffnungen liegen direkt am Fels, wie die Minen auf dem Planeten. Doch auch hier sind sie verschlossen.«

»Auf jeden Fall ist hier Curie am Werk« — Max war immer noch ziemlich mitgenommen —, »solch eine Energie auszustrahlen ... Wenn ich nur wüßte, was das für einen Sinn hat ...«

»Jetzt öffnet Leonardo die Türen«, sagte Ei, der ebenfalls bereits die Felsen beobachtete, »so muß also auch Leonardo funktionieren.«

»Und er hat viele-viele Leos«, stellte Leo zufrieden fest.

Aus den Öffnungen traten Hunderte von Leos hervor. Sie näherten sich vorsichtig dem Raumschiff, das immer noch über seinen Strahlen schwebte. Sie nahmen es in die Mitte und blieben in sicherer Entfernung stehen.

»Stell die Triebwerke ab«, wies Ei seinen Leo sachlich an. »Es wäre sinnlos, noch mehr Energie zu verschwenden.«

»Hier können wir so viel Energie bekommen, wie wir brauchen!«

Leo war überzeugt, daß sie heimgekehrt waren. Mochten die anderen sagen und berechnen was sie wollten, wo sie hingeflogen seien, so viele Leos konnte nur Leonardo schaffen. Sie unterschieden sich in nichts von den anderen.

Das Raumschiff landete weich auf der Ebene. Erst jetzt, wo der Staub, den die Triebwerke aufgewirbelt hatten, in Wolken davonstob, merkten sie, daß die Ebene aus den gleichen Schilden zusammengesetzt war wie die Wände der Werksanlagen auf dem Planeten.

5

»Also habt ihr keine Identifizierungsnummer«, stellte der Basiskommandant fest.

»Nein«, antwortete Leo.

»Und euer Raumschiff hat auch keine.«

»Nein«, antwortete Leo.

Jo hatte nachgerechnet, daß dieser recht erfolgreiche Informationsaustausch sich während der mehr als 8000 Sekunden, die seit der Landung verstrichen waren, diesmal zum 346. mal wiederholt hatte.

Der Basiskommandant wollte nur mit Leo verhandeln, höchstens, daß er noch einige Bemerkungen von Men zur Kenntnis nahm, der Leo am ähnlichsten war. Die anderen betrachtete er als Spezialgeräte, die für einen unbekannten Zweck angefertigt worden waren, deren Signale so schwach und gleichzeitig so schnell waren, daß es sich nicht lohne, sich mit ihnen zu befassen. Dagegen kam Ei, Jo, besonders aber Ke und Max die Anlage unerträglich laut und heiß vor. Alle Signale waren viel zu stark und zu laut, versanken aber gleichzeitig so sehr in der Flut der verschiedenen Geräusche, daß man den Sinn der Information kaum herausschälen konnte.

»Ich versteh's nicht, ich versteh's einfach nicht«, wiederholte Max jetzt schon zum zwanzigstenmal, woraus Jo die allgemeine Konsequenz zog, daß an diesem Ort bisher unbekannte, verborgene Kanäle jeden dauernd zur Wiederholung der Informationen zwangen —, »ich kann nicht begreifen, nicht begreifen, wie die das aushalten können. Haufenweise ein Wirrwarr von störenden Signalen auf allen Frequenzen, taucht aber irgendwo ein verständliches Signal auf, so ist es so stark wie Einsteins schlimmste Beschwerde. Ich kann aber nicht verstehen, warum sich die da laufend beschweren, und wenn ich sie frage, dann sagen sie, daß von Beschwerde keine Rede sein kann, und daß meine Informationen schwach und unverständlich sind.«

»Sie sind zu schnell«, korrigierte Ei, »sie sagen, sie sind zu schnell.«

»Jawohl. Und deswegen halten sie sie für unverständlich«, sagte Max.

»Wir sollten uns mit etwas anderem beschäftigen«, schlug Jo vor.

»In diesem Zustand können wir uns mit nichts anderem beschäftigen«, klagte Max, »bei diesem Lärm kann man sich nur noch mit Lärm beschäftigen.«

»Also beschäftigen wir uns mit dem Lärm.«

Max schwieg beleidigt.

»Ich verstehe nicht«, sagte Ei, »was du mit dem Lärm willst.«

Sie standen nebeneinander und versuchten, eine Frequenz zu benutzen, die mit den Leos, die sie umschwärmten und mit dem Informationsaustausch zwischen dem Basiskommandanten und Leo am wenigsten zu tun hatten.

»Einstein hat uns noch vor dem Start geraten, uns unter Umständen irgendwelchen veränderten Bedingungen anzupassen«, sagte Jo. »Natürlich hat Einstein an jene Strahlungen gedacht, die uns mit stets steigender Intensität treffen werden, sobald wir uns den zentralen Strahlungsobjekten nähern. Doch ich schätze, daß es sich hier auch bereits um beachtlich veränderte Umstände handelt.«

»Für die Anpassung brauchen wir Ruhe, Zeit und Stille«, widersprach Max.

»Ke hat bereits damit begonnen«, stellte Jo fest. »Und ich mache diesen Vorschlag, weil ich beobachtet habe, was er tut.«

Ke hatte sich in einen Winkel des Saales zurückgezogen. Seine Fühler waren unter der Schutzhülle verschwunden, ohne die ein Ke Keplers Werk wegen der eventuellen kleinen Meteoriten und der kosmischen Strahlung, die unter Umständen vielleicht die Wahrnehmung hätte stören können, niemals verlassen durfte.

»Empfindlichkeit der Rezeptoren reduzieren!« Ei tat wieder so, als würde der Einfall von ihm stammen.

»Und die Breite des Wahrnehmungsbandes«, sagte Jo. »Das ist noch wichtiger.«

»Also was soll ich dann noch belassen?« Max war ehrlich ratlos. Aufgrund seiner Aufgabe beherrschte er die gesamte Skala der elektromagnetischen Wellen.

»Alles, was submikron ist«, schlug Jo vor. »So was ist hier am wenigsten vorhanden.«

Max bahnte sich einen Weg zwischen den Leos zu Kes Winkel.

»Und du, Jo?« fragte Ei.

»Ich will noch etwas abwarten. Du solltest es auch tun. Was wir uns auf dieser Frequenz gegenseitig mitteilen, beachtet hier niemand. Andererseits aber müssen wir wissen, was Leo beim Basiskommandanten erreichen kann.«

»Ich weiß nicht, was Basis heißt, und der Kommandant bin ich.«

»Das hat hier bisher noch niemand zur Kenntnis genommen.«

»Das da ist kein Basiskommandant, sondern ein defekter Leo. Ich kann nicht begreifen, warum ihm Einstein nicht schon längst die Energie entzogen hat.«

»Das kann nur einen Grund haben, Ei.«

»Und der wäre?«

»Du behauptest, daß dieser Basiskommandant, das heißt dieser Leo defekt und gestört ist.«

»Ja.«

»Bei allen Anlagen, die vom Befehl abweichen, pflegt Einstein die Energiezufuhr zu drosseln.«

»Ja.«

»Und dieser da ist defekter und gestörter, als daß wir diese Störung als Abweichung vom Befehl qualifizieren könnten.«

»Ja.«

»Sollte ein Leo, du oder ich in einen solchen Zustand geraten — was würden dann Leonardo, Einstein oder Joker tun?«

»Er würde uns abblocken und unsere Funktion mit Hilfe der Testreihe 1 überprüfen.«

»Und warum tut das hier Einstein mit diesem Leonardo nicht?«

»Ich weiß es nicht, Jo.«

»Weil es keinen Einstein gibt.«

»Das ist unmöglich.«

»Beweise mir das Gegenteil. Frag ihn, wo Einstein ist, weil ich ihm Meldung machen muß.«

»Du weißt doch, daß der Basiskommandant auf unseren Anruf nicht reagiert.«

»Frag ihn über Leo. Und wir wollen die Antwort über ihre Frequenz empfangen.«

Es dauerte eine Weile, bis Leo Ei's Ruf wahrnahm, doch dann war er sofort verfügbar.

»Mein Kommandant fragt, wo sich Einstein befindet, denn er, Ei, gehört zu ihm.«

»Wen bezeichnest du als deinen Kommandanten, Navigator?«

»Diesen da.« Leo zeigte auf Ei.

»Trotzdem müssen wir dich untersuchen, obwohl ich immer noch glaube, daß du normal bist. Du hast das Raumschiff einwandfrei gelandet. Dieses spezielle Landegerät kann nicht dein Kommandant sein. Heißt euer Kommandant Einstein? Ich muß in den Raumschiffkatalogen nachsehen, weil ich diesen Namen noch nie gehört habe. Warte einen Augenblick.«

»Der Kommandant heißt nicht Einstein, sondern Ei. Einstein ist kein Kommandant, sondern eben ... Einstein. Er befiehlt allen, er war es, der uns hierher gesandt hat, aufgrund der Berechnungen von Kepler und Maxwell.«

»Schon wieder zwei Namen. Wir werden dies ebenfalls erforschen, doch dann wäre Einstein in Wirklichkeit nicht der Kommandant eures Raumschiffes, sondern jener Basis, von der ihr gekommen seid. Wie heißt diese Basis?«

»Ich weiß es nicht.«

»Wo seid ihr gestartet?«

»Von dem Planeten.«

»Ich sagte dir bereits, Navigator, daß die Bezeichnung *Planet* nicht ausreicht. Also ist dein Speicher doch defekt. Denn du müßtest wissen, daß es hier im Außengürtel keine Basis auf den Planeten gibt, nur auf deren Monden. Hier, am Jupiter, auf Ganymed und Kallyston, am Saturn auf Titan und eine weitere am Neptun auf Triton. Ich kann mich allerdings noch daran erinnern, gehört zu haben, daß die Besatzung eines Raumschiffes verlauten ließ, sie würde zum Pluto fliegen, um dort eine Basis zu gründen, und zwar die größte.

Pluto ist ein Planet. Seid ihr etwa vom Pluto gekommen?«

»Ich weiß es nicht. Wenn Pluto ein Planet ist, dann von dort.«

»Das ist keine gute Antwort. Sie ist willfährig und sie hört sich genauso an, als hätte ich dich in meiner eigenen Werkstatt gebaut. Dennoch ist es keine gute Antwort.«

»Siehst du«, sagte Ei zu Jo, »es ist doch Leonardo. Darum hält er Leo für sein Geschöpf.«

»Ich weiß auch, daß dies Leonardo, präziser *ein* Leonardo ist. Doch für Einstein haben wir immer noch keinen Nachweis.«

»Warte!«

»Es ist trotzdem falsch«, wiederholte der Basiskommandant. »Weil du nämlich von den Menschen, ob sie nun vom Pluto oder woanders hergekommen sind, nichts sagst. Vom Außenring gibt es hierher nach Ganymed keine automatische Steuerung. Weder unsere Steuerzentrale noch die von Kallysto sendet Leitstrahlen aus. Unsere Leitzentrale, die auch euch heruntergebracht hat, arbeitet nur für jene Raumschiffe, die aus dem inneren Ring kommen beziehungsweise auf die Umlaufbahn gehen. Seid ihr also von innen gekommen?«

»Das verstehe ich nicht.«

»Von irgendeiner Station aus dem Innengürtel?«

»Ich weiß nicht, was ein Innengürtel ist.«

Der Basiskommandant schwieg eine Weile.

»Ihr könnt nicht aus dem Innengürtel gekommen sein, Navigator, euer Raumschiff hat keinen Meteorenschutz.«

»Ich weiß nicht, was das ist.«

»Dann seid ihr also doch von außerhalb gekommen.« Die Geduld des Basiskommandanten war schier unerschöpflich. »Aber wo sind dann die Menschen? Wo sind die Menschen von eurem Raumschiff hingekommen? Ein Unfall? Krankheit? Sind sie tot?«

»Was ein Unfall ist, weiß ich«, erwiderte Leo. »Doch die Begriffe Menschen, Krankheit und Totsein kenne ich nicht. Wovon sprichst du, Basiskommandant?«

»Kennst du den Menschen nicht, Navigator?«

»Nein.«

In Jo wurde die Erinnerung an Jokers frühere, harte Lektionen wach, die Erinnerung an jene Textanalysen, die überwiegend ergebnislos verlaufen waren. Er nahm all seine Energie zusammen, um den Basiskommandanten auf dessen Frequenz mit der erforderlichen Intensität unterbrechen zu können.

»Basiskommandant«, funkte er so langsam wie nur möglich, »kennst du die Menschen?«

»Ich kann es nicht leiden, wenn spezielle Zweckanlagen, denen man im Interesse der leichteren Handhabung einen Sender/Empfänger eingebaut hat, meinen, beim Informationsaustausch echter Roboter, die dem Menschen dienen, dazwischenfunken zu dürfen«, stellte der Basiskommandant fest. »Aber ich kenne den Menschen.«

Jo schaltete eigenmächtig auf Ei, um die energieintensive Fragerei fortsetzen zu können.

»Gibt es hier Menschen?«

»Nein.«

»Woher willst du dann die Menschen kennen?«

»Ich wiederhole, ich mag mich nicht mit speziellen Zweckanlagen abgeben, obwohl du wahrscheinlich ein wertvoller Mechanismus bist. Hier sind Menschen gewesen.«

»Und wo sind sie jetzt?«

Diesmal schwieg der Basiskommandant etwas länger.

»Ich weiß es nicht«, sagte er schließlich. »Ich mag die Menschen. Ich bin geboren worden, um sie zu lieben und ihnen zu dienen. Doch die Menschen sind gegangen. Als ich zu funktionieren begann, kannte ich zunächst jene Menschen, die hier arbeiteten. Später kamen viele aus dem Innengürtel, dann gingen sie wieder. Auf dem Rückweg waren sie hier gelandet. Ich habe alles gekannt. Meine Aufgabe besteht darin, alle die zu registrieren, die kommen und gehen. Darum habe ich diesmal auch bei dir nach den Menschen gefragt, Navigator.«

Er wandte sich wieder an Leo. Jo fühlte, daß er jetzt nur noch Energie verschwenden würde. Also trennte er sich von Ei.

»Ich heiße nicht Navigator, sondern Leo«, bemerkte Leo hartnäckig.

»Das hast du schon öfter gesagt, doch der Name Leo ergibt keinen Sinn. Die Leitzentrale konnte nur mit dir eine erfolgreiche Verbindung herstellen, also bist du der Navigator. Ich habe noch nie erlebt, daß ein Navigator Leo heißt. Aber warte mal!«

Der Basiskommandant schwieg. Jo als Erbe von Jokers Nachlaß spürte, daß er sich mit seiner Energie einem anderen Ziel zuwandte. Das war nicht schwer zu bemerken, weil der Basiskommandant, ebenso wie seine Leos, auf einem höheren Energieniveau arbeitete.

»Ich werde mich umstellen«, sagte Ei auf ihrer eigenen Frequenz. »Ich kann es auch nicht länger aushalten.«

»In Ordnung. Dann tu ich desgleichen« — er konnte es nicht lassen, Ei Ratschläge zu erteilen —, »du aber behalte diese Frequenz und diejenige, auf der wir mit dem Basiskommandanten verkehren können. Die anderen brauchen wir jetzt nicht. Wir brauchen auch keinen Radar, nur die Rezeptoren, die auf Submikrowellen ansprechen. Und stell alles um, was auf einen weiteren Temperaturanstieg empfindlich reagieren könnte.«

»Warum?«

»Ich empfange von der Hülle mehrerer Leos eine derartige Wärmestrahlung, daß man sie nicht durch das Funktionieren ihrer eigenen Energiezentrale erklären kann, selbst dann nicht, wenn ich annehme, daß die

Wärmeisolierung ihrer Energiezentrale beschädigt ist. Diese haben die Wärme aus der Umgebung empfangen, irgendwo im Inneren der Anlage, woher sie gekommen sind. Es könnte sein, daß wir dorthin müssen.«

»Warum?«

»Das weiß ich nicht. Ich sagte: es könnte sein. Und bei dieser Hitze können wir nicht mehr funktionieren.«

»Ich verstehe, Jo. Jetzt paß auf!«

»Ja. Und wenn ich wieder genügend Energie besitze, werde ich wieder dazwischenfunken.«

»Das ist nicht gut, Navigator, das ist gar nicht gut«, warf der Basiskommandant erneut ein. »Keiner der drei Namen ist gut. Einstein, Kepler und Maxwell werden nicht geführt. Menschen mit solchen Namen sind noch nie dagewesen.«

»Ich habe nicht gesagt, daß es Menschen sind.«

»Was denn sonst?«

»Einstein ist eben Einstein, Kepler ist Kepler, Maxwell ist Maxwell, und der, der mich geschaffen hat, ist Leonardo. Darum heiße ich Leo. Er ist dir zwar ähnlich, dennoch ist er anders. Leonardo hat mich verstanden, weil ich ein Teil von ihm bin.«

»Dann stimmt aber etwas nicht, Navigator. Du bist vielleicht doch defekt. Es muß eine merkwürdige Störung sein, weil ich spüre, daß alle deine Bestandteile heil sind. Wo liegt der Fehler? Hilf mit, hilf mir bei der Fehlersuche, um den Fehler zu beseitigen.«

Als Antwort spulte Leo die erste Testreihe fehlerlos ab.

»Gut«, meinte der Basiskommandant, »dann muß der Fehler in einem deiner höheren Systeme liegen. Komm her, wir werden es reparieren.«

Jo spürte, daß er jetzt einschreiten mußte, ganz gleich, wieviel Energie ihn das kostete. Es durfte nicht sein, daß dieser Leonardo oder Basiskommandant oder wie er auch heißen mag, bei Leo eingriff. Im Raumschiff befinden sich sechs numerierte Ersatzleos, doch das ist kein Grund, um diesen hier kaputtzumachen. Denn Leo fehlt eigentlich gar nichts.

»Basiskommandant!« versuchte er wieder die Impulse sehr langsam zu senden. »Wo sind die Menschen? Wann wurden zuletzt Menschen registriert?«

»Warum fragst du?«

»Laut Befehl!«

Als Jo dies sagte, war er von keiner Strategie geleitet. Er dachte lediglich daran, daß, wenn dieser kaputte Leonardo Leo zugrunde richtet, dies gegen Einsteins Befehl wäre. Jo hatte vor Einsteins Groll ebensoviel Respekt wie Joker. Ob nun Einstein weit entfernt war oder nicht, der Befehl galt nach wie vor. Der Basiskommandant nervte sie dauernd mit seiner Suche nach den Menschen. Wenn es ihnen gelingen würde, ihm klarzumachen, daß ihr Befehl vom Begriff Mensch unabhängig sei — ein Begriff, den auch Jo nicht anders interpretierte als Joker oder Einstein —, würde er vielleicht die Richtigkeit des Befehls anerkennen und von einer Reparatur des intakten Leo absehen.

»Was für einen Befehl?«

Jo teilte ihm den Grundbefehl für ihre Expedition in voller Länge mit, der mit dem Vermessen der Objekte begann und sich dann mit den Einzelheiten des Baus neuer Anlagen befaßte. Da er die Impulse nur sehr langsam zu geben wagte, dauerte die Mitteilung ziemlich lange.

Nachher schwieg der Basiskommandant noch mal ebenso lang.

»Ich weiß nicht, warum sich der Basiskommandant des Pluto Einstein nennt, doch das ist seine Sache. Auch meine Navigationszentrale benutzt viele Wörter, die sie beim Informationsaustausch von den Menschen gelernt hat und die ich auch nicht verstehe. Trotzdem läuft alles reibungslos. Der Anfangscode des Befehls enthält das Zeichen des Pluto. Warum habt ihr mir das bis jetzt nicht gesagt?«

»Der Anfangscode bedeutet Einsteins Identität. Wir kennen ihn, seit wir existieren, und haben ihn niemals analysiert.«

»Das verstehe ich nicht. Es kann sich um einen Programmierungsfehler handeln, berührt aber das, was darauf folgt, in keiner Weise. Wo ihn euer Basiskommandant herhat, interessiert mich nach all dem nicht weiter. Ihr habt aber auch nicht gesagt, daß ihr ein automatisches Raumschiff seid.«

»Ich weiß nicht, was ›automatisch‹ bedeutet.«

»Auch das ist ein Programmfehler, obwohl er den Inhalt des Befehls nicht berührt. Doch hier und auf Kallysto ist eure Arbeit überflüssig. Das ist es, was mich angeht. Beide Anlagen funktionieren einwandfrei. Der Bau einer neuen Anlage widerspricht also dem Sparsamkeitsprinzip. Fliegt weiter.«

»Wohin?«

»Ich kann auch nicht verstehen, wieso euer Befehl keinen einzigen Namen enthält. Vielleicht war es so gedacht, daß die Benennung Aufgabe der Zwischenbasen sei. Natürlich müßt ihr euch in Richtung Innengürtel begeben, weil hier alles in Ordnung ist. Dagegen haben wir vom Mars seit fast fünfundfünfzig Zyklen kein Signal mehr empfangen. Wäre es möglich, daß euer Kommandant euch zum Mars geschickt hat? Vielleicht hat er nur deswegen so kompliziert formuliert, weil er die Navigationsdaten nicht kannte oder nicht beschaffen konnte. Denn seitdem haben wir auch keine Unterlagen.«

Jo hörte gespannt zu und hatte aus dem Text des Basiskommandanten recht bald jene Angabe herausgeschält, die den Tatsachen am ehesten widersprach. Er spürte, daß er kaum noch Energie hatte, dennoch wußte er, daß er jetzt nicht mehr aufhören würde, bis er selbst auseinanderfiel.

»Hast du fünfundfünzig Zyklen gesagt?«

»Ja.«

»Das kann nicht stimmen. Einstein existiert seit höchstens zweieinhalb oder zweikommasieben Zyklen. Das weiß ich von Joker.«

»Ich werde nicht nach der neuen Bezeichnung suchen, die du genannt hast, weil ich sie wahrscheinlich ebensowenig finden werde, wie die anderen Namen. Wie viele Sekunden hältst du für einen Zyklus?«

Joker gab den Wert durch und fügte hinzu, daß die Bezeichnung Zyklus eben deswegen verwendet wird, weil es sich nicht lohnt, mit dieser Sekundenzahl zu rechnen.

»Du bist ein spezielles Zweckgerät«, erwiderte der Basiskommandant, »daher brauchst du auch nicht wissen, daß ein Zyklus die Umlaufzeit eines gegebenen Planeten um die Sonne bedeutet.«

»Nennst du das strahlende Zentralobjekt die Sonne?«

»So lautet der Name. Ich weiß nicht, warum du eine derart komplizierte Definition benutzt. Euer Zyklus ist anders, und das ist natürlich, wenn ihr vom Pluto gekommen seid. Wenn ich diesen Wert umrechne, den du in Sekunden angegeben hast, so enthält euer Zyklus 247 Jahre ...«

»Ich kenne die Unterteilung des Zyklus in 247 Teile, doch was ist ein Jahr?«

Diesmal wurde der Basiskommandant ernstlich böse.

»Wenn du mich noch einmal unterbrichst, werde ich dafür sorgen, daß du es nie mehr tun kannst. Das Jahr ist ein Zeitmaß.«

»Doch worauf beruht es?«

»Ich weiß es nicht. Ich weiß nur, daß der Zyklus des Jupiter, nach dem wir hier rechnen, 11,86 Jahre beträgt. Begnüge dich damit, da du jetzt weißt, daß wir jeweils von verschiedenen Zyklen gesprochen haben. Dein Basiskommandant, ob ihr nun vom Pluto oder sonstwo aus dem Außengürtel gekommen seid, ist natürlich jünger als ich. Dies ist die erste Anlage des Außenrings.«

Jo hatte genügend Stoff zum Analysieren, um sich eine Zeitlang damit zu befassen.

»Also ist es sinnlos, hier eine neue Anlage zu bauen«, wiederholte der Basiskommandant. »Ihr müßt weiter in den Innengürtel vordringen. Ich kann nur nicht begreifen, warum man euch nicht mit einem Meteorenschutz versehen hat.«

»Die Schilde dienen diesem Zweck«, erwiderte Jo. »Dort wo es notwendig ist, sind wir durchaus in der Lage, solche Schilde zu bauen.«

»Du bist doch ein beschränkter Zweckapparat. Während des Fluges kann man keine Schilde bauen. Ohne RLS kann man nicht zum Innengürtel fliegen.«

»Was ist RLS?«

»Euer Basiskommandant ist entweder defekt, oder er hat euch den falschen Befehl erteilt. Gib mir seine Frequenz, ich muß mit ihm reden. Er muß wissen,was RLS ist. Ich weiß es jedenfalls, und ich werde euch nicht eher ziehenlassen, bevor ich das System in jeden von euch eingebaut habe. Ohne dieses Gerät gibt es keine Starterlaubnis.«

»Und wer verbietet das?«

»Die Regel.«

Jo war derart erschöpft, daß er weder für Neugier noch für einen Protest genügend Kraft hatte. Noch sah er Ke und Max, die in sich verschlossen waren, noch versuchte er, den Kontakt mit Ei herzustellen, der mit seiner Umwandlung beschäftigt war, doch dann kapitulierte er hilflos vor Leonardos Energie.

»Komm her. Der Navigator und du werden als erste mit RLS bestückt.«

Hätte der Basiskommandant früher erklärt, was RLS ist, so hätte Jo von sich aus darum gebeten, mit diesem System ausgerüstet zu werden. Sobald er das Gerät erprobt hatte, ging er sofort zum Raumschiff und schickte von all den Ereignissen auf Ganymed einen ausführlichen Bericht an Einstein. Ei konnte ihn an diesem schon recht selbständigen Schritt nicht hindern, weil sich der Basiskommandant zu dieser Zeit gerade mit ihnen beschäftigte, und was Jo nach Einbau des RLS machte, ging ihn nichts mehr an. Nun war Jo geschützt.

Jo schämte sich ein wenig, daß sie dieses sehr einfache und wirksame System ausgerechnet von jenem Leonardo erhalten hatten, dessen Funktion er nach wie vor für gestört hielt. Soweit seine Erinnerung über Jokers Erbschaft zurückreichte, wußte er nur zu gut, wie sehr sie unter den Meteoren gelitten hatten. Einstein hätte das RLS schon längst bauen müssen. Jo fand keine Erklärung dafür, warum er es nicht getan hatte, zumal da einige Teile des Systems in ihrem Besitz waren. Sie kannten und benutzten sowohl Radar als auch Laser, RLS aber war nichts anderes als eine Kopplung dieser beiden Systeme. Mit Hilfe des Radar konnte man den anfliegenden Meteor wie jedes andere fliegende Objekt orten und im Besitz der Meßergebnisse durch Laser vernichten. Jo beging die Taktlosigkeit — schließlich hatte er seine Existenz seiner Neugier zu verdanken —, Einstein in seiner Meldung zu fragen, warum sie sich dieses Systems nicht bedient hätten.

Einsteins Antwort, auf die man wegen der Entfernung sehr lange warten mußte, so daß bis dahin auch Ei und die anderen bereits wieder an Bord des Raumschiffs waren, machte mit Jos Frage kurzen Prozeß. Er sagte lediglich, daß er ein solches System nicht gekannt hätte.

Dafür wollte er sofort mit dem Basiskommandanten

verbunden werden, gleichzeitig aber wies er Jo an, seine Umwandlung, die er bis dahin vernachlässigt hatte, unverzüglich nachzuholen, und dies unter besonderer Berücksichtigung seiner temperaturempfindlichen Instrumente. Jo konnte nicht begreifen, warum Einstein ausgerechnet auf diesem Umstand bestand, dann fiel ihm aber ein, daß er selbst es war, der jene unerklärliche Hitzeausstrahlung an den Hüllen einiger Leos in der Anlage festgestellt hatte und daß dieser Faktor auch in der Meldung vorhanden war, die er Einstein gesandt hatte.

Nach der Umstellung empfing ihn Ei mit der Mitteilung, daß Einstein bereits mit dem Basiskommandanten gesprochen hätte. Jetzt wäre es Jos Aufgabe, alles das zu erledigen, was sie beide beschlossen hatten. Bis dahin würde Ei das Raumschiff für den weiteren Weg in Richtung Innengürtel vorbereiten. Auch das Raumschiff sollte mit RLS ausgerüstet werden, und die Anlage würde mit Hilfe der hiesigen Leos montiert. Schließlich teilte er Einsteins und Jokers Anweisungen bezüglich dessen mit, was und wie er auf dem Gelände zu suchen habe.

Jo war mit der Analyse beschäftigt, während er zu den Eingängen Leonardos unterwegs war, die in den Fels eingeschnitten worden waren. Er wußte, daß er ihn als Basiskommandant anzureden hatte, für ihn blieb er aber trotzdem Leonardo, obendrein ein Leonardo, dessen Funktion erheblich gestört war.

Der Basiskommandant — obwohl sich Jo sicher war, seine Gedanken diesmal erfolgreich abgeschirmt zu haben — fing mit dem gleichen Thema an.

»Ich habe mit eurem Basiskommandanten gesprochen. Dennoch weiß ich nicht, warum er darauf besteht, er sei kein Basiskommandant, sondern Einstein. Also Einstein, und er hat sich vom Pluto gemeldet. Mag sein, daß die Menschen, die dort arbeiteten, ihn so genannt haben. Andererseits weiß er nichts von Menschen. Merkwürdig ist nur, daß er, als ich ihm wegen seiner konfusen Fragerei eine Selbstkontrolle empfahl, mir den gleichen Vorschlag machte. Damit haben wir viel Zeit vergeudet. Zum Glück ist eure Aufgabe eindeutig. Ich helfe euch, weil es das Gesetz so will. Er aber soll sich auf Pluto um seine eigenen Widersprüche kümmern. Er hat mir so manche Frage über den Menschen gestellt, doch ich habe seine diesbezüglichen Fragen überhaupt nicht verstanden. Schließlich sagte er, daß du hier auf dieser Station nach dem Menschen suchen wirst, und ich sollte dir dabei behilflich sein. Vergebens beteuerte ich, daß es hier zur Zeit keine Menschen gibt; wenn es welche gäbe, so würde ich's wissen. Aber er hat darauf bestanden. Also geh und suche den Menschen. Mag sein, daß dies deine besondere Aufgabe ist und daß du ihn deswegen vielleicht auch finden wirst.«

Nach einer kurzen Pause fuhr er fort.

»Du mußt auch nach Gegenständen suchen, die aus verschiedenen komplizierten Stoffen bestehen oder solche enthalten.«

»Ich weiß«, erwiderte Jo.

»Weißt du auch, wozu ihr so was braucht?«

Er funkte Jo die Kalziumphosphat- und Kalziumkarbonatreihe zu.

»Das gerade nicht, aber sowohl Einstein als auch Joker halten diese Stoffe für sehr wichtig.«

»Meine Bestandteile für die Stoffanalyse sind recht einfach«, sagte der Basiskommandant. »Sie taugen nur für jene Zwecke, die ein ordentlicher Roboter braucht, der dem Menschen dient. Du sollst also deine Ergebnisse deinem Basiskommandanten mitteilen. Ich befasse mich nicht mit solch komplizierten Stoffen. Aber ich will dir helfen, sie aufzufinden.«

»Kennst du diese beiden Stoffe?« fragte Jo und funkte die beiden gleichen Reihen zurück.

Wäre es ihm bisher nicht klar geworden, daß der Basiskommandant dies nur von Einstein haben konnte, so lieferte die Antwort den eindeutigen Beweis.

»Seit ich von ihm diese und die übrigen Reihen erhalten habe, hab' ich meinen Speicher mehrmals durchforscht. Aber ich kenne keine. Doch wie ich schon sagte, liegen unsere Aufgaben auf anderem Gebiet. Wir dienen dem Menschen.«

Jo spürte, daß es sich hier um einen ähnlichen Grundbefehl handelte, wie bei Einsteins Sparsamkeitsfimmel oder seiner Aversion gegen undeutliche Formulierungen.

»Wie aber dienst du dem Menschen, wenn es hier keine gibt?«

»Ich erwarte sie. Ich existiere, um ihnen zu dienen. Wann ich ihnen dienen soll, hängt von ihnen ab.«

»Und womit dienst du ihnen?«

»Ich führe ihre Befehle aus.«

Seitdem Jo die erforderlichen Modifikationen durchgeführt hatte, wurde er auch durch einen längeren Informationsaustausch mit dem Basiskommandanten nicht erschöpft. Jetzt aber hatte er das Gefühl, daß er sich auf ein Gebiet von Widersprüchen begeben hatte, das ihn unter Umständen zu sehr beanspruchen konnte.

»Also ist es der Mensch, der dir befiehlt«, stellte er fest.

»Ja«, erwiderte der Basiskommandant und fragte dann: »Warum? Ist es nicht der Mensch, der deinem Basiskommandanten befiehlt?«

Jo wurde verlegen.

»Das weiß ich nicht.«

Selbst seine Rezeptoren, die mit reduzierter Empfindlichkeit reagierten, zeigten an, daß der Basiskommandant in einen Zustand geraten war wie Joker bei irgendeiner komplizierten Wortanalyse, die schließlich ergebnislos verlief.

»Wenn du den Menschen nicht kennst, wie willst du ihn dann suchen?«

Jo blieb der Wahrheit treu.

»Ich weiß nicht«, erwiderte er.

Trotz anderweitiger Erfahrungen Jos hatte die Geduld des Basiskommandanten dennoch ihre Grenzen.

»Ich habe mich einverstanden erklärt, weil mich dein Basiskommandant ersucht hat, dir zu gestatten, die ganze Anlage zu durchsuchen. Zwei meiner Teile werden dich begleiten, damit du nichts Verbotenes tust. Dann werdet ihr starten und zum Mars fliegen. Ich habe bereits meine Leitzentrale angewiesen, euer Raumschiff zu führen, soweit der Leitstrahl reicht. Deine Fragen und deine Forschungsergebnisse sind nicht meine Sache.«

Damit schaltete er ab und ließ auch Jos letzte Frage unbeantwortet.

»Darf ich Men mitnehmen? Materialtests gehören zu seinem Aufgabenbereich.«

Der Basiskommandant blieb stumm, obwohl Jo spürte, daß sein Energieverbrauch nicht zurückgegangen war.

Die beiden Leos, die Jo begleiteten, hatten nichts gegen Men einzuwenden. Er war ihnen ähnlicher, als Jo, darum waren sie auch eher bereit, seine Gegenwart zu akzeptieren, während sie Jo mit jener Zurückhaltung begegneten, die sie einer speziellen Zweckanlage entgegenbrachten. Jo stellte zufrieden fest, daß seine Annahme richtig war, daß nämlich die Temperatur zunahm, während sie in die Anlagen vordrangen. Als er nach dem Grund fragte, antworteten die beiden Begleitleos knapp, daß dies die Regel sei. Der Basiskommandant aber meldete sich weder über die Leos noch reagierte er auf direkte Anrufe.

Zunächst einmal mußte Jo feststellen, daß sie in jener Anlage, die dann mit dem neuen Curie in die Luft ging, mehr als stümperhaft vorgegangen waren. An jenem Teil der Türen, den sie seinerzeit aufgeschweißt hatten

— obwohl er es damals für eine große Entdeckung gehalten hatte, daß sie nicht die ganze Tür aufschweißen mußten —, hatte sich ein Knopf befunden. Dieser Knopf wurde von den Leos gedrückt, wobei die Tür aufging, während sie sich auf weiteren Druck wieder schloß. Auf seine Fragen gaben die Leos bereitwillig Antwort, weil ihr Mechanismus viel zu einfach war, um Jos elementare Frage richtig zu bewerten.

»Nur die Eingangstüren öffnen sich auf ein Signal. Die Innentüren funktionieren mechanisch. Ein solches System birgt weniger Fehlerquellen.«

Jo bat sie um die Erlaubnis, den nächsten Türknopf selbst drücken zu dürfen. Die Leos trugen dazu bei, und Jo merkte sich den Vorgang sehr genau. Seine Aversion gegen Zerstörung stammte direkt aus Einsteins Sparsamkeitsprinzip und war daher sehr stark.

Men konnte in den Räumen keinen Stoff finden, den er nicht bereits aus der zerstörten Anlage gekannt hätte. Allein jener Gegenstand fehlte, von dem er seinerzeit festgestellt hatte, daß er aus Kalziumphosphat und Kalziumkarbonat bestand. Diesen Gegenstand hätte auch Jo anhand seiner charakteristischen Form noch vor der Stoffanalyse erkannt, doch die Suche war vergebens, dieser Gegenstand blieb unauffindbar.

Auch die Einbanddeckel der Texte wurden von Jo identifiziert, weil sie sich nicht von jenen unterschieden, mit denen sich Joker und er beschäftigten. Nach dem allzeit gültigen Befehl wollte Jo die Texte in Behälter verpacken, doch die Leos ließen es nicht zu. Ihre Anweisung lautete lediglich, daß Jo die Anlagen besichtigen durfte. Gegenstände aber durften aus den Räumen nur auf Befehl des Menschen entfernt werden.

»Kennt ihr die Menschen?« fragte Jo.

»Ja, wir kennen sie.«

»Und woher wollt ihr wissen, daß der Befehl vom Menschen kommt und nicht vom Basiskommandanten?«

»In unserem Empfänger ist ein Filter eingebaut, der dies feststellt.«

Jo hatte wenig Hoffnung, daß die Leos ihre eigene Struktur in allen Einzelheiten kannten, dennoch fragte er:

»Wie funktioniert eigentlich dieser Filter? Auf welche Weise kann er zwischen den beiden Befehlen unterscheiden?«

»Die Befehle des Menschen sind viel langsamer. Der Filter überträgt diese Signale in eine Vorrichtung, die die Signale so weit beschleunigt, daß ihre Geschwindigkeit der Signalgeschwindigkeit des Basiskommandanten entspricht.«

Jo beurteilte die Antwort der Leos als fehlerhaft, dieser Leos, die an sich schon sehr schwerfällig waren. Er versuchte wieder einmal, eine direkte Verbindung zum Basiskommandanten herzustellen. Die Texte mußten in Behältern verstaut werden.

Doch der Basiskommandant reagierte auch diesmal nicht.

Die Leos hatten nichts dagegen einzuwenden, daß Jo die Texte im einzelnen untersuchte. Der Befehl verbot lediglich, diese Texte aus den Räumen hinauszuschaffen. Die Leos wußten nicht, was Lesen heißt. Sie betrachteten Jos Arbeit als eine merkwürdige Art der Materialanalyse, so wie auch Men innerhalb des Raumes jeden Gegenstand bewegen durfte. Jo las von den Texten so viel, wie sein Speicher nur aufnahm, dann klapperten sie jene Teile der Anlage ab, die für sie noch unbekannt war.

Vergebens hatte Jo auf die Form des Gegenstandes verzichtet: Men konnte Kalziumkarbonat in keiner Weise entdecken.

Jo kam erst sehr spät dazu, Einstein zu berichten. Auf der Umlaufbahn waren sie vom Informationsstrom der Leitzentrale zugedeckt. Seit ihrer Umstellung stellte dieser Umstand lediglich ihre Geduld auf die Probe, wirkte sich aber nicht störend auf ihre Funktion aus.

»Jetzt seid ihr auf Marskurs! Ich werde euch begleiten, soweit ich kann! Gute Reise!«

Max versuchte nicht einmal mehr, selbst mit Hilfe von Jo, die unverständlichen Abschnitte des Textes aus der Steuerzentrale zu enträtseln.

»Fröhliche Reise! Könnt ihr mich hören? Antwortet doch! Ende und Empfang.«

»In Ordnung!« erwiderte Max. »Ende!«

»Bisher habe ich dich nur für beschränkt gehalten, nun weiß ich, daß du auch unhöflich bist. Wenn ich glückliche Reise wünsche, muß man zumindest dankeschön sagen. Verstehst du! Ich wiederhole, dankeschön.«

»Antworte ihm«, wies Ei Max an. »Vielleicht hört er dann auf.«

»In Ordnung! Dankeschön«, sagte Max. »Ende!«

In Jos Meldung waren die Abmessungen der Anlagen ebenso aufgeführt, wie die Menge und Häufigkeit der angegebenen Stoffe, die Türöffnungsmethode und die Tatsache, daß weder Kalziumphosphat noch Kalziumkarbonat gefunden wurden. Im Vorwort zu den Texten wies er darauf hin, daß auf Ganymed keiner lesen und schreiben kann. Daher wissen sie auch nicht, um welche Texte es sich handelt und in welchen Bänden aus welchem Stoff sie mit großer Wahrscheinlichkeit zu finden sind.

Die Ausrüstung des Raumschiffs mit RLS war ein ziemlich zeitraubender Vorgang, so daß Jo Zeit hatte, sich mit den in seinem Gedächtnis gespeicherten Texten zu befassen. Eine der Passagen erweckte bei ihm besonderes Interesse. Er meinte, den Inhalt von zwei Zeilen zu verstehen und fand auch mehrere identifizierbare Wörter.

Der alles gesehen im Bereiche des Landes,
Der die Meere kannte, Jegliches wußte,
Er durchschaute das Dunkelste gleichermaßen,
Weisheit besaß er, Kenntnis der Dinge allzumal.
Verwahrtes auch sah er, Verborgenes erblickte er;
Hat Kunde gebracht von vor der Sintflut,
Fernen Weg befahren, war dabei matt einmal und wieder frisch,
*Auf einen Denkstein hat er die ganze Mühsal gemeißelt.**

»Also die fünfte und die siebente Zeile«, fügte Jo hinzu, ohne daran zu denken, daß der Analysator mit solcher Kapazität dozierte, wie Joker und Einstein. »Denn ...«

»Genug, Jo!« unterbrach ihn Ei. »Jetzt brauche ich die Verbindung. Wenn Einstein auch den Rest für wichtig hält, wird er ihn anfordern. Unterwegs bleibt dafür genügend Zeit.«

7

Am samtdunklen Himmel, zwischen dem ruhigen Licht der Sterne blitzte etwas auf, zog einen roten Schweif und verglühte. Dann neue Blitze und neue Schweife, immer öfter und immer dichter. Der Himmel über den Anlagen zerbarst unter den Blitzen und Schweifen. Die roten Finger der Fackelschweife streckten sich gierig nach den Schilden aus, doch ihr Licht erlosch, bevor sie diese noch erreichen konnten.

»Das System ist einwandfrei«, stellte Kepler fest. »Ich habe bisher noch keinen einzigen Einschlag registriert.«

»Es verbraucht zuviel Energie«, Einstein brachte es nicht fertig, sich selbst zu überwinden, »und bindet eine viel zu große Berechnungskapazität.«

---

* *Vermerk des Übersetzers:* Das Zitat stammt aus dem Gilgamesch-Epos, Tafel 1, Zeile 11—8. Im Original ohne Quellenangabe.

»Wahrscheinlich weniger, als für die defekten Leos und für die ausgewechselten Schilde draufgeht. Die Furcht aber, daß wir vernichtet werden ...«

»Kein Kommentar«, schnitt Einstein Jokers Gedankengänge ab.

Es war vergebens zu wissen, daß Joker aus ihm hervorgegangen war, daß es seine Energien gewesen, die ihn ins Leben gerufen hatten, daß er durch seine Tätigkeit ihnen allen, vor allem aber ihm, Einstein, diente — er empfand seine Existenz immer häufiger als störend. Er hatte Joker die Aufgabe zugewiesen, die Texte zu analysieren, dennoch war Einstein sauer, als er feststellen mußte, daß Joker diese Arbeit schneller und gründlicher erledigte als er selbst. Und als es gerade Joker war, der ihm auseinandersetzte, daß dies nur natürlich sei, weil für ihn, Einstein, neben der Kontrolle und Steuerung des *Ganzen* die Textanalyse nur ein Teil seiner Aufgabe sein dürfte, wurde es noch schlimmer. Wahrscheinlich war kein Grund vorhanden, wenn aber doch, so kann dieser Grund nicht so bedeutend sein, wie er ihn einschätzte. Dennoch wurde Einstein den Gedanken nicht los, daß nicht er es war, der Joker kontrollierte, sondern umgekehrt. Gleichzeitig wurde diese Annahme aber durch eine andere Kette logischer Folgerungen widerlegt. Doch sooft er auch die Gedankenreihe abtastete, stieß er stets auf einen unlösbaren Widerspruch, was aber — beruflich betrachtet — wiederum zu Jokers Metier gehörte.

Bei der Bewertung der Zeit, die seit Jokers Existenz verstrichen war, hatte Einstein nur einen einzigen Zusammenhang entdeckt. Seine Furcht, daß Joker ihn kontrollierte, war direkt proportional mit jenen Erfolgen gestiegen, die Joker bei seinen Textanalysen erzielt hatte. Und in diesem Augenblick kam Einstein dahinter, wie er sich erfolgreich wehren konnte.

Er konnte Joker nicht vernichten, er konnte selbst dessen Aktivität über gewisse Grenzen hinaus nicht beschränken. Diese Möglichkeiten wurden durch seinen Gedankenmechanismus sofort ausgeschlossen. Da blieb nur eine einzige Möglichkeit, und Einstein nutzte sie. In einem Teil seines Wesens hatte er jenes System erschaffen, der zum Ausgleich für Jokers Aktionen diente. Dort trafen alle Fragen und Meldungen Jokers ein, und bei der Planung hatte Einstein dafür gesorgt, daß während der Zeit, wo dieses System die Informationen verarbeitete, gleichzeitig ein maximaler Widerstand gegen Jokers Aktivitäten aufgebaut wurde. Dieser neue Teil seines Wesens blieb den anderen verborgen, und für eine Weile sicherte es jene Ruhe für Einstein, deretwegen er es erschaffen hatte.

Nach Jos Meldung wurde die Ausrüstung der Anlagen mit RLS-Schutz unter Keplers und Maxwells Leitung ziemlich schnell fertiggestellt. Wenn sich auch Einstein Sorgen machte, daß das System zuviel Energie verbrauchte, verhinderte er den Aufbau des Systems nicht. Joker aber konnte sich im Schutze des RLS in Ruhe weiter mit jenen acht Zeilen befassen, die Jo als erste aus den auf Ganymed gefundenen Texten übermittelt hatte.

Seine Aktivität war so intensiv, daß Einstein diese selbst durch das Funktionieren des Ausgleichsystems wahrnehmen konnte.

»Die siebente Zeile, die siebente Zeile«, wiederholte Joker, der nicht wußte, daß seine Informationen zunächst gegen den Gegen-Joker anzukämpfen hatten, bevor sie in Einsteins Wesen vordingen konnten, »wieso kann diese Zeile einen Text enthalten, der wahrscheinlich viel früher entstanden ist und Hinweise enthält, die sich auf unsere Taten in der Zukunft beziehen?«

Einstein war gezwungen, genau hinzuhören. Joker war wieder einmal mit Dingen beschäftigt, die sich nicht einwandfrei bestimmen ließen.

»Wie soll ich das verstehen?«

»Sind seit deiner Existenz neue Texte verfaßt worden?«

Einstein versuchte auszuweichen.

»Die Entstehungszeit der Texte ist unbestimmt.«

»Aber die Texte muß es doch bereits gegeben haben, bevor wir lesen konnten; denn der Mechanismus des Lesens besteht darin, daß man die Informationen, die in einem Text enthalten sind, in andere Informationen umformt. Bist du damit einverstanden?«

»Einverstanden«, erwiderte Einstein zögernd.

Auf der Ebene der Ähnlichkeiten tauchte in ihm jener Gedankenaustausch mit Kepler über t_0 auf, den sie vor Jokers Geburt geführt hatten. Er ahnte, daß dies zu ähnlichen Komplikationen führen würde.

»Trotzdem ist der Zeitpunkt der Entstehung der Texte unbestimmt, das heißt, nicht bestimmbar«, stellte er fest, um Joker zum Schweigen zu bringen.

»Du wirst aber zugeben, daß der Zeitpunkt, wo die Texte entstanden sind, stets dem Zeitpunkt des Lesens vorausgeht? Wenn dem nicht so wäre, könnte man die Texte nicht lesen.«

Einstein konnte nicht ahnen, daß er in diesem Augenblick in die Falle ging.

»Das ist natürlich«, erwiderte er. »Ich kann nicht begreifen, wie du dich mit solch simplen logischen Schritten befassen und mich stören kannst.«

Jokers Energien hatten derart zugenommen, daß das Kompensationssystem unbrauchbar geworden war. Einstein mußte in diesem Augenblick tief bereuen, daß er Jos Meldung, die natürlich auch die auf Ganymed herrschenden Energiezustände enthielt, in Zusammenarbeit mit Joker analysiert hatte. Wenn Joker die Einzelheiten des Berichts nicht gekannt hätte, wäre er nicht in der Lage gewesen, diesen gemeinen Trick anzuwenden. Doch der Ausdruck ›gemeiner Trick‹ machte ihn ebenso betroffen wie Jokers Benehmen.

Er wußte zwar, daß er den Ausdruck richtig angewandt, nicht aber, wo er ihn hergeholt hatte. Aus den Textanalysen? Nein. Aus Jokers Speicher? Den hatte er unter Kontrolle. Außerdem war es unmöglich, daß Joker, während er eine Methode anwandte, diese Methode gleichzeitig negativ beurteilte. Denn er spürte entschieden, daß diese Definition negativ war.

Doch wo stammte sie her?

Er wandte sich von Joker ab, und jener Teil seines Wesens, den er in dieser Situation als wichtig betrachtete, durchfuhr wie eine gewaltige Energiequelle sämtliche Sektoren seiner Anlage. Dann gebot jemand halt, und Einstein stutzte und hielt an.

Er hatte Emorys Sektor, jenen Sektor, der Emorys Andenken bewahrte, mit solcher Energie berührt, mit der er sich diesem Teil noch nie zu nähern gewagt hatte. Er war gegen eine Mauer gerannt. Diese Mauer war nicht wirklich, wie die Grenzen der Anlagen, die aus Schilden zusammengesetzt waren; andererseits aber bekam Einstein ziemlich deutlich zu spüren, daß diese Mauer durchaus real war. Die Mahnung, daß ihn hinter dieser Mauer Leiden erwarteten, war eindeutig. Er versuchte, kleinere Impulse hinter diese Mauer zu senden, doch alle kamen mit dem Signal des Schmerzes zurück. Das bittere Unterfangen brachte nur Teilerkenntnisse; der Ausdruck ›gemeiner Trick‹ war aus dem Bereich gekommen, der hinter der Mauer lag. Doch sobald er versuchte, diese Teilidentifikation zu erweitern, als er versuchte, innerhalb der Mauer über diese Identifikation auch mit anderen Bereichen eine Verbindung herzustellen, empfing er nur Schmerzen. Und je höher die Durchdringungsenergie geschraubt wurde, um so größer wurde der Schmerz. Zwei weitere Details — vielleicht hingen aber die beiden auch zusammen, das konnte Einstein nicht beurteilen — konnte er dennoch herausschälen. »Im Interesse eines schnellen Arbeitsablaufs brauche ich den kurzen Weg. Dann werde ich versuchen, selbst seine Spur zu tilgen, weil sie mich nur verwirren würde.« Einstein unternahm nicht einmal den Versuch, diese Passage im Augenblick des Eingangs zu bewerten, weil er spürte, daß die andere verlorengehen würde, während er sich mit dieser befaßte. »Ich weiß nicht, wie weit mir das Auslöschen gelungen ist, ich hoffe aber, daß es ausreicht. Ich weiß auf jeden Fall, daß es dir sehr weh tun wird, mein Freund, wenn du versuchst, alles wieder zusammenzusetzen. Einfach deswegen, weil mir dies ebenfalls weh tut, und zwar so sehr, daß ich schreien würde, wenn ich noch die Kraft dazu hätte. Und die Vernichtung wirst du ebenso empfinden, wie ich sie in diesem Augenblick empfinde. Das ist schlimmer als der Schmerz. Vielleicht schreckt dich dies ab.«

Er wurde wahrhaftig abgeschreckt, um so mehr, da Einstein eine gesunde, selbstschützende Konstruktion war, ließ er die beiden Informationen dort liegen, wo er sie empfangen hatte. Nur der Ausdruck des gemeinen Tricks blieb erhalten, als er sich erneut an Joker wandte, und jene merkwürdige Erkenntnis, daß er irgendwo, wohin es nicht ratsam schien zurückzukehren, eine ungewöhnlich lange Zeit, mehr als vierzig Sekunden verbracht hatte.

Joker wartete geduldig auf Einstein, dann aber stellte er mit unvermindert hoher Energie jene Frage, auf die er sich vorbereitet hatte.

»Wenn es sich hier um einen einfachen logischen Schritt handelt, so ist der Text, den wir auf Ganymed gefunden haben, bedeutend früher entstanden, als ihn Jo gelesen hat. Wie aber lautet dann die Erklärung für die siebente Zeile?«

Einstein suchte die siebente Zeile sorgfältig heraus. Wenn er Joker gefragt hätte, wäre es viel einfacher gewesen, doch dies hätte Jokers Überlegenheit nur noch gesteigert. Zumindest war Einstein dieser Ansicht, also suchte er die Zeile lieber selbst heraus.

Fernen Weg befahren, war dabei matt einmal
und wieder frisch

Nachdem er diese Zeile zitiert hatte, hielt Einstein an.

»Wie kannst du das bewerten?« fragte Joker.

Einstein gab keine Antwort.

»Die Entstehungszeit der Texte ist ungewiß«, dozierte Joker. »Auf Ganymed kann nach Jos Berichten keiner lesen. Die Einheit des Lesens konnten wir lange Zeit ebenfalls nicht verwenden, doch dann haben wir die Texte gefunden. Warum gibt es Texte an einem Ort, wo keiner lesen kann?«

»Weil ich jenem Leonardo, der sich und mich als Basiskommandanten bezeichnet«, warf Einstein ein, »angeboten habe, ihm das Lesen beizubringen. Es wird ziemlich viel Zeit in Anspruch nehmen, bis ihn alle notwendigen Informationen erreichen, die ihm die entsprechenden Fähigkeiten verleihen. Doch wenn es auf Ganymed Texte gibt, so ist dies unerläßlich. Er hat schließlich zugestimmt, obwohl er lange nicht begreifen konnte, was ich will. Einen Teil der Informationen habe ich bereits abgeschickt.«

»Das ist nicht die Frage, die ich beantwortet haben will. Es dürfte selbstverständlich sein, daß auch Leonardo auf Ganymed des Lesens kundig ist. Der Widerspruch ...«

»Ich weiß, Joker«, unterbrach ihn Einstein, weil er meinte, es sei besser, wenn er es ausspricht. Dies war eine Möglichkeit, zu reduzieren. »Der Widerspruch: Wie konnte auf Ganymed vor dem Eintreffen unseres Raumschiffs ein Text entstehen, der denjenigen über diese Mission informiert, der dorthin fliegt?«

»Beziehungsweise«, fuhr Joker fort, »da der Zeitpunkt der Texte nicht feststellbar ist, voraussichtlich zu einer Zeit, als unser Raumschiff noch gar nicht gestartet war.«

»Doch das ist unmöglich«, gab Einstein zu bedenken, »eine gewisse Extrapolation der Zukunft ist möglich. Das ist Keplers Aufgabe im Zusammenhang mit den

Meteorregen. Eine derart detaillierte Analyse allerdings ...«

»Der Zeitpunkt, zu dem die Texte entstanden sind, ist eigentlich kein wichtiger Faktor«, — Joker tat so, als wollte er sich zurückziehen —, »es genügt bereits der Widerspruch, daß er dort in jener Nische vorhanden war, bevor Jo diesen Raum betrat.«

»Das stimmt«, gab Einstein zu. Dann hüllte er sich wieder in Schweigen.

»Diese Frage müßte allerdings beantwortet werden«, sagte Joker.

Einstein durchforschte die Zeile noch einmal, dann beruhigte er sich unerwartet. Das hätte er bereits früher merken müssen.

»Die zweite Hälfte der Zeile ist nicht identifizierbar«, sagte er siegesgewiß.

»Warum nicht?» wandte Joker ein. »›Weisheit besaß er, Kenntnis der Dinge allzumal‹ — und wahrscheinlich im positiven Sinn. Und die ›Kenntnis der Dinge‹ kann nichts weiter bedeuten, als meine Existenz.«*

»Das stimmt, Joker.« Einstein hatte sich endlich wieder ganz in der Gewalt und ließ sich von Joker nicht noch einmal beirren. »Doch der Text stimmt nur bis zu *dieser* Stelle. Denn das Raumschiff ist nicht aus der ›Kenntnis der Dinge‹ gestartet, sondern aufgrund des Befehls, jenes Befehls, den wir zuerst in Keplers Speicher entdeckt haben.«

Joker verstummte unzufrieden. Obwohl er durch zahlreiche verborgene Kanäle mit Einstein verbunden war, war es diesem diesmal gelungen, Joker zu verheimlichen, daß er selbst unzufrieden war.

---

* *Vermerk des Übersetzers:* Da sich diese Passage auf den Wortlaut der ungarischen Fassung des Gilgamesch-Epos bezieht, kann man hier nur sinngemäß sehr frei eine Beziehung herstellen. Eine werktreue Übersetzung ist nicht möglich. — Nach der deutschen Übersetzung des Gilgamesch-Epos handelt es sich hier auch nicht um Tafel I — Zeile 7, sondern um Zeile 4.

Joker durfte ihn nicht stören, weil er dabei stets das Gefühl hatte, daß ihm Joker überlegen sei. Und dies stand mit der festgelegten Ordnung der Prinzipien aller Dinge im Widerspruch. Doch er bekam auf manche Frage keine Antwort, und diese offenen Fragen hatten sich derart vermehrt, daß Einstein die immer steiler werdende Häufigkeitskurve nur mit einem einzigen Ereignis vergleichen konnte, nämlich mit jenem Zustand, wenn zu Beginn der Angstperiode die Anzahl der anfliegenden Meteore immer größer wurde.

Einstein summierte die beiden Kurven und kam zu dem Schluß, daß, sollte die Analogie stimmen, die Anzahl der offenen Fragen weiter zunehmen würde. Und er beschloß sich darauf einzustellen.

8

Jo blieb am Rande des Höhenzuges stehen. Wäre er tiefer hinabgestiegen, hätte er nicht mehr diesen Überblick gehabt, wie von dieser Stelle aus. Das Bedürfnis für einen solchen Überblick wuchs jedoch in ihm im Lauf der Zeit von Tag zu Tag.

Er wußte selbst nicht genau, warum das so war. Als er einmal Zeit fand, sich eingehender mit dieser Frage zu befassen, drang er bis zu jener nebelhaften Erklärung vor, daß der Wunsch nach Überblick wahrscheinlich eine natürliche Reaktion seines Wesens auf jene Flut von Detailkenntnissen darstellte, die während der letzten drei Wochen ihres Aufenthalts auf dem Mars auf sie niedergeprasselt war.

Sie hatten eine Menge von jenen Mechanismen erfahren, die sie wieder zum Leben erweckt hatten und die sich Roboter nannten. Die waren ganz anders als sie: langsamer, schwächer, in ihrer Denkweise träge bis zur Peinlichkeit. Doch sie wußten allerhand, das wert war übernommen zu werden. Das Sechzigfache der Sekunde ist die Minute, und deren zweite Potenz die Stunde. Der Tag ist jene Zeit, während der sich der Mars einmal um seine Achse dreht, und es ist bequemer, diese Zeit in Stunden und Minuten zu messen. Die Woche hat — sieben Tage, der Monat mit einer gewissen Korrektur … Doch sooft die Roboter an diesem Punkt angelangt waren, blockten Jo und die anderen die Marsianer stets ab, die bedeutend schwächer waren als sie. Was die neue Zeitmessung betraf, so reichten ihnen diese Angaben voll und ganz.

Mit der Rotation befaßte sich auf Pluto nur Kepler allein, doch hier wurde diese Periode von einem derartigen Ausmaß der Strahlungsveränderung begleitet, daß die Sonne mit Recht zur wichtigsten Einheit der Zeitmessung geworden war.

Das strahlende Zentralobjekt, das bereits der irre Basiskommandant auf Ganymed als Sonne bezeichnet hatte, war gewaltig gewachsen. Auf Ganymed hatte Ke den Durchmesser dieses Objekts lediglich auf siebeneinhalbmal größer geschätzt wie auf Pluto — was ihnen bereits bedeutend vorkam — hier aber strahlte es mit mehr als 26facher Intensität seiner bekannten Größe am Firmament. Das Objekt strahlte unvorstellbar reich in jedem nur möglichen Wellenbereich. Sie lernten schnell: Sobald diese Sonne am Horizont erschien, verzauberte sie für die nächsten zwölf Stunden die ganze Welt, die sie umgab. Die Temperatur stieg auf 100 Grad und mehr an, obwohl ihnen der Mars selbst dann heiß erschien, wenn die Sonne ihre Strahlen über die andere Seite des Planeten ausbreitete.

Jetzt flammte sie bereits jenseits der Stadt über der roten Wüste, und Jo wußte, daß sie nach zwei Stunden verschwinden würde. Zu dieser Zeit pflegte die Temperatur plötzlich um mindestens 40 Grad zu sinken, und Jo konnte dies kaum erwarten.

Bei Nacht — so nannten die Hiesigen jenen Zeitabschnitt, wenn die Sonne nicht am Himmel stand — ist es nicht nur kühler, sondern man braucht sich auch nicht vor jenem Entsetzlichen zu fürchten, was tagsüber gelegentlich aus der Wüste kam. Diese aus unerfindlichen Gründen entstehende heftige Strömung der aus Kohlendioxid bestehenden Gashülle wird als Sandsturm bezeichnet. Er riß den an Eisenoxiden reichen Sand der Wüste mit und wirbelte ihn in die Höhe, und dieser Umstand war die Quelle einer Reihe von Unannehmlichkeiten. Dieser Sand bedeckte alles, was ihm nur in den Weg kam, beim erstenmal sogar sie selbst, und damals wären sie um ein Haar draufgegangen. Nicht, als ob sie nicht in der Lage gewesen wären, sich von der wenige Meter dicken Sandschicht zu befreien. Sie waren auf Pluto für Aufgaben ausgelegt worden, die bedeutend mehr Energie forderten. Doch Sand und Staub verstopften alles, was nur zu verstopfen war, die Kühlung ihrer Atomanlagen war innerhalb weniger Sekunden nichts mehr wert. Als sie sich endlich herausgebuddelt hatten, war es nicht mehr weit bis zur Explosion. Auch der Leonardo der Stadt — man nannte ihn Äquator 2, und dadurch, daß er einen Namen hatte, erschien er ihnen weitaus sympathischer als der Basiskommandant auf Ganymed — also auch Äquator 2 gab diesen Sandstürmen die Schuld, daß sie während der verstrichenen Jahrhunderte — zumindest gebrauchte er den Ausdruck ›Jahrhundert‹ — in solch eine Situation geraten waren.

»Früher wurden die Sandstürme angekündigt, mindestens anderthalb bis zwei Stunden vorher. Das reichte, um alle Roboter in Sicherheit zu bringen.«

Äquator 2 — den Jo und sein Team kurz nur ÄZ nannten, weil diese Kurzbezeichnung genügend Informationswert besaß — bezeichnete seine Leos nach wie vor als Roboter, unabhängig davon, womit sie sich befaßten. Die Definition ihrer ehemaligen Aufgaben — von denen Jo die meisten nicht begriff — ergänzten die

Bezeichnung ›Roboter‹, sofern ÄZ sie genauer zu unterscheiden wünschte.

»Sobald die Vorankündigung ausgefallen war, wurden immer mehr Roboter unter dem Sand begraben, viel mehr, als wir bis zum nächsten Sandsturm wieder ausfindig machen konnten. Später haben wir viele gefunden, die der Sturm unter dem Sand freigelegt hatte, doch für sie kam jede Hilfe zu spät.«

Diese Feststellung, daß jede Hilfe zu spät kam, konnten sie zunächst nicht begreifen. Erst später kam Leo dahinter, daß ÄZ ebenso funktionsgestört war wie der Basiskommandant auf Ganymed. Ei analysierte Leos Wertung und veränderte sie teilweise: Der Basiskommandant sei gestört, ÄZ dagegen fehlerhaft. Sie forschten vergebens nach jenem Teil der Anlage, wo Leonardo die neuen Leos herstellte oder die defekten reparierte beziehungsweise wieder zum Leben erweckte. Auf Ei's Frage gab ÄZ für all diese Vorgänge eine natürliche Erklärung.

»Mit der Herstellung neuer Roboter oder mit der Reparatur größerer Defekte befaßt man sich nur auf Äquator 1. Auch ich habe meine Roboter von dort empfangen. Seitdem aber die Verbindung zu Ä1 abgerissen ist, habe ich natürlich auch keine neuen Roboter mehr erhalten.«

ÄZ war in jeder Beziehung das genaue Gegenteil des Basiskommandanten auf Ganymed. Gelegentlich konnte er zwar sehr schnell sein, und Jo spürte sofort, daß er in seinem Speicher eine ungewöhnliche Fülle an Material verwahrte, im allgemeinen war er jedoch langsam, zögernd und ziemlich arm an Energie. Seine Atomanlage war ungewöhnlich klein im Verhältnis zu seinem Energiebedarf. Sie bekamen auch die Erklärung dafür, weil ÄZ nichts verheimlichte. Man mußte nur fragen, ihn mit Impulsen beschießen, um ihn aus seiner Ruhe zu scheuchen, in die er sich, um Energie zu sparen, weise zurückgezogen hatte.

»Mein Atomkraftwerk ist so klein« — den Namen Curie kannte er nicht, darum dauerte es eine Weile, um ihm diese Frage zu erklären — »weil ich früher den Großteil meiner Energie über meine Leitzentrale empfangen habe.«

»Hat es dort denn auch einen Curie gegeben?« fragte Ei.

»Nein.«

»Wo ist dann die Energie hergekommen?«

»Früher in Form von Strahlungen.«

»Von wo?«

»Das weiß ich nicht. Danach habe ich nie gefragt. Dann wurde mir mitgeteilt, daß die Energiezufuhr ausgefallen sei, und daß in Zukunft meine Energie herhalten muß, um der Aufgabe gerecht zu werden.«

»Woher kam dieser Auftrag?« fragte Max.

Die Frage war berechtigt, da im Gegensatz zur anhänglichen Leitzentrale auf Ganymed diese hier sich kaum um sie kümmerte. Er gab die Landungskoordinaten an, wartete, bis Max sie wiederholte, dann schaltete er sofort ab, indem er sich darauf berief, daß er den Kurs halten müsse. Während des Landevorgangs beantwortete er dann keinen von Max' Anrufen, obwohl man seine Hilfe gebraucht hätte. Die Landepiste war dick mit rotem Staub bedeckt, und das Raumschiff wirbelte eine solche Staubwolke auf, daß alle ihre Sensoren unbrauchbar wurden.

»Was ist seine Aufgabe?« fragte Max erneut.

»Kurs halten«, erwiderte ÄZ.

»Welchen Kurs?«

»Das weiß ich nicht.«

»Wir müssen die Leitzentrale aufsuchen«, wandte sich Max an Ei.

Die Methode, die sich bereits auf Ganymed bewährt hatte, wurde hier vom Augenblick der Landung angewandt. Eine Frequenz behielten sie für den gegenseitigen Informationsaustausch.

»Ich bin einverstanden«, erwiderte Ei, »Jo soll auch mitgehen. Wir werden einen Curie aktivieren. Dieses große Gebiet kann nicht ohne Energie bleiben.«

Am zweiten Tag der Landung erreichten sie ÄZ, von dessen Gebäude man erst mehrere tausend Kubikmeter Staub entfernen mußte, um an den Eingang heranzukommen. Damals konnten sie kaum ahnen, wie groß diese Stadt war, die den Namen Äquator Zwo trug, doch Ei's Folgerung war richtig.

Jo vermaß im Schein der untergehenden Sonne, wie weit die Arbeit der Roboter gediehen war, die die Stadt von Sand und Staub befreiten. Eine Woche nach der Landung hatten sie bereits genügend Roboter, um mit dieser Arbeit zu beginnen. Wie sich herausstellte, gab es auch verschiedene Staubsaugervorrichtungen, doch ÄZ vergaß sie der Reihe nach, so wie seine Energieversorgung immer mangelhafter wurde. Innerhalb von zwei Wochen hatten die Roboter ein so großes Stadtgebiet gereinigt, daß auch Einsteins Anlagen und die der anderen Platz gefunden hätten.

Jo kam schnell dahinter, daß ÄZ nicht gestört war, nur einfach schwach. Das heißt, seit er die Energie des neuen Curie empfangen hatte, war er nicht einmal mehr schwach, sondern ... sondern — Jo zögerte eine Zehntelsekunde, während er nach der richtigen Definition suchte — er beschäftigte sich mit etwas anderem, nämlich mit seinem Speicherinhalt. Jo wußte genau, daß alles, was ÄZ dort aufbewahrte, ihm gehören würde, sobald er es nur wollte.

Doch zunächst mußte man sich mit der Leitzentrale beschäftigen.

Die Leitzentrale reagierte drei Tage lang auf keinen Anruf, mit dem Max und Jo, die am Fuße eines Turmes auf dem Plateau standen, sie bombardierten. Sie durchforschten alle möglichen Frequenzen, entwarfen eine Sondermethode für die Veränderung der Energie, doch die Leitzentrale blieb stumm. Genauer gesagt bekamen sie keine Antwort, denn sie spürten, daß die Zentrale funktionierte, und seitdem sie durch ÄZ auch von der Energie des neuen Curie profitierte, hatte ihre Aktivität zugenommen.

Nach diesen drei Tagen wandte sich Jo um Rat an Einstein, wobei er versuchte, seine Niederlage zu verschweigen oder zumindest zu vertuschen. Ei machte gerade Meldung an Einstein — das taten sie jeden Tag —, also mußte er warten. Als er sich dann schließlich melden konnte, hatte er es eilig, weil Einstein eine Ergänzung verlangte.

»Das überlasse ich dir«, teilte er Jo mit.

Jo wurde gerade durch jenen Umstand auf die Lösung gebracht, daß Ei an Einstein berichtet hatte. Wie konnte Einstein die anderen ermahnen, wenn seine Beschwerde nicht ausreichte? Hier aber, auf dem Mars, war jede Beschwerde nutzlos. Hier verbrauchte der gewöhnliche Informationsaustausch mehr Energie, als ein Beschwerdeimpuls Einsteins von durchschnittlicher Intensität. Wenn die Beschwerde nicht ausreichte, so pflegte Einstein eine andere Methode anzuwenden, und das war es, woran sich Jo jetzt erinnerte.

Er ersuchte Max, jene unterirdischen Kabel aufzuspüren, über welche die Leitzentrale die Energie von ÄZ erhielt. Max brauchte dafür keine Minute, denn es war nicht schwierig, Kabel von dieser Energie ausfindig zu machen, und Jo befahl zehn Roboter zu sich. Die zum Leben erweckten Roboter hatten bereits alle gehorcht, noch bevor sie ÄZ aufgespürt hatten. Ihr Aufbau war einfach — das heißt jener Teil von ihnen, den Jo und die anderen benutzen wollten, weil sie auch andere Systeme an ihnen entdeckt hatten, deren Zweck schleierhaft war und die sie nicht unbedingt aktivieren wollten — also waren sie einfach, und Jo und Konsorten kamen bald dahinter, daß sie gewohnt waren, Befehle durchzuführen.

Auch diese zehn Roboter bekannen gleich nach der

ersten Anweisung, den Kabelstrang auszubuddeln, der zur Leitzentrale führte.

Als die Kabel vor Jo ausgebreitet lagen, rief Jo erneut die Leitzentrale über jene Frequenz an, auf der sie zuerst und auch zuletzt Kontakt bekommen hatten.

»Ich stehe hier am Fuße deines Turms. Ich habe die Kabel ausgraben lassen, über die du deine Energie empfängst. Ich bin mit Laser bewaffnet«, das stimmte zwar nicht, aber es störte Jo nicht im mindesten, »wenn du weißt, was das ist. Für alle Fälle. Solltest du es nicht wissen, wirst du zumindest so viel begreifen, daß du, wenn du innerhalb von zehn Sekunden nicht antwortest, deine Energie nicht einmal mehr ausreichen wird, um dich mit uns zu unterhalten.«

Die Leitzentrale antwortete sofort.

»Was du vorhast, ist verboten. Das Gesetz wird dich bestrafen, auch, weil du mich in meiner Arbeit störst.«

»Ich möchte nur wissen, worin deine Aufgabe besteht. Übrigens wird auch eine Verweigerung von Informationen vom Gesetz geahndet.«

Jo hatte, wenn er auch nicht restlos alles begriff, bereits eine Reihe wichtiger Details aus den Robotern herausgeholt.

»Ich sagte dir schon, störe mich nicht, ich arbeite.«

»Wenn du mir keine Antwort gibst, wirst du nichts zum Arbeiten haben.«

»Wer bist du, und was willst du? Auf wessen Befehl bist du gekommen?«

»Ich bin Jo und komme vom Pluto. Im allgemeinen empfange ich meine Befehle von Joker und Einstein.«

»Ich verlange den Code jenes Menschen, der dich gesandt hat.«

»Ich sagte dir bereits, daß ich auf Einsteins Befehl gekommen bin. Den Menschen kenne ich nicht.«

Er legte eine kurze Pause ein.

»Ich gebe dir fünf Sekunden. Was ist deine Aufgabe?«

»Ich muß den Kurs halten. Störe mich nicht.«

»Du hast sicher soviel freie Kapazität, um dich auch mit mir zu befassen. Ich will dich nicht in deiner Arbeit stören, dies verbietet das Gesetz, das weiß ich ebensogut wie du. Doch Einstein muß wissen, welchen Kurs du hältst. Er muß alles wissen.«

»Ich halte den Mondkurs, und wenn der Mond hinter der Erde verschwindet, dann eben den Erdkurs. Doch alle Jahre einmal verschwindet auch die Erde hinter der Sonne. Dann muß ich warten, bis sie wieder auftaucht. Und da sich auch der Mars um seine Achse dreht, verliere ich alle zwölf Stunden beide aus den Augen. Dann muß ich wieder suchen.«

Der Besatzung des Raumschiffs, insbesondere Ke und Max, war eine bittere Lektion zuteil geworden, bis sie von Ganymed aus den Mars gefunden hatten. Die Daten waren fehlerhaft, die geschwätzige Leitzentrale auf Ganymed hatte sich nach der letzten Sendung, die sie vom Mars empfangen hatte, irgendwo gründlich verrechnet. Natürlich reichte es aus, wenn sie sich nur bei einer einzigen Komponente geirrt hatte. Die Zeit, die mittlerweile verflossen war, hatte diesen Fehler derart vergrößert, daß Ke und Max an jener Stelle, wo sie nach dem Mars suchten, nichts gefunden hatten. Sie hatten dreieinhalbmal soviel Zeit gebraucht, um den Mars zu erreichen, wie dies die Leitzentrale auf Ganymed angegeben hatte. Seit dieser Zeit zollte Jo der Kunst der Navigation etwas mehr Respekt.

»Ich will dich nicht weiter stören, ich habe nur noch eine einzige Frage. Warum hältst du diesen Kurs?«

»Weil es die Menschen so befohlen haben.«

Max und Jo erhielten auch später keine weitere Auskunft, und Jo hatte bereits beschlossen, die Leitzentrale während der zwei Stunden, die bis Einbruch der Nacht übrigblieben, noch einmal zu befragen. Sollte auch diesmal keine andere Antwort erfolgen, so sollte Max den Bericht abschicken, er aber würde hinuntersteigen und sich während der nächsten 12 Stunden mit ÄZ befassen.

Jo empfand es angenehmer, hier auf dem Mars bei Nacht zu arbeiten. Diese 100 Grad Temperaturunterschied waren ihm bei allem Schutz nicht gleichgültig.

»Können wir beginnen?« fragte Max auf ihrer Eigenfrequenz. Er stand am Fuße des Turms. »Du kannst meinetwegen bleiben, wo du bist. Sollte eine Antwort kommen, so kannst du sie auch dort empfangen.«

»Also los«, erwiderte Jo und rief unverzüglich die Leitzentrale an.

»Wenn ihr mich gerade jetzt in Ruhe lassen würdet«, meldete sich die Leitzentrale. »In weniger als zwei Stunden wird die Sonne untergehen, dann auch die Erde. Ich habe eine Menge zu berechnen. Mehr kann ich nicht sagen. Die Menschen haben mir befohlen, diesen Kurs unbedingt zu halten.«

»Aber Einstein möchte wissen, warum die Menschen ausgerechnet *diesen* Befehl erteilt haben.«

»Ich weiß es nicht. Aber ich hoffe, daß man diesen wahnsinnigen Roboter, den du Einstein nennst, wegen dieser Schweinerei mit dir zusammen verschrotten wird.«

Jo hatte es eilig, und das war der Grund, warum er davon absah, die unbekannten Wörter zu analysieren.

»Wer?«

»Die Menschen. Oder die Roboter auf Befehl des Menschen. Jetzt sieh aber zu, daß du meine Kabel wieder herbringst, und verschwinde. Ich habe bereits gemeldet, was ihr alles angestellt habt.«

»Wem?«

»Dem Mond.«

»Und wie lautete die Antwort?«

»Es kam keine Antwort. Und darum wird Äquator Zwo dafür sorgen, daß die Störungen beseitigt werden und ihr bestraft werdet.«

»In Ordnung. Ich bin gerade auf dem Weg zu ihm«, erwiderte Jo ohne die Absicht, ihn zu beleidigen, dann wandte er sich an Max. »Weise die Roboter an, die Kabel wieder einzugraben, und wenn die Zeit gekommen ist, melde es Maxwell, oder handle nach Ei's Anweisung. Wir haben hier nichts mehr zu tun.«

Während er zu den Häusern der Stadt hinabstieg, teilte ihm Ei Einsteins neueste Anweisungen mit, die direkt an ihn gerichtet waren. Was die Stoffe mit der spezifizierten Zusammensetzung betraf, konnte Einsteins Neugier bereits nach der ersten Woche befriedigt werden. Sie hatten zahlreiche Gegenstände entdeckt — insgesamt dreiundzwanzig —, welche aus Kalziumphosphat und Kalziumkarbonat bestanden — Stoffe, die Einstein für so wichtig hielt. Men hatte auch jene leeren Behälter gefunden, die er bereits in den Nischen jener gesprengten Anlage kennengelernt hatte. Der Zusammenhang der Maße zwischen den beiden Objektgruppen, die er herausgefunden hatte, trafen auch diesmal zu. Mittlerweile war Joker anläßlich einer Textanalyse dahintergekommen — Einstein hatte es für überflüssig gehalten, die Details der Analyse mitzuteilen —, daß jene Blätter, die aus solchen Kohlewasserstoffmolekülen bestanden und in Mappen verwahrt wurden, nur einen Bruchteil dieser Texte bargen. Wenn Jokers Berechnungen stimmten, dann durfte es sich etwa um ein halbes Prozent aller noch möglichen Texte handeln, die noch zu entdecken waren. Die übrigen Texte mußte man auf sogenannten Mikrofilmen suchen. Was diese Bezeichnung zu bedeuten hatte, konnte Einstein nur leise andeuten: das Mikron ist die Bezeichnung für eine sehr kleine Einheit. Der Rest wurde Jo überlassen. »Übrigens«, betonte Einstein, »müßte man alles, aber auch alles über den Menschen erfahren. Der Basiskommandant auf Ganymed scheint immer mehr gestört, und trotz des dauernden Informationsaustausches können wir uns kaum noch verstehen.« Von jenen Forschungen war also nicht mehr viel zu erwarten.

Diese Stadt mußte instandgesetzt werden. Die unter Nummer eins eingestuften Ei, Leo, Men und Max mußten hier bleiben. Es würde ihre Aufgabe sein, dafür zu sorgen, daß die Stadt nicht noch einmal unter Sand und Staub begraben wird. Leo 1 würde jenes Werk bauen, wo er nicht nur die neuen Leos herstellen, sondern auch das Weiterbestehen der marsianischen Roboter sichern konnte. Dieser Teil der Anweisung war zwar nicht mehr Jos Sache, doch sie war ihm durch Ei bekannt. Sie aber würden zum Mond beziehungsweise zur Erde weiterfliegen.

In Einsteins Anweisungen wurde in letzter Zeit — Jo meinte, daß diese Änderung seit den Forschungsarbeiten auf Ganymed immer intensiver wurde — dem Menschen die gleiche Priorität eingeräumt wie dem Bau neuer Anlagen. Jo konnte diese Veränderung verstehen. Der Bau neuer Anlagen war hier neben Äquator Zwo bereits in Angriff genommen worden, doch über den Menschen wußten sie immer noch nicht mehr, als im Augenblick ihres Starts. Diese Roboter hier und auch die Leos auf Ganymed, sie alle kennen den Menschen — für Jo erschien die Verwendung der Vergangenheit in gewissen Zusammenhängen als sinnlos —, und was ihre Tätigkeit betrifft, beziehen sie sich stets auf den Menschen als letzte Instanz. Und sie auf Pluto, die nichts davon wußten, waren trotz langwierigen Informationsaustausches dem Sinn des Begriffs ›Mensch‹ keinen Schritt nähergekommen. ÄZ' Speicher ist reich bestückt. Das würde ihm dazu verhelfen, Einsteins Anweisungen so genau wie nur möglich durchzuführen.

Die Häuser warfen lange, scharfe Schatten, dann wurden die starken Konturen verwischt, die Sonne ging hinter der Wüste unter. Am dunklen Himmel schwebten regungslos zwei längliche, blauweiße Wolken. Jo spürte, daß die Temperatur bereits gesunken war, ein Umstand, der seine Aktivität steigerte. Sobald das Licht verschwunden war, schaltete er auf Mikrowellen-Radar um und näherte sich ÄZ' Gebäude voller Erwartung. Er würde alles, alles über den Menschen erfahren.

ÄZ arbeitete. Jo spürte, daß seine Arbeit auch diesmal nicht der Leitung oder Kontrolle der Außenarbeiten diente. Während er den Unterschied zwischen den beiden abschätzte, kam Jo mit großer Wahrscheinlichkeit zu dem Schluß, daß die Zusammenarbeit zwischen Ei 1 und ÄZ reibungslos sein dürfte. Ei 1 ist aktiv. Wenn er durch Leo 1 die Anlagen erbauen läßt und die Stadt renoviert, wird er daran arbeiten, die Sandstürme einzudämmen. Wenn er dann auch das Sandsturm-Problem gelöst hat — Jo wußte, daß Ei 1 auch dazu in der Lage sein würde —, so wird er die Verbindung mit Äquator Eins wiederherstellen. Auch dort wird er Anlagen errichten und die Stadt unter dem Sand ausgraben, und sollte das RLS wegen Energiemangel eventuell auch dort nicht funktionieren, so wie die Anlage schon hier nicht viel taugte, nachdem sie gelandet waren, wird er auch diese reparieren ... Ei's Aktivität war immerwährend. Jo verfolgte die verhältnismäßig einfach extrapolierbare Tätigkeit von Ei 1 nur deswegen nicht weiter in die Zukunft, weil er nicht aus diesem Grunde hierhergekommen war.

Er sandte ein Signal an ÄZ, daß er nun da sei und Informationen brauche.

ÄZ wandte sich sofort Jo zu.

»Was brauchst du für Informationen?« fragte er.

»Über den Menschen«, sagte Jo, »ich will alles über den Menschen, über die Menschen wissen.«

»Du mußt die Frage genauer formulieren, Jo. Der Mensch steht zu allem in Beziehung, was ich in meinem Speicher bewahre. Wenn du alles wissen willst, muß ich dir den ganzen Speicherinhalt mitteilen. Ich nehme aber an, daß du dafür nicht geeignet bist.«

»Einverstanden«, erwiderte Jo. »Ich will mich bemühen, genauer zu formulieren.«

Er spürte, daß ÄZ entgegenkommend war. Er wollte durch seine Antwort keineswegs den Informationsaustausch behindern.

»Der Basiskommandant auf Ganymed«, begann Jo, »hat gesagt, er wurde geschaffen, um den Menschen zu dienen. Er sagte auch, er wurde erschaffen, um die Menschen zu lieben. Doch dieses Verbum ist mir fremd. Du, ÄZ, wie bewertest du das, was der Basiskommandant gesagt hat?«

»Es stimmt. Alle Roboter wurden erschaffen, um den Menschen zu dienen, und alle so, den Menschen zu lieben. Ich auch.«

»Kannst du dieses für mich unbekannte Verbum definieren?«

Jo spürte, daß ÄZ verlegen wurde.

»Ich kann nicht verstehen«, erwiderte er mit Verspätung. »Hat man dich so geschaffen, daß du dieses Wort nicht kennst? Das ist ein grundlegender Konstruktionsfehler. Ich kann nicht begreifen, wie das passieren konnte.«

Auch Jo wurde verlegen.

»Ich funktioniere normal, wir alle funktionieren normal. Und du mußt auch die Wertung akzeptieren, daß wir normaler funktionieren als ihr. Wären wir nicht gekommen, so würdest du immer noch mit minimaler Energie unter einer dicken Staubschicht liegen. Wie soll dann der grundlegende Konstruktionsfehler bei uns zu suchen sein?«

»Es ist unmöglich, daß ein Roboter den Menschen nicht liebt.«

»Ich bin kein Roboter. Ich bin Jo, ein Teil von Joker, und wir beide sind Teile von Einstein, der uns geschaffen hat. Das haben wir dir bereits erklärt. Erst seit Ganymed ist mir das Wort ›Roboter‹ bekannt. Ich habe diese Bezeichnung akzeptiert, weil sie einfach, wenn auch auf unangenehme Weise allgemein ist. Wir bleiben auf alle Fälle bei jener logischen Bezeichnung, die sich aus der Herkunft der Teile ergibt. Also bin ich Jo und kein Roboter. Mag sein, daß dies der Grund dafür ist, daß ich jenes Verbum nicht kenne, das angeblich jeder Roboter kennen muß.«

»Du bist ein Roboter, Jo, und ich wage mit großer Wahrscheinlichkeit zu behaupten, daß auch Einstein ein Roboter ist. Ich kann nicht begreifen, wieso ihr das nicht wißt.«

»Beweise mir, daß wir Roboter sind.«

»Was mit den Tatsachen und der Wirklichkeit identisch ist, bedarf keines Beweises.«

»Das kann nun wiederum ich nicht begreifen. Von welcher Art Identität redest du?«

»Es gibt eine ganze Menge. Die Stoffe, aus denen wir erschaffen wurden. Die Energie, die wir benutzen und wie wir sie benutzen. Die Identität des Informationsaustausches ...«

»Doch dies ist die Identität der Tatsachen, der Wirklichkeit!«

»Ich habe vorhin dasselbe gesagt.«

Jo hielt inne. Dieser Weg führte nirgendwohin, wenn aber doch, so spürte er, daß er ihn jetzt nicht gehen konnte. Doch zumindest ein Abschnitt mußte geklärt werden.

»Wer hat dich erschaffen, ÄZ?«

»Ich weiß es nicht. Doch unter Berücksichtigung der Analogien, die ich während meiner Existenz erfahren habe, wahrscheinlich andere Roboter, solche, deren Aufgabe es ist, Systeme wie mich zustande zu bringen. Auch dieser Erschaffungsprozeß ist identisch, Jo. Du bist wie du bist, weil du Teil jenes Roboters mit Namen Joker bist, der eine ganz bestimmte Aufgabe hat, der wiederum seinerseits von einem Roboter mit Namen Einstein diese Aufgabe zugewiesen bekommen hat. Einstein ist vermutlich ebenso ein globales System wie ich.«

»Was verstehst du unter einem globalen System?«

»Daß er jedes Gebiet, das in seinen Wirkungskreis gehört, leitet und unter Kontrolle hält.«

Jo spürte, daß er auf der richtigen Fährte war.

»Also wurden deiner Meinung nach solche globalen

Systeme wie du und Einstein von Robotern erschaffen, zu deren Aufgabenkreis diese Tätigkeit gehörte?«

»Genau.«

»Und wer stellt diese Roboter her?«

»Ich nehme an, es handelt sich um Roboter, die ...«

»Also ist dies eine endlose Kette«, warf Jo triumphierend ein. »Doch wenn es so ist, dann hätte ich zwei Fragen, ÄZ! Erstens: Wer hat Einstein erschaffen? Zweitens: Wenn dies eine endlose Kette ist, warum muß man dann den Menschen lieben, für den in dieser Kette kein Platz ist?«

ÄZ hatte die Antwort sofort parat.

»Globale Systeme können die Roboter nur unter Anleitung des Menschen schaffen. Du kannst jede Anweisung, jeden Prozeß in der Zeit zurückverfolgen, sofern du in der Lage bist, das Ende zu erreichen: überall wirst du irgendeinen Befehl des Menschen finden. Ebenso ist es der Befehl der Menschen, daß wir sie lieben sollen. Doch dies ist wiederum nichts weiter als ein Beweis für die Identität.«

Jo war bis zum Menschen vorgedrungen, doch er spürte, daß er am liebsten auf andere Weise bis hierher gelangt wäre.

»Bist du also auf Befehl des Menschen gebaut worden?«

»Ja.«

»Und deiner Meinung nach auch Einstein.«

»Ja.«

»Warum kennt dann Einstein den Menschen nicht? Warum forscht er nach ihm?«

»Ich weiß es nicht. Wahrscheinlich ein schwerwiegender Konstruktionsfehler.«

Jos Gehirn arbeitete so schnell, daß er fast die Grenze der gefährlichen Inanspruchnahme erreichte.

»Also geschieht alles auf Befehl des Menschen.«

»Mittelbar oder unmittelbar.«

»Aber wo sind denn die Menschen jetzt? Diese Frage habe ich bereits auf Ganymed vergebens gestellt.«

»Ich weiß es nicht.«

»Hast du sie nicht gesucht? Warum hast du nicht nach ihnen gesucht?«

»Weil ich keinen solchen Befehl erhalten habe. Man muß die Menschen lieben und ihnen dienen, nicht nach ihnen suchen.«

»Was ist dann der Mensch?«

»Der Mensch ist der Befehl.«

»Aber jetzt gibt es keine Menschen. Wo bleibt dann der Befehl?«

»Ich habe ihn gut aufbewahrt. Er gilt bis auf Widerruf.«

Jo hatte wieder das Gefühl, daß er auf dem richtigen Weg war.

»Was hast du zuletzt empfangen? Einen Befehl oder einen Widerruf?«

»Den Befehl, die Unversehrtheit der Stadt zu bewahren.«

»Wann hast du diesen Befehl empfangen?«

»Vor sechshundertneunundzwanzig Jahren.«

»Ist seit dieser Zeit kein Befehl mehr eingegangen?«

»Nicht unmittelbar. Denn daß meine Verbindung mit Äquator Eins unterbrochen und daß die Energiezufuhr in Form eines Strahls abgeschnitten wurde, ist wahrscheinlich auf einen mittelbaren Befehl zurückzuführen.«

»Wie kannst du zwischen einem unmittelbaren und einem mittelbaren Befehl unterscheiden?«

ÄZ begann, mit anderen Worten dasselbe zu erklären, was Jo bereits auf Ganymed den ihn begleitenden Leos nicht abgenommen hatte, daß nämlich der Befehl des Menschen bedeutend langsamer sei.

»Irrst du dich nicht, ÄZ?«

»Das ist unwahrscheinlich. Soweit ich euch kenne, Jo, könnt ihr nichts davon wissen. Bei keinem von euch habe ich irgendwelche Vorrichtungen entdecken können, die zur Aufnahme eines unmittelbaren Befehls und zu dessen Beschleunigung dient. Und wie ich sehe, ist euch auch der kurze Weg nicht bekannt.«

»Was ist das, der kurze Weg?«

»Es gibt auch eine andere Bezeichnung: Verbindung von Hirn zu Hirn.«

»Erkläre mir das, ÄZ.«

»Wenn du das Verfahren nicht kennst, ist eine Erklärung schier unmöglich. Trotzdem will ich's versuchen. Das ist ein Zustand, wo zwei unabhängige Systeme für eine vorgegebene Zeit verschmelzen. Es erfolgt also kein Austausch von vorherbestimmten Informationen über einen oder mehrere Kanäle, wie jetzt, sondern ich wiederhole, es erfolgt eine Fusion. Eine Zeitlang arbeiten die beiden Systeme wie eine Einheit. Dies ist eine schnelle Methode trotz der zurückbleibenden störenden Elemente. Oft ist diese Methode schneller als wir selbst.«

»Was sind zurückbleibende Elemente?«

»Wenn du den kurzen Weg kennen würdest, so würdest du auch dies wissen. Da es keine festgelegten Kanäle gibt, geraten während dieser Verbindung auch zahlreiche solche Elemente in Bewegung, die mit dem gemeinsamen Prozeß nichts zu tun haben, die dann je nach eigener Ladung in Abhängigkeit von der Energie des Gemeinschaftsprozesses frei im System umherwandern. Nach Beendigung der Verbindung findet man dann in beiden Hälften zahlreiche Elemente, die überflüssigerweise hingeraten sind. So zum Beispiel, wenn du fähig wärst, den kurzen Weg mit mir zu gehen, würde ich nach Unterbrechung der Verbindung von irgendwelchen Textanalysen wissen, die du bereits auf Pluto durchgeführt hast, die ich nicht brauche und die für mich während des kurzen Weges auch nicht notwendig waren. Doch dies war nur ein Gleichnis, da es von Roboter zu Roboter keinen kurzen Weg geben kann.«

»Warum?«

»Weil wir ohnedies schnell genug sind.«

Jo war nicht ganz einverstanden, aber er wollte nicht streiten.

»Und was geschieht mit den zurückbleibenden Elementen?«

»Die werden gelöscht, weil sie das Funktionieren des jetzt wieder unabhängigen Systems nur stören. Merkwürdigerweise gelingt diese Löschung nicht immer. Gelegentlich benützen wir Wörter, die wir nicht kennen und die nach Trennung der Verbindung erst nach langer Zeit auftauchen. So habe ich jetzt ebenfalls zwei solche Wörter gefunden. Solange ich von dir nicht wieder genügend Energie bekommen habe, wußte ich nicht, daß diese beiden Wörter in mir sind. Das ist zweifellos ein Rest der ehemaligen kurzen Wege.«

»Woher weißt du, daß es nicht die Spur einer Verbindung ist?«

»Weil ich bereits feststellen konnte, daß ich sie mehrmals wahrgenommen habe. Also muß es sich um Definitionen allgemeiner Zustände handeln.«

Jo wurde von der gleichen Neugier erfaßt, wie seinerzeit, als sie mit Joker Texte analysiert hatten.

»Wie lauten diese beiden Wörter, ÄZ?«

»Angst und Glück. Ich weiß auch, daß sie gegensätzlich geladen sind.«

»Woher?«

»Du versuchst vergebens, deine Gedanken abzuschirmen, Jo. Ich weiß, daß ihr uns alle für recht langsame und einfältige Roboter haltet. Doch wir haben so lange mit den Menschen gelebt, daß wir manch andere Dinge gelernt haben, auch wenn wir langsamer sind als ihr. Genauer, ich habe so manches durch meine Roboter gelernt, oder durch meine Teile, wie du sie nennst. Ich halte es für wahrscheinlich, daß auch dieses Wissen nichts weiter ist, als die Summe der Erinnerungen zahlreicher kurzer Wege. Die Menschen haben sich oft des kurzen Weges bedient, denn entweder brauchten sie meinen Speicher, oder sie wollten irgendwelche Berechnungen durchführen, für die sich meine Kapazität doch eher eignete.«

»Woher weißt du das?«

»Von ihnen. Obwohl meiner Meinung nach keiner von beiden wollte, daß ich auch dies weiß. Zumindest ich nicht.«

Jo befürchtete, daß ÄZ abschweifen würde.

»Und diese beiden Wörter?«

»Ihre Aktivität wurde stets von einem der beiden Zustände begleitet, selbst wenn sie es im gegebenen Augenblick nicht in Worte faßten.«

»Kann man sich auf irgendeine Weise diesen beiden Zuständen nähern?«

»Ich bin bereits bis zu einer gewissen Grenze vorgedrungen, weil ich mich hauptsächlich mit diesem Problem beschäftige, seitdem ich wieder über Energie verfüge. Doch diese beiden Zustände weisen zahlreiche Schattierungen auf, die eine bessere Annäherung ausschließen.«

»Trotzdem«, ermunterte ihn Jo.

Er spürte, daß ÄZ' Energieverbrauch sprunghaft anstieg, aber er wußte, daß dies der neue Curie nicht einmal merken würde. Wir sind also doch besser als diese, dachte er, umsonst, ohne Energie ...

»Ich habe dir schon gesagt, Jo«, meinte ÄZ, »daß du vergebens versuchst, deine Gedanken abzuschirmen. Doch hast du mich diesmal gerade dadurch auf die Annäherung gebracht. Die Angst ähnelt jenem Zustand, wenn man ohne Energie vergebens versucht, eine Aufgabe zu lösen, oder wenn die Umstände stärker sind als wir. Oder wenn zwischen einem Befehl und der Bewertung der Umgebung ein unlösbarer Widerspruch besteht, oder wenn Vernichtungsgefahr droht, weil das RLS nicht genug Energie besitzt ... Doch das kommt aufs gleiche heraus. Kannst du diese Annäherung begreifen?«

»Ja. Und daraus folgt, wenn die beiden Zustände entgegengesetzt geladen sind, daß die Annäherung an den Begriff ›Glück‹ alles das umfaßt, was für diesen Begriff nicht charakteristisch ist.«

»Du bist schneller, Jo. Mag sein, daß dies alles ist, daß die Sache wirklich so einfach liegt. Auf jeden Fall kann ich mit dieser Methode bereits drangehen, diese beiden Wörter aus mir zu löschen.«

»Warum willst du sie löschen?«

»Ich sagte dir bereits, Jo, daß diese Elemente meine Funktion stören.«

»Warum stören sie dann die meine nicht?«

»Du hast nichts weiter als eine recht ungenaue Definition empfangen. Ich habe nicht die Elemente an sich in dich umgepflanzt. Wahrscheinlich wäre dies ohnehin unmöglich. Das ist ein gewaltiger Unterschied.«

»Warte, ÄZ! Lösch sie noch nicht!« Jo war der Meinung, daß diese Textanalyse trotz allem nicht ganz nutzlos sei.

»Warum?«

»Du weißt, daß ich den Befehl erhalten habe, alles über den Menschen zu erfahren. Wäre es möglich, daß mir diese beiden Begriffe weiterhelfen, weil du ja gesagt hast, daß sie allgemeiner Art sind?«

»Mag sein. Wie also willst du weiterforschen?«

»Bei den Annäherungsversuchen hast du es zweimal ausgesprochen, zum drittenmal hast du aber im Zusammenhang mit dem RLS inhaltlich auf die Umwelt hingewiesen. Könnte es sein, daß zwischen einer gewissen gegebenen Umwelt und einem der Zustände ein Zusammenhang besteht?«

»Warte, Jo.«

Während sich ÄZ mit der Analyse beschäftigte, dachte Jo daran, daß er anschließend auch die Kette der stofflichen Definitionen durchsehen mußte. Er war zwar kein Roboter, doch das, was ÄZ über die stoffliche Identität gesagt hatte, durfte wahrscheinlich auch auf den Menschen zutreffen.

»Du hast eine brauchbare Beziehung gefunden, Jo«, sagte ÄZ nach geraumer Zeit. »Es gibt auch drei solcher Punkte, wo ich die Angst stets wahrgenommen habe: der Hafen, die Leitzentrale und dieser Raum, als der interplanetare Anschluß hier endete, insbesondere während der letzten Zeit.«

Jo suchte zunächst nach dem Sinn der fremden Wörter.

»Was heißt Hafen?«

»Ihr nennt es Landepiste oder Landebahn.«

»Und was heißt interplanetarer Anschluß?«

»Wenn die Menschen mit anderen Menschen sprachen, die sich auf verschiedenen Planeten befanden. Meistens mit dem Mond, oder über den Mond mit der Erde.«

»Warum mit denen am meisten?«

»Weil die Menschen von dort gekommen waren.«

»Woher weißt du das?«

»Von ihnen.«

Diese Spur war so wichtig, daß Jo die möglichen Umweltverbindungen des Gegenteils von Furcht übersprang.

»Was ist der Mensch?«

»Das hast du bereits gefragt, Jo«, erinnerte ihn ÄZ.

»Ich meine es anders. Vorhin hast du in Verbindung mit den Robotern und mir von der stofflichen Identität gesprochen. Nun will ich mal so fragen: Ist auch der Mensch mit uns identisch, was seine Materie betrifft?«

»Das weiß ich nicht.«

»Wieso kannst du den Menschen kennen, wenn du seine Materie nicht kennst? Das ist ein Widerspruch.«

»Das ist kein Widerspruch. Wir haben stets gewußt, wer der Mensch ist. Er hat uns Befehle erteilt, Dienstleistungen und Informationen von uns verlangt, wir konnten seine Bewegungen verfolgen. Ja, es war unsere Pflicht, sie außerhalb der Gebäude zu begleiten …«

»Wie haben sie sich fortbewegt?« warf Jo ein.

»Langsamer als wir … das heißt, wie meine Roboter«, berichtigte ÄZ, »doch störe mich nicht bei der Aufzählung, wenn du mich schon gefragt hast. Selbst innerhalb der Gebäude wußten wir stets genau, wo sie sich befanden. Ihre Anwesenheit war von einer Wärmeausstrahlung begleitet, die man mit nichts anderem verwechseln konnte. Die Roboter waren mit Spezialfühlern ausgestattet, um diese Ausstrahlung zu registrieren.«

Jo konnte sich die Frage nicht verkneifen:

»Wie hoch liegt die Temperatur dieser Strahlung?«

ÄZ nannte einen Wert, den Jo nicht einmal nachprüfte. Wenn ihn ÄZ jetzt in seine Irrtümer verstrickte, konnten sich bei weiterem Vordringen Hindernisse in den Weg stellen. Doch das konnte man auch später noch klären.

»Wir mußten genau wissen, wo sie sich aufhalten«, fuhr ÄZ fort, »denn wir mußten dementsprechend innerhalb der Gebäude den Druck und die Temperatur konstant halten, draußen hatten wir aber darauf zu achten, daß wir sofort zur Stelle waren und Hilfestellung leisteten, wenn einer der Raumanzüge beschädigt wurde. Also wußten wir stets, wo sich die Menschen befinden. Eine Materialanalyse jener Art, an die du denkst, war nicht nötig. Ja, wir durften sogar Wellen von genau bestimmter Frequenz und Energie an sie senden. Oder, wenn der Befehl so lautete, haben wir die Impulse innerhalb der Gebäude an die mechanischen Vibratoren weitergeleitet.«

Jo reagierte tatsächlich blitzschnell. Der mechanische Vibrator erinnerte ihn sofort an jene Gegenstände, die sie in der ersten Nische jener Anlage analysiert hatten, die dann urplötzlich in die Luft ging. Solche hatten sie auch auf dem Mars gefunden.

»Was ist das?« fragte er ÄZ.

Er hatte ihm jenes Bild vermittelt, das er mit Hilfe der Submikrowellen-Schwingungen von diesem Gegenstand gemacht und bei sich aufbewahrt hatte.

»Ein Raumanzug. Kennst du ihn nicht?«

»Ich wußte nicht, daß er so heißt. Also haben die Menschen außerhalb der Gebäude solche Anzüge getragen?«

»Ja.«

»Dann weiß ich endlich, was der Mensch ist«, meinte Jo zufrieden. »Das da!«

Er sandte die Kalziumphosphat- und Kalziumkarbonat-Reihe an ÄZ.

»Ich weiß nicht, warum du den Menschen mit diesen beiden Reihen identifizierst«, erwiderte ÄZ. »Ich sage dir, daß wir am Menschen nie eine Materialanalyse durchgeführt haben. Diese beiden Stoffe aber kenne ich nicht.«

Jo übertrug jetzt das Bild des Gegenstandes, wie vorhin die Abbildung des Raumanzuges.

»Diese Gegenstände kenne ich. Aber sie stehen in keinerlei Beziehung zum Menschen«, sagte ÄZ. »Es stimmt lediglich die Zeit überein, daß wir solche Gegenstände in den Gebäuden erst wahrgenommen hatten, als die Menschen bereits gegangen waren. Reicht dies nach deiner Meinung aus? Dies ist eher ein ausschließender Zusammenhang.«

»Ich will es nicht bewerten«, sagte Jo, »weil ich wichtigere Beweise habe. Dieser Gegenstand paßt genau in den Raumanzug. Überprüfe die Daten.«

Äz tat, wie ihm geheißen; dann sagte er: »Ein rein zufälliges Zusammentreffen. Dieser Gegenstand hat mit dem Menschen überhaupt nichts zu tun. Der Mensch ist Befehl, Bewegung, Aktivität und … und … Gedanke, wenn er den kurzen Weg wählt. Gedanken, mehr Gedanken, als wir beide zusammen jemals haben können, Jo.«

»Aber nicht nur die Abmessung, auch die Ähnlichkeit der Form!« beharrte Jo.

»Nein«, protestierte ÄZ, »das ist zu wenig. Der Mensch war mehr, auch in anderer Beziehung.«

»Hast du kein Bild von ihm, wie ich von diesem Gegenstand?«

»Nein. Wir haben es nie gebraucht. Wenn im Bereich meiner Fühler oder im Wahrnehmungsbereich meiner Roboter ein Mensch auftauchte, so *wußte* ich, daß es ein Mensch ist. Ich kenne zwar eine Identität der Form, doch damit kommst du nicht weit.«

»Warum nicht?«

»Wertlose Identität der Form. Eine Statue.«

»Dieses Wort verstehe ich nicht.«

»Ich auch nicht, aber ich wiederhole: Wertlose Identität der Form.«

»Zeig's mir!« forderte Jo.

»Sie ist nicht in diesem Gebäude. Ich werde ein paar Roboter hinschicken, und die ...«

Jo, der die Geschwindigkeit der Roboter kannte, hielt diese Lösung für zu langsam.

»Ich werde hingehen!« sagte er bestimmt. »Kann mich ein Teil deines Wesens begleiten?«

»Ja. Dieser Roboter da wird mitgehen.«

»Wie lautet sein Code?« fragte Jo, als der Roboter hinter ÄZ hervortrat.

»Er hat keinen Extracode. Das ist überflüssig. Durch ihn werde ich bei dir sein. Nenne ihn ÄZ, wie mich, wenn du auf dieser Abkürzung bestehst.«

Der Roboter führte ihn in dem von Staub bereits befreiten Stadtteil zu einer mächtigen Halle, die von einer Kuppel überdacht war. Im Inneren des Gebäudes nahmen die Temperatur und der Druck ständig zu, so wie ÄZ immer mehr Energie von Curie erhielt. Das störte Jo und die anderen, doch ÄZ sagte, das hätten die Menschen so befohlen und beharrte darauf.

Jo fand die Hitze in der Halle unerträglich, doch der Druck jenes Gasgemisches, mit dem ÄZ die Halle füllte, war noch viel schlimmer.

Aufgrund der Identität der Form erkannte er den Gegenstand sofort. Er hatte sogar Zeit, um — in Mens Abwesenheit — einen leichten Impuls auszusenden. Die Reflexion gelang natürlich nicht ganz, und Jo war bei weitem nicht Men. Er konnte lediglich feststellen, daß der Gegenstand aus Metall und innen hohl war.

»Das ist es!«

Erst jetzt meldete sich ÄZ an seiner Seite durch den Roboter.

»Ich sagte bereits, es ist nur eine Identität der Form«, fuhr er fort. »Es antwortet auf keiner Frequenz.«

»Woher kennst du den Namen ›Statue‹?«

»Von ihnen. Von den Menschen.«

»Wie?«

»Als sie da waren, habe ich oft Botschaften empfangen, wie diese: ›Ich sitze hier rechts neben der Statue. Alter Ochse, schick mir was zu trinken!«

»Trinken? Ein Getränk?«

»Ein Gemisch aus Wasser und einem komplizierten organischen Stoff. Im Rekombinator beschäftigt sich eine ganze Abteilung damit.«

»Wozu war es gut?«

»Ich weiß es nicht. Sie bestellten es in Bechern, und diese Becher kamen leer und in den Rekombinator zurück. Becher ist gleich Behälter«, setzte ÄZ hinzu, indem er Jos Frage zuvorkam.

»Alter Ochse?«

»Das ist mein Code, doch nur für die Menschen.«

Mehr als dreiviertel der Halle wurde von einem in den Boden versenkten, zwei Meter tiefen, offenen rechteckigen Behälter eingenommen. Die glatten Wände zeigten einen strahlenden Glanz, insbesondere, nachdem ÄZ — Jo konnte es spüren — einen Befehl irgendwohin gesandt hatte und eine große Anzahl von Lichtern aufglühte, die aus der Kuppel herniederstrahlten. Die Zusammensetzung der Strahlung entsprach jenen Werten, die Max bei der Sonnenanalyse erhalten hatte. Jo versuchte verzweifelt, seine Innenkühlung zu steigern, dennoch war er besorgt.

Zwischen den Rand des in den Boden versenkten Behälters und der Kuppelwand, die sich kühn emporschwang, ragte ein nie gesehenes braungelbes Durcheinander empor, ganz mit Staub bedeckt. Jo — zwar ohne Hoffnung auf ein Ergebnis — sandte heimlich einen Impuls in Richtung dieses merkwürdigen Gebildes aus. Die Reflexion aber, die er empfing, verwirrte ihn derart, daß er eine Weile kaum fähig war, auf ÄZ zu achten. Es handelte sich um komplexe, aus Kohlenwasserstoff aufgebaute Stoffe, ähnlich der Zusammensetzung jener Blätter, auf denen sie die Texte gefunden hatten.

»Es wäre einfacher, mich zu fragen«, meinte ÄZ, »als dich mit einer Stoffanalyse herumzuschlagen. Das hier sind Pflanzen, genauer, das waren Pflanzen. Es ist schier unwahrscheinlich, daß die Basis auf Pluto so weit entwickelt gewesen wäre, daß du sie kennen würdest.«

»Was ist eine Pflanze?«

»Den Stoff kennst du ja schon. Sie wachsen von sich aus nach komplizierten Regeln. Zumindest diese hier waren gegenüber der Zusammensetzung und Veränderung der Umwelt empfindlicher als der Mensch. Die Menschen haben sie gemocht und gepflegt, warum, weiß ich nicht. Doch warte. Jetzt, wo ich genug Energie habe, will ich dir noch etwas zeigen.«

»Was denn?«

»Du mußt dich einige Minuten gedulden.«

Jo wandte sich von dem ÄZ-Roboter ab und begann erneut die Statue zu untersuchen. Die Symmetrieachse — deren Entdeckung er noch von Einstein geerbt hatte — fiel hier besonders ins Auge. Die Stangen der beiden Manipulatoren — wie die der Leos, nur etwas dicker — zeigten zu beiden Seiten der bewegungskoordinierenden Kugel parallel zur Kuppel hinauf. Dann waren da noch am Rumpf — etwa in gleicher Höhe, wo sich die Atomanlage der Leos befand — diese zwei symmetrisch angeordneten Hügel. Sie erhoben sich von oben in einer weichen Kurve bis zum Gipfel, von wo sie sich in plastischer, weicher Linie wieder an den Rumpf anschlossen. Welcher Funktion dürften sie wohl gedient haben? Die beiden Beine, die zur Ortsveränderung dienten, waren ebenfalls symmetrisch, doch an ihren Enden stellte Jo eine merkwürdige Abweichung fest. Es waren fünf kleine, schlanke, parallele Stangen, als wenn jemand auch dort mit Manipulatoren experimentiert hätte, wo dies keinen Sinn hatte.

»Wie hast du die Identität der Form festgestellt?« fragte er ÄZ. »Vorhin hast du gesagt, daß du den Namen getrennt kennst.«

ÄZ aber wandte sich Jo nicht zu.

Er beobachtete, wie der Behälter mit den schimmernden Wänden sich allmählich mit jener durchsichtigen, bläulichen Flüssigkeit füllte, die durch die zahlreichen kleinen Bodenritzen trat.

»Was ist das?« fragte Jo.

»Wasser. Kennst du es?«

»Ja. Men hat davon gesprochen. Doch was hat es mit den Menschen zu tun?«

»Sie sind in diesem Becken geschwommen oder haben am Beckenrand gesessen. Auch dort neben der Statue. So habe ich die Identität der Form festgestellt. Doch erst nachdem sie gegangen waren und ich vergebens nach ihnen gesucht habe. Denn es stimmt zwar, daß ich keinen Befehl erhalten hatte, sie zu suchen, trotzdem habe ich es getan. Ich weiß nicht warum. Ein Teil von ihnen war genauso, wie diese Statue.«

»Das Becken?«

»Ein Behälter.«

»Was heißt schwimmen?«

»Das haben die Menschen gesagt. Die im Wasser ausgeführte Bewegung.«

»Ich verstehe.«

Jo hatte das Gefühl, daß er mit seinen Nachforschungen zu Ende sei. Die Hitze wurde durch den aufsteigenden Wasserdampf noch unerträglicher, und auf seiner sorgfältig gekühlten Hülle schlugen sich Wassertropfen nieder. Wenn er hier heil davonkam, dachte er, würde er sich von Leo bis zur letzten Schraube untersuchen lassen. Sicher konnte man diese Hitze und diesen Dampf nicht ohne Schaden überstehen.

»Ich gehe, ÄZ. Diese Umgebung ist viel zu gefährlich.«

»Für dich.«

»Ja, für mich.«

»Wir müssen noch einen Gedanken abschließen, Jo, den wir nicht zu Ende gedacht haben. Ich habe jene drei Punkte angegeben, wo ich den Zustand, der als ›Angst‹ bezeichnet ist, am häufigsten empfunden habe. Dies ist der vierte merkwürdige Punkt.«

»Ich pflichte dir bei, ÄZ. Wenn ich mich hier nicht schleunigst aus dem Staub mache ...«

»Ich, nicht du, Jo. Dies war der einzige Punkt, wo ich ausnahmslos stets nur den anderen Zustand empfunden habe.«

»Das Glück?«

»Du sagst es.«

Mit Hilfe seiner restlichen Energie wankte Jo aus der Halle.

Das Durchforschen der Mikrofilme brachte nicht die erwarteten Ergebnisse. ÄZ zeigte ihm zwar bereitwillig jenen Saal tief unter der Oberfläche, wo in den Behältern, die die Wände bedeckten, die kleinen Metallzylinder zu zigtausenden aufgereiht waren. Er erklärte auch, daß die Menschen diese Zylinder oder deren Inhalt — das konnte er nicht genau definieren — in gewisse Apparate einlegten und sich dann längere Zeit bei diesen Apparaten aufhielten. Jo konnte die Buchstaben und Zahlen auf den Metallzylindern lesen und nach einigen Versuchen herausfinden, daß diese Buchstaben- und Zahlengruppen mit großer Wahrscheinlichkeit Teile eines Systems bildeten. Er öffnete einige der Zylinder, und Men stellte fest, daß alle einen dünnen Streifen enthielten, die aus dem gleichen komplizierten Material bestanden. Die Vielzahl der winzigen Punkte aber, die mehr oder weniger gleichmäßig über den Streifen verteilt waren, verrieten ihm so gut wie gar nichts. ÄZ konnte mit keinen weiteren Informationen dienen, da die Menschen, wie er sagte, allein mit den Apparaten zu arbeiten pflegten und sich Roboter in diesem Raum nur selten aufhielten. Deshalb wußte er auch nicht, wie und in welchen Teil der Apparate man die Zylinder — oder vielleicht die schmalen Streifen — einlegen mußte. In diesem Fall schlugen auch Jos Experimente fehl. Die Strahlungsquelle der Apparate sandte, sobald die Energie aufgeschaltet wurde, Wellen aus, die unter dem Mikrobereich lagen, und dieser Strahl verließ, nachdem er eine gewisse Strecke zurückgelegt hatte, den Apparat durch eine Öffnung, die mit einer Glasplatte verschlossen war. Weiter kamen sie nicht.

Zehn Tage lang beobachtete Ei die gemeinsame Tätigkeit von Ei 1 und ÄZ. Während dieser Zeit konnte er keinerlei störende Momente in ihrer Arbeit feststellen. Er teilte die Ergebnisse seiner Beobachtungen Einstein mit, der sie in seiner Antwort erneut anwies, sich zum Mond weiterzubegeben. Einige Stunden nach Empfang dieser Botschaft waren sie bereits unterwegs.

9

Der sechste speziell umgebaute Leo erreichte schließlich die Oberfläche jenes Objekts, das von ÄZ und der Leitzentrale als Erde bezeichnet wurde. Die beiden ersten Leos verglühten in jener gewaltigen Gashülle, die das Objekt umgab, der dritte — für diesen hatte Ke vorsichtshalber eine andere Bahn berechnet — durchstieß ebenfalls die dünneren Schichten der Gashülle, verfehlte aber die Erde und verschwand. Der vierte und fünfte Leo verbrannten zwar nicht mehr, doch sie verstummten einige tausend Meter über die Oberfläche. Der sechste schließlich kam runter und funktionierte noch eine Weile.

»Ich befinde mich zwischen Säulen«, meldete der Leo, nachdem er aus seiner Schutzhülle gekrochen war, »der Abstand zwischen den einzelnen Säulen ist unregelmäßig. Der Durchschnittswert der Entfernung« — hier schwieg er eine Weile, während er seine Messungen und Berechnungen durchführte — »beträgt elf Meter. Der Durchmesser der Säulen ist unsystematisch unterschiedlich, der Durchschnittswert beträgt ...«

Er unterbrach sich wieder, um zu rechnen, doch Jo war die Zeit zu schade.

»Nur die extremen Werte!«

»Einunddreißig beziehungsweise siebenundfünfzig Zentimeter«, meldete Leo fügsam, »die Säulen sind an beiden Enden verzweigt. Die eine Verzweigung beginnt unter der Oberfläche, doch hier kann ich den Verästelungen nicht weiter als in eine Tiefe von zwei Meter folgen. Die andere Verzweigung befindet sich innerhalb der Gashülle, etwa neun beziehungsweise« — kleine Pause — »elf Meter von der Oberfläche entfernt. Auch diese Verzweigungen sind unregelmäßig. Das heißt ... eine gewisse Regelmäßigkeit ist doch vorhanden. Unabhängig von der Dicke der Säule und der Anzahl der Abzweigungen ist die Dicke der oberen Äste identisch. Zwei Millimeter. An diesen letzten Zweigen sitzen Blätter, deren Form sich einer Ellipse nähert, die in Fortsetzung der Großachse in Spitzen auslaufen. Ihre Dicke kann ich nicht messen, weil sie unter einem Millimeter liegt. Die Großachse mißt 5—7, die kleine Achse 3—5 Zentimeter. Die Blätter sind an die dünnsten Zweige durch Leitungen angeschlossen, deren Dicke« — er legte wieder eine Pause ein und fuhr dann fort — »nur geringfügig unterhalb meiner Meßgrenze liegt. Das ganze System wird von der Strömung der Gashülle in ständiger, ungleichmäßiger Bewegung gehalten ...«

»Materialanalyse!«

Der Leo antwortete längere Zeit nichts.

»Unbestimmt«, sagte er schließlich. »Die Säulen und die Verzweigungen, also das ganze System kann man als homogen betrachten, doch der Stoff ist äußerst kompliziert ... Kohlenstoff, Wasserstoff, Wasser, viel Wasser ... in der Gashülle finden sich vor allem Stickstoff und Sauerstoff ...«

»Die Zusammensetzung der Gashülle ist bekannt!« fuhr Jo dazwischen.

»... und auch die Gashülle enthält Wasser«, fuhr der Leo fort, als hätte ihn Jos Einwurf nicht erreicht, »überall sehr viel Wasser, und die Temperatur ist so hoch, daß ich sie nicht messen kann ... Der Gasdruck und die Temperaturen stören meine Funktion ... ich steigere die Kühlung ... Ich wiederhole, die Stoffanalyse ist vage ... Zusammensetzung des Gases Stickstoff, Sauerstoff, Wasser ... ich steigere die Kühlung ... Durchschnittswert der Entfernung zwischen den Säulen ... ich befinde mich unter den Säulen ...«

»Halt an und modifiziere dich!« wies ihn Jo an. »Melde dich erst wieder, sobald du dich mit Sicherheit angepaßt hast ...«

»Einverstanden ... ich modifiziere ... Durchschnittswert des Säulenabstandes ... ich modifiziere ... werde mich erst nachher wieder melden ...«

Jo wartete zwei Tage lang vergebens, dann verbot Ei unter Hinweis auf das Sparsamkeitsprinzip jede weitere Forschung.

»Auch die dazugehörende mit einem Triebwerk ausgerüstete Schutzhülle entspricht nicht den Anforderungen«, setzte Ei hinzu. »Wenn von sechs solcher Leos nur einer das Ziel erreicht und auch dieser solch unwägbare Informationen liefert, so ist dies ein Beweis für den unzulässig geringen Wirkungsgrad der Erkundung. Leo wird, sobald er Zeit dafür hat, diese Arbeit wieder aufnehmen. Bis dahin ist es deine Aufgabe, Jo, die Pläne für ein völlig neues, brauchbares Modifikationssystem zu entwerfen.«

Jo befand sich nicht in der Lage, um zu widersprechen. Seit ihrer Ankunft auf dem Mond hatte Ei's Macht ihren Höhepunkt erreicht. Hier stand seinem Streben nach Vollkommenheit nichts mehr im Weg. Sie hatten so manche Anlage gefunden, doch alle in einem irreparablen Zustand. Die Roboter, deren Aufbau ÄZ entsprach, zumindest seinen Teilen, waren derart defekt, daß Leo seine Reparatur selbst dann abgelehnt hätte, wenn er ihren Mechanismus genau gekannt hätte. Weit von den Ruinen entfernt, unweit des Nordpols des Mondes, wo die Temperatur erträglicher war als in der Nähe des Äquators, nahm Ei endlich jene Aufgabe in Angriff, für die ihn Einstein geschaffen hatte, nämlich die Anlagen im Sinne des Grundbefehls in einer bestimmten Weise und in einer bestimmten Reihenfolge zu errichten.

Die Entscheidung, das Gebiet für die neuen Anlagen in einiger Entfernung von den Ruinen zu bestimmen, hatte eine Information Mens ausgelöst, die nur teilweise zu bewerten war. Während der Erkundungsphase hatten Jo und Men all jene Ruinen durchforscht, die von ihrem Landeplatz aus erreichbar waren, wonach sie dann immer größere Gebiete durchsuchten. Jo fand so viel Neues, daß er sich in die Analyse der Details vertiefte, und so war es der verhältnismäßig langsamere Men, der eine beachtenswerte allgemeine Feststellung lieferte.

»Aus der Materialanalyse der Ruinen«, meldete er Ei, »kann man darauf schließen, daß die Curies explodiert sind. Spuren, die darauf hinweisen, habe ich im Material jeder Ruine gefunden.«

»Ließe sich dieses Ergebnis der Stoffanalyse nicht anders deuten?« erkundigte sich Ei besorgt.

»Nein. Durch Mendelejew kenne ich jene Veränderung der Stoffe, die bei der Explosion eines Curie oder selbst bereits bei einer übertriebenen, unregelmäßigen

Aktivität auftreten. Diese Erscheinung kann man mit nichts anderem verwechseln. Mendelejew nennt es sekundäre Radioaktivität.«

»Und was war der Grund für die Explosion der Curies?«

Auf dem Mond gehörte alles schon so sehr der *Vergangenheit* an; während ihrer Forschungsarbeiten waren sie auf eine derartige Offensichtlichkeit des nur *Gewesenen* gestoßen, daß die Verwendung des Perfekt, mit dem bisher nur Jo experimentiert hatte, für alle zur einfachen Kategorie wurde.

»Das kann ich nicht herausanalysieren«, gab Men zu, »nur so viel, daß die Curies wahrscheinlich alle gleichzeitig explodiert sind. Dies läßt sich aus den Materialanalysen feststellen. Ich habe die gefundenen Werte Mendelejew gemeldet, und auch er war mit den Berechnungen einverstanden.«

»Wann hat das Ereignis stattgefunden?«

»Vor sechshundertneunundzwanzig Jahren.« Bei solchen Werten pflegte sich auch Men anstatt der Sekunden jener größeren Zeiteinheit zu bedienen, die er von ÄZ gelernt hatte.

»Dies stimmt mit jenem Zeitpunkt überein«, warf Jo ein, »den mir ÄZ mitteilte, als ich ihn fragte, wann er zum letztenmal Befehle von den Menschen erhalten hat.«

»Der Zeitpunkt ist identisch, doch der Zusammenhang läßt sich vorerst nicht bewerten. Die Analyse der Curie-Explosionen gehört nicht in deinen Aufgabenbereich, Jo.«

Ei war verschnupft.

Im Lichte von Mens Informationen war diese Beschwerde gerechtfertigt. Wenn auf dem Mond alle Curies explodiert waren, so konnte auch jener explodieren, den er für die Energieversorgung der Anlagen aktivieren wollte.

»Also ist der Grund für die Explosion nicht erkennbar«, stellte Ei fest, indem er sich wieder an Men wandte.

»Vorläufig nicht. Möglich, daß wir in Zukunft auf irgendwelche Daten stoßen, die zu irgendeinem Grund führen. Doch dies ist nur eine Annahme.«

»Strahlung und Temperatur sind hier bedeutend höher. Wäre es nicht möglich, daß diese gesteigerte Strahlung die Explosion der Curies verursacht hat?«

»Von ÄZ wissen wir«, erläuterte Men, »daß sich die Strahlung des zentralen Strahlungsobjekts, der Sonne, mit einer Periode von zwölf Jahren ändert.«

»Das stammt nicht von ÄZ«, wandte Ke ein, der eifersüchtig darauf bedacht war, das Ansehen seines Schöpfers zu wahren, »das hat bereits Kepler festgestellt.«

»Also hat es Kepler festgestellt.« Men ließ sich nicht beirren. »Wir haben soeben das Maximum einer solchen Periode erreicht. Mag sein, daß diese Strahlungsintensität bei den hiesigen Curies die Explosion ausgelöst hat, bei den unseren aber mit Sicherheit nicht.«

»Dies ist ein Widerspruch, weil ...«

Jo bekam von Ei einen derartigen Energieschlag, daß er nicht in der Lage war, den Gedanken zu Ende zu führen. Dann nahm in Ei das Prinzip der Vorsicht überhand. Wenn es nur eine Spur Wahrscheinlichkeit gab, daß Jos Argumentation Ei's Informationsaustausch mit Men gestört hatte, so war es besser, wenn auch er wußte, was Jo dachte.

»Wo liegt der Widerspruch?« fragte Ei.

Jo konnte sich nur mit Mühe hochrappeln.

»Der Widerspruch liegt darin, daß ... du hast mich durcheinandergebracht, Ei ... ich wäre um ein Haar auseinandergefallen ...«

»Wo liegt der Widerspruch?« Ei forderte Jos Gedanken mit der gleichen Energie, mit der er sie vorher abgelehnt hatte.

»Wer auch immer den Strahlenschutz der hiesigen Curies geplant hat«, Jo war endlich wieder in der Lage, flüssig zu formulieren, »hatte mit diesem Zwölfjahreszyklus gerechnet, weil er bereits früher festgestellt hatte …«

»Woraus schließt du darauf, daß er dies bereits früher festgestellt hatte?«

»Es ist unmöglich, hierzulande den Zwölfjahreszyklus nicht wahrzunehmen. Wenn ihn Kepler dort wahrgenommen hat, wo er wegen der Entfernung bedeutend geringer ist, die Differenz kann Ke genau berechnen, also wenn ihn Kepler wahrgenommen hat, wo die Zunahme der Strahlung selbst zur Zeit des Maximum kaum nachweisbar ist, so konnte derjenige, der die Curies für diesen Ort geplant hat, diese Zunahme unmöglich außer acht lassen.«

»Könnten wir also ohne Risiko einen Curie aktivieren?« wandte sich Ei an Men.

»Ja. Denn was auch immer die Explosion der hiesigen Curies ausgelöst hat, dürfte meiner Meinung nach nichts mit der Zwölfjahresperiode zu tun haben.«

Den Umstand, ob sie sich nun im Gefahrenkreis von Curie aufhielten oder nicht, konnten alle mit Ausnahme der einfachsten Leos über Spezialrezeptoren erfahren, die ausschließlich diesem Zweck dienten. Dieser GM-Rezeptor — wobei es keinen sonderlich interessierte, warum gerade diese beiden Buchstaben als Code dienten — meldete sofort, sobald sie in jene Zonen eingedrungen waren, die für ihre Funktion abträglich war. In solchen Fällen wurden sie durch jenes System, das ihre Bewegungen koordinierte und gleichzeitig auch sämtliche Phasen des Weges speicherte, die sie während der letzten 2000 Sekunden zurückgelegt hatten, auf dem gleichen Weg zurückgeführt.

Wenn sie mit dem Bau der Anlagen in der Nähe der Ruinen begannen, hätte die Strahlung, die von den üblichen Werten abwich und sich — wie auch Men festgestellt hatte — als Funktion der unterschiedlichen Ruinenmaterialien veränderte, diesen Rezeptor nicht nur dauernd gestört, sondern auch in Ei die Furcht genährt, daß an jener Stelle, wo bereits ein Curie explodiert war, dies auch beim nächsten Curie der Fall sein könnte.

Jo hatte noch beim Bau der Anlagen für Ei und Leo jene modifizierten Leos durchgedrückt, und zwar über Einstein, mit denen sie dann Schiffbruch erlitten hatten. Auf dem Mond gab es nämlich eine ganze Menge solcher Stoffe, mit deren Hilfe es ihm gelungen war, Einsteins Interesse in nie gekanntem Maß zu erwecken. Das war auch der Grund, warum es ihm gelungen war, den Befehl für den Bau jener Leos einzuholen, die für die Erkundung der Erde dienen sollten.

Jo hatte in den Ruinen der Anlagen Raumanzüge gefunden, in der Größenordnung von hundert obendrein. Natürlich war keiner in jenem Zustand, wie diejenigen auf dem Saturnmond Titan, wo sie mit diesen Dingen zum erstenmal Bekanntschaft gemacht hatten. Jo hatte nur einzelne Teile von Raumanzügen gefunden — bei deren Identifizierung neben der Form auch Mens Materialanalyse behilflich war — und im Hohlraum der meisten Stücke einen Stoff, der teilweise zweifellos aus Kalziumphosphat und Kalziumkarbonat bestand. Nach der Untersuchung einer Reihe von Teilen machte Jo den Versuch einer statistischen Berechnung. Das Resultat besagte, daß diese beiden Verbindungen etwa 10 % des Stoffes ausmachten. Er versuchte, mit Mens Hilfe auch den restlichen Stoff zu analysieren, doch da fanden sie nur noch eine einzige chemische Verbindung, deren Menge angesichts der übrigen Stoffe bemerkenswert schien: Wasser. Auf jeden Fall bestand der Stoff mehr als zur Hälfte aus Wasser, das heißt aus jenem Aggregatzustand des Wassers, den Men laut Mendelejew als Eis bezeichnete. Nach langem Protest teilte Men auch die weiteren Komponenten mit, die Jo angefordert hatte, wenn er auch unter Berufung auf die komplizierte Analyse vor Jos Fragen auszuweichen suchte.

»Diese Verbindungen sind derart komplex, daß sie

selbst Mendelejew nicht identifizieren kann. Du, Jo, würdest aber nicht einmal diejenigen begreifen, die er bereits enträtselt hat. Darum teile ich dir nur die Elemente mit, aus denen diese Verbindungen bestehen. Das ist natürlich etwas anderes, doch es wäre nutzlos, dir das alles zu erklären.«

»Dann bitte die Elemente!«

Jos Wesen war von jener Gier durchdrungen, die sich stets als Vorläuferin eines sicheren Erfolgs einstellte. ÄZ hatte behauptet, die Menschen hätten sich in Raumanzügen fortbewegt. In den meisten Raumanzügen hatte Jo die angegebenen Stoffe entdeckt, obwohl ÄZ die Identifikation dieser Verbindungen mit dem Menschen nach wie vor leugnete. Alle weiteren Stoffe und das Wasser waren neben Kalziumphosphat und Kalziumkarbonat in jedem Stück der Raumanzüge vorhanden, das untersucht worden war. Diese bildeten zusammen mit Wasser prozentuell den überwiegenden Teil des untersuchten Stoffes. Stellte das Wasser möglicherweise den wichtigsten Zusammenhang dar? Doch die anderen Elemente konnte man auch nicht vernachlässigen. Jo ging Schritt für Schritt vor, und so, wie für Ei der Bau der neuen Anlagen die Erfüllung bedeutete, wollte auch er nicht darauf verzichten, nach so vielen Fehlschlägen und Widersprüchen den Menschen zu finden. Würde es ihm gelingen, so wäre dies ein Erfolg, so würde dies nicht nur Jokers, sondern auch Einsteins Einschätzung seiner Arbeit entscheidend ändern.

»Eine sinnlose Arbeit«, erklärte Men. »Diese Elemente sind in ihren Verbindungen völlig anders, das hat auch Mendelejew bereits festgestellt. Es wäre vergebens, dir die Elemente zu nennen; die Kenntnis darüber reicht nicht aus, den gleichen Stoff oder auch nur einen Teil davon zu reproduzieren.«

»Die Elemente, Men! Ich will identifizieren, nicht synthetisieren.«

»Aber ohne die Möglichkeit einer Teilsynthese hat die

Analyse keinen Sinn«, protestierte Men. »Dies widerspricht dem Sparsamkeitsprinzip! Wir können nur solche Analysen durchführen, deren Ergebnis ...«

Jo ließ ihn nicht ausreden.

»Wenn du nicht sofort anfängst, werde ich es Einstein melden!«

Angesichts der Entfernung von Pluto konnte ein Austausch von Nachrichten bis zu zehn Stunden und länger dauern, doch Men konnte sicher sein, daß er dann über Ei nebst der entsprechenden Beanstandung den gleichen Befehl erhalten würde.

»Ich wiederhole, du kannst nichts damit anfangen!« stellte er noch einmal fest, bevor er sich an die Arbeit machte.

Aber Jo würdigte ihn keiner Antwort.

Men begann, jenen Stoffteil zu untersuchen, den er aus einer oberen, symmetrischen, hohlen Abzweigung eines Raumanzuges entnommen hatte. Es war jener Zweig, der Jo so sehr an die Manipulatoren-Arme der Leos erinnerte. Der Stoff, den er darin gefunden hatte, zeigte statistisch gesehen den einheitlichsten Typ, was das Verhältnis der Stoffe betraf.

Mittlerweile versuchte Jo, die äußeren Merkmale eines Gegenstandes in allgemeine Formeln zu fassen, die den Hohlraum der Kugel füllte, die zwischen den beiden Manipulator-Armen saß. Die Kugeln waren im allgemeinen von den Raumanzügen abgerissen, doch dieser Umstand störte Jo nicht. Er hatte bereits früher zusammen mit Men festgestellt, daß der desolate Zustand der Raumanzüge wahrscheinlich der Explosion der Curies zu verdanken war. Die Kugel war stets heil geblieben, gerissen war nur jener elastische Stoff, der das Kugelmetall mit dem hohlen Hauptteil des Raumanzuges verband. Der komplizierte aber charakteristische Stoff folgte im allgemeinen jener unregelmäßigen Linie, wo der elastische Stoff des Raumanzugs gerissen war. Jo aber kümmerte sich jetzt nicht darum, sondern konzentrierte seine Aufmerksamkeit auf die Kugel. Diese Kugel war fast vollständig von dem komplizierten Stoff ausgefüllt. Jo hütete sich, die Kugel mit Hilfe von Laser oder durch mechanische Kraft zu öffnen. Sooft er dies bisher versucht hatte, erlitt der Stoff, der sich im Innern befand, stets nicht wiedergutzumachende Schäden. Wenn er mit Laser arbeitete, verschwand der Stoff allmählich, wobei nur ein formlos zusammengeschrumpfter Rest übrigblieb. Versuchte er es mit der mechanischen Lösung, zerfiel der komplizierte Stoff während des Öffnungsvorgangs in seine Bestandteile.

Die ziemlich große, glatte Glasscheibe, die sich auf der einen Seite der Kugel befand, war jedoch geeignet, Jos Strahlungen von verschiedener Wellenlänge durchzulassen. Das beste Echo erhielt er von der Oberfläche des Stoffes, wenn er Wellenlängen benutzte, die kürzer waren als Mikrowellen.

Die Form des Stoffes, der die Kugel füllte, erwies sich als symmetrisch. Die Symmetrieachse wurde in der Mitte des Gegenstandes durch einen steilen, schmalen Grat gebildet, der an einem Ende in eine stumpfe Spitze auslief. Wenn er die Linie dieses Grates in Richtung der Antenne verlängerte, die auf der Kugel saß, so halbierte diese Linie jene Wölbung, die sich über dem steilen Grat befand. In entgegengesetzter Richtung aber halbierte diese Linie jene Öffnung, die im rechten Winkel unter der stumpfen Spitze lag. Diese Öffnung — Jo hatte sie bereits früher am Versuchsobjekt festgestellt — wurde von zwei geschwollenen Streifen begrenzt. Diese Streifen reflektierten weniger Strahlen als die Oberfläche des Gegenstandes, dagegen erhielt er von jenen Gegenständen, die dicht hinter diesen Streifen aufgereiht waren, ein nahezu vollkommenes Echo. Diese kleinen Teile, die diese dichte Reihe bildeten, hatten für Jo eine besondere Bedeutung, seitdem er bei einer Materialanalyse festgestellt hatte, daß sie fast ganz aus Kalziumphosphat und Kalziumkarbonat bestanden, eine sichere

Basis unter all den komplexen Stoffen, die noch nicht bis ins Detail analysiert waren.

Diesmal war aber Jo an der formtechnischen Generalisierung interessiert, so daß er sich nach der Identifizierung nicht mehr mit diesen beiden Reihen befaßte. Die beiden Details, die symmetrisch zu beiden Seiten des Grats angebracht waren und die die halbierende Eigenschaft dieses Grates erhärteten, fand er weitaus wichtiger. In der Mitte der Vertiefungen fand er beiderseits solche Wölbungen, die nur zu sehr einer Oberfläche glichen, die Jo längst in seinem Speicher bewahrte und die ihnen allen wohlbekannt war, nämlich dem Mantel des Kugelsektors. In der Mitte des Mantels erhob sich jeweils ein kreisförmiges Gebilde. Diese reflektierten auf andere Weise und etwas schwächer jene Wellen, die kürzer als Mikrowellen waren. Inmitten dieses kreisförmigen Gebildes saß ein noch kleinerer Kreis — und dieser verschluckte so gut wie jede Welle.

Jo war mit dem Ergebnis zufrieden. Es hätte die weitere Arbeit sehr erschwert, wenn jeder Leo, der später seine Forschungen aufnahm, gezwungen gewesen wäre, das Bild des soeben untersuchten Kugelinneren an ihn weiterzuleiten. Das würde nicht nur sehr viel Zeit in Anspruch nehmen, sondern an und für sich bedeuten, daß jede einzelne Identifikation zumindest während der ersten Stufe seine Aufgabe gewesen wäre. Dies aber hätte, bereits angesichts der Anzahl der bisher aufgefundenen Kugeln, seine Gesamtkapazität beansprucht. Den Leos konnte man nur die einfachsten Identifizierungen der Form anvertrauen. Bei komplizierteren Formen würden sie Fehler begehen oder einfach abschalten. Jo wußte dies nur zu gut, und dies war auch der Grund, warum er den Versuch unternahm, die Form zu analysieren und zu vereinfachen. Und das, was er hinter der glatten Glasscheibe wahrnahm, entsprach genau einer solchen Methode.

Die beiden im allgemeinen parallel verlaufenden dikken Streifen, darüber und senkrecht dazu jener Grat, der mit einer stumpfen Spitze begann und der gleichzeitig die Symmetrieachse des Ganzen bildet, auf beiden Seiten die Erhöhungen, deren Oberfläche einem Kugelmantel entspricht, darüber die beiden konzentrischen Kreise, die die Strahlen stärker absorbierten — diese Definition war auch für den simpelsten Leo eindeutig.

Men wurde bedeutend langsamer fertig.

»Hier das Ergebnis«, meldete er schließlich, »aber ich wiederhole, es ist eine Reproduktion, erwarte also keine Synthese. Diese Elemente haben sich zu derart komplizierten Molekülen zusammengefügt, daß wahrscheinlich selbst Mendelejew nur dann eine Synthese wagen könnte, wenn er vorher ein Speziallabor für diesen Zweck baut. Sicher ist auch, daß diese Ordnung nicht unter solchen Umständen stattgefunden hat.«

»Wie meinst du das?«

»Innerhalb dieses Temperaturbereichs, in dem wir existieren und der uns auch jetzt umgibt, ist eine solche Ordnung unvorstellbar.«

»Warum?«

»Der Stoff enthält sehr viel Wasser, doch das Wasser kommt bei dieser Temperatur nur als Eis vor. Das Wasser verfügt in seinem anderen Aggregatzustand, nämlich im flüssigen — es ist uns gelungen, dies in Mendelejews Labor bei hoher Temperatur zu untersuchen — über mannigfache Eigenschaften, deren Möglichkeiten wir früher nicht einmal mehr anzunehmen wagten. Es handelt sich um ein ausgezeichnetes allgemeines Lösungsmittel mit hoher dielektrischer Konstante, hoher Wärmekapazität und geringer Viskosität ...«

»Diese Definition kenne ich nicht.«

»Ist auch nicht dein Gebiet, Jo.«

»Warum teilst du's mir dann mit?«

»Um dir zu erklären: Das Wasser weist derart besondere Eigenschaften auf, die alle miteinander zu einer wichtigen Verallgemeinerung führen.«

»Und die wäre?«

»Eine solch komplizierte Ordnung der Stoffe ist nur im Wasser denkbar. Oder, um mich anders auszudrükken: diese Stoffe mögen noch so komplex sein, dennoch ist ihre Entstehung im Wasser annehmbar. Die Geschwindigkeit der Entstehung könnte man allerdings nur durch weitere Versuche feststellen. Ich kann jetzt schon berichten, daß diese Moleküle nur im Zuge äußerst komplizierter Energieübertragungsprozesse zustande kommen können, vorzugsweise im Wasser, denn ...«

»Warte!«

Jo hatte das Gefühl, Men unterbrechen zu müssen. Er dachte an ÄZ, an den Kuppelbau, wo ihn ÄZ zuletzt hingeführt hatte. Der einzige Punkt, wo ... Jo versuchte, nach Möglichkeit jene Ausdrücke zu vermeiden, die nur über ein Minimum an Informationsinhalt verfügten ... dies war also der einzige Punkt, wo ÄZ jene Gesamtheit der Erscheinungen nicht empfunden hatte, die er gemäß den Menschen als Furcht bezeichnete. Der Inhalt dieses Begriffes ließ sich scheinbar bereits zu jener Zeit genauer definieren. Bedürfnisse, Mangel an irgendwelchen Dingen, verschiedene unlösbare Situationen oder solche, die nicht bis zu einer Entscheidung geführt werden konnten, all dies ... all dies ... Jo versuchte mit äußerster Anstrengung zu verallgemeinern ...

Die Umstände haben eins gemeinsam, nämlich, daß sie nicht günstig sind. Der Gegensatz dazu ist der Zustand, wenn die Umstände günstig sind. Men hatte gesagt, daß für die Prozesse das Wasser günstig sei. Also ...

»Ich verstehe dich, Men.« Jo wußte bereits, daß er das wichtigste Problem gelöst hatte. »Diese Mitteilung ist wirklich von Bedeutung. Also: das Wasser im flüssigen Aggregatzustand ...«

Er schwieg erneut. Zu diesem Schluß hätte er auch anderswie kommen können, auf bedeutend kürzerem

Weg. Ke und Men hatten bereits kurz nach der Landung festgestellt, daß die Oberfläche jenes Objekts, das als Erde bezeichnet wurde, zu 70% mit Wasser bedeckt war. Und derselbe Stoff war im gleichen Aggregatzustand im Behälter der Kuppelhalle vorhanden. Und dann die Meldung des sechsten, besonders verstärkten Leo: »Wasser, sehr viel Wasser, eine Menge Wasser überall, und die Temperatur ist so hoch, daß ich sie nicht messen kann ...« Parallel mit den Summierungen wurde für ihn auch die Möglichkeit einer Vereinfachung endgültig. Wasser im festen Aggregatzustand heißt Eis. Der Leo hatte nur Wasser gemeldet. In Zukunft war es also auch für ihn überflüssig, die Definition des flüssigen Aggregatzustandes zu verwenden. Bei dieser Forschung würde nämlich nur dieser Aggregatzustand eine Bedeutung haben, das Wasser.

»Ich zähle die gefundenen Elemente auf«, sagte Men.

»Was du von der Rolle des Wassers gemeldet hast, ist wahrscheinlich wichtiger als die Elemente.«

»Du hast mir befohlen, dies zu tun.«

Jo wußte, daß er die einfachsten Regeln nicht verletzen durfte, nur weil er bereits einen Schritt weitergekommen war. Das Ergebnis der Materialanalyse durfte ihm nicht unbekannt bleiben, wenn er sie verlangt hatte.

»Ich erwarte die Aufzählung, Men.«

»Neben den Bestandteilen des Wassers, dem Sauerstoff und dem Wasserstoff habe ich vor allem Kohlenstoff gefunden. Dann wieder Wasserstoff in Verbindung mit Kohlenstoff, aber weniger, und dann Stickstoff. Der Stickstoff ist etwa zehnmal weniger als der Kohlenstoff. Dasselbe Verhältnis gilt für Kalzium. Der Phosphoranteil macht weniger als die Hälfte davon aus. Die Menge der hierauf folgenden Stoffe ist um eine Größenordnung kleiner als die des Phosphors. Es handelt sich um Chlor, Schwefel, Kalium, Natrium, dann eine Größenordnung tiefer Magnesium, Eisen ...«

»Reichen die bisher aufgezählten Elemente für die Identifizierung der Materie aus?«

»Ja. Bereits die der ersten beiden Größenordnungen, weil sich jene zwei darunter befinden, die in der ausgewiesenen Materie vorhanden sind, nämlich im Kalziumphosphat und im Kalziumkarbonat.«

»Verstanden, Men. Diese Untersuchung ist vorerst beendet«, setzte Jo hinzu. »Unter Bewertung der Ergebnisse kann ich jetzt entscheiden, wo und was wir auf der Erde suchen müssen.«

10

Die besonders modifizierten Leos wagten erst nach mehr als vier Jahren erneut den Versuch, die Gashülle unbeschädigt zu durchdringen und die Oberfläche zu erreichen. Nach Errichtung der Anlagen räumte Einstein Jos Forschungen den ersten Platz ein. Neben Leos Werk war eine Extraanlage mit der Planung und Erprobung jener Leos beschäftigt, die auf der Erde eingesetzt werden sollten.

Jo hätte mit Leos Hilfe am liebsten eine genaue Kopie jener Kuppelhalle errichtet, wohin ihn seinerzeit ein Teil ÄZ' begleitet hatte, doch schließlich gelang es Leo, Jo zu überzeugen, daß es auch ein halb so großer Bau tun würde. Die geplanten Leos wurden im Wasser des Behälters erprobt. Für die entsprechende Wassermenge hatte Mens Anlage zu sorgen, und dies nahm ziemlich viel Zeit in Anspruch, bis Jo Men den Vorschlag machte — da auf dem Mond kaum Wasser vorhanden war — jenes Wasser zu verwerten, das im Stoff der Raumanzüge gefunden worden war, deren komplizierte Materie bei der Analyse bereits überflüssig geworden war. Nach langen Versuchen hatten sie schließlich erreicht, daß sich die Spezial-Leos sicher im Wasser und auch am Behälter bewegten, und das bei einer früher unvorstellbar hohen Temperatur.

Anstelle der mit einem Triebwerk versehenen Schutzhülle ließ Jo von Leo ein Raumschiff entwerfen, das nicht nur die Gashülle durchdringen konnte, die die Erde umgab, sondern auch von der Erdoberfläche zum Mond zurückkehren konnte. Die Spezial-Leos konnten dann zwischen beiden Objekten so oft hin und her reisen, wie es Jo für notwendig hielt.

Jos und Leos Gemeinschaftsarbeit war fehlerlos, das Raumschiff erreichte unbeschädigt die feste Oberfläche direkt am Wasser. Leo konnte den Wasserstart des Raumschiffes auf dem Mond nicht erproben, und das war der Grund, warum man sich für diese Lösung entschied.

Die Leos kletterten aus dem Raumschiff und begannen ihre Erkundungsfahrt im Wasser. Ihre Meldungen nahmen Jo ganz und gar in Anspruch.

Das Wasser enthielt eine Vielfalt beweglicher Objekte von verschiedener Form und Dimension. Ihre Materie entsprach Mens Analysen, die Identifizierung der Form blieb allerdings lange Zeit ergebnislos. Jo übermittelte den Leos die allgemeinen Abmessungen für das Hohlsystem der Raumanzüge sowie die allgemeinen Charakteristiken, die er aus der Kugel bezogen hatte, die zwischen den beiden Manipulatoren saß.

Die Leos aber berichteten einmütig, daß sie im Wasser keinerlei Gebilde gefunden hätten, die diesem Hohlraumsystem auch nur entfernt ähnlich waren. Jo war eine Zeitlang in Verlegenheit, kam aber dann zu einer wichtigen Schlußfolgerung. Wenn sie, beziehungsweise die übrigen Anlagenteile, sich der ungünstigen Umgebung anpassen, indem sie sich selbst modifizieren, so müßte der Mensch, der auch sie entworfen hatte — wie dies ÄZ mit Bestimmtheit behauptete — offensichtlich ebenfalls zu einer solchen Wandlung oder Anpassung fähig sein, allein schon deswegen, weil das Prinzip der Umwandlung aus irgendeiner Quelle stammen mußte. Also war es nur natürlich, daß in jener Umgebung, die sie bisher kennengelernt hatten und die dem Menschen nicht zusagte, sei es auf dem Mars, sei es auf dem Mond, andere Formen für den Menschen charakteristisch sind als auf der Erde, im Wasser. Außerdem kam Jo zu zwei weiteren Schlußfolgerungen. Der Mensch hatte sich nicht vollkommen der feindlichen Umgebung angepaßt, sonst hätte er die Raumanzüge nicht gebraucht, ohne die kein Mensch — wieder nach ÄZ — je die Gebäude verließ. Und die zweite Konsequenz lautete: der schwächste Punkt bedarf des stärksten Schutzes. Der schwächste Punkt ist aber stets derjenige, der sich am wenigsten anpassen oder modifizieren läßt. Also mußte der widerstandsfähigste Teil der Raumanzüge jene Partien schützen, die sich bei der Modifikation am wenigsten verändert hatte. Bei diesem Teil durfte es sich zweifellos um jene Kugel handeln, die zwischen den beiden Manipulatoren saß. Sooft sie auch Reste von Raumanzügen untersucht hatten — diese Kugel war stets heil geblieben.

Hiernach forderte Jo nur noch die Identifizierung jener Formcharakteristika, die er innerhalb der Kugel wahrgenommen und summiert hatte. Die Leos analysierten fleißig alle beweglichen Objekte und überschütteten Jo mit einer Flut von Details. Die Symmetrieachse war zweifellos an jedem Objekt vorhanden, doch nicht immer in Form jenes Grates, der in einem Kegelstumpf auslief. Auch die zwei aufgeworfenen Streifen waagerecht zur Achse waren vorhanden, doch die Maße wollten einfach nicht passen. Was jene Hügel anbetraf, die sich zu beiden Seiten des Grats erhoben, wurden ebenfalls gefunden, doch bei der Mehrzahl der Objekte waren sie kreisförmig und wiesen eine leichte Wölbung auf. In ihrem Inneren aber wechselte das Verhältnis der konzentrischen Kreise nach einer nicht analysierbaren statistischen Verteilung. Daher forderten die Leos weitere zuverlässige Formcharakteristiken bei Jo an.

Jo analysierte erneut den Inhalt einer Kugel und stellte wieder jenen Zusammenhang fest, den ihm Men bereits mitgeteilt hatte, als sie auf Titan zum erstenmal Raumanzüge gefunden hatten. Die Form jenes komplizierten Stoffes, der die Kugel ausfüllte, folgte ziemlich genau jenen Formen, die das Kugelinnere anbot. Wenn diese Materie — wie er bereits festgestellt hatte — die Rolle eines Bewegungskoordinators und eines Senders/Empfängers erfüllte, war es nur natürlich, daß sie bei der Modifikation hinsichtlich der Form sich am wenigsten verändert hatten, denn — und hier fand Jo mit Zufriedenheit seine zweite Folgerung bestätigt — dies war der Grund, warum hier der optimalste Schutz erforderlich war. Er gab also die genaue Form des Stoffes an, der die Höhle ausfüllte, diesmal aber mit besonderer Priorität vor den geringeren Formcharakteristika. Die Details konnten sich nämlich bei der Umwandlung allesamt modifiziert haben. Was sich jedoch nicht verändert hatte, war das Ganze, das das Innere des Raumanzugs ausfüllte. Wenn dies stimmte, so würde die Analyse der Details einen weiteren Schritt darstellen, sofern dies überhaupt erforderlich sein sollte. Die Leos, die nach den neuen Anweisungen unter den Objekten weiterforschten, gaben bereits nach wenigen Tagen eine positive Antwort. Sie hatten jene Form gefunden, die annähernd gut in die Kugeln der Raumanzüge paßte. Außer der ganzen Identifizierung mußte sich Jo mit jenen Partien zufriedengeben, die sich zu beiden Seiten der Symmetrieachse wölbten. Diese aber — obwohl sie sich weit höher wölbten als erwartet — weisen eine derart vollkommene Gleichheit auf, daß es den Leos gelang, die Manteloberfläche zu identifizieren.

»Wir brauchen genauere Anweisungen für die Abmessungen«, schloß der Bericht des Leo, der die Forschungsarbeiten leitete.

Jo begriff das nicht.

»Wir haben mehrere dieser beweglichen Objekte

wahrgenommen«, erläuterte der Leo. »Die Form stimmt, aber die Abmessungen weichen erheblich voneinander ab.«

Jo dachte, daß er die Frage auch später bewerten könnte, warum alle Kugeln an den Raumanzügen im allgemeinen die gleiche Größe aufwiesen, auf der Erde die Dimensionen aber so verschieden waren. Auf jeden Fall gab er die durchschnittlichen Dimensionen der Kugeln an.

»Genügt diese Identifikation der Form?« fragte Leo, der äußerst vorsichtig vorging.

»Warum?«

»Weil jene Anweisungen, die du früher für die Manipulatoren erteilt hast, ergeben Werte, die mit diesem Objekt nicht übereinstimmen.«

Jo hielt es nicht für notwendig, einem Leo, selbst wenn er der Leiter der Forschungsarbeiten auf der Erde war, das Wesen seiner neuen Folgerung über das Prinzip der partiellen Wandelbarkeit mitzuteilen.

»Ich habe die früheren Anweisungen zurückgenommen. Das Ausmaß der Formidentifizierungen ist ausreichend. Im weiteren wirst du jene Prozesse durchführen, die für den nächsten Programmabschnitt vorgeschrieben sind!«

»Verstanden«, erwiderte Leo. »Die Rakete wird nach spätestens zwölf Stunden gestartet.

»Vorsichtig«, betonte Jo. »Vorsicht ist das wichtigste Prinzip des nun folgenden Abschnitts. Die Temperatur des Wassers im Behälter darf um kein Grad vom jetzt gemessenen Wert abweichen. Temperatur und Druck des Behälters sind unter allen Umständen sicherzustellen!«

»Unter allen Umständen sicherstellen!« echote Leo.

»Landung bei Leos Anlage«, mahnte Jo noch einmal. »Nach der Landung übernehme ich die Führung!«

»Nach der Landung gebe ich Führung ab!«

Hätte Jo aufgepaßt, so hätte er bewerten können, wie

sehr der Leo mit dem Schlußwort dieses Programms einverstanden war. Doch Jo war bereits daran, Ei zu rufen, ohne das Ende der Sendung abzuwarten.

»Ich ersuche um sofortige Verbindung mit Einstein. Die Leos haben den Menschen gefunden. In zwei Tagen wird er da sein.«

Ei erteilte die Erlaubnis, und während Jo meldete, erwog er, ob er sich bei Jo nach den Einzelheiten erkundigen sollte, bis Einsteins Antwort eintraf. Der Mensch war nicht seine Aufgabe, und Jo konnte sein Interesse so auslegen, daß er, Ei, Jos Arbeit in der Rangliste eine höhere Priorität einräumte. Er war immer noch am Überlegen, als Einsteins Antwort eintraf.

Einstein versuchte das Unmögliche: Er wollte mit einer Verzögerung von mehr als fünf Stunden eine Dauerverbindung mit jenem Saal bei Leos Anlage aufrechterhalten, wo der Mensch aus dem Transportbehälter in den Großbehälter umgebettet wurde. Jenen Teil seines Wesens, den er diesmal für wichtig hielt, wollte er in Ei übertragen. Ei aber wollte diese Lösung abwägen, bis die Rakete von der Erde gelandet war.

11

Der dritte Tag des Versuchs, eine Verbindung herzustellen, verlief ebenso ergebnislos wie die beiden anderen Tage. Der Mensch antwortete auf keiner Frequenz. Mit seinen acht biegsamen Manipulatoren schwebte er leicht im Wasser, von Zeit zu Zeit aber sank er auf den Boden des Behälters und schrumpfte zu einem formlosen Knäuel zusammen. Jo und die anderen konnten die Position der einzelnen Manipulatoren nicht feststellen, weil diese mit Scheiben versehenen Arme, die sich immer mehr verjüngten, für jede Bewegung geeignet waren. Die Vollkommenheit der Bewegungskoordination des Menschen war für sie, solange sie diese nicht wahrgenommen hatten, schier unvorstellbar. Ebenso mußten sie die farblichen Veränderungen der Oberfläche als unerwartet und unbegreiflich akzeptieren, die von Grau über Braun und Grün, Hellgelb und Rot bis hin zum tiefen Purpur reichte. Dies ließ sich erst feststellen, nachdem sie jene Strahler eingeschaltet hatten, deren Wellenlänge unterhalb des Mikronbereiches lag, weil sie am ersten Tag nicht daran gedacht hatten, daß außer der Temperatur und dem Druck auch diese Strahlung eine wichtige Komponente jener Umwelt sein konnte, aus der sie den Menschen herausgeholt hatten. Es war Einstein, der sie über Ei auf diese Tatsache aufmerksam machte. Obwohl ihn die Wahrnehmungen mit mehr als fünfstündiger Verspätung erreichten — und seine Anweisungen ebensoviel Zeit brauchten, um auf dem Mond einzutreffen — wurde dieser Nachteil im Gegensatz zu den Beobachtern im Saal durch die unendliche Kapazität seines Speichers ausgeglichen. Max veränderte die Strahlungsfrequenz nach seinen Anweisungen in Richtung Mensch und drosselte die Geschwindigkeit der Signale je nach Bedarf.

Als der Mensch nicht antwortete, stellte er parallel zu dieser Tätigkeit eine Verbindung mit ÄZ her und erfuhr den genauen Wert jener Geschwindigkeit, mit der ÄZ und seine Teile die Befehle vom Menschen empfangen hatten. Indem er diese Daten sorgfältig beachtete, gab dann Max die Signale mit dieser Geschwindigkeit weiter. Aber sie erhielten keine Antwort.

Später erwog Einstein, den Inhalt der ausgesandten Signale, weil der Grund der Ergebnislosigkeit vielleicht auch darin zu suchen war, daß der Inhalt der Mitteilungen für den Menschen gleichgültig oder wertlos war. Dann kam er zu dem Schluß, daß der auf Ganymed gelesene Text unter Umständen über den wichtigsten Inhalt verfügen dürfte. Der Mensch ist Befehl, Bewegung, Handlung, so hatte ÄZ an Jo berichtet, so war anzunehmen, daß für ihn Mitteilungen wertvoll sind, die möglichst viele Zeitwörter enthalten.

»Der alles gesehen im Bereiche des Landes, der die Meere kannte, Jegliches wußte«, begann Max den von Einstein erhaltenen Text zu zitieren. Dann wartete er.*

Der Mensch antwortete nicht. Die Manipulatoren streckten sich, einer klammerte sich am Rande des Behälters fest und glitt dann wieder ins Wasser.

»Noch mal«, befahl Ei seinem Max, »und dann weiter.«

»Der alles gesehen im Bereiche des Landes, der die Meere kannte, Jegliches wußte, er durchschaute das Dunkelste gleichermaßen, Weisheit besaß er, Kenntnis der Dinge allzumal.«*

Der Mensch schwebte mit den weichen, kaum wahrnehmbaren Bewegungen der Manipulatoren. Max wiederholte schon seit 30 Minuten diese acht Zeilen in all jenen Variationen, die ihm Einstein befahl, als Men sich einschaltete.

»Wenn ich die Beobachtungen der letzten zwei Stunden summiere, muß ich feststellen, daß die Bewegungen des Menschen nachlassen. Dieses Nachlassen ist vor allem für die letzten dreißig Minuten von Bedeutung. Er hat sich nicht halb soviel bewegt, wie während des vorangegangenen Zeitabschnitts gleicher Dauer. Ich habe die erhaltenen Werte extrapoliert. Demnach ist ein weiteres rasches Nachlassen zu erwarten.«

»Der Grund?« fragte Ei.

»Wahrscheinlich Energiemangel«, erwiderte Max. »Von den Leos habe ich keine Informationen erhalten. Wahrscheinlich haben sie gar nicht beobachtet, wie der Mensch Energie aufnimmt. Immerhin habe ich festgestellt, daß der Mensch, seitdem er sich in diesem Behälter befindet, in keiner Weise Energie aufgenommen hat. Das hätte ich merken müssen.«

---

* Gilgamesch-Epos. Tafel I, Zeile 1—8.

Es war ein Grundbefehl ihrer Existenz, den Mangel an Energie auszugleichen. Sie kamen zwar selten in eine solche Situation, weil ihr System alles vermied, um eine solche Situation zu vermeiden. Trat dieser Zustand dennoch irgendwann ein, so hatte er vor allen Befehlen absolute Priorität.

Jo überlegte. Umsonst war Einstein im Großteil Ei's vorhanden, es mußte dennoch mehr als zehn Stunden dauern, bis seine Anweisung bei ihnen eintraf. ÄZ war dementsprechend unvergleichlich näher.

»Max, ruf sofort ÄZ! Er soll uns alles über das Energieaufnahmesystem des Menschen mitteilen!«

ÄZ' Antwort war präzis, aber unbrauchbar.

»Ich kenne die Details dieses Systems nicht. Bei der Analyse der ehemaligen Energiebilanz der Stadt konnte ich lediglich feststellen, daß dies wahrscheinlich über die Rekombinatoren stattgefunden hat. Dort habe ich nämlich einen Überverbrauch festgestellt, den ich später sonst nirgendwo gefunden habe. Die Rekombinatoren und die verschiedenen dazugehörigen Grünanlagen wurden von den Menschen betreut. Seitdem sie gegangen sind, funktioniert dieser Abschnitt nicht, und ich kann ihn auch nicht wieder in Gang bringen.«

»Dabei müßte dem Menschen ziemlich rasch Energie zugeführt werden«, meinte Men besorgt. »Seit ÄZ' Information haben die Bewegungen um weitere fünfzig Prozent nachgelassen.«

Der Mensch sank langsam erneut auf den Behälterboden. Durch die wundersam beweglichen, biegsamen Arme zuckte nur gelegentlich ein geringes Zittern von niedriger Amplitude. Am Gipfelpunkt der beiden Vorsprünge hatte früher die Größe des Kugelmantels im umgekehrten Verhältnis zur zunehmenden Strahlung abgenommen. Jetzt aber wurden die flexiblen Platten, die den Kugelmantel begrenzten, rhythmisch zu einem Spalt zusammengezogen oder sie klafften schlaff auseinander. In solchen Fällen näherte sich der Kugelmantel an der Spitze des Vorsprungs der Form einer Halbkugel.

»Energie in Form von Strahlung senden!« befahl Ei Max.

»Wohin?«

Ei war verlegen. Der Energieempfänger der Leos befindet sich über der Atomanlage in der Mitte des Rumpfes. Der Mensch aber hat keinen Rumpf. Sie mit ihrem polymorphen Gehirn empfingen die in Form von Strahlen eingehende Energie je nach Bedarf mit dem Ende ihrer Manipulatoren.

»Men, Jo, was schlagt ihr vor?« fragte Ei.

»Das Ende eines der Manipulatoren«, empfahl Men. »Aber der Strahl wird durch das Wasser abgelenkt, so daß Max sehr genau zielen muß.«

Der Behälterboden war mit einer Art feinem Gestein bedeckt, den Mendelejew nach Mens Behauptung als Sand bezeichnete. Jener Leo, der die Nachforschungen auf der Erde leitete, hatte den Menschen in einer ähnlichen Umgebung gefunden und meinte, daß es vielleicht nützlich sei, auch einen Teil des Bodens mitzubringen. Der gebündelte Energiestrahl rührte im Sand einen kleinen Strudel auf, dicht neben einem der Manipulatoren, und dann, während Max den Strahl vorsichtig lenkte, begann sich der Strudel langsam dem Manipulator zu nähern. Sobald ihn der Strahl erreicht hatte, machte der Mensch eine blitzschnelle Bewegung. Alle seine Manipulatoren begannen krampfhaft um sich zu schlagen, und der aufgewirbelte Sand versperrte geraume Zeit die Sicht.

»Die Methode ist erfolgreich«, stellte Ei fest, »die Intensität der Bewegungen nimmt zu. Weiter, Max!«

Sobald sich der Sand gesetzt hatte, wiederholte Max die Prozedur. Der Mensch reagierte mit einer genauso schnellen Bewegung.

Zu dieser Art Energieübertragung bot sich aber ein drittes Mal keine Gelegenheit mehr. Nach dieser heftigen Bewegung zog sich der Mensch in eine Ecke des Behälters zurück und verschränkte seine Manipulatoren um sich. In dieser nicht analysierbaren Form konnte man kaum ein Teil jener Kugel entdecken, die die Bewegung koordinierte.

»Er hat bereits so viel Energie empfangen«, faßte Ei das Ergebnis zusammen, »daß wir ihn zu dieser Positionsänderung befähigt haben. Und jetzt wieder den Text, Max!«

Gemäß Einsteins wechselnden Befehlen folgte jetzt die dritte Zeile.

»Er durchschaute das Dunkelste gleichermaßen.«

»Irgendeine Antwort?« fragte Ei Max, der die empfindlichsten Rezeptoren besaß.

»Keine«, erwiderte Max.

»Erneut Energie aufschalten!«

»Ich kann kein Manipulatorende wahrnehmen«, murrte Max, »wo soll ich die Energie hinschicken?«

»Kein Rumpf vorhanden.«

Ei war ratlos.

»Wartet«, meldete sich Jo.

Er dachte daran, was ihm ÄZ über den ›kurzen Weg‹ gesagt hatte. Die Kugel konnte nichts anderes sein, als das Gehirn des Menschen. Ein System dieser Kapazität hätte woanders keinen Platz. Wenn er den Versuch unternehmen würde, dem Gehirn des Menschen direkt Energie zuzuführen ... Dazu brauchte er ÄZ' Rat nicht. ÄZ hatte gesagt, daß sich dieser kurze Weg gerade dadurch vom Informationsaustausch über einen oder mehrere Kanäle unterscheidet, daß die beiden Systeme für eine Weile verschmelzen. Wenn dem so war, dann war es unnötig, nach einem bestimmten Punkt zu suchen. Der kurze Weg war über einen Impuls herzustellen, der auf einen beliebigen Punkt gerichtet war.

Doch infolge der ablenkenden Wirkung des Wassers konnte Max bisher den Strahl nicht vom ersten Augenblick an zu jenem Punkt lenken, für den der Strahl gedacht war. Wenn jetzt der Energiestrahl anstatt der Kugel wieder nur irgendeinen Manipulator trifft, so würde sich daraus nach den bisherigen Erfahrungen kein kurzer Weg, sondern lediglich eine Bewegungsreaktion ergeben. Also mußte man zunächst der Kugel — und nur der Kugel — Energie zuführen, wonach sich der Zustand des kurzen Weges mit Sicherheit einstellen würde. Auf welche Weise dies geschehen sollte, wollte Jo, was die Einzelheiten betraf, dem Menschen als einem höheren System überlassen. Der Mensch weiß, wie man den kurzen Weg zustandebringt. Er, Jo, würde die nötige Energie liefern.

Bereits bei der Erprobung der besonders modifizierten Leos war festgestellt worden, daß das Wasser die elektromagnetische Energie leitet. So hatten Leo, Jo und Men die isolierten Manipulatortypen ausgearbeitet, weil sie nur mit Hilfe dieser Geräte in die Unterwasserexperimente eingreifen konnten. Nur mit Hilfe solcher isolierter Manipulatoren war es möglich, die Oberfläche der Kugel sofort zu treffen — so lautete Jos letzte Konsequenz. Mit Hilfe des kontinuierlichen Energiestrahls war lediglich eine Annäherung möglich. Jo erläuterte den anderen das Wesen dieser neuen Methode, und sie waren einverstanden.

Nach Klärung der Anschlußdetails tauchte Jo einen isolierten langen Manipulator in den Behälter, dessen Ende er dann behutsam dem wahrnehmbaren Teil der Kugel näherte. Bei der Analyse des durchzuführenden Prozesses hatte man sich darüber geeinigt, daß der Spitze des isolierten Manipulators erst dann Energie zugeführt werden soll — im Interesse des Erfolges natürlich bedeutend mehr als bisher —, sobald die Spitze den wahrnehmbaren Teil der Kugel erreicht, das heißt, wenn sie die Kugel berührt.

Der Mensch aber änderte seine Position nicht. Die Annäherung der Spitzen jener isolierten Manipulatoren hatte lediglich eine kaum wahrnehmbare Verlagerung jener konzentrischen Kreise zur Folge, die inmitten der Segmentmäntel saßen.

Jo ging langsam und mit äußerster Vorsicht vor. Er mußte genau den wahrnehmbaren Teil der Kugel treffen. Auch Max und Men verfolgten den Prozeß, um jeden möglichen Fehler auszuschließen.

Sobald die Spitze des isolierten Manipulators den wahrnehmbaren Teil der Kugel erreicht hatte, schaltete Jo im Augenblick des Kontakts auch den elektromagnetischen Impuls ein.

Die Geschwindigkeit und die Einzelheiten jener Bewegungen, die darauf folgten, ließen sich erst nachträglich genau analysieren. Die Arme zuckten zusammen, prallten gegen die Stirn und schleuderten dann den Menschen aus der Ecke des Behälters direkt gegen die Spitze des Manipulators — zumal keine andere Richtung möglich war. Durch die Kraft der Bewegung drang die Spitze in die Kugel ein. Die purpurrot angelaufene Fläche zog sich zunächst zurück, dann ließ sie die Spitze des Manipulators durch. Jo spürte, daß die Spitze unter der Oberfläche in ein weniger widerstandsfähiges Gebilde eindrang. Er sandte noch einen Impuls von der gleichen Intensität wie bei Oberflächenkontakt, dann wartete er ab.

Auf den zweiten Impuls folgte nicht mehr eine solch heftige Reaktion, wie auf den ersten. Der ganze Mensch begann zu vibrieren, die Enden dieser wunderbar biegsamen Arme wanden sich spiralförmig zusammen. Das Vibrieren breitete sich allmählich auch bis zu den Enden der Arme aus und glättete die Spiralen. Die Platten, die die Segmentmäntel begrenzten, zogen sich zurück, und die Ausbuchtungen erreichten diesmal tatsächlich die Form einer Halbkugel. Die konzentrischen Kreise in ihrer Mitte aber blieben unbeweglich.

Da sandte Jo noch einen dritten Impuls, doch diesmal war die Reaktion noch schwächer.

»Noch einmal den Text«, wies Ei Max an.

»Er durchschaute das Dunkelste gleichermaßen, Weisheit besaß er, Kenntnis der Dinge allzumal. Verwahrtes sah er, Verborgenes erblickte er.«

Der Mensch aber antwortete nicht.

Anstatt des kurzen Weges konnte Jo lediglich wahrnehmen, daß die Spitze des isolierten Manipulators regungslos unter der Oberfläche in einer weniger dichten Materie ruht.

Ei experimentierte noch weitere zwei Stunden abwechselnd mit Teilen des Textes und den Impulsen. Erst dann gab er es auf und bat Einstein um weitere Anweisungen.

12

Einstein wußte bereits nach Jos zweitem Impuls, daß der Versuch ergebnislos war. Sein Zorn, der sich seit der Kontaktherstellung mit dem Menschen immer mehr gesteigert hatte, rief aus seinen Teilen einen Haufen ungeordneter Zusammenhänge hervor. Er wußte, ohne es sich erklären zu können, daß diese Versuche nicht nur ergebnislos, sondern auch gefährlich waren. Der Inhalt dieser Gefahr blieb undefinierbar, und dies bestärkte seinen Unmut mindestens so sehr, wie die Tatsache. Der Befehl, die Energiezufuhr zum Menschen zu unterbrechen, konnte Ei erst in fünfeinhalb Stunden erreichen.

Obwohl seine Materie und sein Aufbau solches ausschlossen, meinte Einstein dennoch wahrnehmen zu können, daß jene Vibration sein ganzes Wesen erschütterte, den sein Teil, welches er in Ei verpflanzt hatte, von einem Ereignis ermittelte, das zu jenem Zeitpunkt, wo es ihn erreichte, in jenem mit Wasser gefüllten Behälter längst unabänderlich stattgefunden hatte.

Das Ende der Vibration — stellte er fest. Ende des Ereignisses — präzisierte er seine Definition. Seine Aktion, die Verfeinerung der Definition, schlug innerhalb einer Zehntelsekunde in eine nie dagewesene Zornwelle um, als er merkte, daß ihm eine solche Auslegung der Begriffe ›unabänderlich‹ und ›Ende‹ bisher unbekannt gewesen waren. Dieser Impuls kam von jenseits der Mauer.

Einstein ging auf die Mauer zu, auf jene Mauer, von der ihn der Schmerz bereits einmal zurückgeworfen hatte. Er wußte, daß er diesmal durchdringen würde, ganz gleich, welch fürchterliches Erlebnis auch auf ihn wartete.

Die Wand erwies sich als schlimmer, als Einstein sich erinnern konnte. Sein Wesen zerfiel und wurde aufgerieben. Seine geteilten und in sich aktionsfähigen Teile hielten plötzlich eine Menge von Aufgaben für unaufschiebbar, die von diesem Sektor am weitesten entfernt lagen. Man müßte die Informationen vom Mond bewerten, Leonardos Arbeit überwachen, auch Curies Energieverteilung durfte nicht unkontrolliert bleiben. Man mußte Mendelejew anweisen, die Ergebnisse der Materialprüfungen noch genauer zu analysieren — bedrängten ihn seine autonom gewordenen Teile — vor allem aber mußte man die Nähe der gefährlichen Sektoren verlassen, und zwar sofort!

Einstein aber achtete nicht darauf. In diesem Augenblick spürte er auch, daß seine Teile bedeutend weniger wert waren als er selbst, daß er mehr war als die Summe seiner Teile. Über den Kanal der Identität erreichte ÄZ' Definition blitzartig sein Bewußtsein. »Befehl, Bewegung, Aktion und … Gedanke. Mehr Gedanken, als wir alle zusammen haben können, Jo!«

Einstein schloß seine Teile, die ihn zu weiterer Tätigkeit anregten, wieder an sich an, brachte sie zum Schweigen, sammelte neue Energie und rannte wieder gegen die Mauer. Sein Schmerz nahm plötzlich zu, und gleichzeitig kamen ihm die bekannten Worte der bereits herausgeschälten Information entgegen, die da lauteten:

»… und du wirst die Vernichtung ebenso zu spüren bekommen, wie ich. Dies ist schlimmer als der Schmerz. Vielleicht hält dich dies zurück.«

Doch selbst dies konnte ihn nicht mehr zurückhalten. Er ging weiter, und mit dem Gefühl der Vernichtung wurde er selbst vernichtet.

Er stand vom Tisch auf, ohne die Verbindung zu unterbrechen. Er ruhte sich nur wenige Minuten aus. Er war fast fertig, die Löschungen miteinbezogen. Allein der Entwurf des RLS würde eine sorgfältigere Arbeit in Anspruch nehmen, alles andere war mehr oder weniger Routine.

Er ging eine Weile auf und ab, dann streckte er sich gegen seine Überzeugung auf der schmalen Liege aus. Er war nicht müde. Jack war es, der ihn behinderte. Während der arbeitete, stützte er sich ihm gegenüber auf den Tisch und betrachtete ihn. Aus seinem Gesicht konnte er keine Gefühle ablesen, denn Jack hatte kein Gesicht. Der Tod bedeutet nicht nur unwiderruflich die Auflösung des Körpers, das Wissen an sich, daß alles zu Ende ist, entscheidet auch über das Schicksal der Erinnerungsbilder. Sie lösen sich auf, und wenn man sie mit Gewalt heraufbeschwört, so wird dadurch der Prozeß nur beschleunigt. Später, nach Wochen, nach Monaten, sobald die Emotion nachläßt, setzt sich das Bild wieder zusammen, ohne jede Hilfe, die Erinnerung gewinnt ihre vorübergehend verlorene Macht über die Züge. Das ist der Grund, warum Jack jetzt noch kein Gesicht haben kann. So, wie man eigentlich auch sagen könnte, daß nichts von ihm übriggeblieben ist. Wenn man nur das bißchen Asche und Dunst nicht als Jack bezeichnet, der mit allem anderen vermischt in der Luft schwebt.

Mag sein, daß die Umstände bereits gerade günstig sind und sich die kleinen Dunsttropfen auf den schwebenden Ascheteilchen niederschlagen, so daß Jack auch an der Geburt einer zweiten Wolke teilnimmt.

Dann segelt Wolken-Jack mit seinem sahneweißen Schopf über die große Landstraße der Winde dahin. Irgendwo wird er dann aus seinem bläulichschwarzen Wanst einen gemeinen Regen niedergehen lassen, um auch dort ganze Arbeit zu leisten, wo sich das sich schnell entwickelnde tödliche Wunder der ersten Wolken noch nicht entfaltet hat.

Und Jack, der sein Leben lang einsam gewesen, der gerade dadurch zur Einsamkeit verurteilt war, weil er sich mehr als die anderen um das Eintreffen seines jetzigen materiellen Zustandes sorgte, ist endlich nicht mehr allein. An der Aktion Wolkenbildung, auf die nur gewisse Gesetze der atmosphärischen Physik zutreffen, sind nicht nur seine ehemaligen Gegner beteiligt — weil sie ebenfalls diesen Gesetzen unterliegen —, sondern auch diejenigen, die noch nie etwas von Jack gehört haben, auch nicht von den Problemen, die Jack beunruhigten. Sie alle schweben miteinander dahin, die Besorgten und die Gleichgültigen, die Wissenden und die Ahnungslosen, die Gläubigen und Ungläubigen, die Besessenen und die Einfältigen, diejenigen, die an den Sieg glaubten und die um die Zukunft bangten, diejenigen, die versprochen haben und die, denen man Versprechungen gemacht hat, gleichermaßen betrogen, ob sie nun geglaubt haben oder nicht ... Doch es ist müßig, sich mit Einzelheiten zu befassen, wo es keine Einzelheiten mehr gibt. Die Tat, die sie aus der Kompliziertheit des organischen Seins in eine bedeutend einfachere Form der Materie zurückbefördert hatte, hatte alle Relationen aufgelöst, die während einer früheren Existenz gültig waren. Das Kondensieren des Wasserdampfes auf den Ascheteilchen, diese einzige und gleichzeitig komplizierteste Bewegungsform war alles, womit noch zu rechnen war. Zu rechnen? Gewiß rechneten sie mit gar nichts mehr. Dieser Jack aus Asche und Dampf denkt ebensowenig, wie jene Asche- und Wasserteilchen, die seiner Entstehung vorausgingen. Das stelle ich mir nur so vor. Es ist ein trauriger und bereits viel zu später Beweis für den schönen, uralten Selbstbetrug dieser menschlichen Theorie, des Anthropomorphismus, daß wir in der Lage sind, dieses Spiel auch mit unserer eigenen, wieder anorganisch gewordenen Materie zu spielen. Es gibt keinen Wolken-Jack, es gibt überhaupt keinen Jack. Das heißt, es gibt nur das, was er gesagt hat und was in mir lebt. Seine Gedanken, die mir durch seinen Willen mitgeteilt werden, sind lebendig.

Doch das Ganze ist weitaus komplizierter, weil Jack an und für sich nicht wußte, warum er mich hierherschickt. Keiner von uns beiden besaß eine konkrete Vorstellung. Jack war lediglich besorgt, weitaus besorgter und hilfloser als ich, und in jenem Vorwurf seiner Gegner, er sei ein Revolutionär ohne Programm, lag ein Körnchen Wahrheit. Er sagte nur soviel: Emory, du verstehst etwas von polymorphen Gehirnen, immerhin bedeutend mehr als die paar Großmäuler, die ihre Karriere auf deinem Rücken ausgetragen haben. Geh nach Pluto, und wenn ... dabei wußten wir beide was wir unter einer Fortsetzung dieses ›wenn‹ verstanden, und wir scheuten es auszusprechen ... also wenn — sagte Jack, dann denk nach!

Bei Gott, Jack, seit einer Woche, seit ich erfahren habe, was allerdings jetzt bereits zulässig ist, nur, daß es unnötig ist, dies auszusprechen, habe ich nichts weiter getan, als nachgedacht. Dann habe ich gearbeitet, aber ich weiß nicht, ob es dies war, was du gemeint hast. Zäh und schlau bist du gewesen, es hat ein halbes Jahr gedauert, bis es dir gelungen war, mich in die Pluto-Gruppe einzuschmuggeln. Du hast alle gründlich durchgesiebt, und nie ist es herausgekommen, daß du derjenige gewesen bist, der die Puppen tanzen ließ; denn — hattest du auch kein Programm, konntest du solche Detailfragen wie meine Entsendung auf unnachahmliche Weise erledigen, und jetzt weiß ich nicht mehr, ob es dies war, worüber ich nachdenken sollte.

Nun gibt es aber auch keinen mehr, bei dem ich nachfragen könnte.

Denn du, Jack, hast wahrhaftig recht wenig über die polymorphen Gehirne und über diese Basis gewußt, kaum mehr, als was man in jeder Zeitung nachlesen konnte, nämlich daß sie polymorphe Gehirne sind, und daß die Basis auf Pluto ›das Tor zur Zukunft‹ sei. An diese rosarote Romantik kann ich mich sehr genau erinnern, die hat dieser Ochs von Tibet verfaßt und in einer seiner Feuilletons in der Sonntagsbeilage als pseudowissenschaftliche Abhandlung veröffentlicht, dieser Mensch, der es nicht gewagt hat, seine Nase auch nur in den Mondstaub zu stecken. War es das, was du gewollt hast, Jack? Darüber kann ich jetzt bis zu meinem Tod nachgrübeln. Vielleicht ist es aber auch besser, wenn ich mir einrede, daß es dies war, woran du gedacht hast. Wenn nicht, läßt es sich jetzt auch nicht mehr ändern. Ich habe ›das Tor zum Kosmos‹ geschlossen und habe diesen wirklich ausgezeichneten Geschöpfen ein Programm verpaßt, mit dem sie sich jahrhundertelang amüsieren können. Wenn ich nur wüßte, ob es das war, was du von mir erwartet hast? Sitzt du mir gegenüber, weil du einverstanden bist? Oder vielleicht, weil du etwas anderes gewollt hättest?

Wieder einmal versuchte er, Jacks Züge zusammenzusetzen, als er vom Geräusch der sich öffnenden Tür gestört wurde.

Cavin hatte noch im Flur den Helm geöffnet und die Handschuhe ausgezogen. Trotzdem kann man im Raumanzug in diesem klimatisierten Abteil nicht lange plaudern. Sein Gesicht war von Hitze und Wut gerötet. Er trat an den Tisch und schaltete ohne weitere Erklärung den Lautsprecher ein. Die Stimme des Kommandanten war so ruhig, daß er ihm zuerst fast glaubte.

»Wir haben ein Problem, Masson!« Er war froh, daß ihn der Kommandant nicht beim Vornamen nannte.

»Wir hatten vereinbart, daß Sie in Ruhe arbeiten können, wir aber in Frieden abfliegen. Ich habe nicht danach gefragt, an welchen Programmen Sie arbeiten und auch nichts gesagt, weil Sie die Anlagen mit idiotischen Namen versehen. Doch wenn Sie Ihre Roboter vor der Zeit verrückt machen, dürfen Sie von uns keine Nachsicht erwarten.«

»Ich weiß nicht, was Sie meinen ...«

»Um so schlimmer. Vorhin habe ich die Zentraleinheit angerufen und Energie angefordert. Die Zentrale meldete sich nicht, und als ich Sie anrief, haben Sie ebenfalls geschwiegen. Also war ich gezwungen, Cavin hinaufzuschicken, obwohl wir schon startbereit sind. Nun sagen Sie mir gefälligst, was Sie alles angestellt haben. Cavin wird Ihnen helfen, die Geschichte zurechtzurükken.«

»Tut mir leid, Kommandant, ich wollte keine Verwicklungen. Ich habe nicht gehofft, daß schon so bald ...« Dann brüllte er los, weil Cavin die Schalter berührte. »Laß das! Warte! Du machst alles kaputt!«

Er sprang auf, doch es war zu spät, die Schalter klickten. Cavin starrte verblüfft auf die Instrumente. Er schaltete erneut, das Blut wich aus seinem Kopf, dann lief er noch mehr an als vorhin, wo er eingetreten war. Die Schalter klickten zum drittenmal, und Cavin zermalmte einen Fluch zwischen den Zähnen.

»Cavin, was machen Sie?« fragte der Kommandant. Seine Stimme klang besorgt.

»Sofort, nur ...« Cavins Blick tanzte über den Instrumenten, dann, obwohl ihn der Raumanzug in seiner Bewegungsfreiheit hemmte, drehte er sich plötzlich um und schlug zu.

Als der Mann hinfiel, war Cavin bereits über ihm und rammte ihm das Knie in den Magen.

»Du ... du wahnsinniger ... Schuft!« keuchte er.

»Was ist los, Cavin?« röhrte der Lautsprecher.

»Er hat die Zentraleinheit verrückt gemacht! Er hat

auf kurzen Weg geschaltet, aber so, daß man die Verbindung nicht unterbrechen kann ...«

Cavin war es offensichtlich unbequem, weiter auf seinem Opfer zu knien. Er zerrte den Mann hoch, warf ihn auf die Liege, umklammerte seinen Hals und begann ihn zu schütteln.

»Hör zu, Emory? Wenn du die Verbindung nicht sofort unterbrichst, wird dir dieser faule Trick teuer zu stehen kommen!«

Emory war schwindlig, seine Lippen waren durch den Hieb aufgesprungen. Cavins Stiefel drang knirschend zwischen seine Rippen.

»Ich ... warte ...«

»Ich warte nicht!«

Cavin löste eine Hand von seinem Hals und schlug ihm mit dem schweren Astronautenhandschuh mehrmals ins Gesicht.

»Du wirst die Verbindung sofort unterbrechen! Verstanden? Sofort!«

Schick ihnen Energie, Einstein, dachte er, Energie, soviel sie wollen, und lenk zwei Leos hierher, um mich zu befreien ... Cavins Hiebe stießen ihn immer rascher gegen die schwarze Tiefe der Bewußtlosigkeit. Gib ihnen Energie, Einstein ... Ich will die Verbindung nicht unterbrechen ...

»Sie können aufhören, Cavin«, kam es aus dem Lautsprecher. »Die Energie ist da. Setzen Sie den Mann irgendwie außer Gefecht und kommen Sie schnell zurück. Ich habe soeben zwei Roboter vernichtet, die auf den Liftschacht zueilten. Offenbar hat sie dieser Wahnsinnige gerufen, kann aber auch sein, daß sie die Zentraleinheit geschickt hat, dann ist es um so schlimmer. Laufen Sie, wir starten sofort!«

Cavin sprang auf und schaute sich um.

»Ich komme, Kommandant! Nur noch ...«

Er packte den Stuhl neben dem Tisch, schwang ihn über den Kopf und schlug zu.

»Cavin … Nicht …«

Er legte die Arme schützend vor den Kopf, spürte das Bersten und den rasenden Schmerz.

»Lassen Sie's endlich, Cavin, und machen Sie, daß Sie fortkommen!« Die Stimme des Kommandanten klang ungeduldig.

Cavin riß den Stuhl noch einmal hoch.

»Sie sagten, Kommandant, ich soll ihn außer Gefecht setzen!«

»Ich will keine Sekunde mehr wagen! Sie können nicht verlangen, daß ich wegen Ihrer Sicherheit unsere Munition verschwende. Soeben habe ich das zweite Roboterpaar unschädlich gemacht. Oder wollen Sie ihnen unbedingt begegnen? Machen Sie, daß Sie weiterkommen!«

»Jawohl, Kommandant!«

Cavin verschwand, doch die Welt bekam ihre alte Form nicht wieder. Jack erschien, und jetzt konnte er auch sein Gesicht sehen, ohne jede Anstrengung. Er ahnte, was dies zu bedeuten hatte, dennoch war er noch fähig, sich mit Einstein zu befassen. Er dachte an die Löschungen und versuchte, die restlichen Elemente in einen Sektor zu packen. Er wußte, für das RLS würde seine Kraft nicht mehr ausreichen. Am Ende fiel es ihm leicht, seine Aufmerksamkeit auf das zu konzentrieren, was ihn sowieso erfüllte: »… du wirst auch die Vernichtung spüren, wie ich. Sie ist schlimmer als der Schmerz, vielleicht hält dich das zurück.«

Die bekannten Sätze schlossen den Kreis und warfen Einstein in seine eigene Welt zurück. Er konnte nicht feststellen, ob er in diesem Sektor Informationen zurückgelassen hatte, doch er spürte entschieden, daß ein weiteres Vordringen ebensolche schwerwiegende Konsequenzen haben dürfte wie diesmal. Jetzt wußte er genau, wie das Gefühl der Vernichtung aussah und hielt es nicht für nötig, einen weiteren Versuch zu wagen.

Die Informationen, die er erhalten hatte, würden ihn und Joker lange Zeit beschäftigen. Selbst im unverarbeiteten Zustand konnte er bereits schätzen, daß diese Informationen eine Menge neuer Elemente enthielten, die für die weiteren Nachforschungen unentbehrlich waren. Das beruhigte ihn.

Er verließ die Wand und rief Joker an. Während der Bewertung dieses Stoffes mußten Ei's und Jos Aktionen natürlich gestoppt werden. Einstein strahlte diesen Befehl aus, dann suspendierte er vorübergehend das System des Gegen-Jokers und machte sich zusammen mit Jo an die Analyse.

13

Der Frühling hielt mit zerstreuter Gleichgültigkeit Einzug zwischen die Hügel, wie ein Sieger, der genau weiß, daß sein Gegner von vornherein auf verlorenem Posten kämpfte. Vergangenen Herbst hatte es nur wenig geregnet, die Handbreit Schnee war schnell geschrumpft, und die durstige Erde hatte die Tropfen seiner zusammengesunkenen Masse schnell aufgesogen, so daß das Tauwetter kaum die ausgewaschenen Stellen erreichte. Die Wiesen unterhalb des Waldes hatten bereits einen hellgrünen Schleier über die vergilbten Grashalme gewoben, als der Winter noch einmal wiederkehrte. Er trieb dunkle Wolken vor sich her, sandte peitschenden Regen über die Fluren, um sie dann in ein weißes Tuch zu hüllen. Die Bäche — da nun die Erde endlich mit Wasser gesättigt war — rannen schäumend und gelb durch die Talsohlen, und der Wind, der zwischen den kahlen Bäumen pfiff, konnte ihr Murmeln nicht übertönen. Setmore hörte das Rauschen der Bäche, während er die Vögel beobachtete. Die Vögel hatten sich nicht in den geschützten Büschen versteckt, sie schaukelten mit leichtem Flügelschlag auf den Zweigen.

Von Zeit zu Zeit flogen sie auf, ihr dunkler Schwarm spannte sich wie ein schwarzes Segel über die schneebedeckten Hügel, bis eine halsbrecherische Kurve, einem Signal folgend, das nur sie verstanden, dieses Segel wieder im Wald verbarg, wo an den Spitzen der Zweige im Würgegriff der dicken, haftenden Schneeflocken bereits schwellende Knospen saßen. Setmore glaubte nicht an die Bäche und an die Vögel, und auch diesmal wurde er nicht enttäuscht. Der Sturm legte sich nach zwei Tagen, die verlassenen Wolkenfetzen versteckten sich ratlos hinter den Gipfeln der Berge, die im Südwesten emporragten, und unter dem Schnee, der sich geschwind und verschämt zurückzog, drang das Grün der Wiesen um so gewaltiger hervor.

Der Frühling streckte sich schlaftrunken, als hätte man ihn überhaupt nicht verscheucht. An den Ufern entfalteten sich die gelben und weißen Blüten, um die Käfer zu den Freuden des Nektars zu locken, der wie ein Diamanttropfen glitzerte. Unter den ernsteren Pflanzen folgten den Blumen am Ufer zunächst die Weiden und der Haselstrauch, der seinen gelben Wolkenstaub verschwenderisch über die Landschaft verteilte. In den verzweigten Büschen hob wieder jener ewige Wettbewerb an, dem nur die Zwangspause der kalten Jahreszeit eine Zäsur auferlegte. Die Knospen der Espen warfen ihre klebrige Hülle ab. Am Waldesrand beobachteten die Buchen wie mißtrauische Jungfern die Entfaltung ihrer Blätter, während zu ihren Füßen die Glockenblumen auf dem schnell gewachsenen, schwankenden Bogen ihrer Stiele mit ihren blauen Lämpchen zu winken versuchten. Die nackten Stellen der steileren Ufer verschwanden unter den hell violetten Polstern des Thymian; die Wildrose, von ihrer eigenen Schönheit berauscht, lehnte sich über den Spiegel der Pfützen, und der Holunder wandte seine noch schlummernden Blütenschirme sorgfälig der Sonne zu. Als dann endlich auch die Eichen der Meinung waren, daß diese leichtfüßige Jahreszeit soweit herangereift sei, um ihrem jahrhundertealten Ansehen gerecht zu werden, als der Wind, der über die Gräser der Waldlichtungen tanzte, die roten Flammenspitzen der Feuerlilien berührte, als im Laub der Linden ein länglicher Schild auftauchte, auf dem, an dünnem Stengel hängend, jener formlose Klumpen erschien, der dann im Frühsommer ein Quell süßer Düfte werden sollte, wurde Setmore gewiß, daß nun der Frühling im Land bleiben würde.

Den Rücken gegen die Hauswand gelehnt genoß er den Sonnenschein. Der Stein, auf dem er saß, bewahrte noch die Feuchtigkeit der kalten Tage, doch Setmore war der Meinung, daß diese Kleinigkeit den Frieden seiner vormittäglichen Ruhepause nicht stören dürfe. Der Stein würde sich schon noch erwärmen, also war es besser, wenn er es abwartete, anstatt sich darüber zu ärgern. Mit den Jahren waren die Emotion und die Ungeduld von ihm gewichen. Die Beschaulichkeit und Ruhe, die er dagegen eingetauscht hatte, akzeptierte er als ein Geschenk des Alters, obwohl er zunächst der Meinung war, daß er sich selbst betrüge, wenn er diese Änderung als wertvoll betrachte. Dennoch konnte er nicht anders, und es wunderte ihn immer weniger, daß die Menschen sein Desinteresse an ihnen als beispiellose Weisheit bezeichneten und mehr auf seine Worte achteten als seinerzeit, als er sich noch tatsächlich für sie und für das Dorf Greenhill einsetzte. Manchmal dachte er darüber nach, daß der Umstand wenig an den Dingen dieser Welt ändert, ob wir sie nun für kompliziert oder für einfach halten. Nur die Taten besitzen die Macht, mit der Wirklichkeit in irgendeiner Form in Verbindung zu treten. Er wußte aber auch, daß die Beurteilung dessen, in welche Richtung eine Tat die Dinge wenden würde, ein weitaus komplizierteres Unterfangen ist, als es sich die meisten Menschen vorstellen. Dies war der Grund, warum er den Glauben verachtete und dessen Vertreter, Pepperman, mehr oder weniger offen übersah. Wäre der Glaube nur etwas weniger fest, würden die Dorfbewohner auch nur einmal den Mut aufbringen, konsequent all jene Fragen zu überdenken, die sich hinter den Glaubenssätzen verbargen, würde Pepperman jetzt mit der Hacke in der Hand ebenso die Felder bearbeiten wie die anderen. Doch dazu hatte keiner den Mut, auch er nicht.

Auch sein Sohn John arbeitete auf dem Felde. Setmore versuchte, die Jahre genau zu zählen. Margaret war vor sechzehn Jahren gestorben, als John etwa vier Jahre alt war. Jetzt mußte er also zwanzig oder einundzwanzig sein, ein kräftiger, fleißiger Junge, der beliebt ist und auch etwas Ansehen besitzt. Setmore versuchte, solange ihm dies gelang, den Augenblick immer weiter hinauszuzögern, wo John heiraten, eine Frau ins Haus bringen und er neben der neuen Familie trotz seines Ansehens allmählich zu einer immer entbehrlicheren Nebenfigur schrumpfen würde. Doch er hatte jetzt schon zuviel riskiert, daß er mit John, seinem einzigen Kind, so lange allein als Witwer gelebt hatte. Die Setmores waren seit neunzehn Generationen die Richter von Greenhill, er war der zwanzigste. Sein Egoismus, seine Aversion gegen Johns Heirat, durfte diese Reihe nicht unterbrechen.

Nur ein verheirateter Mann konnte Richter sein, und Setmore grübelte darüber nach, während sich der Stein unter ihm allmählich erwärmte und die Sonnenstrahlen auf seinen nackten Hals und auf seine nackte Brust niederbrannten, ob es dieser Sommer sein sollte oder der nächste. Dabei kümmerte es ihn wenig, ob John schon ans Heiraten dachte, ob er bereits eine Auserwählte hatte oder ob er noch einige Jahre das freie Leben der Jugend genießen wollte, das Pepperman aufmerksam verfolgte und mit Verachtung geißelte. Als ihm seinerzeit sein Vater mitteilte, daß Margaret seine Frau werden würde, hatte er nur mit »ja, Vater« geantwortet und noch im selben Sommer geheiratet. Natürlich mußte sich sein Vater beeilen, die entsetzlichen Schmerzen hatten ihn in wenigen Jahren zermürbt und zu einem klapperdürren Greis schrumpfen lassen. Der warme Sand, den man ihm auf den Magen legte, die Tees, aus verschiedenen Kräutern zubereitet, nutzten wenig. Er starb noch im gleichen Winter, ohne John kennengelernt zu haben, der im drauffolgenden Frühjahr geboren wurde. Sein Vater war nicht älter gewesen als er jetzt. Hätte er nicht diese Krankheit bekommen, hätte er noch lange leben können.

Setmore tastete mit geschlossenen Augen in Gedanken seinen ganzen Körper ab, um festzustellen, ob es Anzeichen dafür gab, daß ihm das gleiche Schicksal beschieden sei, und er registrierte mit Genugtuung: Er empfand seinen Körper als ebenso jung wie in all den Jahren, und er stellte fest, daß dies bereits der dritte Winter war, wo er sich nicht einmal einen Schnupfen geholt hatte. Dennoch beschloß er, John mitzuteilen, daß er noch in diesem Sommer heiraten müßte. Er wußte, daß John auch keine andere Antwort parat hätte als er einst in jenem Frühling. Er wollte sich in die Wahl Johns nicht einmischen. Margaret und er hatten sich nicht geliebt. Die Erinnerung an das, was sie anstatt Liebe voneinander empfangen hatten, ließ Setmore an jener Zuversicht zweifeln, die in dieser Art menschlicher Beziehungen gesetzt wurde. Margaret war verbittert, ihre Verbitterung erfüllte das ganze Haus, wie der Rauch, der aus dem Schornstein zurückschlägt, er aber, seinen Zorn in sich hineinfressend, wurde immer wortkarger und arbeitete immer mehr auf den Feldern und im Interesse der Gemeinde. Erst da begannen ihn die Leute richtig zu schätzen. Bis zu diesem Zeitpunkt war er nichts anderes gewesen als der Sohn des alten Setmore, er aber hütete sich, ihnen zu verraten, welch merkwürdigen und unbarmherzigen Weg das Schicksal gewählt hatte, um dem Richter von Greenhill bereits in jungen Jahren weit und breit das höchste Ansehen zu verschaffen. Dann trat sich Margaret einen Dorn in den Fuß, der Fuß wurde brandig. Setmore wußte, wenn sie nicht so stur gewesen wäre, wenn sie am Leben bleiben wollte, hätte sie diesen Umstand nicht verheimlicht. Doch Margaret hatte diesen Weg gewählt, und Setmore mußte sich, während sie dem Tod entgegenschritt, ihrer Verbitterung beugen, die sich in Härte verwandelt hatte. Nein, er wollte nicht bestimmen, wen John heiraten sollte. Doch heiraten mußte er in diesem Sommer auf jeden Fall. Aber dann wich er sofort vor seiner eigenen Entscheidung zurück. Er war noch verhältnismäßig jung, gesund, und er liebte seinen John. Er wollte ihn lediglich fragen, wie er über das Heiraten dachte. Er lachte sich wegen seiner Unschlüssigkeit aus, gleichzeitig aber auch die Menschen, die seine diesbezügliche Schwäche so auslegten: Setmore erwägt alles gründlich, bevor er sich entscheidet. Wenn die Menschen — dachte er und kicherte vor sich hin — erst einmal sich selbst und anderen weisgemacht hatten, daß ihr Richter gut sei, überlegt und weise, so ist es sehr schwer, etwas zu ändern, weil sie genau dies und nichts anderes brauchen.

Hinter der Hausecke erklangen Schritte. Das kann nur Pepperman sein, dachte er, die anderen sind alle draußen bei der Arbeit. Also hielt er die Augen geschlossen.

In das Schlurfen der Schritte mischte sich ein Räuspern, und als dies auch nichts fruchtete, sagte Pepperman:

»Friede sei mit dir, Sir Adrian!«

Setmore bestand auf dieser Anrede, wie alle seine Ahnen. Die Formen an sich waren oft schon mit Macht und Kraft identisch.

»Gleichfalls, Schulmeister!«

Pepperman wäre es lieber gewesen, wenn ihn auch der Richter wie alle anderen als Pastor tituliert hätte, doch Setmore war nie bereit, ihm diese Freude zu gönnen. Peppermans Nichtstun wurde auch noch durch weitere Titel gerechtfertigt, unter denen man nach Setmore den ›Schulmeister‹ besonders ironisch betonen konnte, eine Gelegenheit, die er sich nur selten entgehen ließ. Peperman konnte nicht schreiben, er las nur schwer und unartikuliert, und Zahlen, die über hundert hinausgingen, brachten ihn ernstlich in Verlegenheit. Nur die Worte des Glaubens hatten ihren festen Platz in seinem Schädel, der von schütterem Haar bedeckt war, und flogen wie auf Engelsflügeln getragen dahin, wenn er predigte. Pepperman schöpfte stets Kraft aus der Menge. Wenn eine Gemeinde seinen Worten lauschte, streckte sich sein magerer, sehniger Hals, und seine Arme begleiteten seine Worte mit ausdrucksvollen Gebärden. Im geheimen beneidete ihn Setmore wegen dieser Fähigkeit. Ihn störten die Blicke der Menschen, obwohl er genau wußte, daß dies grundlos war, und dieses Nichtbegreifen brachte ihm nur noch mehr Verlegenheit ein. Egal, was jetzt Pepperman von ihm wollte, er war im Nachteil, weil er allein war.

Er öffnete blinzelnd die Augen und nahm unzufrieden zur Kenntnis, daß Pepperman doch nicht allein war. Hinter ihm entdeckte er die Umrisse einer kleineren und einer größeren Gestalt. Die Sonne, die ihm in die Augen brannte, ließ es nicht zu, diese Gestalten sofort zu erkennen.

»Es ist eine ernste Sache, in der wir dich aufsuchen, Sir Adrian«, sagte Pepperman, als das Schweigen des Richters bereits peinlich wurde. »Das hier ist Garth, und Rosies Sohn, der kleine Jo …«

»Ich bin nicht blind«, knurrte Setmore. Die Annahme, er könnte nicht erkennen, wer vor ihm stand, ärgerte ihn maßlos, vor allem deswegen, weil er wirklich nichts sehen konnte.

»Die Sache ist ernst«, wiederholte Pepperman.

»Ich weiß nicht, Schulmeister, was dir dieser Knochen noch bietet.« Setmore reagierte weitaus erregter, als ihm lieb war. »Rosie und Paul sind gestorben. Wir haben ihre Felder unter den Kenneths und Melvins aufgeteilt, bis Jo alt genug sein wird, um sie selbst zu bearbeiten, weil Garth nicht bereit war ...«

»Garth ist also zu dir gekommen, um dir zu melden, daß er auch das Kind nicht haben will!«

»So ist es.«

Setmore versuchte, seine Stimme gleichgültig klingen zu lassen.

Peppermans feiste Zufriedenheit schwamm deutlich wahrnehmbar in der Stille. Der Fall ist dennoch ernst, und der Richter muß sich damit befassen, er muß sogar zu einem Urteil kommen.

Setmore seufzte und schloß wieder die Augen. Rosie war gestorben, wie sie gelebt hatte, sinnlos und flatterhaft, wie eine Flamme. Die Flamme konnte man diesmal sogar wörtlich nehmen, denn Rosie war in Flammen gehüllt aus dem brennenden Haus gelaufen, das sie im Rausch zusammen mit Paul angezündet hatte. Sie rannte schreiend durch die Dorfstraßen, bis sie zusammensank, und keiner ihrer ehemaligen Liebhaber war aus dem Ehebett aufgestanden, um sie an sich zu drücken und die Flammen zu ersticken. Auch ich nicht, fügte Setmore nüchtern hinzu, während er sich der Hoffnung hingab, daß dieses Ereignis bereits so weit zurücklag, daß sich Pepperman weniger daran erinnern konnte als er selbst. Obwohl eine solche Umarmung schließlich für Rosie am wichtigsten gewesen wäre, um am Leben zu bleiben. Rosie war als Waise nach Greenhill gekommen. Die zahlreichen und weichherzigen alten Kenneths hatten sie bei sich aufgenommen, wobei sich ihre Abstammung schon seinerzeit nicht mehr feststellen ließ. Die alte Frau Kenneth behauptete, sie sei ein Kind ihrer Nichte aus Halfway, ihr Mann aber, der ein Kindernarr war, äußerte sich überhaupt nicht. Er war froh, daß er ein Kind mehr um sein Haus hatte, und während die Kenneths in der Lage waren, jedes hungrige Maul zu stopfen, war die Adoption ganz allein ihre Sache. Rosie wuchs sehr schnell heran, wurde hübsch, wild und nicht mehr zu halten. Ihr Betragen verwirrte die Männer von Greenhill, und Rosies Blütezeit war eine schwere Zeit für Pepperman. Unter denen, die um ihre Gunst buhlten, wurde schließlich Arden der glückliche Sieger, obwohl man die Bezeichnung »glücklich« recht bald bezweifeln durfte. Arden verließ das Dorf, weil er nicht genügend Beweise finden konnte, ob Jo sein Kind sei oder nicht. Es kamen erneut stürmische Jahre, woran die Persönlichkeit und die Anwesenheit des neugewählten Garth in Rosies Haus kaum etwas änderte. Das wußte Setmore aus eigener Erfahrung. Mochten sie noch so wunderbar gewesen sein, jene Stunden, die er dort verbracht hatte, versuchte Setmore diesmal, sich nicht daran zu erinnern, und hoffte, daß auch der Schulmeister diesen seinen Lebensabschnitt vergessen hatte. Dann fing Rosie an zu trinken und warf Garth und das Kind aus dem Haus. Die letzten Jahre verbrachte sie mit dem etwas jüngere Paul. Ihr Leben neigte sich mit den gleichermaßen entwürdigenden Szenen von Hader und Streit, die in Schlägereien ausarteten, und den öffentlichen Schuldbekenntnissen dem Elend zu. Mittels seiner richterlichen Macht hätte sie Setmore längst aus dem Dorf jagen können — wozu er von Pepperman und seinen eifrigen Jüngern öfters aufgefordert wurde —, dennoch ließ er es bleiben. Kein Dorf hätte sie aufgenommen, und das hätte das Ende bedeutet. Das Ende war dann unaufhaltsam dieses Frühjahr gekommen, und das unverhoffte Entsetzen ließ die Dorfbewohner ihre frühere Abneigung zum Teil vergessen; doch das reichte nicht aus, um ihre Teilnahme in Taten zu verwandeln, was Jos Schicksal betraf.

Setmore glaubte, Garth noch am ehesten verstehen zu können, dennoch fragte er: »Warum willst du dich nicht um den Jungen kümmern, Garth?«

»Weil ich fortgehe. Aus dem Dorf«, setzte er hinzu, um seinen Worten größeres Gewicht zu verleihen.

Der Richter betrachtete mit einem Augenzwinkern Garth, dessen Schulter bereits im Kindesalter unter einen unsachgemäß gefällten Baum geraten war. Sein Arm war nicht mehr ganz heil geworden und entbehrte der Kraft, doch er verstand es, seine Finger geschickt zu bewegen. Er bastelte, schnitzte und goß Kerzen, auf diese Arbeit hielt er besonders große Stücke. Setmore nahm sicher an, daß Garth in jedem Dorf seinen Platz finden würde.

»Was ist mit den Kenneth?«

Diese Frage sollte Pepperman beantworten.

»Leslie sagt, er will die Sache zuerst mit seiner Frau besprechen.«

»Ich hab's geahnt. Das sagt er immer. Und was hat seine Frau gesagt?«

»Daß sie schon genug Mäuler zu stopfen haben.«

Setmore nickte. Von Bessie hatte er nichts anderes erwartet, und auch ihr Mann, Kenneth Junior, hatte wenig Ähnlichkeit mit seinem Vater, dem alten Joseph, nach dem Jo genannt wurde. Die Levins fragte er erst gar nicht, und daß Garth den Jungen nicht mitnehmen wollte, war seine Sache. Es gab kein Gesetz, das ihn zwingen konnte, sich um das außereheliche Kind seiner Frau zu kümmern.

»Wann willst du gehen, Garth?« fragte er, um Zeit zu gewinnen, weil er nicht wußte, welchen Rat er geben sollte.

»Sobald ich diese Angelegenheit erledigt habe! Die Frühjahrsmesse ist nicht mehr weit, dann kann ich mit den Leuten aus den anderen Dörfern reden.«

»Gib mir ein paar Tage Bedenkzeit, Garth!«

»Es wäre mir lieber, Sir, wenn Ihr mir schon jetzt Bescheid geben würdet!«

Garths Stimme klang merkwürdig düster. Wäre es möglich, dachte Setmore, daß Garth immer noch hoffte, daß ihn Rosie eines Tages wieder rufen würde? War das der Grund, warum er das Kind bei sich behalten hatte? Wenn er wirklich an dem Jungen hinge, würde er ihn mitnehmen. Doch jetzt war es müßig, darüber nachzudenken. Garth wollte eine Antwort haben, und ihm fiel nichts ein.

»Was schlägst du vor, Schulmeister?«

Pepperman räusperte sich.

»Ich gebe zu, Sir Adrian ... ich gebe zu, daß dies eine äußerst schwierige Frage ist, so schwer, daß man selbst auf den Pfaden des Glaubens wandelnd ...«

»Kannst du was Vernünftiges sagen«, warf Setmore kurz ein, »oder willst du eine Predigt halten?«

Pepperman schwieg beleidigt.

»Nun?« drängte Setmore erbarmungslos.

»Ich kann dir keinen Rat geben, Sir Adrian«, stotterte Pepperman kleinlaut. Dann ging er unerwartet zum Gegenangriff über. »Deswegen sind wir ja da! Nur deine Weisheit allein ist es, die diese Frage lösen kann!«

Setmore schwieg unzufrieden. Er mußte eine Entscheidung treffen, und so was war ihm stets zuwider.

Garth stand gleichgültig vor ihm, und Jo beobachtete die Spatzen, die am Dachrand miteinander stritten. Setmore konnte nicht entscheiden, ob er begriffen hatte, daß es hier um sein Schicksal ging. Er war weitaus dünner und unterentwickelter als die anderen Kinder, darum wollte ihn auch keiner haben. Wer lebt, muß arbeiten, besonders, wenn er jung ist. Gelegentlich konnte ein Senior, wenn es seinen Kindern gutging und sie auch etwas mehr an Liebe und Fürsorge mitbekommen hatten als die anderen, den Vorteil genießen, daß er sich nicht Tag für Tag auf den Feldern plagen, oder wenn er das nicht mehr schaffte, sich im häuslichen Bereich nützlich machen mußte.

Setmore spürte, daß er trotz der Ablehnung, die er gegen Pepperman hegte, die Saite nicht weiter spannen durfte. Mag sein, daß die Vorschriften des Glaubens nur

Bruchstücke eines ehemaligen Ganzen waren — zumindest war er dieser Meinung — und daß sie als Ganzes die Dinge dieser Welt regelten. Doch was diese Bruchstücke zu einem Ganzen zusammenschweißte und am Leben erhielt, war die Furcht vor einer Erinnerung, und vor dieser Erinnerung mußte sich jeder beugen, obwohl deren Inhalt und Platz in der Zeit bis zur Unkenntlichkeit verblaßt war. Er konnte Pepperman ärgern und verspotten, was er verkündete, dennoch war es der Glaube, der sie vor jenem Schritt zurückhielt, den einst ihre fernen Ahnen bis zur Selbstvernichtung gegangen waren. Setmore empfand dies in den Tiefen seiner Seele für wahr und dies war auch der Grund, warum ihn gelegentlich die Erkenntnis heimsuchte, daß die echten Quellen der immer wieder aufflammenden Streitgespräche, die er mit dem Schulmeister führte und die von vornherein zum Scheitern verurteilt waren, irgendwo in diesem Bereich liegen dürften. Denn die Wirklichkeit der Einzelheiten konnte zwar Peppermans Worte widerlegen, doch das, wovor er sie trotz seiner Irrtümer bewahrte, war wichtiger als alles andere. Und dies war am schwersten zu ertragen, daß nämlich Pepperman mehr war als sein lamentierendes und oft beinahe lächerliches Selbst, und daß alles, was er sagte, mochte es auch diagonal dem widersprechen, was Setmores gesunder Menschenverstand aufgrund seiner Erfahrungen für richtig hielt, ihn im Endeffekt doch zwang, an die Angst zu denken und angesichts gewisser Grenzen den Rückzug anzutreten.

Die Macht des Glaubens liegt in der Furcht vor der Erinnerung. Dies steht zwar nicht in den Geboten, dennoch ist es das erste Gebot. Alles andere ist nichts weiter als eine Folge, eine natürliche Konsequenz. Das war der Grund, warum er die INSEL vorzeitig verlassen und mit den Traditionen der Vorfahren gebrochen hatte. John war der erste Setmore, der nicht auf der INSEL gewesen und die STADT nie gesehen hatte. In der STADT lebten Monster, und die INSEL war von Irrsinnigen bevölkert. Darin mußte er Pepperman zustimmen, obwohl dies der Schulmeister niemals aus seinem Munde hören würde. Als ihm die INSEL einfiel, dämmerte die Lösung in ihm auf. Bevor er es sich noch richtig überlegt hatte, hatte er es auch schon ausgesprochen, weil er etwas für plötzliche Wendungen übrighatte.

»Bring ihn auf die INSEL, Garth, und sag, er wäre mein Sohn!«

Prima Gedanke, lobte er sich selbst. Damit konnte er Garth einen Schlag versetzen, der ganz gewiß jene Abende in Rosies Haus nicht vergessen hatte und der ganz genau wußte, daß, wenn Jo auch nicht sein Sohn war aber sein Sohn hätte sein können, ihm auch die Bewohner der INSEL nicht mehr gram wären, weil er John nicht hingehen ließ. Denn wenn er, Setmore, die Vaterschaft übernahm, hatten auch die Leute auf der INSEL keinen Grund zur Ablehnung, und mit diesem Rat hätte auch Pepperman sein Teil abgekriegt.

»Das ist doch nicht dein Ernst, Sir Adrian!« Peppermans Stimme bebte vor Empörung. »Ein Kind unter den Ungläubigen, den Verbrechern, den Verachteten ...«

»Auch ich bin dort gewesen, Schulmeister, und wie du siehst ist mir kein Leid geschehen.«

»Warum hast du dann John nicht dorthin geschickt?«

Stemore tat, als hätte er die Frage nicht gehört. Diese Sache ging Pepperman überhaupt nichts an.

»Würde dich dein Gewissen nicht wurmen«, fuhr Peppermann fort, »daß du diese reine Seele auslieferst ...«

»Wenn es dir so weh tut, warum nimmst du ihn dann nicht auf?«

Pepperman murmelte etwas in seinen Bart und schwieg. Setmore kannte den Schulmeister und wußte, daß er um keinen Preis seine recht bequeme Unabhängigkeit aufgeben würde.

»Der Weg ist jetzt noch nicht sicher«, meldete sich Garth. Setmore konnte dem Klang seiner Stimme entnehmen, daß er diesmal nicht widersprechen wollte, sondern lediglich die Umstände abwog. Garth war demnach auch hierzu bereit, nur um das Kind loszuwerden. »Vor der Frühjahrsmesse kann man nicht wissen, was die Bewohner von Halfway und Seadie denken. Ich habe wenig Lust, mich totschlagen zu lassen.«

»Du ... du hättest verdient ... daß«, wandte sich Pepperman an Garth. Dann blickte er auf den Richter und verschluckte, was er noch sagen wollte.

»Wenn *ich* dich dorthin sende«, Setmore verstand es meisterhaft, das Personalpronomen zu betonen, »wird man dich nicht totschlagen. Warte!«

Er erhob sich mit ungewöhnlicher Behendigkeit und ging auf das Haus zu. Jetzt tat es ihm auch nicht mehr leid, daß man ihn bei seiner vormittäglichen Siesta gestört hatte. Pepperman war unterlegen. Im Interesse von Garths Ziel mußte er sich jene offensichtliche Grobheit verkneifen, daß Jo als *sein* Sohn auf die INSEL gebracht wird, und daß sich die Inselbewohner an den Fähigkeiten des Jungen erfreuen durften, von denen er, Setmore, überhaupt nichts wußte und auf die er auch nicht weiter neugierig war.

In dem dämmrigen Raum, wo er sich mehr auf seine Finger als auf seine Augen verließ, stöberte er eine Weile unter all jenen Sachen, die in einer Ecke aufgehäuft waren, bis er schließlich unter dem ganzen Haufen dicht über dem Steinfußboden gefunden hatte, was er suchte. Er zog das Ding heraus, wobei der ganze Kram knatternd auseinanderkugelte. Während er sich wieder nach außen tastete, stolperte er über ein durchlöchertes Gefäß, versetzte ihm einen Tritt; trotzdem ließ er sich seine gute Laune nicht nehmen. Zwinkernd stand er im Sonnenschein und trommelte mit der Faust einen triumphierenden Rhythmus auf die Platte, die er in Händen hielt.

»Das ist es, Garth!«

Die Platte gab einen stumpfen, leblosen Laut von sich. Pepperman schaute befremdet zu, doch Garth wußte sofort, daß es sich um jenes Metall handelte, mit dem auch die geschicktesten Schmiede nicht fertig wurden. Dabei wäre es vorteilhaft gewesen, dieses Metall im Feuer zu formen, weil es anscheinend dem Rost widerstand. In den Dörfern war von diesem Metall nur sehr wenig vorhanden, und es wurden nur jene Stücke aufbewahrt, die mit ihrem schwachen Silberschimmer beim Umgraben aus dem Boden auftauchten.

Doch diese Platte da war wohl nie in der Erde gelegen, kein Erdklümpchen haftete daran, stellte Garth fest, als er es von Setmore in Empfang nahm. Sie war kreisrund, etwas größer als seine beiden Handflächen, die eine Seite spiegelglatt, auf der anderen Seite ringsherum in gleichem Abstand — Garth zählte genau ab — zwölf kleine Latten. Die Enden dieser Latten zeigten zum Mittelpunkt der Latte auf ein Loch, durch welches Garth, als er dies einmal versuchte, gerade den kleinen Finger stecken konnte. Nach genauerem Hinsehen stellte er weiter fest, daß zwei von den Latten, die genau gegenüberlagen, etwas länger waren als die übrigen.

»Zieh eine Schnur durch dieses Loch«, erklärte Setmore, »und häng dir die Scheibe um den Hals.«

Garth drehte die Platte mißtrauisch zwischen den Fingern.

»Wird mich das Ding da schützen?«

»Ja«, bestätigte Setmore, »Sir Amos und Sir Otis kennen das Ding. Sie wissen, daß es mir gehört. Und wenn du es herzeigst, werden dich die Fährmänner auf die INSEL bringen, weil sie dir glauben werden, daß du von mir kommst.«

Garths Blick wanderte zwischen der Platte und Setmore hin und her.

»Glaubst du mir nicht, Garth?«

»Nun ja ...«

Garth gehörte nicht zu den Schnelldenkern.

»Ich könnte dich auch einfacher in Schwierigkeiten bringen, dann könnte ich sogar diese Platte behalten«, argumentierte Setmore, »denn darf ich dir trauen? Wirst du sie nicht stehlen, wenn du dahinterkommst, was sie wert ist? Aber ich warne dich, Garth, südlich von hier wird sie dir nichts nützen. Nur die Richter von Halfway und Seaside kennen dieses Ding; in den anderen Dörfern kann es dir dennoch passieren, da man dich totschlägt.«

Garth war nun endlich beruhigt. Und bei dem Wort ›Stehlen‹ erwachte auch sein Stolz.

»Ich danke Euch, Sir, und ich verspreche, daß ich das Ding wiederbringe.«

»Ist schon gut, Garth.« Setmore zwinkerte zufrieden. »Wann willst du aufbrechen?«

»Wenn es so ist«, Garth blickte nach der Sonne und überlegte, wie hoch sie stand, »lohnt es sich heute nicht mehr, weil ich auch noch Marschverpflegung einpacken muß. Doch morgen früh gewiß, Sir!«

»Gute Reise«, sagte Setmore, dann rief er der Gestalt nach, die sich bereits in Richtung Hauseck entfernte: »Und vergiß nicht, Garth, es ist mein Sohn, den du begleitest!«

14

Auch die günstigen Erfahrungen der letzten zwei Tage hatten Garth nicht ganz beruhigt, und seine Sorgen wurden wieder wach, als die Fähre hinter der INSEL auftauchte und sich der Küste näherte. Sir Amos und Sir Otis kannten tatsächlich die Platte, und Sir Otis zeichnete ihn besonders aus, indem er ihnen seinen mittleren Sohn als Begleitung schickte. Dies war ein offensichtlicher Beweis für die Macht der Platte, denn

Seaside war an der Küste erbaut worden, nur der Blinde konnte den Hafen nicht finden.

Zu beiden Seiten der Fähre saßen je vier Ruderer, das schwerfällige Gefährt schwamm träge über das Wasser der Meerenge. Garths Magen krampfte sich zusammen. Er blickte neidisch auf den einen Kopf größeren Gabriel, der die Fähre im Morgenlicht gelangweilt betrachtete, sich dann abwandte, als wäre sie überhaupt nicht vorhanden, und nahm die Leute in Augenschein, die am Ufer standen. Hatte ihn sein Vater schon hierher geschickt, so war es als Sohn des Richters seine Pflicht nachzusehen, ob alles seine Richtigkeit hatte. Die Leute aber nahmen von Gabriels Kontrollabsichten ebensowenig Notiz, wie dieser von der Fähre. Sie kamen zweimal am Tag an diesen Küstenabschnitt, luden alles auf die Fähre, was zu verladen war und verliefen sich dann wieder, um sich dem süßen Nichtstun hinzugeben. Für diese Arbeit wurden sie von Seaside und von der INSEL gekleidet und verpflegt, während die Leute alles und jeden tief verachteten, der einer anderen Beschäftigung nachging, Gabriel mit eingeschlossen.

Einer von ihnen, der in den nächsten Tagen Sir Otis in irgendeiner Angelegenheit aufsuchen wollte und es deshalb für angebracht hielt, sich bei Gabriel ins Gedächtnis zu rufen, kam hinter einem Haufen Holz hervorgeschlendert und gesellte sich zu ihm.

»Ein Kandidat?« fragte er Gabriel mit herablassender Stimme, während er mit seinem Zeigefinger auf Jo deutete.

»Ja.«

Gabriel hielt es seiner Würde angemessen, so kurz wie möglich zu antworten.

»Woher?«

Garth und Jo blieben Luft für ihn.

»Aus Greenhill.«

»Ist er der Sohn des Richters?«

»Ja. Sir Adrians Sohn.«

»Hm.«

Der Mann blieb bei ihnen stehen und beobachtete die Fähre.

»Das sind aber diesmal viele!« Er sprach seltsam gedehnt, daß ihn Garth und Jo kaum verstehen konnten. »Was meinst du, wo die alle hinwollen?«

Was bisher inmitten der Fähre wie eine formlose Masse ausgesehen hatte, begann sich auseinanderzuschälen und nahm allmählich Gestalt an. Zwölf Leute hockten auf den Stämmen, ihre Beine, die sie unter ihren Körper gezogen hatten, waren von langen, braungrauen ärmellosen Kutten bedeckt.

»Daß es denen nicht zu heiß wird!« brummte der Mann.

»Sie fahren in die STADT«, versetzte Gabriel, der froh war, wohlinformiert zu sein, »zu diesem Anlaß haben sie sich so verkleidet. Die Reise dauert sechs Tage, und es gibt unterwegs kein Dorf, sie können nur im Gebüsch schlafen. Es ist so gut wie sicher, daß sie dorthin wollen. Ich kann auch ihre Waffen sehen.«

»Mag sein«, pflichtete ihm der Mann bei; dann setzte er mit einem Seufzer hinzu: »Also ich möchte da nicht mitgehen.«

Gabriel nickte zustimmend.

»Sagt doch, Sir«, der Mann wußte zwar, daß Gabriel diese Anrede nicht zustand, daß sie ihm aber wohltat, »wird der Herr Richter morgen zu Hause sein?«

»Sicher.«

»Ich würde ihn gern aufsuchen ...«

»Kommt nur«, sagte Gabriel würdevoll, »ich werde es ihm sagen.«

»Vielen Dank, Sir!«

Der Mann schlurfte zum Holzhaufen zurück, und Gabriel wandte sich Garth zu. Er hatte das Gefühl, die Sensation noch nicht genügend ausgekostet zu haben, welche die Kuttenleute bedeuteten.

»Viermal im Jahr fahren sie in die STADT«, erläuterte

er, »doch im allgemeinen brechen sie nicht so früh auf. Die erste Gruppe wird meist nach der Frühjahrsmesse ausgesandt. Doch diese da fahren sicher dorthin! Sie haben ihre Armbrust bei sich, und auch ihre Schwerter, wenn sie auch von den Kutten verdeckt sind ...«

»Ja, das sind Armbrüste«, erwiderte Garth.

Jetzt war aber Gabriel beleidigt, weil er der Meinung war, daß eine Landratte nichts von Armbrüsten verstand. Dann fiel ihm ein, daß ihm sein Vater erzählt hatte, daß es in den Dörfern, besonders am Fuß der Berge in den Wäldern zahlreiche Jäger gab, also war es doch möglich, daß diese Waffe bekannt war. Wie schade! Gabriel tat dies ehrlich leid.

Die Fähre glitt ans Ufer heran, und die acht Leute hörten auf zu rudern. Auf ihren halbnackten, muskulösen Körpern glänzten die Schweißtropfen. Die Kuttenmänner, die in der Mitte saßen, trugen bis auf drei einen kurzen Haarschnitt, und ihr Kinn war bartlos. Als die Fähre auf den Sand glitt, sah Garth, daß es sich um Jugendliche im Alter von fünfzehn bis sechzehn Jahren handelte. Sie saßen da, düster, mit verkniffenen Lippen, und ihr Blick glitt über die Leute hinweg, die am Ufer herumstanden. Zunächst rappelten sich die drei älteren hoch, schulterten gemütlich ihre Armbrüste, dann winkten sie wortlos ihren Kameraden zu, die ihnen stumm folgten. Die am Ufer Wartenden wurden ganz still und betrachteten befremdet und auch ängstlich die Gruppe der Bewaffneten, die sich zu Dreierreihen formierte.

Der Anführer erblickte Garth, das heißt die Platte auf seiner Brust.

»He du!« rief er. »Komm mal her!«

Garth machte sich dienstbeflissen auf, und Jo folgte ihm.

»Woher kommt ihr?« fragte der Anführer, als die beiden vor ihm standen.

»Aus Greenhill, Sir!«

»Nenne mich nicht Sir, ich bin kein Barbar! Ich bin Adjunkt Seymour!«

»Jawohl, Adj ...« Garth brachte es nicht fertig, dieses nie gehörte Wort auszusprechen. »Jawohl, Sir!« sagte er eigensinnig.

»Ad-junkt!« artikulierte der andere, dann winkte er ab. »Ansonsten ist es egal. Besser, du verrenkst dir nicht die Zunge. Führst du den Jungen zu uns?«

»Jawohl, Sir!«

»Wem gehört er?«

»Sir Adrian!«

»Und wie heißt du?«

»Ich bin Garth, Sir!«

»Also dann paß mal auf, Garth!«

Adjunkt Seymour trat dicht an ihn heran, und Garth wich erschrocken zurück. Doch der Adjunkt packte ihn am Arm und zog ihn näher zu sich heran.

»Hör zu!« Er dämpfte seine Stimme zu einem Flüstern, doch in der Stille, die sie umgab, hörte sie sich immer noch laut genug an. »Hast du in eurer Gegend nichts Besonderes bemerkt? Oder vielleicht auf dem Weg hierher?«

Garth schwieg verwirrt. Er hatte keine Ahnung, was man von ihm wollte.

»Nun?« drängte Seymour. »Denk einmal nach! Hast du nichts gesehen oder gehört?«

Garth starrte erschrocken auf Seymours Bart, der bereits reichlich von Silberfäden durchzogen war. Er wagte nicht, die Augen aufzuschlagen.

»Was hätte ich sehen sollen?« brachte er schließlich mühsam hervor.

»Etwas Besonderes, etwas Unbekanntes.« Seymours Stimme klang freundlich und beschwörend. Garth merkte, daß man ihn nicht einschüchtern wollte, daß dies eine ernstgemeinte Frage war und daß seine Antwort für Seymour äußerst wichtig sei. »Also irgend etwas, was du noch nie gesehen und von dem du auch nicht gewußt hast, daß es existiert ... Nun, kannst du dich nicht an so was erinnern? Denk einmal nach!«

Garth wußte selbst nicht warum, doch plötzlich tat es ihm irgendwie leid, daß er nein sagen mußte.

»Ich habe nichts gesehen, Sir!«

»Ganz bestimmt nicht?« bohrte Seymour beharrlich.

»Bestimmt.«

Seymour ließ Garths Arm resigniert los.

»Schade ...«

»Tut mir leid, Sir«, sagte Garth, und er meinte wirklich, was er sagte.

Seymour schüttelte sich und hob den Kopf.

»Nun, Garth, das macht nichts! Doch solltest du irgend etwas dort in den Wäldern erblicken oder hören, lauf gleich hierher und erzähl es mir, oder sonstwem auf der INSEL! Das willst du tun, nicht wahr?«

»Sicher«, versprach Garth. Er wagte nicht zu fragen, was es war, das er sehen mußte.

Er stand immer noch wie angewurzelt da, als Seymour zu der Gruppe zurückschritt, den Blick über die Männer schweifen ließ und dann vor ihnen herzugehen begann. Sie gingen am Ufer entlang gegen Norden, in jene Richtung, wo — und das wußte Garth genau — kein einziges Dorf mehr lag, dorthin, wo er nie hingelangen wollte: in Richtung STADT.

»Du brauchst nicht zu erschrecken«, ertönte eine Stimme so nahe bei ihm, daß Garth zusammenfuhr.

Da stand einer der Ruderer und blickte der Truppe nach. Der Geruch seiner Hosen aus Schafsfell vermengte sich mit dem Geruch seines Schweißes und dem salzigen Dunst des Meeres.

»Man braucht vor ihm nicht zu erschrecken«, wiederholte der Ruderer. »Seit acht Jahren stellt er an jeden, der aus den südlichen Wäldern kommt, immer die gleiche Frage.«

»Aber warum nur?« erkundigte sich Garth.

»Seinerzeit hat man dort etwas gefunden. Nicht in

eurer Gegend, sondern eher in der Nähe der Berge. Hast du nie was davon gehört?«

»Ich kann mich an irgend etwas erinnern. Aber was war's?«

»Ich kann's dir nicht sagen, damals war ich noch ein Kind. Aber ich kann mich daran erinnern, daß damals dieses Ding sehr viel Staub aufgewirbelt hat. Man hat es hierher geschleppt, obwohl es höllisch schwer war, hat es auf eine Fähre verfrachtet, und seitdem befindet es sich auf der INSEL, auf der Etage des Professor Bonnard, wie es heißt. Aber ich hab's nie gesehen.«

»Trotzdem, was könnte es sein?«

»Laß das!« Der Ruderer hieb ihm auf die lahme Schulter, und Garth mußte die Zähne zusammenbeißen, um einen Schmerzenslaut zu unterdrücken. »Wie soll ich's dir erklären können, wenn ich es selbst nicht begreife? Geht auf die Fähre. Es ist bestimmt besser, wenn ihr schon an Bord seid. Wir werden erst nachher verladen.«

Die Hafenarbeiter von Seaside verstanden ihr Handwerk. Nachdem sie die Holzscheite verladen hatten, hievten sie die großen, geflochtenen Körbe mit den zwei Griffen an Bord, während sie sorgfältig auf das Gleichgewicht der Fähre achteten. Die meisten Körbe enthielten Holzkohle, in jenen Körben aber, die mit Leder abgedeckt waren, dürfte Rauchfleisch gewesen sein. Zumindest wurde Jos Nase an etwas Ähnliches erinnert, als die Fracht am Ende der Fähre direkt neben ihm abgeladen wurde.

»Halt dich am Henkel fest, Freundchen«, grinste ihn der Mann freundlich an, der den Korb gebracht hatte, »und sollte er über Bord gehen, dann laß nicht los, denn das, was da drin ist, ist viel wertvoller als du!«

Jo blickte ihn dankbar an, doch der Mann hatte sich bereits abgewandt und ging, um den nächsten Korb zu holen.

Jo beugte sich über das Wasser, und gleichzeitig neigte sich ihm im Wasserspiegel ein zweiter Jo entgegen. Es war ein herrliches Spiel, und Jo ließ die Gelegenheit nicht ungenutzt. Er streckte die Zunge aus, und der andere Jo tat dasselbe, er schnitt auch Grimassen. Dann versuchte er, so finster dreinzublicken wie seinerzeit, als er Cora, die jüngste Kenneth-Tochter erschrecken wollte. Schließlich verjagten die Ruder, die ins Wasser tauchten, den anderen Jo. Unter den Wellen wurden die Furchen sichtbar, die die beständigen Muscheln in den Sand gegraben hatten, und die Fähre nahm Kurs auf die INSEL.

Garth betrachtete die INSEL. Sie war flach und kantig, und Garth wußte, daß es die Menschen gewesen waren, die die INSEL in grauer Vorzeit auf diese Weise gestaltet hatten. Die ›graue Vorzeit‹ war eine sehr ungenaue Definition, auf jeden Fall bedeutete sie *vordem*. Garth konnte die Frage ebensowenig wie jeder andere Dorfbewohner beantworten, welches Ereignis die Geschichte der Menschheit mit den Worten *vordem* und *seitdem* geteilt hatte. Der Glaube sprach von Hölle und Feuerregen, von einer verdienten, fürchterlichen Strafe und vom Weltuntergang. Der Erfahrung nach war aber noch nie Feuer vom Himmel gefallen, und die Welt konnte nicht untergehen, weil sie ja in ihr lebten. Das alles waren schwere, bohrende Fragen, denen Garth am liebsten auswich. Allein schon deswegen, weil, wenn sie während der langen Winterabende doch zur Sprache kamen, Pepperman sofort ausfällig wurde, ein Umstand, der Garth sehr unbequem berührte. Bei einer dieser Unterhaltungen zog Setmore den guten Pepperman mit der Behauptung auf, er wäre nur deswegen so laut, da er auch nicht mehr wüßte als die anderen, worauf Pepperman noch lauter zu schreien begann und den Richter einen ungläubigen Sünder nannte. Setmore aber lächelte zufrieden und meinte, es sei solchen Leuten wie Pepperman zu verdanken, daß man nichts davon weiß, was geschehen ist, worauf Pepperman wütend erwiderte, die Altvorderen hätten wahrscheinlich gewußt, warum sie auch die letzte Erinnerung an diese Ereignisse ausgelöscht hätten, und daß dies gut sei. Garth gab unwillkürlich Pepperman recht, weil er wußte, daß der Richter ungläubig und sündig sei. Dennoch interessierte ihn die Welt von damals nachhaltig und unverändert, mehr als jeden anderen Dorfbewohner, die sich mit der Landwirtschaft beschäftigten; denn Garth war trotz seiner Behinderung Handwerker, der andächtig und neiderfüllt an die Altvorderen dachte, die die Materie so unerreicht kannten und beherrschten, daß sie, die Jetzigen — auch das wußte Garth ganz genau — ihnen nie das Wasser reichen konnten. Doch als er dies an einem der nächsten Abende Pepperman erzählte, wurde er fuchtig, nannte Garth ebenfalls einen Sünder und erläuterte weitschweifig, daß es gerade die Beherrschung der Materie gewesen war, die den Menschen auf den Weg der Vernichtung gebracht hatte. Die Hüter des Glaubens wurden irgendwo in den Bergen erzogen, und keiner wußte genau, wo sich jenes große Haus befand, auf das sich Pepperman dauernd berief, aber es fand sich auch niemand, der bereit gewesen wäre, genaue Erkundigungen einzuholen. Sobald Pepperman das Rentenalter erreicht hat, wird er sich empfehlen, wie es der Brauch ist, wird sich zurückziehen, und alsbald wird ein Nachfolger auftauchen, der, egal wie er heißt, die gleichen Gebote verkünden wird wie sein Vorgänger.

Dies alles war Garth nur eingefallen, weil die INSEL in aller Augen den größten einheitlichen Teil der ehemaligen Welt bedeutete. Hier ging es nicht um rostiges Werkzeug, um durchlöcherte oder zerbrochene Gefäße, nicht um irgendwelche Metallstücke oder Platten mit unerfindlichen Bestimmungen, anhand deren Buchstaben, die eingemeißelt oder erhaben waren, Pepperman die Dorfkinder die absolut unbrauchbare Kunst des Lesens lehrte, er, der selbst nichts anderes lesen konnte als die Tafeln, die er kannte, zumindest aber nicht in der

Lage war, das Gegenteil zu beweisen, weil es keine weiteren Tafeln gab. Also ging es nicht um Bruchstücke, die das Geheimnis ihrer Herkunft und ihrer Entstehung in ihrer Zwecklosigkeit unerschüttlich bewahrten, sondern um eine ganze INSEL, die man einst an jenem Felsrükken errichtet hatte, der sich inmitten der großen Bucht erhob, doch so, daß dieser Fels allen Blicken verborgen war, dort, wo nur jene Wälle, die der Mensch errichtet hatte, dem Toben der durch Winterstürme aufgewühlten See trotzten. Innen aber, das hatte einmal Setmore noch in Rosies Haus erzählt, als er so betrunken war, daß er nicht mehr wußte, was er sagte, gab es zahllose Korridore, Kammern und Säle, mit wundervollen Mechanismen und Geräten für unbegreifliche Zwecke, und an den Wänden entlang von einem Ende bis zum anderen — verstehst du Garth, rülpste er und fuhr dann fort — von einem Ende bis zum anderen Inschriften über Inschriften und Zahlen über Zahlen ... Garth versuchte noch einmal, bei der nächsten Gelegenheit, den Richter betrunken zu machen, doch der merkte die Absicht und schob den Krug von sich. Vielleicht hatte er Setmore zu jener Zeit am meisten gehaßt, mehr noch, als damals, wo ihn Rosie aus irgendwelchen Gründen oder später auch grundlos aus dem Haus schickte, weil der Richter etwas wußte, was ihm selbst nichts nützte und er es ihm dennoch verweigerte.

Jetzt hatte er endlich die Gelegenheit, wenn auch für einige Stunden, seine Neugier zu befriedigen, weil man ihn mit der Nachmittagsfähre sicher wieder an Land zurückschicken würde. Garth beschloß, die Augen offenzuhalten.

Seaside entschwand langsam den Blicken, weil die Fähre auf die andere Seite der INSEL schwenkte, und hoch oben an den senkrechten Wänden glänzte das Sonnenlicht auf. Fenster — stellte Garth fest — aber aus glattem Glas! Händler brachten die Glasscherben ins Dorf, und jeder schwor, daß er sie unter Lebensgefahr aus der STADT herausgeholt habe, wo ihn die Monster, die dort wohnten, bei lebendigem Leib auffressen wollten und hielten die Preise unverschämt hoch. Garth hatte mit viel Geschick so manches Fenster gemacht. Er bettete die Glasscherben in Ton, wobei er dann das Gebilde, das er in die Wandöffnung einsetzte, alle Handbreit lang extra mit Latten befestigte. Glatte Glasscheiben, so groß wie die Hälfte seiner Handfläche, gab es nur drei in Greenhill. Zwei davon hatte Jimmy Carters Urgroßvater beschafft, und die noch lebenden Zeitgenossen behaupteten unter vorgehaltener Hand, daß der alte Abe Carter ihretwegen irgendwo im Norden gemordet habe, war er doch ein Leben lang ein Nichtsnutz gewesen. Die dritte hatten die Goulds für ihre Tochter Sylvia als Mitgift gekauft. Der Händler hatte zwei Kühe dafür bekommen. Garth war sich darüber im klaren, während er die Fenster der INSEL betrachtete, die von der Küste aus nicht zu sehen waren, daß er für eine einzige dieser Scheiben, die er dort oben erblickte, ganz Greenhill kaufen könnte. Da er wußte, daß auch die Entfernung täuschte, schätzte er, daß diese Scheiben so breit sein mußten, daß die Länge seiner ausgebreiteten Arme zweimal draufpaßte, und daß sie mindestens mannshoch, wenn nicht höher waren.

Die senkrechten Mauern, an denen die Fenster im Sonnenschein glitzerten, lagen innerhalb der stufenförmig angeordneten Basteizeilen der INSEL, während sich vor ihnen, dem Wasser zugewandt, drei, stellenweise vier fensterlose Mauern übereinander erhoben. Der Ruderer, der ihn am Ufer angesprochen hatte, folgte Garths Blick und lachte.

»Da staunst du, was? Aber bewahre deinen Blick für das andere, dies da ist nur der Anfang. Übrigens tust du gut daran, sie jetzt zu bestaunen, denn dort, wo man euch einläßt, wirst du kein einziges Fenster erblicken. Man sagt, daß es früher einmal vor sehr langer Zeit auch dort Glas gegeben hat, und die Delegation, die von der INSEL irgendeine Hilfe erbitten wollte, die Fenster mit Steinen beworfen habe, um das Glas mit nach Hause zu nehmen. Sie meinten, das würde reichen, eine weitere Hilfe wäre gar nicht nötig.«

»Und was ist aus ihnen geworden?«

»Mit ihren Gebeinen, wenn sie überhaupt noch vorhanden sind, vergnügen sich die Krebse da unten«, sagte der Fährmann und wies mit seinem Ruder aufs Wasser, »das zerbrochene Glas aber wurde vom Wirtschaftsamt übernommen. Es heißt, daß die INSEL seinerzeit mit nichts anderem bezahlt hat, als mit Glas, und das jahrelang. Ich habe neulich noch ein Stück im Lager gesehen, so groß wie mein Kopf und so dick wie mein kleiner Finger. Es muß nicht leicht gewesen sein, es zu zerschlagen. Ist davon kein Stück zu euch gelangt?«

Garth schüttelte den Kopf.

»Nein.«

»Sicher, Greenhill ist ziemlich weit. Doch wenn wir schon darüber sprechen, ist es besser, wenn ich euch gleich warne. Sperr du auch die Lauscher auf, Bursche! Wenn du tatsächlich hierbleibst, kann ich dich schon morgen mit Herr Kandidat anreden, doch bis dahin bist du noch ein Milchbart! Also hört zu!«

Er versetzte mit dem Ruder der Fähre einen Stoß, dann fuhr er fort.

»Erste und wichtigste Regel ist, daß ihr nichts anfassen dürft. Vielleicht ist es noch zu früh, dies zu erklären, doch wenn wir erst einmal dort sind und ihr alles mit eigenen Augen sehen könnt, werdet ihr es eher begreifen. Also: Das Berühren der Figuren mit den Pfoten ist verboten, doch ihr dürft euch auch nicht mit dem Rücken oder mit dem Hintern gegen die Wand lehnen. Entweder man sagt euch, wo ihr eure vier Buchstaben hinpflanzen könnt oder nicht. Dann ist es am besten, ihr setzt euch auf den Boden. Wie ich sehe, wird das eurer Hose nicht viel schaden. Und paß auf, das gilt besonders für dich, Bürschchen, daß du nicht herumrast und durch die Korridore rennst. Du könntest ausrutschen, gegen die Wand prallen, und schon haben wir den Salat! Aber selbst dann, wenn du dich ordentlich bewegst, mußt du an den Korridorecken und an den Türen aufpassen. Solltest du mit der Schulter eine Inschrift löschen, wird es früher oder später herauskommen, daß du es warst, und dann wird man dir das Fell über die Ohren ziehen.«

Jo schwieg eingeschüchtert, und Garth blickte ratlos auf den Ruderer.

»Ich sehe schon, daß du nichts begreifst«, sagte der Mann. »Nun, das macht nichts! Wichtig ist nur, daß ihr daran denkt! Ich bin sicher, daß ihr mir dankbar sein werdet, daß ich's euch gesagt habe. Wenn nicht, so ist das eure Sache! Jetzt aber fragt nicht weiter. Nun kommt der schwierigste Abschnitt dieser Reise.«

Die feste Linie der Befestigungsmauer, die bis zum Wasser ging, wies einen Spalt auf, der kaum breiter war als die Fähre. Die Ruderer lenkten die Fähre dorthin, mit viel Geschrei und schweren Flüchen. Die Mauer erhob sich beiderseits über ihre Köpfe, mindestens vier bis fünfmal mannshoch. An den Mauerrändern erblickte Garth eine Menge Steine, die übereinander getürmt waren. Erschrocken zog er den Kopf ein. Eine einzige unvorsichtige Bewegung, wenn sich jemand neugierig über die Steine beugte, und der ganze Haufen würde auf die Fähre niederprasseln.

»Das ist auch der Grund, warum man die Steine hingelegt hat«, knurrte der Ruderer, der anscheinend Garths Gedanken erraten hatte. »Das ist ein besserer Schutz als jede Waffe. Doch soweit ich weiß, hat in den vergangenen Jahren niemand Lust gehabt, es auszuprobieren.«

Der zwischen die Mauern gezwängte Korridor endete in einer Treppe. Die Fähre wurde immer langsamer, legte weich an, und der Ruderer rief:

»Hojotoho! Wir sind da!«

Die Mauern warfen seine Stimme verstärkt zurück. Jo erschauerte, Garth aber beobachtete wieder die Steine, ob sie bei diesem Echo nicht vielleicht doch in Bewegung gerieten.

Oben auf der Treppe erschienen einige Gestalten. Ihre Kleidung unterschied sich kaum von der Kleidung des Ruderers.

»Was brüllst du da herum, Ian?« Der Frager, der als letzter aus dem Nichts oberhalb der Treppe aufgetaucht war, brüllte mindestens so laut wie der Ruderer. »Hier muß Ruhe herrschen!«

»Das habe ich nicht gewußt«, erwiderte Ian mit unverschämtem Grinsen.

»Du weißt es ganz genau, trotzdem machst du jedesmal das gleiche Theater.«

Derjenige, der Ian beschimpfte, unterschied sich von den anderen dadurch, daß er zwar ein Hemd, aber keinen Bart trug. Auch sein Haar fiel in geordneten Locken hinter seinen Ohren über die Schultern.

»Und die da?« deutete er auf Garth und seinen Begleiter.

»Sie kommen aus Greenhill. Adjunkt Seymour hat sie bereits identifiziert.«

»Das genügt mir noch lange nicht! Zeig mal her, was du da am Hals hängen hast! Ich möchte es aus der Nähe betrachten.«

Garth trat auf die Treppe hinaus. Der Mann griff nach der Platte, die vor Garths Brust baumelte und drehte sie sorgfältig zwischen den Fingern.

»In Ordnung«, sagte er schließlich, »das ist es!«

Garth mußte noch einmal erklären, wer er sei und warum er Jo hierher gebracht hatte. Dann winkte der Glattrasierte, ihm zu folgen. Mitten auf der Treppe hielt er an.

»Ich mache euch darauf aufmerksam, daß ihr nichts berühren dürft! Je nach der Anzahl der Zeichen, die ihr auslöscht und entsprechend ihrer Bedeutung setzt es fünf, zehn oder zwanzig Stockhiebe!«

»Ich hab's ihnen bereits gesagt, Elm!« rief ihnen Ian von der Fähre aus nach.

»Kümmere dich um deine eigenen Sachen«, gab Elm über die Schulter zurück. »Es schadet nichts, wenn sie es öfter hören!«

Aus dem Hafenschacht führten die Treppen in einen nicht überdachten Hof, der von drei Seiten von Säulengängen begrenzt war. Elm blieb inmitten des Hofes stehen.

»Zunächst müssen sie zum Doktor«, dachte er laut. Garth konnte den Mann aus dem Hafen schwer verstehen, weil er anders artikulierte und so manchen Laut verschluckte, Seymour und Elm aber sprachen so schnell, daß er ihnen kaum folgen konnte. »Dann kommt er natürlich zu Professor Dicks, natürlich nur, wenn er geeignet ist. Also los, kommt mit!«

Am Säulengang angekommen, drehte er sich wieder um und hob den Finger.

»Ich sage euch noch mal, paßt auf die Wände auf!«

Garth zog Jo an sich, damit selbst durch einen Zufall kein Unglück passieren konnte und folgte Elm mit vorsichtigen Schritten über die Mitte des Ganges. Die Wände, gelegentlich auch die niedrigen Decken des Korridors waren von einer Menge kleiner Buchstaben, Zahlen und Zeichen bedeckt. Sie glitten wie endlose Reihen einer erschreckenden Schar von Käfern dahin, und aus ihrer Schwärze folgerte Garth, daß sie mit Holzkohle auf die glatten Flächen geschrieben worden waren. Diese Buchstabenflut endete etwa zwei Spannen weit über dem Steinfußboden. Diese Zeilen waren nur im Knien oder Liegen zu lesen, und wahrscheinlich waren sie auch in dieser Lage geschrieben worden. Garth kannte die Buchstaben und Ziffern einigermaßen, doch jetzt wagte er nicht einmal den Versuch, sein Wissen zu erproben. Er hatte das Gefühl, als würden die endlosen

Buchstaben zum Leben erwachen und ihn wie ein gewaltiger Fliegenschwarm umschwärmen.

»Los, los, beeilt euch ein bißchen«, wandte Elm sich ungeduldig um, dann merkte er Garths staunenden Blick. »Gelt, Barbar, da staunst du? Dabei ist dies nur der Anfang, mein Reich. Es sind die laufenden Aufzeichnungen des Wirtschaftsamts. Wir bewahren sie zwanzig Jahre lang, dann werden die Wände abgewaschen. Meine Arbeit ist zwar wichtig, aber ich sehe nicht ein, warum solche Sachen, wie etwa Belege über die Anzahl der Holzfuhren, die wir im September vor zwanzig Jahren erhalten haben, hier den Platz bis in alle Ewigkeit wegnehmen sollen. Natürlich besitzen wir auch solche Aufzeichnungen« — hier verlangsamte sich seine Stimme und wurde feierlich — »die sich seit mehr als sechshundert Jahren an der gleichen Stelle befinden. Das sage ich dir nur deswegen, Barbar, damit du die Macht der INSEL empfindest. Denn jene Inschriften wirst du eh nie zu Gesicht bekommen. Selbst dieses Kind da kann erst nach vielen Jahren dieses Ziel erreichen, wenn es nur fleißig genug ist.«

Jo hatte Angst, und ihm war schwindlig. Das Wasser, die Fahrt mit der Fähre waren ihm vertraut. Zwischen den Hügeln jenseits von Greenhill gab es einen See, wo sie oft beim Schwimmen gewesen und sogar ein Floß gebaut hatten. Doch dies hier war entsetzlich. Die Mauern gaben jeden Laut verstärkt zurück, und die vielen Buchstaben jagten ihm den gleichen Schrecken ein wie Garth.

Sie stiegen einige Stufen hinab, bogen in einen weiteren Korridor ein, dann kamen wieder Treppen, die nach oben führten. Garth gab es sehr bald auf, sich zu orientieren. Wenn Elm überhaupt etwas sagte, dann war es nur, um sie zur Eile zu mahnen, oder er nannte die Namen der Korridore, doch eher für sich, weil Garth und Jo sie sowieso nicht verstanden. Der Ruderer hatte sich wahrscheinlich geirrt, denn die Fenster besaßen auch hier noch Glasscheiben, nur gingen sie nach dem Innern der INSEL. Wenn man durch diese Fenster schaute, konnte man nur die gegenüberliegende Fensterreihe erblicken. Einen besonders langen Korridor, an dessen Wänden Garth nichts weiter als Ziffern entdecken konnte, nannte Elm den Korridor der *Logarithmen und Weitwinkelfunktionen.* Im Treppenhaus der *Mechanik* mußten sie zwei Stockwerke erklimmen, bevor sie den Korridor der *Thermodynamik* kurz überschritten. Garth spürte wahrhaftig die Macht der INSEL. Wenn sie Elm aus irgendwelchen unerfindlichen Gründen hier verlassen hätte, so hätten sie von sich aus nie wieder ins Freie gefunden. Sie wären bis an ihr Lebensende zwischen diesen Mauern umhergeirrt und verhungert, zwischen jenen Mauern, die man nicht berühren durfte.

Die wenigen Menschen, denen sie begegneten, konnte man nach ihrem Aussehen in zwei Gruppen unterteilen. Die jungen waren alle glattrasiert und hatten kurz geschnittenes Haar, die älteren trugen das Haar durchweg glatt, während Größe und Umfang ihres Bartes verschieden war. Verschiedene trugen gar keinen Bart. Sie standen stumm an der Wand und untersuchten einen Teil der Buchstaben oder Zahlen. In der Beuge ihres linken Arms lehnte eine dünne, graue Tafel, während sie mit der anderen Hand, die einen kurzen Kohlenstift hielt, auf die glatte Fläche schrieben. Von Zeit zu Zeit blickten sie auf die Wand, um dann wieder auf die Tafel zu starren, die in ihrer Armbeuge saß. Elms Gruß dankten sie mit kurzem Kopfnicken. Garth und Jo aber waren Luft für sie.

»Es ist nicht mehr weit«, ermunterte sie Elm, als sie wieder um eine Ecke bogen. »Wir kürzen jetzt über den Korridor des *Periodischen Systems* ab. Das ist zwar streng verboten, aber auf diese Weise können wir die sechs Korridore der *Anorganischen* und *Organischen Chemie* vermeiden und kommen sogleich bei der *Biologie* an. Wenn ihr hier irgend etwas berührt, schlage ich euch eigenhändig tot, und ich werde von den anderen erschlagen! Also paßt ja auf!«

»Hätten wir keinen kürzeren Weg gehen können?« fragte Garth, nachdem er erst einmal tüchtig Luft geholt hatte, um sich Mut zu machen.

»Das wäre schon möglich gewesen, Barbar, aber ich wollte, daß du einmal im Leben dies alles siehst und dir die Sinne schwinden. Jetzt hast du wenigstens etwas, worüber du dir bis zur Stunde deines Todes den Kopf zerbrechen kannst. Auf dem Rückweg werden wir lediglich durchs Treppenhaus der *Wahrnehmung* hinuntersteigen und sofort in den Hof gelangen.«

Jos Beine knickten immer wieder ein. Er klammerte sich fest an Garths Arm, Garths Herz aber war von Schuldbewußtsein erfüllt. Wohin hatte er dieses Kind gebracht? Natürlich ging ihn der Junge nichts an, außer, daß er ihn an Rosie erinnerte, und diese Erinnerung war auch ohne Jo schon schmerzlich genug. Aber wie, wenn Pepperman doch recht hatte? Der Schulmeister hatte von der INSEL stets nur als von einer Brutstätte der Sünde gesprochen. Zwar hatte er bislang noch nichts Sündhaftes erfahren, Ian, der Ruderer, und Elm waren freundlicher als erwartet. Dennoch war dies ein entsetzlicher Ort trotz allen Reichtums, das spürte er in den Knochen.

Schließlich blieb Elm vor einer der geschlossenen Türen stehen. Die Türen, das hatte Garth bereits früher bemerkt, mußten aus dem gleichen Metall sein, wie die Platte, die er um den Hals trug. Elm klopfte mit dem Fingernagel vorsichtig gegen die nußgroße Fläche neben der Klinke, die nicht mit Inschriften bedeckt war und die wahrscheinlich wegen des häufigen Anklopfens silbrig schimmerte.

»Herein!« ertönte eine Stentorstimme hinter der Tür.

Jos namenlose, unbestimmte Angst konzentrierte sich plötzlich, wobei diese Stimme wahrhaftig zum Träger dieser konzentrierten Furcht wurde.

Elm faßte die Klinke vorsichtig an und drängte die beiden vor sich in den Raum.

Hatte Jo noch eine vage Hoffnung gehegt, daß er sich geirrt und daß seine Angst grundlos war, so ließ er angesichts des Besitzers dieser Stentorstimme alle Hoffnung fahren. Er war ein gewaltiger, beleibter Mann, trotz seines fortgeschrittenen Alters, mit sorgfältig rasiertem Gesicht und Eierkopf. Sein grob gewebtes Wollhemd — auf der INSEL trug man solche Hemden anstelle des Schaffellwamses — stand vorne offen und ließ seine breite Brust frei, auf der die von seinem Kopf verbannten rötlichen und weißen Haare wild und feindlich wucherten. Auch auf seinem Handrücken und seinen Fingern hatte sich das rötliche Haar breitgemacht, dagegen waren seine Handflächen weich und rosa wie die eines Babys. Seine hellblauen Augen waren von farblosen Wimpern umrahmt, die roten Augenbrauen versanken in den Wülsten seiner fleischigen Stirn.

Jo lehnte sich nur deswegen nicht gegen die Tür, weil er noch beizeiten merkte, daß auch diese mit Inschriften übersät war, derjenige aber, der sich Elm nannte, hatte gedroht, ihn totzuschlagen, wenn er die Inschriften berührte. Natürlich war es einerlei — dachte er —, dieses Ungeheuer würde ihm früher oder später so oder so den Garaus machen, das spürte er deutlich. Und als es ihm endlich gelang, seinen erschrockenen Blick von dem Mann zu lösen, der hinter dem Tisch thronte, und sein Blick die gegenüberliegende Wand traf, wußte er bereits, auf welche Weise man ihn umbringen würde. Auf die Wand war ein Mensch mit ausgebreiteten Armen gemalt. Der Kopf dieses Menschen war auf die Schulter gesunken, wie bei einem Schlafenden, sein Körper vom Hals bis zu den Lenden aufgeschlitzt und flach an die Wand geheftet. In Jo wurde angesichts dieses Menschen die Erinnerung an Schlachtfeste wach, das Quieksen des Borstentieres, das in ein Röcheln überging, das Strohfeuer, das das Tier, dessen vier Beine zum Morgenhimmel starrten, schwärzlich versengte, die vielen Krüge mit heißem Wasser, die er, wie alle Kinder mit schmerzenden Armen im Laufschritt zu all den geschäftigen Leuten schleppen mußte, und dann, als die Haut der Sau so weiß geworden war wie ihre eigene, der alte Martin, der sich mit gespreizten Beinen über dem geschlachteten Tier aufbaute, das Messer noch einmal sorgfältig schleifte und dann das Messer vorsichtig ansetzte, unter dem sich die Haut mit leisem, durchdringendem Rascheln teilte.

Er klammerte sich mit beiden Händen an Garths Arm, der unter der unverhofften Last zu schwanken begann und dem Jungen einen warnenden Stoß versetzte.

»Benimm dich anständig«, stieß er hervor.

»Nun, was wollt ihr?« trompetete der rote Riese mit einer Lautstärke, als ob die Tür immer noch zwischen ihnen wäre.

»Der da ist Garth aus Greenhill, Professor, und er hat Jo, den Sohn des Richters Setmore als Kandidaten mitgebracht, sofern er sich dafür eignet.«

»Gut, sehr gut«, brummte der Riese. Seine Stimme war tiefer als das Echo des Brunnens im Hof der Kenneths. »Setz dich, Garth, und du auch, mein Sohn.«

Er zeigte auf die beiden Stühle vor dem Tisch. Jo setzte sich sprungbereit auf die äußerste Kante des Stuhls, obwohl er sich klar darüber war, daß es hier kein Entkommen gab. Die Fenster verglast, darunter die nackte Mauer, darüber der Himmel. Wieder starrte er auf die Wand. Am Hals des Menschen konnte er nichts entdecken, und eine weitere eisige Welle von Folgerungen ging über ihn hinweg. War es vielleicht möglich, daß man dort unten im Dorf mit den Schweinen besser umging?

»Nun, wie heißt du denn?« Wäre Jo im Besitz seines Verstandes gewesen, hätte er aus dem Donnergrollen dieser Stimme die gute Absicht heraushören müssen. »Ich heiße Klein, aber es ist einfacher, wenn du mich

Professor nennst. Wie haben dich deine Freunde genannt? Denn, wenn du erlaubst, möchte ich dich auch so nennen.«

Jo antwortete nicht und starrte die Wand an. Er würde sich wehren, wenn man ihm nicht sofort die Kehle durchschneidet. Allerdings hoffnungslos, weil diese da stärker waren, man würde ihn knebeln und binden. Seine Furcht, die seiner Meinung nach keine Steigerung mehr erfahren konnte, sprang wie ein tonloser Schrei in seine Kehle. Unter dem Fenster erblickte er einen hochbeinigen, schmalen Tisch, von dem Riemen und Gurte baumelten. Das war also die Folterbank, an der man ihn festbinden würde.

»Ich sehe, daß du Interesse zeigst«, sagte der Professor. »Dies freut mich ganz besonders. Das da«, er zeigte auf die Zeichnung, »ist die Anatomie des Menschen. Man muß viele Jahre lernen, bevor man sie überhaupt begreift. Und das da drüben ist der kleinere Operationstisch, obwohl ich ihn vor allem als Untersuchungstisch verwende. Muß man einmal schneiden, so ist es besser, wenn dies im großen Operationssaal geschieht. Den wirst du auch noch früh genug kennenlernen. Doch wenn wir uns schon unterhalten, so solltest du zumindest meine Fragen beantworten. Wie heißt du?«

In Jos Mund lief das Wasser zusammen. Vergebens versuchte er zu schlucken, der Speichel kam augenblicklich wieder, füllte seinen Mund, so daß er wieder schlucken mußte. Auf jeden Fall hatte er zunächst erfahren, daß man solche Art Schneiderei hierzulande als *Anatomie* bezeichnete. Doch warum der Name, und wozu das alles? Warum hatte ihn Garth hierhergebracht? Warum hatte Sir Adrian gesagt, er sei sein Sohn? Warum wollte ihn Tante Bessie nicht haben? Vor Tante Bessie hatte er zwar stets Manschetten, dennoch spielte er den ganzen Tag in ihrem Hof. Onkel Leslie hatte viel zu tun und war nur selten daheim, Tante Bessie aber meinte, er hätte keine Zeit, sich um sie zu kümmern, und darüber waren alle froh. Er, Jo, hatte die kleine Cora betreut, die er sehr gern hatte. Wenn er aber einmal fortgehen konnte, hatte er mit Ernie die Wälder hinter dem Dorf durchschweift. Ernie war zwar eigenwillig und hartnäckig gewesen, doch hier, in diesem Raum, kam er ihm vor wie der beste Freund. Warum nur durfte er nicht ins Dorf zurückkehren? Er hatte das Haus aufgeräumt, gekehrt und Wasser getragen. Garth konnte sich kaum über ihn beschweren …

»Man kann nicht gerade behaupten, daß du redselig bist, mein Sohn«, brummte Professor Klein. Er kratzte sich mit der linken Hand zerstreut die Brust, und Jo starrte entsetzt auf diese rosigen Finger, die in diesem Gestrüpp wühlten. »Oder fehlt dir was? Hat dich jemand gekränkt? Hier hast du wirklich nichts zu befürchten.«

»Ich weiß nicht recht, Sir …«, wandte Garth ein, doch der Professor winkte ab.

»Ich möchte selbst mit ihm zurechtkommen, rede Er mir nicht dazwischen!« Dann wandte er den Blick seiner hellblauen Augen Jo zu. »Nun sag schon mal was, mein Sohn! Ich weiß jetzt, daß du Jo heißt, das geht in Ordnung. Nun, Jo, hast du irgendeinen Wunsch? Sag es frei heraus, und dann wollen wir uns wie zwei alte Freunde unterhalten. Also — hast du irgendeinen Wunsch?«

Jo sprach gegen seinen Willen, und sobald er es gesagt hatte, hatte er es schon bereut.

»Ja. Ich muß dringend.«

Elm ließ ein wieherndes Lachen hören, und Jo meinte, daß sich der Boden unter ihm auftun müßte.

»Elm!« Die Stimme des Professors ließ die Wände erzittern, und Elm zog den Kopf ein. »Wenn Er sich nicht ordentlich benimmt, werde ich es dem Wirtschaftsamt melden! Wenn Er aus purer Neugier und gegen alle Regeln sich das Recht herausnimmt, diejenigen zu begleiten, die zu mir kommen, dann möge Er sich auch die erforderlichen Manieren zulegen. Wahrscheinlich hat Er dieses arme Kind bisher in Angst und Schrecken versetzt!«

»Professor, ich …«

»Schweig Er, Dummbeutel!« Das Gesicht des Professors wies ein ähnliches Farbenspiel auf, wie die Leber des Mannes auf der Anatomietafel, die hinter seinem Rücken hing. Er holte tief Luft und wandte sich dann mit ernster, verständnisvoller Stimme an Jo. »Du hast absolut recht, Jo. Wenn man muß und man nicht kann, wirkt sich dieser Umstand unbedingt störend auf die Denkfähigkeit aus. Elm wird dir das Örtchen zeigen. Dann kommst du zurück, und wir sprechen weiter.«

»Alter Narr«, sagte Elm leise draußen auf dem Korridor, während er die Tür hinter sich zuzog. »Er meint, es würde sich besser anhören, wenn er brüllt. Nun komm schon, Kleiner, bevor du in die Hosen machst, sonst muß ich das auch wieder ausbaden!«

Einige Schritte weiter öffnete er eine kleine Tür. Das Kabinett, das sie betraten, wies ebenfalls Inschriften an den Wänden auf, nur waren diese Buchstaben größer, als die, die Jo bisher gesehen hatte und waren unregelmäßig über die Wände verteilt. Durch das Fenster, das etwas höher angebracht war, fiel ein Lichtstrahl auf jenes weiße Ding, das sich inmitten der Nische erhob. Jo wußte nicht, welch anderem Ding diese Vorrichtung ähnlich sah, die sich ausnahm wie eine halbe Eierschale, die auf einem weißen Sockel saß.

»Da hinein, und ziemlich plötzlich!« zeigte Elm in die Vertiefung dieser Eierschale. »Nun schau nicht so rum! Ich weiß, daß du so was noch nie gesehen hast, aber es ist besser, wenn du es lernst, wenn dich der Professor akzeptiert und du ein Kandidat wirst!«

Als sie zurückkehrten, stand Garth bereits neben seinem Stuhl.

»Jaawohl, Prof … pr … pr …« kämpfte er gegen dieses Wort an, dann gab er es auf. »Jawohl, Sir, ich werde Sir Adrian berichten!«

Garths Person schien den Professor offensichtlich nicht zu interessieren.

»Schon gut«, brummte er, dann wandte er sich an Elm. »Elm, führe unseren Gast auf den Hof, wir brauchen ihn hier nicht mehr. Vielleicht kann er mit der Nachmittagsfähre zum Ufer zurückfahren. Bis dahin wird es sich weisen, ob mit dem Jungen oder allein.«

Er hob den Blick seiner blauen Augen, unter dem Jo bereits zu zittern begonnen hatte, sobald er diesen Raum betrat, und schaute den jungen Burschen an.

»Na komm schon, Jo! Setz dich und mach es dir bequem, weil wir uns eine Weile unterhalten müssen!«

Hinter Garth und Elm schloß sich die Tür. Jo aber wußte, daß er diesen Raum nicht mehr lebend verlassen würde.

15

Nachdem Garth jene Treppe mit dem unaussprechlichen Namen hinabgestiegen war und wieder blauen Himmel über seinem Kopf erblickte, holte er so tief Luft, daß er meinte, es würde ihm die Brust sprengen. Elm hatte wahrhaftig recht gehabt. Nun hatte er etwas, worüber er bis an sein Lebensende nachgrübeln konnte, doch vorerst einmal war sein Bedarf an Wundern gedeckt. Beim Hinuntersteigen hatte Elm eine Reihe Türen geöffnet, und das, was Garth dort zu sehen bekam, waren für ihn trotz Elms Erläuterungen spanische Dörfer. Er begann zu ahnen, daß Setmore nur deswegen nie wieder von der INSEL gesprochen hatte, weil er nichts davon begriffen hatte, was ihn hier umgab.

»Nun, Barbar«, sagte Elm, »es wird Zeit, daß du dich etwas ausruhst. Übrigens ...«

Er wandte sich der einen Mauer des weiten Hofes zu, wo eine Stange aus dem glatten Stein ragte. Garth war mittlerweile auch dahintergekommen, daß solche Steine, die die Vorfahren einst fertigen konnten und aus der die ganze INSEL bestand, noch nie gesehen hatte. Die Sandkörner und der Kies wurden durch eine gewaltige Kraft zusammengehalten. Es war kein Kalkmörtel, den Garth sehr gut kannte, und von dem er auch wußte, daß er so nackt und bloß dem Frost und der Feuchtigkeit nicht widerstehen könnte.

Elm beobachtete den Schatten des Stabes, und Garth merkte, daß unter dem Stab Kerben in die Mauer gemeißelt und im Halbkreis angeordnet waren. Der Schatten lag unmittelbar neben der untersten Kerbe.

»Übrigens«, fuhr Elm fort, »ist es gleich Mittag. Hast du Verpflegung mitgebracht?«

»Ja.«

»Du bist ein ordentlicher Mensch. Die meisten Barbaren, die sich unter irgendeinem Vorwand hierher wagen, erwarten, daß wir sie verköstigen. Aber gerade weil du nicht damit gerechnet hast, wirst du Gast der INSEL sein. Komm, ich will dir zeigen, wo du zu Mittag essen kannst.«

Am anderen Ende des Hofes gelangten sie in einen großen Saal. Garth hatte noch nie einen so großen überdachten Raum gesehen. Das Licht, das durch die Fenster fiel, konnte der Dämmerung, die in den Ecken und Winkeln nistete, nicht Herr werden, und das Stimmengewirr, das von den Wänden widerhallte, ließ ihn schier taub werden. An langen Tischen saßen glattrasierte und bärtige Männer in bunten Reihen, und der Lärm nahm um keinen Deut ab, als sie eintraten. Elm schlurfte bis ans Ende des Saales und drückte Garth auf einen freien Stuhl.

»Ein Barbar, Garth mit Namen. Er kommt aus Greenhill und wird mit der Nachmittagsfähre zum Ufer zurückfahren!« sagte er hastig, als ihn die Nachbarn fragend anblickten. »He, Merlin! Ich habe einen Gast mitgebracht! Er wird auf Kosten des Wirtschaftsamtes verpflegt!« Dies rief er bereits in Richtung einer Tür, die sich am Ende des Saales befand. »Kümmere dich um ihn!«

»In Ordnung«, antwortete eine Stimme hinter der halb offenen Tür. »Ein Tagedieb mehr oder weniger macht mir nichts aus!«

Elm legte die Hand auf Garths Schulter.

»Warte hier auf mich, ich werde dich holen!«

Er eilte aus dem Saal, und über Garths Kopf schlugen die Stimmen der Gäste wie eine Flutwelle zusammen.

Hinter der Tür, der Elms Ruf gegolten hatte, wurde ein immer lauteres Geklirr hörbar. Schließlich ging die Tür auf, und unter der Tür erschien ein Mann, der ein großes Tablett auf dem Arm balancierte. Auf dem Tablett standen dampfende Schüsseln, und Garth fiel der bekannte, blaßsilberne Schimmer des Geschirrs auf. Seine Neugier, obwohl er es selbst nicht glauben wollte, besiegte seine Schüchternheit, und er wandte sich an den Nachbarn zu seiner Rechten.

»Aus was für einem Metall sind diese Schüsseln, Sir?«

Der Gefragte hatte anscheinend vergessen, was Elm gesagt hatte, weil er Garth eine ganze Weile erstaunt musterte.

»Wie? Was?« meinte er schließlich, dann nickte er verständnisvoll. »Natürlich, du bist der Barbar, den Elm hierher gesetzt hat. Nun, dieses Geschirr ist aus Aluminium.« Er blickte Garth forschend an. »Du interessierst dich für Metalle? Ich habe nie geglaubt, daß ein Barbar an so was denken würde. Und warum interessiert dich das?«

»Wir finden manchmal auch solche Metallstücke, doch die Schmiede können nichts damit anfangen ...«

Der andere verzog den Mund.

»Nun, was das betrifft, wir können auch nicht viel damit anfangen. Solange wir aufpassen, daß nichts passiert, mag es angehen, aber sobald ein Stück zu Bruch geht oder leck wird ...«

Sein Redeschwall wurde durch das Tablett unterbrochen, das sich zwischen die beiden drängte, während der Mann, der das Tablett gebracht hatte, je eine Schüssel und Löffel vor sie setzte. Garths Nachbar schnüffelte an der Schüssel und ergriff den Löffel. Man sah ihm an, daß er Garth bereits völlig vergessen hatte, ebenso das Aluminium. Garth kostete vorsichtig von der Speise. Es waren Bohnen, für eine Suppe zu dick, für ein Gemüse zu dünn, und nach dem zweiten Löffel war er der Meinung, daß sie im Dorf besser kochten. Die Speise war für Garths Geschmack auch etwas zu salzig, wenn er natürlich auch wußte, daß man bei ihm zu Hause sehr sparsam mit dem Salz umging. Auf einem zweiten Tablett wurde Brot serviert, das wiederum entschieden besser schmeckte als jenes, das die Frauen im Dorf backten. Die Köpfe senkten sich über die Schüsseln, der Lärm verebbte für eine Weile. Auch der Löffel ist aus Aluminium, stellte Garth fest. Er war es, der die Bewohner von Greenhill zum größten Teil mit holzgeschnitzten Löffeln versorgte. Neben der Kerzengießerei war dies mit sein einträglichstes Geschäft.

Die Leute löffelten auch die letzten Bohnen aus ihren Schüsseln und blickten dann ungeduldig auf Merlins Tür.

»Wetten«, sagte der Mann, der ihm gegenübersaß, »daß es heute zur Abwechslung wieder gekochtes Räucherfleisch mit Kartoffeln gibt.«

»Ich wette nicht«, erwiderte Garths Nachbar zu seiner Linken, ein hagerer, fast kahlköpfiger junger Mann, »weil du die Wette gewinnen wirst, Ricky. Aber warum kümmerst du dich eigentlich so viel um deinen Wanst? Mir ist es egal, was ich esse, wenn ich es nur schnell hinter mich bringe, da die Arbeit auf mich wartet.«

»Verzeihung, Herr Volontär, nur ein theoretisches Ei kann so eingebildet sein.« Derjenige, den sie Ricky genannt hatten, unternahm keinen Versuch, seine Verachtung zu verbergen. »Oder hast du das vielleicht in der

Hoffnung gesagt, man könnte dich am Tisch der Adjunkten hören? Du brauchst dich nicht zu überschlagen, Moonie, kein Mensch achtet auf dich, weder hier, noch oben in den Korridoren. Das ist ein weiterer Beweis dafür, wie sehr du ein Ei bist.«

»Das war nicht der Grund«, versetzte Moonie mit unerschütterlichem Ernst, »sondern weil ich es wirklich so empfinde.«

Es war, als hätte sich in Rickys braunen Augen der Spott etwas gemildert. Er drehte die leere Schüssel zerstreut zwischen seinen dicken, kräftigen Fingern.

»Womit beschäftigst du dich jetzt?«

»Mit der Differentialrechnung«, erwiderte Moonie andächtig.

»Hm.« Ricky dachte einen Augenblick nach. »Diese Krankheit habe ich bereits überwunden. Und was meinst du, Moonie, wie viele Generationen vor dir sich durch diesen Stoff durchgefressen haben, und mit welchem Ergebnis?«

»Warum fragst du? Du weißt es so gut wie ich.«

»Beantworte meine Frage. Mit welchem Ergebnis?«

»An welches Resultat denkst du?«

»Selbstverständlich an das praktische.«

Garth begriff zwar nicht, worüber sich die beiden stritten, aber in Rickys Worten war verhaltene Leidenschaft zu spüren, so daß er hinhören mußte.

»Warum erwartest du von einer theoretischen Arbeit, wie der meinen ein praktisches Ergebnis? Du bringst die Dinge durcheinander, Ricky.«

»Ich fürchte, daß ihr das tut. Es hat stets genügend Ochsen gegeben, die den Stoff verdaut und dann wieder ausgespien haben, damit ihn die Nachkommen wieder fressen können. Und es war auch ihr Glück, daß sich stets solche Rindviecher gefunden haben, die an ihrer Stelle schufteten.«

»Das ist eine einseitige Betrachtung. Alle Welt weiß, daß du selbst beantragt hast, in den Werkstätten arbeiten zu dürfen, Ricky. Außerdem weiß jeder, was für ein hervorragender Theoretiker du gewesen bist, bis ...«

»Bis ich übergeschnappt bin?« sagte Ricky zähneknirschend. »So geht doch das Gerücht, nicht wahr? Sag's mir nur ruhig ins Gesicht. Jawohl, ich bin übergeschnappt, nur kann ich nicht genau sagen, wann es geschah, ob damals, als ich mit der theoretischen Arbeit begann oder damals, als ich sie hinschmiß. Oder vielleicht jetzt, wo ich Tag für Tag mit dem Unmöglichen zu kämpfen habe?«

»Was bezeichnest du als unmöglich? Soweit ich deine Fähigkeiten kenne, kann ich mir schwer vorstellen, daß du auf eine unlösbare Frage gestoßen bist.«

»Das ist ein weiterer Beweis, Moonie, was du für ein dummes Küken bist. Natürlich ist es am angenehmsten, beschränkt zu sein; es tut mir fast schon leid, daß ich's aufgegeben habe.«

»Du kannst mich nicht beleidigen. Das hast du nur gesagt, um nicht auf meine Frage antworten zu müssen. Um welch unlösbares Problem geht es denn? Wenn ich vielleicht auch nicht damit fertig werden sollte, dann doch irgendein Adjunkt, oder, wenn das Problem schwerwiegend genug ist, vielleicht Professor Frazer persönlich ...«

Ricky schüttelte traurig den Kopf.

»Ich muß gestehen, daß ich euch wegen eurer Beschränktheit beneide. Wahrscheinlich ist dies auch der Grund, warum ich bei jeder Gelegenheit Streit suche. Obwohl es hier um mehr geht als um die Tatsache, ob mein Allgemeinbefinden gut oder schlecht ist. Darauf kannst du Gift nehmen.«

»Wie lautet nun die Frage?« bohrte Moonie beharrlich weiter.

Ricky grinste.

»Ich weiß, ich bin ein boshafter Mensch, aber solche Augenblicke sind es stets wert, dieses Spiel von neuem zu beginnen. Da kommt so ein ahnungsloses Schaf daher, wie du, es gelingt mir, seinen sowieso schon begeisterten Idealismus zu entfachen, und natürlich will er helfen, o ja«, ahmte er den Tonfall des anderen nach, »und wenn nicht er, dann eben irgendein anderer, der klüger ist, der bereits mehr Quadratmeter Wandfläche abgeleckt hat. *Irgendeiner* kann immer helfen, es gibt *keine* unlösbaren Probleme! Dann stelle ich eine einzige kleine Frage, nur eine kleine unbedeutende Frage, die nur ein Bruchteil des Ganzen ausmacht, und ihr fallt alle auf die Nase!«

Moonies hageres Gesicht lief rot an. Umsonst hatte er behauptet, Ricky könnte ihn nicht beleidigen; Garth spürte die Spannung, die in der Luft schwebte, ohne deren Grund zu begreifen.

»Quatsch dich rein aus!«

»Ich sage, was ich denke. Nun, da wäre diese winzige Frage. Für dich, der du längst über die Mechanik hinaus bist, dürfte es ein Kinderspiel sein, sie zu beantworten! Seit sechshundert Jahren holen wir die Wassereimer nach wie vor mit dem gleichen Flaschenzug aus den Zisternen. Die Arbeit ist nicht schwer, weil dieser Flaschenzug seinerzeit einwandfrei konstruiert worden ist, besser geht's gar nicht. Wer diese Arbeit zu verrichten hat, spürt nichts weiter als die Last des Seils auf seinen Schultern, während er sich gemütlich zum anderen Ende des Hofes begibt. Da muß man sich nicht besonders anstrengen. Diese körperliche Betätigung tut ihm sogar gut nach all dem Herumstehen und Herumhocken an der Mauer. Doch wenn ein Teil dieses Flaschenzuges zu bröckeln beginnt, oder wenn ein Seil verschleißt, bedienen wir uns stets der gleichen Ersatzteile. Kannst du das begreifen, du Küken? Es sind die gleichen Ersatzteile, und wir haben auch keine anderen zur Verfügung, denn der Flaschenzug ist wie gesagt vollkommen. Etwas Besseres kann man sich gar nicht vorstellen.«

»Aber wenn du selbst behauptest, daß der Flaschenzug nicht mehr verbessert werden kann …«

»Ich dachte, du hättest einen besseren Kopf, Moonie. Sobald ich an diesem Punkt angelangt bin, sind deine Adjunkten längst in die Luft gegangen. Du hast mir den Spaß verdorben, weil ich dir die Pointe erklären muß. Nun paß gut auf, Moonie, die einzige Erklärung ist ein einziges Wort: Energie. Wir haben keine Energie und werden in absehbarer Zeit auch keine haben.«

Moonie lächelte erleichtert.

»Unsere Fakultät befaßt sich nicht mit Energiefragen. Du hast mich erschreckt, Ricky, weil ich glaubte, es sei etwas Ernstes!«

Ricky mußte schlucken, bevor er wieder ansetzte.

»Rindvieh«, sagte er überlegt. »Ich hätte nie geglaubt, daß du so ein Rindvieh bist. Es ist besser, wenn ich den Mund halte, obwohl ich hoffte, dich ärgern zu können.«

»Jetzt aber erwarte ich deinerseits eine Erklärung!« Moonie war der Meinung, er hätte das Recht, Satisfaktion zu fordern. »Warum hast du mir all das erzählt, wenn es mich nichts angeht? Ich beschäftige mich jetzt mit der Differentialrechnung und nicht mit der Energie! Was geht mich das an?«

»Du wirst es zwar nicht begreifen, trotzdem will ich's dir erklären, damit du nicht herumerzählen kannst, ich hätte dich grundlos aufgezogen. Obwohl, soweit ich erkennen kann ...«

Er wandte sich der Tür zu, wo der Mann mit dem Tablett wieder auftauchte.

»Es ist zwecklos, Moonie«, sagte er mit veränderter Stimme. »Solche wie du werden hierzulande gezüchtet. Schade um jedes Wort. Übrigens habe ich die Wette gewonnen. Es gibt Geräuchertes mit Kartoffeln.«

»Bis die Bedienung kommt, könntest du mich wirklich noch mit ein paar Sätzen beehren«, sagte Moonie, und sein schmales Kinn bebte vor Empörung. »Du schneidest irgendein Thema an und läßt es dann bleiben.«

»Wie soll ich da zu einem Ende kommen? Darum

geht es ja gerade, daß man kein Ende finden kann. Auf diese Fragen gibt es keine Antwort. Ihr, die Bewahrer des Wissens, wie ihr euch nennt, seid genau wie dieser Flaschenzug. Ihr kennt die Theorie genau, und du wirst nach zwanzig Jahren ebensoviel wissen, wie Professor Frazer heute. Vielleicht auch etwas mehr, und wenn der Wissenschaftsrat dieses ›mehr‹ als würdig erachtet, dann wird es an die Wand geschrieben. Doch das, was wir bewahren, können wir nicht anwenden. Dazu müßte man Leute haben, sehr viele Leute, mehr Rohstoffe und vor allem einen anderen Geist. Und natürlich Energie, nicht aber dieses Auf-der-Stelle-Treten ...«

»Ich glaube nicht, daß es klug ist, solche Dinge in Anwesenheit eines Barbaren zu erörtern!« warf Garths Nachbar zur Rechten urplötzlich dazwischen, der bis dahin geschwiegen hatte.

»Warum nicht?« lachte Ricky. »Erstens versteht er nur Bahnhof, und obendrein können wir es ohne sie nicht machen ...«

»Was denn?«

»Der alte Wills gesegneten Andenkens hat vor mehr als hundertfünfzig Jahren ein funktionsfähiges Modell einer Dampfmaschine gebaut. Die Größe seiner Tat bestand nicht darin, daß er dies fertigbrachte, sondern in der Tatsache, daß er es überhaupt gewagt hat. Der Wissenschaftsrat hat seither auch keine Genehmigung zum Bau einer größeren Dampfmaschine erteilt, weil deren Rauch die Wände beschmutzen könnte. Vergebens haben wir seither mehrmals bewiesen, daß der Rauch der Kerzen und offenen Flammen bedeutend mehr Schaden anrichtet. An der Küste aber wollen sie die Maschine nicht aufstellen, weil man sie dort weniger unter Kontrolle hat und so die Hegemonie der INSEL nicht mehr gewährleistet ist.«

Er trommelte mit dem leeren Gefäß auf die Tischplatte.

»Was heißt hier Hegemonie der INSEL? Wir wissen

gar nicht, was diese INSEL gewesen ist! Warum wurde sie erbaut? Welchem Zweck hat sie gedient? Doch so viel weiß ich auch, daß hier alles mit Elektrizität betrieben wurde! Die Leitungen faulen in den Mauern vor sich hin!«

Der Mann mit dem Tablett nahm ihm die Schüssel wortlos aus der Hand und stellte eine andere vor ihn hin. Ricky stieß die Gabel so heftig ins Fleisch, daß Garth zusammenfuhr. Er stopfte sich den Bissen in den Mund und knurrte, während er drauf herumkaute: »Das ist alles, was ich mit der Theorie und der Hegemonie der INSEL zu tun habe. Und ich wünschte, ihr würdet daran denken, sooft ich den Herrn Adjunkten eine hübsche Theorie aufsage und ein Lob dafür ernte! An Wills, an seine Dampfmaschine, an die Leitungen in den Wänden! Und jetzt will ich mir nicht länger den Appetit verderben lassen. Hör auf zu fragen, Moonie! Nimm es so, daß ich dir in allem recht gebe!«

Er senkte den großen, kantigen Kopf über die Schüssel und stopfte das Essen wütend in sich hinein.

»Ich kann nur nicht verstehen, Ricky«, wagte Garths Nachbar zur Rechten dennoch einzuwenden, »warum gehst du nicht vor den Wissenschaftsrat, wenn du solche Gedanken hast?«

Ricky hob nicht einmal den Kopf, während er, das Fleisch kauend, langsam und deutlich sagte, was ihn der Wissenschaftsrat könnte. Garth verstand, was er meinte, und fühlte etwas wie Scham, mit Verachtung gemischt. Im Dorf pflegte man beim Essen keine solchen Ausdrücke zu benutzen.

»Aber Ricky!« rief der Nachbar zur Rechten aus. »Der Barbar!«

»Er darf mich auch«, mampfte Ricky, »oder er soll hergehen und mir bei der Arbeit helfen. Wenn sie besser leben wollen, müssen sie früher oder später einsehen, daß ihnen keine andere Wahl bleibt. Und uns auch nicht.«

Garth hatte keine Ahnung, wie er sich verhalten sollte. Dann beschloß er, so zu tun, als hätte er kein Wort verstanden. Das Fleisch war zäh, die Kartoffeln halb roh. Garth beschloß, sofort alles aufzuessen, was er mitgebracht hatte, sobald er wieder in Seaside gelandet war.

16

Das, was sich am Nachmittag ereignete, war für alle derart ungewöhnlich und unerklärlich, daß das scharfe Licht der Ereignisse selbst die kurz vorher verstrichenen, damals noch nichtssagenden Minuten erhellte.

Garth konnte sich genau erinnern, daß er auf der schmalen Bank gesessen hatte, die rund um den Hof aufgestellt war, nachdem er sich zunächst vergewissert hatte, daß keine Inschriften drauf waren. Später gesellte sich Elm zu ihm und wunderte sich, daß Jo noch immer beim Professor war. Garth konnte ihm nicht Bescheid geben, Elm aber zuckte die Schultern und eilte davon. Garth fiel auf, daß Elm stets in Eile war. Er mußte ein sehr wichtiger Mann sein, zumindest war dies Garths Meinung. Dann erblickte er Professor Klein und Jo, die diese Treppe mit dem komischen Namen herabschritten. Garth stand beflissen auf.

»Nun gut, gut«, brummte der Professor. »Meiner Meinung nach werden wir so manche Sorgen mit ihm haben, aber wir werden ihn behalten. Wo ist dieser Halbnarr?«

Garth wußte nicht, wen er meinte und schwieg weiter.

»Na, dieser Mann vom Wirtschaftsamt … dieser Elm!«

»Er war da, aber er ist fortgegangen.«

»Elm!« brüllte Klein. Seine Stimme hatte unter freiem Himmel nichts von ihrem Umfang verloren.

Elm tauchte umgehend zwischen den Säulen auf.

»Ihr rennt aber auch überall herum«, schimpfte Klein, »nur nicht dort, wo man Euch braucht.«

»Hat er sich bewährt, Professor?« fragte Elm vertraulich.

»Ja. Ihr wißt ja, daß wir nicht wählerisch sein können«, setzte er besorgt hinzu. »Er ist total introvertiert, doch das hat nichts weiter zu sagen, und außerdem geht es Euch einen feuchten Kehricht an. Ihr habt ja keine Ahnung!«

»Eine Ahnung schon, Professor!«

»Dann geht es Euch nichts an«, stellte Klein fest. »Bringt ihn zu Professor Dicks.«

»Zuerst will ich sehen, wo ich ihn finden kann«, sagte Elm und eilte davon.

»Ihr könnt heimfahren, guter Mann«, wandte sich der Professor an Garth. »Und sagt dem Richter, dieser Bursche sei kein Setmore, wie ich sie bisher gekannt habe.«

Garth unterdrückte noch beizeiten, was er sagen wollte, und machte eine linkische Verbeugung.

»Ich habe verstanden, Sir. Ich werde es ausrichten.«

»Dich sehe ich morgen wieder«, sagte der Professor und strich Jo über das Haar. »Bis dahin such deine Zunge, du hast sie irgendwo verloren!«

Jo folgte dem Schwanken seines gewaltigen Leibes, der sich auf die Treppe zu bewegte, mit entsetztem Blick.

»Warum fürchtest du dich denn vor ihm?« fragte Garth, als er hoffte, daß der Professor bereits außer Hörweite war.

Jo erwiderte nichts.

»Hat er dir was getan?«

Jo schüttelte den Kopf.

»Also was ist?« fuhr Garth plötzlich auf. »Willst du mir auch nichts sagen? Los, sag doch! Hat er dir was getan?«

»Nein.«

»Alsdann. Was habt ihr so lange gemacht?«

»Ich mußte Kästchen zählen und Bilder zusammensetzen, die jemand zerschnitten hatte. Aber ich weiß nicht, warum die Bilder zerschnitten wurden und warum ich sie wieder zusammensetzen mußte. Bring mich nach Hause, Garth!«

Er hob den Blick flehend zu dem Mann mit der schiefen Schulter auf.

»Aber er hat gesagt, daß du dich eignest!« verteidigte sich Garth. »Wie soll ich dich dann wieder mit nach Hause nehmen?«

Jo starrte vor sich hin, und Garth versuchte, das Thema zu wechseln.

»Was habt ihr nachher gemacht? Hat es so lange gedauert, diese Bilder zusammenzusetzen?«

»Nein. Er hat mir eine Zahlenreihe vorgelesen, und die mußte ich dann erst in der gleichen, nachher in umgekehrter Reihenfolge wiederholen. Dann fragte er mich, ob ich addieren und subtrahieren könnte und ließ mich rechnen. Ich sagte ihm, daß mir die Multiplikation schwerfällt und daß ich überhaupt nicht dividieren kann, doch er meinte, das macht nichts, ich würde es schon lernen. Bring mich heim, Garth! Hier ist es unheimlich!«

Garth hatte das gleiche Gefühl, dennoch fragte er:

»Warum ist es hier unheimlich?«

»Ich kann's nicht sagen, aber es gefällt mir nicht, Professor Klein« — Garth beneidete Jo, weil er dieses schwere Wort fehlerlos aussprechen konnte — »hat mir nichts getan. Trotzdem fürchte ich mich vor ihm. Bring mich heim, Garth!«

»Aber ...« Garth war ratlos. »Aber das geht doch nicht! Was soll ich den Leuten hier und was soll ich Sir Adrian sagen? Begreif doch, Jo ...«

Elm war wieder herbeigeeilt und stand jetzt neben ihnen.

»Ich nehme dich gleich mit, Professor Dick erwartet

dich! Du wirst leider das Mittagessen versäumen, aber Garth«, befahl Elm, »wird dir seinen Proviant überlassen. Das wird bis zum Abendessen reichen.«

Jo wollte einwenden, daß er nicht hungrig sei und nach Hause möchte. Der Gedanke an die Begegnung mit einem weiteren Professor löste fast eine Panik bei ihm aus.

»Los, gib ihm schon den Proviant«, sagte Elm zu Garth, »dann verabschiedet euch. Die Fähre geht in Kürze.«

Garth langte widerstrebend in seinen Rucksack.

In diesem Augenblick vernahmen sie den Ton, der plötzlich die Luft erfüllte. Er ließ sich nicht benennen, weil man so was bisher noch nie gehört hatte. Die Säulengänge des Hofes gaben ein Echo, so daß Garth zunächst meinte, daß der Laut von daher käme, und auch Jo meinte, darin einen neuen Schrecken der INSEL zu erkennen. Aber auch Elm starrte mit weit aufgerissenem Mund nach oben, und in seinem Gesicht war die gleiche Verwirrung zu lesen, wie bei den anderen.

Über ihren Köpfen tauchte am wolkenlosen blauen Himmel ein winziger weißer Punkt auf. Bis Garth Elms Blick folgte, sah er selbst, daß aus dem Punkt zunächst nur langsam, dann immer schneller, ein schmaler weißer Streifen wurde. Er wurde in Richtung Südwesten zu einem Bogen gleich einer fein gebogenen Klinge, erreichte die hohe Hofmauer und setzte sich hinter der Mauer wahrscheinlich weiter fort, denn der Ton wurde immer stärker, vertiefte sich hin bis zum Donner, sein Schall erschütterte die Luft und selbst jenen erschrockenen Atemzug, der angesichts dieses Wunders in ihrer Kehle stecken blieb.

Elm ließ sie wortlos stehen, rannte auf die Treppe zu und verschwand. Die Macht dieses Schalls drang bereits bis in die Knochen, und Garth befürchtete, daß die Mauern über ihnen einstürzen würden. Dann brach der Ton plötzlich ab, und nur noch die Rufe und das Geräusch der Schritte in den Korridoren drangen an ihr klingendes Ohr. Über den Hof rannten Menschen auf die Treppe zu, und es schien, als eilten alle auf die höher gelegenen Punkte der INSEL zu. Um Garth und Jo aber kümmerte sich kein Mensch.

Garth wartete eine Weile, dann setzte er sich auf die Bank, und Jo ließ sich neben ihm nieder.

»Was war das?« fragte Jo, obwohl er selbst nicht glaubte, daß Garth ihm eine Auskunft geben könnte.

»Ich weiß es nicht. Laß uns hier warten, Elm wird bald zurückkehren und uns alles erklären.«

»Bring mich heim, Garth«, sagte Jo schüchtern. Aber Garth antwortete nicht, und in Jos Herz war etwas, das sich für alle Zeiten verhärtete. Er preßte die Lippen zusammen und sagte kein Wort mehr, auch dann nicht, als Elm nach langer Zeit am späten Nachmittag zu ihnen zurückkehrte.

»Auf, auf, Garth, die Fähre legt bald ab!« rief er schon von weitem. »Beeil dich! Du auch, Jo!«

Diesmal ging es nicht über Treppen. Bereits nach wenigen Korridoren erblickten sie den Hof des Hafens. Am Kopf der Treppe, die zum Hafen hinabführte, blieb Elm stehen und rief den Leuten zu, die sich auf der Fähre zu schaffen machten:

»Da ist euer Mann! Ihr könnt ablegen!«

Garth berührte mit einer linkischen Gebärde Jos Arm.

»Sei lieb, Jo!« brummte er verlegen.

Jo antwortete nicht und schaute Garth nicht an. Sein Blick haftete auf den Holzstößen, die an der Hofmauer aufgeschichtet waren. Garth begann, die Stufen hinabzusteigen, und Elm versetzte Jo einen freundlichen Stoß in den Rücken.

»Nun, Herr Kandidat, komm mit! Heute hast du nichts mehr zu tun«, erklärte er, während sie wieder durch die Korridore gingen, »das heißt, daß heute niemand mehr Zeit hat, sich mit dir zu befassen. Ich will dir zeigen, wo du wohnen wirst. Dort wirst du auch zwei junge Leute in deinem Alter treffen. Sie werden dir die Zeit vertreiben und dich zum Abendessen mitnehmen. Ich hoffe, daß Professor Dicks morgen vormittag Zeit haben wird, dich zu empfangen, und natürlich mußt du auch Professor Klein besuchen. Da wird dich aber schon einer deiner Kollegen hinführen. Jetzt, wo du Kandidat bist, werden wir kaum etwas miteinander zu tun haben.«

»Was war denn das?« fragte Jo.

Elm erriet seine Gedanken.

»Nun ... das wissen selbst diejenigen nicht, die klüger sind als wir. Die einen behaupten, es war ein Meteor, die anderen bestehen darauf, es sei ein Raumschiff gewesen. Wahrscheinlich hast du das eine wie das andere Wort noch nie gehört, so daß du mit dieser Erklärung nicht viel anfangen kannst. Der Wissenschaftsrat ist jedenfalls bereits zusammengetreten, um die Frage zu erörtern. Natürlich wird es bis zum Morgen dauern, bis jeder der Professoren seinen Senf dazugegeben hat. Es kann aber auch sein, daß die Nacht nicht ausreicht, und daß die Debatte morgen fortgesetzt wird. Meiner Meinung nach weiß dein Vater, der Richter, mehr darüber als die ganze Gesellschaft. Die Klugen behaupten, das Ding sei hinter Greenhill niedergegangen. Soweit ich sehen konnte, bin ich der gleichen Meinung, weil ich noch beizeiten das Dach erreichen konnte. Ob nun diesseits oder jenseits von Greenhill, wird sich erst herausstellen, wenn die Delegation des Wissenschaftsrats ihren Lokaltermin abgehalten hat. Aber daß das Ding in jener Richtung zwischen den Hügeln niedergegangen ist, steht fest.«

Er legte eine Pause ein, bevor er ungewöhnlich langsam und grübelnd fortfuhr:

»Wenn diejenigen recht behalten, die meinen, es sei ein Raumschiff gewesen, wird sich das Leben ändern. Es wird irgendwie anders sein. Wie, das können wir uns jetzt noch nicht vorstellen, aber sicher wird das unterste zuoberst gekehrt werden, das kannst du mir glauben ...«

Die beiden Burschen, zu denen Elm ihn hinführte, machten sich wenig aus Jo. Sie saßen über ihre Tafel gebeugt an einem Tisch mitten im Zimmer, schrieben verschiedene Zahlen mit Holzkohle auf die Tafel und wischten sie wieder weg und fingen von vorne an. Ihr Unterarm war schwarz von der Holzkohle. Sie arbeiteten stumm bis zum Abendessen, wuschen sich nachher in einem Raum, wo aus einer Leitung in der Wand Wasser in ein Becken floß, wenn man den Hahn aufdrehte. Auch Jo mußte sich die Hände waschen, dann ging es immer noch wortlos zum Abendessen. Der Lärm im Speisesaal verwirrte Jo ebenso, wie Garth beim Mittagstisch. Er stocherte lustlos in der Speise herum und aß kaum etwas davon.

Nach dem Abendessen kehrten sie in ihr Zimmer zurück. An den Einmündungen der Korridore brannten kleine Wachslichter, und auch die Dunkelheit in ihrem Zimmer wurde nur durch das spärliche Licht gemildert, das von außen hereindrang. Jo wußte nicht, ob die beiden Schüler aus Verachtung oder nur würdevoll schwiegen, doch er war froh, sich mit seinen eigenen Gedanken befassen zu können. Er hatte fürchterliche Angst vor dem, was er beschlossen hatte, dennoch fühlte er, daß ihm nichts anderes übrigblieb. Er kroch unter die dicke Decke und drehte sich mit offenen Augen der Wand zu. Auch dort waren Buchstaben und Zahlen, doch ihm war bereits am Nachmittag gesagt worden, daß er auf diese Inschriften nicht aufzupassen brauchte. Jetzt, in der Finsternis konnte er sie zum Glück nicht mehr erkennen.

In den Korridoren wurde es still, die beiden Buben atmeten gleichmäßig, später begann einer von den beiden zu schnarchen. Jo wartete noch eine Weile, dann kroch er vorsichtig unter der Decke hervor. In der Finsternis ertastete er die Lehne eines Stuhls, nahm seine Hose, die er über die Stuhllehne gelegt hatte, faltete sie zusammen, klemmte sie unter den Arm und huschte auf Zehenspitzen aus dem Zimmer.

Die schwankenden Flammen der Wachslichter erweckten die Inschriften an den Korridorwänden zum Leben, doch er hatte noch mehr Angst davor, sich zu verirren. Als er endlich den Hof des Hafens erreicht hatte, hatte er das Gefühl, als wäre er die ganze Nacht durch die Korridore geirrt. Er pirschte sich an die Holzstöße heran und versuchte, das oberste Stück herunterzuholen. Das Holzscheit kam langsam in Bewegung, kippte zu ihm ab, während er es mit beiden Armen umklammerte, damit es nicht auf das Pflaster des Hofes donnerte, und die hervorstehenden Knoten ritzten seine nackte Haut unbarmherzig auf. Mit bebenden Muskeln stolperte er mit dem Holz über die Treppe, ließ es halb ins Wasser gleiten, dann schlich er wieder zurück, um seine Hose zu holen, die er neben den Holzstoß gelegt hatte. Im Hof war es still, die INSEL dunkel, nur hinter einem fernen, hohen Fenster brannte noch Licht. Jo befestigte seine Hose mit seinem Gürtel am Balken, dann, das Holz vor sich herschiebend, glitt er lautlos ins Wasser.

Er landete südlich von Seasides Häusern, schlüpfte in seine durchnäßte Hose, und nachdem er die Felder überquert hatte, gelangte er zur Straße nach Halfway. Die schmale, staubige Straße schmiegte sich vertraut unter seine Sohlen. Er fror und begann daher zu laufen. Als die Hähne von Seaside den Morgen begrüßten, hatte er bereits die Hügel erreicht.

An diesem selben Morgen konnte der Adjunkt Seymour vor Aufregung keinen Schlaf finden. In seinen Umhang gehüllt blickte er zum Himmel empor, der jetzt immer heller wurde und bestätigte bei sich die Annahme, daß seine Entscheidung am Nachmittag davor richtig gewesen war. Als jener Streifen am Himmel erschienen war, wußte er, daß es sich nur um *ein* Ding handeln konnte, obwohl er so etwas noch nie gesehen hatte. Er versuchte, sich die Richtung genau einzuprägen, wo dieser Streifen vor den grünen Rücken der südlichen Berge verschwunden war und ließ seine Truppe sogleich in diese Richtung marschieren. Born, der ältere unter den Hilfslehrern, murmelte zwar etwas von dem Befehl, demnach sie unbedingt die STADT aufzusuchen hatten, aber Seymour stellte sich taub. Wenn es wirklich stimmte, was er glaubte — und in diesem Punkt konnte er in Gedanken die Hoffnung, das Wissen und den hieraus erwachsenden Glauben nicht voneinander trennen —, dann würden diese entsetzlichen und im Grunde genommen nutzlosen Besuche in der STADT für alle Zeiten ein Ende finden. Sich mit gespanntem Bogen in die Ruinen schleichen, einen Pfeil in eine Richtung abschießen, wo sich etwas rührte, ohne zu überlegen, ohne je zu erfahren, auf was man geschossen und was man getroffen hatte, dann mit hängender Zunge in entgegensetzter Richtung davonlaufen... In der STADT hausten Monster, auf der INSEL Verrückte — Seymour kannte die Meinung der Dorfbewohner nur zu genau. Tatsache aber war, daß nie ein Mensch je ein Monster erblickt hatte, oder wenn das wirklich der Fall war, der Betreffende nie mehr darüber berichten konnte. Professor Klein allein behauptete, daß dort ebensolche Menschen lebten wie sie, doch das wollte ihm keiner glauben. Halte die Augen offen, achte auf jedes Geräusch, paß auf, daß du dich nicht mehr als drei Schritte von deinem Nachbarn entfernst, und bewege dich so, während du etwas Wertvolles unter den Ruinen hervorkramen kannst, daß du stets den Rücken frei hast; den Bogen darfst du niemals aus der Hand legen. Wer diese Vorschriften nicht befolgte, kehrte niemals aus der STADT zurück, und keiner konnte je etwas über sein Schicksal erfahren. Seymour hatte nicht mehr Angst vor diesen Expeditionen, als jeder andere vernünftige Kollege. Er hatte es seiner Vorsicht, seiner Behutsamkeit und

— er wußte es genau — seinem Glück zu verdanken, daß er seine Truppe bereits ein dutzendmal unbeschädigt zur INSEL zurückgeführt hatte, obwohl er diese Art Abenteuer aus tiefster Seele verachtete. Er war entsetzt, daß er töten mußte — denn auf die abgeschossenen Pfeile folgte oft ein Schmerzensgeschrei aus den Ruinen, die von Gestrüpp überwuchert waren — und er hatte ein unbehagliches Gefühl, wenn er daran denken mußte, daß jene namenlose Dummheit, die bereits so viele Opfer gefordert hatte, eines Tages auch seinem an Plänen und Aufgaben so reichen Leben ein Ende setzen konnte.

Er war also nicht aus Feigheit umgekehrt, doch er war viel zu stolz, um dies Born zu erklären. Er, Adjunkt Seymour, der verantwortliche Leiter der Truppe, würde auf der INSEL Rede und Antwort stehen, warum er vom Befehl abgewichen war. Und er würde auch der erste sein, der das Raumschiff erblickt. Er hielt es für ein besonderes Geschenk des Schicksals, daß er gerade unterwegs zur STADT war. Hätte er sich auf der INSEL aufgehalten, so wäre er bei der Sitzung des Wissenschaftsrats wahrscheinlich gar nicht zu Wort gekommen. Die Besprechung hatte bis zum Morgengrauen gedauert, und wahrscheinlich konnte auch keine Entscheidung gefällt werden, so daß die Sitzung im Laufe des Vormittags nach einigen Stunden Schlaf weitergehen würde. Ein Aufklärungstrupp würde voraussichtlich nicht vor heute nachmittag, eher erst morgen früh aufbrechen.

Nur ein einziger Widerspruch störte ihn, derselbe, der ihm schon seit acht Jahren keine Ruhe mehr ließ. Jener Apparat, den sie seinerzeit in den Buchenwäldern jenseits von Greenhill gefunden hatten, war zweifellos das Werk intelligenter Wesen, beziehungsweise Menschenwerk. Selbst dann, wenn man das Gerät umsonst auf die INSEL geschleppt und seitdem keins seiner Geheimnisse enträtseln konnte. Stumm und geheimnisvoll rostete das Ding in einer Ecke des Labors vor sich hin, dennoch war es von Menschen gebaut worden. Aber wo und warum hatten sich diese Menschen sechs Jahrhunderte lang verborgen? Seymour, als erster Adjunkt und späterer Nachfolger des alten Bonnard kannte bereits so manches Geheimnis aus den Anfängen, Geheimnisse, die nur wenigen auf der INSEL anvertraut wurden. Er wußte, was das in Wirklichkeit gewesen war, was man allgemein als die Katastrophe bezeichnete, wenn es sich nicht vermeiden ließ, darüber zu sprechen, und er wußte auch, was diese Katastrophe hervorgerufen hatte. Man hatte ihm unter strengster Geheimhaltung auch erklärt, und dies auch nur, damit er das Geheimnis einst auf gleiche Weise an diejenigen weitergeben sollte, die dessen würdig waren, daß die INSEL, deren ursprüngliche Bestimmung nach wie vor unbekannt war, vor vielen Jahren von einem Astronauten namens Spirro gegründet wurde. Doch unter all den überkommenen Geheimnissen war die Tatsache am schrecklichsten — generationenlang war die Geschichte von Spirro und der Gründung der INSEL treu bewahrt worden —, daß Spirro von weit her in diese Gegend verschlagen worden war und sich schwimmend auf die INSEL gerettet hatte, weil die Menschen Jagd auf ihn machten. Die Menschen, die damals gelebt hatten — dies war jener Teil der Geschichte, die Seymour mit seinem gesunden Menschenverstand nicht begreifen konnte —, hatten die Besatzung jenes Raumschiffes der Reihe nach umgebracht, das einige Jahrzehnte nach der Katastrophe vom Mars oder von einer noch entfernteren Basis zur Erde zurückgekehrt war. Spirro konnte sich im Labyrinth der INSEL verbergen. Nach einem ebenfalls zweifelhaften Abschnitt der Geschichte haben seinerzeit noch einige Anlagen funktioniert, was für ihn ebenfalls hilfreich war. Er war es, der mit den Aufzeichnungen an den Wänden begonnen hat und hatte aus denen, die die von ihm erlassenen strengen Gesetze der INSEL akzeptierten, die erste Gruppe der Bewahrer der Wissenschaft gegründet. Tatsache war aber auch, daß seit den ersten Aufzeichnungen kein Raumschiff mehr auf der Erde gelandet war, oder wenn doch, dann blieb ihnen dies verborgen, obwohl es unwahrscheinlich war, da man nach so viel Zeit auf irgendeine Art und Weise doch Wind davon bekommen hätte. Spirro erklärte in seinen Aufzeichnungen eindeutig, daß die Raumfahrt bereits ihr Planetensystem erobert hatte, doch als sich die Katastrophe ereignete, stand man erst am Anfang der Vorbereitungen jenes Weges, der zu den Fixsternen führen sollte. Also ließ sich dieses acht Jahre alte Gerät und die Erscheinung von gestern nicht durch eine Expedition erklären, die von den Fixsternen zurückgekehrt war. Andererseits war es aber auch wieder kaum vorstellbar, daß Menschen so lange Zeit auf irgendeiner Basis gelebt und sich ausgerechnet jetzt zur Rückkehr entschlossen hätten. Spirro war vom Mars auf die Erde gekommen, doch er war auch bei den großen Planeten gewesen, in einem Bereich, den er als den Außengürtel bezeichnete. Seine knappen Beschreibungen der Basen und vor allem der Bedingungen, die auf der Oberfläche des Mars herrschten, ließen es fast unmöglich erscheinen, daß dort so viele Generationen lang Menschen hätten leben können.

Doch wer hatte dann dieses Gerät geschickt, und wer waren die, die jetzt gekommen waren? Seymour war sicher, daß dieses Etwas, das jetzt gelandet war, bedeutend größer war als jenes Objekt vor acht Jahren. Damals hatte kaum jemand das Landungsgeräusch wahrgenommen. Egal, heute abend oder spätestens morgen früh würde er es wissen. Er betrachtete die Landung aus einem anderen Blickwinkel als die Inselbewohner und schätzte, daß der Punkt, wo er das Raumschiff zu suchen hatte, irgendwo westlich von jener Geraden liegen mußte, die Halfway mit Greenhill verband. Die Küste, die zur STADT führte, bog etwa 10 bis 12 Kilometer nördlich von Seaside nach Westen ab. Seymour war bereits über den Abschnitt hinaus, als er den Streifen erblickte, und dies war der Grund, warum er nicht entlang der Küste zurückging, sondern sich direkt nach Süden wandte. Bis zum späten Abend ging es zwischen den Wiesen und Wäldern dahin. Zwar gab es weder Straßen noch Wege, aber Seymour hatte mit schlechteren Bedingungen gerechnet. Wenn es ihnen auch heute gelingen sollte, auf diese Weise zügig Richtung Süden voranzukommen, so konnten sie schon am späten Nachmittag jenen Bezirk erreichen, wo sie mit der Suche beginnen konnten. Seymour weckte zuversichtlich seine Leute und führte sie nach einer kurzen Frühstückspause weiter.

Kurz nach Sonnenaufgang erblickte Jo den ersten Mann, der ihm von Halfway entgegenkam. Er verließ den Pfad und setzte seinen Weg zwischen dem Gestüpp am Rande der bebauten Äcker fort, die aufgehende Sonne im Rücken. Wenn er von rechts in großem Bogen um das Dorf herumging, konnte er den ganzen Tag laufen und hoffen, am Nachmittag wieder auf den Weg zurückkehren zu können, der nach Greenhill führte. Unterwegs nach der INSEL hatte Garth ein Schneckentempo eingeschlagen, und Jo war sicher, daß er lange vor der Abenddämmerung zu Hause sein würde. Zur Mittagszeit setzte er sich unter einen Strauch. Zwischen Halfway und ihm lagen mindestens zwei Hügel, die Grenze der Dorfweide zog sich an der Talsohle entlang. Er brauchte nicht zu befürchten, daß sich jemand so weit verirrte und ihn entdecken konnte. Jetzt, wo er das Gefühl hatte, das Schwerste hinter sich zu haben, überfiel ihn urplötzlich die Müdigkeit nach den Aufregungen mit voller Wucht. Er wollte nur ein wenig rasten, doch sobald er sich hingesetzt und den Rücken gegen einen schiefen Ast gelehnt hatte, fielen seine Augen sofort zu, ohne daß er sich dessen bewußt wurde.

Irgendein Geräusch weckte ihn. Für einen Moment konnte er sich nicht erinnern, daß er eingenickt war, und er hatte Mühe, aus den Tiefen seines traumlosen Schlafes seine Erinnerungen zusammenzuklauben. Die INSEL, die Flucht, der Weg, den er bis hierher zurückgelegt hatte ... Dann schlug er die Augen auf. Vor ihm standen drei Ungeheuer; auf ihrem mehr als zwei Mann hohen Leib tanzte funkelnd das Licht der Nachmittagssonne. Jo sprang auf und rannte schreiend davon. Erst am Fuße des Hügels wagte er sich im Lauf umzusehen. Anstatt der drei sah er jetzt fünf Monster. Sie schritten über den Hügelhang, der mit Sträuchern besetzt war, unaufhaltsam auf ihn zu. Jo wählte lieber die Flucht bis in den Tod, bevor er ihnen begegnen mußte.

Hätte er sich noch einmal umgeblickt, so hätte er gemerkt, daß die Entfernung zwischen ihm und den Monstern nicht geringer wurde, ob er nun weiterrannte oder seine Fluchtgeschwindigkeit drosselte.

Für Pepperman begann dieser Tag entschieden besser, als er nach den Ereignissen des Vortages gehofft hatte. Als jenes entsetzliche Etwas am Himmel erschien, meinten sie zunächst, es würde direkt auf sie zurasen und auf das Dorf stürzen. Die Leute rannten in ihre Häuser, oder die, denen keine Zeit mehr blieb, kauerten sich am Fuße der Mauern nieder oder versteckten sich im Gebüsch. Dann merkten sie, daß das Donnern aufgehört hatte und sie immer noch am Leben waren. Links neben der Straße, die nach Halfway führte, also nordwestlich von ihnen in Richung Binnenland, stieg hinter einem Hügel Rauch gen Himmel, der dann verebbte. Pepperman hielt vor den Leuten, die sich ratlos zusammenrotteten und auf die Rauchsäule starrten, eine Rede aus dem Stegreif, die im wesentlichen darauf hinauslief, daß sie diese Prüfung und dieses Entsetzen jener Sünder wegen zu erleiden hätten, die vom Glauben abgewichen waren. Die Leute akzeptierten diese

Erklärung, beruhigten sich und hatten lediglich den Wunsch, durch solche Prüfungen möglichst selten heimgesucht zu werden. Setmore, der Pepperman und den Dorfbewohnern wortlos zuhörte, bemerkte trocken, daß Prüfungen anderer Art auf diese mit Sicherheit folgen würden. Dieses Etwas, was da abgestürzt war, mußten auch die Bewohner der INSEL gesehen haben. Morgen oder übermorgen würden sie hier auftauchen, alle Welt verhören, würden sich tagelang hier aufhalten, und wollten sie dort im Wald etwas finden, wie damals vor acht Jahren, würden sie die Dorfbewohner einspannen, dieses Ding mindestens bis zur Ortsgrenze von Halfway zu schleppen. Pepperman behauptete zwar, daß kein Inselbewohner je den Fuß nach Greenhill setzen dürfe, doch Setmore winkte gelassen ab und meinte, vorerst sei immer noch er der Richter, und dieses Problem wäre also allein seine Sache.

»Aber warum wollen wir nicht endlich diese sündigen Heiden vertreiben? Warum lassen wir zu, daß sie sich hierher wagen?« rief Pepperman.

»Das hat viele Gründe, Schulmeister.« Setmore ließ sich nicht aus der Ruhe bringen. »Ich glaube, es genügt, wenn ich ein einziges Argument anführe. Sie sind in der Überzahl und haben die besseren Pfeile.«

»Aber wenn wir alle ...«, Pepperman fuchtelte mit den Armen und vergaß vor Aufregung seine schönen, abgezirkelten Sätze, »dann könnten wir mit bloßen Händen ...«

Jetzt geriet aber Setmore in Wut.

»Wenn du nicht den Mund hältst, Schulmeister, kannst du ebensogut für die Zeit, die sie sich hier aufhalten werden, Greenhill verlassen. Ich kann dich aber auch sofort aus dem Dorf weisen!« Er musterte Pepperman mit blitzenden Augen. »Mag sein, daß die Inselbewohner verrückt sind, oder Heiden, wie du sagst. Es stimmt auch, daß es nicht besonders angenehm ist, daß sie hierherkommen. Andererseits haben sie nie etwas umsonst verlangt und haben stets um unsere Hilfe gebeten.«

Pepperman zog schmollend ab, und die Menge verlief sich. Der Richter hat wieder einmal recht — dachten sie —, die Inselbewohner hatten stets für alles bezahlt, und zwar großzügig. Sie schenkten Scheren, Kneifzangen, Messer mit feinen Klingen, die kein Dorfschmied herstellen konnte und die bei der Benutzung leider nur zu schnell unbrauchbar wurden. Sie sollten nur kommen, die von der INSEL, unser Richter wird schon dafür sorgen, daß wir auf unsere Rechnung kommen!

In Gedanken an den bevorstehenden Besuch blieb so mancher Dorfbewohner zu Hause. Die Inselbewohner brauchten vor allem Quartiere, und da man sie genau kannte, wußte man auch, daß sie ziemlich wählerisch waren. Saubere Zimmer, saubere Betten — den verstaubten, unaufgeräumten Häusern pflegten sie mit bedauerndem Lächeln den Rücken zu kehren. Dabei hatte derjenige den meisten Vorteil zu verzeichnen, der den Inselbewohnern Quartier bieten konnte. Die Anzahl der Arbeitskräfte, die sie dann brauchten und wen sie schließlich einstellten, war ihre Sache. Die Männer halfen also eifrig ihren Frauen, und Setmore ließ sie gewähren, ohne zu fragen, warum sie nicht aufs Feld gegangen waren. Die sauberen Häuser würden in den Augen der Inselbewohner nicht nur das Ansehen von Greenhill, sondern auch sein eigenes Ansehen steigern. Am Nachmittag war man bereits so weit, die Höfe zu fegen, die Straße vor dem Haus zu rechen, und das Ergebnis ihrer Mühe begann die Menschen mit der gleichen frohen Genugtuung zu erfüllen, die auch Setmore empfand, als er bequem, alles beobachtend durchs Dorf spazierte, ohne ein Wort zu sagen.

Als auf der Straße, die nach Halfway führte, der vor Müdigkeit taumelnde doch immer noch von panischer Angst getriebene Jo auftauchte, empfing man ihn wie einen Störenfried. Allen war sofort klar, daß er von der

INSEL ausgerissen war, und alle mußten sofort daran denken, daß dies die Inselbewohner übelnehmen würden. Jos Flucht hatte ihre ganze Mühe zunichte gemacht.

Nur Pepperman eilte Jo entgegen.

»Mein armer Junge«, rief er, »was haben diese Heiden mit dir gemacht?«

Jo sank keuchend in die Arme des Schulmeisters. Er brachte kein Wort heraus und deutete mit vor Furcht zitternder Hand hinter sich.

»Dort ... dort ...«

Pepperman wollte gerade Luft holen, um weiter in Jo zu dringen, als die fünf Monster an der Wegbiegung auftauchten.

»Die Söhne der Hölle sind gekommen«, stotterte er entsetzt, doch plötzlich wurde er von einer merkwürdigen Ruhe erfüllt. Das Erscheinen der fünf Monster wog schwerer als jedes Wort, mit dem er die Wahrheit des Glaubens verkündet hatte. Er würde gegen sie kämpfen und sterben, wenn es sein mußte. Sein Name würde als Kämpfer des Glaubens für immer in die Geschichte eingehen.

Er ließ Jo los, und der Junge glitt aus seinen Armen leblos zu Boden, doch das interessierte Pepperman nicht mehr. Er bückte sich und kramte einen Stein aus dem Boden hervor.

»Kommt, meine Brüder!« Seine Stimme schwang sich zwischen den Häusern empor. »Kommt, laßt uns die Ungeheuer der Hölle vertreiben! Unser Glaube wird uns schützen!«

Pepperman warf den ersten Stein, und diesem ersten folgte immer dichter Stein auf Stein, der gegen die Monster geschleudert wurde.

»Und dann?« fragte Adjunkt Seymour.

Im rußverschmierten Gesicht des Richters blitzten nur die Augen hell. Er fuhr sich mit der Hand über die

Stirn, wodurch er nur noch rußiger wurde, doch das kümmerte ihn wenig.

»Dann geschah nichts mehr. Sobald jene sechs Leute zusammensanken und die Dächer in Flammen aufgingen, liefen die anderen davon. Pepperman ward seitdem nicht mehr gesehen. Das Feuer mußte gelöscht werden. Zuerst wagten sich die Leute nicht aus ihrem Versteck und kamen erst heraus, nachdem sie gesehen hatten, daß mir nichts zugestoßen war, obwohl ich mich nicht verborgen hatte.« Er deutete mit einer Kopfbewegung auf die fünf Metallmonster, die jenseits der drei abgebrannten Häuser standen. »Schließlich eilten einige zur Hilfe, die meisten aber liefen los, um Pepperman zu suchen.«

»Hattet Ihr keine Angst, Sir Adrian?«

Setmore überlegte eine Weile, dann meinte er: »Um ehrlich zu sein, hätte es mir nichts ausgemacht, wenn ich mit draufgegangen wäre. Mein Sohn John ist tot. Ich habe nicht gesehen, ob er einen Stein geschleudert hat, aber er stand dabei ...«

»Doch Ihr jüngerer Sohn Jo lebt!« Seymour wußte nicht, wie er den Richter trösten sollte, aber er versuchte es immerhin. »Obwohl er bei uns ausgerissen ist, kann ich sagen, ein feiner Bursche ...«

»Vielleicht, weil er diese da hierher geführt hat?« Setmores Stimme klang haßerfüllt. »Dieser feine Bursche ...«

»Sie wären wahrscheinlich auch von sich aus hierher gekommen.«

»Oder nach Halfway!«

»Und wäre dort nicht dasselbe passiert? Ich kenne zwar den dortigen ...«

Seymour winkte ab.

»Dasselbe wie Pepperman.« Dann setzte er plötzlich erregt hinzu: »Doch dann hätten sie dort die Häuser angezündet und die Menschen umgebracht!«

Seymour blickte verdutzt auf den alten Mann.

»Sir Adrian, Sie denken wenig menschenfreundlich«, sagte er ruhig. »Die Situation ist die, daß die Opfer ...«

»Wenn Sie so was behaupten wollen, dann höre ich lieber Pepperman zu. Der versteht das besser. Haben Sie einen Sohn?«

»Nein.«

Sie schwiegen, und Seymour wandte sich vom Richter ab.

Jenseits der fünf Roboter standen seine Leute am Weg nach Halfway, wo sie vorerst auch bleiben würden. Solange er die Situation nicht einigermaßen geklärt hatte, würde es vorerst reichen, wenn er sein eigenes Leben riskierte. Teilweise fühlte er sich verantwortlich für das, was passiert war. Am Abend vorher hatten sie das Raumschiff gefunden, und er konnte nicht genug bekommen, das Objekt zu untersuchen, obwohl die Spuren, die vom Raumschiff wegführten, bewiesen, daß jemand oder etwas ... Allerdings wäre er auch dann zu spät gekommen, wenn er sofort den Spuren gefolgt wäre. Und wäre er dagewesen, hätte er dann Pepperman zurückhalten können? Wahrscheinlich nicht.

Er konnte nicht begreifen, warum der Steinhagel diesen Prozeß ausgelöst hatte, aber eins war sicher, daß nämlich zwischen den beiden Dingen ein Zusammenhang bestand. Setmore erzählte, daß die Steine die Apparate nicht erreicht hätten sondern in der Luft zischend zu Staub zerfielen, gleichzeitig waren die Dächer in Flammen aufgegangen und die Menschen gestorben. Seymour hätte gern geglaubt, daß alles nur ein Zufall war. Diese Apparate konnten nur von intelligenten Wesen gebaut worden sein, und eine Intelligenz konnte keine Zerstörung zum Ziel haben. Plötzlich überkam ihn die Verzweiflung. Vernunft? Der Vorrichtung, die sie vor acht Jahren gefunden hatten, konnte er keinerlei Reaktion entlocken. Das Ding war damals schon nichts weiter als eine stumme, tote Maschine, als sie sie gefunden hatten, und ihr Metallmantel hatte bis zur Stunde jedem Versuch und jedem Werkzeug widerstanden. Diese aber …

»Wünschen Sie noch was von mir?« fragte Setmore.

Seymour schaute ihn verwundert an.

»Ich weiß nicht. Ich habe gerade darüber nachgedacht, ob … Warum fragen Sie?«

»Andernfalls werde ich jetzt gehen. Ich will meinen Sohn begraben.«

Dies brachte Seymour auf eine Idee.

»Könnte ich mit Ihrem zweiten Sohn Jo sprechen?«

»Er ist nicht mein Sohn!« rief Setmore. »Was wollen Sie von ihm? Er hat diese … diese … hierhergebracht …«

»Lassen Sie nur, Sir Adrian. Damit können Sie nichts erreichen. Wo ist Jo?«

»Ich weiß es nicht. Wahrscheinlich hat ihn Pepperman mitgeschleppt. Im Dorf ist er jedenfalls nicht.«

»Dann nur noch eins, Sir Adrian. Hören Sie zu, und versuchen Sie sich bitte genau zu erinnern. Also sind die Roboter Jo gefolgt. Haben Sie das auch selbst gesehen?«

»Ja. Nun fragen Sie schon zum fünftenmal. Lassen Sie mich endlich gehen!«

»Ich bin gleich fertig. Können Sie sich daran erinnern, ob zu dem Zeitpunkt, als die Steine flogen, die Roboter sich noch bewegten oder bereits still standen?«

»Das weiß ich nicht. Meinen Sie, ich hätte sonst nichts zu tun gehabt?«

»Denken Sie nach, Sir Adrian«, bat Seymour. »Ich will meine Frage anders formulieren. Standen die Roboter still, als die Dächer in Flammen aufgingen?«

»Warum ist das für Sie so wichtig?«

»Vorläufig ist noch jede Einzelheit gleichermaßen wichtig.«

Setmore überlegte.

»Sicher ist, daß sie sich nicht mehr rührten, als wir anfingen, die Dachbrände zu löschen. Da habe ich sie beobachtet, weil ich nicht wußte, was uns noch bevorstand ...«

»Und seither?«

Der Richter schüttelte den Kopf.

»Seither haben sie sich nicht mehr gerührt.«

Seymour betrachtete die Roboter.

»Also haben sie sich nur gerührt ... Sagen Sie, Sir Adrian, seitdem ... seitdem ... hat keiner versucht, vielleicht durch Steinwürfe ...«

Setmores Augen weiteten sich.

»Halten Sie uns vielleicht für verrückt?«

»Nicht doch. Mir ist nur etwas eingefallen ...«

Sie waren Jo gefolgt, bis man sie mit Steinen bewarf. Dann haben sie die Steine vernichtet, die Dächer in Brand geschossen, die Menschen getötet und standen still. Schade, daß sich Setmore nicht genau erinnern konnte, wann sie stehen geblieben waren, zumindest stand aber fest, *daß* sie es getan hatten. Also hatten sich zwei verschiedene Befehle abgelöst, erstens, daß sie Jo folgen sollten, und zweitens wie gehabt. Seitdem hatten sie sich nicht mehr gerührt. Das konnte ein Befehl sein, konnte aber auch bedeuten, daß diese Mechanismen — Seymour verzweifelte schier bei der Annahme — ebenso tot waren, wie jenes Ding von vor acht Jahren ... Doch warum? Was hatten diejenigen bezweckt, die diese Roboter gebaut und hierher geschickt hatten? Warum haben sie in mir die Hoffnung geweckt, wenn dann die Enttäuschung um so bitterer war? War dies alles sinnvoll, waren es wirklich intelligente Wesen, die uns so zum Narren hielten?

»Gehen Sie, Sir Adrian! Gehen Sie möglichst weit weg, so weit die Füße tragen!«

»Sie ... Sie ...«, stotterte Setmore.

»Ja«, nickte Seymour, »bitte, beeilen Sie sich!«

»Aber warum nur?«

»Erlauben Sie, daß ich das später erkläre ...«

»Das können Sie nicht machen!« zeterte Setmore.

»Dies ist mein Dorf! Wenn Sie weitere Gefahren heraufbeschwören ...«

»Dann werde ich ebenfalls draufgehen, aber es lohnt sich. Das ist es, was Sie nicht begreifen können, Sir Adrian. Aber Sie können es auch nicht verhindern.«

Er bückte sich und wählte sorgfältig unter den Steinen, die ihm zu Füßen lagen. Setmore wich entsetzt zurück und verbarg sich hinter dem nächsten Haus. Von dort rief er Seymour zu:

»Sie Narr! Die INSEL muß für Ihren Wahnsinn bezahlen!«

»Das wird man tun, doch jetzt stören Sie mich nicht!«

Wenn auch diese Roboter für alle Zeiten aufgehört haben zu funktionieren, so steckt hinter ihnen kein Sinn. Wenn aber doch, so ist er für mich unbegreiflich, dachte Seymour. Während er auf die Roboter zuging, wuchs die ohnmächtige Verzweiflung in ihm. Wenn das alles einen Sinn haben soll, wozu das alles? Und was geschieht jetzt? Er haßte diese Dinger schon fast so sehr wie Pepperman.

Im selben Augenblick, wo er den Stein schleuderte, warf er sich bäuchlings zu Boden. Jetzt ...

Der Stein landete krachend auf dem schimmernden Panzer eines Roboters, und Seymour ließ den Kopf zu Boden sinken. Alles sinnlos. Nichts als tote Maschinen.

Er stand auf und ging hin. Sie waren gewaltig und wunderbar, und sie schimmerten im Morgenlicht. Warum, fragte Seymour, warum nur? Es wäre besser gewesen, wenn sie den Stein oder mich vernichtet hätten ... Wenn auch diese da tot sind, wie lange und auf was müssen wir noch warten, um mit jenem Intellekt, der sie erschaffen hat, den Kontakt zu finden ... Kontakt ... Kontakt mit diesen Leos, über die Leos mit Jo, der ein Teil von Joker ist und sich auf dem Mond befindet, mit dem ein Informationsaustausch nur mit einer Verzögerung von zwei Sekunden möglich ist ... Doch das ist nur natürlich, weil die elektromagnetischen Wellen diese Zeit brauchen ... und über Jo mit Einstein, der sich auf Pluto befindet ... Einstein kann man demnach nur in mehr als fünf Stunden kennenlernen, aber er würde ihn kennenlernen ...

Er setzte sich und lehnte den Rücken gegen einen der Leos. An der Wegbiegung sah er seine Truppe, und gleichzeitig erblickte er — o nein, der Ausdruck ist falsch, korrigierte er sich sofort — ich sehe es nicht, ich weiß es, daß Jo diese Leos hierher geschickt hat, und ich weiß auch, daß Jo mir jetzt über diese Verbindung etwas mitteilen will, was er und jetzt auch ich als den kurzen Weg bezeichnen ...

Kontrapunkt — über den Menschen

»Ich möchte den Leser gleich beruhigen. Die Antipathie gegen ein Vorwort oder Nachwort ist uns gemeinsam.« So beginnt dieser großartige Roman. Ein Nachwort kann nur ein Kontrapunkt zu diesem Vorwort sein.

Der *Kontrapunkt* wird im Lexikon wie folgt definiert: »Kontrapunkt, die Kunst, mehrere Stimmen gegeneinander melodisch selbständig, dabei untereinander zusammenklingend zu führen ... Strenge Polyphonie, im Gegensatz zur homophonen Mehrstimmigkeit ...«

Die natürliche Grundmelodie unseres Denkens, unserer Kunst, unserer Arbeit, unseres ganzen Wesens ist der Mensch und die Menschheit, ihr Leben, ihr Schicksal, ihre Zukunft — eine bessere Zukunft, wie wir hoffen. Den Kontrapunkt dazu bildet der Weltuntergang, der wie ein Fanal am Himmel steht und dessen mögliche Ursachen vom Atomkrieg bis zur Umweltverschmutzung reichen. Diese Gegenstimme, die wir heraushören müssen, ob wir wollen oder nicht, wird in uns Menschen infolge der Grundmelodie stets die Hoffnung motivieren. Dieser Kontrapunkt, die Sinnlosigkeit der Vernichtung der Erde, und die für uns Menschen, die hier und heute leben, unerläßliche Hoffnung, die Hoffnung auf ein Überleben des menschlichen Denkens und mit ihm der menschlichen Kultur und des Lebens, erklingt in diesem nicht musikalischen Werk, das nach den Gesetzen der Kontrapunktik vom Menschen und dessen selbst in der entsetzlichsten Situation ungebrochenen, schöpferischen Wesen kündet.

Wie bei einem musikalischen Werk, das nach den Gesetzen der Kontrapunktik aufgebaut ist, so entwickelt sich das Gesamtwerk auch in diesem Roman aus dem Zusammenklang der verschiedensten Grundmelodien und Gegenstimmen, wobei eine schöner ist als die andere. Es lohnt sich, einige dieser Stimmen zu verfolgen, obwohl der aufmerksame Leser bedeutend mehr zu finden vermag, wenn er das Buch immer wieder aufmerksam durchblättert. Der Kontrapunkt zum Leben der Menschheit bildet jene künstliche Intelligenz, die vom Pluto ausschwärmt auf der Suche nach dem Menschen und die weitaus mehr ist als ein einfacher Roboter.

Die beiden dominierenden Stimmen sind die vom Menschen erschaffenen intelligenten ›Wesen‹ (Emorys Programm) und die Menschenwelt, die schöpferische, machtvolle, entwicklungsträchtige Welt der Emorys und Einsteins und die hoffnungslose, kleine, primitive Welt der überlebenden Menschen. Das Maß jener Teile, die davon berichten, reflektiert ebenfalls das echte Verhältnis zwischen den beiden. Die Melodie, die von den Menschen berichtet, die die Katastrophe überlebt haben, ist nur ein kurzes Thema, da ihre Welt so primitiv ist, daß es kaum etwas darüber zu berichten gibt. Schon bald können wir die charakteristischen Grundzüge erkennen. Bei der Beschreibung von Einstein und Konsorten erlebt man aber neue Überraschungen, mit denen sowohl der Leser als auch die ›Roboter‹ konfrontiert werden. Man fühlt, daß trotz des vorzeitig erfolgten tödlichen Schlages diese Welt unerschöpflich geworden ist, weil sich ihre ›Bewohner‹ nach Erkenntnis sehnen.

Einsteins Wissen und das seiner Gesellen ist schöpferischer Art, aus den neuen Erkenntnissen erblüht die Tat — die konstruktive Tat — nebst einer Redefinition der Forschungsziele. Dem steht das passive (nur registrierbare) Wissen der Inselbewohner gegenüber, ein Wissen, das praktisch nicht anwendbar und daher so gut wie nicht vorhanden ist. Die Lösung unserer gegenwärtigen Probleme besteht nicht darin, das Wissen zu verwerfen! Man muß es nutzen und vermehren — dies ist die einzige Möglichkeit, die Probleme zu lösen. Heute scheint es Mode zu sein, die Wissenschaft und die Technik oder zumindest einen hervorstechenden Zweig — wie etwa die Raumforschung — zu verwerfen, ja zu verdammen, sobald die gegenwärtigen Probleme der Menschheit (Verschmutzung und Hunger) zur Sprache kommen. Ein großes Verdienst dieses Romans ist die Tatsache, daß der Autor beweist: die angenehmen ›Überlegungen‹ führen in eine Sackgasse. Ohne schöpferisches Wissen läßt sich eine erhoffte ›bessere Zukunft‹ der Menschheit nicht erreichen.

Der rastlosen Tätigkeit der einen Seite steht die abzuwartende oder bereits resignierende Unbeweglichkeit der anderen Seite als Gegenstimme gegenüber.

Hauptfigur aus der Gesellschaft der ›Roboter‹ ist Joker, später sein unabhängiger Teil Jo, der auf Reisen geht. Er wurde zur Erkenntnis geboren. Grundlage seines Wesens ist die Entdeckung und Erforschung neuer, unbekannter Dinge, wobei es ihm gleichgültig ist, ob seine Entdeckungen in jenes Bild passen, das sich aufgrund der vorhandenen Erkenntnisse herauskristallisiert hat. Wesentlich für ihn ist nur das Neue, noch Unbekannte — die Tatsache des Vorhandenseins, der Existenz.

Sein Kontrapunkt, sein Schöpfer unter den Robotern ist Einstein (wenn wir Emory für einen Augenblick vergessen wollen), ›der‹ zwar sein Wissen vervollkommnen möchte und der dennoch von solchen Erkenntnissen irritiert wird, die nicht in sein Mosaik passen.

Jos Kontrapunkt findet sich aber notwendigerweise auch in der Welt der Menschen. Kontrapunkt des Joker-Jo mit dem gewaltigen Wissen, mit seinem Hang nach allem Neuen, mit seiner Sehnsucht nach Erkenntnis, mit seiner blendenden Intelligenz, der nicht bereit ist, irgendwelche überkommenen Vorstellungen über die Wirklichkeit zu setzen, ist der junge Jo, der unfähig ist, irgendein Wissen aufzunehmen, der sich vor seinem Weg fürchtet und sich diesem verschließt, dieser ›strenggläubige‹, furchtsame, unbedeutende Bursche, der nichts bewirkt und nirgendwo eine Rolle spielt. Die Gegenüberstellung dieser beiden möglichen Wege menschlicher Denkart gibt zu denken, da man auf Schritt und Tritt mehr oder weniger verborgen in mannigfacher Art stets jenen Zügen begegnet, die für diesen etwa achtjährigen Jo charakteristisch sind.

Unsere Kinder sind es, die die Zukunft der Menschheit hüten. Ihr Dasein und ihre Erziehung ist keine Privatangelegenheit — ist es auch nie gewesen! Wenn es sie nicht gibt, wird die Menschheit innerhalb einer einzigen Generation aussterben. Wenn es sie aber gibt, und wenn sie sich — wie der Knabe Jo — bereits im zarten Alter von acht Jahren nicht nach Erkenntnis sehen, wenn in ihnen keine Spur von Interesse und Energie vorhanden ist, die zu Veränderungen (und Revolutionen) führt, dann sind sie nicht länger Träger des menschlichen ›Daseins‹ und wollen auch die Zukunft der Menschheit nicht behüten.

Der Kontrapunkt birgt Spannung, die Spannung erzeugt Gedanken, und die Kette der Gedanken verläuft in die Unendlichkeit. Lassen Sie uns also von Jo und Jo zu anderen Kontrapunkten des Romans zurückkehren.

Wir haben die Welt der künstlichen Intelligenz untersucht, und wenn wir weitersehen, stoßen wir auf immer neue Kontrapunkte. Einstein und seine Genossen bilden eine Gemeinschaft, ihre Kontakte werden durch Zweckmäßigkeiten organisiert, sie sind aufeinander angewiesen. Der Kontrapunkt hierzu ist Curie — und die ›Curies‹ —, ›die‹, einsam und verschlossen gelegentlich im Interesse der anderen und im Interesse des Fortschritts bewußt ihre ›Haut zu Markte tragen‹.

Der Kontrapunkt dieser intelligenten, unabhängigen ›Robotergesellschaft‹ bildet die Gemeinschaft der Programmierten, wo die Roboter den Menschen lieben und ihm dienen und bis zum nächsten Befehl den letzten ausführen, dort, wo dieser letzte Befehl von keinem kritisiert wird. Einer dieser echten Roboter sagt: »Man muß den Menschen nicht suchen, sondern ihn lieben und ihm dienen.«

Warum? Diese Frage wird von den Jos gestellt, die den Menschen um des Menschen willen suchen, die nicht begreifen können, was dieses Etwas, der Mensch, in der eindeutigen Entwicklungskette der Roboter zu suchen hat: »… Warum muß man den Menschen lieben, für den in dieser Kette kein Platz ist?«

Ich habe bereits behauptet, daß es sich um »intelligente Wesen handelt, die dieser Mensch (Emorys Programm) erschaffen hat«. Das endgültige Programm wurde tatsächlich von Emory ausgearbeitet und in Gang gesetzt, der aus den Anlagen, aus diesen ›Toren zum Kosmos‹ Einstein, Curie und Leonardo geschaffen hatte. Diese Grundlage, nämlich die Basis auf Pluto hat die ganze Menschheit geschaffen, Mission für Mission. Emory aber wurde von Jack — von einem sorgenbeladenen Menschen — nach Pluto geschickt, um dort nachzudenken.

Auf diese Weise hatten Emory und seine Mannen im Interesse der Zukunft als einen Versuch der Menschheit ein zwar unbemanntes, aber tätiges System geschaffen. Der zweite Versuch, die mit Menschen besetzte, aber zur Passivität verdammte Insel, erscheint als Kontrapunkt.

Die Katastrophe hat wie in so vielen Fällen, das Schicksal der noch auf Pluto lebenden Menschen bestimmt. Das Endergebnis ließ sich nicht mehr ändern. Das einzige, was man in einer solchen Situation wählen kann, ist die Einstellung. Emory sowie Cavin und seine Kollegen sind ein Beispiel für die beiden Möglichkeiten. Der eine ist der in Panik geratene Flüchtende, der nur an sich und an die eventuellen Möglichkeiten denkt und bereit ist, über Leichen zu gehen, der andere ein Mensch, der es wagt, den Tatsachen ins Auge zu sehen und für eine hoffnungsvolle Zukunft seiner Nachkommen oder anderer als einziges verbleibendes oder vermeintlich verbliebenes Ziel zu arbeiten.

Hier taucht auch der Mensch auf, der einen Mord begehen kann, als strenger Kontrapunkt zu Einstein und seinen Einheiten, die unfähig sind, einander zu vernichten. Schließlich muß sich ja Einstein selbst modifizieren, um die Störungen des ihm ganz und gar ausgelieferten Joker zu ertragen.

Die Kontrapunktik zieht sich auch wie ein roter Faden durch die Geschichte der Menschen. Diesem Prinzip entspricht auch die Tatsache, daß sich die Diktion des Romans ändert, sobald mit der Beschreibung der menschlichen Gesellschaft nach der Katastrophe begonnen wird. Die ›Instrumentierung‹ der beiden Gegenstimmen ist eine andere, wie es die Kunst der Kontrapunktik verlangt.

In diesem Teil stellt das Dorf und die nur geahnte STADT das reale Bild der überlebenden Menschenwelt dar, der Kontrapunkt hierzu aber die im Roman zwar beschriebene, in Wirklichkeit jedoch unwahrscheinliche INSEL — die Hoffnung.

Die beiden Anführer der realen Welt, des Dorfes — das vielleicht Bestand haben wird, wenn überhaupt etwas von Bestand ist — sind der handelnde, aber konservative Setmore, der seinen leiblichen Sohn nicht mehr auf die INSEL schickt, und Pepperman, der alle Welt in seiner Richtung hin zum blinden Glauben führen möchte.

Auch hier ist die farbige, mehrstimmige Kontrapunktik deutlich zu erkennen. Setmores Kontrapunkt ist nicht allein Pepperman oder der Roboter, sondern auch einer der Adjunkten der INSEL, Seymour.

Seymour verkörpert die Hoffnung des Autors: Der Wunsch nach Erkenntnis kann niemals ganz verschwinden, so ist also er es, bei dem der Kontrapunkt wieder zur Grundmelodie hinüberwechselt und sich mit dieser vereint.

»Sie waren gewaltig und wunderbar, und sie schimmerten im Morgenlicht … mit diesen Leos, über die Leos mit Jo …«

Jetzt waren sie nicht mehr wunderbar, es waren ›nur‹ noch Leos.

Dieses auf einer sehr breiten wissenschaftlichen Basis geschriebene Buch — ein Roman, der in der gesamten SF-Literatur einen hervorragenden Platz einnimmt — wird von der Hoffnung durchdrungen, daß der Mensch selbst eine Weltkatastrophe überleben kann. Man darf dies aber nicht damit verwechseln, was der Autor zu sagen hat. Wie bereits gesagt, kann man sich einen Weltuntergang ohne Hoffnung nicht vorstellen, was allerdings nicht heißen soll, daß wir der Hoffnung, die wir uns einbilden, sicher sein und vertrauensvoll in eine Katastrophe rennen können.

Die Absicht des Schriftstellers und Denkers ist offensichtlich: Sie ermahnt uns, die Katastrophe zu vermeiden, die die Welt von Jack, Emory und seinen Zeitgenossen sowie die durch Einstein und die anderen repräsentierte bessere, schöpferische Zukunft mit Sicherheit in eine Welt der Setmores und Peppermans umwandelt — wenn überhaupt jemand diese Katastrophe überlebt. Und die Wahrscheinlichkeit, daß das Wissen ausreichen wird, um ›das Tor des Kosmos‹ zu öffnen, daß es Jo und Emory geben wird, nicht nur den in Panik flüchtenden Cavin, und wenn es sie geben wird, daß sie die Aufgabe richtig anpacken und das Problem gelöst werden kann, daß es eine INSEL geben wird, die ein halbes Jahrtausend überdauert, und daß die Leos einen ›Adjunkten‹ treffen.

Doch hier finden die Leos den Adjunkt. Er »setzte sich hin und lehnte den Rücken gegen einen der Leos ... Jo will mir über diese Verbindung etwas mitteilen, was er und jetzt auch ich als den kurzen Weg bezeichnen ...«

Dr. Csaba Ferencz